D－暁影魔団

吸血鬼(バンパイア)ハンター41

菊地秀行

朝日文庫

本作は二〇二二年二月～二〇二三年十一月、
「一冊の本」に掲載されたものに加筆しました。

目次

吸血鬼（バンパイア）ハンターDの世界

遥か未来の地球。人類は核戦争の末に衰退し、代わって〝貴族〟と呼ばれる吸血鬼たちが高度な科学文明を駆使し、全生命体の頂点に君臨していた。しかし吸血鬼の食糧と化した人類も反旗を翻してふたたび〝貴族狩り（ハント）〟を始め、荒廃した大地の上で、貴族VS.人間の争いは激しさを増していた。

吸血鬼と人間の間に生まれついた混血種（ダンピール）のDは、究極の吸血鬼ハンターである。様々な依頼主に雇われては貴族狩りを遂行するDの出自の謎とは？　この世界の隠された秘密と、そしてDの運命の行方は？　今日もまたDの旅は続く――。

『D－暁影魔団』登場人物

D

長身痩軀。完璧な強さと美貌を兼ね備えた貴族ハンター。その左手は別の人格を持ち、嗄(しゃが)れ声で話をする。

Dと旅で出会う人々

ジョゼット／暁影団に滅ぼされた村で生き残った。女性。〝もどき〟。

アルル／少女。ジョゼットと行動を共にする。〝もどき〟。

カーン／少年。ジョゼットと行動を共にする。〝もどき〟。

＊

ギザライン卿／陽光も水も克服できる貴族を作り出す館の管理人兼運営者。

ベルグレン、スギナビ、グロシェス／ギザライン卿の作り出した「水妖」の三人。

＊

ハーベイ／飛行体を操る〝配送屋〟。

＊

ギャラクシア／真紅の女貴族。

アンガーギャスリン／宇宙の涯を見たという侯爵。

暁影団の者たち

ザックス大将軍／暁影団の首謀者。

ワム／ザックスの護衛役。

デューラー／暁影団の教祖。

ギグル／暁影団に属する。

ドーゲン／暁影団に属する。

イラスト／天野喜孝

第一章　血を吸わぬ貴族

1

〈北部辺境区(セクター)〉を特徴づけるのは、まず雪だ。零下二七三・一五度以下にはならないという、貴族も手のつけられない絶対零度など嘘(うそ)ではないかと思われる寒さは、長い長い間、〈北部〉の空を暗く染め、人々に灰色と白とを嫌悪させる。

すぐに凍りつき、降ってすぐ氷へと凝結する雪を溶かすため、火炎放射器とダイナマイトは欠かすことが出来ない。特に中心部から離れた町や集落の住人たちには必需品であった。

冬のさなか、〈辺境区〉の果て地を行く旅人たちは、ひっきりなしに爆発音を耳にする。

だが、今は氷雪も爆破の轟(とどろ)きも失って久しい。冬は巡り——去ったのだ。

サイボーグ馬に乗った黒ずくめの若者もそうであった。

「またやっておるな」

嗄れ声は、手綱を取った左手から聞こえた。

「氷の塊をドラム缶にぶちこんで飲料水を作る。北の風物詩だが、それで終いじゃろ。今の音は冬の最後の挨拶じゃ」

左手の持ち主は返事もせずに、黙々と残雪の道中を行く。

鍔広の旅人帽と漆黒のコートをまとった若者であった。その美貌を映しただけで、月は己れを恥じて消え入ってしまいそうだが、雪も同じであった。

雪の国の者たちは、時折、白い原野を独り行く騎士の幻を見るという。それは人々の凝視にしばらく応え、やがて忽然と消失してしまう。この若者は消えはしないが、果てしもない道を何処までも歩み続け、やがて人々の眼から失われてしまう——そんな風に思えた。夕暮れ時のせいもある。

Ｄであった。

目的地はあるらしい。

黒土に板製の立て札が立っている。

五〇メートル先から、彼の眼はそれを読んだ。しかし、

「ダラクシュの集落は左じゃ」

と言ったのは、左手の声であった。

文字に従うとすぐ、黒い木立ちの向うに、石の住居が見えて来た。

集落ともいえぬ集落である。戸数は約二〇。住人は一〇〇人といったところだろう。窓がぼうと明るい。明りが点いている。

Dは住居を眺めた。

「飯どきなのに煙突から煙も出とらんな。ひとつ二つならまだしも、全部となると問題じゃぞ。

——気配はどうじゃ？」

「ない」

とDは応じた。石の家々からは、生気というものが一片も感じられなかった。

「死人の村か。貴族か〝もどき〟にでも襲われたか。いや、待てよ。お昼寝の最中かも知れんぞ」

Dはサイボーグ馬を止めた。村の入口である。

住人に取って代わったような静寂を少しも乱さず、端の一軒に近づき、ドアを叩いた。応答はない。

左手が、

「違うようじゃな」

と言った。

「血の臭いがするわい」

Dはノブを廻した。ドアはすぐ開いた。

入ってすぐの居間には電子ストーブが燃えていた。いかにも中古だが、それなりに裕福な家でしか所有できない品である。

その前に三つの死体が血溜り（ちだまり）の中に倒れていた。白髪の老人と息子らしい中年男とその妻だ。

「殺されたのは昨夜じゃ。喉（のど）をスッパリか」

左手には、どうやって死因がわかるのか。Dが死体の頭を持ち上げて喉の傷を確認したのはその後だ。

「それにしては血の量が少ない。最初にこぼれた分だけじゃ。すると、拝血教団の連中か」

貴族の影響を受けて、血液を生命の素として崇める宗教的信者たちは〈辺境〉に数多い。とりわけ生活環境の厳しい〈北部辺境区〉においてをやだ。タイプは大きく二つに分かれ、貴族のように直接動脈に歯を立てて血を吸うものと、このように喉を切り裂いて溢（あふ）れ出る血を飲む連中に大別される。貴族でも〝もどき〟でもないから、殺害された犠牲者が死から甦（よみがえ）ることはない。

「隣りはどうかの」

左手の声を待たず、Dは戸口を抜けていた。

外は夕闇が落ちていた。

「来るぞ」

左手の声と同時に、Dはサイボーグ馬の尻を叩いて逃がした。

家々の戸が開いた。

「おやま?」

左手の驚きは当然といえた。

現われた影たちは、明らかに貴族の死気を漂わせていた。

この集落を襲ったものは、殺人と吸血とを同時に行っていたのか。

通りには村人たちが集まっていた。十余名。集落が小さいといっても少なすぎる。老人も若者も子供もいる。どの牙も月光にかがやいていた。

「おまえは——何者だ?」

青い髪をした若者が訊いた。

「おれたちとは比べものにならない妖しの風が吹いて来る。おまえから」

「村長はいるか?」

Dが訊いた。月光も凍りつきそうな声である。

「おらん」

若者は答えた。その唇の間から白い牙が覗き、その両眼は赤く燃えている。それがどちらも急速に失われつつあった。

「奴らに殺された。その方が幸せだったろう」

「おれは彼に呼ばれて来た。この集落の近辺で、〝もどき〟を含む奇怪な信仰集団が殺戮を繰り返しているから始末してくれとな」

「遅かったぞ。すると、おまえは――」

「D」

どよめきが生じた。それに押されるみたいに、魔性たちは後じさった。

「おまえたちを〝もどき〟に変えた連中は何者だ？」

と、嗄れ声が訊いた。またもどよめきが生じた。

「『暁影団(ぎょうえいだん)』だ」

幾つかの声が同じ名前を告げた。

「人間だが、貴族になることを望む連中の集まりだ」

「だが、おまえたちは――」

若者はうなずき、自分を指さして、

「おれはカズマだ。集落の副長をしていた。Dよ、仇(かたき)を取ってくれ」

「人間とは闘(や)らん。向うが仕掛けて来ぬ限りはな」

「おれたちの血を吸った〝もどき〟がいる。放っておけば、おれたちのような犠牲者が生まれる。奴らは数を増やして、貴族への貢物(みつぎもの)にするのが目的なのだ。そして、自らも貴族そのものになるべく生贄(いけにえ)を増やしていく」

嗄れ声が低く笑った。呆(あき)れ返ったという風だ。

「人間はヒーローになりたがる。それはヒーローが人間にとって、そうなるべき存在だからじゃ。なら、貴族はどうか？　あれはなってはならない存在じゃ。故に人間は貴族を怖れて来た。それが最近はあちこちで、貴族になりたがっているとしか思えぬ連中が増えて来た。そして、今度は集団か」

〈辺境〉において、貴族と人間の関係は、脅やかす者と脅やかされる者である。貴族は人間の血を吸い、人間を〝もどき〟に変える。そして、多くの犠牲者は〝もどき〟レベルで留まるのが一般的な認識であった。一例を挙げれば、陽光を怖れ、浴びれば皮膚は灼け爛れるが、貴族のごとく灼き尽され、或いは塵と化すことはない。刀槍、矢、楔等で貫かれた場合、心臓を射ち抜かれぬ限り即死はしないが、そのまま放置すればほぼ一日しか保たない。

貴族のように霧や黒獣に変じても、能力的には劣る。スピードも遅く、攻撃力も鈍くなる。決定的な違いは、同族――人間に対する視線である。通常の〝もどき〟は、貴族同様、かつての仲間に対する侮蔑、冷視を身につけるが、これが本質的なものかどうかはいまも定説はない。〝もどき〟と化しても、人間への同族意識を失わない者たちも多く存在するからだ。

意外にも〈辺境区〉において、貴族化を望む狂信者の団体は存在しなかった。それらは、結成前に密告や情報漏洩によって潰されてしまうのだといわれている。

この村を、そのあり得ない一団が襲った。

村長と多くの人々は殺害され、〝もどき〟にされた者たちが、いまDの前にいた。

「貴族への貢物にするつもりなら、おまえたちを放ってはおくまいて。じき迎えに来よる」

左手が一同を睥睨するような口調で言った。

「それを待つ手じゃな。それと――」

Dの眼があるきらめきを備えた。左手が言った。

「こ奴らをどうするか。村長の依頼に〝もどき〟の件は含まれていなかった。だが――」

獣に近い唸りが周囲から舞い上がった。その主たちは牙を剝き、涎を垂らし、浅ましい飢えを闇に示していた。

〝もどき〟が人間性を残しているとは限らない。貴族の残忍性に〝もどき〟自身の性格が組み合わさると、残忍冷酷な貴族の戯画が誕生する。

「みんな、よせ！」

若者が前へ出て、一同をふり返った。

「おれたちが束になってもどうこう出来る相手じゃねえ。それよりも、おれたちをこんな風にした『暁影団』の連中を斃して、元の人間に戻してもらおうじゃないか」

真摯な呼びかけは、明らかに〝もどき〟たちを動揺させたらしかった。

だが、その個人を特定する前に――

ひゅっと風を切る音が飛んで来た。それは〝もどき〟と化した村人の心臓を貫いた刹那、ひとすじの黒い矢と化したのである。

ひとりが倒れ、さらにひとりが追った。

「隠れろ！」

カズマの声と同時に一糸乱れず地に伏し、近くの壁の陰に逃れたのは、さすが脅威とともに生きる〈辺境〉の民だ。

それが驚きの声を上げた。

彼らはDの胸を貫く二すじの矢を見たのである。だが、黒い凶器は呆気なく抜き取られ――同時に、びゅっと逆方向へと飛んだ。

村の出入口にそびえる監視塔の上で、低い呻きが上がるや、Dがそちらへ走るよりも早く、塔の上空から巨大な影が降下して、塔を隠したのだ。それが翼であり、殺人者ごと上昇したと村人たちが理解したのは、力強い羽搏きが暗天の彼方に吸いこまれてからだ。

Dが刺さったと見えた矢を摑み止め、刺客に投げ返したのは、みなもうわかっていた。

様々な声が入り乱れる中で、

「刺されたのは〝重もどき〟か？」

とDが訊いた。

二つの遺体のそばにしゃがみこんでいたカズマがふり返って、

「そうだ」

と言った。

「他に同類は？」

「いない。後は〝軽もどき〟ばかりだ」

〝もどき〟はその貴族化の強さによって、「重」と「軽」に分けられる。細かな規定はない。強いていえば、人間を見れば自分を制止できずに襲いかかるレベルと、血を見ず臭いを嗅がない限り、人間性を維持していられるレベルの差だ。

とりあえず、Dの周囲には安全な連中ばかりが集まったのである。だが、このまま凶暴化せずにいられるかどうかは、誰も保証は出来ない。

「Dよ――おれたちはこの集落で待つ。一切、吸血はせずにな。その間に、おれたちの血を吸った『暁影団』の〝もどき〟か貴族どもを片づけてくれ。頼む」

血を吐くような叫びであった。

軽度の〝もどき〟なら、そう変えた連中を処分すれば、半分以上は人間に戻れるだろう。或いは一〇〇パーセントという奇蹟がないでもない。

「どうする？」

左手が訊いた。少しは人々に同情しているようだ。その結果は、しかし、恐るべきものであった。Dは迫り来る闇のように言った。

「じきに、おまえたちを連れに、『暁影団』の連中が来る。その手で奴らを殺せ。中におまえたちを襲った者がいれば、元に戻れるかも知れん」

「おい」

抗議しかけて、左手は沈黙した。

〝もどき〟と化した人間は、貴族の血が生む仲間意識を持つ。ゾンビがゾンビを食用にしないのと同じだ。だが、そうでない事例が、〈辺境区〉では幾つか報告されている。ただし、ほとんどが、子供を襲おうとした〝もどき〟を、同じ〝もどき〟化した父や母が斃したか、その逆というものだ。肉親の情が貴族の血をねじ伏せたのである。

ここにいる連中にそれが出来るのか？

逆に同類を前にすることで同士感が湧き、人間襲撃に寝返ったという例も多い。

「出来るか？」

Dが訊いた。

沈黙が影と化した者たちを包んだ。

「やる」

カズマがうなずいた。石の決意がこもっていた。

「みな――やるぞ」

「わかった」

幾つもの声が後を追い、幾つもの影がうなずいた。

「では用意にかかる。武器庫から道具を用意しろ」

この若者は先天的なリーダー気質らしかった。

影たちが去ると、

「惨いことをさせるものじゃ。時々、おまえは奴の――まあよい」

左手の声には、やり場のない怒りと虚しさが混じっていた。

すぐに思い出したように、

「さっきの弓使い――あれは〝重もどき〟だけを狙い討った。あの距離から、この薄暗さの中で、重と軽とを判別するとは、ダンピールしかできない芸当じゃぞ。それも、おまえレベルのな」

「凶鳥イサカを使いこなせるのは数人しかいない。大概は使い手が首をちぎり取られてしまう」

「はあ？」

左手の声はひん曲がっていた。

2

腕利き猟師もいる。ハンターもいる。だが、己れ以外の存在はすべて敵と見て襲いかかる凶鳥を操れるものは数少ない。

「ふむ。おまえなら、摑んだ矢の感じでわかるじゃろうな。だとすると、〈北部辺境区〉にも五人とおらんぞ。そんな輩が何故、こんな集落の〝もどき〟どもを狙う？　個人的な怨みか、誰かに頼まれたのか？　おまえを雇った男が別のハンターにも声をかけたとは思えん」

返事をする代わりに、Dは村の粗末な防護壁の方を向いた。

「来たの」

と左手が言った。緊張の風はない。慣れ切っているのだ。

「約五〇〇メートル。少し間があるの」

門は開け放たれている。Dは閉じようとしなかった。

そこへ〝もどき〟たちが武器を手に戻って来た。

ほとんどが弓と槍、杭打ち銃と火薬銃である。カズマは長剣だ。

「来たぞ。五〇〇前方じゃ」

左手が伝えた。カズマは眼を丸くして、

「死者の足音が聴こえるのか？　やはり〈辺境区〉一のハンターは違う」

「門を閉めなくていいのか？」

とDが訊いた。

「いや、向うもこちらの事情はわかっている。歓迎されるくらいに思ってるに違いない。このまま入れて、油断してるところを、ひと思いに片づけよう」

「おまえ、若い割にエグいのお」

感心する左手を無視して、影たちは前もって決めてあったらしい物陰に隠れた。

「大したもんじゃ」

と左手が言い切る前に、Dは地を蹴った。軽々と四メートルを超える家の屋根に身を伏せる。

それを認めて、へえとつぶやいてから、カズマは向いの家の陰に入った。

忍び入って来た影たちを月光が照らしたのは、二〇秒ほど後であった。

都合一〇名が通りに並んで足を止めた。

「かかれ！」

カズマが叫んだ。

侵入者たちは動揺した。

獣のような唸りを上げて身構える。

そこまでだった。

「成程——将軍の仰ったとおりだ」

ひときわ背の高い男が笑いを含んだ声を放った。

「万が一で足りん、億の一でやっとだとな」

物陰から住人たちが現われた。武器は下ろしている。カズマもいた。

「貴族の血は人間のそれよりも濃い。おまえたちはもうわしらの仲間——いや、奴隷だ」

カズマの身体は震えていた。男の言う貴族の血と人間の血の葛藤に身を灼いているのだった。呼吸が荒い。

「おまえたちだけで、こんな小細工をやらかすとは思えん。策士は何処にいる？」

「そこの屋根の上よ！」

指さしたのは、一〇歳ほどの娘であった。

侵入者の数人が弩を頭上に向けて放った。

三本の矢がほぼ垂直に飛翔し、地上十メートルで軌道を変えると一気に屋根へと降下した。

黒い塊が転がり落ちた。

「D――逃げろ！」

カズマが走った。その身体を数本の矢が貫いた。

「裏切り者の身の程知らず」

リーダーが嘲笑した。夜眼にも長く白い牙であった。

「どれ、おれが腐った血を吸い取ってやろう。首を斬り落としてからな」

彼は地面をめりこむように歩いて、呻くカズマのかたわらに立つと、その髪を摑んで引き上げた。

「やめて！」

村人の中から、赤毛の影がしなやかに飛び出して、リーダーに肩からぶつかった。巨体がゆらいだのは、娘も〝もどき〟——貴族の血が持つ力を備えていたからだ。

だが、すぐに踏みとどまるや、リーダーは娘の頭も固定した。

「こいつの女か？　せめて一緒に地獄へ落ちることで我慢しろ」

のけぞるように彼は哄笑(こうしょう)を放った。

その眼が頭上から迫る黒い影を捉えた。

次の瞬間、頭頂から股間まで断ち割られたリーダーは、見事に対称形に開いて地に落ちた。

「おまえも我慢せい」

嗄れ声は、立ちすくむ侵入者たちの間を駆け抜けた。数秒のことである。

次々に侵入者が倒れたとき、別の影たちが襲いかかって来た。カズマが救おうとした村人たちが。

「——やめ——ろ」

カズマの声も無力だった。

ふたたびDの一刀が閃(ひらめ)き、死者たちは地上に血まみれの数を増やした。

血痕ひとつない刀身は、残る三つの影に向けられた。

利発そうな少女と、彼女が庇(かば)う弟らしい男の子に。

「やめて！」

赤毛の女が走って二人を庇った。ブラウスの胸もとはカズマの血で汚れていた。

「こんな子供たちを殺して——どうなるっていうの？　このまま見逃して」

「見逃せば、別の人間が襲われる」

とＤが言った。氷の声であった。

ずいと前へ出た姿に、慈悲などかけらもない。

子供たちも女も運命の眼に射すくめられているかのように、身じろぎもせず立っていた。

ふと、Ｄがふり向いた。

塵と化した死体の中に、カズマの姿があった。

「ひとりだけ助けよう」

とＤは言った。屋根の自分が攻撃を受ける寸前、彼が庇ったことを忘れてはいなかったのだ。

若者は上体を起こした。三本の矢に貫かれた身体は、〝もどき〟といえど長い時間は保たぬことを告げていた。

「頼む……その子供たちを……」

「ひとりだ」

とＤ。

最後の息を短く洩らして、カズマは地に伏した。その身体がみるみる塵と化していく。

「名前を言ったか？」

Ｄが訊いた。

「さて。よく聞こえんかったわい」

　と左手が答えた。

「おれもだ」

「では、皆殺しか、全員救助しかあるまいな」

　Dの背で、収められた刀身が美しく鳴った。

　立ちすくむ三人が急速に舞い上がった。

　Dの懐剣が宙を飛び、女は地に落ちたが、二人は凄まじい速度で空中に呑みこまれた。いつの間にか湧き出た一塊の黒雲の中に。

　ちら、と見送る間にDの右手が閃いた。白木の針が雲中に吸いこまれるや、二人は落ちて来た。それを抱き止め、Dは女に駆け寄って庇った。

　陰々たる男の声は、地から湧いたように聞こえた。

「三人とも残したか。〈辺境〉一の貴族ハンターの名に嘘はない。わしですら、ぞっとした」

「リーダーか？」

　とDが訊いた。

「正式な名はドゾア・ミリシュヴァン・ザックス大将軍だが、おまえの技倆に免じて、好きなように呼ぶことを許そう」

「『暁影団』とやらのリーダーかの？」

嗄れ声が訊いた。

「そうなるか。貴族の翼の端に触れんとする涙ぐましい人々のまとめ役よ」

「何処にいる？」

「外だ。だが、じきに旅に出る。用があれば尾いて来い」

「目的地は？」

「さて、な。だが、来ても待つのは死だ。それより、その腕前——惜しい。どうだ、わしに仕えぬか？」

この会話間にDは何かを探っていたのかも知れない。

彼は背の一刀に手をかけるや、前方に——集落への道の奥へと放った。神速であった。

将軍の声には掛け値なしの感嘆がこもっていた。

「やるのお」

「肝を冷やしたぞ。では返そう」

将軍の声が、道の奥三〇〇メートルあたりで放たれていること、そこから小さな足音が生じたのを、Dの耳は確認した。

足音は「ひたひた」と口ずさみながら近づき、集落の入口で、高さ七〇センチほどの黒い塊と化した。

髪の毛の一本もない、アオミドロみたいな肌をした男であった。その上体は地面すれすれに屈み、背には三つの塊が盛り上がっていた。瘤である。その間を抜けるようにして、場違いとしか思えぬ長刀が載っていた。

「おれの名はワム。ザックス様の護衛役だ。ほれ、刀を返すぞ」

意外に渋い、はっきりとした声で唱えるや、彼は右手に握ったDの刀身を放った。

Dが前へ出た。背で鞘鳴りの音がした。指一本触れずに刀身が収まったのである。

だが。風が交差した。

「ホフフ」

とワムは洩らした。笑い声らしかった。

「おれの抜き打ちを避けたか。しかも、返して来るとは――これは先が楽しみだ。待っているぞ、尾いて来い。逆らうことは許さぬ」

ワムはそのまま後じさり、やがて闇の中に消えた。

「大したやっちゃな」

左手が呆れたように言った。

「あと三センチで心臓が真二つじゃ」

Dのヴェストは胸部が真横に切り裂かれていたのである。

だが――

　闇に閉ざされた路上をひたひたと歩きながら、

「真に怖るべき奴だぞ」

　とワムはつぶやいた。

「わかっておる」

　低声が応じた。他に人影などない道の上である。

　ワムは左首に手を当てた。

　赤い筋が走っている。血だ。

「あと三センチ深ければ動脈だな」

　姿なき声は笑った。笑いは複数であった。

「奴は必ず来る」

　と言って、ワムは歯ぎしりをした。ギリギリという音はいつまでも消えなかった。やがて、

「そのときが決着の時だ」

　言い放った周囲で、またも幾つもの笑い声が起こった。

　Dが一刀を受け取った刹那、ワムは背中の一刀を放ったのだ。間一髪でそれは狙いを外れ、同時に放たれたDの一撃もまたワムの頸部を浅く切るのみで躱された。誰の眼にも止まらぬ千分の一秒の戦いであった。相討ちともいえぬ結末を、ワムは許せないらしかった。

　必ず次に。

またも始まった歯ぎしりを笑い声が取り囲んだ。

Dはコートをまとい、長剣を負った。

屋根へ跳んだと見えたのは、このコートだったのである。カズマがそれをDと見たのは、彼ならではの技術でもあったろうか。

「奴らはさらに北へ向かった。何があるのかのお」

左手は訝しげであった。

「貴族関係の施設は幾つもあるが、一万年近く前に破棄されたものばかりじゃ。忌まわしいことが起きると言うてな。つまりは貴族も掌中に収められずに引き下がった土地よ」

「『暁影団』はそこへ向かう」

「追いかけるつもりか？」

一応質問だが、答えはわかっているという風でもあった。

Dは道の端に立つ三つの影を見た。

「ここに残るか、一緒に来るか？」

と訊いた。

「北の果てへ向かう途中に、おまえたちのような連中が暮らす村が幾つかある。そこまで行けば、少しは未来が摑める」

「行きます」

女が身を乗り出した。真摯な眼差しであった。他に道はないと悟っているのである。

「馬は？」

とＤ。

「乗れます」

「一頭出せ」

女は村の奥へと身を翻し、そこでふり返った。

「ジョゼットです」

と名乗った。

「Ｄだ」

女――ジョゼットは、二人の子供を連れて歩き去った。

「厄介なことを引き受けよって」

左手が怒ったように言った。クレームといっていい。

「どいつも軽とはいえ〝もどき〟じゃぞ。村へ着いたら、いいや行くまでに何が起こると思う？　その上で、将軍とその手下どもをを始末せにゃならん」

声は上空に向かった。

Ｄは村の奥を見ていた。

やがて、鉄蹄（てってい）の響きを連れて、ジョゼットが戻って来た。鞍（くら）をつけた馬の背には、子供たちが乗っている。

サイボーグ馬を止め、

「名前を教えて上げなさい」

とジョゼットは二人を促した。

「アルル」

と少女が伏し眼で名乗った。

「カーン」

と少年。

「旅行前の点呼じゃの」

三人は改めて眼を丸くした。それまでは、左手の声を聞いても驚くどころではなかったのだ。

Dは騎乗し、

「ひとりはこちらへよこせ」

と言った。

「え？」

と彼を見つめるジョゼットの顔が、闇の中で真っ赤に染まった。雲に隠れていた月が、そのとき、Dの顔を照らし出したのである。呆然（ぼうぜん）としているうちに、

「早くしろ」

せかされて、

「カーン、行きなさい」

六歳の少年は、Ｄの後ろにまたがった。

3

「ほう、別嬪(べっぴん)じゃのお」

左手が揶揄(やゆ)するように言うと、カーンが眼を丸くした。

「面白い。この左手——しゃべるんだ」

手綱を摑む左手を触りはじめた。

「こら、何をする？」

「わあ、面白い。もっとしゃべれ、こら」

そこへ、ジョゼットのサイボーグ馬が来て、

「およしなさい、カーン」

たしなめたが、

「でも、面白いんだよ、これ」

「これとは何じゃ？」

「あら⁉」

ジョゼットも驚き、アルルは喜んだ。あたしもあたしもとせがんで、馬上から身を乗り出して、拳状の左手をぺちぺち叩きはじめた。

「こら、しゃべれ」

「やめんか」

「こら、火を噴け」

カーンの要求もエスカレートしていく。

次の瞬間、二人の眼前に炎の球が出現した。

「わっ⁉」

「きゃあ⁉」

とのけぞるのを見て、ジョゼットが拳を口に当てて笑った。

「油断大敵って、父さんがいつも口にしてたでしょ。いい薬よ」

嗄れ声が笑った。

「大人を莫迦にするとどうなるか、わかったか？　餓鬼どもめ」

「ちょっと」

ジョゼットが拳を――Dを睨みつけた。

「子供に餓鬼って――何て言い草。訂正して下さい」

左手も反撃した。

「自分の躾が悪いのを棚に上げて、何をぬかす。この餓鬼どもは――」

以下、沈黙と化したのは、ジョゼットが懐剣を抜いたからだ。

「そこまでだ」

冷やかな声が、滾る血を凍らせた。一瞬のことである。

Dを見る三人の表情には、拭いようのない怯えが取り憑いていた。〝もどき〟と化した血が知らせるのだ。怖ろしいものがいる、と。

Dのサイボーグ馬が、何ちゅう奴らだと、ぶつぶつ言いながら歩き出した。女二人の馬も後を追う。

「何処かで泊まらねばならんぞ」

と左手が言った。

「次の村はカージミシュタットじゃ。何事もなければいいが。奴らの通過した所は、すべて〝もどき〟化されていると見た方がいい。奴らを片づけるまで、人里は避けることじゃ」

「次のサバクニタは大きな町だ。〈都〉からの槍騎兵も待機している。そこは狙うまい」

とD。

「『暁影団』は、疑似貴族と〝もどき〟の集団じゃ。昼は休まねばなるまい」

「違うわ」

とジョゼットが切りこんで来た。

少しためらって、

「血を吸われていない人たちもいます。その人たちのことも考えないと」

「それそれ」

と左手が窮屈そうに言った。

「生身の人間は昼の間、疑似貴族の守り役になる。昼は何処かで主人たちを眠らせ、日没後に活動に入るのが常道じゃが」

「違います」

ジョゼットが言った。

「彼らは昼間からやって来ました。昼は普通の信者勧誘を行い、夜、本性を現わしたのです」

「楽しい勧誘だったかの？」

「いえ、みんな莫迦にしていました」

「帰れと言わなかったのか？　疑似貴族ならかなりの数の柩が要る。おかしいと思わなかったのか？」

「あの連中は、上手い手を使ったのです」

聞き流していた風のＤが、すっとこちらを向いた。

サイボーグ馬をとばして三時間後、カージミシュタットの防禦柵が月光の下に形を取りはじめた。

「やられたの」

左手が手綱を握ったまま苦々しい声を出した。

「はい」

ジョゼットが応じた。人間には見えぬ柵の有様が彼女には見えるのだ。

「開きっ放しだよ」

アルルが指さし、カーンも別のところを指さした。

「見張りが柵からぶら下がってるよ」

三人の眼が血の光を帯びて来た。

「ここで待て」

Dはカーンを下ろした。

否も応もない。鉄の指示である。三人の眼が尋常に戻った。

Dは馬を進めた。

門は破壊されていた。

内部は血臭が漂っている。

「奴ら——あの後すぐここへ来たな。好き放題に暴れ廻った。見ろ、死体だらけじゃ。村人は抵抗したらしい」

通りのあちこちに死体が転がっている。

侵入者に驚き、抵抗した者たちだろう。首がない。腰から横に二つにされた遺体がある。頭頂から縦に割られた者もいる。男女とも区別はない。ひとつひとつ確認し、うちひとつに近づき、

「自死を選んでおるぞ」

と左手が呻いた。

まともな死体であった。両手に握った長剣で己(おのれ)の心臓を貫いている。

「首に嚙(か)み痕はない。恐らく、嚙まれてから、奴らの仲間入りを拒絶したのだ」

貴族に血を吸われた人間は、まず〝もどき〟に変わる。そうなる前に自らの生命を絶てば、首筋の嚙み痕は消失する。

「他にもおる——おお、この血の臭い。自死小屋があるぞ」

Dは風のように走った。

村の中央部にひときわ巨大な建物があった。こちらも開け放たれた戸口から、大量のかつ濃密な血臭が漂って来た。襲撃時だったら、Dか左手のどちらかがむせたに違いない。

「ざっと三〇人——〝もどき〟になることを拒んだ連中じゃ」

Dが入った。

おびただしい遺体が剝き出しの土の上に横たわっていた。大人たちは自死だが、子供たちは

「無理矢理処分されたか――赤児の胸に杭など打つこともあるまいに。たまに、〝もどき〟になれと言いたくなるわい。こんな葬儀場をこさえおって」

村人全員を収容できる「自死小屋」は、とりわけ貴族化を怖れる村々に用意された自滅の城である。門を襲われた時点で、ラッパその他の合図が村中に行き渡り、人々は反射的にここへ駆けつけ、考えもなく自らの胸に刃を突き立てるのだ。硫黄と硝煙の匂いからして、火薬銃も使用されたに違いない。

「生き残りは無しじゃな」

Dは無言で死の小屋を出た。

戻って来たDよりも、三人の眼はその背後、天を焼くかがやきに注がれた。

「火を――つけたのですね」

ジョゼットが細く頼りなげな声で言った。

「次に来るものに任せてもおけんじゃろう。死肉から病原菌を製造する〝血移し〟どもも多いことじゃ。――わ」

Dの左手が浮き上がり、二本の指の間で、ぷちゅ、とつぶれる音がした。

「これに刺されたら、三日で骨まで腐り果てる。ま、〝もどき〟になるより、ずっと安全じゃがな——うぐぐ」

Dは手綱を握りしめて、

「奴らは、おまえたちの集落を襲う前に、この村へ別働隊を送りこんでいたようだ。すでに、かなり先へ進んでいる」

Dはカーンを馬に乗せた。

「通り抜けて追うぞ——火花に気をつけろ」

そして彼は、ジョゼットの返事も待たずに馬首を巡らせるや、死滅した村の中へと走り出したのであった。

翌日。

その一行がやって来たのは、夜明け前であった。

虚空に浮かぶ太陽と、訪問者たちが奏でるけたたましいマーチの響きが、サバクニタの町民たちの警戒心の鎧（よろい）を少し緩ませた。

飾りをつけた六頭の白馬を先頭にやって来たのは、派手なペンキで、

DAWN LIGHT CIRCUS

と車体に広告した馬車三台であった。二台目の荷馬車で、サキソフォンやトランペット、ド

ラムにバイオリン等を操る化粧も凄まじい団員たちが、ジンタの演奏に励んでいる。もっとも、その出来栄えからして、町民たちを喜ばせているのは、旧い自動蓄音機から流れるマーチに違いない。

荷馬車の上から、チラシを放り投げていたピエロの口上は次のごとくであった。

「雲一点ない晴れた空から暗雲立ちこめる夕暮れまで、空を飛び、地を走り、水を蹴る。炎の虎、鏡の迷路、変身する軽業師に水坊主——お代はたったの一デイム——この地へ来るのも今日が最後、一座はじきに解散さ。おいでおいで、一生訪れぬ思い出になるよ」

そして、町を通り抜け、北の野原に天幕を張ったのであった。

荷馬車に乗った肌も露わな美女や筋肉マンたちは成人男女の眼を引きつけ、その後ろに続く幕を下ろした数個の檻から聞こえる野獣の唸りや、垣間見える爪や瘤だらけの身体の一部は、子供たちの好奇心を燃え立たせた。

女たちが惜しげもなくブラを外して人々に放り、檻のものの爪が、近づきすぎた少年の頬を傷つけたりしたら、結果は見るまでもない。

夕方近くの開場と同時に、野原には長い列が出来た。

急ごしらえの客席は一〇〇足らず。演しものは、天幕もない野原の中央で繰り広げられた。

人々を魅了した第一弾は、夕闇の光の中で舞い踊る軽業の妙であった。

円形の大地の東西に現われた白と黒のタイツ姿に仮面の若者二名に、スポットライトの照明が虹色に当たる。恭しく客席に頭を下げるや、小走りに進み出た二人は、数歩で地を蹴った。五メートルにも達するジャンプの軌跡は、その頂きで交差し、その瞬間、二人は黒白の蝙蝠へと変わって、驚き騒ぐ人々の頭上を乱舞し、音もなく地上へ——二メートルほどで人の姿をとって着地を決めた。

拍手が起こったのは、数秒後のことである。あまりの妖しさ美しさに、客たちは声を失ってしまったのだ。その分、拍手の轟きは夕闇の空を揺るがすかと思われた。

拍手は熄まず、軽業師たちに再度のジャンプを要求した。それに抗し切れなかったのか、中央にいた二人はそれぞれの位置へと戻って、またもや宙に舞う。蝙蝠にならずとも妖美華麗なる中天の姿に、それだけで拍手が追い——悲鳴とともに停止した。

交差した刹那、地上から走った紫色の鞭が、その肢体に巻きつくや、風を切って引き戻し、呑みこんでしまったのである。巨大な龍の口が。鞭は舌であった。

悲鳴を上げて席を立つ人々の中には火薬銃や弩を巨獣に向ける者もいた。そして、中止した。全長七、八メートルの獣の頭には、きらめくブラとパンティだけで武装した美少女が立っていたのである。

「けっ」

と放つや、少女はその鞭で巨獣の顔面をひと打ちした。

開いた口から、軽業師たちがとび出し、軽やかに一回転して着地を決めた。

感激させ、恐怖させ、また感激――この鮮やかな決めに、観客総立ちの拍手の中、

「軽業は兄のダルカと弟のカルダ――巨獣の名はライドス、その操り手は美女パーシャ」

男声のアナウンスが入って、三人――どころか巨獣も頭を下げて、またも大地を揺るがす拍手が湧いた。

「さて、二人は下がりますが、パーシャとライドスは残ります。上空をご覧下さい」

あらゆる眼が声を追うと、蒼さを増した空に悠々と円を描く巨鳥が確認できた。

「上空の鳥は火の魔鳥エンダ。ライドスの宿敵であります。これから繰り広げられる戦いは、正しく火と水の狂演。火傷とびしょ濡れ覚悟でご覧下さい」

その声が攻撃の合図と刷りこまれていたか、二羽のエンダはぐいと地上を見据えるや、猛スピードで急降下して来た。羽は畳まれている。地上にはライドスが仁王立ちで迎え討つ。

一羽が上空一〇メートルほどで停止し、長い嘴を開くや、アナウンスどおりの火炎が噴き出し、巨龍の背に命中するや、その全身を毒々しい色彩で包んだ。だが、巨龍が身体をひとつ振るや、炎は飛び散って客席を襲い、人々は入場時に手渡された五人用の防火シートで身を守った。

巨獣の瘤から一本の白い筋が上空へ放たれた。それは水であった。開けたままの巨鳥の口中へ吸いこまれるや、巨鳥は凄まじい水蒸気を吐きながら吹っとんだ。水流の威力である。そのパワーは、岩さえ二つにするに違いない。

もう一羽が巨獣の背後から襲った。

噴流の熄んだ背中に舞い降りるや、鋼じみた嘴をその皮膚に突き立てる。三度目で鮮血が上がった。

巨鳥も上がった。そいつの下にあった瘤が、やはり水を吐いたのだ。羽搏(はばた)く間もなく、巨鳥の高度は二〇〇メートルにも達した。

「そこまで！」

アナウンスに続いて、異様な叫びが放たれた。鳥も獣も動きを止めたところを見ると、その合図だったのだろう。

第二章　水　妖

1

「第一部はこれにて終幕。一時間後に第二部が始まります。それまでは、見世物小屋(アトラクション)でお楽しみ下さい」

広場を囲んで建つ小さな小屋は、定番の「ミラー・マジック」「千里眼」「人形館」であった。その間にバーベキューやミート・サンド、ドリンク小屋が並ぶ。

ザカリア・ジョーナスは、一〇歳になる少年であった。父は町長だ。当然、驕(おご)っている。二人の取り巻きを連れて、「人形館」へ乗りこんだ。

「いらっしゃい」

入口で迎えたのは、勿論、少女の人形だ。年齢はザカリアたちとほぼ同じだ。

「奥へどうぞ」

と伸ばした手をザカリアが摑(つか)むや、一気に引き抜いた。それを回覧し、三人は笑った。

「はい、戻すよ」

手を少女の口に突き入れた。

「い……やっ……し……ゃい……まへ」

ゲラゲラ笑いながら、奥へと向かった。

広い部屋へ出た。

「何だい、ここ？」

仲間のひとりが薄気味悪そうに、飾られた人形を見つめた。

金銀の刺繡(ししゅう)を施した絢爛(けんらん)たる衣裳(いしょう)に身を包んだ長身の男と、真紅のドレスに宝石のネックレスやイヤリングも鮮やかな女――貴族だ。その朱唇(しゅしん)と牙(きば)を見ればわかる。

「ビクつくな、ただの人形じゃないか」

ザカリアは笑いとばして、二体に近づくと、男の腰から短剣を抜いた。

「おい⁉」

二人が止めたが、

「何だ、こんな作りもの」

女の胸を刺し貫いてしまった。

「さあ、埃(ほこり)になってしまえ」

笑ったが、そうはならなかった。代わりに女の胸から、たらたらと鮮血がしたたりはじめたのである。

震え上がる仲間へ、

「何だよ、こんなの、下手な仕掛けだぜ」

それでも、やはり不気味だったらしく、

「行くぞ」

と先に出て行ってしまった。

すぐに、もうひとりがとび出して来た。真っ青だが、それはザカリアも同じだ。

戸口を見て、

「あいつは⁉」

と訊いた。三人目のことだ。

「さあ」

ザカリアは、立ち止まっていたが、

「来ないのが悪いんだ。行こう！」

早足で先へ進みはじめた。

部屋の中では、三人目の少年が二人の貴族に頸動脈から血を吸われて、虚空に白眼を剝いているところだった。

二人は真っすぐ出口を抜けた。

「待とうよ」

と仲間が言っても、ザカリアは、

「次は『千里眼』だ」

と主張して、さっさとテントへ向かった。先の親子が出て来て、すぐ二人の番になった。

丸テーブルの向うにかけていたのは、ぼろぼろのターバンを巻いた老婆だった。顔も手も染みだらけだ。

濁った眼で二人を見つめて、テーブルの前の椅子をすすめた。最初にザカリアだった。仲間は後ろの待合用の椅子に腰を下ろした。

老婆とザカリアの間には、定番の水晶球が置かれていた。それをちらと眺めただけで、

「名前はザカリアだね」

と言い当てたのである。

呆然（ぼうぜん）とするザカリアに、

「おお、おお、町長の倅（せがれ）かい。道理で、ロクでもないことばかりを平気でするわけだ」

「な、何だ？」

強がっても声は震えている。

「おまえ、後ろのと、『人形館』に置き去りにしたもうひとりで、おまえを叱った教師の家に火をつけたね。親子四人が死んだ。よくとぼけていられるもんだ。近頃の餓鬼は怖ろしいねえ」

「何だ、おかしな因縁つけるんじゃないよ。パパに言いつけるぞ」

「やってごらん。無事にここを出られたらね」

「畜生」

ザカリアは立ち上がった。ベルトに差してある護身用のナイフで、いきなり老婆に切りつけた。

顔が裂けた。

額から噴き出した血は、皺だらけの顔を流れ、顎からテーブルに滴った。

「好き勝手をして、尻ぬぐいはパパかい？　そりゃお仕置きをしなきゃならないね」

その無残な顔が、にいと笑うや、ザカリアは悲鳴を上げて逃げ去った。

老婆は血を拭おうともせず、待ち椅子にかけた少年をさし招いた。

「おお、あ、あ」

痙攣時のような声を途切れ途切れに放ちながら、少年は立ち上がり、テーブル前の椅子に移った。老婆は水晶球を見つめて、

「さあ、見てごらん。ほれ、何が見える？」

「……ボク……だ」

「そうかい……何をしてる？」

「……水晶の球を……見てるよ……」

「ほう。他に何が見える？」

「……黒い人が……入って来た……」

「ほう。それで？」

「……」

「その黒い人は——どうしてる？」

「……近づいて……来る……よ。ボク……の……方へ」

「何か持ってるかい？」

「……太い……縄を……」

「縄はどうなってる？」

「先が……丸く……輪に……なって……る」

「それをどうしようとしてる？」

「……いま……ボクの……首に……廻(まわ)した……よ」

「ほう。顔が見えたかい？」

「……ああ……ボク……だ」

「そうかい。それから！」

「……ぎゅうっ……と……」

口と鼻から鮮血を垂らして動かなくなった少年を、老婆はじっと見つめた。テント内に他の人影はなかった。

「まだ生きてるね。それがいいことかどうか」

「千里眼」のテントをとび出したザカリアは、そこで立ち止まった。立ちすくんだといった方がいい。

そこにテント間の空間はなかった。

新しいカーテンの前には、「ミラー・マジックの間」とあった。

「嫌だ、出て行くぞ！」

夢中でふり返った。

同じ戸口であった。

三度繰り返し、ザカリアは運命を感じた。

「畜生め、入ってやるぞ」

思い切りよくカーテンを開けた。

「ミラーマジックの間」であった。

人がいた。

よく見れば、十六人の自分だと気がついただろう。壁面十六方に立てかけられた鏡の仕業であった。

みな怯え切った表情だ。ザカリアは必死に平気を表わそうと努めた。

眉を吊り上げ、鼻翼を広げて、無理矢理笑った。

その横に、腐りかけた死体が並んだ。

ぼろぼろの衣裳を着た少女であった。唇も腐り落ちた洞窟みたいな口が、

「そうよ、その顔よ。その顔であなたはあたしを絞め殺したのよ」

「マキム……迷ったかあ⁉」

ナイフをふり上げて横を見た。いない。

「私のときも、そうだったわ」

隣にいるのは、中年の女のミイラだった。

「覚えてる？　ドーナ・シャクザン。マキムの母よ」

彼はナイフをふるった。手応えはなかった。隣には誰もいないのだ。

鏡の中にはいた。十六人の母親が口を揃えた。

「あなたは、マキムの居所を教えると言って、私を北の森の洞窟へ連れこんだのよ。そして、

そのナイフで」

　切りつけた。首筋へ。

「慣れてたのね。一発で頸動脈が切れたわ」

　またもナイフが閃き、別の姿が現われた。中年の男の全身は焼け爛れていた。

「ネモラ・ショルコフだ。おまえが他人の家に火をつけるのを見つけ、捕まえようとしたら、化学燃料を浴びせて、火をつけられた」

　次々にザカリアの隣に死者が現われ、彼らは一斉に声を合わせた。

「十五人。おまえに殺害された者たちだ」

　そして、片手を上げて招いた。鏡中のザカリアの隣から、外のザカリアを。

「やめてくれ！」

　ザカリアは戸口のカーテンへと走った。カーテンはなかった。

　いや、あった。

　ひとつだけ。奥の十六枚目——狂気に捉われた少年のみが映るその背後に。

　ザカリアの選ぶ道はひとつしかなかった。

　数分後、次の親子が入って——すぐに出て行った。十六人ずつの自分たちを見ても、仕方がなかったのである。

　彼らが去ると、最奥の十六枚目に少年の姿が映った。前方には誰もいない。彼は狂気に溢れた顔で内側から鏡を叩きつづけた。虚に陥った実体の姿に気づく者は、誰もいなかった。

　夕食のテーブルにつくと、町長は、

「牛肉の蒸しものか。いや、豚か。おかしなものを食わせるなよ」

と調理台の妻へ声をかけた。

「いいのよ」

　いつものぼんやりとした声が返って来た。今夜はなんだか気に障った。

「何がいいんだ？　新しいメニューをこしらえるのが、女房の仕事だろう」

「もういいのよ」

「だから、何がだ？」

　自分でも理解し難い怒りにあおられて、町長は立ち上がった。二階の父親が下りて来る前に、怒りを鎮めなければならない。

　階段の方へ眼をやろうとして——左脇にザカリアが立っていた。さっき帰って来たときと同じ服装なのが、町長の感情をさらにあおった。

「外から戻ったら着替えろと言っただろ」

「もういいんだよ、パパ」

「何ィ⁉　二人して同じことを――おまえら、つるんでおれをおちょくるつもりか？」

「ううん」

ザカリアが笑った。唇の間から牙がのぞいた。

うお、と叫んで町長は後じさった。

「ママ、ママ――杭打ち銃を持って来い！　こいつ、いつの間にか」

「いいのよ」

エプロンで手を拭きながら、妻がやって来た。

「そいつの――ザカリアの牙を見ろ！」

「あたしのも見てよ」

妻は息子の隣に来て、唇を笑いの形に歪めた。

二人目の牙であった。

「父さん！」

と町長は二階へ向かって叫んだ。

「治安官に連絡して下さい。いつの間にか、女房と息子が貴族に――」

「お義父さん、二階にはいないわよ」

「何ィ？」

戦慄が町長を椅子へ戻した。膝が笑っている。

「お鍋の中」

「……」

「見たい？」

「……」

「あたし、お義父さんって大嫌いだったのよ。汚らしいし、いつもあたしの胸やお尻をイヤらしい眼で見るし」

「……」

町長は足に力をこめた。何とか膝は崩れずに済んだ。

立ち上がると、南の壁の方へ行って、架かっていた杭打ち銃を取り上げた。弾丸はこめてあるのが〈辺境〉だ。

妻と子はゆっくりと、こちらへ向かって来る途中だった。

「どっちが先に死にたい？」

町長は銃架にぶら下がっていたサングラスをかけた。濃い色彩は貴族もどきの邪眼から、彼の正気を保たせてくれるはずであった。

「やめてよ、パパ」

妻が前へ出た。牙二本だけで別人の顔である。銃身に手をかけた。力が加わったとき、町長は引金を引いた。

ビン！　鋼鉄の弦がはじいた鉄矢は、外れるはずのない距離で妻の心臓を貫いた。

「あ……あ……あ……な……た……」

どっと倒れた身体は、みるみる塵と化していく。

ザカリアに向けた。こちらも射殺すつもりだった。

消えていた。

小さな背が戸口から出て行ったところだった。

「待て！」

夢中で追った。町長の倅が吸血鬼になった。おしまいだ。

玄関へ出て足は止まった。

ドアは開かれ、闇が埋める空間に、顔見知りたちが立っていた。

副町長。税理士、音楽教師、女医、戦闘用教師、花屋。

「あんたたち……何だ？」

次々に入って来た人々は、戸口の前に扇状に広がった。

みんな、唇の間から長く鋭い牙が。

「あんたは風邪を引いて見に来なかったから、将軍様の勧誘を聞かなかったんだ」

副町長が言った。

「我々はみんな『暁影団』に入信することに決めたんだ。あんたも来い」

町長は引金を引いた。

副町長が崩れ、その身体を踏みつけて、顔見知りたちが押し寄せて来た。

2

空気が青くなる頃、降り出した。

辛気臭い(しんき)イメージは、何時何処(いつどこ)でも変わらないが、〈辺境〉では歓迎される自然現象の一位だ。無論、貴族が苦手とするからだ。

ダンピールも。

Dの全身から立ち昇る鬼気がいくらか和らいだことに、三人の連れは気がついていた。

彼らも、また。〝もどき〟であるが故に。

Dは鞍(くら)のサドルバッグから雨除けを取り出して三人に被せたが、疲労と代謝の狂いは明らかだ。

呼吸がせわしなく、光る吹き出ものは、雨粒と——汗だ。

Dの背後でカーンが呻(うめ)いた。獣の唸(うな)りに似ていた。唇の端から牙が洩(も)れている。身体が雨の苦痛から逃れるべく血を求めているのだ。

これでは人の住む場所へは入れない。

貴族及び〝もどき〟が雨を含む〝流れ水〟を弱点とするのは、実は単なる水滴の集合にすぎぬ雨が、致命的な身体的化学的な力を有しているためではない。

そういう〝伝説〟或いは〝言い伝え〟によるものだ。

貴族が太陽光の下で朽ちる現象を解明すべく、世界中の物理学、生物学者たちが、貴族の肉体と太陽光の組成を調査分析し、人工太陽光を製作、捕えた貴族と〝もどき〟に照射したが、何の効果もなかった。それを見た科学者たちは、こう結論せざるを得なかった。

我々の努力は失敗に終わった。陽光の下で貴族が塵と化すのは、熱のせいでも、光に含まれる何らかの素粒子のせいでもない。単に邪悪なものは光に弱いという「認識」にすぎなかった。

水に弱い、心臓に杭を打ちこまなければ滅びない——そういうものなのだ。

「あたしもキツいわ。雨宿りしましょう」

ジョゼットが声をかけて来る前に、Dはすでに左手を高く掲げ、全身の感覚を宿探しに集中させていた。

左手が先だった。

「ここから五〇〇メートルほど右方に、『ナイトフィン』の森があるぞい。あの枝葉の下なら雨具がなくても、雨宿りが出来るわい」

五分とかからず、一同は頭上からのしかかるような大葉の下で、電子灯を点けて服を乾かしていた。

頭上の大葉は下から見ると両生類の水搔き(フィン)のように見える上、陽がさすと畳まれてしまうので、〃ナイト〃の名が冠せられている。

それでも激しい水しぶきが一同の周囲に生じるのは、葉の端から滴る雨水のせいであった。五〇〇メートルを走破する前に、雨足は異常に速く強くなっていたのである。

飛びこんですぐ、

「他にもおるな」

と左手が言った。

緊張の様子はない。この地方を旅する者に、「ナイトフィン」は常識だ。近くに旅人がいれば、かち合っても少しもおかしくはなかった。

「ざっと二〇〇メートル北北西で、木のはぜる音がする。しかし、気配がせんなあ」

「危険がいるか？」

「いいや、おまえにもわかるじゃろう。小竜どもも、肉食蝶(フレッシュ・バタフライ)も三つ首蛇(スリー・ヘッド・スネイク)もおらん。木の上も同じじゃ。待てよ、それもおかしいのお」

このくらいの規模の森となれば、面積は十キロ四方。当然、おびただしい虫や鳥獣が棲息(せいそく)していなければおかしい。なのに、左手は生命の気配がないという。

生命あるべきところにその生命がなければ、別の生命がそれらを駆逐したと考えるべきであった。

すでに、ジョゼットは連射弓を、幹にもたせかけた背の左横に置き、アルルとカーンはその小型を膝に乗せている。

Dは――旅人帽(トラベラーズ・ハット)を顔に載せ、長々と横たわっているが、長剣は右横に寝かせてあった。急な戦いに際しては、ジョゼットたちのように身体の左側に置いた方が扱い易く、敵にも対処し易いが、どうでもいいことだったろう。

「沼があるわ」

ジョゼットが言った。

「ほお、耳がいいのお。ざっと二〇〇メートル真後ろじゃ。はたして何が鰓(えら)呼吸をしておるのか」

「聞いたことがあるわ」

とジョゼットが、タオルで髪の毛を拭きながら言った。子供たち二人は終わっている。

「この辺りの森の中には、古代、貴族の建物があったそうよ。いまではどうなっているのかわからないけれど、小さいながら立派な建物が幾つも並んでいて、夜の間は窓から光が絶えなかったらしいわ」

「また、あいつの実験場か」

左手がボソボソと言った。

「そして、旅人たちが消えた」

　Dは動かない。雨の音に聴き入る美しい詩人のように。雷の音が混じった。

「休んでおけ」

　低く告げた。ひと言で、一同に緊張が走った。

「平和な一夜とはいかん」

「何か聴こえるんですか？」

　とジョゼットが訊いた。不安がこぼれる声であった。

「二人を抑えられるな？」

　Dが訊いた。

「大丈夫よ。でも、どんな状況なの？」

「この先に沼がある」

「……………」

「そこから何かが出て来た」

「〝死の沼〟ね」

「何じゃい、それは？」

　と左手。ジョゼットは答えた。

「この辺りに伝わる伝説めいた話よ。沼がいまよりずっと大きな湖だった頃、湖の真ん中には大きな島と、貴族の別荘があったの。貴族はそこから蝙蝠（こうもり）となって飛び立ち、近在の村を襲って、血を吸った後、村人たちを殺害したため、この辺り一帯は無人の土地となった。いまから二千年ほど昔に、何も知らない旅人が通りかかったら、湖には島も別荘もなく、その後、百年ほど後に大地震の直撃を喰(くら)って、湖も氾濫(はんらん)、埋め立てられて、いまみたいな姿になったそうよ。ところが、これも近くへやって来た旅人の話なのだけれど、夜、その沼の中からぞろぞろと現われる人影を見たっていうの」

「貴族も〝もどき〞も水の中に浸かっていたらえらいことになる。そいつらは何処(どこ)へ行ったというんじゃ？」

「森の北の奥へ歩いて行ったとか。旅人は死に物狂いで近くの村まで逃げたということよ」

「そいつらが、また出て来たか？　おまえのいた村では目撃者はいないのかの？」

ジョゼットははっきりと頭を横にふった。

「水の真ん中に建てられた貴族の別荘――それが消えても水の中から現われる貴族か〝もどき〞ども。そして、いま我々を出迎えにやって来るか」

アルルとカーンの表情が変わった。疲労の極みにあった表情が、子供とは到底思えぬ狂暴さと戦闘意欲満々なものに変わった。

何よりも唇に血が通い、通った色が唇の血管を映して、きりきりと二本牙をのばしていく。

Dが立ち上がった。

一刀を背負い、

「ここで待て」

と三人に告げて、背の長剣を抜く。三人の周囲を巡りつつ、長剣の先を地面に食いこませて、直径五、六メートルの円を描いた。

「ここを出るな」

と告げて、木立ちと雨の紗の中に姿を消した。

「さて、何が出る？」

とジョゼットは唇を引き結んで、短弓の円筒弾倉へ、腰の矢筒から摑み出した矢を手際よく詰めていく。

「準備して」

と二人の子供に命じた。

どちらも小型連射弓を携えている。二人は連射弓の底部へ細長い弾倉を、カチッというまで横に押してみ、

「大丈夫」

声を揃えて武器を戻した。両眼は赤く燃えている。〝もどき〟の勘が、妖気に気づいているのだ。迎撃の準備は出来た。

沼から街道への道を、人間とも魚ともつかぬ連中が進んで来た。頭も肩も雨しぶきに煙って

いる。人数はきっかり一〇人。うち人間の姿をしているのは三人だけで、あとは魚の顔に手足をつけている。服装はタキシードに白いシャツという貴族のものだけに、左右から押しつぶされたような顔の横についた灰色の眼とへの字型の口は、かえって不気味であった。口のすぐ下に鰓があり、呼吸のたびにせわしなく水を吐いている。

「久しぶりの人間だ」

まともな風体のひとりが言った。金髪であった。

「ああ、だが、油断するなよ、ベルグレン。ギザライン卿によると、かなりのパワーの持ち主がついているらしいぞ」

これは二人目の黒髪だ。いちばん知性的な顔をしているが、手には一メートル超の大鉈を摑んでいた。

「そういや、一〇〇年ぶりの獲物だというのに、近寄るなと止めたな。何、怯えすぎよ。人間など多少力をつけても、わしらには及びもつかんて」

三人目の男は白髪で短槍をぶら下げていた。隆々たる筋骨のせいで、柄まで鉄の武器もたやすく扱えそうに見えた。

全身から水を滴らせ、額についた髪も払わずにいるから、青白い肌と相俟って水死人のようだ。

このまま進めば街道に――その前にジョゼットたちと遭遇する。

いや、その前に——

前進が止まった。

こちらへやって来た人影が、三メートルほどの間を置いて立ち止まったのである。

三人の——いや、魚人たちの口までもが、ぽかんと開いた。Ｄの顔を見てしまったのだ。

「旅人ではないようだな」

三人目が言った。

右手の槍をひょいと垂直に放り上げ、落ちて来たところを投げ槍の要領で摑む。

「襲われる前に逃げる——いいや、おれたちを斃しに来たか。大した自信だな」

ベルグレンと呼ばれた金髪は、腰の後ろへ両手を移動させた。もともとは素手である。

「ひとつ訊く」

三人は顔を見合わせた。魚人たちも同じだ。前方の敵と声との差に呆然としたのである。

「左手に何かつけておるのか？」

ベルグレンが訊いた。呆然たる表情だ。

「水の中でも生きられるか？」

鋼の声が訊いた。それでみな、まともになった。殺気が雨の一角を包み直した。

「その美貌、その声——水の中で歴史槽から読み出した覚えがある。Ｄという男か？」

「そうだ」

何故か、感動に近い空気が一同を取り囲んだ。

「おれは——」

とベルグレンが名乗り、

「スギナビだ」

と二人目——黒髪が続けた。

三人目は、

「グロシェスだ。よろしくな」

挨拶とは無縁の殺気が全身を包んでいる。

「答えろ」

とDが言った。三人の自己紹介などどうでもいいという口調である。現実にそうなのだ。

「おれたちは水の中で生まれた。そいつらもだ」

魚人たちがグエ、と鳴いた。

「気の毒に。成功したのは、おれたち三人きりだ」

とスギナビが眉を寄せた。本気で悲しんでいる風だ。

「貴族の水嫌いは宿命的なものだ。医学では手に負えん」

左手が言った。

「それを克服すべく、ギザライン卿は全力を尽した。その結果、我々が生まれた。水中はいうまでもなく、真昼でない限り、陽光にも耐えられる貴族だ」

ベルグレンが胸を張ってみせた。

「それでどうなるというのじゃな？」

何処か小莫迦にしたような左手の言い草に、スギナビが大鉈を飛ばした。風を切る響きは、Ｄの右腰から左肩までを割って、旋回しつつ彼の手に戻るはずであった。

眩い響きが暗天を揺るがした。

抜き合わせたＤの刀身は、十倍も重そうな大鉈を、腰の手前で打ち落としていた。

いや。

鉈には手首がついていた。鉈を放つ寸前、踏みこんで切り落としたのである。

愕然と、ベルグレンが両手を前へ突き出した。それより早く、グロシェスの短槍が走る。

「よせ」

声が降って来た。貴族のものと知れる重い声であった。

「おまえたちが劣るとは言わぬが、ひとりでも失くしたくはない。Ｄよ、矛を収めてくれ」

Ｄは無言であった。刀身もそのままだ。

「おまえが創造主かの？」

左手が訊いた。

「そうだ」

「こ奴に歯を剝いた以上、こ奴も牙を剝く。どう収めるつもりじゃ？」

「わが家へ来てもらおう」

左手が応じる前に、Ｄの背が澄んだ音をたてた。刀身が戻ったのである。

このとき、スギナビが落とされた右手を拾い上げ、残った腕の切断面に押しつけたのである。

何事もなく付着した手首から先で、指が器用にニギニギを繰り返した。

3

三人と魚人に囲まれて、Ｄは沼のほとりまで歩いた。沼の中央には廃墟といってもいい石造りの建物が浮き上がっていた。石壁には藻が絡み、苔が這い、水中での年月の長さを示していた。

「おれたちは歩いて戻る。あんたには迎えが来る」

グロシェスがこう言って、一同は水中へ入った。次々に沈んでいく死の行進のかたわらを、建物から発進した無人ボートが、Ｄの前までやって来た。Ｄが乗りこむとすぐ、方向転換をして走り出す。建物の基部に出入口が開き、ボートを収納すると鉄柵が下りた。

古風というより古臭い構造の船着き場であった。壁の照明がぼんやりと周囲を照らしている。

Ｄが下りると、声が降って来た。

「ようこそ――右の通路へ行きたまえ」

声に逆らわず、Dは幾つかの角を曲がり、じき石の部屋に辿り着いた。

奥に石の台座と椅子が置かれ、そこに白髪の老人が腰を下ろしていた。

「ようこそと言っておこう。Dよ、私がギザライン卿だ」

「ここをこしらえたのは何者だ？」

Dが訊いた。会話の順序も礼儀もない。

「知らぬのか？」

ギザライン卿は静かな眼差しをDに与え、

「知らぬ」

とDは答えた。

急に深い疲労と脱力に襲われたかのように、ギザライン卿は椅子に身をもたせかけた。

「〈ご神祖〉だ。私は宇宙紀元二〇三五年に、この館の管理人兼運営者に任ぜられた。目的はここで行われる実験の完成であった。陽光も水も弱点とする貴族を改造し、海でも生きられる者にせよ、と」

「成功したか？」

「おまえがさっき地上で見た連中が、その結果だ。残りは魚人のまま死亡するか逃げたかだ」

「逃がしたか？」

「失敗作にも生きる権利はあるだろうが」

「ふうむ」

と左手が唸って何やら言いかけたとき、

「そのとおりだ」

とDが応じた。ギザライン卿が続けた。

「私はこのまま、暗い水の中で生涯を終えるつもりであった。人工血液の製造装置は永久に作動する。だが、私が造り出した者たちは、それでは満足しなかったのだ」

「熱い血を欲したか」

とD。

「――陸へ上がりたいという彼らを、私は止められなかった」

「いや、出来た。さっきのようにな。おまえのひと言に彼らは従った」

「あれは――」

「真に飢えれば、貴族は貴族の血を、独り身ならば自らの血を吸う。おまえの命に従ったのは、そこまで飢えていなかったからだ。さしたる飢えもなく人間の血を吸う――おまえはそれを黙認しているのだ」

「……………」

Dの声が止まった。

「貴族にしてはヤワな精神の持ち主じゃな。造り出した子供が不憫で、悪事を止められん。子供もそれを見越して家を脱け出し、好き放題をする。たまに言うことを聞いておけば、親の面目も立つ、と」

「やめい」

ギザライン卿の声は怒りに震えていた。左手の糾弾は続いた。

「奴がおまえに何を命じたかはわかる。だが、おまえを造り出した時点でミスを犯したのだ。人間の血を求めれば、奴の狙いは失敗に等しい。この施設はおまえを造り出し、そして失敗と知るや、奴はすべてを破壊して去った――そのつもりだった」

「やめい」

「だが、この廃墟とおまえは残った。奴が見落とした自動修復機構の力だろう。そして、おまえは奴の命じたことを実行に移した。水の中でも昼の光の中でも生きられる貴族を造り出すことだ。その結果があいつらだ」

「――どうするつもりだ？」

ギザライン卿の声が変わった。問いには覚悟が加わっていた。

「仕事を受けてはいない」

とＤは言った。

「だが、いまのままなら必ず排除の依頼が来る。それまでは好きにするがいい」

「礼を言わねばならんかな」

　ギザライン卿が組んでいた指をほどいた。

「だが」

　Dのひと言で空気は凍りついた。

　Dの左後方の石壁が横に滑った。現われたのは全裸の娘であった。桃色のはずの肌は青ざめ、おびただしい血管が縦横に走っている。

　そして、この世界で異常な人間を眼にしたら、真っ先に注目する部分——頸動脈には、はっきりと二つの歯型が食いこんでいた。

「誰だ⁉」

　愕然と立ち上がったところをみると、ギザライン卿自身も虚を衝かれたらしい。

　傷口から二筋の血の糸が戸口へと続いている。

　血の筋というより糸は朱の唇の間に消えている。

　貴族の食事独特の恍惚たる表情が入って来た。全身濡れそぼったスギナビであった。

「客人の前で何のつもりだ⁉」

　それこそ牙を剝くギザライン卿の炎の眼を平然と見返し、

「あれから三人で相談したんだ。この色男はいつか敵に廻る。それなら早めに始末してしまおう、となし」

「許さんぞ、スギナビ」

椅子から立ち上がるギザライン卿を片手で制したのは、Dであった。

左手が言った。

「この男だけは生かしておかん。こ奴と矛を交えた以上は」

Dはスギナビに向かって歩いた。足音はしなかった。

「おれはエネルギーを蓄えている。この血の主は旅人夫婦の女房だが、大のお気に入りでな。その血の美味なこと――おまえも吸ってみろ」

唇が尖るや、血の糸はねじくれながら、Dの口もとへと走った。

唇の間に入りこんだとき、Dは拒まなかった。スギナビは嘲った。

「いかなハンターといえど、ダンピールとなれば血の誘惑には逆らえまい。酔いどれぶりを見る前に、その首叩き斬らせてもらうぞ」

右手にぶら下げた大鉈を軽々と肩にかけ、Dへと走り寄る。

「スギナビ！」

ギザライン卿の怒号とともに光るものが家臣の首へと流れた。ブーメランとも三角翼とも見える凶器は、一撃で家臣の首をとばすはずであった。

美しい響きが二度鳴った。

三角の凶器を弾き、頭上からふり下ろされた大鉈もまた弾き返したDの刀身であった。

「うおっ⁉」

戸口まで三メートルも跳びのいたスギナビの眼は、大きく一刀を右へ抜き放ったDを映している。その口に吸い尽された血の糸も。

「貴様——平気なのか？」

呻き声はゆっくりと左へ落ちていった。切断されたスギナビの生首ごと。

二つの凶器を打ち落としつつ、反転したDの刃（やいば）は、わずかな力（パワー）のロスもなく敵を仕留めたのだ。

「血を……吸いながら……戦えるハンターか……信じられん」

朱に染まった唇が途切れ途切れに吐き出した言葉が終わり、床の首がぼろぼろと崩れはじめたとき、

「やはり——噂（うわさ）どおりの」

ギザライン卿のつぶやきは感動と戦慄（せんりつ）の混交であった。

「あとの二人は何処じゃ？」

と左手が訊いた。

ギザライン卿が二人の名を呼んだ。応答はない。別の名が呼ばれた。一秒とかけずに、同じ戸口から魚人が入って来た。

「ベルグレンとグロシェスは何処にいる？」

魚人の返事は、溺死寸前の人間のものとしか聞こえなかったが、ギザライン卿は拳をふり下ろした。

「彼奴ら、また地上へ。あなたの残した人間を襲いに行ったと思う」

「ボートを出せ」

Dはこう言って、やって来た戸口の方へと歩き出した。

降り熄まぬ雨のせいで、三人はうたた寝を始めていた。

誰かが幹にもたれたジョゼットの肩を押した。

はっと眼を見開いた。

「どうした?」

とカーンに訊いた。

「誰か来るよ。人じゃない」

ジョゼットは微笑した。この坊や、少しも怯えていない。

「任せとき。アルルを起こして」

「起きてるもン」

こちらも不敵な返事であった。

「準備して。開戦よ」

「わかった」

少年と少女は武器を構えた。

Dが消えていった木立ちの方を睨みつけながら、

「さあ、来い」

とカーンが小型連射弓を肩に当てた。

幾つもの人影が重なり合って近づいて来る。

先頭は魚そっくりの頭部をもっていた。

雨は熄む気配がない。遠くで雷が鳴った。

三人を取り囲んだ魚人たちを押しのけるように、二人の男たちが前へ出た。

「Dの仲間だな。おれはベルグレン——水中の貴族だ」

「グロシェスだ」

「へえ、わざわざ名乗ってもらえるとは光栄ね。あたしはジョゼット。こちらの二人は——」

「カーン」

「アルルよ」

二人の貴族は微笑した。子供たちの愛らしさに対してのものではない。不気味な笑みである。

「それはご丁寧なお返事、痛み入る。さすがはDの連れだ」

グロシェスが笑いを深くし、

「しかし、彼は今頃、仲間の手にかかっているだろう。従ってこれから、おまえたちの保護者は我々がなるぞ」

「お断りします」

ジョゼットは嫌みったらしく言った。

「雨に浮かれた水死人が出て来たようね。早く戻りなさい」

怒りに眼を赤く染めて前へ出ようとするベルグレンを、グロシェスが押しとどめ、三人のある部分に視線を注いだ。

「マフラーで隠してもわかる。〝もどき〟の血を吸ったことはないが、ある者は不味いといい、ある者は美味いという。いまここで確かめさせてもらおうか」

前へ出たベルグレンの身体が、ある地点で停止した。

「これは――結界が張ってあるぞ。Dか。さすがに手が込んでおるな」

魚人に顎をしゃくった。泥をはねつつ四方から襲いかかったものの、簡単に停止してしまった。

「行け」

ベルグレンが、両手を前方に突き出して命じた。

魚人たちはさらに前進し、停止地点まで来て、やはり立ち止まった。

「重力場の一種だろう」

とグロシェスが腕組みした。

「ダンピール風情が、洒落た真似しやがって」

ベルグレンの眼が赤熱し、全身に震えが走った。凄まじい精神集中に血管が浮き上がって来る。

異様な音をたてて、魚人たちがつぶれた。背後からの念力と重力場に挟まれた結果であった。

同時に、ベルグレンがへなへなと崩れ落ち、

「破ったぞ、グロシェス」

息も絶え絶えで喚いた。

グロシェスが進んだ。そこに重力場の守りはなかった。ベルグレンの念力と相殺されてしまったのだ。

「来なきゃいいのに」

ジョゼットが吐き捨てるや、弓を肩に当てた。弦はすでに引きしぼってある。引金を引くだけで、五〇本の矢が続けざまに標的を射ち抜く。四角獣の甲殻も難なく貫通するそれは、貴族の肉体など造作もない。

グロシェスが胸前に短槍を立てた。その穂の中央に直径一〇ミリほどの穴が開いていること に、ジョゼットは気づいていた。

矢は貫いた。ジョゼットの右胸を。

子供たちが驚きの声を上げた。

「もう一本射れるか？」

グロシェスが嘲るように訊いた。

「ええ、いくらでも」

ジョゼットは武器を持ち上げた。右胸は急所ではない。〝もどき〟でもまだ十分に戦える。

びゅっ！　と風を切って二本目が飛んだ。

グロシェスが短槍を少し動かした。人の眼にはわからぬが、信じ難い速度であった。矢は逆進し、ジョゼットの右肩を貫いた。

「矢であろうと弾丸であろうと、この穴に入れれば、後はおれの意のままに操れる。何なら三本目は、その子供らのどちらかに当ててみせよう」

二人の方へ身体を廻す――その眼の前で、小さな影が宙に浮かんだ。

グロシェスが短槍を操れなかったのは、虚を衝かれたからだ。カーンの小弓から放たれた矢は、グロシェスの喉に突き刺さったではないか。

敵が呻きと血塊を吐き出す間に、カーンは着地と同時にジョゼットに駆け寄り、アルルともども抱き起こして走り出そうとした。

「お前たちの行くのは冥府だ」

憎しみとその反動ゆえの悦びを言葉に込めて、ベルグレンは突き出した両手の照準を定めた。

「もはや血は要らん。死の海を見せてもらおう」

猛烈な圧搾が三人の頭蓋をきしませた。つぶされてしまう。

ベルグレンがにんまりと唇を歪め、その笑みは完成する寸前に消失した。

首を右から左へ細い針が突き通っている。

彼は右方を向いた。

黒衣の人影が立っている。

震える両手の先で、影は消えた。

ベルグレンの頭上から舞い降りて来たDは、右手の一刀でベルグレンの頭部から股間までを斬り下げ、返す一刀でその首を刎（は）ねていた。

倒れる身体を待たず、Dは最後のひとり、グロシェスめがけて跳躍している。刃の一閃（いっせん）が新たな血風を運ぶまで○・一（コンマ）秒。

だが、横に弧を描く一刀は短槍の穂で防がれた。二撃目は突きに変わった。

切尖（きっさき）が槍穂の穴に吸いこまれ、砕かれた。Dはよろめいた。その左胸に刺さっているのは、いまへし折られた彼自身の刀身の切尖であった。

「刃（やいば）返しの槍だ」

グロシェスは舌舐（な）めずりをした。

「もうひとつ深く打ちこんでやろう」

この間、ジョゼットは二本の矢に呻き、カーンの手は短剣を捜し求めていた。

Dのとどめを刺すのに邪魔者はなし。ぐいと投擲の姿勢を取った刹那、水妖貴族はぎゃっと叫んで両眼を覆った。

のけぞってから立ち直る——その間に胸もとへとびこんだDが離れた。

自分の胸を貫いた己が刀身を引き抜き、グロシェスの心臓に突き立てた後で。

第三章　虚空翔けるもの

1

捉えていた。

　グロシェスは眼を押さえたまま絶叫した。ふり向けた顔は、彼の眼をつぶした犯人を正面に
「アルル」

　少女は細長い筒を唇に押し当てていた。グロシェスの両眼を射抜いたものは、そこから吹き出された細い矢であった。隠し武器は成果を上げたのだ。

「吹矢とは――洒落た真似を……」

　その口から、がっと血が噴き出して、彼は地上へ大の字を描いた。

　みるみる塵と化すその姿へ、

「貴様ぁ」

「完全とはいかんのお」

と左手が苦々しく言った。

「水と陽光が平気でも、人間なら死して灰とはならぬわ。しかし、よくやったと言うべきであろう。ギザラインめ、自分の作品をどう評価しておるのか」

Dはやや勢いを失った雨の奥を向いた。その彼方の沼の中で、これも〈神祖〉に造り出された貴族は、新たな創造を繰り返すつもりだろうか。

――Dよ

雨音が声に変わった。

「何用じゃ？」

と左手。

「遠い遠い昔、あの方から聞いた覚えがある……成功したのはひとりだけだ、と」

Dは無言でサイボーグ馬にまたがった。

「行くぞ」

ジョゼットたちが後に続く。

「やんだのお」

と左手が言った。雨音はもうしなかった。

サイボーグ馬が走り出すと、右に並んだジョゼットが話しかけて来た。

「昔、〝歴史語り〟が村へ来たことがあるの。広場で講演というのをやったから、私も両親と行ってみた。千里眼で未来や過去を覗いたという話を沢山してくれて面白かったけど、いま考えるとみいんな嘘っぱちよ。でも、ひとつだけ、妙に残った話があるの。いまでも思い出すと、不思議な気分になるわ。さっき、ギザラインが言った成功例のことよ」

「何じゃい？」

と左手が訊いた。

「成功例とかの話。たったひとつの成功例と、〈神祖〉が口にした──〝歴史語り〟は信じてるのかどうか、あまり熱のあるしゃべり方じゃあなかったけれど、私の胸にはいつまでも残ったわ。人間と貴族の混血児──二つの血が溶け合ったとき、どんな存在が生まれるかしら。しかも、少なくともひとつは成功例があるんだって──ねえ、ゾクゾクしない？」

Ｄは娘の方を向いた。汚れのない夢と希望がこぼれんばかりの笑顔がそこにあった。

「それにね、〝もどき〟になったいまの方が、何だか胸が弾むのよ。小さな瞳に、もの凄く大きな雲を見たときのように」

「………」

「あれ何だったんだろうね。夢みたいに大きな雲だった。それだけで、泣きそうになったんだ」

「雲はどうした？」

Dが訊いた。

「すぐに流れていってしまった。風はそんなに吹いてないと思ったけど。見えなくなるまで、私は見送っていたわ。そのときと同じくらいに嬉しいの。たったひとつだって、貴族と人間の混血って素晴らしいことじゃない？」

「本気でそう思うかの？」

声は左手に変わった。ジョゼットは気にしなかった。

「嘘だと言うの？」

「いや」

と言ったのはDであった。

「あっ⁉」

悲鳴に近い声が三つ上がった。

雲間から、狙い澄ましたかのように、陽光が二頭の騎馬を照らし出したのだ。明るく強い光であった。

その中で、ジョゼットにだけは、Dの横顔が見えた。

自身が長らえる時間はわからない。だが、自分が生きている間、いま眼に灼きついたものは決して褪せることはなく、それを浮かばせたのは自分だと、語り続けていくだろう。

彼女はDの微笑を見たのだった。

前方からまずやって来たのは、複数の足音であった。

それは入り乱れている。後方の者が前の者を抜き、抜かれたものがまた抜き返す。かといって、追剝ぎ、野盗とも違う。悲鳴も怒号もない。

「追われておるな――だが、後ろからの足音がない。となると――」

左手への返事は、頭上を見上げたDであった。

人の姿が見えた。

次々に倒れていく。

Dの右手が腰のベルトにかかった。

風を切る音は一瞬であった。

雲の奥で気配が動いた。

傾きつつ降下して来たのは、円盤状の基部に手すりのついた飛行体であった。

若い男が手すりを摑んでいる。

その右胸に銀色の針が突き立っていた。

Dの放った針である。だが、いかにDの力をもってしても、頭上七〇メートルの敵を貫くことは、針の質量からして届かない。彼が放ったのは、鉄の針であった。

その重さとDのパワーの合力は、一〇トンの衝撃と化した。小型軽量の飛行体のエンジンなど、貫かれただけでなく、無惨な破壊痕を見せていた。

必死にバランスを保ちつつ、飛行体は道の右端に不時着してのけた。

鋭い気合が弾(はじ)け、ジョゼットのサイボーグ馬が突進した。アルルは下ろされていた。

「待て！」

斜めに土中に突っこんだ飛行体から出て来た男が、

「おれは人間だ。そいつらが〝もどき〟だ」

倒れた人々がみな塵と化しているのを、ジョゼットは認めた。

自動連射弓の引金にかけた指を、わずかにゆるめる。

「私はジョゼット――〝もどき〟よ」

飛行服(フライト・ジャケット)の男は立ちすくんだ。

「〝もどき〟って――あんたもか？」

あんたとはジョゼットではなかった。驚愕(きょうがく)の瞳はいつの間にか背後に立つ馬上のDを映していた。

「おれはD――ハンターだ」

男の眼の驚きはさらに深まった。

「あんたが――名前は知っている。いやあ、いい男だなあ。何でこの女を始末しないんだ？」

「ジョゼットだけじゃないよ」

Dの背後からカーンが顔を出してVサインを作った。

「おれもアルルも〝もどき〟だよ」

にやりと笑って牙を見せ、男は立ちすくんだ。

「まさか――あんたも？」

「ダンピールはもともと〝もどき〟じゃ」

いきなりの嗄れ声であった。男はぎょっとDの左手を見つめ、

「そこから聞こえた。あんた何者だ？」

「一緒に旅をしておる。それより、お前こそ何者じゃ？」

「ハーベイってもんだ。空の〝配送屋〟だ。文句があるか？」

〈辺境〉内の村や町へと急送の荷物を送り届けるのが〝配送屋〟だ。個人と会社に大別されるが、風雨や雪、空の妖物等を考えれば、危険に満ちた仕事といえた。飛行体のメンテナンスも、月に何度か訪れる部品屋と燃料ストアに頼らざるを得ず、当然、足下を見た法外の金額を要求される。それを補塡すべく、〈辺境〉の空の〝配送屋〟は、通常業務以外の危険に満ちたアルバイトも引き受けざるを得ない。

地を駆ける野盗、強盗団の殲滅や、妖物退治である。場合によっては、VIPや危険人物の輸送も範疇に入る。

〝もどき〟退治もその一環といえぬこともないが、こちらは地上での掃討が一般的であり、ハ

ーベイ某の殺戮(さつりく)は理解し難い行動なのであった。

Dは地上の塵を見下ろし、

「何故、彼らを討った？」

と訊いた。

「奴ら、旅の行商人を襲ってたんだ。その上空におれが通りかかったのさ」

「行商人はどうしたの？」

ジョゼットが訊いた。

「殺されちまったよ。おれが降下したときにゃ、喉(のど)を掻(か)っ切られて、血を吸われてた。おれにも牙を剝(む)いて来やがったんで、こいつも上から」

「筋は通ってるわね」

「そうそう」

ジョゼットと左手である。どちらも〝もどき〟にさしたる同情を示さないのが面白い。

「おれを狙ったな？」

Dの問いは続いている。

「この状況じゃ、〝もどき〟の一味だと思うのが普通だろうよ。悪気があったわけじゃねえ」

「悪気はなくても、殺すつもりだった――のじゃろうが」

「違う」

ハーベイは血相を変えて否定した。黒衣の美青年が、尋常な人間とは思えなかったのだ。

「単純に間違えたんだ。てっきり、〝もどき〟の親玉かと。あわわ」

と口を押さえた姿を見て、ジョゼットが、

「本当みたいよ。まさか斬ろうなんて思わないでしょうね」

Dは黙って背を向けた。ハーベイがへなへなとくずおれる。

その後ろで、はしゃぎ声がした。地面にめりこんだ飛行体に、アルルとカーンが乗りこんで、きゃっきゃっとやっている。

「こら、降りろ。これから修理だ。降りろ」

とハーベイが喚いたが、聞くわけがない。

かすかなモーター音が広がると、機体が傾斜したまま、数センチ上昇したではないか。

「こら、やめろ！」

走り出すハーベイの前方で、すうと二メートルも上昇すると、器用に一同の上へやって来た。

カーンが手すりから身を乗り出した。

ハーベイが眼を剝いた。少年は火砕砲を肩に乗せていた。おまけに折り畳み式の照準器まで眼に当てている。

「やめさせろ！」

ジョゼットをふり返って叫んだ。悲鳴に近い声である。

「およしなさい！」

ジョゼットが叫んだが、返事はカーンの笑いだった。めくれ上がった唇から白い牙が覗(のぞ)き、眼は血光を放っている。何より残忍そのものの、その表情。何を手にしたか知った刹那(せつな)に、貴族の血が眼醒(めざ)めたのだ。銃口はこちらを向いていた。

いきなり、アルルがとびついた。砲を奪おうと奮戦するが、たちまち撥(は)ねとばされてしまった。

カーンがこちらへ武器を向けた。

その視界が黒く染まった。

その中心に世にも美しい顔があった。

ぽかんと口を開けた少年の手から、危険な品は失われた。

地上のジョゼットの眼には、黒いコートを翼のように広げたDが飛行体を包み、すぐに着地させたように見えた。

ハーベイが駆け寄った。

Dと子供たちが降りて来た。二人とも恍惚(こうこつ)状態であった。

「休ませろ」

と告げて、Dはハーベイに、

「エンジンの修理にいつまでかかる？」

と訊いた。

「ああ、不幸中の幸いだ。あいつらが動かしてくれたお蔭で、ほぼ摑めたぜ。あの馬使いを始末したときに、吹かしすぎたんだが、まさかもどきが直してくれるとはな」

「あの女？」

左手が訊いた。

「ああ。奴らを始末する少し前に空の上で出食わしたんだ。凶鳥イサカに乗ってた。声もかけねえで攻撃してきたから、鳥もろとも焼いちまったよ」

「あの女か？」

左手がつぶやくように言った。

「恐らくな」

「まさか、あんな弓の名人がこんなイカレポンチに」

左手の記憶には、ダラクシュの村で、空中の弓を放った姿なき女の鳥使いが浮かんでいたに違いない。

あの弓の名人がまさか。

「これも〈辺境〉の出来事かの」

Dは返事もせず、

「修理は？」

と聞いた。

「一日で何とか」

「半日でやれ」

ハーベイは顔中を口にした。

「あのなあ」

と反論しかけたその手の上に、ざらざらと輝きがこぼれた。

「千ダラスだ。残りは満了時に。それで一〇日間、おまえとメカを買おう」

2

それから二日の間、ハーベイは地獄を味わった。

何とか修理して宙に浮かべると、チビたちがたちまち二人がかりで乗りこんで来て、スイッチやレバーをいじくりまくる。そのたびに飛行体は傾き揺れて、地上や木に衝突してしまう。

頑丈にこしらえてあっても、何度か繰り返せば何処(どこ)かにガタが来るものだ。その度に修理する羽目になり、しかし、その最中にも〝もどき〟の悪餓鬼(わるがき)どもはやって来て、器具のコードを抜いたり、スパナを隠したりする。そこで一喝すると、邪魔と悪戯(いたずら)がどんどんエスカレートしていくのであった。

「てめえらいい加減にしろよ。どうやってこの配線を入れ替えた？」

と叫んだのは、飛行体が地上三〇センチしか浮き上がらなかったときである。

「ふっふっふ」

とカーンは不敵に笑った。右手には小さな部品を握っていた。

「これは高度調節器用の電流を制禦（せいぎょ）するコンデンサーだ。髪の毛一本あれば、細工は流々だぞ」

万事がこうである。二人を相手にしているうちに、Dとジョゼットは、

「任せたわよ」

と先に行ってしまう。報酬の残りは後だから、必死で追いかけなくてはならない。

その日の夕暮れまで、攻防戦を繰り返し、冷却水のタンクに開けられた穴をふさいでいると、

「前方不注意」

とカーンの声がした。顔を上げると、夕暮れに包まれた道の彼方に、巨大な防禦柵（ぼうぎょさく）が浮かび上がっていた。

「サバクニタだぜ」

自分に言い聞かせ、ハーベイはやっとひと息ついた。

そのかたわらで、手すりを摑んだカーンが、

「何かおかしいな」

と言った。

反対側でアルルが、

「ホントだ。見張りがいないね」

とジャンプを繰り返す。

怒鳴りつけようとした途端、いつの間にか前進していた機体の横で、

「上空からチェックしろ」

とDが命じた。

「二分待ってくれ。この餓鬼どもが」

「一分だ」

「わかったわかったよ。降りろ、こいつら」

と左右を見たら、いつの間にかDとジョゼットの背後にぴったりくっついた小悪魔が、

「一分だぞ」

「早く行け」

と柵の方を指さした。

「えらそうに、糞餓鬼ども」

悪態を返しながら、飛行体はきっかり一〇秒で舞い上がった。

その下で、

「もうじき闇が落ちる。おかしな者どもが見えるじゃろう」

と左手が言った。ハーベイは柵の内部をひとあたり見廻してから、

「ほんとだ。まだ陽はあるのに、誰もいねえと来たか」

ハーベイは心臓の轟きを感じたかのように胸を押さえた。陽が少しでも残っていれば、人々は外へ出る。子供たちは特にそうだ。夜に怯える者たちは、昼の価値を知り尽しているのだ。

それなのに——

「まさか、みんな——おい」

ハーベイは飛行体を降下させた。

家屋、集会所、納屋、広場——人々のいるべき場所に人影はなく、引き揚げようと操縦桿に力を入れたとき、広場の隅に妙な形が映じた。

黒いシーツを被った塊が二つある。単なる荷物とは思えない。ハーベイは飛行体を数メートル手前まで近づけ、折り畳み式の鉤棒を三メートルまで引き出した。

黒い布カバーに鉤を引っかけるのは簡単だったが、剝がそうと引いてもビクともしない。硬化皮膜が塗布してあるか、術がかかっているとしか思えない。

不意に夕暮れが濃さを増した。

「危べ」

もう一度引いた。

「おっ⁉」

驚きの声には、別の原因があった。

カバーは呆気(あっけ)なく破れた。その隙間からシャツを着た男の腕が、鉤を摑んでいたのである。

凄(すさ)まじい力の伝達に飛行体が傾斜する。

「そうはいかねえよ」

ハーベイは傾いたまま飛行体を上昇させた。五百馬力のエンジンは、怪力の持ち主自身を高々と吊り上げてしまう。

カバーが落ちた。

鉤を摑んでいるのは、夕暮れの中でも青白い顔の少年であった。

にやりとハーベイに笑いかけたその唇から牙が現われた。

「やっぱりな。すると、この町は全滅かい。——おっ⁉」

ハーベイは鉤から手を離した。凄まじい勢いで男が鉤を伝わって来たからだ。

宙に浮いた鉤を蹴って、男は飛行体内に侵入した。

「おまえも、仲間になれ」

少年が牙を鳴らした。

「おいらは飢えている。おまえの温かい血をよこせ」

「真っ平(ぴら)だ」

ハーベイは胸前のケースから、円筒型の火炎放射器を抜いた。高圧で噴出する飛行体の燃料は、噴出孔の内側にある常熱器に触れるや、一万度の高熱と化して、少年の胸から全身を包んだ。

彼にも吸血の策はあったろうが、何ひとつ果たせず、骨まで焼き尽す炎に蝕まれつつ、手すりまで後退し、勢い余ってそれを越すや、声もなく地上へと落ちていった。

「あとひとり」

と残る袋を見下ろし、ハーベイはまたも眼を剝いた。

「いねえぞ⁉」

その背中に舞い降りた。首筋に冷たい息がかかる。もうひとりは空中にいたのだ。

「うわっ⁉」

頸動脈(けいどうみゃく)の上に鋭い痛みが——走らなかった。

背後の敵は、驚きの気配とともに後ろへ下がった。ハーベイは大きく身をひねり、火炎放射器を向けた。

敵は五〇代と思(おぼ)しい男だった。服装からして町民に違いない。

手すりにもたせかけた身体が不意に痙攣(けいれん)した。左肩から鋭い針の先が覗いていた。それを摑んで引き出そうと試み、男はそのまま腰を落とした。

全身麻痺(まひ)に陥った男から眼を離さず、ハーベイは手すりに近づいて下方を見下ろした。

げていた。

一〇メートルほど下の路上に、二頭のサイボーグ馬が止まって、騎上の四人がこちらを見上

「――Dか。何て野郎だ」

男の肩を下から貫いたのが、Dの白木の針だというのは、わかっている。だが、

「〈都〉の鍼(はり)打ちから聞いたことがある。〝秘点〟だ。人間も貴族も、ここを打ち抜かれると動けなくなっちまうとか。だが、十分の一ミリずれても効果はゼロ。あんなとっから、よくもまあ」

怯えを呑(の)みこんで、ハーベイは飛行体を着地させた。

「無事だったらしいわね」

とジョゼットが面白そうに声をかけて来た。そして、弓を構えた。

「後ろから嚙(か)みつかれたように見えたけど――そこ見せて」

ハーベイはあっさりとうなずき、ハイカラーのシャツの首筋を広げた。傷はない。血も出ていない。しかし、熱のせいか汗びっしょりだ。

彼はカラーを指で弾いた。固い音がした。

「内側に薄い金属が仕込んであるのさ。いくら貴族でも歯が立たねえ。安心したか？」

「はい、確かに」

「だったら弓を仕舞いやがれ」

と罵（ののし）ってから、飛行体に乗った異人を見た。

「――尋問するんだろ？」

答える代わりに、Ｄは馬を下りた。異人と化した男のところへ歩み寄って、
と訊いた。

「町の者か？」

「そうだ」

舌はややもつれているが、怯えはない。ただし、青白い顔が薄紅を刷いている。Ｄの美貌の力であった。

「町での仕事は？」

「町長だ」

ハーベイとアルルとカーンが、ひゅうと口笛を鳴らした。

「これは好都合じゃの」

町長はかっと見開いた眼をＤの左手に向けた。

「どんな奴らがここへ来た？」

とＤが訊いた。町長はそっぽを向いた。

「あまりいい男なので、協力する気になりそうだ。だが、私を処分するのは、話を聞いてからにしてくれ」

「何故、残った？」

Dが質問を変えた。

「次に来る奴を仲間にして、この町を再建するためだ」

「ホラ吹くんじゃねえよ」

とハーベイが言った。

「あんな格好でいたら、誰でもおかしいと思う。昼間に見つかったらイチコロだぜ」

「貴族のように柩へ入るつもりはなかったのだ。陽に晒されたら、そのときはそのときだ」

潔いといえばいえる言葉であった。

「町の連中は何処へ行った？」

「尾いていきおった。サーカスにな」

「ほお」

と左手。

「だが、あのままでは、何処の土地にも受け入れられはすまい。数が多すぎる。恐らく大半は途中で始末されるだろう」

声を闇が包んだ。

「町を再建する理由は？」

Dの問いである。期せずして、ハーベイ以外の連中もうなずいた。

「言いづらいが、意地だ」

と町長だった者は答えた。いや、まだ町長なのかも知れない。

「じきに新しい旅人がやって来る。彼らを町民にすれば、半年を待たずに、町は再建できるのだ。私には、この町を守り、維持していく責任がある。たとえ、夜の生きものだけの町になろうともな」

「何故、それほど執着する？」

「この町は一〇〇年前に私の祖父たちが建設したものだ。それを父が守り、いまは私が守って来た。これからもそうするつもりだ。私が斃（たお）れても――」

言いかけて、町長は眼を伏せた。Dが続けた。

「おまえの子供はどうした？」

「尾いていったのですか？」

ジョゼットの問いには同情が詰まっていた。吸血鬼と化しても町を守らんとする執念に打たれたのである。

「滅びた。さっき、炎の中で」

ハーベイがそっぽを向いた。

「私と一緒に残ってくれた。行けと命じたのだが」

声は闇に流れた。みんな黙っていた。彼らは――アルルとカーンでさえ、町長の言葉に嘘はないと感じ取ったのである。彼は人外のものとなっても、この町を愛しているのだった。

「〝もどき〟たちの町なんて、聞いたこともないわ」

ジョゼットが眼を丸くした。

「昔、あったわい」

嗄れ声が全員を沈黙させた。

「何処にだい？」

ハーベイも眼を剝いた。

「三千年ほど前に、〈東部辺境区〉の片隅にな。やはり〝もどき〟にされた町長が、町民たちと新しい町を作ったのじゃ。旅人の血も吸って元の倍も大きくしたが、やがて町の正体が暴かれ、〈都〉の軍隊に殲滅させられたという」

「その繰り返しになるだけさ」

とハーベイが嘲笑した。この男には〝もどき〟も貴族も同じ穴の貉なのだ。

「いくらごまかしたって、見る者が見りゃ一発でおかしいとバレちまう。たちまち、真っ昼間に杭と松明を持った連中が押しかけ、住人は杭を打ちこまれ、町は火に包まれて終わりさ。おい、D――早いとこ始末しちまえよ。あんた、ハンターだろ？」

「彼への依頼は受けていない」

「おい、そりゃねえだろ。すると、こいつを見て見ぬふりをするのか？　こいつ自身が言ったじゃねえか。旅人の血ぃ吸って仲間を増やすってよ」

「では、おまえが依頼しろ」

ハーベイは顔を歪めた。

「いいともよ、と言いてえが、なあ」

「やめて、Ｄ」

とジョゼットが悲痛な声を上げた。

「ほら出たぞ——〝もどき〟仲間の生命乞いだ」

「うるさいわよ、空飛ぶ寄生虫」

と返してから、

「彼を処分してとは言わないわ。でも、あなたに無関係というなら、見逃してやって。町長さんを私たちの仲間にしたらどう？」

「ほう」

左手が呻いた。

「無駄だ」

と言ったのはＤである。

「どうしてよ？」

「彼は町のために残った。離れる気はあるまい」

村長はジョゼットに笑いかけた。

「お嬢さん――気持ちは嬉しいが、このハンサムの言うとおりだ。生か死か――どちらにしても、私はこの町に殉じるつもりだ」

「おまえは残していく」

とDは言った。

「おい⁉」

ハーベイは歯を剝き、ジョゼットは安堵の息を吐いた。

「ただし、おれは、すぐに次の村へ通信体を飛ばす。明日には近隣の連中が駆けつけるだろう。どうするかは彼らに任せる」

「やめて、そんなこと」

ジョゼットが弓を構えて、Dに向けた。何と、二人の子供も武器を構えたではないか。

ジョゼットは必死に町長へ話しかけた。

「ねえ、一緒に行こう。あなたの血を吸った貴族を始末すれば、元に戻れるわ」

町長は薄く笑った。

「嬉しいことを言うのお、お嬢さん。だがな、私は人間に戻るより、この町を守りたいのだよ」

「それなら――」

「明日、旅人が来れば、ひと眼でこの町の運命は知れる。彼は君たちと同じことをやるだろう。こうなった町の運命を知らないではあるまい」

町長はジョゼットに微笑を投げた。

「だが、感謝するよ。希望の星が照らす運命は、君たちが受けたまえ。――美しいハンターよ、武器をお貸し願えるかな？」

Dの右手がベルトに差した懐剣にかかる――それより早く、一挺の弓が町長の頭上に躍った。

素早く受け取って、

「感謝するよ、お嬢さん」

もう一度、ジョゼットに笑みを与え、町長は大きく五メートルも後方の路上へ跳躍した。

同時にDが鞍へと飛んだ。

一本目の矢はその身体を貫くはずが、どのようなDの動きか、コートの裾がはためくや、矢はそれを貫いて空しく虚空に吸いこまれた。

二本目を放つ寸前――騎馬は町長の眼前に迫った。

びゅっと空を切った二本目を難なく弾きとばして、Dとサイボーグ馬は、町長の横を駆け抜けた。

棒立ちの町長の左胸から血潮が噴き上げて闇を濃く染めた。

うつ伏せに倒れた町長の身体は、みるみる塵と化していく。

血の一滴もつかぬ刀身を鞘へと収めたＤへ、

「首を落とさなかったのね、Ｄ」

とジョゼットが言ったのは、少し経ってからである。

「ありがとう」

「結果は同じだ」

とＤは冷やかに応じた。ひょいとカーンをすくい上げ、

「町長が生きようとした闇は、おれたちの世界だ。行くぞ」

わずかな動きもなく、サイボーグ馬は走り出し、弓を拾い上げたジョゼットの馬もその後を追った。少し遅れて、ハーベイの飛行体も空中に舞い上がった。

3

地上とは無関係だとばかりに、星は意気揚々とかがやいていた。

そのかがやきに挑んだ古代人たちの物語を、女は知らぬでもなかったが、現在でも星の神秘さは少しも変わっていない。

貴族は太陽系の星々すべてを支配下に収め、ＯＳＢ（外宇宙生命体）との抗争を契機に、遥か外宇宙の海原へも歩を進めていた。数千万光年の彼方に貴族の旗が翻り、広大な都市

も築かれた。当時の恒星間ルートはいまなお使用され、数十年に一度、新たな探検隊が新たな星の国を求めて虚空の深淵に挑んではいるが、宇宙の広さはなおも貴族たちの挑戦を冷やかに見つめているのだった。勝利するのは無限か不死か。

森の中で、おびただしい音が呻き声のように響いた。

蝶番（ちょうつがい）の響きである。

そして、影たちが立ち上がり、長い箱を出て、ある方向を見つめる。ひときわ長身の、絢爛（けんらん）たる長衣をまとった男を。空に月はない。ザックス大将軍だ。重い雲が塞いでいる。影は影のままである。

彼はぐるりを見廻（みまわ）し、

「揃（そろ）っておるな」

と言った。

誰かが応じた。

「足りませぬ。ギャラクシア様が」

「あれは人数に入れておらぬ」

と長身の影が言った。囲んだ影は二十を超えている。

「ある日突然、天より我らが元へやって来て、目的を聞き出すと、ただで同行と護衛とを引き受けた女。来たときと同じく、ある日忽然（こつぜん）と消えかねん。放っておけ」

「敵かも知れませんぞ」

大将軍の影より、さらに年齢を重ねた声が異を唱えた。

「我らと同じ目的を持つ団体は〈辺境〉に幾つも存在いたします。当然、足の引っ張り合い、殺し合いが頻発。我らに眼をつけた集団の刺客でないとは言い切れません」

「あの女の技を知っておるか？」

長身の影は訊いた。

「いえ」

「その気になれば、一瞬のうちに我らを発狂させうる技――わしだけが知っておる」

「では、なおさら、左様な危険人物を加え置くのは――餓狼とともに道行きを続けるようなもの。早々に手を――」

「放っておけ」

若い声が潜りこんで来た。

「ギグルか。若いのは黙れ」

「ここに参加したのは、あなたより古い」

と若い声は返した。

「そうだ。処分するのは勿体ないぜ。どうせ、あんたのこった、卑怯な手を考えてるんだろうがな、イサク老」

別の声に、イサクと呼ばれた影は、怒りの矛先をそちらへ向けた。

「ドーゲンよ、おまえもギグルも、ああいう現実より幻界に浸り続けている奴の思考と行動を知らぬのだ。確かに、これまで数十名の刺客を、あの女ひとりで始末して来た。その手練は見事のひと言に尽きる。それは認めよう。だが、あの女の本心は誰にも読めぬはず。その言葉のみを信じて同道を許すのは、やはり早計に過ぎたのではないか」

真紅の光が、その頭頂を貫き、股間から抜けた。

長い苦鳴は、途切れることを知らぬようであった。

その間、イサクと呼ばれた老人は、身をよじり、のけぞり、射入孔と射出孔から火花と血を噴き上げつつ、踊り狂った。

誰ひとり助けようとしないのは、初めてではないからだ。

いま、イサクの身体を縦に貫いたのは、何処ぞやの軌道上を廻っている隕石のひとつであり、そんな真似が出来るから、犯人を罵るものはいないのだ。

みなが悲惨な表情を虚空へ向けた。

「何処にいるのやら。わかるか、ドーゲン？」

とギグルが少し呆れたような声で言った。感嘆と取れぬこともない。すぐにドーゲンの声が、

「虚空の上さ。おれの眼でもわからん。たまには降りて来ないのかな」

ギグルは吐き捨てるように、

「来ても、おれたちのところになんか来やしねえ。なんせ、地べたを這い廻る虫ケラだからな」

「地上に未練はない、か」

「そーゆーこった。あの女の世界はいつだって夜だ。いつも体調は万全。降りて来る必要なんざねえ。地上に降りた神さまに意味なんかありゃしねえさ」

「もっともだ」

一応、ドーゲンが納得して話は終わった。

影たちの頭上で星が流れた。あれが虚空を翔ける女か。

夜の街道を二キロほど進んだ地点で、Dは全力疾走のサイボーグ馬を止めた。少し遅れてジヨゼットたちも加わった。

左方に広大な廃墟が横たわっていた。貴族研究家たちの間でいまも論争が絶えぬ第一は、彼らの建造物の老朽化と崩壊であった。ＯＳＢ（外宇宙生命体）との戦闘において、その施設の周囲にエネルギー圏を巡らせ、隕石の直撃や、次元攻撃さえも難なく撥ね返した科学力を、何故、建造物には応用せず、空しく時とともに朽ちるに任せたのか。

人間たちの碩学の出した結論は、いまに到るも揺れ続ける定番であった。

貴族の懐古趣味である。

限りある生命の人間が、永遠の生に憧れ続けたように、不老不死の貴族は、はかなく散りゆくものを求めたのだ――。他に考えようがなかった。

どの貴族が建造し、滅びに任せたものとも知れぬ廃墟は、ひっそりと闇の底に沈んでいた。

「ここだぜ、D」

上空三メートルほどのところから、緊張と怯えが抱き合った声が落ちて来た。

飛行体に乗ったハーベイが、廃墟に眼を据えながら、汗を拭っている。

「星が落ちたのは、間違いなくそこだ」

「上から覗いて来い」

左手が言った。

「真っ平だ。天から降って来たような奴だぜ。射ち落とされないとも限らねえ」

「ただの隕石かも知れんぞ」

「よせやい。あのスピード、あのスペクトル、あの光り具合。人工体さ。無駄死にはごめんだ」

Dが前へ出た。サイボーグ馬は下りている。

「おい」

「ちょっと――危険だよ」

ハーベイとカーンが怒りに似た声をかけたが、美しいハンターは無言無音で廃墟の中心へと進んだ。

貴族の廃墟とは広大なものである。本城、本館は勿論、別荘といえど敷地は一〇万坪を超し、本城は一万坪、点在する阿亭さえ千坪二千坪はざらだ。

朽ち果てた瓦礫を軽々と躱し、乗り越え、Dは広い池の畔に出た。

人間のいう池とはレベルが異なる。左右の果ては眼を凝らせば何とか見えるが、前方は満々たる水の広がりだ。湖に近い。

風があるせいか、波が寄せて来る。その際に真紅の衣裳がひとつ固まっていた。腰まで届く黒髪が揺れている。マント姿の女が腰を下ろしているのだった。波はその数センチ手前まで達している。

「ほーい」

左手が声をかけた。それが消えてから、陰々と、

「気配はしなかった。4Dセンサーにも引っかからないとは――何者だ。ま、誰でもよいが」

波打ち際からの声であった。そこにいるのは、若い女であった。

「この沼は、もと『さまよいの場』であった。夜ともなれば、柩から脱け出した住人たちが月光と星の光の下をあてどもなくさまよい歩いた場所だ。自分たちは何故ここにいるのか、終わらぬ生はいつまで続くのか――彼らは科学の力で世界を見ることが出来た。宇宙の彼方も深い水の中も体験することが出来た。だが、その果てには何が残る？　ある日、誰かがそう考えた。

そして、彼は自分の城で光子ロケットを造り上げ、ひとり星々の彼方へと飛び立ち――五千年後に戻って来た。〈神祖〉が彼を迎えたという。だが、彼は偉大なる存在に眼もくれず、自らの城に戻って柩に横たわると、二度と現われなかった。片道二千五百年の旅で、彼は何を見て来たのだ？　何も見なかったという者もいた。それが彼に永劫の眠りを求めさせたのだと。どちらだと思う、謎の男よ？」

「アンガーギャスリン公爵の物語か」

鉄の声が応じた。

真紅の身体を見えない稲妻が貫いた。愕然とふり返った白い顔は、途方もなく美しく、途方もない虚無に包まれていた。女はゆっくりと立ち上がった。

「公爵の旅立ちと帰還は誰も知らなかった。その名前もだ。〈ご神祖〉以外はな。もう一度訊こう。おまえは何者だ？」

「い、い、いや」

「おまえも星の彼方から帰って来た女か。ここで何をしておるのか？」

蒼い瞳がDの顔から左手へ移った。

「旅立つ前に、左手がしゃべる男の話を聞いた。〈辺境〉一のハンターとやら、私も滅ぼしに来たか？」

「依頼は受けていない」

Dの声である。

「そちらの声がお似合いだ。私の名はギャラクシア。用がなければ行け」

「何故、落ちて来た？」

とDが訊いた。

「船はその沼の底か。無衝撃着水も可能だった。しかし、おまえは速度を落とさず突っこんで来た。貴族の怯える水の中にな」

「その理由（わけ）が知りたいのか？」

ギャラクシアは空を見上げ、すぐに前方へ戻した。

「宇宙（そら）の涯を見たからだ」

少し間を置いて、Dは訊いた。

「何故、帰って来た？」

「先がなければ戻るしかあるまい」

Dは背を向けて、廃墟を出た。

サイボーグ馬のところまで戻って鞍上人（あんじょうびと）になった。

「よいのか？」

左手が訊いた。

「近くでもうひとつ気配があった。仲間かも知れんぞ」

返事はなかった。

「無事だったか」

と遠い石柱の陰から現われたのは、装甲服をまとった男であった。

「おれだよ、ギグルだ。名前ぐらい覚えてくれてるだろ？」

「何しに来た？」

真紅の女――ギャラクシアは無表情に訊いた。

「おめえが気になってな。しかし、とんでもねえのと出くわしちまったぜ」

「彼には近づくな。生命（いのち）取りになる」

「一発でわかったさ。だが、凄（すげ）え奴には牙を剝きたくなるのが性分でな」

「戻れ」

「そう言うなよ。放っとけと言われたのを、迎えに来たんだ。少しは有難く思ってもらいてえな」

「抱きたいか、私を？」

ギグルは沈黙した。図星を突かれたのだ。

「いや、その――」

「ならば、あの男を処分して来るがいい。いくらでも抱かせてやろう」

「ほ、本気か？」

と訊いたが、本気はこちらの方だろう。上ずった声が、凄まじい重みを加えて、

「――いいとも。ここで待っててくれ。すぐに片づけて戻る」

返事はない。

ギグルは柱の向うに消えた。

「ハーベイはどうした?」

街道を進みながら、左手が訊いた。

ジョゼットたちが頭上を仰いで、

「そう言えば――いつの間にか消えてたわね」

「逃げたんだよ、あいつ」

Dの背中で、カーンが自信たっぷりに言った。

「違うわよ。何か考えがあったのよ」

アルルが反論したが、こちらは反対のための反対だ。この姉弟は普段、仲がよろしくない。

「何だよ、考えって? 言ってみろよ」

「あの人の考えなんて、あたしにわかるわけないでしょ。とにかく、何かあったのよ」

「何でえ」

カーンはそっぽを向いた。

二人のやり取りを微笑ましく聞きながら、それはジョゼットにも気になる話題であった。大空を自由に翔ける男は、大いなる脅威になり得るのだ。万が一敵側につかれたら、Dの視覚さえ捉え切れない高度から加えられる攻撃は、甚大な被害をもたらすに違いない。

並走するDの方を見た。

美しい若者は無表情にサイボーグ馬を進めていく。ジョゼットの懸念は十分以上に理解しているはずだ。

――あなたは何者よ？

〝もどき〟と化した身は、人間だったとき以上に貴族たちを理解できる。だが、わからない――この若者の胸の裡(うち)だけは。

人間とも貴族とも別の世界に生きている。彼だけの世界とは、どんなものなのか。少しでも見たい。自分に理解できるとは考えもしなかったが、ジョゼットは本気でそう願った。

Dが馬首を巡らせた。ジョゼットが、はっとしたときはもう後方を向いていた。

「ここで待て」

と告げて、Dはカーンを下ろしサイボーグ馬の横腹を蹴った。

「おやおや――お出迎えか」

星空の下で不敵な笑みを浮かべたのは、ギグルであった。首から下は奇妙な状態だ。上体を起こしたのは長方形の乗り物（ビークル）だが、どう見ても柩だ。その左右に動力系のユニットが付き、右に三本左に三本——計六本の金属脚が人工のものとは思えぬ昆虫の滑らかさで、前進を続けていた。

一分足らずで、道の前方にサイボーグ馬の姿が見えた。

「ほう、この距離でもかがやいて見えるぞ。何て色男だ。お目にかかれて光栄だな」

第四章　讃歌は何処（どこ）までも昏（くら）く

1

先にDがサイボーグ馬を止めた。ギグルも続く。メカの脚に、余分な動きは寸分もなかった。

「おれはギグルってんだ。いちいち紹介するのも面倒臭え。あんたが追ってる集団（グループ）の戦闘屋だ」

「D」

「知ってるとも、〈辺境〉一の名ハンター。〈辺境〉で名を上げるのは簡単だが、長いことそれを通せるのは奇蹟（きせき）みてえなもんだ。会えて光栄だぜ」

「あの女の仲間かの？」

嗄（しゃが）れ声は、ギグルをのけぞらせた。

「何だい、そりゃ？　実はヒョーキンだというつもりじゃねえだろうな。闘（や）る気を削ぐなよ。

ああ、仲間だぜ」

「あの女――宇宙(そら)の涯で、見てはならないものを見て来たらしいの。〝もどき〟ごときの精神では耐え切れぬものを。それがおまえたちの仲間に加わったということは――ふむ、気の毒に」

「ギャラクシアがどう気の毒だってんだ？」

ギグルは怒号した。夜が揺れた。

「おれたちの仲間は戦いと殺しの専門家だ。何人もいる。たとえ貴族でも、女なんか目じゃねえとみんな思ってた。ギャラクシアはそれを自力で覆したんだ。いまじゃあみんな仲間だと認めてる」

「――殺し屋の仲間かの」

ギグルの顔が怒りにどす黒く染まったと思うや、彼は突進した。溜(た)めもないだしぬけの突進であったが、Dには十分に迎え討つ余裕があった。右へ移動するや、一刀を抜き打った。それは奇怪な馬車を柩(ひつぎ)もろとも両断したはずであったが、刃(やいば)は鋭い音とともに撥(は)ね返されたのである。

「圧縮原子鋼で作られた車体だ。〈辺境〉一のハンターの技でもどうにもなりゃしねえよ。その首、ギャラクシアへの手土産にさせてもらうぜ」

左右の脚が一本ずつ持ち上がった。三つ叉の爪の先は宝石のような光を放っている。

サイボーグ馬が地を蹴った。

紫の可視性破壊ビームは垂直に放たれ、サイボーグ馬の下腹から鞍までを貫いた。馬は見事な着地をギグルの背後に決めたが、首のつけ根から尻まで縦に割れ、エネルギー循環液を路上へばら撒きながら倒れた。そうなる前に、

「いねえ！」

とギグルは叫んでいた。馬上にDの姿はなかったのだ。

上空から真紅の光条が走った。ギグルのすぐ右横から黒い影が路上へと跳んだ。

「——Dか⁉」

道の端へと走る影を二条のビームが貫いた。

サイボーグ馬のみを跳躍させたDが、車体の横に貼りついて、一刀をふるおうとした寸前、上空からの攻撃に身を翻したとはわかったが、Dの影は次の攻撃を待たず、森の中に消えた。

「ギャラクシア！」

ギグルは頭上をふり仰いだが、星以外の何も見えなかった。

視界を青い水滴が一線と化してDの隠れた辺りへ吸いこまれた。

「やめろ！」

自分の叫びをギグルは聞いた。恐怖の叫びだった。

「よすんだ、ギャラクシア——あいつを怒らせるな！」

「おかしいよ」

森の方を見ていたアルルが、怯(おび)えた声を上げた。

「え？」

Dの去った方角を眼で追いっ放しのジョゼットがふり返り、サイボーグ馬を下りていたカーンも、

「本当(ほんと)だ。これ危(やば)いよ」

虚(うつ)ろな声で言った。〝もどき〟は貴族から、その凶暴と怖(おそ)れ知らずをも体得する。それでも少年は恐怖に苛(さいな)まれているのだった。

ジョゼットもうなずいた。それしか出来なかった。

前方の森が動いている。

大枝が四方へ伸び、蛇のように蠢(うごめ)いている。獣の悲鳴が上がった。

三人の眼は、数十メートル先で宙に浮かんだ枝と、その先に絡められて必死にあがく影を見た。

「夜虎(やこ)だわ」

ジョゼットが言った。夜の森で最も要注意の肉食獣は、ねじ曲がった木の枝の先で、死の痙(けい)攣(れん)にふけっていた。

「あいつを殺すなんて。この森は一体――」

カーンが呻(うめ)いた。

「やだあ」

とアルル。

そして、三人は前方を――Dの向かった方角を凝視した。


異変をDはすでに捉えていた。

何者かが凶悪凶暴な生命を森に与えたのだ。木の一本、草の一葉が敵と化していた。

「あの女じゃな。この芸当は」

左手も呆(あき)れ声である。

Dの全身に数本の蔓(つる)が触手のように巻きついた。否、それはごつごつした枝であった。

凄(すさ)まじい圧搾に、Dの骨がきしんだ。切り払うべき両手は封じられている。

左手の口がかすかな音をたてた。空気を吸いこんだのである。

それをDが吐いた。

両腕のひとふりで、枝は骨のように砕け、足のひと蹴りでちぎれ飛んだ。

新たにかかって来た枝はすべて閃光(せんこう)の一刀で切断され、耳を覆う前に発狂しそうな轟(とどろ)きが天に噴き上げた。

「森が悲鳴を上げておる」

左手のつぶやきを風がちぎった。Ｄが走り出したのである。道の方ではなく、森の中心へ。

前方に黒い霞が生じた。あちこちに密生する茸の炸裂した胞子であった。それに触れた木も茂みもことごとく腐れ、溶けていく。どんな猛毒が、と思考する間もなく、それはＤの眼前に迫った。

左手が押すような形で前に出た。

手の平に生じた小さな口は、ごおごおと狂風を噴出させたではないか。霞を吹き飛ばしつつ、Ｄは疾走した。

五分で森の中心に着いた。

闇の中で、それは青白い燐光を放っていた。幹に枝に根を張った茸と黴の光であった。頂きは闇空に隠れているが、高さは一〇〇メートル、樹齢は五千年を超えるだろう。

四方から襲いかかる枝をすべて打ち払い、Ｄは速度を緩めず一気に幹を駆け上った。

神速が止まったのは、約三〇メートルの高みであった。

巨大な顔が眼の前に浮かんでいた。幹がねじくれ、ふしくれが凸凹を形成し、茸が瞼と唇を、瘤が鼻を形成している。おぞましいと同時に、それは滑稽味さえ感じさせた。

その口が何か言いたげに動き出す前に、Ｄは一刀を突き出した。石のように硬い幹といえど植物。一刀はたやすく顔の中心を貫くはずであった。

刀身はしかし、動かず停止した。その前で、顔はべそをかいていたのである。どこにでもいる子供の顔で。

Dは身を躍らせた。

着地と同時に、

「思ったとおり、根は甘い男じゃの」

左手がコケにしたが、Dは無言で街道の方へ走り出した。最早、邪魔は入らなかった。

街道へ出るや、ジョゼットたちを乗せたサイボーグ馬が走り寄って来た。Dの新しい馬もいる。カーンが乗っていた。

「何をしたの、D?」

ジョゼットが森を見て不安そうに訊いた。

「急におとなしくなっちゃったわ。やっつけたの?」

「情けをかけたのじゃ」

「え?」

「貴族や〝もどき〟や人間にも容赦などせぬ奴が、餓鬼には、化物でもお優しいとはのお。お笑い——ぎゃっ⁉」

Dは握りこんだ拳のまま、カーンをジョゼットの馬に移し、並んで歩き出した。

ジョゼットが、不思議そうに木立ちを見つめながら、

「ありとあらゆる森が暴れ出そうとしてたのよ。それが一発で。信じられないわ」

応じる声はない。

三〇〇メートルも行かないうちに、前に人が立っているのが見えた。

「真っ赤な――女よ」

ジョゼットが緊張の声を上げた。

「貴族だわ」

「止まれ」

とＤ。

「でも」

「森を変えたのはあいつだ」

「わかったわ」

ジョゼットにも、先刻の怪異のスケールが、常識の箍を外れたものだとわかっている。

娘がサイボーグ馬の手綱を引き絞ったとき、Ｄは一気に走った。

走りながら、右手を一刀にかけた。

赤い女は動かない。話すことはもうない。後は、生命を賭した死闘のみ――Ｄはそう考えているのか。女はすでに血に染まっているかのようだ。

上下の動きは一切なく、サイボーグ馬は真紅の影の横を通りすぎた。

二メートルと行かず、Dは振り返った。凄まじい急制動に、全身の骨格がきしむ。

女――ギャラクシアを見つめる無表情に驚きの色はない。刃は確実に彼女の胴を断ったのである。

だが、妖々たる女の声は、左手におお、と呻かせた。

「よく私を斬った。やはり恐るべき男――その素姓もわずかに知り得たような。だが、誰であろうと私に死を与えようとした者は、私が見て来たものを見なければならぬ。Dよ、それによく耐え得るか？」

そして数秒。

Dとギャラクシアの間には、いかなる物体の交流もなかった。

Dの身体が傾いた。何の抵抗も見せずに路上へ落ちる姿は、大道影絵のひと幕のようであった。

「私を救ったのは、無限エネルギーを管理するＡＩの力であった。それでも、私は生きる意味と術の大半を失い、いまも虚無の中にいる。死すらも、私を救い出すことは出来ない。Dよ、私はお前が羨ましい」

赤いマント姿はきびすを返し、左手の森の中に消えた。

見よ、新たな獲物と迫った枝が、その身体に触れる寸前、わななきながら後退するではないか。狂気残忍の捕食者が、よりな獰猛な敵に怯え恐れるかのごとく。

ジョゼットたちが駆けつけたのは、数分後のことであった。

声もなく下馬して駆け寄った顔は、Dよりも死者に近い。

ジョゼットが頬をこすり、肩をゆすってから、蘇生法を試したが、やがて、がっくりと両肩を落とした。

二人の子供もその両側で、

「傷痕がないぞ」

「どうやって、この人を？」

アルルが左手を摑んで、

「こら起きろ」

と地面へ叩きつけたが、効果はない。

「駄目か」

カーンが眼を閉じた。二人も続いた。低い声が流れた。黙禱したのである。涙はなかった。人間の悲しみを〝もどき〟は喪っているのである。

少しして三人は立ち上がった。

「どうするんだい、これから？」

カーンが不安げに訊いた。

「変わらないわ。この人の後を継ぐの」

「あいつらを追いかけるの？」

「他にやることがある？」

子供たちは首をふった。

「じゃあ、穴を掘って。この人を埋めてから行くわよ」

やがて、作業が終わった。三人がかりとはいえ、二人は子供だ。にもかかわらず、三〇分もかけずに墓穴を掘り、埋めた後に小さな石を乗せたのは、驚くべき速さであった。並んで黙礼した姿にも疲れの風はない。三人は馬にまたがるや、走り出した。数メートル先で一度だけふり返ったが、馬の足は止まることもなく、騎影は星空の下を遠くなっていった。

だから、彼らは走り出して数分後、墓の近くで起きたことを知らない。

月光と星明りの下に静まり返った森から、ひとすじの影が地を這って来たことを知らない。

それが木の枝であることも、Dの墓を探り当て、そのやや上、左側の部分に尖った先端を突き通したことも知らない。

それから数分後、森の全ての木々と動物と虫たちがミイラと化して死に絶えたことも、無論知らない。

人はいる。足音も往き来する。話し声もあちこちから。ワインの香りと煙草の煙の向うから、ヴァイオリンとピアノの調べも。

だが、足りない。欠けている。

宏壮(こうそう)な黄金と宝石造りの館の中には、足りないものがあった。

ほら、そこにいるのかいないのかもわからない女の歌声がそう告げている。

生命よ、と。

東の空が水のような黎明(れいめい)を帯びはじめた世界を、一枚の巨大な水晶の窓が映していた。

「休まねばならん」

と窓の前に立つ影が言った。海泡石(ミーアシャム)のパイプを手にした絹のガウン姿の男であった。

「だが、この地をめざして近づいて来る者たちがいるという。ローダンよ」

声もなく男の背後に立つ別の影が頭(こうべ)を垂れた。

「すべてわかっておるな？　我らのなすべきことを？」

「承知でございます」

影は応じた。黒いマントから生まれたような黒衣の男であった。巨大なステンドグラスの照明の角度のせいか、顔すらも闇の色に溶けている。

「では、歓迎に向かえ。手厚いもてなしを忘れるな」

ローダンと呼ばれた男はうなずいた。

「行け」

「はっ」

闇色の姿がみるみる床に溶けていった。足が腰が胸が顔が。頭頂が消えると、影だけが残った。真上から見下ろせば、それは仁王立ちになった人の影と理解できただろう。

その右手が真横に伸びた。その先にある黄金の戸棚の影へ。

指先が触れた刹那、人影は忽然と消滅した。特殊な眼を備えた者には、人影が戸棚の影に吸いこまれたと見えたかも知れない。

2

道の先に、町が見えて来た。

「ザキャズーの町だぜ」

とカーンが馬の背中に立って言った。

「何か見える？」

「建物だけだよ。あそこは川に挟まれているから、高い柵はいらない。見張りはちゃんといるぜ」

「無事だったのね」

アルルはひと安心の口調だが、ジョゼットは眉を寄せた。殺戮集団は、当然、この町も通過したはずだ。なのに陽光の下で人の姿が見えるとは、〝もどき〟なのか。それが通常の任務についているように見えるとは、誘いこんでから牙を剝くつもりか。

「どうするの？」

アルが訊いた。不安はない。〝もどき〟の精神力である。ジョゼットの答えは明晰であった。

「避けましょう。嫌な予感がするわ」

隣りのカーンを見た。

返事はない。視線の先で、その身体がぐらりと揺れた。

「カーン⁉」

二人の叫びは、落馬した姿にぶつかった。

ジョゼットがサイボーグ馬を下りて額に手を当て、瞳孔を調べて、

「陽光症ね」

と言った。

「私たちより、陽ざしに弱いとは思わなかった――町へ行きましょう」

「でも」

「まだわからない？　あの見張り――〝もどき〟だわ」

「え？」

「あの町はもうやられてる。向うも私たちが同類だとわかってるわ。敵意は感じられないから大丈夫よ」

アルルはまだ納得しないようだったが、そのとき、カーンが呻いた。

〝もどき〟になったとき地面に埋めるという手はアルルも知っているが、回復までの時間が摑めない。それに町の中でもこのやり方は可能だった。アルルはうなずいた。

三人が門をくぐると、監視役がにやりと笑って、

「仲間かい。入りな」

と言った。カーンへ眼をやって、

「陽光症かい？　その道を入ると、治療所があるぜ」

正直、ジョゼットは驚いた。あの一団が来るまで、ここは人間の町だったはずだ。それが二日も経たないうちに治療所が出来ている。考えてみれば、〝もどき〟の棲家になれば、まず自身用の病院を用意するだろう。

かなり広い道であった。

三〇メートルほど歩くと草だらけの空地があり、黒いテントが幾つも見えた。

いちばん近いのに入った。白衣を着た老人が、三列に並んでいるベッドのひとつを指さした。

光の一点もない。すべては闇の中である。〝もどき〟の眼だからこそ夕暮れのように見えるのだ。

カーンを横たえた。荒い呼吸が少しは楽になったようだ。

医者が瞳孔を見て、

「大したことはない。陽が落ちれば治る。それよりも」

アルルを見て、

「こっちのお嬢ちゃんも、万全とは言えんな。具合はどうだ?」

「大丈夫よ」

「だといいが」

じっと眼を見て、

「自覚症状はないが、坊主より重態だぞ」

「え?」

と驚くジョゼットへ、

「これはいかんなあ。うーむ――『暁影団』を追いたまえ」

ジョゼットは息を呑んだ。

「でも――」

「そうとも。この町へ入って来てサーカスだと偽り、町中の人間を〝もどき〟に変えた連中だ。だが、ついている妖術師は天下一品だぞ。彼奴でなければ、この娘は完治せん。ここでも何とかなるが、気休めどまりだ」

「でも――」

医師は左手の甲をアルルの前に突き出し、右手の人さし指で線を引いた。鋭い鉤爪(かぎづめ)であった。

血の筋が赤く甲を這った。

アルルはそれを見つめた。表情は変わらない。

「かなり重症だ。ここで完治はならん。このままでは三日と保(も)たんだろう」


三人はカーンの治療を終えてすぐ、医師の下を離れた。陽を遮断した小部屋で一時間ほど休んだ後である。

アルルが指をさして、

「馬がいないわ」

と言った。

馬つなぎの柵は、一頭もつないでいなかった。

「病院へ戻りましょう」

戻って医師に話した。

「〝もどき〟は基本的に仲間は襲わんが、君たちは外から来た。来訪者の血を求める奴はいるかも知れんな。馬を奪ったのはそいつらだ」

「先生――どうしたら？」

「馬ならうちの裏にいる。往診用の馬車を引くためだが、それで行きたまえ」

そのとき、ノックの音がした。

医師が近づいて、ドア上のプリズム・スクリーンを見上げて、

「大丈夫——町長だ」

三人に告げて、ドアを開けた。

小柄な老人が、屈強な男二人もろともとびこんで来て、ちらと三人を見据えて、

「先生——ラヴジョイがいなくなった」

焦り切った表情で言った。

「この三人のせいか？」

「そうじゃろう。厄介なことになった。牢に閉じこめておいたのじゃが、大分前から床をくり抜いていたらしい。逃亡する機会を狙っていたのが、その三人の匂いを嗅いで、切れてしまったのじゃな」

医師は三人を見て、

「すぐに馬車馬で逃げたまえ。君たちがここにいると、町がまずいことになる」

「どうして？」

とジョゼット。

「町の者を襲い出すからじゃよ」

町長が苦い声で言った。

「出て行けば、ラヴジョイはおまえたちを追って町を出る。後は入れなくさせればいい」

「追いかけて来るって――じゃあ、私たちはどうなるの？」

気色ばむジョゼットへ、医師は眼を伏せた。

「済まんが、行きたまえ」

「わかったわ」

ジョゼットはそれ以上逆らわなかった。まず守るべきは町と町人の生命だ。危険の原因が明確な以上、取るべき手段は排斥あるのみだ。

医師がジョゼットの手を取って、三人を裏口へ導いた。町長も一緒である。

ドアの前で町長をふり返り、

「馬車で行きたまえ。町長、森を出るまで護衛をつけてやってくれ」

「タッセル、ボルダン――頼んだぞ」

男たちはうなずいた。岩みたいな身体つきなのに、怯えの表情が隠せない。ラヴジョイというのは余程の危険人物らしかった。二人は表へ廻(まわ)り、サイボーグ馬に乗って戻って来た。二頭立ての馬車を引いている。ジョゼットたちは乗り込んだ。

「気をつけろ」

医者の声に押されるように、馬車と馬たちは走り出した。

「ジョゼット」

カーンが声をかけた。

手綱を操りながら、ジョゼットはうなずいた。

「わかってる。この町はどうなるか、でしょ？」

「うん」

「そのうち、〝もどき〟ばかりだというのが、外に知れる。他の村や町から人が押し寄せて、おしまいよ。火を付けられたらどうにもならないわ」

「あの先生も死んじゃうんだ」

アルルがべそをかいた。

「仕様がないわ。〈辺境〉の掟よ」

それきり黙って、三人プラス二人の護衛は森の中の道を進んだ。

「ねえ、ラヴジョイって、危険人物なの？」

ジョゼットが馬車の右側に並んだタッセルに訊いた。三〇過ぎの壮漢だ。石でも嚙み砕きそうな頑丈一辺倒の顔が、ありありと怯えを湛えた。

「町いちばんの乱暴者だ。一〇歳になるまでに、町の内外で三〇人は殺してる。厄介なことに、剣の名人でな。牢へ入れるまでに、あと二〇人殺した」

「どうやって捕まえたの？」

「惚れた女がいてな」

左側のボルダンが答えた。

「その女が奴を誘い出し、いいことをしてる最中に、一五本の麻酔矢を射ちこんだのさ」

「麻酔は？」

「ドンゾク薬だ」

「最強の麻酔――じゃなくて劇薬じゃないの。火竜だって一〇本も射ちこまれたらダウンしてしまう。人間に使ったの？」

「ま、そうだ」

「少なくとも、それ以来、ラヴジョイは牢にいる」

とタッセルが引き取った。

「いただろ？」

カーンが訂正し、タッセルは唇を歪めた。

「この餓鬼。ラヴジョイが出て来ても、助けてやらねえぞ」

「ごめんなさい」

素直に頭を下げるカーンを、ジョゼットは呆れ顔で見つめた。

とぼけているのか、処世術なのか見当がつかない。同じ村にいたときは素直としか見えなかったのに、呆気にとられるくらい、世慣れているではないか。

「あのさ」

とアルルがそっと声を出した。緊張している。

「どうしたの？」

ジョゼットがこれも声をひそめて訊いた。

「誰かが尾(つ)けて来るよ」

「え？」

ふり向いたが誰もいない。

「おかしなこと――」

言わないで、と続けるつもりが、

「その子は耳がいいな」

とボルダンが言った。

「え？」

ジョゼットばかりか、タッセルまでがボルダンの方を見た。

「おれも耳なら人に負けん。確かにさっきから、ひとり、尾けて来る」

「え？」

カーンが青ざめた。アルルは平気の平左(へいざ)で、

「ラヴジョイさん？」

「タッセル——おれが下がる。三人を頼んだぜ」

「いや、一緒に迎え討つぜ。あいつは人間だった頃から化物じみてた。いまみてえにな。ひとりじゃ無理だ」

タッセルはジョゼットに向かって、

「このまま全速力で走れ。森の出口はじきだ。それから、おれたちは片がついたら引き返す。おれたちが後から来ても、構わず走り続けるんだ。そいつらはおれたちじゃねえ」

ジョゼットはうなずいた。タッセルの言葉を正しく理解したのである。

「荷台の下に杭打ち銃があるぜ」

「行くわ」

「達者でな」

男たちの声が背後に遠ざかった。

ほどなく、前方に森の出口が見えた。

急に馬がスピードを落とした。

「来たのかい？」

とカーン。こちらも事情は呑みこんでいるようだ。

ジョゼットは続けざまに鞭をくれたが、二頭はぐんぐんスピードを落として、午後の陽ざしの下に停止した。出口まではまだ五〇〇メートルあった。

「おーい」

男の声が聞こえた瞬間、ジョゼットは夢中で鞭をふるったが、サイボーグ馬は動かなかった。その全身の筋肉の震えから、自らの意志で停止したのではないと知れた。

「おーい」

サイボーグ馬の足音が届いた。声はボルダンのものだ。

「ふり向いちゃ駄目！」

ジョゼットは席下から杭打ち銃を摑んだ。弓より重いし、矢よりも遅いが、命中したときの破壊力が違う。後ろの男が視覚に入った瞬間に射つ。

馬の足音がゆるく変わった。

もう呼びはしなかった。射程距離に入ったのだろう。それはこちらも同じだった。

「声をかけたら馬車を下りて、前へ向かって走りなさい。——わかった？」

「うん」

二人揃(そろ)っての返事だった。

音もしない。気配もない。

ジョゼットはゆっくりと数えはじめた。

ひとつ

ふたつ

みっ――

「いまよ！」

叫んでふり向いたのと、馬車が揺れたのと同時。アルルが悲鳴を上げた。馬車の後部に、ぼろぼろのシャツと革ズボンの男が仁王立ちになっている。

「ラヴジョイ⁉」

「さんをつけろ」

言うなり、彼は身を屈(かが)めてアルルの襟を摑み、頭上へ持ち上げた。

「その子を放して。射つわよ！」

杭打ち銃の前で、ラヴジョイはのけぞるようにして笑った。唇からこぼれる二本の牙は、とても〝もどき〟のものとは思えなかった。

だが、彼の左胸には二つの矢の痕があった。タッセルとボルダンは一矢を報いたのだ。足を踏ん張るその胸に、もう一本が食いこんだ。矢ではなかった。至近距離から放たれた木製の杭は、見事に彼の心臓を貫き、背中まで抜けた。サイボーグ馬がいななかった。

「貴様あ」

絶叫するいかつい顎(あご)が打撃音をたてた。アルルが蹴り上げたのだ。

のけぞる腕からアルルが自力でとび降りると同時に、ジョゼットは馬に鞭を当てた。

「馬車は捨てるわ！」

とカーンに叫ぶ。ラヴジョイに向けていた自前の連射弓を下ろすや、もう一挺も摑んで、少年はサイボーグ馬にとび移った。アルル用である。馬車とつながるロープを切った。ラヴジョイの負傷は呪縛を断ち切ったのか、馬は激しく地を蹴った。

ぐんぐん距離を稼いでいく。

3

「逃がさねえ。さっきの二人みてえに八つ裂きにしてやる」

心臓を貫通したはずの矢はそのまま、ラヴジョイは馬車から下りた。

両手で馬車の車体を上下から摑むや、ぐおおと絶叫しつつ頭上まで持ち上げる。狙いは前方の二騎。大きく息と――血塊を吐きながら投じた車体は、三人の頭上を越えて前方の大地に激突した。〈辺境〉の道具は頑健が生命だ。車体からは車輪ひとつ飛ばなかったが、三頭のサイボーグ馬は棒立ちになり、三人は地に落ちた。

腰と後頭部を打ちつけながらも、さしたる痛みを感じない。ジョゼットは跳ね起きた。

「森を出て！」

叫んでふり返るその前に、ずん、と舞い降りて来たのはラヴジョイだ。連射弓は弾（はじ）きとばされ、ジョゼットは喉（のど）を摑んで持ち上げられた。男と女の力の差は、〝もどき〟でも同様であった。

頸部は竹のように握りつぶされた。

「女め、吸い尽してやる」

憎悪剝き出しの声が、ジョゼットの首すじに近づいた。

全身を痙攣が貫いた。ラヴジョイの全身を。それは頭頂から生じていた。一本の矢が、頭頂から斜めに心臓へ達していたのである。

ラヴジョイはその矢を摑んで引き抜いた。

そして、仰向けに倒れた。

地響きを上げてすぐ塵と化す身体から、ジョゼットは喉を押さえながら立ち上がった。握りつぶされていた部分はもう復活している。こちらも〝もどき〟なのだ。

その前にふわりと手すりのついた円盤が降りて来た。

「間一髪だったな。救いの神が降臨したぜ」

地上三メートルでにやつくハーベイへ、

「ありがと。いままで何処行ってたのよ、この役立たず！」

ジョゼットは歯を剝いた。いや、それははっきりと二本の牙であった。

ハーベイはたじたじとなって、

「ご挨拶だな。先に『暁影団』を追っかけてたのさ。あいつら、じき、公爵の領土へ入るぞ」

ジョゼットの表情がようやく元に戻った。

「──そうなると厄介ね」

ここで、ハーベイはようやく気がついた。

「おい、色男はどうした？」

「死んだわ」

「へ？」

ハーベイの両眼は落ちるところだった。

ジョゼットは生ける森の話をした。

「それじゃ、もう、『暁影団』を追いかける必要はなくなったわけか。あちゃあ」

頭を掻いて、

「これからどうするんだ？」

「Dの意志を継ぐわ」

「何言ってんだ、おめーは？　いくら〝もどき〟ったって、相手も同類だ。殺られちまうのが関の山よ。悪いこた言わねえ。別の道を探せ」

「いいことを言うわね。さっさと行きなさい」

「そらそうするわな。あばよ」

ハーベイは背を向けた。ジョゼットも前方で待つカーンとアルルの方へ歩き出し、数歩進んだところで、凄まじい脱力感が全身を包んだ。

両手両足に力を込めて、かろうじて俯せになるのをこらえる背後で、

「さすがは〝もどき〟だ。だが、貴族には及ばんな」

背後から笑いを含む声がした。

まさかと思いつつ、

「馬に乗ってお行き！」

子供たちに命じてふり返る。一五、六メートル先から二頭のサイボーグ馬が近づいて来る。

騎手に見覚えがあった。タッセルとボルダンだ。

いまの台詞を斟酌するまでもなく、その唇からせり出す二本の乱杭歯が内容を明らかにしていた。血の色が両眼を埋めている。ジョゼットをよろめかせたのは、その眼力であった。

彼らよりも、ジョゼットは左右に気を放った。〝もどき〟に血を吸われても、〝もどき〟は貴族と同類――吸血鬼にはなり得ない。

ラヴジョイは八つ裂きにしたと言ったが、嘘だったらしい。

二人はさらに牙を露わにしつつ、馬を進めて来る。

「怖れることはあるまい」

とタッセルが笑いかけた。

「そうとも。〝もどき〟を凌ぐ存在になれるんだぞ。ものは試しだ。ひと口吸わせろ。それで

貴族の意味がわかる」

　こちらはボルダンだ。彼らを変えたのは、ラヴジョイではなく、貴族らしい。

「それもいいかもね」

　ジョゼットは歯を見せないように微笑した。

「素直に身を任せる気にはならんだろうな」

　二人は顔を見合わせ、

「おめえはいま、血を吸い尽してからバラバラにしてやる。貴族ならともかく〝もどき〟じゃ、そこから復活は出来ねえ。そっちの餓鬼は――」

　タッセルは、馬上で鞍に乗ったカーンとアルルを指さした。横向きにサイボーグ馬にまたがった二人は、決死の形相であった。

「貴族の貢物（みつぎもの）にしてやろう。〝もどき〟の中でも子供の血はどんな貴族の喉にも合うそうだ」

　そして、また笑った。

　横坐りの姿勢から、カーンとアルルが上体をひねった。男たちの死角――半身になった身体の向う側に隠し持っていた連射弓を二人に向けるや、

「伏せて！」

　ジョゼットへ叫んだ声を風を切る音に変えて走った矢は、見事、凶人たちの心臓を貫いたではないか。

　獣じみた苦鳴を放ち終える間もなく、二人は身をよじる形のまま塵と化した。地上に撒き散らされる前に、風が運び去った。

「やるう」

　ジョゼットは半ば茫然と呻いた。〝もどき〟が人間以上の身体能力を持つのはわかっていたが、この二人の成果は、想像を超えるものであった。

　頭上から、

「無事かい？」

　いまのを目撃したらしく、驚きの勝る声が降って来た。ハーベイだ。

「みんな片づいたわよ。さっさと何処へなりと行きなさい、この役立たず」

「ご挨拶だな、おい。飛び去るところを、おまえたちが危ねえと見て戻って来たんだぞ」

「はいはい、ありがとう。ところで、今の二人の血を吸った貴族を見た？」

「いんや」

　最強の敵は、タッセルとボルタンの前に現れた時と同様、早々と姿を消してしまったらしい。

「ま、無事で何よりだ。今度こそ——あばよ」

　とハーベイが操縦桿に手を伸ばしたとき、

「やっぱり、一緒に連れてこうよ」

　とカーンが言い出した。

「え？」

「いま、アルルと話したんだ。ここで別れるより、護衛として利用した方がいいってさ」

「そうよそうよ」

アルルもうなずいた。

「こういうタイプはおだてれば、倍の実力を発揮するわ。上手に利用した方が得だと思うわ」

ジョゼットは啞然とした。それにも増して茫然としたのがハーベイであった。

「この餓鬼ども。それを当人の前で言うか⁉」

「あ、ごめんなさい」

アルルは笑いかけた。どんな悪態もチャラにしたくなるほどの、あどけない笑顔であった。

「いまのは冗談よ。ハーベイ小父さんってチャーミングよ」

「何を抜かしやがる、この糞餓鬼――いや、糞〝もどき〟どもが。おれは騙されねえ。これでさよならだ」

「行っちゃやーん」

涙眼になったアルルに、ジョゼットさえも呆れ返った。

「行ってしまえとは言いづらくなったわ。どうする？」

と訊いた。なんとこっちも媚を含んだ声だ。

「おめえはそうやって、都合よく立場を変えればいいが、おれは餓鬼の言うことなんか、気にしていられねえ。あばよ」

「行っちゃヤダ」

とアルルが泣きべそをかいた。それどころか、地べたへ寝転ぶや、ヤダヤダと手足をふり廻し出した。

「行っちゃヤダあ」

利用してやれと言われた男は、じたばたする発言者を見下ろして、何ともいえない表情を作った。地の底から出るような声で、

「――わかった」

と言った。

「ありがとう！」

跳ね起きたアルルへ、カーンがこっそりと、

「おまえはサイテーだ」

と言った。

アルルは、

「ふーんだ」

と応じた。

三人はさらに進んだ。ハーベイの姿は上空にない。先行して「暁影団」の情報を取って来るようジョゼットが命じたのだ。

「へいへい」

と従ったが、不満そうな口ぶりからして、真面目にやるかどうかはわからない。

「おや⁉」

右に並走していたカーンが街道の先を指さした。

「『不死者の谷（ノスフエラトゥ）』だぜ。あそこだけは廻り道をしろと、村の連中が口を酸っぱくしてた」

前方で左右に分かれた街道の左方は奇岩の連なりともいうべき谷間へ吸いこまれていく。そこを通ると一日は稼げると、大概は無理を承知で谷間へ乗り入れる。その結果、無事抜けられた者は三分の一もないとされる。通過してのけた連中に、人々は殺到して谷間の状態を尋ねようとしたが、彼らの表情と姿を見て、みな口をつぐんだという。

「暁影団」もここを通ったのか？

団のリーダーが公爵の庇護（ひご）を受ける前に、抹殺しなければ。

ジョゼットは宙をふり仰いだ。ハーベイの姿はやはり、ない。

「役立たずめ」

と自分の指示は置いておいて、ジョゼットは、アルルとカーンへ、

「あなた方は、廻り道してらっしゃい。お互い通り抜けられたら、丸一日そこで待ってること

にするわ。いいわね？」

「やだ」

アルルがイヤイヤをした。断固たる口調である。

「出口まで廻り道をしたからって、安全とは限らないでしょ。あなたを待ってる間に、おっかないのが襲って来るかも知れないわ。そういうときは」

じろりとカーンを見て、

「強い仲間といた方がいいのよ。あたしも一緒に行く」

「おい、おまえ」

カーンが文字どおり鋭い歯を剝いた。

「おれを信用できないってのか？」

「べーだ」

と舌を出すアルルへ、

「この野郎」

とふり上げた拳を素早く押さえて、ジョゼットは決断した。

「いいわ――二人ともいらっしゃい。その代わり、この中へ入ったら、絶対に私の言うとおりにすること――いいわね」

「はーい」

何とも愛くるしい笑顔は、カーンを罵った強気の塊と同一人物とは到底思えなかった。

「あいよ」

カーンは当然、渋面だ。

そのとき――ジョゼットの眼が薔薇色に輝いた。他の二人もまた。

夕闇が下りたのだ。

そして、三人の現在が明らかになる。血に飢えた〝もどき〟だと。

その口をつぐんで牙を隠し、二秒ほど立ち尽すと眼の光は消えていた。

「覚悟は出来てるわね。いざとなったら、あなたたちには手が廻らないかも知れない。覚悟は決めときなさいよ」

「はーい」

とアルルは朗らかに笑い、カーンは無言でうなずいた。

どこか緊張感を欠いたまま、三人は谷間へ入った。

道の左右の岩場は、どれも一〇メートルを超す。

夕暮れの街道である。人間の旅人は、この地に何かいると聞かされただけで、廻り道か野宿を選ぶだろう。ましてや、いわくつきの土地だ。

あるかなしかの風が三人を吹き抜けていく。ジョゼットは意識を集中したが、気配は感じられなかった。〝もどき〟の感覚や勘は人間を凌ぐ。

緊張がゆるむのをジョゼットは意識した。

だしぬけに、右方から黒い影が躍りかかった。

身をよじって小刀をふるったとき、背後からアルルの叫びが反対側の岩山へと尾を引いた。

ひとつの岩の頂きに、アルルを担いだ黒い影が見えた。

「野郎！」

弓を向けるカーンへ、

「やめなさい。アルルに当たるわ⁉」

制止の言葉をかけたときはすでに遅く、風を切って飛翔した矢は、黒い影の喉もとを貫いた。

見事としかいいようのない腕前は、やはり〝もどき〟のものだ。

声もなくそいつはよろめき、アルルを抱きすくめたまま、一〇メートルの高みから地に落ちた。

「アルル！」

駆け寄って馬を下り、黒い影に近づくと、ぴくりとも動かない。黒いのは衣裳らしく、その端が風に揺れている。

「カーン、そこから狙って」

自らも短剣を振りかざして、ジョゼットは影を剝ぎ取った。

「⁉」

布地の下のものは、髪の毛のように細い十文字の木組みであった。

アルルの姿もない。

「からくり人形」

ジョゼットは周囲を見廻したが、風と岩ばかりが世界であった。

「どうやって、アルルを？」

カーンが弓を下ろした。

「わからない」

「誰がさらったんだ？」

「貴族の手の者ね」

「どうしてわかる？」

「こんなからくりをこしらえて、使いこなす——〝もどき〟に出来ると思う？」

「いいや」

ジョゼットは闇の重さを両肩に感じた。重い。重すぎる。まだ二十歳を過ぎたばかりの娘は詮ないこととわかっても、こうつぶやかずにはいられなかった。

「D——あなたがいてくれたら」

第五章　幼児(おさなご)よ、牙(きば)持つ者を憐(あわ)れみたまえ

1

だが、ジョゼットの感慨は尾を引かなかった。

残る二人を複数の気配が取り囲んでいたのである。

「人間じゃないぜ」

カーンが連射弓の発射速度を3にした。

「こいつと同じ人形よ」

ジョゼットは足下を見つめ、それから頭上に眼をやった。当然ハーベイは戻って来ていない。

「乗り切るしかないわね」

ジョゼットは低く言った。

「〝もどき〟流でいくわよ」

「あいよ」

この辺は打てば響く——以心伝心だ。

二人はサドル・バッグを開いた。中身が心配だったが、それはちゃんとあった。

三〇センチほどの本体に付属する木製の握りを摑(つか)んでから、二人は周囲の気配を見廻した。

「あんたたち」

とジョゼットが前方から右に声をかけた。

「夜の闇に紛れて——というのが得意技らしいけど、残念ね。今夜の獲物はもっと得意なの」

ちらとカーンの方を見るや、ジョゼットは声もかけずに馬の腹を蹴った。

左右の岩から影たちが舞い降りて来た。疾走速度に合わせた絶妙のタイミングで、二人の頭上に迫る。

手の品を思い切り握るや、二人は頭上の敵に押しつけた。人工松明(たいまつ)の炎は三千度。時速一〇〇キロで前方に噴出する。

たちまち燃え上がった影たちは、一度身をよじっただけで灰と化した。やはり人形だったのだ。

次から次へ——上空から地上から追いすがる敵をことごとく炎の餌食と変え、さらに前進したとき、前方に少女の姿が見えた。影ではない。

〝もどき〟の眼で、しかも闇の中で、はっきりと——アルであった。

見据える二人の眼が〝もどき〟の血光を放った。

「アルルか？」

「偽者よ！」

一瞬に断言したのも〝もどき〟の鑑識眼によるものだ。地を蹴る足に踏みにじられたアルルは、紙と糸と木の骨組であった。

追手はもうなかった。

「出口だ！」

カーンの指さす先に、確かに岩の端と、その先に広がる荒野が見えた。

敵はもういなかった。それから一気に一キロも走ってサイボーグ馬を止めたのは、〝もどき〟ゆえの用心深さであった。

「ここでお待ち」

とジョゼットは少年に言った。命じるという方が近い口調だった。

「嫌だ」

当然の返事が返って来た。

「ここまで来れたんだ。またやれるさ」

「その気持ちも自信も嬉しいけれど、ヤな予感がするのよ」

「どんな？」

「ここの連中はからくり道具よ。それをこしらえ、操っている奴がいる」

「そらそうだろ」

「そいつらが、只者（ただもの）とは思えないの」

「当然だよ」

と返してから、カーンは表情をこわばらせた。

「――貴族？」

「そんな気がする。昔々に聞いた噂（うわさ）だけど、犠牲者を捕えるのに、人間に似せた人形をこしらえて利用した貴族がいるって」

カーンは谷間の方をふり返って、

「なら、やっぱり――戻るべきだよ。今度はこっちが影みたいにね」

「生命（いのち）知らずね、あんた」

「〝もどき〟になってからさ。人間（ひと）の頃は、毎日虐（いじ）められて泣いていたよ」

「そのままの方がよかったかも知れねえぜ」

いきなり背後で声がしても、カーンは驚かなかった。

「おまえたち、Dと一緒にいる〝もどき〟だな」

ゆっくりと道の方をふり返った二人の眼は、前方に立つ二つの影を捉えていた。どれも縦横はカーンの倍近くありそうだ。肩当てや胴当てをつけているが、衣類は普通のシャツとズボンだ。腰の長剣も使いこんではあるが、実戦に使ったとは思えない。

「あんたたち、何者?」

ジョゼットが訊いた。

影は〝もどき〟の視界にその姿を露わにしていた。

ひとりは長身の赤毛、戦闘士の標準的な服装——胴当てと手甲、腰に長剣を帯びた中年の男であった。

「おれはドーゲンだ」

と名乗った。

もうひとり、こちらも同じような装甲姿で、楕円の盾を下げた男は、

「ギグルだ」

と笑いかけた。

「おれたちの後を追ってるハンターどもがいるというので、撃退を仰せつかったが、奴は——Dは何処へ行った?」

「知らないわ——何処かからあたしたちを見守ってくれているはずよ」

二人組が、ふと左右を見廻しかけた。Dという名に怯えたのである。

だが、そんな心理に自ら怒ったか、どちらも爛と光る眼で二人を睨みつけ、

「見たところ、おまえたちも〝もどき〟だな。何故、Dと行動を共にする?」

とドーゲンが訊いた。

「あんたたち——暁影団のメンバーね？」

「そうだ」

ギグルがうなずいた。こっちは相棒より少し人懐っこい。

「行く先はアンガーギャスリン公の城？」

「よくわかるな」

「Dは貴族の数を増やさないように、あなたたちを抹殺するつもりだった。いまはあたしが後を継いでいる」

「それはそれは」

ギグルがのけぞって笑った。ドーゲンの両眼が赤いかがやきを滲ませはじめた。ますますってギグルの方が話を通しやすそうだ。

ドーゲンは上眼遣いに二人を見て、

「いま、ここ一キロ以内には、この谷間の連中を除いて誰もいない。Dは何処にいる？」

「あの人に訊きなさい。あたしたちやあんた方の理解の範疇にいる男じゃないわ」

「そうかも知れんな。ふむふむ」

ギグルが愉しげにうなずいた。

「おれも会った。ぞっとするほどいい男だった」

「奴の後を継いでいると言ったな」

ドーゲンがジョゼットを睨みつけたまま言った。

「――そうか、Dは死んだな」

「は？」

ギグルが眼を剝いた。

「まさか――あんな化物を誰が？」

「貴族といえども簡単にはいくまい。だが、死んだ。娘――Dを斃したのは誰だ？」

「知らないわ」

「考えろ」

ドーゲンの眼の赤光が濃さを増していった。

光はジョゼットの瞳にも点っていた。

「答えろ――Dを斃したのは誰だ？」

「知らないわ」

ジョゼットの声にも表情にも変化はない。だが、ドーゲンはうなずいて、質問を変えた。

「死に方は？　斬られたか刺されたか、それとも――」

「傷は――なかったわ」

ジョゼットは答えた。術にかかっているのだった。

「傷がない？」

二人は顔を見合わせた。死にざまは異常ではない。妖術、毒薬、その他による無傷の死はいくらでも〈辺境〉に転がっているのだ。だが、傷なくして〈辺境〉一のハンターを斃すほどの技とは？

「ひょっとして――」

ギグルが呻(うめ)いた。それだけでわかったのか、ドーゲンもうなずいた。

「ギャラクシアか」

ギグルはうなずいた。

「おれは一瞬だけ、見たことがある」

とギグルはつぶやくように言った。その顔に無惨な表情が広がり――死者のそれと化した。

「あいつの見て来たもの、宇宙の涯(はて)の世界――あれ以来」

彼は帽子を取った。

「あっ⁉」

カーンが悲鳴を上げた。

どう見ても三〇代に達してはいないはずのギグルの髪は白髪であった。

「驚いたか、坊主？」

彼は何処か虚しそうに言った。

「おれは執拗にあの女にせがんだ。あの女にとっては正直、おれの熱意などどうでもよかったのだろう。おれが口説いている最中に、一瞬、世界が変わった――挙句がこの頭だ」

カーンが何も言えないうちに、

「それから、おまえは変わった」

とドーゲンが低く言った。

「まるっきり甘い性根になり下がりやがった。正直、情けなくなったぜ」

びゅっ！　と風を切った。

「うっ⁉」

とのけぞりながらも、ギグルは左胸に刺さった矢を摑み止めていた。

「餓鬼が！」

怒り狂ったドーゲンの両眼に射すくめられる前に、カーンはサイボーグ馬の腹を蹴った。逃げたのではない。直進したのだ。目標はドーゲンだ。生身の馬なら本能的に衝撃を避ける。サイボーグ馬は真っすぐ、同じサイボーグ馬に突進した。ドーゲンのサイボーグ馬は身を避けた。馬ではなく、ドーゲンが避けたのである。

「待て！」

とドーゲンが馬首を巡らせるまでに、カーンは準備を整えていた。

疾走しながら鞍の上で身を一八〇度回転させたのである。

逆向きになった位置で、もうひとすじ——

ひょうと走った矢は、これもドーゲンの心臓を見事に貫いた。

「やった！」

恐るべき勝利を得たものとは思えぬ明るいかちどきを上げて、カーンはもう一度、位置を変え、二人の刺客(しかく)の下へ走り戻った。

まだ催眠の影響下にあるのか、虚(うつ)ろな表情のジョゼットに並んで肩を揺する。

「しっかりしてくれ。眼を醒(さ)まして！」

ジョゼットの唇が開いて、こう言った。

「無駄だ。おれが死なない限りはな」

ぎょっと左を向いた前で、馬上のドーゲンが右手の矢を器用に廻しながら嘲笑した。

「ど、どうやって？」

「矢はおれの胸に刺さる前に止まった。おれの術は物にも効く」

飛来する矢は停止を命じられ、それに従ったのだろうか。物理的法則すら無視するのが妖術だ。

馬上で荒い呼吸(いき)をつなぐギグルを見やって、

「急所は外れたか。お互い運がいいな。だが——おまえたちはそういかん。その目的がわかった以上、ここで死ぬがいい」

少年に宣言してすらりと腰の一刀を抜いた。
迎え討とうとしたが、カーンの身体はぴくりともしなかった。
「おまえも術にかかっている。安心して死ね」
だが、ドーゲンは一刀を引いた。
その背に、空中から貼りついたものがある。
愕然とドーゲンはふり向いた。
獣の呻きを洩らしつつ、ドーゲンは少女の頭を摑んで引き下ろした。
その眼と鼻の先——五センチとない位置で、少女が微笑んでいた。アルルであった。
ぽん、と首が抜けた。
妖術使いの手の中で、それはにっこりと笑った。
「貴様も魔術の作品か⁉」
ドーゲンはその首を足下へ叩きつけた。
轟きと黒煙をまとった炎が爆発した。
サイボーグ馬が棒立ちになり、騎士たちは全員、地上へふり落とされた。
それでも〝もどき〟。揃ってすぐに跳ね起きるや、
「誰だ⁉」
ドーゲンが四方へ眼を飛ばしつつ、威嚇した。

その周囲で、おびただしい気配が動いた。

正確に言うと、上空から数百の人影が舞い降りて、四人を取り囲んだのである。

数百のアルルが。

ドーゲンは肩に残った首なしの身体を見て、

「こんなものに生命を与えられるのは――貴族か？」

と喚(わめ)いた。

「おまえたちは、暁影団の者だな？」

重い男の声がした。何処から？　――わからない。

2

声は続けた。

「公から知らせがあった。公の下を訪れて何を望む？　まあ、わかってはいるが」

「おれたちの望みはひとつだ――貴族の列に加えてもらいたい」

「そう簡単に叶(かな)うと思うか？」

声は嘲笑(あざわら)った。

「仲間はみなそちらへ向かっている。追い返したりはしないな？」

「追い返す？　勿体ない」

ドーゲンは沈黙した。その言葉の真の意味を感じ取ったのである。

「――我々は純粋な気持ちで、公の手兵になりたいと願っている。それでもいかんのか？」

「〝もどき〟よ――貴族と同じだと思うか？」

「しかし、おれたちは貴族の手にかかって〝もどき〟になった。それが貴族になりたいと望むのは、当然ではないか」

「それはおまえたちの都合だ。そのために我らは動きはせん」

「なら、暁影団の者たちは？」

「安心しろ。貴族の眷属にならずとも、奉仕の道はある」

沈黙が落ちた。

「あんたたち――本気で」

ドーゲンの驚きの声が、不意に変わった。

「他に、おまえたちに出来ることがあるか？　我々にとっては、人間も〝もどき〟も同じ血の餌よ。私は試したことはないが、しかし、〝もどき〟の血は人間よりも不味いのが定説だ。おまえたちを城へと招いても、歓ぶ者はない」

「わかった」

とドーゲンがうなずいたのは、かなりの間を置いてからである。

「おれたちの行動も思考も、すべて自己満足だったということか」

「戻ろうや」

それまで馬上で苦痛をこらえていたらしいギグルが、死人のような声で言った。

「早く戻って、みなに行く先には地獄が待っていると告げなくちゃあな」

血の気を失った顔が、ジョゼットとカーンを見て、

「おまえたちも早く逃げろ」

と言った。

「そうはいかん」

と声が返した。

「その二人もおまえたちも、ここで死ね。死に方だけは、二度とうろつかぬよう、我々と同じものにしてくれる」

「そいつはどうも」

ドーゲンが唇を歪(ゆが)めた。その端から二本の牙が覗(のぞ)いた。

殺気とも何ともつかぬ緊張と呪いの空気が辺りに広がった。

「死ぬ前に、私の名を教えてやろう。アンガーギャスリン公の護衛官ローダンだ」

「おれたちは名乗らねえぜ」

とギグルが言った。

「貴族になんぞ名乗る名前はねえ」

「そのとおりよ」

「そうだとも」

ジョゼットとカーンが口を揃えた。彼らを見るドーゲンの顔に微笑が刻まれた。

「――では、共に死ね。〝もどき〟用の虚無の穴へ落ちるがいい」

「出て来い」

とドーゲンが告げた。

「私を見ることも出来ぬ者が、私と同じになりたいとやら。よかろう」

ジョゼットとカーンが眼を細めて、前方の二人の肩越しに視線を据えた。二メートルを超す人影が瞳を埋めていた。

ドーゲンがシャツの内側に手を入れて、円(まる)い鏡を取り出した。後方を覗くための品であった。

そこに映る影を彼は凝視した。実体と虚像と――二人のドーゲンの眼が赤くかがやいた。

「効かぬな」

と影は笑った。

突然、世界は白く変わった。

虚空を貫いて白い稲妻が二人の頭頂から股間までを貫いたのである。

脳を灼(や)き尽される苦痛に耐えながら、カーンは瞳を埋めるおびただしい光のすじを見た。

数千本の稲妻が、ここだけではなく、この地方全体に降り注いでいるのだった。

これが貴族の力か？

「これが貴族の力だ」

とローダンの影が言った。宣言に似ている。ドーゲンとギグルは馬上で馬の首にもたれていた。頭頂から炎と煙が立ち昇っている。

影が右手をふった。

ドーゲンがのけぞった。鉄の楔（くさび）が背中から心臓を貫いたのである。

灰と化す仲間のかたわらで、ギグルがふり向いた。

「逃げろ！」

とジョゼットたちに叫んで、ローダンの影へと疾走する。

二人は眼をみはった。

ギグルの馬が形を変えたのだ。分厚い楕円の下の三本脚で疾駆するメカに。

赤いビームが影を貫いた。

ローダンは黒々と笑った。

ギグルの頭頂を稲妻が貫くのを、ジョゼットは見た。光はしかし、撥（は）ね返り、ローダンの影を刺し通した。ギグルの頭上に盾が掲げられていた。ローダンの稲妻は反射され、当人を襲ったのだ。

「〝もどき〟を舐めるな」

とギグルは闇に叫んだ。声は平原を渡っていった。

疾走を続けるメカに別の光が落ちた。光は盾も貫いた。

本体が分解したとき、ローダンの影は、ジョゼットたちの眼前にそびえていた。ギグルは塵と化していた。

ジョゼットは連射弓を構えたが、無駄だとわかっていた。

「おまえたちを殺すのはたやすい」

低い声が言った。ジョゼットの胸に懐疑が揺れた。恫喝以外の感情が含まれていることを見抜いたのである。

つけこむ隙が出来た——と思った。

「だが、何処かおかしい。さっき谷の者たちがかどわかした娘もそうだが、おまえたちは何処か異なる」

「——何と？」

やっと声が出た。

「私にもわからん。本来ならば、公の下へと連行するところだが、受けた命令は抹殺だ。ここで始末しておく方が、後々面倒も起こるまい」

そう告げるローダンの周囲で、彼方の山脈で、稲妻の雨はなお降り注いでいる。

そのひとすじがいま、娘と少年の頭部を灼き貫くのだろう。

だが、二人は怖(おそ)れもせずに、前方の敵を睨みつけていた。

「すぐに――」

言いかけて、ローダンの影は両手で心臓部を押さえ、

「これは――何事だ？」

と叫んだ。声は低く――心底の恐怖が噴きこぼれた。

「やめろ、これは何処の光景だ？　誰が見た？　何故、私に伝える？」

問いに答えはなく、よろめく影は薄らぎ、消滅した。

まだ何かがいる。しかし、ジョゼットとカーンは全身の力を抜いた。

「――何処の光景って、訊いたよね？」

カーンがつぶやいた。

「確かに。よっぽど怖ろしい場所だったのね。あの二人を斃した奴が、たちまち尻尾を巻いたわ」

「けど――誰が何を見せたんだ？」

「それは――」

と返して、ジョゼットはすぐに思考を切り換えた。

「それより、アルルよ。奴の言い方だと、殺されたとは思えないわ。多分、何処かへ連れてい

かれたのね」

「何処へ？」

「あたしたちの行く先よ」

「アンガー何とかの城へ？」

「他にある？」

「いいや」

少年もきっぱりとうなずいた。

「行こう」

稲妻の雨は熄(や)んでいた。

ジョゼットが手綱を握りしめた。サイボーグ馬の腹を蹴る前に、周囲を見廻し、小さな溜息(ためいき)をついた。

「〈辺境〉は死人ばかり」


「何が起きた？」

青い霞(かすみ)に包まれたような部屋で、こう尋ねた者がある。

彼がかけた豪華な肘掛け椅子の二メートルほど手前の空間が応じた。

黒い影が湧いたのである。

「しくじりました」

内容に反して悪びれた風はない。

「しくじった？」

「気になる〝もどき〟たちが三名おりました」

「ほお」

「うちひとりは、谷間の者たちが捕え、じきそちらに送り届けられると存じます。しかし、あとの二人の処分に横槍が入りました」

「ローダンがしくじるとはな。まして、殺戮に」

「まだ怯えが退きませせぬ」

「何と？」

椅子の者が身を乗り出した。

「何があった？」

「何も――ただ、目撃しただけでございます」

「何を？」

「ご容赦下さいませ。その一端を想起するだけで、公の身にもかんばしからぬ事態が生じます」

「それは、わしが決める。話せ」

「………」

「話せ」

「では――私の眼をご覧下さいませ」

しばらく平穏が続いた。

やがて、公は眼を閉じて、椅子の背に身をもたせかけた。死者の動きであった。

「これは――これは……」

「一端に過ぎませぬ。三日三晩のワインと音楽で忘れられましょう」

「城へ戻れるか？」

「多分。しかし、まだ使命を果たしておりません」

「よい、戻れ。おまえの代わりに、ダイロスとその部隊を遣わそう」

「それは」

とローダンの声はためらった。

「彼らは無用な殺戮を招くだけでございます。ならば、私もお残し下さい。彼らのコントロール役くらいはまだ務まりましょう」

「よかろう」

公は即決した。

「夜もじきに明ける。夢を見ぬよう処置せい」

「感謝いたします」

そして、影は消え、広間のごとき居室に公だけが残った。

含み笑いが生じた。何処かやりきれない感じの笑いであった。

「生命と精神(こころ)は別か。不死の身体を支える精神は狂気も不死と呼ぶか。そのような脆弱な精神の主を永劫(えいごう)は許すまい。やはり、我々は〝かりそめの客〟なのか。こう問うのは何度目か。応えよ、ダリア」

つぶやきで終わるのか、問いであったのか。

ダリアの答えは無論ない。それは、数千年前に滅びた奥方の名であった。


アルルが眼を開いたのは、石の一室であった。

理由もなく、地下だとわかった。空気が重くつぶれている。〝もどき〟の五感は重力波の変化も感じ取れるのであった。

まだ虚ろな焦点がけじめをつける前に、アルルは歓喜の叫びを放った。

「――D⁉」

だが、正常な意識はその顔を別の美貌に変えた。

「残念だったな、娘」

とDには及ばぬが、誤解させたほどの美貌の主は、毒のない笑いを見せた。アルルをどうこうしようとは考えていないようだ。

「あれほど美しいと謳われるハンターと間違えられるとは光栄だ。だが、それは目覚めたおまえを驚かさぬための、偽りの顔よ」

美貌はみるみる醜悪な貴族のものに代わり、アルルはまた眼を剝いた。

「Dとやらは、死んだと聞いたが、そうなのか?」

アルルはまだぽかんとしている。術のせいか薬のせいか、脳の覚醒が未完なのだ。

小さな顔が紅を帯びるまで凝視し、

「本来なら、すぐに貯蔵室へ送るところだが、成程、ローダンが何かを感じさせると言って来た〝もどき〟の仲間だ。私にはわかるぞ。この小さな体内の本質に、私たちと等しいものがあると」

彼はかたわらの医療アンドロイドに、

「分子レベルの検査を行え」

と命じた。

「五分以内に結果を伝えい」

「承知いたしました」

「あのお」

アルルが泣きそうな声をふり絞った。

「どうした?」

と向けた顔も声も優しい。

「あの――検査って、痛いの?」

「少しな」

「そうか」

少女は唇を嚙みしめて、うなずいた。

「怖いのか?」

「ううん」

「ほお。可愛らしい娘にはやまほど会ったが、勇気のある娘というのははじめてだ。〝もどき〟にも珍しい」

彼は、その笑みを深くして、アンドロイドに向き直った。

「だが、検査には容赦をするな。泣き叫ぼうと行え」

「承知いたしました」

応じるメカにうなずいてみせ、公爵は奥の鉄扉を抜けて消えた。

石壁にくっついていた手術台と手術装置が、アルルを取り囲んだ。

つぶれたようなモーター音とともに、ロボット・アームに握られたメスが近づいて来た。

「ねえ、何処切るの?」

アルルの声は震えている。

「脳だ」

アンドロイドの医師が答えた。無表情の顔は人間のものだ。

「わー。麻酔かけてよね」

「気の毒だが、それをやると脳の反応が掴めん。少し痛いが死にもしないし、機能障害も起こさん。安心しろ」

出来るわけないじゃんと頭の中で吐き捨てながら、ようやくアルルは、絶望の意味を理解しかけていた。

すうと照明が消えた。

街道から外れた森の中を、赤毛の娘が走っていた。

かすれるような息継ぎと、何度もふり返る動作から、追われているのは明らかであった。

茂みの中でもう一度ふり返った瞬間、悲鳴が上がった。男が立っていたのである。

抱きしめられた。娘は悲鳴を上げた。男の手を見たのである。

鞭（むち）のような触手が五本ずつ。

夢中で地を蹴ったその眼前に、黒い影が舞い降りた。

「――D!?」

と娘は、逃亡した瞬間から、最も会いたいと望んでいた男の名を呼んだ。

違った。

旅人帽(トラベラーズ・ハット)の下の顔は鼠に似ていた。

「そのとおりだ」

と天から降って来た男が黄色い牙を剝いた。

3

娘は後じさり、またもや肩に触れたもの、、の感触に悲鳴を上げてその場に蹲(うずくま)った。死を免れないと知ったとき、生きものは身を丸める。思考を停止し、これまでのこともこれから生じる出来事も忘れようと努める。

ぎゃっ、、、と聞こえた。悲鳴だ。自分の声ではなかった。肩の触手が外れた。

「何者だ?」

前方の男が訊いた。方向が奇妙だ。相手は上空にいることになる。

返事はなかった。触手が高速度撮影の木の枝のごとく伸びた。一年の成長を一秒で成し遂げ、邪魔者に巻きつき、刺し貫こうと上昇を開始する。

それが急に停まった。触手の根本を何かが貫いたのである。

触手の主が倒れる音を娘は聞いた。

ほとんど同時に、前方の男が宙に舞った。

敵は頭上だと見抜いたのである。

男の武器は翼のように広がったケープと長剣であった。

だが、戦いは刃をふるう前に終わった。

娘から六、七メートル前方に落ちて来た男の胸から白い楔が生えているのを見て、娘はあり得ないことが起きたのだと悟った。

起こしたものは、静かに娘の前に降下して来た。

高さ五〇センチほどの円筒に手すりのついた飛行体の上で、男が自動連射短弓を構えていた。

娘には想像もつかない推進法で進むらしく、それは音もなく地上に機体を固定すると、手すりの一部が開いて、男が降りて来た。服も顔も薄汚れているが、悪相ではなかった。

まだ座りこんだままの娘へ、

「安心しな。おれはハーベイって者だ。空からあんたの団体を見張っていたんだよ。あんたが逃げ出したと思ったら、こいつらが追っかけてった。知らんぷりも出来なくてな。感謝しろよ、おい」

「ありがとうございます」

娘は心から伝えてから、

「あたし、アジャニといいます。みんなが怖くて逃げて来ました」

「そうかい。おれは昨日から覗いてたが、近すぎると看視の役が務まらないんでな。上空二〇〇メートルから遠眼鏡を使ってたんだ。ただ、貴族になりてえだけの狂信者集団かと思ったら、そうでもなさそうだ。こうやって逃げ出す女もいるしな。あんたも、生贄の座から逃げ出して来たんだろ？」

「はい」

「おれが覗いた初日に、二人も殺された。儀式殺人ってやつだ。もう安心しな」

娘——アジャニは眼をそらして、首を横にふった。

「いいえ、また来るわ。あいつらの儀式には〝もどき〟じゃない、普通の人間の生贄が必要なのよ。あたしの他にも、あいつらが立ち寄った村から連れて来られた娘たちが何人もいるわ。ねえ、助けてやって」

ハーベイは困惑した。

「そら、そうしてやりてえが、おれにも用事があってな。とりあえず、あんたをもとの村の近くまで送ってやるよ」

アジャニは俯いた。

「——駄目よ。みんな殺されるか、〝もどき〟にされたわ。別の土地へ逃げなくちゃ」

「んじゃ、おれは駄目だ」

「お願い」

アジャニはパイロットの腰にすがりついた。

ハーベイは呻いた。呻かざるを得ない状況であった。

アジャニの腕を摑んだ。ふりほどこうとしたのである。だがそれより先に離れた。

「え？」

アジャニは凄まじい勢いで眼を閉じた。

「これは――何？　助けて」

ハーベイは立ち尽すしかなかった。あまりにも急な変化であった。

「おい？」

「見たくない。見たくない。消して。あたしの眼をつぶしてえ」

声が急速に細まり、代わりに痙攣が娘を襲った。

ひどく短い最後の吐息のような音を迸らせて、娘は草の上に仰向けに倒れ、動かなくなった。

ハーベイも動かない。逃亡と追跡を目撃して駆けつけ、何とか救った娘がいま、眼の前で死んだ。しかも、死因がわからない。いや、何かを見た結果の死だ。しかし――何を？

草を踏む音が聞こえた。近づいて来る。ハーベイは中型の火薬銃を肩に当てて、左へ身を捻った。

真紅の女がもう残り五メートルほどまで近づいていた。

足を止めて、

「気の毒な娘ね」

と言った。声とは裏腹の、冷酷な口調に、

「あんただな」

とハーベイは念を押すように訊いた。犯人だ。断定に近い。

「見せすぎてしまったかもね」

「見せすぎたって——何をだよ⁉」

「あなたに見せても始まらないわ」

冷たい——というより気だるい声である。

ここまでで、ハーベイはひどい倦怠を感じた。何もかもどうでもいい。眼の前の謎めいた美女も、暁影団の看視も、空飛ぶ愉しみも——突然、強いものが胸に燃え上がった。

「何処かへ行っちまえ！」

と叫んだ。

「あんたみてえな、辛気臭えのがうろついてると、世の中ロクなことにならねえ。あんた、自分が毒をふり撒いているのに気がつかねえのかい？」

相手は黙って立っている。聞いているのか、そもそも聞こえているのかもわからぬ無表情ぶりであった。

「この娘に見せて、おれに見せねえってのは、どういう理屈だ？　いや、そもそも何でこの娘を殺したんだ？」

「さあ」

「さあ？　じゃ、じゃあ、おれに見せねえってのは？」

「わからない。気が向かないんでしょう」

「でしょう？　てめえ、自分が何考えてるのかもわからねえのかよ？」

「じゃあね」

女は不意に紅い背を向けた。何処へ行くつもりなのか？　いや、つもり自体がないのではないか。そんな考えがハーベイを立ちすくませた。

この女——放っておいたら自分で死を選ぶのではないか。

「おい、待てよ」

女がふり向いた。

「あたしの呼び名はギャラクシア」

と言った。

「最後の名乗りよ。いま、あなたにも見せてあげる」

「お、おい——急にどうした？」

「別に——その気になったの」

「やめろ」

「いいえ」

突然、虚無がハーベイを埋めた。苦しみでも悲しみでもない。絶望ですらない虚無そのものであった。

「よくご覧なさい」

頭の中でギャラクシアの声が揺れた。

彼の眼は別のものを見ていた。

それは——

ハーベイはその場にへたりこんだ。ギャラクシアは立っているが、その顔にはかすかな驚きが留(とど)まっていた。

「——D？」

呻きに似たハーベイの声にも、その美貌は闇の中にかがやいて見えた。鍔広(つばひろ)の旅人帽(トラベラーズ・ハット)、漆黒のコートと背の長剣——何よりも玲瓏(れいろう)たるその美貌。

Dよ——しかし、おまえは滅びたのではなかったか。

「生きていたの？」

ギャラクシアが訊いた。

「あの森に借りが出来た」

月光の下でDが答えた。

あの滅びの後、Dが見逃した妖木をはじめとする森の木立ちすべてが、埋められたDの胸に根を突きこみ、彼らの生のエネルギーを注ぎこんだと知る者はいない。

丸一日の休養の後、Dは復活し、ジョゼットたちの後を追って、いま、戦いの場に遭遇したのであった。

「おまえには、絶望がないのか？」

とギャラクシアが茫々と言った。

「宇宙におまえは不要だ」

とDが言った。ギャラクシアの全身が凍りついた。

「この星も、おまえの帰還は望まなかったろう」

「また、眠らせてやろう」

ギャラクシアの声は夜風に乗ってDの下に届けられた。

次に生じる光景は、ギャラクシアにもDにも恐るべき予想がついていたに違いない。

だが、そうなる前に、女は自分の左肩に顔を向けた。

「よお」

と左手が、かけてあった五指を広げて挨拶した。

自らが宇宙の涯で見た光景を再現する前に、ギャラクシアは大地に引かれるように崩れ落ちた。

「間一髪じゃったの」

その肩から跳ね下りた左手首は、アタマヘビのように草を縫ってDの垂らした左腕の真下に走り寄り、ひょいと跳躍するや、袖口に収まった。

「これで当分は眼を醒まさんが、連れて歩くのは面倒だぞ。こういう物騒なニヒリストは、始末するに限る」

「この女の見て来たものを、おれも見た」

とDは言った。

「それを理由に処分は出来ん。依頼も受けていない」

「それはそうじゃ」

「おい、それどうする気だよ？」

ようやく、生と死を分かつ数秒の闘いから無関係だった声が上がった。

「あの三人はどうした？」

とDはハーベイに訊いた。

「あ、ああ。あの『不死者の谷』へ入る前に別れたよ。おれは暁影団の見張りに出かけたんだ――」

それからしばらくの間、この地に到るまでの顚末を聞いて、

「暁影団は歓迎されそうか？」

「無理だね」

ハーベイはかぶりを振った。自信に満ちている。

「おれぁ、ただ貴族になりたいだけの新興宗教みてえなもんだと思っていたが、しばらく観察しているうちに、薄気味悪くなって来た」

娘の死体を指さし、

「この娘を追いかけて来た片方は、触手で出来てるような化物だ。他にも何人か何匹か、そんな奴らがいる。普通の〝もどき〟どもはみな嫌がってるが、教祖のご威光には逆らえねえらしい。貴族が喜ぶとは思えねえ集団さ」

嗄れ声がボソボソと、

「あと二日もあれば公爵の領地に入る。あの三人はその前に引き返させせんといかんな」

「三人を捜せ」

Dはこう告げて、サイボーグ馬に近づいた。サドルバッグから折り畳み式のシャベルを取り出して、倒れた娘に歩み寄った。

シャベルを地面に突き刺したとき、ハーベイが把手を摑んだ。

自分を見る美しい顔に、

「埋めてやるんだろ？　穴掘りはおれに任せなよ。あんたみたいないい男に、労働は似合わねえぜ」

と言った。

二キロほど進んだところで、もと貴族の城らしい廃墟に出た。

廃墟といっても城壁と城郭の一部がそれと見分けられるだけで、鬱蒼たる草の跳梁が数百年の荒廃を物語っていた。

「どうして、こんなところで止まるんだよ？　夜明けにはまだ少しあるぜ。暁影団との距離を詰めないと」

と唇を尖らせるカーンへ、

「感じない？」

ジョゼットは遠い眼で四方を見廻した。

「またかよ？」

「そうね」

「どっちだい？」

「まだわからないわ」

ジョゼットは眼を赤く光らせて、

「でも、すぐよ。あの楼の陰に隠れて」

「おお」

打てば響くのたとえのごとく、ダッシュした少年はすぐに見えなくなった。

連射弓に装塡（そうてん）し、ジョゼットは街道の奥に眼をやった。

じきに鉄蹄（てってい）の響きと轍（わだち）の音が闇を押しのけ、さらにその姿を露わにした。

裸馬にまたがった五つの農作業服姿と、農業用の荷馬車に乗ったそれも同じスタイルの男は、そのまま街道を進みかけて停止した。

先頭の裸馬が、崩れた城壁を跳び越え、城郭の方へ向かって来る。

「誰かいるなら、出て来い」

荒っぽい口調で農作業服姿が叫んだ。

「わしらは、暁影団ちゅう団体の者だ。アンガーギャスリン公のお城さ行く途中だ。危ねえ目には遇（あ）わせねえ。安心して出て来い」

ここで闘（や）り合っても仕方がない、とジョゼットは判断した。嘘（うそ）を感じさせる口調ではなかった。

「いま出て行くわ」

と声をかける。

「女か——何人いる？」

「二人よ」

サイボーグ馬は二頭いる。とぼけても無駄だ。

「武器を捨てろ」

連射弓と矢筒を放った。カーンも小弓を投げた。

「よし、出ろ。狙ってるだど」

ジョゼットは城壁から出た。カーンも楼の陰から現われた。

たちまち人影が取り囲み、武器を取り上げた。

「おめえら、何者だ？」

と尋ねたのは、サイボーグ馬も持て余しそうな大男だ。顔も服装も田舎の純朴さを保っている。

「旅の者よ」

男は首を傾げ、

「おらあ、ガルシアだ」

「ジョゼットよ」

「おれカーン」

堂々たる少年の名乗りに、大男の口もとが緩んだ。悪い人間ではないらしい。

ガルシアは二人の背後――廃城の方を睨んで、

「こんな時刻に焚火の風もねえ。おめえら、ひょっとして――」

と二人をねめつける瞳の中で、カーンが上唇を押し上げてみせた。

「むむ、やっぱし——おまえらも〝もどき〟か。だったら、ギグルとドーゲンが始末にいったDの仲間だな」

「何のこと？」

とぼけたジョゼットに対し、

「だったらどうしたってんだよ？」

とカーンが滅茶苦茶にした。

「やっぱりか——連れてけ！」

とガルシアが眼を赤く染めた。

「待てよ、ガルシア。そんな手間かけなくても、ここで始末しちまおうぜ」

背後の四騎のひとり——右眼に眼帯をかけた男が前進して、巨人の右横に並んだ。

「何言うだ、ボーダン？　一応、教祖様の判断を仰がねば」

「教祖様はあれで面倒臭がりだ。連れてきゃ嫌な顔するばっかりよ」

「だども」

「おれたちの目的は、アンガーギャスリン公の下で貴族の一員に加えてもらうことだ。それ以外は邪魔さ。おい」

背後の三人に向かって声をかけると、彼らも前進しかけた。

「やめれ！」

巨人の怒号は咆哮に近かった。三人は停止した。ボーダンは舌打ちして、

「なら、おれが殺る。手を出すな」

鞍につけた長剣を抜くや、二人の方へサイボーグ馬を進めた。全身から殺気が立ち昇っている。

その前に、ガルシアが割って入った。

「やめれ」

「邪魔するな、教団のためだぞ。戻って訊けば、教祖様はおれの肩を持つに決まってる」

「そんだらことわかるもんか。相手は女子供だど。ぜってーに手出しはさせねえ」

「おまえとは、前から意見が合わなかったな、ガルシア」

長剣が、巨人に突きつけられた。

「ほっほ、おらとやるだか、ボーダン？　一遍もおらに勝ったことのねえ男が？」

相手の表情に憎悪が揺らいだ。

ガルシアの武器は、これも馬の鞍に装着した長槍だ。

「いいのか、ボーダン？　おれも使うど」

空気が凍りついた。

ボーダンの殺気はなおも高く昇った。

剣と槍――因縁めいたものが黒い濃霧のごとく絡みつく二人の間に何が起きるのか。

ジョゼットが街道の方を見た。

少し遅れて、残りの男たちも――死闘寸前の男たちも眼をやった。

彼らが聴いたのは鉄蹄の響きではなかった。

かすかな電子音。

一〇秒とかけずに、直径三メートルほどの円盤が一同の視界を埋めた。

厚さは一メートルほどか。表面に貴族の城らしきものと、そこで美女の首すじに牙をたてる貴族たちが刻みこまれている。血の煮えたぎる大釜から中身をすくってあおる黒衣の男たち。純白のドレスを血の雨にさらして赤く染めた貴婦人たち。絵画好きならひと目でわかる。史上最も優れた貴族絵の画家といわれるヴァルデン・アッシャーの手になる凄惨図だ。

円盤の真ん中に黄金の冠をつけた精悍な顔立ちの老人が胡坐をかいている。

左右に官能的な顔立ちと肢体を備えた女が二人正座している。

円盤――一種の玉座だろう――が、城の敷地内へ入って来ると、騎乗の男たちも、馬車の者たちも、一斉に頭を垂れたのである。

「デューラー教祖様」

呼ばれた老人は重々しくうなずき、

「不穏なものを感じてやって来た。信者同士で争いはならぬぞ」

猛禽(もうきん)のような視線で貫かれ、ボーダンとガルシアは眼を伏せた。

老人の眼は奥の二人に注がれた。

何でえ、と見返すカーンの眼から、力が泡のように消えた。

数秒で眼を離し、デューラーは顎(あご)に手を当てて、唇を噛んだ。こんな状態はあり得ないものらしく、静かなどよめきが男たちの間を巡った。

すぐに両膝を叩いて、

「連れて来い」

と命じた。

下馬した男たちがジョゼットとカーンに駆け寄った。

「おれがついている。悪いようにはせん」

とガルシアが樽(たる)を二つ並べたような胸を叩いた。


一頭の騎馬が廃墟の前を通りかかったのは、二時間ほど後のことであった。

東の方角に薄れてゆく青い闇が、黒衣とその美貌をかがやかせている——Dだ。

「ここでひと悶着(もんちゃく)あったの」

左手が言った。

「気配が残っておる。ほお、かなりの大物がいたぞ」

「デューラー教祖か」

「であろう。二人の気配もある。拉致されたかの」

「いいや」

とD。教祖の名前は、ジョゼットに聞いたものだ。

「あの二人のことだ。何もかも承知の上で、乗りこんでいったかも知れん」

「ふむふむ。追うとしよう」

サイボーグ馬は疾走に移った。

一〇分ほどで止まった。

轟きでとうにわかっている。広い川であった。

黒い岩がしぶきを上げる急流だ。

上流に橋が架かっているのが見えた。どう見ても、一〇〇年近くを経た古い吊橋である。人間の手になるものだろう、踏板も破れ、外れ、幼児のひと足で橋全体が崩壊しそうに見えた。

「危険じゃぞ」

左手の声も緊張している。貴族ほどではないが、その血を引くダンピールも流れ水には弱い。

「奴らはここを渡ったに違いない。いまにも落ちそうじゃ」

Dは無言でサイボーグ馬を橋の方へ進めた。ためらいもせず渡りはじめる。

中ほどに達したところで、左手がはじめて、のである。

「ほお」

と洩らした。風のひと吹きでちぎれそうな踏板を、Dとサイボーグ馬は揺らしもしなかった

「大したもんだ」

声より早く、Dは前方――橋の終わりに立つ人影を目撃していた。シルクハットに蝶ネクタイ、燕尾服を着た壮漢だ。見ようによっては大道芸人だが、決してそうは思わせない妖気に包まれていた。

「聞こえるよな。おれはダイロス――アンガーギャスリン公の戦闘部隊長だ。おれを入れて五人――おまえの旅路の間にかからせてもらうぞ。安心しろ、一度にひとりだ――まあ、最初のひとりで片はつくだろうが」

「おれの前に、別の者が橋を渡ったはずだ」

とDは言った。蔓一本切断されれば急流へ落ちる。危機一髪の状況で、表情ひとつ変えていない。

「小娘のことなら安堵せい。別の仲間が公爵様の下へ拉致したわ。そこで何が起きるかは、おれも知らんがな」

笑った。嫌な笑い声であった。

途中で止まった。

Dが馬ごと跳躍したのである。

——まさか、馬ごと
とダイロスの表情が告げている。

橋は落ち、人馬は宙にいた。呆然と立ち尽すダイロスの眼前にサイボーグ馬が、頭頂に白刃が落ちて来た。

ダイロスは二つになった。否、二人に。同じ姿の刺客は、馬上のDを見て笑った。

「〝死なずのダイロス〟とは、おれだ。だが、笑いがこわばっているな。何という怖ろしい男。ひとりにひとりでは無理かも知れん」

二人は身を翻した。

その背から心臓へ白木の針が貫き、彼らはたちまち消滅した。

「逃げたの」

と左手が言った。

「足下には埃だ。どうやらこれを固めて分身をこしらえたらしい。窓の隙間、ドアの鍵穴から吹きこみ、暗殺者の形を成す——少々厄介だぞ」

「五人」

とDは返した。多いという意味か、それとも——東から満ちつつある光となお残る闇の中で、その美貌は無言を通していた。

黎明の光が荒野の底に届きはじめたとき、ふたり目が訪れた。

農家の少女風の服装で、背中に革のバッグを負っている。

街道の左側の石に腰を下ろしていたのが、立ち上がり、Dの顔を見てから動かなくなった。

「どうした？」

左手に訊かれて、我に返った。

「うちで焼いたばかりのパンとソーセージ――要りませんか？　美味しいよ」

答えずDは進んだ。あーん、待ってよおと並んで歩きながら、少女はバッグを下ろし、中に手を入れた。

全身が痙攣した。その場に崩れ落ちた背中に一本の多用途ナイフが突き刺さっていた。心臓を貫通――即死であった。

「用心しろ」

少女の背後の林から、雑貨売りらしい男が走り寄って来た。

「わしゃ、林ん中で休んでる間に、その娘が、武器らしい品をバッグに入れるのを見た」

男は死体に近づき、バッグを取り上げて黄色い塊を取り出した。

「手投げ弾だ。危ねえ危ねえ。この辺はこういう物盗りが多いらしい。気をつけて行くこった――おい、何を見てる？」

「その娘は仲間か？　それとも術にかけられた操り人形か？」

「何を言ってるんだ。おらあ、あんたを助けてやったんだぜ。礼のひとつも言ってもらいてえな」

「何故、発火ピンに指を入れておる？」

「――ん⁉」

雑貨屋が驚いたのは、指摘よりも声のせいであった。

「わしも見ておったぞ」

嗄れ声は笑った。

雑貨屋はピンを抜いた。投擲の姿勢に入った刹那、その眉間を白い針が貫いた。全身が炎とともに四散したのは二秒の後であった。

「あの娘――仲間ではないぞ。顔の造作が農民のものだ。操り人形であろう」

一〇分と行かずに、二人の農夫と会った。

「こんな娘を知っているか？」

と左手が服装と顔立ちとを説明すると、おれたちの妹だが、今朝、パンとソーセージを売りに出たきりだ、と答えた。

「ひとつ買った」

とDは言った。

「金を払う前にいなくなった。おまえたちに渡しておこう」

唖然とする若者たちは、眼の前に示された千ダラス金貨を見て眼を剝いた。新しい家が一軒買える金額だ。

「え？　けど、あんた、これは？」

「先を急ぐ。釣りはいらん」

「え？　え？　え？」

と言い続ける二人を残して、Dはサイボーグ馬を進めた。

「甘い甘い」

と左手が揶揄するような声を出した。

「娘が死んだのは、おまえのせいではない。運が悪かったのじゃ。このままいくと、じきすっからかんになるぞ」

「葬儀費用だ」

とDは応じた。

この後、奇怪な刺客が次々と襲って来た。

Dの周囲——半径一キロに亘って、それに触れた人間や牛馬を即座に切断するという一〇〇ミクロンの金属糸を張り巡らせた暗殺者は、Dの操る千分の一ミクロンの糸に首を切られた。

降りしきる雨の中にDの影を映し、斬り合いと相討ちを狙った四人目は、左手の炎に水鏡の技を破られ、Ｄの一刀を浴びた。

　五人目の刺客は、遙か天王星に設けられた貴族の廃基地から超合金の楔を放ち、Ｄの心臓を貫いたものの、左手の治療によって復活したＤに心臓を貫かれて滅びた。

「残るはダイロスのみか。――しかし、丸一日の間に、よくも手を変え品を変え――飽きん奴らじゃのお。おっと、そろそろ暁影団に追いつく頃じゃが」

　陽は暮れ切って、馬を走らせるＤの前に、小さな村が見えて来た。

「ライズリロアの村じゃ。どうせ暁影団の生贄にされておるじゃろう。しかし――明りが点っておるな」

　そちらを見もせず行きかけたＤを、家の中から出て来た人影が、

「待って下さい」

　と声をかけて来た。若い女だ。

「別嬪（べっぴん）だの。用心第一じゃぞ」

　それを聞きもしなかったように、Ｄは進んでいく。

　その前に、影が廻った。確かに美しい顔立ちが、

「助けて下さい。母さんが〝もどき〟たちに嚙まれて」

第六章　幸いの地よ、呪え

1

娘の名はドロレスといった。昨日の夜、「暁影団」が訪れ、貴族の一員になることを求めた。みな断った。すると、彼らは牙を剝いて襲いかかり、村人たちを虐殺したのである。村の外れにも仲間がいて、脱出する村人たちを殺害してのけた。

彼女は村人の知らない自宅地下室に隠れて難を逃れた。母も一緒だったが、すでに血を吸われており、それからぼんやりと夢うつつの状態で過ごしているという。

「見よう」

とDは言い、地下室へ下りた。村人たちは「暁影団」とともに去り、誰も残っていない。

暗い農婦らしい服装の母親は、Dを見ても表情を変えなかったが、頰を赤く染めた。

Dはドロレスに冷厳な眼差しを向け、

「村の者に内緒で自宅に地下室など作れない」

と言った。

「この地下室の出入口は床の上げ戸だ。ひと目でばれる。隠れていられるはずもない。おまえたちはアンガーギャスリンの手下だ」

ソファから立ち上がろうとした母親の心臓を、懐刀（かいとう）の刃（やいば）が貫いた。

塵（ちり）と化す母親には眼もくれず、Dはドロレスを見据えた。

「さすがじゃの、〈辺境〉一の名に偽りはないようじゃ」

素朴な田舎娘は、右手で顔をひと撫（な）でした。

別人の顔が現われた。

美しさの歴史はその凄（すさ）まじい美貌に刻まれ、闇の時間はDを見つめる両眼の奥でこれも暗黒の憎悪を煮えたぎらせている。

「何者じゃ？」

嗄（しゃが）れ声で娘は美貌の整（ととの）いを少し狂わせたが、すぐに納得したようだ。

「アンガーギャスリンの第二の妃（きさき）——ルクレチアじゃ」

と名乗った。

「D」

「知っておる。その美貌と剣名もな。最初の方は聞きしに勝ること、数万倍。何という美しい男じゃ」

女の声には恍惚(こうこつ)の響きがあった。月光が同意したように揺れた。

「何をしに来た？」

Dは訊いた。娘――ルクレチアの表情が一瞬和らいだ。

「無論、おまえに会うためじゃ。わらわの下を訪れる目的は知れておる。後はその実力を見るしかあるまい」

「アンガーギャスリンは何故来ない？」

「殿はわらわとは違うて、ご自分の趣味にしか興味はない。いまはその作業に磨きをかけておる」

「趣味？」

嗄れ声が？を点(とも)した。

「もてなしじゃ」

「もてなし？」

「おまえも知っておろうが、わらわと殿の国に下賤(げせん)の者どもが押し寄せて来る。分不相応な望みを抱いてな。殿のもてなしは、それにふさわしいものになるだろう」

笑みが深くなった。脳裡(のうり)にどんな光景が描かれているかは不明だが、ひとつは確かだ――地獄で終わる。

「人間など虫ケラにも値せずというわけか」

Dの声は静かであった。妃の表情はみるみるこわばった。

「決まっておろうが」

声が震えている。

「よせ」

と嗄れ声が止めた。

「この女――交渉の道具に使えるぞ」

「いいや」

Dが前へ出た。

ルクレチアは立ったままだ。いや、立ちすくんでいるのであった。

「――使わん」

声より遅れて走った閃光は、声が妃の耳に届くより早く、その心臓を貫いた――と見えた。

Dは動かなかった。切尖は、妃の胸の寸前で食い止められていた。

黒い帯が刃に巻きついている。それがルクレチアの髪と知るより早く、刀身は回転した。

跳びのいたルクレチアの髪は半ばから切り落とされて地に落ちていた。

妃は血を吐くように言った。

「我が髪は鋼より強い。これか――これが、Dという男か」

ギリギリと歯が鳴った。その口は血の三日月と化した。

思い切り顔をのけぞらせるや、前のめりに振った。

飛来したのは、おびただしい毛髪であった。どれもが鋭利な針と化していた。全身を襲ったそれを、コートをふって弾き、Dは懐刀を投げた。

わずかに急所を外したものの、刀身は左乳房の上をえぐって、ルクレチアを五メートルも撥ねとばした。

背後の壁にぶつかったルクレチアの顔には、苦痛と憎悪と——恍惚の翳があった。

「待っておるぞ、アンガーギャスリン城で」

言い放った喉もとに白木の針が飛び——壁を貫いて止まった。

白い霧が地下室の奥へと消えていく。

「逃げ場所は用意してあったか」

Dが追いすがる。その前方に見覚えのある姿が立った。〝死なずのダイロス〟。

「通さん」

宣言する敵の全身を青い炎が包んだ。それはDの左手の平——小さな口から洩れていた。

絶叫を放ちつつ、ダイロスは分身した。二人——四人——だが、炎は消えない。絶叫を放ち斬りかかってきた八人がDの前でひとりになった。術が破れたのだ。その心臓をDの刃は容赦なく貫いた。

人型の炎塊など無視してDは走った。地上への階段が見えた。

「間に合うかの」

左手の声は、奥の階段を駆け上がってから絶えた。

Dは月光の下に立っていた。

農家もない。

広い原を風が渡っていく。すべてが幻影だったのだ。

「わかってはいたが、何となく空しい眺めじゃな」

左手が言った。幻とわかって女の誘いに乗ったらしい。

「じゃが、おまえの刃を髪の毛で受け止めた。さらに」

Dはコートをひと振りした。きらきらと地上に落ちたのは、月光を編みこんだ髪の毛であった。

「おまえのコートを貫く技倆が待っているとなると——これは愉しみじゃな」

Dは無言で、これは本物のままのサイボーグ馬にまたがった。


それから一〇分と経たぬうちに、丘の上にそびえる城の居間で、豪奢なガウンに身を包んだ男が、扉の方へ顔を向けた。

瘤で覆われた顔の中に、瞼と鼻と口と思しい品が埋もれている。うち、瞼が開き、灰青色の

瞳を覗かせた。次いで、唇もない口が黄色く開いて、

「殺ったか？」

むくんだ声は、顔同様、両生類の鳴き声を思わせた。鼻には鼻梁も膨らみもない。

「残念ながら」

何処からともなく応じる声は、ルクレチアのものである。戸口の影と化している。

「――予想どおりだ。だから、よせと申した」

「放ってはおけません。彼奴は我が城の五人の刺客をことごとく斃した男ですぞ。私が出るほかはありませぬ」

「その結果がこの様だ。手の内までさらけ出しおって――ふつつか者めが」

「申し訳ございません」

「もうよい。それより、丘の道を登って来る人間と〝もどき〟どもだ。あと五分もせぬうちに到着するぞ」

「始末させましょう」

「いいや、城内へ入れよ」

「で、また〝選択〟なさるおつもりか？」

「他に何の愉しみがある。人間と半端者どもに」

「殿」

「無能者は黙れ」

「……」

妃は沈黙した。

沈黙には意味が伴う。ここにあるのは、限りない憎悪であった。


城門の前に辿り着いた「暁影団」の者たちは、開城を求め、理由も聞かずに扉が開きはじめたとき、喊声を上げげた。激しくジンタが鳴り、ひとりが宙返りすれば、火吹きの炎の先で跳びのいた男が蝙蝠と化して宙に舞う。この狂態を橋が下ろされるまで続いた。

次々に入場した数は、意外に少なかった。

「おれたち二人で、二九四と五と六――少ねえなあ」

と洩らしたのは、馬上のカーンであった。

「確かにね。アルルを見つけるまで、油断しないで」

ジョゼットは緊張を声に乗せた。アルルは、「不死者の谷」からここへ運ばれたに違いない。

「こいつらもまともじゃないけど、貴族はもっとまともじゃない――筋は通ってるわ」

ジョゼットは高い城壁や望楼や壕を見廻した。

全員が前庭へ入ると、扉は閉じ、すぐに、

「よく来た。アンガーギャスリン公を讃える者どもよ。わしは警備隊長デズモンドだ。おまえたちの願いを聞こう」

「ただひとつ――」

と教祖デューラーが声を張り上げた。信者すべてを平伏(ひれふ)させる声は、巨大な城の広場の中で、ひどく空虚に響いた。

「――我ら〝もどき〟を、貴族の一員にお加え下さい」

「よかろう」

即座の返事に、一瞬、驚愕の沈黙が生じ、次いで、

「アンガーギャスリン公の栄光を」

大合唱が続いた。二人のかたわらでガルシアも声を合わせている。

「諸君」

デズモンドの声が熱を一気にさましてのけた。

「まずは城内でもてなそう。最初の一〇〇名――入りたまえ。数はこちらで数える。後は少々待機だ」

徒歩と騎乗と馬車の人々が進み出し、門の中に消えていく。

「一〇〇」

黒い馬車の手前で扉は閉じられた。

「分けて入れるか――気に入らないわね。勝手に入るわよ」

ジョゼットが連射弓と矢筒を摑んで下馬した。サドルバッグを肩にかける。カーンも続いた。

「何処さ行く？」

ガルシアだった。

「気にしないで。特別扱いが好きなのよ」

巨人は眉を寄せ、

「よし、おらも行くだ」

と馬を下りた。周りの連中もこちらを見ているが、気にする風もない。

入城したくてそれどころではない連中の眼を盗んで、三人は広場を囲む城壁の西の戸口へ向かった。戸口に扉はない。城壁へ昇る階段である。

「おかしいな。もう城の連中には見つかってると思うけどな」

城壁の上へ出てこうつぶやくカーンへ、ジョゼットは同意のうなずきを送った。

「貴族の城よ。とっくに気がついてるわ。邪魔しないのは——三人くらい数のうちには入らないからよ」

三人は城壁の先にある望楼へ入り、そこから下へ降りた。階段は地下へと続いている。

そこまで降りて、本丸へと向かった。

石造りの壁が左右にそびえる廊下は、農家の馬車が三台も横に並べるくらいの広さがあった。果ては見えなかった。

――!?

突然、三人は立ち止まった。二〇メートルほど向うに小柄な影が立っている。

「――アルル!?」

まずカーンが駆け寄って、細い肩をゆすった。

「無事だな？　心配したぜ」

その肩を強い力が後方へ引いた。

「その娘っ子は危ねえ。いきなり出て来た」

ガルシアであった。ただでかいだけではないらしい。緊張が顔をこわばらせている。

「そうよ、カーン」

ジョゼットが前へ出て、

「何処にいたの、アルル？」

少女は右手で奥を指さした。

そちらへ眼をやって、三人はあっと呻(うめ)いた。

絢爛(けんらん)たるドレスをまとった女が立っている。輝きに包まれた全身は、しかし、どこかはかなく見えた。

「わらわはルクレチア、この城の妃じゃ」

張りのある声は、男より重々しく、しかし、華やかな響きを失っていない。

「おまえたちの名も素姓も知っておる。殿がお目通りになるそうじゃ」

三人は顔を見合わせ、ジョゼットが、

「光栄です」

と言った。

「来るがよい」

身を翻したルクレチアの右手には黄金の燭台が握られている。青い蠟燭の炎が美女の顔に、ある種不気味な陰影をつけていた。いまのいままで何処かに照明が点っていると思っていたが、勘違いだったのか。

何処をどう歩いたか記憶にない。

忽然と三人は生まれて初めて見る豪華な一室にいた。アルルの姿がないが、やはり幻像だったのだとジョゼットは納得した。

「待っておれ」

ルクレチアは隣室へ消え、すぐに自走椅子に乗った人物が現われた。

「余がアンガーギャスリンだ」

その姿のおぞましさに、三人は息を呑んだ。顔を背けなかったのがせめてもだ。

「よく来たな。歓迎しよう」

貴族は舌舐めずりをした。

「アルルを返して」

とジョゼットは要求した。

「ならん」

「どうしてよ⁉」

「おまえたち、気がついておらんのか？」

「え？」

カーンが眼を丸くした。

「あの娘は、只者(ただもの)ではない。奇怪な力を持っておる。ここへ来るまで、異常を訴えなかったか？」

「それは、おいらだよ」

右手を上げるカーンを、赤い裂け目のような双眸(そうぼう)が貫いた。

「おまえのはただの陽光症だ。だが、あの娘は、彼方を見ることが出来る」

「何よ、それ？」

「我々にも無い力だ」

アンガーギャスリンは腹をゆらした。大蝦蟇(ガマ)を三人は連想した。

2

城の本丸の頂きはかなりの広場となっていた。

アルルはそこにいた。

「不死者の谷」で拐されてからのことは、すべて覚えている。

何よりも、城の主人の前で、妃とやらの瞳で見つめられたこと。真紅の光が脳髄の中心を射ち抜き、その感覚がいまも抜けていない。そして、わかる。自分が何処か変わりつつあることが。

「助けて、ジョゼット、カーン」

何度念じたことか。だが、いまも自分は変わりつつある。

こう思うのだ。ジョゼット？　カーン？——誰のこと？

ふと思った。自分はどうしてこんなところに？

背後で足音がした。二人分。

「何をしている？」

「公が捜しておられる。戻れ」

ふり向いたアルルが、牙を剝いた黒衣の男たちを見た。

もう一度ふり返った。

「邪魔をしないで。その子を呼んだのは私よ」

三人の前方に、女がひとり立っていた。

「誰だ、おまえは？」

「何処から入って来た？」

「私はギャラクシア」

「遠いところから。いくら貴族でも、見ただけで滅び、た、く、な、る宇宙の涯」

「この子は貰っていくぞ」

「邪魔をするな」

二人の貴族はケープの内側から短槍を抜いた。

「邪魔はそっち」

ギャラクシアは溜息をひとつついて、二人を見つめた。

「眼をお閉じ」

逆らえぬものを含んだ声に言われて、アルルは従った。

一秒とかからず、

「開けなさい」

ギャラクシアは元の位置にいる。アルルはふり向いた。

貴族たちも元の位置にいる。不意に崩れた。粘着力を失った塑像（そぞう）が崩壊するかのように、二人はぼろぼろに砕け、床の上でさらに微細な塵と化して、その場にわだかまった。

「どうやって？」

アルルは呻いた。ギャラクシアが何かしたとは思えない。現に二人の身体には凶器など刺さっていなかったのだ。

「見たのよ」

とギャラクシアは言った。

「宇宙の涯にあるものを。あらゆる生物が――たとえ貴族であろうと、眼にしただけで滅びの姿を描くことになるものを。アンガーギャスリンはそれを知らない。知れば、私を抹殺しようとするに違いない」

アルルは茫然（ぼうぜん）と立ち尽していた。何をしたらいいのか、何を言ったらいいのかさえわからなかった。

「私はこれを、あらゆる生物と生ける死人（しびと）に見せつけてやるつもりよ」

ギャラクシアの周囲で世界が凍りついた。

「人間にも貴族にも？」

遠い声をアルルは耳の奥で聞いた。

「あらゆるものたちに。一切の差別はないわ。大したものでしょう？」

「どうして、そんなことを？」

「私も見てしまったからよ。私ひとりが、これに耐えながら生きていくことなど出来ない。だから、万物に見せてやる。飛ぶ鳥も泳ぐ魚も魔女も妖物も――誰ひとり生きてはいられないわ。私と一緒に何が起こるか見たくない？」

「嫌よ」

アルルは激しくかぶりをふった。

「生きものの死を見るなんて嫌。絶対に嫌」

「あーら、じゃあ何故、この城に来たの？『暁影団』の連中みたいに、〝もどき〟から貴族へ格上げしてもらうつもりじゃなかったの？」

「私は――」

アルルは口ごもった。何のためにここへ来たのか？ ただジョゼットとカーンにくっついて、「暁影団」をやっつけた？ いいえ。幼い思考は混濁した。

ギャラクシアは続けた。

「私には、宇宙の涯で、おかしなことがわかるようになったのよ。それによれば、あなたは他の連中とは違う。あなたと――もうひとりだけが」

「もうひとり？」

「そのひとりは、あなたとも違う。ただひとり、私と同じものを見ながら、死の手から逃れた男。次に会うなら――いや、会わぬほうが良いかも知れぬ」

　それから、優しいとさえいえる眼差しをアルルに当て、

「おまえをここへ呼び出したのも、宇宙(そら)で身につけた力のひとつよ。一緒においで。そして、貴族どもの死を見るの」

「どうして、私が?」

「見ればわかるわ」

「嫌!」

　アルルは昇降口へと走った。

　夢中で駆け下り、廊下へ出た。走りに走ってから、行先に心当りのないことに気がついた。窓がある。ぎりぎり覗ける高さだった。前庭が見えた。人っ子ひとりいない。

「みな何処へ?」

　眼を凝らすと、前庭と外部を隔てる城壁の上に、ふわりと黒い影が舞い上がった。

「何を見てるの?」

　愕然(がくぜん)とふり返った。ギャラクシアが立っていた。

　はっと窓の外を見たが、影はもう見えなかった。

「滅びの現場を見たくないと言ったわね。では、見たくなるようにしてあげる」

「嫌です、そんな」

「おいで」

ギャラクシアはアルルの手を取って、廊下を本丸の方へ歩き出した。

広い階段を下りると一階であった。途中、数体の警備兵とすれ違ったが、怪しむ者はいなかった。ギャラクシアは幻なのだ。

鉄の大扉が二人を待ち受けていた。

巨大な錠前が三つもかかっていた。余程のものが向うにあるのだと知れた。

ギャラクシアの手が触れるや、武骨な守りはあっさりと地に落ちた。

軽く押したとしか見えないのに、大扉はたやすく開いた。

「見よ」

と命じられ、少女は開いたドアの真ん前に立った。

そして、ああ、絶叫がその可憐な口を割ったではないか。

「こんな――こんな」

「死骸の山ね」

ギャラクシアは何の感情も交えぬ声で言った。

「人間も〝もどき〟もまとめて――ガスで殺られた。もどきは首を落とされた。この城の主人にとって、来訪者もその願いも生命もどうでもよかったのよ。彼の目的は、あなた」

「死んでる……みんな真っ黒になって……死んでる」

アルルは虚ろな声で言った。

「貴族は人間を仲間にしようなどとは決して思わない。恐らくは生命というものの価値を知らないのよ。当然だわ。不老不死なんだから。それでも、杭を打たれたり、首を落とされたりするうちに、ようやく少しはわかって来たようだけど、ここに至っては、どうでもいいことよ。彼らは大量の餌にすぎなかった」

「じゃあ――ジョゼットもカーンも？」

「その中にいればね」

アルルは後じさった。過去のイメージが鮮烈な映像を伴って甦ったのである。旅の思い出が。その眼から涙が落ちた。

優しかったジョゼット、意地悪だったけど、いつも庇ってくれたカーン、そして、そして――あの美しいハンターは？

力が全身に広がった。そうだ、まだあの人がいる。

いや、もういない。あの人の遺体を埋葬したではないか。急速に力は失われた。

「現実がわかったでしょ――行くわよ」

ギャラクシアが、優しい声をかけて来た。

不意にアルルを小脇に抱えて、死の部屋へ入り、扉を閉めた。

「どうしたの？」

「静かに」

ギャラクシアは、そんなものがあるとは想像も出来ない緊張の顔を、扉の端——糸のような隙間に押しつけた。

「ルクレチア様——おひとりで何処(いずこ)へ？」


絢爛たるドレスの裾をひいた人影は、廊下の果てにある階段を昇って広い通路に出た。手にした燭台に小さな炎が揺れている。奥の方から数人の警備兵がやって来た。アンドロイドであった。

顔を天井へ向け、

「出てまいれ」

と声をかけた。

前方五メートルに足りない床上に、世にも美しい人影が魔鳥のごとく舞い降りた。

「また会(お)うたな、Dよ」

ルクレチアの声と同じ速さで、警備兵が美しいハンターを取り囲んだ。

「来るのはわかっておった。目的は公じゃな？」

「それと——おまえだ」

Dの返事は、ルクレチアよりも、警備兵を反応させた。

手槍を構え——投げると同時に腰の剣を抜いて突進する。
風のひと薙ぎで二体の首が飛び、槍と化した風は、もう一体の胸を刺し通した。
受け止めた槍の他の二本は、背後の石柱を貫き止まっている。
倒れもせず、その場に立ちすくむ機械人間へ眼をやって、ルクレチアは惚れ惚れと、
「さすがじゃな。壊れたことも忘れておる」
微かな笑みを浮かべたきりである。
ルクレチアはふり返って歩き出した。Ｄが続く。
一〇〇メートルほど前方にエレベーターがあった。
ルクレチアが先に乗り、Ｄが入るとすぐに周囲の光が明滅しはじめた。
二秒ほどで止まった。
前と同じ廊下が待っていた。奥に黄金のドアがそびえていた。
その前にルクレチアが立つと、
「またか？」
両生類に似た声が落ちて来た。
「はい」
両開きの扉が左右に開いた。
黄金と宝石で出来たような広間の中央に、奇怪な醜物のような男が立っていた。

「Dとやら、歓迎は出来んぞ」

「ここへ入った〝もどき〟の集団はどうした？」

とDが訊いた。相手の言葉など忖度もしない。

「死によった。滅びたとは言わせんぞ。〝もどき〟どもは、中途半端に生き死んでゆく——それだけだ」

音もなくDが前へ出た。

「およし」

ルクレチアが滑るように横を走って、二人の間に立った。

「この城には、あと四人の〝もどき〟がおる。うち三人はおまえの仲間だろうな」

「何処にいる？」

足を止めてDは訊いた。

「安全なところで夢を見ておろう。嘘はつかぬ」

Dはアンガーギャスリンを見つめた。

傲岸不遜を絵に描いたような醜物が、凍りついた。

やっと言った。

「その眼差しと妖気——一度だけ味わったことがある。しかし、その御方は——まさか……」

全身から恐怖と、驚愕の気が噴き上げた。

「まさか……おまえは……いや……」

「三人を城から出せ」

呆然と――否、陶然と溶けていた醜顔が、このとき両眼を剝いた。

Dは呪縛されたのを感じた。指一本動かせない。

「わしは……影を射る。この眼でな」

とアンガーギャスリン公は、ぶつぶつと言った。右手が懐剣を抜いた。

「おまえにこのような真似をしてもいいかどうかはわからぬが、いま、始末しておいた方がわしのためにはなりそうだ。滅びよ」

彼は懐剣を投げた。

それはDの心臓を貫いた。Dの影の胸を。

Dが倒れるのと影と――どちらが先であったか。

うつ伏せの身体よりも、アンガーギャスリンの眼は妃を追った。

「おらぬか――見るに耐えなかったらしい。この美しい男に惚れたか。ええい、忌々しい。誰ぞおる？」

応じてドアの向うから現われたのは、数名の部下であった。

「この遺体――死者の間へ入れておけ。じきに腐れ果てるまでな」

それから、奇妙な事態が生じた。死体が運び出されるや、貴族はひざまずき、虚空に向かってこう叫んだのである。

「お許し下さい。もしも、彼奴があなた様の……ならば」

正しく血を吐くような祈りであった。


ジョゼットとカーン——そして、ガルシアは、所在も定かならぬ石の部屋に閉じこめられていた。

「あと三時間もすれば夜が明ける。それまでの辛抱だ」

とガルシアは言った。

「それより——あんたの仲間はみんなどうなったんだよ？」

とカーン。

「わからん。あれだけいたのに、声も聞こえねえ」

「同じこと何度も言わないで」

ジョゼットが高窓を見上げた。手には連射弓があった。いや、全員武器は奪われていない。敵は完全に三人を舐めているのだった。

確かにこの牢獄を出る術はない。放っておかれれば餓死あるのみだ。望みはひとつ——彼らを生かしておく理由だった。

三時間が経った。窓の外はじき白い光が満ちて来るだろう。

ガチャリと鍵が鳴った。

「まさか」

全員が武器を構えて待った。

ドアが開いた。

まず小さな炎が見えた。

その姿が像を結ぶ前に、

「おいで」

声でわかった。救いの主はルクレチアであった。

3

「何しに来たの？」

弓を肩付けにしたジョゼットが訊いた。

「助かりたくはないのか？」

ルクレチアが訊くと、三人は視線を交わした。

「いいえ」

ジョゼットは、きっぱりと応じた。

「でも、何故、貴女が私たちを救おうと？」

「残るか、行くか？」

有無を言わせぬ口調だった。

一秒ほど睨みつけて、

「助けてもらうわ。でも、おかしいと思ったら射るわよ」

ジョゼットの条件など知らぬ風に、ルクレチアは背を向けて歩き出した。

どんな廊下を何本渡り、何度折れたか数えもしなかったが、すぐにそれは覚えていた方がよかったとジョゼットは思い直した。果てしがないのである。何百回の単位だろう。そのくせ疲れは感じなかった。

やがて着いた。

幾つもの鉄扉が嵌めこまれた地下室の、うちひとつの扉の前であった。

ルクレチアの手が当たると、扉は開いた。

三人は眼を剝いた。ガルシアが小さな苦鳴を発した。

広い石の部屋に累々と横たわる死体は、「暁影団」のものであった。ここへ運ばれていたのだ。

「何てことしやがる。みんな、ここでなら貴族になれると――夢を見ていたのに……」

髭面を涙が伝わった。

「最初から殺すつもりだったんだ。許せねえ。仇(かたき)は討ってやる」

そのとき――カーンが叫び声を上げて、死の国へとびこんだ。

「――D⁉」

ジョゼットも後に続いた。恐怖など感じなかった。

美しいハンターは、鉄扉に最も近い床の上に、仰向けに横たわっていた。

その姿を眺めて、カーンが上ずった声で、

「傷がないよ、傷がないのに……」

茫然と見下ろしていたジョゼットの眼が、驚愕の糸になった。

「――影がないわ」

「――ホントだ」

二人は顔を見合わせ、それから、貫くような視線を勢いよく王妃に当てた。

「〝影通し〟――公(こう)の技じゃ。刺されたのは影の方」

「影の方――それは何処(どこ)にあるの⁉」

ジョゼットが低く叫んだ。Dの不死身ぶりは知らぬが、この若者なら刺された影を何とかすれば――

ルクレチアはジョゼットの眼を見つめて、首を横にふった。

「影に刺さった刃を抜いても、本体は復活せぬ」

「——何処にあるんだ⁉」

カーンが叫んだ。

「公の死宝殿じゃ」

「案内して」

「……」

ジョゼットは王妃に駆け寄った。

「お願いよ。あなたもそうしたいから、私たちを連れて来たんでしょ？」

「……」

ジョゼットは夢中で言った。

「お願いよ。ここは『暁影団』の望んだ場所じゃあなかった」

「何を望んだか想像はつくが、すべて間違いであった」

「間違いはまたやり直せばいいわ。『暁影団』と同じ望みを持った人は幾らでもいる。でも、ここへ来ては駄目。もうやめさせないと。それには、この人の力が必要なのよ、お願い教えて」

ルクレチアはふたたび背を見せた。

今度は数分の旅で済んだ。

金銀宝石の飾りを施した扉の前に、四人は立った。

「開けて」

とジョゼットが緊張の声を上げた。

「よいのだな？」

「勿論よ」

「では」

ルクレチアの片手が扉の表面にそっと触れた。

鍵を扉の鍵穴に差しこんだ。ここは特別の場所なのであった。

鍵の外れる音は、ドアが自動的に開いても残っていた。

ルクレチアに続いて足を踏み入れ、三人は首を傾げた。

シャンデリアの列の下には――何もなかった。黒い模様をこびりつかせた床が蜿蜒と続いている。

模様は壁にも天井にもあった。
二、三歩進んでぐるりと天井と足下を眺め、ガルシアが、驚きに塗りつぶされた声を上げた。
「これは――影だ。人影だぞ」

二人が黙ってうなずいたのは、すでにそうと気づいていたせいか。

「これが死宝殿じゃ」

ルクレチアの声は笑っていた。

並んでいるのは公の宝——敗れた者たちの死骸を保存しておくのは、貴族たちの中にも例は多い。だが、アンガーギャスリン公のそれは、影なのであった。影をもって本体を斃す。ならば戦利品は影——それなりに狂気の筋は通っている。

正直、何をどうしたらいいのか見当もつかぬまま、三人は前進した。壁、天井、床——何処にも影は貼りついている。踏むしかない。

だが、一歩を踏み出す手前で、ガルシアが足下を見て、あっと叫んだ。

「デュ、デューラー教祖様でねえか⁉」

長髪、長衣に長い杖を摑んだ影である。信者には見分けがつくらしい。

「なして——なして——こったら目に……みんなを連れて……貴族になるべえって苦労して……」

すすり泣く大男をよそに、ジョゼットとカーンは別の影を捜していた。

立ち尽すルクレチアを見て、

「これは奥から、斃した順？」

「そう聞いておる」

「——なら、Dは何処だ？」

カーンが喚(わめ)いて、小弓を肩付けする。鏃(やじり)の先は妃(きさき)の心臓に直線を引いていた。

「ひょっとして——生きてるの？」

ジョゼットの問いに、ルクレチアは前方——奥を指さした。

ジョゼットが走り出し、カーンも後を追った。

長い疾走であった。

彼方に旅路の果て——壁が見えて来た。二人は立ち止まった。

「D!?」

「何てこった」

壁の表面に灼きつけられたのは、確かにDの影だ。旅人帽、長いコート、右手の剣、そして影となっても美しいその美貌——間違いない。

だが、どうしてここに？

「晒しものにしたつもり？」

怒りに頬を紅潮させたジョゼットの問いに、これもついて来たルクレチアは足下を指さした。

「ならば床の上に晒す。踏みつけられるようにな。だが、公はそうしなかった。それは何故か？」

白く美しい貌をかすめる疑惑の翳は、切ないとすらいえるものであった。一同は沈黙した。

そのとき——誰かが笑った。

「アンガーギャスリン公!?」

「その男のみは、別格中の別格じゃ」

と声は言った。

「故にそこに飾った。我が敗者に対する最高の礼を保ってな。死体は放置したが、影は別じゃ」

　こんな状況で、ジョゼットにはある感情が湧き出るのを、抑えることが出来なかった。

「何故、Dが別格なの？」

「それは恐ろしい問いだ」

と公爵の声は言った。何故、それが厳かに響くのか、声の主に好意さえ感じつつ、ジョゼットは立っていた。

「けど、彼は死んだわ」

　ルクレチアは俯いていた。

「そうだ。そして、わしは永久に呪われるだろう。ルクレチアよ、わしが今、骨の髄まで恐怖しているのがわかるか？」

「はい」

「ああ、怖い。怖ろしい。そうだ、何もかも、滅びてしまえ」

「あなた、そのような」

　たしなめる声に、

「……わかったぞ」

と声が返って来た。

「わかったぞ……わしが何故、ギャラクシアを星の彼方に送ったのか」

「………」

「あの女は何処におる?」

「城の中に確かに」

「あ奴にはわかっておるかも知れん。ああ、どうすればよいのだ、ルクレチア? わしの絶望に歯止めをかけねば、わしは世界を破滅に陥れてしまう」

「――どうなさるの?」

ルクレチアの言い方は、むしろ促すようである。

返事はなかった。代わりにルクレチア自身が、

「――方法はあるわ」

と言った。ジョゼットは眼を剝いて、

「何の方法よ?」

美女は黙って前方を指さした。Dの影を。

「見えるわね?」

三人はうなずいた。影に溶けた短剣の柄(つか)――。胸から生えたそれが、〝もどき〟たる彼らに

は、はっきりと見えているのだった。

「あれを抜けば彼は復活する」

「どうすればいいんだよ？」

カーンが身を乗り出した。だが、影から影を抜くにはどうすればいいのか。

「わからぬ」

「えーい！」

少年は地団駄を踏みはじめた。止(や)めて言った。

「そうだ、刺した奴を消しちまやいいんだ」

ルクレチアが薄く笑った。

「参れ」

と戸口の方へ戻りはじめた。

何処へ？とも訊かず、三人は後を追った。

三人が外へ出て数分後、奇怪な死宝殿の何処からか白い光が満ちはじめた。

おお、影が消えていく。夜に生きる者の影たちは、死しても夜を待つしかないのだった。

陽光に満たされる貴族の城――これほど撞着(どうちゃく)した存在はあるまい。だが、その寝所、墓所、光を許さぬ特殊な場所を除いて、貴族の城は、昼は陽光を漲(みなぎ)らせる。

動くのは、生なきメカニズム――アンドロイドや流体金属の監視役ばかりだ。

だが、眼はある。

何処(いずこ)とも知れぬ場所に巧妙に隠された監視アイ、微小な虫を装ったドローン、そして、大気に混じりこんだ〝監視気〟――数万どころか億兆の眼差(まなざ)しが向けられているのだった。

「ここかい？」

カーンが訊いた。

三人がいるのは、明らかに墓所の内部であった。ルクレチアが導いた場所である。そして、ルクレチアは忽然と消えた。

「何処かにある墓に戻ったのね」

ジョゼットである。カーンが首を傾げて、

「けど、どうしてここまで肩入れしてくれるんだ？　おれたちは、あの女の亭主を滅ぼそうとしてるんだぜ」

「ようわからんけどよ」

ガルシアが武者震いをひとつした。

「おれは、教祖様やみんなの仇を討ちてえ。早えとこ、墓暴いて刺しちまお」

彼は手の槍をひと振りした。カーンとジョゼットの髪が凄い勢いで一方になびいた。この男が刺せば、石の柩もろとも中の貴族もひと刺しにしそうだ。

三人の前には二つの石の柩が並んでいた。無論、アンガーギャスリン公と妃――ルクレチアのものだ。

「防禦装置はない――んじゃなくて、取り外されているのね」

ジョゼットは、自分に言い聞かせるように言った。ここまで来られたのはルクレチアの力だ。途中で遭遇した護衛たちも、ルクレチア故に三人を見逃したのである。だが、何故、こんなにも夫に対する背反を行うのか、そこがわからない。

「やるべ」

ガルシアが右の柩に近づいた。左のよりずっと大きく位が高い。柩の表面には何も刻まれていない。柩に名を刻むのは生者の証だ。吸血鬼は最初から死んでいるのだった。

蓋に手をかけ、押した。

石のこすれ合う音もなく、蓋は動いた。

三人が覗きこんだ。醜悪な瘤面が眼を閉じている。

ガルシアが蛮刀をふり上げた。

「くたばれ」

蛮刀は確実にその胸を貫いた。声もなく、公爵の身体は塵と化した。

突然、ガルシアは硬直した。

髭面を見て、ジョゼットは周囲を見廻した。

墓所の戸口に二つの影が立っていた。

「アルル！」

「私はギャラクシアよ」

真紅の女が片手をふった。ジョゼットは、この場合、正しい問いを選択した。ガルシアを指さし、

「あなたがやったの？」

「そ。私の見たものを見せてやっているの」

と睨みつけたのである。

「あなたの見たもの？」

「宇宙(そら)の涯(はて)に存在する何かよ。いま、公爵さまを滅ぼすわけにはいかないの」

ジョゼットとカーンのかたわらで、巨体がヘナヘナとへたりこんだ。カーンが、ひィと声を洩らした。こんな顔を見たことがなかったのだ。永劫(えいごう)に、ひたすら闇を見つめるだけの顔を。

4

「このおっさん、どうなったんだ？」

カーンは眼を剝いている。

「見てはならないものを見てしまっただけよ」

ギャラクシアは静かに言った。だが、その静けさもおかしい。それは爆発寸前のものだ。途方もない異形（いぎょう）の爆発の。

「ここまで来て思うわ。私は私の見てしまったものを、この世界のすべてに見せてやるために戻って来たのだと」

「そんなことをして、何になるの？」

「何もかも静けさに包まれる。そして、時間（とき）だけが過ぎていく。いえ、事によったら、時間すらも死滅し、腐り果てていくかも知れないわ」

「どうして、あなたは無事なのよ？」

ジョゼットの声は震えていた。陽光に侵（おか）された〝もどき〟の症状ではなかった。

「わからない。多分、このためでしょう」

ギャラクシアはようやく笑った。牙が露（あら）わになった。陽光の下の吸血鬼――滅びることすら出来ぬ存在がそこにいた。

鈍い音とともに身体が揺れた。ギャラクシアは顔を下向けて、心臓から背に抜けた破魔矢を見つめた。

「ごめんなさい」

ジョゼットの連射弓の装塡音を聞きながら言った。

「いいえ」

「こっちを見るな！」

カーンが叫びざま、矢を放った。それはギャラクシアの首を貫いた。

二本目を放とうとするジョゼットの前に、小さな影が割って入った。

「アルル――⁉」

「もうやめて、二人とも」

アルルの声は前と同じだ。ただ口にする者が違っていた。

「アルル――邪魔するな」

カーンの叫びにも、少女は首をふった。

「あなたたちにこの人は滅ぼせないわ」

「じゃあどうするの？」

「待ちなさい」

「そんなの――駄目だ」

「カーン」

少女は諭すように言った。

不意に陽が翳った。

「雲が出て来たわ、風も」

アルルがつぶやいた。

「そして、甦る――アンガーギャスリン公が」

ジョゼットとカーンが、アルルの視線を追った。

柩の蓋はまた開いた。公爵の隣りの柩の蓋が。

陽光の下に上体を起こしたのは、ルクレチアであった。

「やっと滅びたのね、あなた」

それは自身への言葉だった。

「いいや」

とルクレチアは答えた。公爵の声で。そして、ジョゼットを見つめ、

「驚いてはおらんな」

と言った。

「わかっていたわ。死宝殿で、あなたの声を聞いたときに、あれはお妃の口から洩れていた」

「よくわかったな」

ルクレチアは笑った。公爵の声である。

「最初から妃など存在しなかったのね。あなたの身体にルクレチアの魂が入りこんでいたんだわ。ルクレチアはただの幻」

「いいや、本物だ、どちらもな。時折、わしはルクレチアの眼で世界を見、ルクレチアはわし

の身体を使って好きなことをした」

「じゃ、さっきまでは——？」

「あれはルクレチアのしたことよ。どちらかの身体にいるときは、その身体の主の行動が優先する。わしに出来るのは、傍観することだけだ。しかし、我が妃は、別の男にひと目惚れしたと見える。かくて、その男を救うべく、ここまでおまえたちを導いた」

「じゃあ、Dは？」

「残念ながら、わしは滅びておらん。奴の影は死んだままだ」

反射的にジョゼットの弓がルクレチアの胸を狙った。

「射よ」

これは女——ルクレチアの命令であった。

「わらわを射て。それしか、あの男を甦らせる法はない」

「そうするがいいわ」

促したのはギャラクシアであった。

「私もあの美しい男にもう一度見せてやりたい。この星に生きるものたちの最後を。公爵さま——私たちの世界は間違っておりました」

「左様なことはない」

と公爵が言った。声のみが。

「貴族の不老不死は何のために与えられたか考えたことがあるか？　不老不死が叶えるのは、全宇宙の征服だ。わしはそう考えておる。恐らくは、あの方も」

ルクレチアの眼が、誰もが驚くほど厳しく優しいそれに変わった。

「降り注ぐ放射線の雨も、灼熱の或いは極寒の星の上も、いかなる敵の攻撃も、貴族には脅威にもならぬ。我々はこんなちっぽけな星に留まらず、時空の涯も知らぬ世界へと赴かねばならぬ。それが貴族というものの運命であり、使命なのだ」

凄まじい情熱のたぎる弁舌を、冷やかな声が一蹴してのけた。

「私もそう思ったわ」

ギャラクシアであった。

「公爵が私を恒星探検のひとりに選んだのは、この思いを理解していたからよ。でも、それは不死をもってしても手の打ちようがない絶望を、貴族すべてに知悉させるための旅だった。地球へ戻りながら、私は自分の任務について考えていたわ。貴族がこの宇宙の支配者ではない、と思い知らせること――これが結論だった」

「よさぬか」

アンガーギャスリンとルクレチアが同時に叫んだ。

「貴族が宇宙の覇者になれるかどうかは、私にもわからぬ。けれどいま、その芽を摘むことは許されぬ」

とルクレチア。

「下がれ、ギャラクシア」

「お断りします、お妃さま」

ギャラクシアは冷やかに言った。

「これは、誤って生まれた種への訂正要求でございます。では、みなご覧になるがいい。滅びとはどういうものか」

ギャラクシアが跳躍して、アンガーギャスリン公の柩の上に乗った。

おお、これは予言者の姿ではないのか。

光は喪（うしな）われた。

「うわ」

カーンが呻いた。

全員が硬直した。自分が自分ではなくなり、暗黒の中にいた。果てしない暗黒。それには耐えられる。眠りと同じだ。だが、そのとき——

「うわ」

またもカーンの呻きであった。

彼らはもとの場所に立っていた。光は惜しみなく万物を照らし、ジョゼットもカーンもルクレチアも——ギャラクシアもともにいた。

ギャラクシアが低く呻き、硬い音を洩らした。歯ぎしりであった。憎悪と怒りと——精神の抱く暗黒を灼きつけた響きを、この娘は嚙み殺しているのだった。

「おまえは——」

左方を向いた先に、小柄な影が立っていた。

アルル。

可憐な少女はいま何をし、これから何をしようとしているのか？

「天の定めに逆らうか？」

とギャラクシアは血走った眼で少女を睨みつけた。

視線が合った。その刹那、ギャラクシアはよろめいた。その眼から毒の感情は霞のように消滅したのである。

「おまえは？」

「あなたの精神に、邪悪な力と目的が生まれたとき、私にも生じたの。いままで気がつかなかった正反対の力と目的が。私はこの瞬間のために生まれた。あなたを滅ぼすために」

「——それは……？」

「天の定めと言ったわね」

アルルは静かに星の彼方から戻った娘を見つめた。ジョゼットもカーンも呆然と立ち尽くしている。

誰かが呻いた。

「おお、娘よ、その眼差しは……」

ルクレチアであった。アンガーギャスリンであった。

同時に呻いた。

「――あの方の」

そして、

「――余(よ)は滅亡のための旅など命じはしなかった」

とアンガーギャスリンが言った。ギャラクシアは視線を落とし、

「いいえ、公は望まれました。ご自身も知らぬ精神(こころ)で」

と言った。

「それは本来、全貴族が胸中に秘めている思いかも知れません。私はそれの代弁者と実行者を兼ねているのです」

白い指がアルルをさした。

「おまえは貴族になどなれぬ。おまえは裏切り者だ」

「いまの言葉は、おまえ自身に返って来る」

とアルルは冷やかに言った。

その身体が揺れた。彼女は足下を見た。影がある。その胸に短剣が突き刺さっていた。

「〝影通し〟じゃ」

とアンガーギャスリンは言った。

「どちらが天の意志なのか、わしには見当もつかん。だからいま、精神を〝無〟に落とした。結果は――破壊と絶望か。ギャラクシアよ、早ううぬの役目を果たせ」

「はい」

と娘が白い牙も露わに血光を放った。

そのとき、風を切る音がアンガーギャスリンの胸を貫き――しかし、二本の矢はその手に握り止められていた。ルクレチアの白い手に。

「残念ながら、その腕ではまだまだわしを斃せはせん」

公爵の声とルクレチアの顔が笑った。

ジョゼットとカーンは弓と矢を落として、よろめいた。二人の肩を短剣が貫いている。影の肩を。

「殺しはせぬ。〝もどき〟とはいえ、半分は我らと同じ血じゃ。真の滅びをともに味わうがいい」

ルクレチアはのけぞって笑った。その声が苦鳴に化け、その白い喉から鮮血が噴き出すとは。

「ルクレチア――うぬは……」

とルクレチアは公爵の声で呪詛を放った。

「これが……私の考える貴族の行方(ゆくえ)」

とルクレチアは言った。ルクレチアの声で。

「ならぬ」

アンガーギャスリンの叫びと同時に、ルクレチアの左手は短剣を摑む右手首を握りしめた。

「ならぬ」

「お許しを」

ルクレチアの髪が乱れた。それだけは夫にも止めようがなかったものだ。髪は数十本を錐(きり)のようにまとめて、アンガーギャスリンの、否、彼女の自身の心臓を貫いたではないか。

「貴族は滅びを望む……本当なのですか？」

その口の端から血泡がこぼれた。

「答えてください……」

そして、最後のひと言は——

「D」

紅(あか)い妃の身体は柩に仰向けに倒れた。

少しの間、何の気配もなかった。世界は停止したのである。

残るは——

ギャラクシアが、アルルとジョゼットたちを向いた。

両眼が血光を放った。救い神アルルは、公爵の術が解けてよろめいたところだ。滅びの遮断には間に合わぬ。

「世界よ、見るがいい。貴族も〝もどき〟も人間もともに滅びんとする。これこそが平穏よ」

墓所に哄笑（こうしょう）が轟（とどろ）いた。

それは渦（うず）を巻き、戸口に立つ黒衣の左手に吸いこまれた。沈黙さえも。

黒い旅人帽（トラベラーズ・ハット）と同色のコート。掲げた左手の平で小さな口がいま閉じられ、右手が肩へと上がっていく。長刀の柄へ。

公爵の滅びによって〝影通し〟の力は喪（うしな）われた——だが、どうやってここを知り、どうやって駆けつけたものか。問うても無駄か。

驚きと——恍惚のあまり、ギャラクシアの眼は血の光を失った。

後退する女に美しい影が追いすがり、びゅっと一閃（いっせん）、風と骨とを断つ音がした。

舞い上がったギャラクシアの首は、なお滅びの血光を放っていたが、床に落ちると同時に消えた。眼は閉じられたのである。

「Ｄ」

ジョゼットとカーンが同時に叫び、動かなくなった。

世界はなお虚無の呪縛に捕らわれているのだった。だが——

「もう大丈夫」

アルルが両手を挙げると同時に、絶望は消えた。

Dは一刀を背に収め、三人に近づいて、

「貴族にはならなかったな」

と言った。

「いいのよ、このままで」

ジョゼットは薄い笑顔を見せた。

「仕様がねえや」

とカーンもうなずき、ぐったりしたアルルに肩を貸して起こした。

急に世界が揺れた。天井にも床にも亀裂が走り、壁は崩れ落ちていく。

「どうしたの⁉」

嗄れ声が答えた。

「この城も公爵の魔力で成立していたのだ。死のときが来たのじゃよ」

「逃げよう」

落下する破片を避けながら、カーンが叫んだ。

「上へ上がれ」

Dが歩き出した。

城壁の頂きに達したとき、途方にくれたような三人の眼は、Dの左手がさす明け方の空の一点を見上げた。

そこから、一基の円形の飛行体が降りて来た。無論、乗っているのはハーベイである。

「気をつけて行け」

そう言って、Dはふり返った。

最後の敵を彼は待っていたのかも知れなかった。

青みどろの顔と、瘤だらけの背中——そして、もちろん負うた長剣を。ザックスの護衛——ワム。

「おれは、ザックスさまを見殺しにした。おまえと闘う前にな。嬉しいぞ、Dよ」

Dは無言であった。背が鞘鳴りの音を立てた。

両眼を爛とかがやかせて、ワムは突進した。Dもまた。初戦は手傷を負わせ合った——今は⁉

肉のみが骨まで断つ音を、ジョゼットたちは聞いた。重なり合った影の背から、ひとすじずつ、刃が月光を映した。

「行け」

飛行体は舞い上がった。そして、全員が見下ろす彼方で二つの影を呑みこんだ城は、音もなく崩れ落ちていくのであった。

『D—暁影魔団』（完）

あとがき

以前、私の叔父が、

「ああいう人がいるから、新興宗教って成り立つんだねえ」

と父と話していた。

ああいう人とは、父の姉のことであり、そのときの私にはよくわからなかったが、そういう人であったらしい。

いまの私は、すがる人がいても仕方がないと思っているが、身近な人間がとなると、普通の人は困惑するだろう。憑かれた人たちの悲惨な実例は枚挙に暇がない。

「暁影魔団」は、これとよく似ている。前述の出来事から思いついたわけではないが、何十年もの間、胸の中にくすぶり続けていたものと見える。

人間は危険なものになり下がる。人にとって恐ろしい存在に。それが自分のためになるならば。

向うは、そうなればしめたものだ。捧げられるものは吸い取り、後は舌先三寸で、願いが叶う手段を伝える。

後は、信者が手に入れてきたものを頂戴すればいい。

貴族の場合は、人間の貢物など不要だ。いや、ひとつだけ——人間それ自身だ。その体内に流れる熱い血だ。

こうして『D—暁影魔団』の幕は開いた。

貴族は人の血を求め、その結果、眷属ともいうべき存在が誕生する。〝もどき〟と言ってもいい。

それは恐るべきことである。なのに、何故、人間は自らそうなることを求めるのか？

その理由も結果も、ここには描かれている。読者はDとともに、それを見るだろう。

その結果が微笑か溜息か、どちらの結果も、私は愉しみにしている。

二〇二三年三月
「ぼくのエリ　二〇〇歳の少女」（'08）を観ながら

菊地秀行

吸血鬼(バンパイア)ハンター㊶
D―暁影魔団(ぎようえいまだん)

朝日文庫
ソノラマセレクション

2023年4月30日　第1刷発行

著　者　菊地秀行(きくちひでゆき)

発行者　宇都宮健太朗
発行所　朝日新聞出版
〒104-8011　東京都中央区築地5-3-2
電話　03-5541-8832(編集)
03-5540-7793(販売)
印刷製本　株式会社 光邦

ISBN978-4-02-265091-7

新潮文庫

百年の孤独

G・ガルシア＝マルケス
鼓　直訳

新　潮

11916

目次

ブエンディア家家系図

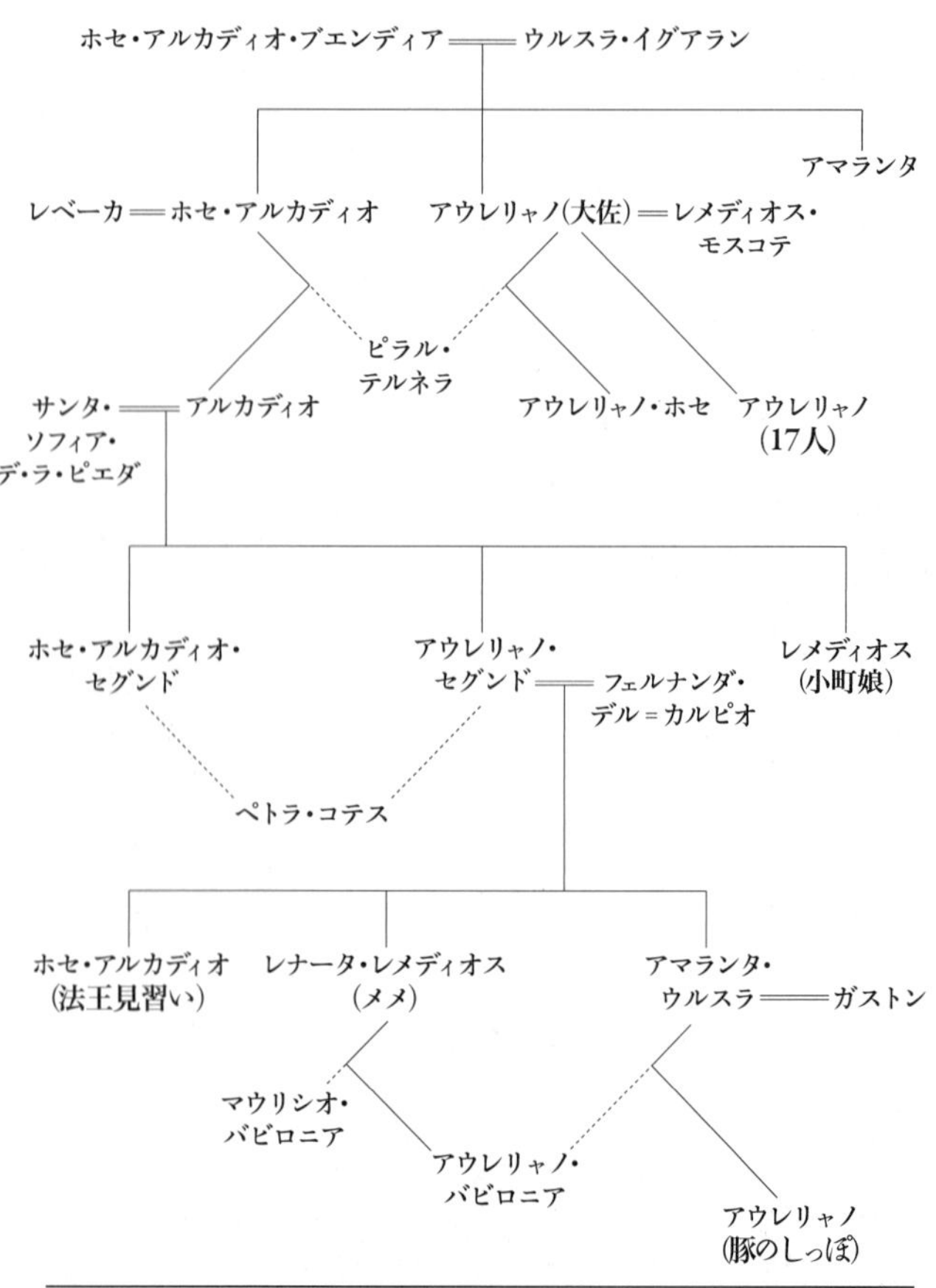
ホセ・アルカディオ・ブエンディア
ウルスラ・イグアラン
アマランタ
レベーカ
ホセ・アルカディオ
アウレリャノ(大佐)
レメディオス・モスコテ
ピラル・テルネラ
サンタ・ソフィア・デ・ラ・ピエダ
アルカディオ
アウレリャノ・ホセ
アウレリャノ(17人)
ホセ・アルカディオ・セグンド
アウレリャノ・セグンド
フェルナンダ・デル＝カルピオ
レメディオス(小町娘)
ペトラ・コテス
ホセ・アルカディオ(法王見習い)
レナータ・レメディオス(メメ)
アマランタ・ウルスラ
ガストン
マウリシオ・バビロニア
アウレリャノ・バビロニア
アウレリャノ(豚のしっぽ)

百年の孤独

ジュミー・ガルシア＝アスコットと
マリア・リュイザ・エリオにささげる

長い歳月が流れて銃殺隊の前に立つはめになったとき、恐らくアウレリャノ・ブエンディア大佐は、父親のお供をして初めて氷というものを見た、あの遠い日の午後を思いだしたにちがいない。マコンドも当時は、先史時代のけものの卵のようにすべすべした、白くて大きな石がごろごろしている瀬を、澄んだ水が勢いよく落ちていく川のほとりに、葦（あし）と泥づくりの家が二十軒ほど建っているだけの小さな村だった。ようやく開けそめた新天地なので名前のないものが山ほどあって、話をするときは、いちいち指ささなければならなかった。毎年三月になると、ぼろをぶら下げたジプシーの一家が村のはずれにテントを張り、笛や太鼓をにぎやかに鳴らして新しい品物の到来を触れて歩いた。最初に磁石が持ちこまれた。手が雀（すずめ）の足のようにほっそりした髭（ひげ）っつらの大男で、メルキアデスを名のるジプシーが、その言葉を信じるならば、マケドニアの発明な錬金術師の手になる世にも不思議なしろものを、実に荒っぽいやりくちで披露した。家から家へ、二本の鉄の棒をひきずって歩いたのだ。すると、そこらの手鍋や平鍋、火搔き棒やこんろがもとあった場所からころがり落ち、抜けだそうとして必死にもがく釘やねじのせいで材木は悲鳴をあげ、昔なくなった品物までがいちばん念入りに捜したはずの隅から姿をあらわし、てんでに這うようにして、メルキアデスの魔法の鉄の棒のあとを追った。これを見た一同が啞然としていると、ジプシーはだみ声を張りあげて言った。「物にも命がある。問題は、その魂をどうやってゆさぶり起こすかだ」。自然の知慮をはるかに超え、奇跡や魔法すら遠く及ばない、とてつもない空想力の持ち主だったホセ・アルカディオ・ブエンディアは、この無用の長物めいた道具も地下から金を掘りだすのに使えるのではないか、と考えた。「いや、そいつは無理だ」と、正直者のメルキアデスは忠告した。しかし、そのころのホセ・アルカディオ・ブエンディアは正直なジプシーがいるとは思わなかったので、自分の騾馬に数匹の仔山羊を添えて二本の棒磁石と交換した。妻のウルスラ・イグアランはこの仔山羊をあてにして、傾いた家の暮らし向きをどうにかする気でいたが、その言葉も夫を思いとどまらせることはできなかった。「いいじゃないか。この家にはいりきらないほどの金が、明日にもわしらのものになるんだ」。これが夫の返事だった。彼は何カ月も、自分の推測の当たっていることを証明しようと夢中になった。メルキアデスのあの呪文を声高くとなえながら、二本の鉄の棒をひきずってあたり一帯をくまなく、川の底まで探って歩いた。ところが、そうまでして掘りだすことのできたものは、わずかに、漆喰で固めたようにどこもかしこも錆びついて、小石の詰まったばかでかい瓢箪そっくりのうつろな音がする、十五世紀ごろの出来の甲冑にすぎなかった。ホセ・アルカディオ・ブエンディアと四人の男が苦労してばらしてみると、女の髪をおさめた銅のロケットを首にかけ、白骨と化した遺体がなかからあらわれた。

　ふたたび三月になり、ジプシーたちが舞い戻ってきた。こんどは一台の望遠鏡と太鼓ほどの大きさの一枚のレンズを持ちこんだ彼らは、アムステルダムのユダヤ人の新発明とうたって品物を公開した。仲間の女を村のはずれに立たせ、望遠鏡をテントの入口にすえた。村人たちが五レアル*のお金を払ってのぞくと、ほんとうに手の届きそうなところに女の姿があった。メルキアデスは吹聴した。「科学のおかげで距離なんてものは消えた。人間がわが家から一歩も外に出ないで、地上のすべての出来事を知ることができる日も、そんなに遠くはない」。また、巨大なレンズを使った驚くべき実験が、焼けつくような日射しの正午をえらんで行なわれた。通りのなかほどに枯れ草を山と積んでから、太陽光線を集めて火をつけてみせたのだ。例の磁石の失敗でおうおうとして楽しまなかったホセ・アルカディオ・ブエンディアは、この品物を兵器として利用することを思いついた。こんどもメルキアデスは引き止めにかかったが、結局、レンズと引きかえに、二本の磁石の棒と植民地時代の古い金貨三枚を受け取ることになった。ウルスラは気落ちし、泣いた。実はその金貨は、父親が苦しいなかで一生かかって貯め、彼女自身がいざという時の用意に、箱に入れてベッドの下に埋めておいたものの一部だった。そんな彼女にやさしい言葉ひとつかけないで、ホセ・アルカディオ・ブエンディアは軍事上の実験に没頭した。科学者にふさわしい献身ぶりを示し、生命の危険さえかえりみなかった。敵の軍隊に及ぼすレンズの効果をはかるために、焦点を結んだ太陽光線にわざわざ体をさらし、崩れて容易に治らぬほどのやけどを負った。この危険な発明ごっこに驚いて文句をいう妻のほんとに目の前で、火事を出しかけたことさえあった。何時間も部屋にこもって新兵器の性能について計算をくり返し、やがて、教育という見地からみて驚嘆に値する明確さにつらぬかれ、有無をいわさぬ説得力をそなえた一冊の提要を書きあげた。そして、実験にもとづく多数の証拠と数枚の図解をそれに添え、飛脚に託して当局まで差しだした。飛脚は山越えをしたり、深い沼地にわけ入ったり、急流をさかのぼったり、野獣や絶望や悪疫のために一命を失いかけたりしたあげく、やっと駅馬と連絡する道までたどり着いた。

当時はまだ首府への旅行はほとんど不可能な状態だったが、軍関係者の前で新兵器を実地に公開し、太陽戦争の複雑な技術を手ずから教えるためならば、政府の命令が届きしだいそちらへ出向いてもよいとさえ、ホセ・アルカディオ・ブエンディアは書き送っていた。何年も返事を待った。とうとうしびれを切らし、彼の創意もみじめな失敗に終わったことをメルキアデスの前で嘆いた。するとジプシーはその誠実さを証明するように、レンズと引きかえに金貨を返してよこしたばかりか、数枚のポルトガル渡来の地図と若干の航海用の器具をゆずってくれた。さらに、天文観測儀や羅針盤や六分儀などが扱えるようにと言って、自分で筆をとってヘルマン師*の研究をまとめたもの――これがまた厖大(ぼうだい)なものだった――を渡してくれた。ホセ・アルカディオ・ブエンディアは、誰にも実験の邪魔をされないように奥にもうけた狭い一室にこもって、長い雨期をすごした。家の仕事からはまったく手を引いて、天体の運行を観測するために中庭で徹夜をし、正午をはかる精密な方法をきわめようとして日射病で倒れかけた。やがて器具の扱いに慣れた彼は、空間というものをはっきり理解し、自室を離れるまでもなく未知の大海原で船をあやつり、人煙まれな土地を訪れ、すばらしい生き物と交わることもできるようになった。そしてそのころから、ウルスラと子供たちが畑でバナナや里芋、タピオカや山芋、南瓜(かぼちゃ)や茄子(なす)の手入れに汗水たらしているというのに、ぶつぶつ独りごとを言ったり、誰とも口をきかずに家のなかをうろうろするという、おかしな癖が始まった。突然、なんの前触れもなく、それまでの熱に浮かされたような仕事ぶりがやんで、一種の陶酔状態がとって代わったのだ。数日のあいだ物に憑かれたようになって、自分の頭が信じられないのか、途方もない推理の結果を独りつぶやいていた。やがて十二月のある火曜日の昼飯どき、彼はその胸につかえていたことをいっきに吐きだした。恐らく子供たちは、テーブルの上座にすわった父親が長いあいだの不眠と、たかぶる妄想にやつれた熱っぽい体を震わせながら、彼のいわゆる新発見を打ち明けたさいの、あの厳粛きわまりないおももちを生涯忘れなかったにちがいない。

「地球はな、いいかみんな、オレンジのように丸いんだぞ!」

たまりかねてウルスラが叫んだ。「変人は、あんただけでたくさんよ。ジプシーじゃあるまいし、この子たちにまで妙なことを吹きこまないで!」腹立ちまぎれに床に投げて天文観測儀を壊した妻のすさまじい形相にもひるまず、ホセ・アルカディオ・ブエンディアは泰然自若としていた。彼はほかに一台こしらえて村の男たちを自室に呼びあつめ、みんなには納得のいかない理屈を並べて、東へ、東へと航海すればかならず出発点に帰りつくはずだ、と説いた。ホセ・アルカディオ・ブエンディアもついに気が触れた。村のみんながそう思いはじめたころメルキアデスが戻ってきて、うまく事をおさめてくれた。マコンドでこそ知られていないがとっくに証明ずみの理論を、ただ天文学上の観想から産みだしたこの男の頭脳のすばらしさを一同の前で褒めそやし、称賛のしるしとして、それ以後の村の運命に大きな影響を与えるものを、錬金術の工房を贈ったのだ。

　実はそのころまでに、メルキアデスは恐るべき速さで老いこんでいた。村を訪れた当初は、どう見てもホセ・アルカディオ・ブエンディアと同年配としか思えなかった。ところが、この男が人並みはずれた体力をいつまでも保ち、今でさえ耳をつかんで馬をひき倒すことができるというのに、ジプシーのほうは頑固な持病で苦しんでいるのがありありと見てとれた。実はそれは、度かさなる世界一周の旅の途中でかかった、さまざまな奇病のせいだった。工房を建てるさいに自分の口からホセ・アルカディオ・ブエンディアに語ったところによれば、死神はジプシーをつけ回し、しきりに身辺をうかがっているが、最後の止め（とど）を刺す気にはなっていないだけのことなのだ。彼は、人類を襲ったあらゆる悪疫と災厄をからくも逃れてきた男だった。ペルシアの玉蜀黍疹（とうもろこししん）、マレー群島の壊血病、アレクサンドリアのハンセン病、日本の脚気（かっけ）、マダガスカルの腺（せん）ペスト、シシリアの地震、大勢の溺死者（できししゃ）を出したマゼラン海峡での遭難などをしのいで来たのだ。その言葉を信じるならばノストラダムス*の秘法を心得ているこの不思議な人物は、事物の背後にある世界をかいま見たとしか思えない東洋人ふうの目つきをし、身辺につねに暗い雰囲気をただよわせた陰気な男だった。羽をひろげた鴉(からす)そっくりの大きな黒い帽子をかぶり、何百年も着古して青かびの吹いたようなビロードのチョッキを羽織っていた。しかし、その該博な知識と神秘的な風貌(ふうぼう)にもかかわらず、彼にも地上の存在という条件、人間としての重荷は絶えずつきまとって、日常生活の些細(ささい)な事柄にかかずらわされた。老人特有の病気に苦しめられた。わずかな金銭の不足に悩まされ、壊血病で抜けた歯のせいで長いあいだ笑いを忘れていた。暑さの耐えがたい日盛りに秘密を打ち明けられたホセ・アルカディオ・ブエンディアは、今こそ偉大な友情は始まったと、そのとき固く信じた。子供たちもまた、空想ゆたかなメルキアデスの物語のとりこになった。ギラギラと窓から射しこむ光線を背に受けて腰をおろし、暑さで溶けた脂(あぶら)が額を伝うのもかまわず、オルガンのように深味のある声で闇(やみ)につつまれた想像の世界について語り、明るみにさらけ出していくあの日の午後の姿を、当時まだ五歳を越えていなかったアウレリャノだが、死ぬまで覚えていたことだろう。兄のホセ・アルカディオにしても、代々ひき継ぐべき思い出として、子孫のすべてにあの嘆賞すべき姿を語り伝えるつもりだったにちがいない。ところがウルスラには、この客人は嫌な記憶しか残さなかった。メルキアデスがうっかりして塩化第二水銀のフラスコを割った瞬間に、部屋へはいって行ったからだ。

「まるで悪魔の臭(にお)いね」と、ウルスラはつぶやいた。

聞きとがめてメルキアデスが言った。

「とんでもない。悪魔が硫黄質だってことはとっくに証明ずみだよ。ところがこれは、ほんのわずかな量の昇汞(しょうこう)*だ」

いつも教化ということを忘れない彼は早速、辰砂(しんしゃ)*の悪魔的性質について博識を披露しはじめたが、ウルスラは耳を貸さずに、子供たちを連れてお祈りに出かけた。あの鼻を刺す異臭はメルキアデスの思い出と結びついて、いつまでも彼女の記憶に残っていたにちがいない。

お粗末な工房は、たくさんの土鍋、漏斗(じょうご)、レトルト、濾過器(ろかき)、水こしなどを別にすると、原始的な窯(かま)、首の細いガラスの試験管、〈哲学者の卵〉*のまがいもの、ユダヤ婦人マリア*の三本腕のランビキの新しい仕様にもとづいてジプシーたちがこしらえた蒸溜器(じょうりゅうき)などから成りたっていた。これらの器具のほかにメルキアデスは、七つの星にそれぞれ振りあてられた金属の見本、モーセ*とゾシモス*から伝わった金を倍加する方法、さらに、これを解く者があれば賢者の石の調製も可能だという、霊液エリクサの処方についての一連のメモや絵図面を残していった。なかでも金を倍加する方法のたやすさに惹かれたホセ・アルカディオ・ブエンディアは、何週間もうるさくウルスラにつきまとって、例の植民地時代の金貨を掘らしてくれ、いくらでもこまかく分けられる水銀と同じように、倍にふやしてみせるから、と頼みこんだ。毎度のことだが、絶対にあきらめない夫のねばりにウルスラは負けた。するとホセ・アルカディオ・ブエンディアは、三十枚の金貨を鍋に放りこんで、そこへ銅や鶏冠石、硫黄や鉛のやすり屑をまぜてどろどろに溶かした。そして、これをそっくり蓖麻子油＊入りの釜に移して強火で煮立て、みごとな黄金よりはどう見てもありふれた飴としか思えない、どろりとした、臭いシロップ状のものを取りだした。危険ばかり多くて見込みのうすい蒸溜作業のなかで、七つの星を表わす金属とまぜて溶解したり、錬金術には欠かせない水銀とキプロス産の硫酸で処理したり、大根の油＊がないのでラードでくり返し煮立てたりしているうちに、ウルスラの貴重な財産は、焦げついた釜の底からひきはがすこともできない炭に化けた。

ジプシーたちが舞い戻ってきたころには、ウルスラにそそのかされた村人はこぞって反感をいだくようになっていた。しかし、恐怖はついに好奇心の敵ではなかった。このたびのジプシーが耳も聾せんばかりにありとある楽器を打ち鳴らして村をまわり、同時に呼び込みの男を使って、ナチアンツ*の人びとの驚異の発見を披露すると宣伝したからだ。そういうわけで、村じゅうの者がテントまで出かけていき、一センタボ*のお金を払ってなかをのぞくと、歯がぴかぴか光る新しいものに変わり、皺(しわ)も消えて、もとに返った若々しいメルキアデスがそこに立っていた。壊血病でだめになった歯やたるんだ頬、色つやの悪い唇などを記憶していた村人たちは、このジプシーの超自然的な力をまざまざと見せつけられて恐れおののいた。メルキアデスが歯ぐきにはめ込まれた歯をそっくりはずし——彼はつかの間、昔の老いさらばえた男に返った——ちらと一同に見せてからふたたび歯ぐきに当て、よみがえった若さを十二分に意識したにこやかな表情に戻ったとき、単なる恐れは畏怖(いふ)の念に変わっていた。ホセ・アルカディオ・ブエンディアでさえ、ついにメルキアデスの知識は想像を絶する極限に達したと思ったが、あとで二人きりになったジプシーの口から、こっそり義歯のからくりを教えられて、内心ほっとした。簡単だがすばらしいこのからくりに心を奪われて、彼は錬金術にたいする関心を一夜にして失った。ふたたび不機嫌な状態に落ちいって、食事も不規則になり、一日じゅう家のなかをうろうろした。「今の世界では、信じられないようなことがいろいろ起こっているらしい」と、ウルスラをつかまえては言った。「わしらはこうして驢馬(ろば)なみの生活をしているが、つい鼻の先の、あの川の向こうには、いろんな不思議なものがあるんだ」。マコンドの村が建設されたころの彼を知っている連中は、メルキアデスの感化でその人柄がすっかり変わったことに、今さらのように驚いた。

当初のホセ・アルカディオ・ブエンディアはいわば若き族長として振る舞い、種まきの指図をしたり、子供の養育や家畜の飼育について助言したり、村の発展のためならば肉体労働までふくめて、一同への協力を惜しまなかった。最初から彼の家は村いちばんの住居だったので、ほかの家々はそれにならって建てられた。採光のよい広々とした客間、明るい色の花で飾られたテラスふうの食堂、二つの寝室、栗の大木がそびえる中庭、手入れのよい野菜畑、山羊や豚や鶏が仲よく暮らしている裏庭などがそこにはそろっていた。ただひとつ、彼の家だけでなく村ぜんたいで飼うことを禁じられている家畜があった。それは軍鶏だった。

ウルスラも勤勉さでは夫に負けなかった。小柄だが働き者で、まじめ一点ばり、生きているうち歌など一度も口にしたことのないこの気丈な女は、いつも更紗のスカートのかすかな衣ずれの音を残しながら、明け方から夜更けまで、かたときも休まず動きまわった。彼女がいるおかげで、土を突き固めただけの床や、石灰の塗られていない土塀や、手づくりの木製の家具などはいつも清潔だし、時代物の衣裳箱はむせるようなバジルの香りを放っていた。

この村でも二度とあらわれないと思うほど進取の気象に富んだホセ・アルカディオ・ブエンディアは、どの家からも同じ労力で川まで行って水汲みができるように家々の配置をきめ、さらに、日盛りにほかの家よりよけいに日があたる家が出ないように考えて通りの方向をさだめた。数年のうちにマコンドは、当時知られていた、住民三百をかぞえるどの村よりもととのった勤勉な村になっていた。そこは、ほんとうに幸せな村だった。三十歳を越えた者はひとりもなく、死人の出たためしもなかった。

村が建てられたころから、ホセ・アルカディオ・ブエンディアはせっせと罠や鳥籠をこしらえた。またたく間に、彼の家だけでなく村じゅうが葦切りやカナリア、空色風琴鳥や駒鳥であふれた。雑多な小鳥の合唱が騒々しくて頭が変になりそうなので、ウルスラなどは耳に蜜蠟を詰めて現実の感覚が失われるのを防いだほどである。メルキアデスの一族が初めてやって来て、頭痛に効くというガラス玉を売り歩いたときも、村のみんなは、もの憂い低地の奥に隠れたここがよく見つかったと驚いたが、ジプシーたちの話を聞くと、実は連中も小鳥の声をたよりに道を進んだということだった。

しかし、率先して社会に奉仕するというこの心がまえも、磁石熱や天文学上の計算、物質変成の夢やさまざまな世界の不思議を見たいという願望などに引きまわされて、あっさり消えた。てきぱきして身ぎれいだったホセ・アルカディオ・ブエンディアが、ぐうたらな身なりをかまわない人間に変わった。無精ひげまで生やすようになったので、ウルスラは台所から庖丁を持ちだし、苦労して剃ってやらなければならなかった。彼には呪いがかかっている、と思う者まで出はじめた。そのくせ、マコンドをすばらしい文明の利器と接触させる道をひらくためだと言って、彼がすすんで山刀や斧をにない、その上でみんなの協力を求めたとき、仕事も家族もなげうってあとに従ったのは、ほかでもない、その狂気を信じて疑わない当の男たちだった。

　ホセ・アルカディオ・ブエンディアもこの辺一帯の地理にはまったく不案内だった。知っていることといえば、東に険しい山脈がつらなり、さらにその向こうに、彼には祖父にあたる初代のアウレリャノ・ブエンディアから聞いた話だが、かつてフランシス・ドレイク*卿が大砲で鰐狩りに興じ、そのあと皮をつくろい藁を詰めてエリザベス女王に献上したところだという古都、リオアチャ*があることくらいだった。実はまだ若かったころ、彼とその一行の男たちは女子供や家畜を引きつれ、家具什器のたぐいを洗いざらいかかえて、海への出口を求めて山越えをはかったことがあるのだが、さすがに二年と四カ月めにはこの難事業をあきらめざるをえなかった。そして、帰途につく労をはぶくためにマコンドの村を建てたのである。したがって、それは彼を過去へと引き戻すだけの道なので、彼にとっては問題外だった。南方には、切れ目のない乳皮のような緑でおおわれた沼と、ジプシーたちの話では行けども行けども果てしのない、茫漠とした湿原が続いていた。しかも、その広大な湿原は西のほうで目路はるかな大海原とひとつになっていて、そこには、女の顔と胸をそなえ、とてつもなく大きな乳房で水夫らをたぶらかし破滅へといざなう、なめらかな肌の鯨が群れているということだった。ジプシーたちもその方角に船をすすめて、半年後にやっと、駅馬のかよう細長い陸地にたどり着いたにすぎないという。ホセ・アルカディオ・ブエンディアの推測によると、文明世界との接触の可能性は北方への道にしか残されていなかった。そこで彼は、ともにマコンドを建設した男たちに山刀や斧、狩猟の道具などを持たせ、使いなれた方位測定用の器具や地図を雑嚢ひとつに放りこんで、大胆きわまりない冒険の旅に出たのである。

　初めの何日かは、これといった障害に出くわすこともなかった。一行は岩だらけの川岸に沿って数年前に戦士の甲冑が発見された場所までくだり、そこから森にはいって、野生のオレンジにふちどられた狭い道をたどった。一週間めに鹿を射止めて焙り肉にしたが、明日からのことを考えて半分だけを食べ、残りは塩漬にした。こうした用心をすることで、麝香をかいだように嫌な味のする、金剛鸚哥の青みがかった肉を口にしなければならなくなる日を、少しでも先へ延ばそうとしたのだ。やがて十日以上も太陽をおがめない日が続いた。水気をたっぷり含んだ地面は火山灰のようにぶよぶよし、草木はますます油断のならないものになり、小鳥のさえずりや猿のけたたましい叫びもしだいに遠のいて、限りなく広がる陰鬱な世界が始まった。原罪以前にさかのぼるこの湿気と沈黙の楽園で、遠征隊の一行は遠い過去の記憶に悩まされた。煙の立ちのぼる油のたまりに履物をとられ、血のように鮮やかな菖蒲の花や金色の山椒魚の胴をその山刀ではねなければならなかった。まる一週間というもの、わずかに発光性の虫の淡い灯をたよりに、息苦しいほどの血の臭いにあえぎながら、ほとんど口をきくこともなく、夢遊病者のように悪夢の世界をさまよった。せっかく切りひらいた道も、みるみる伸びていく新しい植物でたちまち閉ざされてしまうので、もはや引き返すことはできなかった。「気にすることはない」と、ホセ・アルカディオ・ブエンディアは言った。「方角さえ見失わなければ、それでいいんだ」。彼は磁石だけをたよりに見えない北へ向かって一行を誘導し、ついに魔の土地からの脱出に成功した。それは星ひとつない暗い夜だったが、その闇は澄みきった、さわやかな大気でみちあふれていた。長途の旅で疲れきった一行はその場にハンモックを吊って、二週間このかた初めて深い眠りについた。目がさめたとき——日はすでに高く昇っていた——彼らは驚きのあまり呆然となった。その目の前に、羊歯や椰子に囲まれ、おだやかな朝の光を浴びて、スペインの巨大な帆船が白くぼんやりと横たわっていたのだ。わずかに右舷に傾いた船の無傷のマストから、薄汚れた帆の切れっぱしが蘭の花で飾られた索具のあたりまで垂れていた。小判鮫の化石と柔らかい苔のなめらかな装甲でおおわれた船体は、石ころだらけの地面にがっしりと食いこんでいた。船の全体が、時の悪意と小鳥のよからぬ習性から守られたそれ自身の場所を、孤独と忘却の空間を占めているように思われた。ひそかな欲望に駆られた一行の男たちが探ってみたが、船内はただ草花で埋めつくされているだけだった。

　海の近いことを示すこの帆船の発見で、ホセ・アルカディオ・ブエンディアの気力は尽きた。かつて数かぎりない犠牲をはらい、さまざまな苦難に耐えて海を求めたさいには発見に失敗しながら、求めてもいない今になって海に遭遇したこと、しかもそれが越えがたい障害として前途に横たわっているという事実を、彼は邪悪な運命のいたずらと考えたのだ。長い歳月が流れて、すでに正規の駅路となったころ、アウレリャノ・ブエンディア大佐がふたたびこの地方を通過したことがあったが、そこに見たのは、雛罌粟の野原に取り残された帆船の黒焦げの肋材にすぎなかった。それで初めて、あの話が父親の単なる空想の産物でないことを知った彼は、帆船がどうやってこんな奥地まではいり込めたのかと、不思議に思ったものだ。しかし、さらに四日間の旅をして、帆船から十二キロの地点で海に出たときのホセ・アルカディオ・ブエンディアは、そうした不審をいだくどころではなかった。冒険行にともなう危険と犠牲にふさわしくない、白波たつ薄汚れた灰色の海を前にしたとたんに、夢はあとかたもなく消えた。

「なんだ！」彼は叫んだ。「マコンドは、海に囲まれているのか！」

ホセ・アルカディオ・ブエンディアが遠征から帰って描いた独断的な地図に始まるが、マコンドは半島であるという考えは、かなり長いあいだ正しいとされていた。この土地をえらんだおのれの勘の悪さを罰するつもりで、彼は交通の不便をことさら誇張して、いっきに地図を書きあげたのだ。「わしらは絶対に、どこへも行けそうにないぞ」と、ウルスラをつかまえては愚痴った。「科学の恩恵にもあずからずに、ここで、このまま朽ち果てることになりそうだ」。かたくなにそう信じながら工房で何カ月も考えこんでいるうちに、マコンドをもっと適当な土地へ移すことを思いついた。ところが今回は、ウルスラがその熱心な計画の先まわりをした。蟻のように隠密に、辛抱づよく動きまわって、すでに移住の準備にかかっていた男たちの気まぐれに反対する決意を、村じゅうの女に固めさせたのだ。ホセ・アルカディオ・ブエンディアには、いつごろから、またいかなる悪意にみちた力のせいで、その計画がさまざまな口実や故障や言いのがれの網の目にからめ取られて、単なる夢と化していったのか、さっぱり見当がつかなかった。ウルスラはさりげなく夫の様子をうかがっていたが、奥の部屋で夢のような移住の計画をぶつぶつつぶやきながら、奇妙な箱のなかに工房の器具を詰めているのを見た朝は、さすがに気の毒になった。夫が仕事を終えるのを待った。箱を釘づけにし、墨をふくませた刷毛でその上に自分の頭文字を書くのを黙って見ているだけで、別にとがめなかった。しかし、それはあくまでも、村の男たちがその計画に従わないだろうということを彼自身も知っている――小声でそうつぶやいているのが耳にはいった――と心得た上のことだった。夫が部屋のドアをはずしにかかったとき初めて、ウルスラは思いきって、なぜそんなことをするのか、と尋ねた。すると、淋しげな夫の返事がかえってきた。「誰にも行く気はないらしい。わしらだけで出かけるか」。ウルスラは顔色ひとつ変えないで答えた。

「出かけませんよ。この土地に残ります。ここで子供を産んだんですからね」

「まだ死んだ者はいないじゃないか」と、彼は言った。「死人を土の下に埋めないうちは、どこの土地の人間というわけにはいかんのだ」

おだやかだが固い決意のこもった声で、ウルスラはやり返した。

「ここに残りたけりゃ死ねというのなら、ほんとに死ぬわよ！」

ホセ・アルカディオ・ブエンディアは妻の意志がそれほど強いとは思わなかった。地面に魔法の液をまくだけで思いどおりに作物がみのり、苦痛を消すためのあらゆる器具がただ同然の値段で手にはいる不思議な土地を約束するなど、空想の魔力に訴えて気を引こうとした。だが、ウルスラは夫の先見の明を信じなかった。

「おかしなことばかり考えるのはやめて、少しは子供たちの面倒をみたらどうなの」と答えた。「あれを見てよ。ほったらかしにされて、まるで驢馬だわ」

ホセ・アルカディオ・ブエンディアは妻の言葉をまともに受けとめた。窓の外に視線をやると、日なたの野菜畑を駆けまわっている子供たちの姿が目にはいったが、それが彼には、ウルスラの呪文によって胎内にやどった子供たちが、まさにその瞬間から地上に存在しはじめたという印象を与えた。このとき、彼の内部で何かが起こった。神秘的でしかも決定的なその何かは、現在という時間から彼を根こぎにして、まだ足をふみ入れたことのない記憶の世界のあてどない旅へといざなった。これから先も離れることがないとわかった家のなかをウルスラが掃除しているあいだ、彼はぼんやりと子供たちをながめていたが、やがてその瞼(まぶた)が濡(ぬ)れていった。こぶしで涙をぬぐい、深いあきらめの吐息をついて、彼は言った。

「よかろう。あの子たちに、箱から物を出すから手伝うように言ってくれ」

ふたりの子供のうち、年上のホセ・アルカディオはすでに十四歳になっていた。角ばった頭とこわい髪をしていて、父親ゆずりのわがままな子供だった。同じように成長が早くて体力もすぐれていたが、すでにその当時から、想像力に乏しいことがはっきりしていた。マコンドの村が建てられる前の苦しい山旅の途中で妊娠し出産した子供で、両親はその体のどこにもけものめいたところのないことを知って、神に感謝をささげた。一方、マコンドで誕生した最初の人間であるアウレリャノは、この三月で六歳になろうとしていた。もの静かで内気な子供だった。母親の胎内で早くも産声（うぶごえ）をあげ、生まれたとき目がぱっちりあいていた。へその緒を切っているあいだも、部屋にあるものを確かめるように顔を右左に動かし、もの珍しそうに、だが驚く様子もなく、人びとの顔を穴のあくほど見つめていた。そしてそのあとは、彼を見に集まった村人たちには目もくれないで、たたきつける雨の激しい力で今にも崩れおちそうな棕櫚（しゅろ）の天井に気を取られていた。その鋭い目つきのことは、ウルスラも長く思いだすことがなかったのだが、ある日、三つになったばかりの幼いアウレリャノが、ちょうど彼女が煮立ったスープの鍋をかまどから下ろして食卓にのせたときに台所へはいって来て、途方に暮れたようにドアのところに立ったまま、言った。「落っこちるよ、あれ」。鍋はテーブルの真ん中にちゃんとのっていたが、子供が予言したとたんに、手を伸ばすひまもなく、内部の力に押しやられるように端に向かってすべり出し、床に落ちて粉々になった。驚いたウルスラはこの話を夫にしたが、彼はそれを自然現象であるかのように言った。いつもこうだった。彼は子供たちの存在など気にかけていなかったのだ。その理由はひとつには、彼が幼年期というものを精神的能力の皆無にひとしい時期と考えていたこと、いまひとつは、彼自身の妄想につねに気を取られすぎていたことにあった。

しかし、呼びつけて工房の器具を箱から出す手伝いをさせた午後から、彼はその貴重な時間を子供たちのために割くようになった。でたらめな地図や奇妙な絵で少しずつ壁がうずめられていく、奥まった小さな部屋で、読み書きや算術の手ほどきをし、自分の知識の範囲内のことだけでなく、想像力の境界を信じがたい極限にまで押しひろげながら、さまざまな世界の不思議について話してきかせた。こうして子供たちは、アフリカの南端には、地面にすわって瞑想にふけるのが唯一の楽しみだという、聡明で温和な種族が住んでいること、また、島づたいにエーゲ海を渡ってテサロニカ*の港まで行けることなどを知った。この蠱惑的なまどいは子供たちの記憶によほど強く印象づけられたらしく、それから長い歳月が流れて、正規軍の将校が撃てという命令を銃殺隊にくだす直前にも、アウレリャノ・ブエンディア大佐は、理科の授業を中断した父親が何かに憑かれたように宙に手を浮かし、目を一点にそそいだままの格好で、メンフィス*の学者たちの驚嘆すべき新発明を披露するためにふたたび村を訪れたジプシーの笛や太鼓、シンバルなどの遠い音に耳を傾けていた、あの三月の午後を思い出したほどである。

それは新手のジプシーだった。自分たちの言葉しか話せないこの若いジプシーたちは、つややかな肌とすばしこい指をした美男美女ぞろいで、その踊りや音楽は村の通りに大へんな騒ぎをまき起こした。イタリアふうのロマンスを口ずさむ極彩色の鸚鵡、タンバリンの音につられて金の卵を百個も産みおとす雌鶏、ひとの考えを読めるように調教された猿、ボタン付けにも熱さましにも役立つという万能の器械、いやな記憶が消せる道具、暇つぶしにもってこいの膏薬。そのほか彼らの持参した多くの品物は、ホセ・アルカディオ・ブエンディアがそれらの思い出を残しておくための記憶装置の発明を考えたほど、巧妙で、奇抜なものだった。あっという間に村の様子は一変した。マコンドの住民は市の混雑ぶりに度肝を抜かれ、自分たちの村の通りでおろおろしていた。

人ごみで見失わないようにふたりの子供の手をひき、金歯の香具師や六本腕の奇術師にぶつかったり、大勢の人間から発散する糞と薄荷の臭いが入りまじったものに息の詰まる思いをしたりしながら、ホセ・アルカディオ・ブエンディアはこの恐るべき悪夢の無限の秘密をとき明かしてもらうために、狂ったようにメルキアデスを捜し歩いた。言葉がわかるはずのないジプシーたちにまで声をかけた。とうとう、メルキアデスがいつもテントを張っていた場所へ来てしまった。ところがそこに立っていたのは、飲めば姿が消えるという薬を口数すくなくスペイン語で宣伝している、アルメニア*生まれのジプシーだった。ホセ・アルカディオ・ブエンディアが見世物に気を取られている群集を掻きわけながら前へ出て質問をしたときには、男はすでにコップの琥珀色の液体を飲み干していた。ジプシーはぼんやりした目でしばらく彼を見ていたが、やがて悪臭と煙の立ちのぼる溶けたコールタールに姿を変え、その上をただようように、こう答える声だけが残された。「メルキアデスは死んだよ」。この知らせに呆然となったホセ・アルカディオ・ブエンディアは、深い悲しみに耐えるためにしばらく身じろぎもしなかったが、そのうちに群集はほかの仕掛けに引き寄せられて散っていき、アルメニア生まれの寡黙なジプシーの溶けてたまったものも完全に蒸発してしまった。あとでほかのジプシーたちに確かめたところでは、事実、メルキアデスはシンガポールの砂州で熱病のために斃れ、遺体はジャワ近海のもっとも深いところに投げこまれたということだった。子供たちは、この悲報に関心を示さなかった。話ではソロモン王のものであったテントの入口で宣伝中の、メンフィスの学者たちの驚異の新発明を見に連れていけと、うるさく言った。あまりせがむので、ホセ・アルカディオ・ブエンディアが三十レアルのお金を払って子供たちをテントの真ん中まで連れていくと、銅の環を鼻にとおし、くるぶしを重い鉄の鎖でつながれた、胸毛の濃い坊主あたまの大男がそこに立ち、海賊の宝箱めいたものを見張っていた。大男がその蓋をあけると、ぞくっとするほど冷たい風が吹きあげた。なかには、夕暮れの光線がとりどりの色の星となって砕ける無数の針をふくんだ、透きとおった大きな塊しか見られなかった。うろたえながらも、子供たちがその場で説明を待っていることを考えて、ホセ・アルカディオ・ブエンディアは言ってのけた。

「こいつは、世界最大のダイヤモンドだ」

「冗談じゃない」と、大男が誤りを指摘した。「氷ってもんだ、これは!」

何のことかわからずにホセ・アルカディオ・ブエンディアが氷塊へ手を伸ばそうとすると、大男はその手をはねのけて言った。「さわりたけりゃ、もう五レアル出しな」。ホセ・アルカディオ・ブエンディアはお金を払った。それから氷に手をのせ二、三分じっとしていた。この間、彼の心は神秘に触れる恐れと喜びではちきれそうになっていた。どう言って聞かせればよいかわからぬままに、彼はさらに十レアルのお金を払って、子供たちにもすばらしい経験をさせようとした。ホセ・アルカディオ少年はさわるのを嫌った。ところが、アウレリャノは一歩前にすすみ出て氷に手をのせ、すぐに引っこめて、びっくりしたように叫んだ。「煮えくり返ってるよ、これ！」しかし、父親は息子の言葉を聞いていなかった。その瞬間の彼はこの疑いようのない奇蹟の出現に恍惚となって、熱中した仕事の失敗のことも、烏賊の餌食にされたメルキアデスの死体のことも忘れていた。彼はもう一度、五レアルのお金を払って氷塊に手をあずけ、聖書を前に証言でもするように叫んだ。

「こいつは、近来にない大発明だ！」

十六世紀に海賊のフランシス・ドレイクがリオアチャを襲ったとき、ウルスラ・イグアランの曾祖母は警鐘と砲声に驚いて腰を抜かし、火のおこっているかまどに座りこんでしまった。そして、そのとき負ったやけどのせいで生涯、妻としては役に立たない体になった。クッションをあてがって腰半分で座るほかなくなった。歩き方にもおかしなところが残ったらしく、決して出歩かなかった。体がきなくさいと思いこんで、世間との付き合いもいっさい断った。獰猛な軍用犬を引きつれて寝室の窓から忍びこんでくるイギリス兵に、真っ赤に焼けた鉄で恥ずかしい拷問にかけられる夢を見るので、おちおち眠ることができず、中庭で朝を迎えることがしばしばだった。スペインはアラゴン地方出身の商人で、あいだにふたりの子供がいる夫は、なんとか不安をまぎらわせてやろうとして、店の財産の半分を慰みごとと医薬に使った。最後には店をたたんで、海から遠く離れた山あいに位置する温和なインディオの集落に家族ともども移り住み、この土地で、悪夢の海賊もはいり込めない、窓なしの寝室を妻のために建ててやった。

　山奥の集落には、ドン・ホセ・アルカディオ・ブエンディアという新大陸生まれのタバコ栽培業者が昔から住んでいた。ウルスラの曾祖父はこの男と組んで大いに利益をあげ、わずか数年のうちにひと財産をこしらえた。それから長い年月がたち、この新大陸生まれの男とアラゴン出身の男の玄孫同士が結婚したのだ。そういうわけで、ウルスラは夫の奇矯な振る舞いでかっとなるたびに、波瀾にみちた三世紀の時間をひと飛びして、フランシス・ドレイクがリオアチャを襲撃したあの日を呪った。しかし、それはただ、いっときの憂さばらしにしかならなかった。実は、ふたりの一生は愛よりも強いきずなで、同じひとつの悔いによって結ばれていたからである。彼らはいとこの間柄だった。それぞれの先祖の働きとまじめな生活のおかげで、この地方でもっとも立派な村のひとつにかぞえられるようになった古い集落で、ふたりはいっしょに育った。生まれたその日から二人の結婚は予想されていたはずなのに、彼らがその意志を明らかにすると、親戚の者はこぞって反対した。何百年も前から血をまじえてきた両家のこの健康そのものの末裔から、イグアナが生まれるような恥ずかしい結果になるのを懸念したのだ。すでに恐ろしい先例があった。ウルスラの伯母のひとりがホセ・アルカディオ・ブエンディアの伯父のひとりと結婚して男の子を産んだのはいいが、その子供には生まれつき、栓抜きのような形をして先端にぽさぽさと毛のはえた軟骨のしっぽがあり、そのために彼は一生、筒形をしただぶだぶのズボンをはきとおし、いとも清らかな童貞を守りながら四十二の年まで生きて、やがて出血のために死んだ。女には絶対に見せたことのない豚のしっぽを、仲のよい肉屋がわざわざ肉切用の鉈で切ってやろうとしたばっかりに、命をちぢめるはめになったのである。だがホセ・アルカディオ・ブエンディアは、十九歳という年齢にふさわしい気軽さで、一言のもとに問題を片づけた。「口さえきければ、豚に似ていようがいまいが、かまうもんか」。こうしてふたりは結婚式をあげ、楽隊と花火がにぎやかなパーティは三日三晩もつづいた。ふたりはその夜から幸せに暮らせたはずだった。ところがウルスラの母親が、生まれてくる子供についてさまざまな不吉な予言をし、彼女をおじけづかせたあげく、婚礼の総仕上げともいうべきあの行為を拒否させた。眠っているあいだに、たくましくて我の強い夫に犯されるのを恐れたウルスラは、横になる前にかならず、母親が帆布で作ってくれた粗末なズボンをはいた。それは交錯する数本の紐で補強され、前のところが頑丈な鉄の尾錠で締まるようになっていた。この状態は何カ月もつづいた。昼間は夫は軍鶏たちの世話をし、妻は母親と並んで刺繍（ししゅう）をした。そして夜になると、愛の行為にかかわるものになったと思われる切なさ、激しさで、ふたりは何時間ももみ合った。やがて、村人たちの鋭い勘は、ただごとでない何かが起こっていることを嗅（か）ぎつけ、結婚して一年にもなるのに、夫の不能のせいでウルスラはまだ生娘のままだ、という風評を立てた。ホセ・アルカディオ・ブエンディアはいちばん最後にこのうわさを知った。

「ウルスラ、村の連中がなんと言ってるか、お前も知ってるだろう」と、平静をよそおいながら話しかけた。

「勝手に言わしておけば」と、彼女は答えた。「嘘（うそ）だってことは、わたしたちがちゃあんと知ってるんですもの」

　そういうわけで、さらに半年も同じ状態がつづいたが、ついに悲劇の日曜日は訪れた。闘鶏の賭（か）けでホセ・アルカディオ・ブエンディアがプルデンシオ・アギラルに勝ったのだ。負けた男は自分の軍鶏が流した血に興奮し、かっとなって、ホセ・アルカディオ・ブエンディアから離れぎわに、闘鶏場のみんなに聞こえるような大きな声で、言った。

「よかった、よかった！　その軍鶏のおかげで、やっと、かみさんを歓（よろこ）ばしてやれるじゃないか」

ホセ・アルカディオ・ブエンディアは落ち着いて軍鶏を抱きあげ、「すぐに戻ってくる」とみんなに声をかけてから、プルデンシオ・アギラルに言った。

「おい、きさま、家へ帰って得物を持ってこい。生かしちゃおかん！」

そして、血に飢えた祖父の投槍(なげやり)をさげて十分後に戻ってきた。村の人間のおよそ半分が集まっている闘鶏場の入口で待っていたプルデンシオ・アギラルは、身がまえるひまもなかった。闘牛のような満身の力をこめて、また、初代のアウレリャノ・ブエンディアがこの地方のジャガーを退治したときと変わらぬ確かな狙(ねら)いをつけて、ホセ・アルカディオ・ブエンディアが投げた槍がその喉(のど)にぐさりと突き立ったのだ。その夜、闘鶏場では死体を囲んで通夜(つや)の行なわれている時刻にホセ・アルカディオ・ブエンディアが寝室へはいって行くと、妻はあの貞操ズボンをはこうとしているところだった。その鼻先に槍をちらつかせながら、彼は高びしゃに言った。「今すぐ、そいつを脱げ！」ウルスラは夫の決意のほどを疑わなかった。「何が起こっても、あんたの責任よ」とささやいた。ホセ・アルカディオ・ブエンディアは床に槍を突きたてて言った。

「お前がイグアナを産んだら、二人で育てればいい。しかし、お前のせいで村からまた死人が出るようなことは、絶対にさせないぞ！」

それは、さわやかな、月の明るい六月の夜だった。ふたりは、プルデンシオ・アギラルの身寄りの嘆きの声をはらんで寝室を吹き抜ける風を気にせず、ベッドの上でからみ合ったまま朝を迎えた。

事件は名誉の決闘ということで片づけられたが、やはり、ふたりの心にはやましさが残った。ある晩、眠れぬままにウルスラが水を飲みに中庭へ出ていくと、水がめのわきに立っているプルデンシオ・アギラルに出会った。彼は青ざめた、いかにも悲しそうな表情で、タンポンがわりのアフリカ羽萱(はねがや)で喉の傷口をふさごうと懸命になっていた。彼女は恐ろしさよりも哀れみを感じた。部屋に戻って、いま見てきたことを話したが、夫は深く気にする様子もなくこう言った。「死人が化けて出るもんか。おれたちが良心に責められているだけのことさ」。それから二日めの夜、ふたたびウルスラは、アフリカ羽萱のタンポンで首筋にこびりついた血を洗っているプルデンシオ・アギラルを浴室で見かけた。その翌晩は、雨のなかをうろついている彼に会った。ホセ・アルカディオ・ブエンディアは妻が襲われる幻覚にいい加減うんざりして、槍をかまえて中庭まで出てみた。するとそこに、悲しげな顔をした死人が実際に立っていた。「とっとと消えろ！」と、ホセ・アルカディオ・ブエンディアは大きな声でどなった。「ここへ戻ってくるたびに、何度でも息の根をとめてやるぞ！」

しかし、プルデンシオ・アギラルは消えなかったし、ホセ・アルカディオ・ブエンディアも槍を投げる気になれなかった。そしてそのころから、よく眠れなくなった。雨のなかの死人がこちらを見つめていたときの悲しそうな顔、この世の者を深く懐（なつ）かしんでいるらしい素振り、アフリカ羽萱のタンポンをしめす水を求めて家のなかを歩きまわるもどかしげな姿が気になった。「あいつ、ずいぶんつらい思いをしているらしいな」と、彼はウルスラに話しかけた。「ひとりっきりで、きっと淋しいんだ」。同情したウルスラは、死人がかまどの鍋（なべ）の蓋をあけているのを見かけたつぎの機会には、彼が捜しているものの見当が即座についたので、それからは家のあちこちに水を張った金だらいを並べておくことにした。ある晩、ホセ・アルカディオ・ブエンディアはその部屋で死人が傷口を洗っているのを見て、ついに我慢がしきれなくなって言った。

「わかったよ、プルデンシオ。おれたちはこの村を出ていく。できるだけ遠くへ行って二度と戻ってこないから、安心して消えてくれ」

こうしてふたりは山越えをすることになったのだ。ホセ・アルカディオ・ブエンディアと同じ若さの数名の友人もこの冒険行に夢中になって、家をたたみ、妻子を連れて、誰に約束されたわけでもない土地をめざすことになった。出発に先立って、ホセ・アルカディオ・ブエンディアは中庭に槍を埋めた。さらに、こうすれば少しはプルデンシオ・アギラルの心がやすまるだろうと考えて、みごとな軍鶏の首をつぎつぎにはねた。ウルスラは、花嫁衣裳のはいったトランクとわずかな什器、それに父親からもらった金貨入りの箱だけを持っていくことにした。前もって進路が決まっていたわけではなかった。一行はただ、足跡を残さないように、また知った人間に出会わないようにと願って、リオアチャへ抜ける道とは反対の方角に進むことにした。それは奇妙な旅だった。十四カ月たったころ、猿の肉と蛇のスープで胃の具合のおかしくなった体で、ウルスラは五体満足な赤ん坊を産みおとした。形が変わるほど足がむくみ、静脈が泡のように浮いてきたために、彼女は道中の半分ほどは、一本の棒に吊るしたハンモックを二人の男にかつがせて進んだのだった。空っ腹をかかえ、けだるそうな目つきをした姿は見るも哀れだったが、小さな連中は両親たちよりもはるかに元気に長旅に耐えて、ほとんどの時間を楽しくすごした。二年近くも旅したある朝、一行は山脈の西の斜面を見おろした最初の人間となった。雲のかかった頂上に立つと、あの世までつながっていそうな大湿原の茫々たる水面をのぞむことができた。しかし、どこにも海はなかった。さらに湿原をさまよい歩くこと数カ月、途中で最後にインディオを見かけた地点からも遠く離れたころのある晩、一行は、凍てついたガラスの流れにそっくりな水がはしる、岩だらけの川岸にキャンプを張った。それから何年もたった二度めの内乱のさなかに、アウレリャノ・ブエンディア大佐はリオアチャを急襲する目的で同じ道筋をたどったが、進軍六日めには、それが無謀な企てであることを悟った。しかし、川っぷちに野営した夜の父親とその一行は、姿こそ助かるすべのない遭難者にそっくりだったが、人数は旅の途中もふえつづけて、いかにも天寿を全うしそうな元気さだった——事実、彼らはそれを全うした。その晩、ホセ・アルカディオ・ブエンディアは鏡の壁をめぐらした家が立ちならぶにぎやかな町が、この場所に建っている夢をみた。ここは何という町かと尋ねると、マコンドという、それまで一度も聞いたことのない名前が返事としてかえってきた。それはまったく意味のない言葉だったが、夢のなかでは神秘的なひびきを持っていた。翌日、彼は一行の者を説いて、海に出る見込みのないことを納得させた。川岸のいちばん涼しそうな場所に空地をひらくために、木を伐採するようみんなに命令し、そこに村を建てた。

ホセ・アルカディオ・ブエンディアは初めて氷を見たあの日まで、鏡の壁をめぐらした家、という夢の謎(なぞ)をとくことができずにいたが、このときやっと、それが秘めた深い意味を理解できたように思った。近い将来、水というきわめて有りふれた材料から氷塊を大量生産し、それを使って新しい家を村に建てることができるにちがいない。

もはやマコンドも蝶番やノッカーが暑さでよじれる灼熱の地ではなくなり、ひんやりとした都市に一変するだろう。その彼が製氷工場の建設という計画に固執しなかったのは、ひとえに子供たちの教育に、とくに早くから錬金術についてまれにみる勘の良さを示していたアウレリャノの教育に、積極的にかかわるようになっていたためだった。工房の埃はきれいに取り払われていた。新奇なものへの一時の興奮のおさまった冷静さで、ホセ・アルカディオ・ブエンディアはメルキアデスの書付けを調べなおし、辛抱づよく長い時間をかけて、鍋底の焦げつきからウルスラの金を分離し回収しようと試みた。若いホセ・アルカディオはほとんど仕事を手伝おうとしなかった。父親が窯のことに夢中になっているあいだに、前々から年のわりには大柄だったわがままな長男は、堂々たる体格をした若者に育っていた。すでに声変わりを経験し、口のまわりには、うっすらと髭さえはえていた。ある晩、彼がこれから寝ようとして部屋で服を脱いでいたところへはいって行ったウルスラは、恥ずかしさと不憫さのいりまじった複雑な気持ちを味わった。裸の男を見るのは夫についでこれが二度めだったが、息子は異常ではないかと思われるほどみごとな体をしていた。折から三度めの妊娠中であったにもかかわらず、ウルスラはあらためて花嫁の不安を感じさせられた。

　そのころ、家事の手伝いもすればトランプ占いもするという、口は悪いが男好きのする商売女が出入りするようになっていた。ウルスラはその女に息子のことを話してみた。息子のとてつもなく大きなアレを、例のいとこの豚のしっぽと同じように変態ではないかと考えたのだ。女は、ガラスが砕け散るように家じゅうにひろがる、あけすけな笑い声を立てて言った。「そんなことないわよ。きっと幸せになれるわ」。二、三日後にその予言を証明するためにトランプを持参した女は、ホセ・アルカディオを引っぱって台所わきの穀物部屋に閉じこもった。女は、好奇心を掻きたてられるどころか退屈しきっている若者をそばにおいて、とりとめのない話をしながら、古びた大工用の仕事台の上にゆっくりとトランプを並べていった。そして、ふいに手を伸ばして彼に触れた。「あらぁすごい！」心から驚いてそう叫んだが、それだけ言うのがやっとだった。ホセ・アルカディオは身内が泡だつのを感じ、かすかな不安をおぼえた。泣きたいような気持ちに襲われた。女から誘いをかけたわけではなかったが、その腋から発散して彼の肌にも染みついた臭いにつられて、ホセ・アルカディオはひと晩じゅう女を追いまわした。かたときもそばを離れたがらなかった。母親になってくれ、と頼んだ。穀物部屋を出たくない、とも言った。あらぁすごい、と言ってくれ、もう一度さわって、あらぁすごい、と言ってくれ、とせがんだ。ある日のこと、もはやそれ以上は我慢ができなくなって、女に会いに家まで押しかけた。どういうつもりか堂々と表から訪ねていって、ひとことも口をきかずに客間にすわり込んだ。しかしそうなってみると、とくに女が欲しいという気は起こらなかった。女はまるで人が変わったみたいだった。その体臭が感じさせるイメージからはおよそかけはなれた、別の人間のように思えた。彼はコーヒーを飲んだだけで、気落ちしてそこを出た。その日の夜、眠れなくて悶々（もんもん）としているうちにまたもや猛烈にあの女が欲しくなったが、このとき感じた女への愛は、もはや穀物部屋で抱いたそれではなくて、午後に生まれた気持ちと同じものだった。

　数日たって、思いがけず女から呼び出しがあった。女は母親とふたりきりだったが、トランプを教えるという口実で彼を寝室へ誘った。そしてあまり奔放に体にさわるので、最初の震えがおさまったあと、彼は何となくがっかりし、快感よりもむしろ不安を感じた。女は、今晩また会いに来てくれ、と誘った。とても出かける勇気はないと思ったが、彼はその場しのぎにうなずいた。しかし、その夜の燃えるように熱いベッドに身を横たえたとき、何としてでも女に会いに行かなければ、と思った。暗闇（くらやみ）のすこやかな弟の寝息、隣りの部屋の父親のから咳（ぜき）、中庭の雌鶏たちの喉にからまったような声、蚊のうなる音、心臓の激しい動悸（どうき）、今の今まで気づかなかった周囲のこうるさい物音。それらを聞きながら手さぐりで服を着て、深い眠りに沈んだ通りへ出た。

約束どおりにただ閉っているのでなく、戸口にちゃんと掛け金が下りていてくれ、と心から願った。ところが、戸口はあいていた。指先で軽く押すと、はらわたに冷たく染みるような、陰気くさい、はっきりした蝶番の音がひびいた。物音をできるだけ立てないように半身になってすべり込んだ瞬間に、あの臭いを感じた。そこは、彼は知るよしもなかったし、まっ暗闇では見当のつけようのない位置に、女の三人の弟がハンモックを吊って寝ている狭苦しい居間だった。したがってそこから先、彼は手さぐりで居間をわたり、寝室のドアを押して奥へはいり、ここでは、ベッドを間違えないように方角を見定めなければならなかった。見定めることはできたが、しかし思ったより低いところに張られていたハンモックの紐につまずいた。すると、それまで高いびきだった男が寝返りを打って、うんざりしたような声でつぶやいた。「この前は水曜日だったぞ」。寝室のドアを押したとき、それが床のでこぼこに当たって音を立てるのを防ぎようがなかった。突然、まっ暗闇で完全に方向を見失ったことを悟って、彼はつくづくよせば良かったと思った。狭苦しい部屋に、女の母親、亭主とふたりの子供がいるもうひとりの娘、それに女が寝ていた。女は、彼が来るとは思っていなかったようだった。いつも女の肌に感じられる、ほのかだが絶対に間違いようのないあの体臭が家じゅうにこもっていなければ、それをたよりに進むことができたかも知れない。この孤独の奈落の底にどうして落ちることになったのかといぶかりながら、しばらくじっと立っていると、指をひろげた一本の手が伸びてきて暗闇をさぐり、顔にさわった。何となくそれを期待していたので、別に驚きもしなかった。彼はその手に身をまかせて、精も根も尽きはてたように、あやめもわかぬ片隅へと引き寄せられていった。そこで服をはぎ取られ、馬鈴薯の袋のようにゆさぶられ、左右に振りまわされた。この底知れぬ闇のなかでは、もはや腕など余分なものとしか思えなかった。女の体臭のかわりに、今ではアンモニアの臭いが鼻をついた。女の顔を思い浮かべようとすると、ウルスラの顔が目の前にちらついた。彼は漠然とではあったが、ずいぶん前からしたいと思っていたことを、だが実際にはできると考えてもみなかったことを、げんにしているのだと意識した。もっとも、足や頭がどこへ行ったのか、どの足が自分のもので、どの頭が相手のものなのか、さっぱり見当もつかなかったので、どんな具合にそれが行なわれたかはついにわからずじまいだった。腎臓の冷えた水音、腸を駆けめぐる風、不安、逃げだしたくもあるが同時に、このいらだたしい静寂と恐ろしい孤独のなかに永久にとどまっていたいと思う矛盾した気持ち。それらにもはや耐えられなくなっている自分を彼は感じていた。

女の名前はピラル・テルネラといった。十四歳の彼女を犯して二十二まで愛しながら、よそ者であるために、最後までその関係を大っぴらにしなかった男から無理やり引き離そうとする家族に連れられて、彼女もマコンドの建設で終わったあの流浪の旅に加わったのだ。男は仕事が片づきしだい、あとから世界の果てまで追っていくと堅く約束したが、待ちくたびれた彼女は、トランプが三日後に、三カ月後に、あるいは三年後に、陸地か海上で会うことがあると教えてくれる彼を、そこらの背の高い男やずんぐりした男、金髪の男や黒い髪の男と、ついいっしょくたにした。待っているうちに太腿のたくましさ、胸の締まり、やさしいしぐさなどは失ったが、狂おしい情熱だけは手つかずのまま残していた。このすばらしいおもちゃにうつつを抜かして、毎晩のように、ホセ・アルカディオは迷宮めいた部屋で女を追った。あるとき戸口に掛け金がおりていたことがあったが、いったんその気になった以上は最後までやりとおさなければと思って、何度も何度も戸をたたいていると、うんざりするほど待たされたあげく、やっと女が戸をあけてくれた。昼間のうちは横になってうとうとしながら、ひそかに前夜の思い出を楽しんだ。しかし、女が何のかげりもない平然とした態度でにぎやかにわが家へやって来ても、彼はその緊張を無理に隠そうとする必要はなかった。鳩も驚くようなあけすけな笑い声を立てる女は、息をこらし心臓の鼓動を抑えることを教え、人間がなぜ死を恐れるのかを理解させてくれた、あの目に見えない力とはまったく無縁な存在だったからだ。夢中になっていた彼は、例の金属のかすを掻きとって、ついにウルスラの金の回収に成功したという父親と弟の知らせで、家じゅうが上を下への大騒ぎをしているときも、みんなが浮き浮きしている理由がよくのみ込めなかった。

事実、父親と弟は数日がかりの手のこんだ辛抱づよい作業ののち、それに成功していた。ウルスラも大喜びで、錬金術の発明を神に感謝したほどだが、そのうちに村の者たちが工房へ押しかけて来たので、この奇跡のお祝いにビスケットとグアバ*の砂糖漬で接待しなければならなかった。ホセ・アルカディオ・ブエンディアは、たった今こいつを発明した、といわんばかりの顔で、取り戻した金をおさめた壺(つぼ)をみんなに披露した。さんざん見せまわったあげく、いちばん最後に、近ごろ工房へとんと顔を見せない長男の前にやって来て、からからに乾いた、黄色っぽい塊をその鼻先でちらちらさせながら聞いた。「何だと思う、これを?」ホセ・アルカディオは本気で答えた。

「犬のくそだろ」

父親は手の甲で、血が吹きだし、涙がこぼれるほど強く、彼の口のあたりをなぐった。その夜、ピラル・テルネラは暗闇のなかで薬瓶や綿を手さぐりで探しだしてきて、腫(は)れあがった傷口にアルニカチンキをつけてやり、言われるまでもなく望みどおりに、痛い思いもさせないで愛撫（あいぶ）した。心がひとつに溶けあって、その直後に思わずささやき合っていた。

「ふたりだけになりたいな」と、彼から話しかけた。「近いうちに、みんなに何もかも打ち明けるよ。そうすれば、隠れて会うこともないもの」

その彼を落ち着かせようとはしないで、女は言った。

「そうなればいいわね。ふたりきりだったら、明かりをつけっ放しにして、おたがい気のすむまで見ることができるわ。わたしだって、誰にも遠慮しないで思いっきり声が出せるし、あんたはわたしに、すけべえなことを好きなだけ言えるのよ」

この話し合いと父親にたいする激しい怨（うら）み、それに今すぐ実現しそうな放恣（ほうし）な愛の可能性が彼をわるく落ち着かせることになった。別にどうというつもりもなく、ごく自然に、彼はすべてを弟に打ち明けた。

初めのうちアウレリャノ少年は、兄の色事にともなう危険しか考えられず、その対象の魅力には思いいたらなかった。それでも、少しずつその物狂おしさに取り憑（つ）かれていった。こまごましたことを聞かせてもらい、兄とともに一喜一憂し、驚きと楽しみを味わった。火のむしろが敷かれているような独り寝のベッドに横になって、夜明け近くまで寝ずに兄を待ち、起きる時間が来るまで一睡もせずにふたりで話しこんでいた。そのために、間もなく彼らは同じ睡眠不足に苦しみ、同じように錬金術や父親の博識をかろんじ、人目を避けるようになった。「この子たち、どうかしてるわ。ぼうっとして」とウルスラは言った。「きっと回虫をわかしてるのよ」。すりつぶした有田草（ありたそう）の胸の悪くなるような煎じ薬（せんじぐすり）をこしらえてやると、ふたりは予想もしなかった我慢づよさを見せてそれを飲んだ。そして一日に十一回も、同じ時間にめいめいの便器にすわり込んで、尻（しり）からひりだしたピンク色の寄生虫を、いかにもうれしそうに誰彼なく見せてまわった。そいつらのおかげで、少なくとも自分たちのうつけた、けだるそうな素振りの原因については、ウルスラの目をごまかすことができたからだ。アウレリャノもそのころには、兄の体験をただ頭で理解するだけではなく、わがこととして感じるようになっていたらしい。ある日、兄が愛のからくりについて事こまかに説明していると、さえぎってこう尋ねたのだ。「どんな感じなの？」ホセ・アルカディオは即座に答えた。

「地震に出くわしたようなもんさ」

一月のある木曜日の午前二時に、アマランタが生まれた。まだ誰も部屋へ来ないうちに、ウルスラは丹念に赤ん坊の体をしらべた。蜥蜴（とかげ）のように青白くぬめぬめしていたが、赤ん坊は五体満足だった。アウレリャノがこの出来事に気づいたときには、すでに家じゅうが人であふれていた。彼はそのどさくさにまぎれて、すでに十一時からベッドにいない兄を捜しに家を抜けだしたが、とっさの思いつきだったので、どうやって兄をピラル・テルネラの寝室から呼びだせばいいのか、考えている余裕がなかった。ふたりだけの合図の口笛を吹いたりしながら、何時間もその家のまわりをうろついていたが、間もなく夜が明けそうになったので、やむなく引き返した。母親の部屋で無邪気な顔をよそおいながら生まれたばかりの妹の相手をしていると、やっとそこへ、ホセ・アルカディオが顔を出した。

ウルスラが四十日間の静養を終えるか終えないかに、ジプシーたちが戻ってきた。それは、氷を運んできたあの香具師や奇術師だった。メルキアデスの一族とはちがって彼らはほどなく、自分たちが進歩の使者でも何でもなくて、単なる慰安の行商人にすぎないことをさらけだした。氷を持ちこんだときでさえ、それが人間生活にどれほど役立つかということには触れないで、ただ珍しい見世物として披露したはずである。今回は、彼らはほかの種々雑多な道具といっしょに、空飛ぶ魔法の絨毯を持ちこんでいた。だがそれは、交通の発達に欠くべからざる手段としてではなく、あくまで一個の娯楽品として提供された。もちろん、村人たちは無けなしの金の小さな塊を掘りだしてきて、村の家々の屋根の上をあっという間にひと回りする空の旅を楽しもうとした。村じゅうが上を下への騒ぎで見とがめられることのないのをこれ幸い、ホセ・アルカディオとピラルは何時間ものんびり楽しんだ。大勢の人間にまじってむつまじい恋人同士らしく振る舞っているうちに、ふたりは、愛というものは夜の忍び逢(あ)いの奔放だがつかの間の喜びよりも、もっとしっとりした、深い感情なのかもしれないと思うようになった。ところが、ピラルがこの楽しさをぶちこわしてしまった。ホセ・アルカディオがうれしそうに自分を連れ歩くのでつい調子にのって、その方法ところあいをよく考えないで、いきなり度肝を抜くようなことを口走ったのだ。「あんたももう一人前ね」。自分の言おうとしていることが相手に通じないのを見て、噛(か)んでふくめるように言った。

「あんたに、子供ができる、ってことよ」

それからの数日、ホセ・アルカディオは一歩も外へ出なかった。台所のピラルのけたたましい笑い声を聞いただけでその場を逃げだし、ウルスラに祝福されて、錬金術の器具がかつての生気を取り戻している工房に身をひそめた。ホセ・アルカディオ・ブエンディアは喜んでこの放蕩(ほうとう)息子を迎え入れて、ようやく手をつけていた賢者の石の探究の手ほどきをした。ある日の午後、操縦係のジプシーとうれしそうに手を振る数人の村の子供たちを乗せて、空飛ぶ魔法の絨毯が工房の窓をかすめた。息子たちが夢中になっていると、そちらを見向きもしないでホセ・アルカディオ・ブエンディアが言った。「せいぜい楽しませておけ。わしらは、あんなみっともないベッドカバーよりもっと科学的なやり方で、やつらよりうまく飛んでみせるから」。興味ありげな態度をよそおっていたが、ホセ・アルカディオは〈哲学者の卵〉の力が理解できなかった。出来の悪いただのフラスコとしか思えなかったのだ。彼は、例の気がかりから逃れることができなかった。食欲も睡眠も失って、時おり仕事に失敗した父親が見せるような不機嫌な状態に落ちいった。その変わりようがあまりひどいので、ホセ・アルカディオ・ブエンディアは錬金術に夢中になりすぎたせいだと判断して、彼から工房ではたらく義務を免除してやった。アウレリャノだけははっきりと、兄の悩みの原因は賢者の石の探究にはないことを知っていたが、それでも兄自身の口から告白を引きだすことはできなかった。兄は、それまでの率直さを失っていた。何でも打ち明ける気さくな人間から、内にこもりがちで反抗的な人間に変わっていた。孤独にあこがれ、世間にたいする激しい憎悪(ぞうお)の念に燃えるホセ・アルカディオは、ある晩、いつものようにベッドを離れた。ただし、ピラル・テルネラの家には足を向けないで、夜市の人ごみにまぎれ込んでいった。いろんな種類のからくりが並んでいるなかを、とくに何かに興味をそそられることもなくぶらぶらしていると、全然かかわりのないあるものが目にとまった。それは、ビーズ玉をたくさん身につけた、ひどく若い、子供といってもいいようなジプシーの娘だった。ホセ・アルカディオがこんなにきれいな女を見るのは初めてだった。娘は、両親にそむいたために蝮にされた男、という気味の悪い見世物にたかった群集にまじっていた。

ホセ・アルカディオはそんなものには目もくれなかった。蝮男にたいするくだらない質問が続いているあいだに、彼はジプシー娘のいる最前列まで人ごみを掻きわけていき、その後ろに立った。そして、娘の背中にぴたりと身を寄せた。娘は離れようとしたが、ホセ・アルカディオはますます強く体を押しつけた。それで娘は感じた。急におとなしくなって彼にもたれ、隠しようもないあの逸物の存在が信じられないのか、激しい驚きと不安に震えていた。それからやっと振り返って、おののくような微笑を彼に送った。ちょうどそのとき、二人のジプシーが蝮男を檻に入れてテントのなかへ運びこみ、見世物の采配を振るっていたジプシーが声を張りあげた。

「さあて皆さん、いよいよこれから、見てはならぬものを見た罰に、百五十年ものあいだ毎夜、この時間に首をはねられてきた因果な女の、見るも無残な苦しみをごらんに入れまぁす！」

ホセ・アルカディオと娘はこの首斬りを見なかった。娘のテントへ行って、服を脱ぐのももどかしく激しいキスを交わした。ジプシーの娘は重ねていた胴着や糊のきいた何枚ものレースの下ばき、用もない針金入りのコルセットや鈴なりのビーズ玉などをかなぐり捨て、一糸まとわぬ裸になった。それはまるで、もの憂げな、かわいらしい小蛙だった。胸はふくらみ始めたばかりだし、腿はやせてホセ・アルカディオの腕ほどの太さもなかったが、かぼそさをつぐなって余りある気丈さと温かみがそなわっていた。ところが、ホセ・アルカディオのほうが娘にこたえることができなくなっていた。というのは、二人がいたのは一種の共同テントのなかだったので、ジプシーたちがサーカスの道具をかかえて通りかかったり、商売の話をしたりするだけでなく、ベッドのわきに立って賭博のさいころを振ったりさえしたからだ。中央の柱に吊りさげられたランプであたりも明るすぎた。愛撫が一時とだえた。裸のホセ・アルカディオがどうしていいかわからずにベッドの上に長ながと横になってからも、娘はしきりに彼を元気づけようとした。しばらくして、みごとな肉づきをしたジプシーの女が、この一座の者ではないが、さりとて村の人間でもなさそうな男を連れてはいって来て、ふたりしてベッドの横で服を脱ぎはじめた。女はなんの気なしにホセ・アルカディオのほうを見た。そして、悲愴なまでに熱っぽいまなざしで、じっとおとなしくしている彼の逸物をとっくりながめてから叫んだ。

「あんた、この子に傷(けが)さしちゃだめよ！」

ホセ・アルカディオの相手がそっとしておいてくれと頼むと、ふたりはベッドのそばの床に横になった。他人の情欲がホセ・アルカディオの熱を掻きたてた。最初の接触で娘の骨はドミノの箱がきしむような乱れた音を立て、今にもばらばらになるのではないかと思われた。その青白い皮膚から汗が吹きだし、目には涙があふれ、全身から切ない声とかすかな土の臭いが立ちのぼった。しかし、娘は驚くべき気丈さと勇気とで衝撃に耐えた。ホセ・アルカディオは恍惚となり、体が宙に浮くのを感じた。取り乱した口から情愛にみちた卑猥(ひわい)な言葉がほとばしり、いったん娘の耳にはいってから、その言葉におきかえられてふたたび口を突いて出た。木曜日のことである。そして土曜日の夜、ホセ・アルカディオは頭に赤い布を結んで、ジプシーたちにまじって村を去った。

彼の姿が見えないことに気づいて、ウルスラは村じゅうを捜して歩いた。すでに引き払われたジプシーのキャンプには、まだ煙の立っている焚き火(たきび)の灰にまじって残りものが散らかっていただけだが、そこらでごみのなかのビーズ玉をあさっていた男が、昨夜、にぎやかな見世物の一座に加わって蝮男の檻をのせた車を押している息子さんを、確かに見かけた、と教えてくれた。「ジプシーの仲間になったのよ、あの子は！」

失踪（しっそう）を知っても少しも驚いた様子を見せなかった夫に向かって、ウルスラは大きな声でそう言った。

「けっこうじゃないか」と、何度も何度もすりつぶして火を入れ、もう一度すりつぶした材料をさらに念を入れて薬研（やげん）ですりつぶしながら、ホセ・アルカディオ・ブエンディアは答えた。「これで一人前になれるだろう」

ジプシーたちがどっちへ向かったかを、ウルスラは聞いてまわった。教えられた道をたどりながら、さらに人に尋ねた。そして、まだ追いつけると思って村からどんどん離れていくうちに、とうとう遠くまで来すぎたことを知って、帰る気をなくした。ホセ・アルカディオ・ブエンディアが妻のいないことに気づいたのは、家畜の糞の上で温めていた材料をそのままにして、声を泣きからしている幼いアマランタの様子を見にいった夜の八時のことだった。二、三時間後に、十分な仕度をととのえた男を呼び集めた彼は、乳をやってもよいと申しでた女にアマランタをまかせ、ウルスラのあとを追って草にかくれた細い道の向こうに消えた。アウレリャノも一行のなかにいた。夜の明けるころ、それまで聞いたことのない言葉をしゃべるインディオの漁師たちから、誰も見かけなかった、と教えられた。捜索は三日間にわたって続けられたが徒労におわり、一行は村に帰った。

っていた。まるで母親のように、アマランタの世話をした。お湯に入れ、着替えをさせ、一日に四回は乳をもらいに連れていき、ウルスラさえしなかったことだが子守り唄を歌ってきかせた。あるとき、ウルスラが帰ってくるまでと言って、ピラル・テルネラが家事の手伝いを申しでた。不幸な事件によってその不思議な勘がますます冴えたものになっていたアウレリャノは、女がわが家へはいって来るのを見たとたん、はっと思いあたるものがあった。よくはわからぬながらも、兄の出奔やその後の母の失踪はこの女のせいだと思ったので、口ではなく態度で容赦ない敵意を示した。そのためか、女はそれっきり家へ来なくなった。

時がたつにつれて万事が平常に戻った。ホセ・アルカディオ・ブエンディアとその息子はいつとはなしに工房に帰って、埃をはらい、窯に火を入れて、牛馬の糞の床に何カ月も前から眠っていた原料を、ふたたび辛抱づよくいじり回すようになった。柳を編んだ小さな籠に寝かされているアマランタまでが、水銀の蒸気がたちこめた狭い部屋のなかの、父と兄の熱心な仕事ぶりを不思議そうに見ていた。そして、ウルスラが出ていって数カ月たったころから、妙なことがつぎつぎに起こりはじめた。長いあいだ戸棚におき忘れられていた空っぽのフラスコが、どうにも動かせないくらい重くなった。水を入れて仕事台にのせておいた鍋が、火の気もないのに半時間ほどぐらぐら煮たって、やがて跡かたもなく蒸発した。ホセ・アルカディオ・ブエンディアとその息子は、喜びと驚きのいりまじった複雑な気持ちでそれらの出来事を眺め、うまく説明はできなかったけれども、物のお告げと解釈した。ある日のこと、アマランタの籠がひとりでに動きだし、仰天して急いで取り押えようとするアウレリャノをしりめに、部屋をぐるりとひと回りした。しかし、父親は顔色も変えなかった。待ち受けていることが間もなく起こると確信しながら、籠をもとの場所にかえし、机の脚にしっかりと結びつけた。そして、アウレリャノの耳に聞えるような声で、こうつぶやいた。

「たとえ神を恐れなくても、金気のものは恐れなきゃいかん」

失踪からおよそ五カ月たったころ、ひょっこりウルスラが戻ってきた。村では見たこともない新しい型の服を着て、すっかり若返り、いかにも元気そうだった。ホセ・アルカディオ・ブエンディアはショックに耐えるのが精いっぱいだった。「これだ！」と大声をあげた。「こうなると思っていたんだ」。嘘でなくそう思っていた。というのは、何時間も部屋にこもって原料をいじり回しているあいだも彼は、その心の奥底で、自分の待ちのぞむ奇蹟が、賢者の石の発見でも金属に生命を与える霊気の作用でもなく、また、家じゅうの蝶番や鍵を黄金に変える力でもなくて、たったいま起こったこと、つまりウルスラの帰宅であることを祈っていたからだった。しかし、彼女は夫ほどうれしそうな様子は見せなかった。一時間ほど留守にしていただけだとでもいうように、ふだんのキスをして言った。

「ちょっと外をのぞいてみてよ」

通りに出て大勢の人間を見たホセ・アルカディオ・ブエンディアは、しばらく動揺から立ちなおれなかった。それはジプシーではなかった。すなおな髪と黒っぽい肌をし、同じ言葉をしゃべり同じ悩みを訴える、自分たちと少しも変わらぬ男女だった。彼らは、食料を積んだ騾馬（らば）や、ふだん見かける無愛想な行商人らが売り歩くごくありふれたものだが、家具什器（じゅうき）のたぐいをのせた牛車を引いていた。彼らがやって来たのは、毎月のように郵便物が届けられ、いろいろと便利な機械が知られている、徒歩で二日がかりの低地の向こうの土地からだった。ウルスラはジプシーたちには追いつけなかったが、偉大な文明の利器を求めて失敗に終わったあの遠征で夫が発見しそこなった道を、偶然見つけたのである。

ピラル・テルネラが産んだ男の子は、生後二週間めに祖父たちのもとに引き取られた。自分の血をひく幼い者がこの先どうなるかわからないというのでは困る。そう言って執拗(しつよう)にねばる夫にまたもや押し切られたかたちで、いやいやウルスラは認めたが、子供にその生まれは決して明かさないという条件だけはゆずらなかった。子供にはホセ・アルカディオという名前がつけられた。しかし、どうにもまぎらわしいので、いつとはなしに、ただアルカディオと呼ぶようになった。ちょうどそのころから村の生活がにぎわい、家への人の出入りも激しくなって、子供たちの面倒が十分にみきれなくなった。そこでその世話は、数年前から一族の者を苦しめだした不眠症を逃れて弟といっしょに村へやって来た、ビシタシオンというグアヒロ族の女にまかされた。姉弟そろって非常におとなしく、働きぶりも実にまめなので、ウルスラは家事の手伝いをさせるつもりで雇ったのだ。そういうわけで、アルカディオとアマランタはスペイン語よりも早くグアヒロ語をしゃべり、蜥蜴のスープや蜘蛛の卵の味をおぼえた。ウルスラは、さきざき繁昌しそうな動物の飴細工のあきないに忙しくて、それに気づかなかった。すでにマコンドの様子は一変していた。ウルスラといっしょにやって来た連中が、低地と比べてめぐまれた場所にあるこの土地の豊かさを遠方まで伝えたので、かつての貧相な村はたちまち、商店や職人の仕事場が軒をつらねるにぎやかな町に変わった。継続的な交易のための道路もひらけて、ガラスの首飾りと金剛鸚哥の交換を商売にしている、スリッパと耳輪のアラビア商人の第一陣が訪れた。ホセ・アルカディオ・ブエンディアは席の暖まるいとまもなかった。彼自身の茫漠とした空想の世界よりもはるかに魅惑に富んでいると思われる身近な現実に惹かれた彼は、錬金術の工房への関心をいっさい失って、何カ月にもわたる操作のために疲弊した原料をしばらく休ませることにした。そして、誰かひとりがみんなより得をすることのないように、通りの方向や新しい家の配置などを自分で決めていた、当初の活動的な人間に戻った。新しく来た人びととのあいだでも非常に信望があつくて、あらかじめ彼に相談せずに家が建てられたり塀が作られたりすることはなく、土地の分配の役目もごく自然に彼に落ち着いた。そうこうするうちに、ジプシーの香具師たちが舞い戻ってきた。今では旅回りの見世物から大がかりな賭博場に姿を変えたものを引っさげてやって来た彼らは、ホセ・アルカディオもいっしょだろうというので、さかんな歓迎を受けた。ところが、ホセ・アルカディオは帰っていなかった。また、ウルスラの考えでは息子について説明できる唯一の人間だと思われる蝮男も、一行に加わっていなかった。そのためにジプシーたちは淫風と堕落の使者という汚名を着せられて、町にはいることを許されなかっただけでなく、将来もそこに足を入れることを固く禁じられた。ただし、昔なじみのメルキアデスの一族だけは、古くから伝わる深い知恵と驚くべき新発明の品々をとおして町の発展に大きく寄与したのだから、いつでも喜んで迎えられるだろうということが、ホセ・アルカディオ・ブエンディア自身の口から明らかにされた。ところが、世界を広くめぐり歩いてきた男たちの話では、メルキアデスの一族は人知の限界をはるかに超えたために、この地上から抹殺されたということだった。

少なくともここしばらくは白日夢の悩みから解放されたホセ・アルカディオ・ブエンディアは、またたく間に、秩序と労働をモットーとする社会を築きあげていった。そこでは、村の建設当時からにぎやかなさえずりで時を告げていた小鳥たちを放してやり、かわりに全戸にチャイム付きの時計をそなえるという楽しみしか許されなかった。それは、アラビア人たちが金剛鸚哥と交換しておいていった木彫りのみごとな時計だったが、ホセ・アルカディオ・ブエンディアの手で正確に時間が合わせられていたので、町は三十分ごとに徐々に進行する同じ和音で活気づき、やがて、一秒の狂いもなくいっせいに鳴りひびくワルツのメロディーとともに正午に達した。そのころ町の通りにアカシアのかわりにアーモンドの木を植えることにし、秘訣は誰にも教えなかったが絶対に枯れさせない方法を発見したのも、ホセ・アルカディオ・ブエンディアだった。長い歳月が流れ、マコンドに木材とトタン屋根の家が立ちならぶようになっても、植えた人間のことは誰も知らなかったが、あちこちの古い通りには、折れて白く埃をかぶったアーモンドの木が生きのびていた。父親が町を整備し、母親がバルサの棒にさして一日に二度も運び出される、飴細工の鶏や魚などの割のいい商売で家計を楽にしようと努めているあいだも、アウレリャノは見捨てられた格好の工房をかたときも離れず、もっぱら自分で工夫しながら金の加工技術を身につけていった。背がひどく伸びて、兄が残した服もたちまち用をなさなくなり、父親のものを着はじめたが、ふたりほどのたくましさはないので、ビシタシオンに頼んでシャツに上げをしてもらい、ズボンの股上をちぢめてもらわなければならなかった。思春期に達して声のやさしさは消え、口数の少ない孤独を愛する人間に変わったが、そのかわり、生まれたときの目つきの鋭さがふたたびよみがえっていた。金細工の実験にすっかり夢中になって、食事のときでさえ工房を出なかった。その熱中ぶりが気になったホセ・アルカディオ・ブエンディアは、そろそろ女の欲しくなる年ごろだと考えて、家の鍵といくらかのお金を与えた。ところがアウレリャノは、お金は王水*を作るのに必要な塩酸を買うために使い、鍵にはみごとな金メッキをほどこした。しかし、そうした変人ぶりもアルカディオやアマランタのそれには及ばなかった。ふたりはすでに歯のはえかわる年齢になっていたが、いまだに一日じゅうインディオの姉弟にへばりついて、グアヒロ語はともかく、スペイン語を絶対にしゃべろうとしなかった。「何もこぼすことはないわ」と、ウルスラは夫に言った。「親がおかしければ、子供もそうなるわよ」。子供たちの奇行をあの豚のしっぽと同じようにそら恐ろしいことだと思い、身の不運をかこっていると、アウレリャノが薄気味のわるい目で彼女を見つめながら、言った。

「誰かがここへ来るよ」

息子が予言めいたことを口にするたびにそうだが、ウルスラは常識的な理屈でやりこめようとした。誰かが来るだって？　当たり前じゃないの。毎日、何十人ものよそ者がこのマコンドを通るけど、いちいち騒ぎ立てたりはしないわよ。そのつど虫の知らせがあるわけでもないでしょ。ところが、なんと言われても、アウレリャノは自分の予感にたいする自信を捨てなかった。

「誰かってことはわからないけど」とゆずらなかった。「でも、そいつはもうこっちへ向かってるよ」

事実、日曜日にレベーカがやって来た。その年齢は十一を越えているとは思えなかった。手紙といっしょにホセ・アルカディオ・ブエンディアの家まで送り届けるよう頼まれた皮革商人に連れられて、マナウレからはるばる苦しい旅をしてきたのだが、その商人たちも、依頼したのが何者かということを説明できなかった。荷物は、衣類のはいった小型のスーツケース、色とりどりの手描きの花で飾られた小さな木製の揺り椅子、両親の遺骨がおさめられていて、しょっちゅうコトコト音のする信玄袋がすべてだった。ホセ・アルカディオ・ブエンディア宛の手紙はまことに情愛こまやかなもので、差出し人によれば、歳月は移り、たがいに遠く離れた今も、変わることなくホセ・アルカディオ・ブエンディアを愛しており、人間としてきわめて自然な気持ちから、この哀れな孤児を送り届けずにはいられなかった、その子はウルスラにはまたいとこにあたり、したがって、さらに血は薄くなるがホセ・アルカディオ・ブエンディアにとっても親戚ということになる、なぜならばそれは、忘れがたい友人ニカノル・ウリョアとその尊敬すべき妻レベーカ・モンティエルの娘であるからだ、今は亡き両名の遺骨を本状に添えるので、しかるべく埋葬してもらいたい、ということだった。手紙に挙げられている名前や署名ははっきり読み取ることができたが、ホセ・アルカディオ・ブエンディアにしても、ウルスラにしても、そういう名前の親戚がいた記憶はなかったし、差出し人のような苗字の人間は——まして、ここから遠いマナウレには——ひとりも知らなかった。女の子の口から参考になることを聞きだすのも無理だった。そこへ着いたときから揺り椅子に腰かけて指をしゃぶり、おびえたように大きくあけた目でみんなを見つめているだけで、何を聞かれてもわかったという素振りは示さなかった。着古した綾織の黒い服を着て、足にははげたエナメルのブーツをはいていた。髪は黒いリボンで結んで耳の後ろにひっつめにしていた。汗で聖像があせたスカプラリオ*を肩にたらし、悪魔の目を逃れるための護符がわりに、銅の台にはめ込まれた野獣の牙を身につけていた。青白い皮膚や太鼓のように張った丸い腹などで、生まれ落ちたときから病身で飢えに苦しんできたことがわかったが、いざ食べ物を与えられると、ただ膝に皿をのせているだけで手をつけようとしなかった。聾唖ではないかとさえ思われたが、インディオの姉弟にその言葉で、水は欲しくないかと尋ねられると、昔から知った人間に出会ったように目をそちらに向け、こっくりうなずいた。

ほかにどうしようもないので、彼女を引き取ることになった。アウレリャノがその前で辛抱づよく聖者の名前をすべて読みあげてみたが、どれにも反応を示さないので、手紙によれば母親の名前だという、レベーカで彼女を呼ぶことにした。当時はまだ死んだ者がいなくてマコンドには墓地がなかったから、埋葬するのに適当な場所ができるまで、遺骨をおさめた袋はそこらにしまっておくことになった。それは当分のあいだ、あちこちでみんなの邪魔になった。思いがけないところにころがっていて、卵を抱いた雌鶏が鳴くような音をいつも立てた。レベーカが一家の生活に馴染むまでにはずいぶん時間がかかった。たいてい、家のなかのいちばん奥まったところで、揺り椅子に腰かけて指をしゃぶっていた。何ごとにも注意を向けなかったが、時計のチャイムの音だけは別で、空中のどこかに見つかるとでも思うのか、三十分ごとに、びっくりしたような目でそれを追った。何といわれても食事をとらない日が数日つづいた。よくまあ死なないものだとみんなが思ったが、そのうちに、絶えず家のなかを忍び足で歩きまわるせいで何でも心得ているインディオの姉弟が、レベーカが喜んで食べるのは、中庭の湿った土と、壁から爪ではがした薄っぺらな石灰だけであることを発見した。両親か、彼女を育てた誰かに、この癖のことで叱られていたことは確かだった。自分でも悪いと思っているらしく、誰にも見られないところでこっそり食べられるように、それらの食べ物を隠しておこうとしたからだ。そのときから、彼女はきびしい監視のもとにおかれることになった。こうすればあの危険な悪い癖もやむだろうと信じて、中庭に牛の胆汁がまかれ、壁に唐芥子(とうがらし)が塗られた。ところが頭を使い、悪知恵を働かせてやはり土を手に入れるので、ウルスラはもっと思いきった手段を取らざるをえなかった。大黄(だいおう)*をまぜたオレンジのしぼり汁を土鍋(どなべ)に入れて、ひと晩たっぷり夜露にあて、翌朝の食事前に飲ませることにした。これが土を食べる悪い癖によくきく療法だと誰かに教えられたわけではなかったが、空っぽの胃になにか苦いものを入れてやれば、肝臓の働きが活潑(かっぱつ)になるだろうと考えたのだ。やせているくせに力が強くて、言うことを聞かないので、仔牛(こうし)を相手にしているように顎(あご)を押えて薬を流しこまなければならなかった。足をばたばたさせるのを押えこんで、噛みついたり唾(つば)を吐きかけたりする口から飛びだすわけのわからない文句を我慢するのが、大へんだった。これは、度肝を抜かれたインディオたちの話では、その言葉でももっとも卑猥(ひわい)な文句であるということだった。ウルスラはそれを知って、療治に鞭打(むちう)ちを加えた。大黄がきいたのか、鞭がきいたのか、それともふたつが合わさって効き目をあらわしたのか、そこははっきりしなかったが、ともかく二、三週間のうちに、レベーカも回復の徴候を示しはじめた。彼女を姉のように迎えたアルカディオやアマランタの遊びに加わり、食器を上手に使ってよく食べるようになった。やがて、インディオの言葉と同じように流暢にスペイン語がしゃべれること、手仕事が目立って上手なこと、また、自分で作った非常に愉快な文句で時計のワルツを歌うことなどが明らかになった。そして間もなく、彼女は家族の一員と見なされるようになった。腹を痛めた子供たちも見せないやさしさをウルスラに示し、アマランタとアルカディオをそれぞれ妹、弟と呼び、アウレリャノは伯父さん、ホセ・アルカディオ・ブエンディアはお祖父さんと呼んだ。このようにして彼女も、ほかの者と同じようにブエンディアの名にふさわしい人間、これひとつを守って生涯けがすことのない人間になった。

　レベーカの土を食べる悪い癖もなおり、ほかの子供たちが寝ている部屋へ移されたころのことである。いっしょに寝ていたインディオの娘がある晩、何かの拍子で目をさますと、隅のほうで時おり妙な音のするのが耳についた。家畜でも部屋へはいって来たのかと思い、驚いて起きると、揺り椅子にすわったレベーカが暗闇で猫のように目を光らせながら指をしゃぶっているのを見た。ビシタシオンはその目にある病気の徴候を認めて激しい恐怖に打たれ、逃れるすべのない宿命を嘆いた。彼女と弟はこれに脅やかされた結果、めいめいが王女であり王子であった、千年の歴史を誇る王国から退散しなければならなかったのだ。それは、伝染性の不眠症だった。

朝になるころには、同じインディオのカタウレは家から姿を消していた。姉のほうは運命論者的なものの考え方から、この不治の病はどんなことをしても世界の果てまで追ってくるにちがいないと信じて、そこに残った。ビシタシオンの不安を理解できる者はひとりもいなかった。「眠る必要がなければ、こんな結構なことはない」と、ホセ・アルカディオ・ブエンディアは上機嫌で言った。「そうなれば、生きているうちにもっと仕事ができる」。ところがインディオの娘の説明によると、この不眠症のもっとも恐ろしい点は眠れないということではない（体はまったく疲労を感じないのだから）、恐ろしいのは、物忘れという、より危険な症状へと容赦なく進行していくことだった。つまり、病人が不眠状態に慣れるにつれてその脳裏から、まず幼年時代の思い出が、つぎに物の名称と観念が、そして最後にまわりの人間の身元や自己の意識さえ消えて、過去を喪失した一種の痴呆状態に落ちいるというのだ。ホセ・アルカディオ・ブエンディアは先住民の迷信がでっちあげた多くの病気のひとつだと考えて、腹をかかえて笑った。しかし、ウルスラは万一の場合にそなえて、レベーカをほかの子供たちから引き離した。

　何週間かたち、ビシタシオンの恐怖もおさまったかと思われたころのある晩、ホセ・アルカディオ・ブエンディアは寝つかれなくてベッドで輾転反側している自分に気づいた。同じように目をさましていたウルスラに、どうかしたのかと聞かれて、答えた。「プルデンシオ・アギラルのことを考えていたところさ、久しぶりに」。彼らは一睡もしなかった。ところが、翌朝になっても少しも疲れを感じなかったので、この嫌な晩のことは忘れてしまった。昼飯のときである。アウレリャノが自分でも驚いているような様子で、ひと晩じゅう工房にこもって、誕生日にウルスラに贈るブローチを金でメッキしていたが、それにしては気分がとてもいい、と言った。三日めになって、やっとみんなはあわて出した。寝る時間が来ているのに少しも眠くなく、すでに五十時間以上も寝ていないことに気づいたのだ。

「子供たちも起きてます」と、運命論者のインディオの娘は言った。「いったん家にはいり込んだら、誰もこの病気からは逃げられないんですよ」

実際に、みんなが不眠症にかかっていた。ウルスラはさまざまな草や木の薬効を母から教えられていたので、鳥兜（とりかぶと）の飲み物をみんなに与えたが、眠れるどころか、一日じゅう目をさましたまま夢を見つづけた。そのような幻覚にみちた覚醒（かくせい）状態のなかで、みんなは自分自身の夢にあらわれる幻を見ていただけではない。ある者は、他人の夢にあらわれる幻まで見ていた。まるで家のなかが客であふれているような感じだった。台所の片隅におかれた揺り椅子に腰かけたレベーカは、白麻の服を着て、ワイシャツのカラーを金のボタンできちんと留めた、自分にそっくりな男から薔薇(ばら)の花束をささげられる夢をみた。男のそばには白魚のような指をした女がいて、花束から薔薇を一輪ぬいてレベーカの髪に挿してくれた。ウルスラはその男女がレベーカの両親にちがいないと考えたが、しかしいくら思い出そうとしても、一度も会ったことがないという確信を深めただけだった。この間、ホセ・アルカディオ・ブエンディアもうっかりしてそこまで気が回らなかったためだが、その家で作られた飴細工の動物たちは依然として町で売られていた。大人も子供も夢中になって、不眠症で緑色になったおいしい雌鶏、不眠症で薔薇色になったみごとな魚、不眠症で黄色になったやさしい仔馬をしゃぶったために、町じゅうの者が起きたまま月曜日の朝を迎えることになった。最初のうちは誰も驚かなかった。それどころか、眠れないことをむしろ喜んだ。折りからマコンドでは、しなければならない仕事が多すぎて、時間が足りないくらいだったからだ。ところが、彼らは働きすぎて、たちまちすることが無くなってしまい、まだ朝の三時だというのに、腕ぐみして時計のワルツの音符の数をかぞえる始末だった。疲労のためではなく夢恋しさのあまり寝たいと思う連中は、心身を消耗させようと手を尽くした。みんなで集まって休みなくおしゃべりをし、何時間も何時間も同じ小話をくり返した。気がいらいらするまで、ややこしいきんぬき鶏の話をした。この遊びには終わりというものがなかった。まず語り手が、きんぬき鶏の話を聞きたいか、と尋ねる。みんなが聞きたい、と答えると、語り手は、聞きたいと答えてくれと頼んだおぼえはない、ただ、きんぬき鶏の話を聞きたいかと尋ねただけだ、と言い、みんなが聞きたくない、と答えると、語り手は、聞きたくないと答えてくれと頼んだおぼえはない、ただ、きんぬき鶏の話を聞きたいかと尋ねただけだ、と言い、みんなが黙ってしまうと、語り手は、黙っていてくれと頼んだおぼえはない、ただ、きんぬき鶏の話を聞きたいかと尋ねただけだ、と言い、それでも誰ひとり席を立つわけにはいかなかった。なぜなら語り手が、席を立てと頼んだおぼえはない、ただ、きんぬき鶏の話を聞きたいかと尋ねただけだから、と言うので――これがくり返され、堂々めぐりで幾晩でも続くのだった。

ホセ・アルカディオ・ブエンディアは町ぜんたいが疫病(えきびょう)に侵されたことを知ると、各家庭の主人を呼びあつめて、不眠症について知っているだけのことを説明し、災厄が低地のほかの町にまで及ぶのを防ぐ処置をとることにした。その結果、アラビア人たちが金剛鸚哥のかわりにおいていった鈴を仔山羊(こやぎ)の首からはずして、見張りの忠告や頼みを聞き入れないで町へはいろうとする者に使わせるために、町の入口に吊るしておくことになった。そのころマコンドの街を通るよそ者はみな、自分は病気にかかっていないということを病人たちに教えるために、その鈴を振って歩かなければならなかった。滞在中は飲み食いは許されなかった。病気が口からしか伝染しないことがはっきりしており、飲食物のすべてが不眠症に汚染されていたからだ。こうして、疫病はかろうじて町のなかだけで食い止められていた。隔離がきわめて有効に行なわれたので、しまいには、この緊急事態がごくあたり前のことのように考えられ、生活もきちんと営まれた。仕事は平常のリズムを取りもどし、睡眠という無益な習慣を思いだす者もいなくなった。

　少なくとも何カ月かは記憶の喪失から守ってくれそうな方法を考案したのはアウレリャノだった。それは偶然に発見された。最初に発病した者のひとりであったために、いわば古参の不眠症患者だった彼は、そのひまに金細工の仕事を完全に身につけてしまった。ところがある日、金属を薄く延ばすために使う小さな鉄床（かなとこ）を探していて、その名前がどうしても思いだせなかった。それを見て父親が助け舟を出した。「鉄敷（タス）、だろ」。アウレリャノはその〈鉄敷〉という名前を紙に書いて、小さな鉄床の裏にゴム糊で貼（は）りつけた。こうしておけば、これから先も忘れることはないと思ったのだ。その物じたいが覚えにくい名前だったので、彼はそれが物忘れの最初の徴候であることには思いいたらなかった。ところが、それから二、三日たって、工房のほとんどの道具の名前が容易に思いだせないことに気づいた。そこで、札を読めばそれが何であるかがわかるように、道具にそれぞれの名前を書いておくことにした。子供のころのいちばん印象的な出来事まで忘れてしまったと、父親が驚いたように言うのを聞いて、アウレリャノは自分のやり方を教えた。ホセ・アルカディオ・ブエンディアは家のなかでこれを実行したばかりでなく、やがて町ぜんたいに強制した。墨をふくませた刷毛（はけ）で〈机〉〈椅子〉〈時計〉〈扉〉〈壁〉〈寝台〉〈平鍋〉という具合に、物にいちいち名前を書いていった。裏庭へ出かけて、〈牝牛（めうし）〉〈仔山羊〉〈豚〉〈雌鶏〉〈タピオカ〉〈里芋〉〈バナナ〉というように、動物や植物にもその名前を書きつけた。さらに日がたち、物忘れの無限の可能性について考えているうちに、書かれた名前で物じたいを確認できても、その用途を思いだせなくなるときが来ることに気づいた。そこで、もっと的確な手段を講じることにした。彼が牝牛の首にぶら下げた次のような札は、マコンドの住民たちがどのように物忘れと戦おうとしたかを、もっともよく示すものだ。〈コレハ牝牛デアル。乳ヲ出サセルタメニハ毎朝シボラナケレバナラナイ。乳ハ煮沸（シャフツ）シテこーひーニマゼ、みるくこーひーヲツクル〉。こうして彼らは、言葉によってつかの間つなぎとめられはしたが、書かれた文章の意味が忘れられてしまえば消えうせて手のほどこしようのない、はかない現実のなかで生きつづけることになった。

低地からの道の入口には〈マコンド〉という標識が、また、町の中心の通りには〈ディオス・エクシステ〉*という別のもっと大きなものが立てられていた。どの家にも、物の名前や人間の感情を記憶するためのキー・ワードが書かれていた。しかし、このやり方は大へんな注意力と精神力を要するので、多くの者が、それほど実際的ではないがより力強い、自分ででっちあげた架空の現実の誘惑に屈してしまった。これまで未来を読み取ってきたように、トランプによって過去をうらなう方法を編みだして、この欺瞞的なやり口をひろめることにもっとも貢献した人間がピラル・テルネラだった。そしてそれに頼ることによって、不眠症の患者たちはトランプ占いの不確実な二者択一の上にきずかれた世界に生きることになった。その世界では、父親は四月の初めにここを訪れた色の浅黒い男として、また、母親は左手に金の指輪をはめた小麦色の肌の女としてしか思いだされなかった。さらにそこでは、誕生の日付も月桂樹の茂みで雲雀が歌っていた最後の火曜日にくり下げられた。ホセ・アルカディオ・ブエンディアはこんな気慰みがはやり出したことに失望して、昔ジプシーたちのすばらしい新発明を忘れないために欲しいと思った、記憶装置を完成する決心をした。この装置の基本は、これまでに獲得した知識のすべてを毎朝、初めから終わりまで復習することにあった。彼の想像では、それは中心の軸に腰かけた人間がハンドルで操作できる回転式辞典のようなもので、二、三時間もあれば、生活にどうしても必要な事柄に目を通すことが可能なはずだった。彼が一万四千枚近くのカードを書きあげたころである。眠りを知っている人間であることを示すうら悲しい鈴をさげた薄汚い老人が、縄でからげた今にもはじけそうなスーツケースをかかえ、黒いぼろ布を山と積んだ手車を曳(ひ)いて、低地に通じる道から姿をあらわした。老人はまっすぐにホセ・アルカディオ・ブエンディアの家へ向かった。

戸をあけたビシタシオンは彼を知らなかったので、なすすべもなく物忘れの沼に沈みつつある町であきないなど出来るわけがないのに、それを知らずに、何かを売りにきたのだろうと思った。相手はひどく年取った男だった。その声はかすれ気味で頼りなく、物をつかむ手もおぼつかなげだったが、それでも、まだ人間が眠ったり思いだしたりすることが可能な世界からやって来たことは確かだった。ホセ・アルカディオ・ブエンディアが出てみると、男は客間の椅子にすわって、つぎはぎだらけの黒い帽子でふところに風を入れながら、壁に貼られた札を哀れむような目で、熱心に読んでいた。昔会ったが今では思いだせない人間かもしれないと考えて、ホセ・アルカディオ・ブエンディアは精いっぱい愛想を振りまきながら挨拶(あいさつ)した。しかし、客はそのお芝居を見抜いていた。人間にありがちなただの度忘れではなく、もっとも残酷で、とり返しのつかない別種の物忘れで忘れられたのだということを察した。それは、よく知っている物忘れだった。つまり、死の忘却だったのだ。客にもやっと事情がのみ込めた。客は奇妙な品物が詰まったスーツケースをあけて、なかからたくさんの瓶がはいった小箱を取りだした。きれいな色をした液体をもらって飲んだとたんに、ホセ・アルカディオ・ブエンディアの記憶にぱっと光が射した。その目が涙に濡れていった。物にいちいち名札のついた滑稽な客間に自分がいるのを見、しかつめらしく壁に書かれている間の抜けた文句を恥じた。そして目のくらむような喜びのなかで、新来の客が何者であるかを知った。それは、メルキアデスだった。

マコンドの人びとが記憶の回復を祝っているあいだに、ホセ・アルカディオ・ブエンディアとメルキアデスは旧交を暖めあった。ジプシーはこのまま町に落ち着くつもりだった。実際に死の世界にいたが、孤独に耐えきれずにこの世に舞い戻ったのだ。生への執着にたいする罰として超自然的な能力のいっさいを奪われ、種族の者に忌みきらわれた彼は、死がまだ発見していないこの世界の片隅に身をひそめて、銀板写真術の開発に努力を傾ける決心を固めていた。この発明については、ホセ・アルカディオ・ブエンディアは一度も聞いたことがなかった。しかし、玉虫色に光る金属板に自分や家族の者の永遠に老いることのない姿が定着されているのを見て、口がきけないほど驚いた。銅のピンで留められた硬いシャツの襟、灰色のこわい髪、きょとんとした生まじめな表情。そんなホセ・アルカディオ・ブエンディアが写っていて、ウルスラが笑いころげながらそれを評して〈腰を抜かした将軍〉と言った、あの色あせた銀板写真は当時のものである。事実、写真を撮られたあの十二月のさわやかな朝のホセ・アルカディオ・ブエンディアはすっかりおじけづいていた。金属板に姿が移されるにつれて、人間は少しずつすりへっていくのではないか、と疑ったからだ。奇妙なことに立場が入れかわって、ウルスラが彼の頭から妙な考えを追いはらってやった。また、昔の怨(うら)みを忘れて、メルキアデスがこの家に落ち着けるようにしてやった。もっともウルスラは、その言葉を文字どおり借りれば、さきざき孫たちの笑いものになるのはまっぴら、というわけで写真の仲間にはいらなかった。当日の朝、彼女は子供たちにいちばん上等の服を着せ、顔に白粉(おしろい)をはたいてやり、メルキアデスの仰々しい写真機の前で約二分、絶対に体を動かさないでいられるように、甘いシロップをひと匙(さじ)ずつ飲ませた。あとにも先にもこれ一枚という家族写真のなかで、アウレリャノは黒いビロードの服を着て、アマランタとレベーカにはさまれながら立っていた。後年、銃殺隊の前で見せたあのもの憂げな態度と、すべてを見通している鋭い視線がそこにもうかがわれた。しかし、彼もまだ自分の運命を予感してはいなかった。その仕事のみごとさによって低地ぜんたいで尊敬をあつめている、腕のよい金細工師でしかなかった。メルキアデスの奇妙な工房と同居のかたちの仕事場にこもりきりで、息をしているのかいないのか、それさえわからなかった。父親とジプシーがフラスコや水盤をがたがたいわせたり、しょっちゅう肘か足をぶっつけて酸をぶちまけ、臭化銀をむだにしたりしながら、ノストラダムスの予言の解釈をめぐって大声でわめき立てているとき、彼だけは別の時間に身をひそめているように思われた。そして、その仕事熱心と商売上手によって、間もなく、ウルスラが味のよい動物の飴細工でかせぐものよりもっと大きな利益をあげるようになった。ところが世間の人びとは、彼が一人前の男になりながら女といっしょにいることがないのに不審を抱いた。事実、彼はまだ女を知らなかった。

数カ月たったころ、自作の歌を披露しながらちょくちょくマコンドにあらわれる流れ者で、二百歳近い老人、フランシスコ・エル・オンブレがふたたび訪れた。その歌のなかでフランシスコ・エル・オンブレは、マナウレから低地にかけて道中の村や町で起こった事件のニュースを、事こまかに語ってきかせるのだった。したがって、伝えてもらいたいことづてがあるか、世間にひろめたい出来事を知っている者がいれば、二センタボのお金を払ってレパートリーに加えてもらった。ウルスラが母親の死を知ったのも、たまたまある晩、息子のホセ・アルカディオの消息がわからないかと思って、その歌を聞いていていたおかげだった。即興の歌くらべで悪魔を打ち負かしたというので〈人間さま〉と呼びならわされ、本名は誰も知らないこの男は、不眠症が流行しているうちマコンドから姿を消していたが、ある夜、なんの予告もなしに、ふたたびカタリノの店にあらわれた。世間でどんなことが起こっているか知りたくて、町じゅうの人間が聞きに出かけた。このたびは、四人のインディオが揺り椅子にのせて運ばなければならないほど肥満した女と、彼女を強い日射しからパラソルで守るのが役目の心細げな混血娘がいっしょだった。その晩はアウレリャノもカタリノの店へ出かけた。フランシスコ・エル・オンブレは石のカメレオンのように弥次馬の群れの真ん中にすわっていた。ギアナでウォルター・ローリー卿に贈られた古めかしい手風琴で伴奏をつけ、アルカリ性の土のためにひび割れた達者な大足で拍子を取りながら、老人らしい調子はずれな声でさまざまな便りを歌っていた。男たちが出たり入ったりしている突き当たりのドアの前に、揺り椅子の女が腰かけて、静かに扇子を使っていた。耳の上に造花の薔薇を挿したカタリノが鉢についだグアラポ酒を聴衆に売り歩いていた。そして、隙を見ては男のそばに寄って、さわってはならない場所へその手を持っていった。真夜中が近づくと、暑さは耐えがたいものになった。アウレリャノは最後までニュースを聞いていたが、家族にかかわりのありそうなことは何ひとつ耳にとまらなかった。家に帰ろうとすると、例の女が手招きしながら言った。

「あんたもはいったら。たった二十センタボでいいんだよ」

女が膝にのせている金箱にお金を放りこんで、アウレリャノは何となく部屋へはいって行った。牝犬（めすいぬ）のように小さな乳房をした混血の娘が裸でベッドに横たわっていた。その晩、アウレリャノより先に、すでに六十三人の男がこの部屋に足をふみ入れていた。さんざんに使い古され、汗と吐息にこね返されて、部屋の空気は泥のようなものに変わりかけていた。娘はぐしょぐしょに濡れたシーツをはいで、そっちの端を持ってくれ、とアウレリャノに頼んだ。キャンバスのような重さだった。ふたりがかりで端からねじるように絞って、やっともとの重さに戻った。マットを傾けると、汗が向こうはじから流れ落ちた。この仕事がいつまでも終わらなければいい、とアウレリャノは心から願った。理屈としては愛のからくりを心得ていたが、膝ががくがくして立っていられなかった。鳥肌がたち全身がかっかしているくせに、下腹に重くたまったものを外に出したいという欲求には逆らえなかった。ベッドをととのえ終わった娘から服を脱ぐように言われて、実にとんまな言い訳をした。「無理やり入れられたんだ。金箱に二十センタボ入れろ、ぐずぐずしてるひまはないよって言われて……」。当惑を察して、娘はやさしく言った。「入口でもう二十センタボ払えば、ゆっくりしていけるのよ」。恥ずかしさに耐えられない思いをしながら、アウレリャノは服を脱いだ。自分の裸はとうてい兄のものには及ばないという考えが、どうしても頭から離れなかったのだ。娘がいろいろとやってくれたが、ますます気が乗らなくなり、恐ろしいほどの孤独感を味わった。「もう二十センタボ入れてくるよ」と、情けない声で言った。娘は目顔で感謝の気持ちを示した。その背中は皮が赤くむけていた。皮膚があばらに張りつくほどやせて、計りしれない疲労のために息遣いも乱れがちだった。二年ほど前のことだが、ここから遠く離れた土地で、彼女は蠟燭(ろうそく)を消し忘れたまま眠ってしまった。目がさめたときには、すでにあたり一面火の海で、母がわりの祖母といっしょに住んでいた家は灰になった。その日から、祖母は焼けた家のお金を取り戻すために、町から町へと彼女を連れ歩いて、二十センタボの線香代で春を売らせていた。娘の計算によると、ふたりの旅費や食費がかかるし、揺り椅子をかつぐインディオの日当も払わなければならないので、ひと晩に七十人の客を取ってもあとまだ十年はかかるという話だった。年寄りが二度めにドアをたたいたとき、アウレリャノは何もしないで、泣きたいような気持ちをもてあまし気味にそこを出た。欲望と同情のいりまじった心で娘のことを考えながら、その夜はまんじりともしなかった。何としてでもあの娘を愛し、守ってやらなければ、と思った。不眠と興奮のために疲れきった体で朝を迎えた彼はじっくり考えて、娘を祖母の横暴から救い、娘が七十人の男に与えている満足を夜ごとひとりで味わうために結婚しようと決心した。ところが、午前十時にカタリノの店へ行くと、娘はすでに町から去っていた。

時がその無分別な決意をなだめてくれたが、挫折感はいっそう深まった。アウレリャノは仕事に逃げ道を求めた。恥ずかしい無能力を隠すためなら、女っ気なしで一生を送ることになっても仕方がないとあきらめた。この間にメルキアデスは、マコンドで写真に撮れそうなものはすべて乾板に焼き付けてしまっていた。そして、すっかり熱を上げて、神の存在の科学的な証拠を手に入れるために利用したいと考えるホセ・アルカディオ・ブエンディアに、銀板写真の実験室をまかせることにした。ホセ・アルカディオ・ブエンディアは、家のなかのあちこちで行なった二重露出という複雑な方法を通じて、かりに存在するとすれば、遅かれ早かれ神の銀板写真を撮ることができる、つまり、その存在にかんする仮説にけりをつけることができると確信するようになっていた。一方、メルキアデスはノストラダムスの解釈に没頭した。色あせたビロードのチョッキの下で息苦しさに悩まされながら、かつての輝きを失った指輪が今もはまっている雀のように小さな手で、夜遅くまで何ごとかを書きなぐっていた。ある晩、彼はマコンドの未来の予言らしきものを探りあてたと信じた。マコンドはガラス造りの大きな屋敷が立ちならぶにぎやかな都会になるにちがいない、ただし、ブエンディア家の血をひく者はそこにはひとりもいない、というのがそれだった。「そいつはちがう！」とホセ・アルカディオ・ブエンディアはわめいた。「いつかわしも夢で見たが、ガラスじゃなくて、氷の家だろう。ブエンディアを名のる人間だっているはずだ、いついつまでも」。この奇妙きてれつな家のなかで、ウルスラひとりが常識を守るのに懸命になっていた。かまどを築いて飴細工の動物の商売をさらに拡張した。そこではひと晩のうちに、籠に何杯ものパンや驚くほど種類の豊富なプディング、メレンゲ、ビスケットなどが作られて二、三時間たらずで低地の小道の向こうに消えた。すでにゆっくり休息を楽しんでもよい年になっていながら、彼女はますます仕事に精出した。繁昌する商売に打ちこみすぎていたせいだろう。ある日の午後、インディオの娘に粉を練ったものに甘味をつける手伝いをさせながら、ふと息を抜いて中庭に目をやると、見かけないふたりの美しい娘が夕日の下で刺繡（ししゅう）をしているのに初めて気づいた。その二人というのはレベーカとアマランタだった。三年間もきびしく祖母の喪に服して、やっと喪服を脱いだばかりのところで、色物の服を着ているのがいかにも新鮮な感じを与えた。予想に反して、レベーカのほうが美人だった。透けるような肌と大きなしっとりとした瞳、それに、目に見えない刺繍糸を刺しているような魅力的な手をしていた。年下のアマランタは少々きりょうは落ちたが、生まれながらの気品がそなわっていて、死んだ祖母ゆずりの頭の高さが感じられた。このふたりにくらべると、すでに父親似の頑健さを示しはじめてはいたが、アルカディオはまるで子供だった。アウレリャノについて金細工の修業にはげみ、さらに読み書きを習っていた。ウルスラはすぐに気づいたが、家のなかはすでに人間であふれていた。息子や娘たちはいずれも、間もなく結婚して子持ちになりそうな年ごろだった。住む場所がなければ、ちりぢりになってしまうだろう。そこでウルスラは、長年の激しい労働で貯めたお金を引きだして、お得意ともよく話し合った上で増築に取りかかった。客用のきちんとした広間、ふだん使うための気楽で涼しい別の広間、お客と家族の全員がすわる十二人用のテーブルがおける食堂、中庭に面して窓のある九つの寝室、それに、羊歯やベゴニアの鉢植えが並べられる手すりがあって、薔薇の植込みで日盛りのまぶしい光線がさえぎられる長い回廊などを建て増しすることにきめた。台所をひろげて二つのかまどを築き、ピラル・テルネラがホセ・アルカディオの未来をうらなった穀物部屋は取り壊して、この家で食べ物が不足するときがないように、今の倍ほどもある別の部屋を建てることにした。中庭の栗の木のかげに、それぞれ女用と男用の浴室をもうけ、さらにその奥に大きな馬屋、金網ばりの鶏舎、牛小屋、迷った小鳥たちが自由に出入りできるように四方のあいた鳥籠などを作らせることにした。何十人もの左官や大工を引きつれて、夫のめまぐるしいほど熱心な仕事ぶりにかぶれでもしたように、明かりの位置や暖房の配管について注文を出し、限度のあることなど少しも考えずにスペースを振りあてていった。村の建設当時からの建物は道具や材料であふれ、汗みずくの職人たちでごった返した。彼らは、コトコトという鈍い音を立ててどこまでも追ってくる遺骨の袋のせいでいらいらするのか、邪魔なのは自分のほうだということを忘れて、誰を見ても、そこをどいてくれと言った。不便をしのび、生石灰と溶けたコールタールの臭(にお)いをかいでいるうちに、恐らく町いちばんの大きな家であるばかりか、低地のどこにもない、住みごこちがよく涼しげな家が、ほとんど誰も気づかないうちに出来あがっていった。てんやわんやの騒ぎの最中も神の姿を捉(とら)えることに熱中していたホセ・アルカディオ・ブエンディアは、まったくそれを知らなかった。新しい家の造作がだいたい終わったころ、ウルスラによって空想の世界から引きずり出された。みんなの望むような白ではなく、青で建物の外を塗るようにというお触れが出ていると教えられた。役所の通知だという紙っきれを見せられた。何の話かわからぬままに、その署名を読んだ。そして聞いた。

「いったい誰だ、この男は？」

「町長よ」と、ウルスラはいかにも言いにくそうに答えた。「政府から任命されたんだって」

町長のドン・アポリナル・モスコテはお忍びのかたちでマコンドへやって来た。金剛鸚哥と安ぴかの品物を交換して歩いた、最初のアラビア人たちのひとりであるハコブのホテルにいったん腰を落ち着け、翌日、ブエンディア家から二丁場ほど離れたところに、通りに面して入口のある小さな部屋を借りた。そしてそこに、ハコブから買い取った机と椅子をおいた。いっしょに持ってきた国の紋章を壁に釘づけにし、入口のドアにペンキで〈町長〉と書いた。最初にとった処置が、祖国の独立記念日を祝うために住居はすべて青で塗りかえること、という告示を出すことだった。ホセ・アルカディオ・ブエンディアが告示の写しを持って出かけていくと、町長は殺風景な事務室に吊ったハンモックで昼寝のまっ最中だった。「これを書いたのは、あんたかね？」と尋ねると、内気そうな年配の男で、赤ら顔のドン・アポリナル・モスコテはうなずいた。「何の権利があって、こんなことを……」と、ホセ・アルカディオ・ブエンディアがたたみかけると、ドン・アポリナル・モスコテは机の引き出しから一枚の紙を探しだして、目の前に突きつけた。「わしは、ここの町長に任命されたんだ」。ホセ・

アルカディオ・ブエンディアは辞令に目もくれないで、落ち着いた声で言った。「この町じゃ、紙っきれ一枚で、ああしろこうしろというわけにはいかんよ。このさい言っとくが、わしらには町長なんかいらん。何もやってもらうことはないんだから」

いっこうに動じないドン・アポリナル・モスコテを見て、彼は大きな声を出しはしなかったが、いかにしてこの町をきずいたか、どんなふうに土地を分配し道路をひらいたか、またどのようにして、政府の手を少しも借りず、誰からも邪魔されずに、必要に応じて改善をはかってきたかなどを、事こまかに話して聞かせた。「ここの人間はまったく穏やかだし、老衰で死んだ者もいないんだ」と言った。「まだ墓地だってない」。政府の援助のないのを怨んだことがないどころか、むしろ、ここの発展を黙って見ていてくれたことを喜んでいる、これから先もそうしてもらいたいと思う、この町を建てたのは、初めてここへ来た人間から、ああしろこうしろと指図されるためではない。ズボンと同じ白のドリル*の上衣(うわぎ)を着たドン・アポリナル・モスコテは、品のよい態度を少しも崩さないで聞いていた。

「そういうわけだ。あんたがほかの普通の人間と同じ立場でここに残るつもりなら、わしらも大いに歓迎する」と、ホセ・アルカディオ・ブエンディアは結論として言った。「しかし、無理やり家を青く塗らせたりして、ごたごたを起こす気でここへ来たんだったら、今すぐがらくたをまとめて、もと来た道をひき返したほうが身のためだよ。わしの家は絶対に、鳩(はと)みたいに真っ白に塗らせるつもりだから」

ドン・アポリナル・モスコテは真っ青になった。一歩うしろにさがって、歯を食いしばり、切なげな声で言った。

「断わっておくが、こちらには銃があるぞ」

いつの間にかホセ・アルカディオ・ブエンディアの手に、馬を引き倒した若いころの力がよみがえっていた。襟首をつかんでドン・アポリナル・モスコテを高だかと持ちあげ、その目をのぞき込みながら言った。

「こんなことはしたくないが、やむをえん。これもあんたを殺したくないからだ。一生、あんたを殺した罪を背負うのはかなわんからね」

襟首をつかんで宙吊りにしたまま通りの真ん中まで運んでいき、低地のほうへ向けて地面におろしてやった。ところが一週間後にモスコテは、猟銃をかつぎ、裸足(はだし)にぼろぼろの服を着た六人の兵隊に守られ、細君と七人の娘を乗せた牛車を引いて舞い戻ってきた。さらにそのあとから、家具什器(じゅうき)やトランクを積んだ二台の車もやって来た。家を探すあいだ、ひとまず家族をハコブのホテルに落ち着かせ、兵隊の護衛つきで役場を再開した。マコンドを建設した男たちは闖入者（ちんにゅうしゃ）を追いはらう覚悟をきめ、大きな息子たちまで引きつれて、命令に従うべくホセ・アルカディオ・ブエンディアのもとへ押しかけた。ところが、彼は反対した。ドン・アポリナル・モスコテは妻子を連れて戻ってきたのだ、家族のいる前で相手を辱（はずか）しめるのは男のすることではない、というのが理由だった。彼は穏便に事をおさめるつもりになっていた。

アウレリャノが父親に同行した。このころの彼は先のぴんとはねた黒い髭（ひげ）をたくわえ、後年の戦場でも目立った破（わ）れ鐘のような声をしていた。ふたりは丸腰で、警備の兵隊たちを無視して町長の部屋へはいって行った。ドン・アポリナル・モスコテは冷静さを失わなかった。娘たちのなかでたまたまそこに居合せた二人、母親と同じように髪の黒い十六歳のアンパロと、白百合（しらゆり）のような肌に緑色の目をした美少女で九つになったばかりのレメディオスを彼らに引き合せた。二人は愛想がよくて行儀もちゃんとしていた。彼らがはいって行くと、まだ紹介もすまないうちに椅子をすすめた。しかし、彼らは立ったままだった。

「まあいいだろう」とホセ・アルカディオ・ブエンディアが言った。「ここに居たければ居ればいい。しかしこれは、銃をかまえた山賊どもが戸口に立ってるからじゃない。奥さんや娘さんたちに敬意を表してこうするんだ」

ドン・アポリナル・モスコテは動揺したが、ホセ・アルカディオ・ブエンディアはその相手に返事をする余裕を与えずに続けた。「ただし、条件がふたつある。ひとつは、めいめい好きなように家を塗ってよいということ。もうひとつは、兵隊はただちに引き揚げさせること。このふたつだ。治安はわしらが絶対に保証するから」。町長は指をひろげた右手をあげて言った。

「名誉にかけて誓えるかね？」

「誓うよ。ただし、敵意にかけてだ」。そう言ってから、ホセ・アルカディオ・ブエンディアはつらそうな声でつけ加えた。「このことだけは言っとかなきゃ。あんたとわしは、これから先もかたき同士なんだ」

その日の午後に兵隊たちは町を去った。数日後に、ホセ・アルカディオ・ブエンディアは町長一家のために家を見つけてやった。これで世間は落ち着いた。ところが、アウレリャノだけは別だった。自分の子供だと言ってもおかしくない町長の末娘のレメディオスのおもかげが心に焼きついて、彼を苦しめたのだ。その苦痛はほとんど肉体的なもので、靴にはいった小石ではないが、歩くのに差しつかえた。

鳩のように真っ白な新居の披露に、ダンスパーティが開かれた。レベーカとアマランタが一人前の娘になっていることに気づいたあの午後から、ウルスラはひそかにこれを計画していたのだ。改築のおもなねらいは、客を迎えるのにふさわしい場所を娘たちに与えることにあると言ってもよかった。パーティをいっそう華やかなものにするために、彼女は改装が行なわれているうちからかいがいしく立ちまわって、それが終わる前に、装飾と実用に必要だと思われる高価な品物や、町の人びとを驚かし若い連中を大いに喜ばせることになるすばらしい道具、自動ピアノなどの手配をすませていた。自動ピアノは、ウィーン製の家具やボヘミアのガラス製品、西インド会社の陶器やオランダの卓布、あらゆる種類のランプや燭台(しょくだい)、花瓶や壁掛けといっしょに到着した数個の箱に入れられ、分解した部品のかたちで届けられた。そして輸入商は自分のほうで費用を負担して、自動ピアノを組み立てて調律し、買い主たちに操作を教え、六本の紙テープに印刷されたはやりの音楽のダンスを仕込ませるために、イタリア人の技師でピエトロ・クレスピという者を派遣してきた。

ピエトロ・クレスピは金髪の若い男だった。マコンドではいまだかつて見かけなかった美貌と教養の持ち主だったが、これがまた大へんなおしゃれで、息苦しいほどの暑さだというのに、紋織*のチョッキに厚地の黒っぽい上着を重ねたまま仕事をした。この家の主人たちに礼を失しないよう気を遣って、ひとり広間にこもり、何週間も汗みずくになって働いた。その熱心さは、金細工の仕事場のアウレリャノに少しも劣らなかった。やがてある朝、誰かを呼んで奇跡に立ち会わせることもせず、ドアを閉めきったまま、彼は一本めのテープを自動ピアノにかけた。整然と美しく流れでる音楽にあっけにとられたのか、小うるさい金槌の音も、絶えずがたがたいっている板の音もぴたりとやんだ。みんなが広間に駆けこんだ。メロディーの美しさよりも、ひとりでに動くピアノの鍵盤に激しいショックを受けたホセ・アルカディオ・ブエンディアは、目に見えない演奏者の写真を撮る気になり、広間にメルキアデスの暗箱をすえた。その日、イタリア人は家族と昼食をともにした。レベーカとアマランタが給仕を務めたが、この天使にまがう美貌の青年の、まだ指輪をしていない白い手があまりにも巧みにナイフやフォークをあやつるので、ふたりはすっかりおじけづいてしまった。客間に隣りあった居間で、ピエトロ・クレスピはダンスを教えた。娘たちがレッスンを受けているあいだ、ただの一秒も部屋を動こうとしないウルスラのにこやかな監視のもとで、体が触れないように気をつけながら、メトロノームで拍子を取ってステップを指示した。そのころのピエトロ・クレスピは、ひどく細身で生地の柔らかい、特別仕立てのズボンとダンスシューズをはいていた。「そんなに心配するやつがあるか」と、ホセ・アルカディオ・ブエンディアは妻に言った。「女の腐ったようなあんな男に、何ができる」。しかしウルスラは、ダンスの練習もすんでイタリア青年がマコンドを離れるまで、監視の目をゆるめなかった。その日からパーティの準備が始まった。ウルスラはきびしくえらんで招待客のリストを用意した。えらばれてそこに名をつらねたのは、さらにふたりの父無し子を産んだピラル・テルネラをのぞくと、町の建設にあたった者の子供や孫にかぎられていた。実際、それはえりすぐった者ばかりだったが、しかしその基準はあくまでも友情だった。恩恵にあずかった者が、マコンドの建設で終わった流浪の旅の前からのホセ・アルカディオ・ブエンディア家の古い知り合いであるばかりでなく、彼らの子供や孫がアウレリャノとアルカディオの幼いころからの遊び仲間だったし、彼らの娘だけがこの家へ来てレベーカやアマランタといっしょに刺繍をしていたからである。乏しい収入をさいて、警棒をさげたふたりの警官を雇っているのが唯一の活動だと言ってもよい、温厚なドン・アポリナル・モスコテは飾りもののような存在だった。家計のやりくりのために、娘たちは仕立ての店をひらき、造花づくりにはげみ、グアバの繊維で紐をあみ、恋文の代書をしていた。つつましくて親切で、町でも評判の美人ぞろいで、新しいダンスもいちばん巧みであったにもかかわらず、彼女らはパーティの仲間に加えてもらえなかった。

ウルスラとその娘たちが家具の梱包をほどいたり、陶器をみがいたり、薔薇の花のこぼれそうな小舟に貴婦人をあしらった絵を壁にかけたりしているあいだに、今では神の不在を確信し、その姿を追うことをすっぱりあきらめたホセ・アルカディオ・ブエンディアは、隠された謎をあばくために自動ピアノを分解した。そこらじゅうに散らかった余分な木骨やハンマーに足を取られ、からみあって一方から延ばせばもう一方から巻いてしまうコードをもてあましながら、どうにか楽器を組み立てなおしたときには、パーティはすでに二日後に迫っていた。この前後ほどみんながはらはらし、ばたばたしたことはなかったが、ともかく予定の日の定められた時間には、新しいガス灯にちゃんと明かりがともされた。まだ木の香と湿った石灰の臭いがする屋敷の門がひらかれた。町の建設者の子供や孫たちは羊歯やベゴニアの鉢の並んだ廊下、ひっそりとした部屋、薔薇の香りがただよう庭園などを見てまわり、やがて客間に集まって、白い布でおおわれた未知の品物の前に立った。すでに低地のほかの町では知られている、普通のピアノを見てきた連中は少々がっかりした様子だったが、アマラントとレベーカにダンスの口火を切らせるつもりで一本めのテープをかけたのに、いっこうに楽器が鳴りださないのを見たウルスラの失望はとてもそんなものではなかった。年寄りの冷や水というやつだろう、ろくすっぽ目が見えないメルキアデスが出てきて、昔の腕にものを言わせて修理しようとした。やがて何かの拍子で、ホセ・アルカディオ・ブエンディアがつかえていた装置を動かすことに成功した。最初はポロン、ポロンという調子だったが、そのうちにでたらめな曲がとめどなく流れだした。並べ方もいい加減なら調子も合っていないコードを、ハンマーが狂ったようにたたいた。しかし、山深くわけ入って西方に海を求めた二十一人の勇者の血をひく執念ぶかい連中は、調子はずれのメロディーの波間にひそむ暗礁（あんしょう）を巧みにかわしながら、東の空の白むころまで踊りつづけた。

自動ピアノの修理にピエトロ・クレスピが呼び戻された。レベーカとアマランタもコードを正しく並べる手伝いをし、わけのわからないワルツを聞いていっしょに笑った。彼があまりにもやさしく生まじめなので、ウルスラも監視をやめてしまった。いよいよ町を去るという前の晩に、修理の終わったピアノでお別れのパーティが開かれた。彼はレベーカと組んで、新しいダンスをみごとに踊ってみせた。アルカディオとアマランタも、彼らに負けずに美しく上手に踊った。ところが、ダンスは途中で打ち切りになった。物見高い連中にまじって入口にいたピラル・テルネラが、アルカディオ青年は女みたいなお尻をしている、とよけいなことを口走った女を相手に、嚙みついたり髪の毛をひっぱったりという取っ組み合いを始めたからだ。真夜中ごろ、ピエトロ・クレスピはセンチメンタルな別れの挨拶をのべ、そのなかで、近いうちにかならずここへ戻ってくると約束した。レベーカが戸口まで見送った。戸締りをすませ、ランプの灯を消してから、自分の部屋へ駆けこんで泣きだした。身も世もあらぬ嘆きはさらに数日つづいたが、その原因はアマランタにもわからなかった。レベーカのこの隠しだても、実は不思議ではなかった。気さくで嘘も隠しもないように見えて、もともと孤独な性格で、本心はひとに明かさなかった。背がすらりと高くて体の引きしまった、まばゆいほど美しい娘になっていたが、この家に来たとき持ちこんだもので、何度も修理の手をくぐり、肘もどこかへ行ってしまった木製の揺り椅子をいまだに使っていた。人に見せたことはないけれども、その年になっても昔のように指をしゃぶる習慣が残っていた。そのため、何かというと浴室にこもったし、壁に顔を向けて眠るのが癖になっていた。雨の降る午後など、ベゴニアの花で飾られた廊下で友だちと刺繡をしていても、何の話をしているのか忘れることがよくあった。湿った土の上をはしる縞模様や、蚯蚓が庭に築いた土の小山などを見ると、昔恋しさに涙がこぼれた。一度は大黄入りのオレンジの汁でおさまったあの秘密の嗜好が、涙とともに抑えがたい欲望となってよみがえった。彼女はふたたび土を口にするようになった。最初はほんの好奇心から、また、嫌な味を思いだすのが誘惑にかつ最良の手段だと信じて、それを口にした。事実、口にふくんだ土の味はとても我慢のできるものではなかった。しかし、ますますつのる欲望に負けて、彼女は土を食べつづけた。少しずつ昔のような食欲を取り戻していった。原生の鉱物にたいする嗜好、風変わりな食べ物から得られる欠けるところのない満足感などが戻ってきた。あちこちのポケットに幾つかみもの土を忍ばせておいて、他人に見られないように一粒ずつ口にふくんでは、幸福感ともいらだたしさともつかない漠然とした気持ちを味わった。そしてその間も、いちばんややこしい刺し方を友だちに教え、壁の石灰をむさぼるという犠牲に値しない、ほかの男をさかなにおしゃべりをした。幾つかみかの土があれば、このような堕落の原因となった唯一の男性の存在がもっと身近な、もっと確かなものに感じられるのだった。それはまるで、よその土地で男がエナメル靴の下に踏みしめている地面が、口のなかにはひりひりする感覚を、心にはやすらぎを残していく土の味をとおして、彼の血の重みとぬくもりを伝えてくれるような感じだった。ある日の午後、アンパロ・モスコテがとくに理由もなく、ただ屋敷を拝見したいと言って訪ねてきた。思いがけない客を迎えてまごつきながらも、アマランタとレベーカはきちんと作法どおりに接待した。改築した屋敷のなかを案内し、自動ピアノを聞かせ、ビスケットとオレンジジュースをすすめた。アンパロは、ほんのしばらく姿を見せたウルスラもびっくりしたほど品が良くて、魅力的で、行儀も申し分なかった。二時間ほどたって会話もだれ気味になったころ、アンパロがアマランタの隙を見て、一通の手紙をレベーカに渡した。彼女はとっさの間に〈レベーカ・ブエンディア様〉という宛名(あてな)を読み取った。それは、自動ピアノの扱い方を書いたものと同じきちょうめんな字体と緑色のインク、同じようにきれいな字くばりで書かれていた。彼女は指先できちんと手紙を折ってブラジャーの下に忍ばせ、限りない感謝の気持ちと、絶対にほかの誰にも明かさないで、という願いをこめたまなざしをアンパロ・モスコテに送った。

突然はじまったアンパロ・モスコテとレベーカ・ブエンディアの友情は、アウレリャノの胸にも希望の灯をともす結果になった。彼はいまだに幼いレメディオスの思い出に苦しんでいたが、会おうにもその機会がなかった。もっとも仲のよい友人であるマグニフィコ・ビズバルやヘリネルド・マルケス——ふたりは同名の町の建設者らの息子だった——と連れだって通りをぶらぶらしながら、仕立ての店の奥をもの欲しげな目でうかがったが、姉娘たちの姿しか見られなかった。アンパロ・モスコテがわが家にあらわれたのは幸先の良いことだった。アウレリャノは小声でつぶやいた。「そのうち、いっしょに来る。かならず来る」。確信をこめて何度も何度もくり返したせいだろうか、ある日の午後、仕事場で小さな金の魚を細工していると、確かに彼女がその声にこたえたような気がした。しばらくして、ほんとうに幼い子供の声が聞こえた。心臓をどきどきさせながら視線をあげると、ピンクのオーガンディ*の服を着て、真っ白なブーツをはいた女の子がドアのところに立っていた。

「レメディオス、そこへはいっちゃいけませんよ」と、廊下からアンパロ・モスコテが注意した。「お仕事中ですからね」

しかしアウレリャノは、よけいな口出しをするひまを与えなかった。口から出ている細い鎖につながれた金色の魚を手に取って、レメディオスに言った。

「さあ、おはいり」

レメディオスは近寄って、魚のことをあれこれ質問した。ところがアウレリャノは、急に喘息やみになったように答えることができなかった。この白百合のような肌やエメラルドの瞳のそばに、また質問のたびに、まるで父親の相手をしているように丁寧な口のきき方で、おじさん、おじさん、と言うその声の近くに、いつまでもとどまっていたいと思った。折りからメルキアデスが片隅の机にすわって、意味のわからぬ記号を書きなぐっていた。その彼がアウレリャノは憎らしかった。何をするわけにもいかないので、魚が欲しければやるよ、とレメディオスに言った。ところが、少女はこの贈物にかえって驚いて、急いで仕事場を出ていった。その日の午後からアウレリャノは、彼女に会える機会をじっと待っていたそれまでの辛抱づよさを失った。仕事を放りだした。必死に精神統一をはかり、何度もその名をとなえてみた。しかし、レメディオスはこたえてくれなかった。姉娘たちの仕事場やその家の窓の奥、父親の事務室のなかにまで彼女を追い求めたが、見ることのできたのは、恐ろしいほどの彼自身の孤独に浸された彼女の姿でしかなかった。彼は何時間もレベーカと並んで客間に腰をすえ、自動ピアノのワルツに耳を傾けていた。レベーカが耳を傾けていた理由は、それがピエトロ・クレスピがダンスを教えるのに使った音楽であることだった。アウレリャノが耳を傾けていたのは、ただ、音楽をふくめてすべてがレメディオスを思いださせてくれるからだった。

屋敷のなかが恋であふれた。アウレリャノはその恋心を、初めも終わりもない詩にうたい込めた。メルキアデスからゆずられたざらざらの羊皮紙や浴室の壁、自分の腕にまで詩を書きつけた。あらゆるものに、変身したレメディオスの姿を認めた。午後二時の睡魔をさそう風のなかのレメディオス、薔薇の穏やかな息遣いにつつまれたレメディオス、蛾の浮いた静かな水時計のなかのレメディオス、明け方のパンの匂いにただようレメディオス。いたるところにレメディオスがいた。永遠に変わらぬレメディオスがいた。レベーカは午後四時になると、窓のそばで刺繍をしながら恋の便りを待った。郵便を運ぶ騾馬は二週間に一度しか来ないことは知っていたが、手違いでいつ来ないともかぎらないと考えて、じっと待っていた。ところが、まったく逆のことが起こった。あるとき、予定の日に騾馬が到着しなかったのだ。絶望のあまり半狂乱になったレベーカは真夜中に起きだして、悲嘆と怒りの涙を流しながら、命が気づかわれるほどの猛烈ないきおいで庭の土を口のなかに押しこんで、柔らかい蚯蚓を噛みちぎり、奥歯を痛めはしないかと思うような力で蝸牛の殻を噛みくだいた。夜明けまで嘔吐がつづいた。発熱と同時に虚脱状態に落ちいった。意識を失い、うわごとで心に秘めていたことを洗いざらい口走った。驚いたウルスラがスーツケースをこじあけてみると、その底に、ピンクのリボンで結ばれたいい匂いのする十六通の手紙、古い本にはさまれた押し葉や押し花、さわっただけで崩れる剥製の蝶などが見つかった。

この悲嘆を理解できた者はアウレリャノだけだった。その日の午後、ウルスラがマングローブ*の森さながらの譫妄状態からレベーカを救いだそうとしている隙に、彼はマグニフィコ・ビズバルとヘリネルド・マルケスを語らってカタリノの店へ出かけた。店は建て増しされて、枯れた花のような匂いのするわびしい女たちが住む、板張りの部屋が並んだ廊下ができていた。アコーデオンとドラムの楽団が、数年前にマコンドから姿を消したままのフランシスコ・エル・オンブレが作った歌を演奏していた。三人の仲間はグアラポ酒を飲んだ。アウレリャノと同じ年ごろだがはるかに世慣れしているマグニフィコとヘリネルドは、女たちを膝にのせてさかんに酒をあおった。そのひとりで色香のあせた金歯の女が、ぞっとするような愛撫の手をアウレリャノに差しのべた。彼は払いのけた。飲めば飲むほどレメディオスが恋しくなることに気づいた。しかし、その思い出の苦しさに必死に耐えた。いつの間にか、体が宙に浮くような気分になっていた。仲間や女たちが唇から外へは洩れない何ごとかをささやき、見当のつかない妙な合図をこちらに送りながら、重みも形も失ったように、まばゆい光線のなかをただよっているのが見えた。やがて、カタリノが彼の肩を抱くようにして話しかけた。「そろそろ十一時よ」。アウレリャノが振り返ると、耳に造花をはさんだ、ゆがんだ大ぶりな顔が目にはいった。それと同時に、まるで物忘れがはやっていたころのように、意識がもうろうとなった。それを取り戻したのは、よそよそしい明け方の、まったく見覚えのない部屋のなかだった。裸足の下着姿で、髪の乱れたピラル・テルネラがそこに立っていた。ランプに照らしだされた彼を見て、彼女はあっけに取られたように叫んだ。

「アウレリャノじゃないの！」

彼は両足を踏んばって顔をあげた。どうやってそこまで来たのかはわからなかったが、目的が何であるかということは心得ていた。子供のころから、他人には見せない心の奥底に秘めていたものだったからだ。

「あんたと寝にきたんだ」と、彼は言った。

泥と口から吐いたもので服がめちゃめちゃだった。ピラル・テルネラは今では下のふたりの子供たちと暮らしていたが、何も聞かなかった。彼をベッドへ連れていった。水に濡らしたへちまで顔を拭き、服を脱がせてやり、自分も裸になって、目をさました子供に見られないように蚊帳をおろした。彼女はもはや、あとに残った男や、ここを去っていった男たちや、あてにならないトランプ占いにまどわされてこの家へ来そこなった無数の男たちを待つのに疲れていた。待つうちに肌には皺がより、乳房は張りを失い、心に燃え残っていたものも消えた。彼女は暗闇でアウレリャノを求めた。

その下腹に手をやり、母親のような愛情をこめて額にキスしながらささやいた。「かわいそうに、よしよし」。アウレリャノは身ぶるいした。落ち着いた巧みな身のこなしで、やすやすと苦痛の断崖を乗り越えると、果てしなく広い沼地と化し、けものやアイロンを当てたばかりの服の匂いにつつまれたレメディオスがそこにいた。やがてそこから抜けだしたとき、彼は泣いていた。最初は、思わず洩れるとぎれがちなすすり泣きだったが、そのうちに、腫れてうずいていた何かが身内で破れたのを感じて、手放しで泣きだした。ピラル・テルネラは頭を撫でてやりながら、死ぬほどつらい思いをさせている、どす黒いものがその体内から消えていくのを待った。そして聞いた。「相手はだれ？」アウレリャノはその名前を打ち明けた。すると彼女は、昔は鳩も驚いたが今では子供たちの目をさますことさえできない笑い声を立てて、からかうように言った。「ちゃんと一人前に育ててからじゃないと、それはだめよ」。しかし、その冗談めかした言葉の背後に、アウレリャノはすべてを理解してくれている彼女を感じた。男としての能力にたいする疑いだけでなく、何カ月も心に秘めて耐えた苦しい重荷を残して部屋を出ようとすると、ピラル・テルネラがすすんで約束してくれた。「わたしから、あの子に話してみるわ。待ってなさい、うまくやってあげるから」彼女は約束を守った。しかし、時機が悪かった。屋敷のなかが、昔のように平穏ではなかったからだ。大きな声でわめくのでとうてい秘密にというわけにいかなかったが、レベーカの恋わずらいが明らかになると同時に、アマランタが高熱を出した。彼女もまた片思いに苦しんでいたのだ。浴室に閉じこもって、熱烈な手紙を書くことで恋の苦しみをまぎらわせ、それをトランクの底にしまって満足していた。ウルスラはふたりの看病でてんてこ舞いだった。長い時間をかけて探りを入れてみたが、アマランタの衰弱の原因を突きとめることができなかった。最後に、はたと思いあたることがあってトランクをこじあけてみると、宛名はピエトロ・クレスピだが一通も出したことのない手紙が、みずみずしい白百合の花にはさまれ、まだ涙に濡れたままの状態で、ピンクのリボンで束ねられているのが見つかった。彼女は腹立たしさのあまり涙をこぼしながら、自動ピアノを買おうなどという気を起こしたあの日を呪った。刺繡の集まりを差しとめ、娘たちがはかない望みを捨てるまで続く、いわば死者のいない喪に服することにした。ピエトロ・クレスピに抱いた最初の印象の誤りを認め、楽器を操作する器用さにすっかり惚れこんでいたホセ・アルカディオ・ブエンディアのとりなしも効き目がなかった。そういうわけで、レメディオスが結婚してもいいと言った、とピラル・テルネラから教えられたとき、アウレリャノがまず考えたのは、これを知ったら両親が苦しむだろうということだった。しかし、やれるだけのことはやってみることにした。正式の客を迎えるための客間に呼び集められたホセ・アルカディオ・ブエンディアとウルスラは、息子の話を聞いても別にあわてなかった。しかし、相手の名前が耳に入ったとたんに、ホセ・アルカディオ・ブエンディアは顔を真っ赤にしてどなった。「恋ぐらい始末の悪いものはないな、まったく！　きれいで上品な若い娘がいくらでもいるのに、かたきの娘と結婚しようなんて、ばかな気を起こすんだから」。ところが、ウルスラはこの選択に賛成だった。美人ぞろいで、働き者で、つつしみ深くて、しつけも申し分がない、自分もモスコテ家の七人娘が好きだ、と言って、息子の目の高いことを褒めた。妻の熱心な肩入れに負けて、ホセ・アルカディオ・ブエンディアはひとつだけ条件を出した。相手からも思われているレベーカをピエトロ・クレスピと結婚させること、またアマランタは、折りを見てウルスラが州都へ連れだす、ちがった人間と付き合えば気も晴れるだろう、というのがそれだった。この取り決めを知ったその日から、レベーカは元気になった。喜びにあふれた手紙を恋人宛に書いて、両親の許しをえてから、人手をわずらわさずに自分で投函した。ようそ目にはアマランタもこの決定を受け入れ、少しずつ熱が引きはじめた。しかし、ひそかに心に誓っていた。レベーカが結婚できるとしたら、それは自分が死んだときだ、と。

つぎの土曜日に、ホセ・アルカディオ・ブエンディアは黒っぽい服を着込み、セルロイドのカラーをつけ、パーティの晩におろしたセーム革の靴をはいて、レメディオス・モスコテと息子の結婚の申し入れに出かけた。突然の訪問の理由がわからなかったので、町長とその妻は喜びと当惑のいりまじった複雑な表情で迎えた。話を聞いたふたりは、申し入れの相手の名前を混同しているのではないか、と思った。間違いを明らかにするために、母親がわざわざレメディオスを起こして、まだ眠たそうにしている彼女を広間まで抱いてきた。ほんとに結婚したいのか、と聞くと、彼女はしくしく泣きながら、眠たいだけだ、そっと寝かしておいてくれ、と答えた。モスコテ家の者の狼狽（ろうばい）もよくわかるので、ホセ・アルカディオ・ブエンディアはもう一度アウレリャノに会って、はっきりしたところを確かめることにした。戻ってきたときには、モスコテ夫妻は正装し、家具の配置を変え、花瓶に新しい花を生けて、年上の娘たちといっしょに待っていた。おもしろくない役目と硬いカラーの窮屈さにうんざりしながら、ホセ・アルカディオ・ブエンディアははっきりと、相手はやはりレメディオスであると伝えた。それを聞いて、ドン・アポリナル・モスコテはがっかりして言った。

「そんなばかな！　うちには、ほかにも六人の娘がいる。どれもまだ結婚していなくて、年ごろです。息子さんのようにまじめで働き者の青年の奥さんになら、喜んでなると思うんだが。お宅のアウレリトが目をつけたあれは、この家ではたったひとり、まだ寝小便の癖がぬけていない娘です」。つつましい人柄で、視線や身のこなしがどことなく淋しげな彼の妻が、そのぶしつけをたしなめた。果物のジュースを飲み終わったころ、二人は喜んでアウレリャノの気持ちを受ける決心をした。ただモスコテ夫人から、ウルスラとふたりだけで話がしたいという申し出があった。男たちの話に巻きこまれるのは嫌だと言っていたが、ほんとうは気おくれしていただけのウルスラは好奇心もあって、翌日、夫人のもとを訪ねた。半時間後に戻ってきたウルスラの口から、レメディオスはまだ月のものを見ていないということが伝えられた。アウレリャノはそれを大きな障害だとは考えなかった。さんざん待ったのだから、花嫁が子供を産める年になるまでいくらでも待つ、というのが彼の答えだった。

よみがえった平和な日々は、ただメルキアデスの死によって破られた。それじたいは予想されていたが、その死に方は必ずしもそうではなかった。舞い戻って二、三カ月たったころから急激に衰えが目立ちはじめ、そのためみんなは彼のことを、足を引きずり、昔は良かったとわめきながら亡霊のように寝室をさまよい、ある朝ベッドの上で死んでいるのが見つかるまでは誰ひとり心にかけ思いだそうとしない、あの廃人同様の老いぼれとしか思わなくなった。最初は、ホセ・アルカディオ・ブエンディアも写真術やノストラダムスの予言のもの珍しさにつられて、仕事を手伝った。しかし、話がだんだん通じなくなるので、ほったらかしにすることが徐々に多くなった。目も耳もきかなくなり、昔知り合った人間と目の前の話し相手がごっちゃになるらしく、何かを聞かれると、いろんな言葉がまざったわけのわからない返事をした。手探りするような格好で歩かねばならない癖に、いち早くその所在を察知する本能的な方向感覚をそなえているように、説明に苦しむ素早さで物のあいだを動きまわった。ある日、夜間はいつもベッドのそばのコップに入れておく義歯をはめ忘れた彼は、二度とそれを用いなくなった。増築のさいにもウルスラは、物音や家人の出入りに邪魔されない個室をアウレリャノの仕事場の隣りに建ててやった。そこには光線のいっぱいに射しこむ窓があり、作りつけの棚があって、塵や紙魚で傷みかけた書物と、判読できない記号で埋まったぼろぼろの紙切れとが、彼女の手できちんと整理されていた。また、以前は小さな黄色い花をつける水草が浮いていたコップに、義歯がはいっていた。新しい居室はメルキアデスの気に入ったらしくて、それからは食堂でも見かけなくなった。足を運ぶのはアウレリャノの仕事場にかぎられ、パイの皮のように割れる、ぱさぱさした材料で造られたとしか思えない羊皮紙をそこへ持ちこんで、謎めいた文字を何時間でも書きなぐっていた。ビシタシオンが一日に二度運んでくる食事もそこでとったが、最後には食欲を失って、野菜しか口にしなくなった。そして間もなく、菜食主義者によく見かける頼りない姿になった。絶対に脱がない時代遅れのチョッキにはえているものによく似た、柔らかい苔(こけ)が皮膚をおおい、その息は眠っているけものの臭いがした。アウレリャノは詩作に夢中になって彼のことなど忘れていたが、あるとき、彼がぶつぶつ言っていることが少しわかったような気がして、そちらに注意を向けた。実のところ、その石ころだらけの独りごとからえりわけられたのは、金槌の音のように絶えまなくくり返される、昼夜平分時、昼夜平分時、昼夜平分時……という言葉と、アレクサンダー・フォン・フンボルト*という名前でしかなかった。アウレリャノの金細工の手伝いを始めていたアルカディオは、もう少し積極的にメルキアデスに近づいた。この意思疎通(そつう)の努力にこたえるように、時たまメルキアデスは、およそとんちんかんなことをスペイン語で口走った。ところがある日、その彼が急に何かに感動したように顔を輝かせた。長い歳月が流れて銃殺隊の前に立つはめになったとき、アルカディオは、不可解な書きものの何ページ分かを読んで聞かせるメルキアデスの体が小刻みに震えていたことを思いだしたにちがいない。何のことだかさっぱりだったが、大きな声で読みあげられたそれは、節付きの教皇回状のような感じがした。やがてメルキアデスは、ここしばらく見せなかった微笑を浮かべて、スペイン語で話しかけた。「わしが死んだら、この部屋で三日間、水銀をくゆらせてくれ」。アルカディオからこの言葉を伝えられたホセ・アルカディオ・ブエンディアは、もっとはっきりした説明を聞こうとしたが、次のような返事しかえられなかった。「わしはついに、不死の命を手に入れた」。そのころからメルキアデスの口がひどく臭うようになったので、木曜日が来ると朝のうちに、アルカディオは彼を川まで水浴びに誘うことにした。メルキアデスは元気を回復したように見えた。裸になって子供たちといっしょに水にはいり、身にそなわった不思議な勘で、深くて危険な場所をたくみに避けた。あるとき彼は言った。「わしらは水から生まれたんだぞ」。こうして、涙ぐましいほどの努力を傾けて自動ピアノを修理しようとしたあの夜や、油椰子(あぶらやし)の油脂で造られたシャボンと瓢箪(ひょうたん)をタオルにくるんで小脇(こわき)にかかえ、アルカディオと連れだって川へ出かけるときをのぞくと、家のなかで彼を見かけることのない日が長く続いた。ある木曜日のこと、誰もまだ川へ誘いにこないうちに、メルキアデスが次のようにつぶやくのがアウレリャノの耳にはいった。「わしはシンガポールの砂州で、熱病にやられて死んだはずだ」。その日、彼は誤って危険な個所にはまった。翌朝、数キロも下流の日当たりのよい曲り角に流れついている死体が発見されたが、その腹の上には一羽の禿鷹(はげたか)がとまっていた。実の父親を亡(な)くしたとき以上に悲嘆に暮れたウルスラが驚いて抗議したけれども、ホセ・アルカディオ・ブエンディアは死体を埋葬することを許さなかった。「あの男は不死身なんだ」と言った。「生き返らせる方法をちゃんと教えておいてくれた」。彼は見捨てられていた窯を取りだしてきて、ぼちぼち青いあぶくを吹きはじめた死体のそばで、水銀入りの鍋を沸騰させた。見かねたドン・アポリナル・モスコテが、水死人を埋葬しないのは公衆衛生上よろしくない、と注意すると、ホセ・アルカディオ・ブエンディアは、「そんなことはない。彼は生きてるんだから」と答えた。そして、七十二時間ぶっとおしに水銀の燻蒸を行なったが、さすがにそれが終わるころには、青い花が開くように死体のあちこちが破れはじめ、プスプスという小さな音とともに、家じゅうに耐えがたい臭気がひろがった。それでやっと彼も埋葬を認めた。しかし、普通のやり方ではなく、マコンドの最大の恩人にふさわしい盛儀によって行なわれることを条件につけた。それは、町が始まってから最初の埋葬で、百年後のママ・グランデ＊の謝肉祭じみた葬儀には及ばなかったが、大へんな数の会葬者を集めた。墓地に予定された敷地の中央にもうけられた墓に遺体は葬られ、彼についで知られているただひとつの事実、〈メルキアデス〉という名前を刻んだ石碑が建てられた。九日間にわたる通夜がとり行なわれた。大勢が中庭に集まってコーヒーを飲み、軽口をたたき、トランプ遊びに興じているこのどさくさを利用して、アマランタはその恋心をピエトロ・クレスピに打ち明けた。彼は二、三週間前にレベーカと正式に婚約を取りきめて、以前がらくたと金剛鸚哥を交換して歩いたアラビア人がひっそりと暮らしているので、みんながトルコ人通りと呼んでいるあたりに、楽器とゼンマイ仕掛けのおもちゃの店を開こうとしていた。町の女たちが思わず溜め息をつくほどつやのいい、ゆたかなカール気味の髪をしたイタリア人は、アマランタをまともに相手にするまでもない気まぐれな小娘あつかいして、こんなことを言った。

「ぼくには弟がいますよ。近いうちここへ来て、店を手伝うことになってるけど」

ばかにされたと思ったアマランタは深い怨みをこめて、自分の死体でこの家の戸をふさいでも、姉の結婚を邪魔してみせるから、とピエトロ・クレスピに言った。このおどろおどろしい脅迫に驚いたイタリア人は、それをレベーカに伝えずにはいられなかった。その結果、ウルスラの多忙でのびのびになっていたアマランタの旅仕度が、わずか一週間でととのえられた。もはやアマランタも逆らわなかったが、しかしレベーカと別れのキスをするさいに、こうささやくのを忘れなかった。

「いい気になってはだめよ。どんなに遠いところへ連れていかれても、あんたの結婚だけは邪魔してみせますからね。殺すかもわからないわよ！」

ウルスラが留守にし、目に見えないメルキアデスの影が今もこっそりと部屋をさまよい歩いている屋敷は、だだっぴろいだけにいっそう空虚な感じがした。レベーカが屋敷のなかの整頓をひき受け、インディオの娘がパン焼きの仕事にあたった。日暮れどき、ピエトロ・クレスピがラヴェンダーのさわやかな匂いをただよわせ、いつものように贈物のおもちゃを持って訪ねていくと、婚約者は、変に疑られるのをきらって戸や窓をすべて開け放した客間に迎え入れた。それはよけいな心配だった。イタリア人は行儀が良すぎて、一年たらずのうちに妻になるはずの女の手にさえ触れなかったからだ。この客のおかげで、屋敷のなかがすばらしい玩具でいっぱいになった。ゼンマイ仕掛けの踊り子、オルゴール、猿の軽業師、コトコト走る馬、小太鼓をかかえた道化。ピエトロ・クレスピによって持ちこまれる盛りだくさんな驚くべきからくり人形は、メルキアデスの死によるホセ・アルカディオ・ブエンディアの悲嘆を吹きとばし、彼を錬金術の昔に連れもどした。彼は、はらわたのはみ出した動物と壊れた機械の楽園にどっかと腰をすえて、それらを材料に振り子の原理に立った永久運動の装置を完成しようと努めた。一方、アウレリャノは仕事場を袖にして、幼いレメディオスに読み書きを教えていた。最初のうち彼女は、午後になると訪ねてくる男よりも自分の人形のほうを喜んだ。その男のせいで遊びを中途でやめさせられて、風呂にはいり、着替えをし、客を迎えるために広間にすわらなければならなかったからだ。しかし、やがてアウレリャノの辛抱づよさと熱心さに引かれて、何時間もそのそばで文字の意味を覚えたり、裏庭に牝牛のいる家や、金色の光線につつまれながら丘の向こうに沈むまん丸なお日さまを、色鉛筆でノートに描いたりするようになった。

アマランタに脅迫されたレベーカひとりが沈みこんでいた。妹の性格、とくに気位の高いことをよく知っていて、その怨みの激しさを思うと心がちぢみあがった。土を口にしたくなる気持ちに必死に耐えながら、浴室にこもって何時間も指をしゃぶっていた。不安から逃れたい一心で、将来を占ってもらうためにピラル・テルネラを呼んだ。お定まりのあいまいな文句をさんざん並べたあとで、ピラル・テルネラはこう予言した。

「両親のお骨をちゃんと埋めないうちは、幸せにはなれないわよ」

レベーカは思わず身ぶるいした。ぼんやりとした夢の記憶のように、トランクと木製の揺り椅子、それに中身のわからない袋をさげて家のなかへはいっていく、幼い自分の姿が目に浮かんだのだ。麻の服を着て金ボタンでシャツの襟を留めた、トランプの王様とは似ても似つかない禿げあたまのひとりの男を思い出した。また、トランプのジャックの手とは似ても似つかない、香水のぷんぷん匂う温かい手をしていて、午後になると緑ゆたかな町の通りの散歩に連れだすために花を髪に挿してくれた、非常に若くて美しい一人の女を思いだし、こう答えた。

「何のことか、さっぱりだわ」

ピラル・テルネラも狼狽した様子で言った。

「わたしだって。でも、トランプにそう出てるのよ」

この謎が気になり、レベーカはホセ・アルカディオ・ブエンディアにその話をした。やトランプ占いなど信じるやつがあるか、と叱(しか)っておきながら、彼は黙って衣裳(いしょう)だんすやトランクを掻(か)きまわし、家具を動かし、ベッドや板張りまで持ちあげて、お骨の袋を探した。それを見かけなくなったのは改築のころからであることを思いだした。ひそかに左官たちを呼んで聞いてみた。するとそのひとりが、仕事の邪魔なので、そこらの寝室の壁に塗りこめたことを白状した。壁に耳をあてて何日か聴診のまねごとをやっていると、コトコトという音が聞こえた。壁に穴をあけると、無傷の袋にはいったお骨があった。お骨はその日のうちに、メルキアデスの墓のそばに急いで掘った、石碑も何もない墓穴に埋められた。プルデンシオ・アギラルの思い出と同じように、一時はその心に重くのしかかっていた負担から解放された軽やかな気分で、ホセ・アルカディオ・ブエンディアはわが家へ帰った。台所を通りかかったついでに、レベーカの額にキスをして言った。

「もう何も心配することはない。きっと幸せになれる」

レベーカの友情は、アルカディオの誕生後にウルスラによって固く閉ざされたこの屋敷の戸を、ピラル・テルネラにひらく結果になった。彼女は乱入する山羊(やぎ)の群れのような騒々しさで好きな時間にやって来て、元気にまかせて面倒な仕事をどんどん片づけていった。時おり仕事場にもはいって行って、写真の乾板を感光液で処理するアルカディオの手伝いをしたが、それが実に手ぎわがよくて丁寧なので、アルカディオは驚いた。この女がいると、彼は気分が落ち着かなかった。その肌のぬくもり、煙のようにいがらっぽい体臭、暗い部屋の空気を掻きみだす笑い声などで気が散って、そこらの物にけつまずいた。

あるとき、アウレリャノがその仕事場で金細工に熱中しているとピラル・テルネラがやって来て、机にもたれながら彼の辛抱づよい仕事ぶりをながめはじめた。彼は、はっと思いあたるものがあった。アルカディオが暗い部屋の隅にいることを確かめてから視線を上げると、こちらを見ているピラル・テルネラの目にぶつかった。真昼の光線にさらされているように、彼女の考えていることがはっきりわかった。

「何だい。黙ってないで言ってごらんよ」

アウレリャノがそう話しかけると、ピラル・テルネラは唇を噛み、淋しそうな微笑を浮べて言った。

「あんたにはかなわないわ。何もかもお見とおしね」

アウレリャノは予感の適中を知ってほっとした。何事もなかったように、ふたたび仕事に集中しながら落ち着いた声で言った。

「わかった。赤ん坊には、ぼくの名前をつければいい」

ホセ・アルカディオ・ブエンディアは、かねがね求めていたものをついに完成した。ゼンマイの踊り子人形と時計の装置を結びつけたのだ。玩具はそれ自身の音楽に拍子を合わせて、三日のあいだ休むことなく踊りつづけた。今までの常識はずれな企てのどれよりも、この発明は彼を興奮させた。食事をとらなくなった。睡眠を忘れた。ウルスラの監視と世話がないままに、その想像力に引きずられて、回復のあやぶまれる永久的な譫妄状態に落ちいった。牛車や鋤の刃など、ともかく動くことで役に立つすべてのものに振り子の原理を応用する方法を求めて、大きな声で独りごとを言いながら、幾晩も部屋のなかをうろつき回っていた。熱に浮かされたような徹夜つづきで疲れきった彼は、ある朝、その寝室にはいって来た白髪のよぼよぼした老人がいったい誰なのか、見当もつかなかった。それは実は、プルデンシオ・アギラルだった。ようやく彼だとわかったとき、死人もまた年を取るのだという事実に驚きながらも、ホセ・アルカディオ・ブエンディアは全身をゆさぶられるような懐かしさを感じて叫んだ。「プルデンシオじゃないか！　こんな遠いところまでよく来てくれた！」死んでから月日がたつにつれて、生きている者を恋うる心はいよいよ強く、友欲しさもつのるばかり、死のなかにも存在する別の死の間近なことに激しい恐怖を感じて、プルデンシオ・アギラルは最大の敵である男に愛情を抱くようになったのだ。長いあいだ捜し歩いた。リオアチャの死者に、また、バジェ・デ・ウパル*や低地からやって来た死者に彼のことを聞いてみたが、満足に答えられる者はいなかった。それらの死者にとって、マコンドはまだ未知の町だったからだ。そうこうするうちにメルキアデスがやって来て、ごたごたした死者の国の地図の上に、黒い点でその位置を示してくれた。ホセ・アルカディオ・ブエンディアは、明け方までプルデンシオ・アギラルと話し合った。二、三時間後に、徹夜で疲れきった体でアウレリャノの仕事場へはいって行って、こう尋ねた。「今日は何曜日だ？」アウレリャノが火曜日だと答えると、ホセ・アルカディオ・ブエンディアは言った。「わしもそう思っていた。ところが、急に気づいたんだ。今日も、昨日と同じように月曜だということにな。空を見ろ、壁を見ろ、あのベゴニアの花を見ろ。今日もやっぱり月曜なんだ」。父親の奇行には慣れているので、アウレリャノは知らん顔をしていた。翌日の水曜日に、ふたたびホセ・アルカディオ・ブエンディアは仕事場に姿をあらわした。そして、こう言った。「大へんなことになったぞ。空を見ろ。太陽の照りつける音に耳をすましてみろ。昨日と、その前の日と、少しも変わっちゃいない。今日もやっぱり月曜日なんだ」。その晩、廊下を歩いていたピエトロ・クレスピは、プルデンシオ・アギラルやメルキアデス、レベーカの両親や自分の父母、淋しくあの世で暮らしている思いだせるかぎりの死者をしのびながら、じじむさい顔をくしゃくしゃにして泣いている彼を見かけた。針金の通った二本の脚で歩くゼンマイ仕掛けの熊(くま)を贈ってみたが、深い物思いから彼の心をそらすことはできなかった。数日前に聞かされたあの計画はその後どうなったのか、それを使えば人間が空を飛べるという振り子式の機械は可能性があるのか、と尋ねると、それは不可能だ、振り子はどんな物でも空中に持ちあげられるが、それじたいを浮かびあがらせることはできないから、という返事がかえってきた。木曜日に、ひっかき回された畑のように情けない顔でまたもや仕事場にあらわれた彼は、泣かんばかりの声で言った。「時間をはかる機械が故障してしまったんだ！　ウルスラやアマランタは、いったいどこにいる！」子供を相手にしているようにアウレリャノが強く叱ると、それっきりおとなしくなった。ホセ・アルカディオ・ブエンディアは、時間の経過を示す何らかの変化が見いだせると期待して、六時間もいろんな物の様子をしらべ、前日のその外観との相違を明らかにしようとした。ひと晩じゅう目をあけたままベッドに横たわって、悲嘆をわかち合うために、プルデンシオ・アギラルやメルキアデスの名を、すべての死者の名を呼んだ。しかし、誰ひとり駆けつけてはくれなかった。金曜日の朝、まだ誰も起きてこないうちに、ふたたび自然の様子をじっくり観察し、依然として月曜であることを確信した。彼はドアのかんぬきをつかんだ。響きのよい、流れるような、だが一語も聞き取れない言葉で狂ったようにわめきながら、怪力をふるって破壊のかぎりを尽くし、錬金術の器具や写真の暗箱、金細工の仕事場などをめちゃめちゃにした。屋敷のなかのほかの場所まで片づけようとするのを見て、アウレリャノは近所の連中に助けを求めた。彼を組み伏せるのに十人、縄で縛るのに十四人、中庭の栗(くり)の木まで引きずっていくのに二十人の力が必要だった。奇妙な言葉でわめきちらし、口から青い泡を吹いている彼を、みんなは栗の木に縛りつけた。ウルスラとアマランタが帰宅したときも、彼はまだ手足を栗の木に縛られたまま、完全な放心状態で雨に打たれていた。話しかけてもふたりをじっと見るだけで、何者かということさえわからないらしく、意味の通じないことを口走った。ウルスラは、強くこすれて傷になった手首と足首の縄をほどいて、腰だけを縛っておくことにした。しばらくして、日射しと雨から彼を守るために棕櫚(しゅろ)の小屋が建てられた。

アウレリャノ・ブエンディアとレメディオス・モスコテは三月のある日曜日、ニカノル・レイナ神父の言いつけで客間にもうけられた祭壇の前で、式を挙げた。その日を迎えるまでの四週間のモスコテ家の騒ぎは大へんなものだった。幼いレメディオスが子供の習慣が抜けきらないうちに、破瓜期を迎えたからだ。この時期の体の変調について母親から教えられていたにもかかわらず、二月のある日の午後、彼女はおびえたような叫び声をあげながら、姉たちがアウレリャノと話をしている部屋へ駆けこんできて、チョコレート色のものでべったり汚れた下ばきをみんなに見せた。挙式は一カ月後に、ということに決まった。自分で顔を洗い、服を着るようにしつけ、家のなかの大切な仕事を覚えさせるのがやっとだった。寝小便の癖をなおすために、熱い煉瓦の上で用を足させた。男女の結びつきの神聖さを教えるのがまたひと苦労だった。

話を聞かされてひどく驚くと同時に大いに興味をそそられたレメディオスが、誰彼の見さかいなく婚礼の夜のこまごましたことを話題にしたからだ。芯の疲れる仕事だったが、ともかく結婚式の予定の日までには、レメディオスも姉たちと同じように世間のことに通じるようになった。その日、ドン・アポリナル・モスコテは彼女の手を引いて、鉢植えの花や花環で飾り立てられ、花火の音や幾組ものバンドの音楽で沸きたつ通りを進んでいった。窓から幸福を祈ってくれる人びとに、彼女は手を振って挨拶し、感謝の笑顔でこたえた。何年かたって銃殺隊と向きあったときにもはくことになる留め金つきのエナメル靴をはき、黒い服を着たアウレリャノは、ほとんど血の気のない顔と、喉に固くて丸いものでもつかえているような気分で、戸口に立って花嫁を迎え、祭壇の前へ連れていった。彼女はごく自然に、つつましやかに振る舞って、アウレリャノがその指にはめようとして指輪を落としたときでさえ少しも取り乱さなかった。列席者のあいだにざわめきが起こり混乱がひろがりはじめても、レースの手袋をはめた腕をあげ、薬指をかまえたままの格好で、戸口までころがらないように靴で指輪を押えた花婿が顔を赤らめながら戻ってくるのを待った。母親と姉たちは、彼女が式の途中で不調法をしでかさないかと気を遣いすぎて、かえって自分たちのほうが、キスをするさいに彼女を抱きあげるという不作法なことをした。その日からレメディオスは、どんなにつらいときでも忘れない強い責任感、つくりものでない愛嬌、落ち着いた自制心などを示しはじめた。誰に言われたわけでもないのに、ウエディングケーキのいちばん良いところを切り分けて、皿にフォークを添えてホセ・アルカディオ・ブエンディアのところへ運んだ。雨風にさらされて色あせた大柄な老人は栗の木に縛りつけられ、棕櫚の小屋のかげの木製の腰掛けの上で小さくなっていたが、感謝の微笑を浮かべて、わけのわからぬ呪文めいたものを口のなかでとなえながら、指を使ってケーキを食べた。月曜日の明け方まで続いたこのにぎやかな祝宴のなかで、ひとりレベーカだけが身の不幸をかこっていた。祝宴は彼女のものでもあるはずだった。ウルスラのはからいで、彼女の結婚式も同じ日に挙げられることになっていた。ところが金曜日に、ピエトロ・クレスピのもとに母親の危篤を告げる手紙が届けられた。挙式は延期になった。手紙を受け取ってから一時間後に、ピエトロ・クレスピは州都へ向けて出発した。そして、途中で母親とすれ違いになった。母親は予定どおりに土曜日の夜に着いて、息子の結婚式のために用意したもの悲しいアリアを、アウレリャノの式の席上で歌った。ピエトロ・クレスピが自分自身の結婚式に間に合うように五頭の馬を乗りつぶして戻ったときには、すでに日曜日の真夜中になっていて、パーティも終わりかけていた。例の手紙を書いた人間が誰であるかは、わからずじまいだった。ウルスラが問いつめると、アマランタは泣いて怒り、大工たちがまだ取り片づけていない祭壇の前で無実を誓った。

ドン・アポリナル・モスコテが結婚式を挙げてもらうために低地の向こうから呼び寄せたニカノル・レイナ神父は、報われることの少ない職務に、長いあいだよく耐えてきた老人だった。肌に張りがなく、文字どおり骨と皮にやせて、腹だけが突き出ていた。また、底抜けに人のよさそうな、好々爺（こうこうや）めいた顔をしていた。結婚式が終わりしだい自分の教会に帰るつもりだったが、自然の掟（おきて）のままに醜行をかさね、子供に洗礼を受けさせもしなければ、祭日のきまりを守ろうともしないマコンドの住民の魂の荒廃ぶりにあきれ果て、ここほど神の種子を必要とするところはないと考えた。さらに一週間ほど滞在して、割礼する異教徒にもひとしい連中をキリストのもとに引き戻し、情を通じている者を正式に夫婦にし、重病人に秘蹟（ひせき）をほどこす決心をした。ところが、誰ひとり神父の言葉に耳を傾けようとしなかった。霊魂の問題は神さまとじかに話し合って、長いあいだ坊主（ぼうず）なしで片づけて来たし、原罪に始まる悪とやらも忘れてしまった、というのがみんなの返事だった。砂漠の説教に疲れたニカノル神父は、神を崇（あが）めるためにローマからさえ杖（つえ）を引く者があらわれるように、壁に等身大の聖像とステンドグラスがはめ込まれた世界最大の教会を、この不信仰の町に建てる計画に取りかかった。銅の皿をかかえて駆けずりまわり、喜捨を求めた。けっこう金は集まったが、水に溺れた者を浮かびあがらせるほどの響きを持った鐘が教会には必要だと思う神父は、それ以上のものを望んだ。頼み歩いて声をからした。体じゅうの骨がみしみし言いはじめた。土曜日が来ても、扉をつける金も集まらず、絶望で気が変になりそうだった。ニカノル神父は広場に即席の祭壇をすえてから、日曜日に、不眠症のころのように鈴を鳴らして町じゅうを回り、野外ミサに参集するよう呼びかけた。好奇心に駆られて大勢の人間が集まった。昔なつかしさに出かけた者もいた。仲介者を無視することを、神がご自身に加えられた辱しめと受け取られるのを恐れて出向いた者もいた。こうして朝の八時には、町の人間の半分ほどが広場に集まった。ニカノル神父は、喜捨を求めて声を出しすぎたために痛めた喉で福音を説いた。最後に、聴衆がぼつぼつ散りはじめたのを見て、一同の注意を引くために両腕を高くあげた。

「しばらくそのまま。これから、神の無限のお力の明らかな証拠をお目にかける」

そう言ってから、ミサの手伝いをした少年に一杯の湯気の立った濃いチョコレートを持ってこさせ、息もつかずに飲み干した。そのあと、袖口から取りだしたハンカチで唇をぬぐい、腕を水平に突きだして目を閉じた。すると、ニカノル神父の体が地面から十二センチほど浮きあがった。この方法は説得的だった。それから数日のあいだ、神父はあちこちの家を訪れて、チョコレートの力による空中浮揚術の実験をくり返し、袋を持った小坊主に金を集めさせた。おかげで多額の金を得ることができ、ひと月たらずのうちに教会の建設に取りかかった。この公開実験に神の力が働いていることを疑う者はなかったが、ホセ・アルカディオ・ブエンディアだけは別だった。ある朝、神の啓示をもう一度見ようと栗の木のまわりに集まった連中を、彼は冷然とながめていた。すわっている椅子(いす)ごとニカノル神父の体が地面から持ちあがったとき、ホセ・アルカディオ・ブエンディアは腰掛けの上でかすかに背を伸ばし、肩をすくめて言った。

「それはきわめて簡単なことだ。(ホーク・エスト・シンプリキシムム)その男は物質の第四態を発見したのだ」(ホモー・イステ・スタトゥム・クアルトゥム・マーテリアエ・インベニト)

神父が手をあげると同時に、椅子の四本の脚が地面についた。

「そうではない」(ネゴー)と神父は答えた。「この事実は神の存在を何らの疑いの余地なく証明するものだ」(ファクトゥム・ホーク・エクシステンチアム・デイ・プロバト・シネ・ドゥビオー)

この問答で、ホセ・アルカディオ・ブエンディアのちんぷんかんはラテン語だということが判明した。ニカノル神父は、彼と意思を通じることのできるのは自分だけという事情を利用して、そのいかれた頭に信仰を植えつけようとした。午後になるとやって来て栗の木のかげに腰をおろし、ラテン語で説教した。ところが、ホセ・アルカディオ・ブエンディアは小むずかしい説法やチョコレートの変性の話をてんから受けつけず、神の銀板写真を唯一(ゆいいつ)の証拠として要求した。そこでニカノル神父は円牌(えんぱい)や画像、果ては聖ベロニカの布*の複製まで持参したが、ホセ・アルカディオ・ブエンディアは科学的根拠のない職人の仕事だと言ってそれらをしりぞけた。あんまり頑固なので、ニカノル神父も彼の教化をあきらめて、その後はただ、人間的な気遣いから彼のもとを訪れることにした。そうなると、こんどはホセ・アルカディオ・ブエンディアが主導権をにぎり、いろいろと屁理屈(へりくつ)を並べて神父の信仰を突きくずそうとした。あるとき、ニカノル神父が盤と駒(こま)のはいった箱を栗の木まで運んでチェッカー*をやらないかと誘うと、ホセ・アルカディオ・ブエンディアは断わった。彼によると、基本的な原則について一致をみている二人のあいだで勝負をあらそう意味が納得できない、というのだった。チェッカーという遊びをそんなふうに考えたことのないニカノル神父はそれ以後、二度と駒を手にすることができなくなった。会うたびにホセ・アルカディオ・ブエンディアの正気にいっそう驚嘆させられた神父は、どういうわけで栗の木に縛りつけられているのか、と尋ねた。すると彼は答えた。

「それはきわめて簡単(ホーク・エスト・シンプリキシムム)なことだ。わしの頭がおかしいからさ」

神父は自分の信仰が心配になり、その後は二度と彼のもとを訪れようとしなかった。

そして、教会の工事を進捗させることにひたすら精力を傾けた。レベーカは希望がよみがえるのを感じた。ニカノル神父がその屋敷で昼食をとり、テーブルに集まった家族全員のあいだで教会が完成したときの儀式の厳粛さや盛大さが話題になった日曜日から、彼女の未来はその工事の進み具合ひとつに賭けられることになった。「レベーカがいちばん幸せ者ね」とアマランタは言った。そして、自分の言いたいことがレベーカにはわからないのを見て、何のかげりもない微笑を浮かべながら注釈を加えた。

「あんたの結婚式が教会びらきになるってことよ」

ほかの者が口出ししないうちにレベーカは応じた。今の工事の進み具合では、教会が出来あがるまであと十年はかかる。ニカノル神父はこの意見に賛成しなかった。信者が前より快く喜捨に応じるようになったので、そんなに時間はかからないはずだった。昼飯も食べおえられないほど腹を立てて黙りこんだレベーカを見て、ウルスラはアマランタの思いつきを褒め、工事がはかどるように相当な額の寄付を申しでた。さらにこれと同額の寄付があれば教会は三年で建つはずだ、とニカノル神父は計算した。このときから、レベーカはアマランタに口をきかなくなった。無邪気をよそおっているが、あんなことを言ったのには何か下心がある、と信じたからだ。「やろうと思えば、こんなことじゃすまないわよ」と、その夜の激しい口論のなかでアマランタは言った。「ともかくこれで、あと三年は、あんたを殺さずにすむのよ」。レベーカはこの挑戦に応じることにした。

あらたな延期を知ってピエトロ・クレスピは気落ちしたが、その彼への変わらぬ愛を示すようにレベーカは言った。「あんたさえよかったら、駆け落ちしましょう」。しかし、ピエトロ・クレスピはそんな大胆なことのできる人間ではなかった。恋する者にふさわしい衝動的な性格ではなかったし、手をつけてはならぬ金と同じように約束を大事にする男だった。そこでレベーカは、もっと思いきった手段に訴えることにした。不思議な風のために客間のランプが消え、暗闇でキスしている恋人たちの姿がウルスラの目にとまるようになった。あわてたピエトロ・クレスピは、近ごろの石油ランプは良くないとか何とか言い訳めいたことを言い、もっと安心のいく照明設備を客間にそなえようとする彼女の手伝いまで買って出た。ところが、こんども油が切れたり芯が動かなくなったりし、恋人の膝に腰かけているレベーカをウルスラは見かけた。もうどんな言い訳も信じないことにした。パン焼きの仕事をインディオの娘にまかせて、自分の若いころにも覚えのあるそんな古い手にだまされるものかと思いながら、揺り椅子に腰かけて恋人たちの逢いびきを見張った。「ママも気の毒ね」。客前であくびを連発し、うとうとしているウルスラを見て腹を立てながらも、レベーカはふざけて言った。「死んだら、きっと、その椅子の上にばけて出るわよ」見張りつきの恋も三カ月をすぎたとき、毎日のように見にいく工事が少しもはかどらないのにうんざりして、ピエトロ・クレスピは教会の完成に必要な金をニカノル神父に渡す決心をした。それを知っても、アマランタはあせらなかった。毎日やって来て廊下で刺繍や編み物をする友だちを相手に話をしながら、新しい計略を練った。ところが、ちょっとした手違いで、いちばん有効だと思う手段が失敗に終わった。それは、寝室のたんすにしまう前にレベーカが花嫁衣裳に入れたナフタリンの玉を捨てることだった。教会の完成まであと二カ月たらずというころに、彼女はそれを実行した。ところが、婚礼の日の近づいたことで気の落ち着かないレベーカは、アマランタの予想より早く衣裳の準備に取りかかった。たんすを開けて、まず紙を、それから虫よけのリンネル*をひろげると、衣裳の繻子やヴェールのレース、それにオレンジの花の被りものまでが虫に食われてぼろぼろになっていた。間違いなくふたにぎりのナフタリンを入れておいたはずだが、いかにも偶然の出来事のように見せかけてあるので、アマランタを責めるわけにいかなかった。結婚式まであとひと月もなかったが、幸いアンパロ・モスコテが、一週間で新しい衣裳を縫いあげてみせると約束してくれた。雨もよいのある日の正午ごろに、レベーカの最後の仮縫いをすませるため、盛りあがる泡のようなレースをかかえてアンパロが屋敷のなかへはいって来るのを見たとき、アマランタは気が遠くなるのを感じた。声が出なかった。ひと筋の冷たい汗が背骨を伝って流れた。この数カ月というもの、彼女はこの時がくるのを考えて恐怖におののいていたのだ。レベーカの結婚式の決定的なさまたげになるものを思いつかなければ、その頭からひねり出したあらゆる手段が失敗に帰した最後の瞬間には、毒殺だってやりかねない自分であることを心得ていたからだ。その日の午後、アンパロ・モスコテが無数のピンと底知れない辛抱づよさで留めていく胸甲のような繻子の下で、レベーカが息詰まるような暑さに悩まされていたとき、アマランタもまた編み物の針目を何度も間違えたり、針を指につき立てたりしていた。そのくせ彼女は驚くべき冷静さで、決行は結婚式の前日の金曜日、やり方はコーヒーに阿片チンキを一滴まぜてと、これだけのことを考えていた。

　無視できない予想外の大きな障害のために、結婚式はふたたび無期限に延期されることになった。式に予定された日の一週間前、真夜中近い時間に若いレメディオスが、はらわたを裂く吐気とともにこみあげる熱いスープで前を汚して目をさまし、それから三日後に、お腹にふたごを宿したまま自家中毒で死んだのである。アマランタは良心の呵責に苦しめられた。そうなればレベーカを毒殺する必要がなくなるため、何か恐ろしいことが起こりますようにと熱心に神に祈ってきたので、レメディオスの死は自分のせいであると思ったのだ。しかし、こんな障害が生じるように祈ったおぼえはなかった。レメディオスはこの家に明るい雰囲気を持ちこんでいた。夫といっしょに仕事場のわきの寝室に落ち着いて、まだ遠くない少女時代の人形やおもちゃを飾った。そのいきいきとした陽気さは寝室の壁を抜けて、さわやかな風のようにベゴニアの鉢の並んだ廊下まで達していた。彼女は朝早くから歌をうたった。レベーカとアマランタのあらそいに割ってはいる勇気のあるのも彼女にかぎられていた。ホセ・アルカディオ・ブエンディアの世話という骨の折れる仕事もすすんで引き受けた。食事を運び、毎日のしもの面倒をみ、石鹸とへちまで体を洗ってやり、髪や髭にたかった虱やその卵を取ってやった。棕櫚の小屋掛けの傷んだところをなおし、嵐のときには防水布で補強した。亡くなる前の何カ月かは、下手くそながらラテン語で話ができるようになっていた。アウレリャノとピラル・テルネラの子供が生まれて、この屋敷に連れてこられ、内輪の者だけの祝いの席でアウレリャノ・ホセという名前がつけられたときには、レメディオスは赤ん坊を自分の長男として育てることにきめた。その母性本能にはウルスラもびっくりした。一方、アウレリャノは彼女を得て、生きがいを感じるようになった。一日じゅう仕事場で働いた。お昼近くになると、レメディオスの手で一杯のブラックコーヒーがそこへ運ばれた。二人は、毎晩のようにモスコテ家を訪れた。アウレリャノは舅(しゅうと)を相手にきりもなくドミノの勝負をたたかわし、レメディオスは姉たちとおしゃべりをしたり、母親と大人同士の話をしたりした。ブエンディア家との縁組は、この町でのドン・アポリナル・モスコテの威信を高めることになった。彼は州庁の所在地へひんぱんに足を運んで当局に働きかけ、学校を建てさせることに成功した。そしてその世話を、祖父の教育熱心を引きついだアルカディオにまかせた。また人びとを説得して、国の独立記念日までに、町の大部分の家を青ペンキで塗らせた。ニカノル神父の願いをいれて、カタリノの店を町はずれの通りに移すことにし、ついでに町の中心部でにぎわっている数カ所のいかがわしい店を閉鎖した。あるとき、彼は銃を持った六人の警官を連れて戻ってきて、治安維持の任務を受け持たせた。町の人間で、ここには武装した連中は入れないという、昔の約束を思いだした者はひとりもいなかった。アウレリャノは、この舅のめざましい働きぶりを喜んだ。「いずれお前も、やっこさんのように太るぞ」と、友だちによく冷やかされた。ところが、座業によって頬骨がますます目立ち、眼光がいよいよ鋭くなっても、体重がふえたり、おっとりした性格が変わることはなかった。それどころか、孤独な瞑想癖(めいそうへき)やすぐれた決断力を示す、真一文字に結んだ唇の線がいっそう強められた。彼とその妻がふたつの家族のあいだに芽ばえさせた愛情はきわめて深く、レメディオスが子供の生まれることを告げたときには、レベーカやアマランタまでが一時休戦し、男の子の場合を考えて青い毛糸で、また女の子の場合にそなえてピンクの毛糸で、編み物を始めたほどだった。何年かたって銃殺隊の前に立つはめになったとき、アルカディオが最後に思いだしたのもレメディオスだった。

ウルスラは扉や窓を閉めきって喪に服し、どうしてもという用事でなければ、人の出入りをいっさい禁じてしまった。一年間は大きな声で話をすることも許さず、黒いリボンをかけたレメディオスの写真を通夜の行なわれた場所において、ランプの灯をともし続けた。のちに生まれた者たちは、ランプの灯こそ絶やさなかったが、プリー*ツのスカートと白いブーツをはいて、頭に紗(しゃ)のリボンを結んだこの若い娘を、世間一般の曾祖母(そうそぼ)のイメージと一致させることができなくて、写真の前で当惑したにちがいなかった。アウレリャノ・ホセの世話はアマランタがすることになった。孤独をわかち合う相手として、また、そのつもりはないのに途方もない祈りがレメディオスのコーヒーにそそぎ込んだ、阿片チンキの罪の呵責から自分を救ってくれる者として、アマランタは彼を迎えた。ピエトロ・クレスピは、帽子に喪章を巻いて夕方こっそり訪ねてきて、袖の長い喪服の下で血の気を失っていくように思われるレベーカのそばに静かにすわっていた。結婚式の新しい日取りなどは考えるだけでも罰あたりなことだったので、その婚約は永遠につづき、誰も気にとめない色あせた恋愛関係に変化した。昔はランプをわざと壊してキスをかわした恋人たちも、死神の手にゆだねられたとしか思えなくなった。途方に暮れ、すっかり気落ちしたレベーカは、また土を口にするようになった。

喪が長く続きすぎて、いつとはなしに刺繡の集まりが再開されたころのことである。暑さであたりが静まり返った午後の二時ごろ、不意に何者かが表の戸を外からあけた。その勢いで土台にのった柱がぐらぐらっとしたので、廊下で編み物をしていたアマランタとその友だちや寝室で指をしゃぶっていたレベーカ、台所のウルスラや仕事場のアウレリャノ、それに、たった一本の栗の木の下にいたホセ・アルカディオ・ブエンディアまでが、地震で屋敷が崩れるのだと思った。とてつもない大男がなかへはいって来た。幅の広い肩が戸口につかえそうだった。野牛のように太い首にロス・レメディオスの聖母のメダルをかけ、腕や胸に気味のわるい刺青（いれずみ）を一面に彫りつけ、右の手首には護符がわりのぴったりした銅の腕輪をはめていた。雨風にさらされて真っ黒に日焼けし、頭の毛は短く刈りこまれて騾馬（らば）のたてがみのようにさか立ち、顎（あご）は鉄ででもできているようにがっちりしていたが、視線はもの悲しげだった。幅が馬の腹帯の倍ほどもあるベルトを締め、かかとに鋲を打ったスパッツと拍車付きの長靴をはいており、彼が通りかかると、まるで地震のようにあたりのものが揺れた。彼は破れかかった袋をかかえたまま客間と居間を横切って、すさまじい地響きを立てながらベゴニアで飾られた廊下に姿をあらわした。そこにいたアマランタとその友人たちは体が麻痺したように針を動かす手を止めていた。「やあ」と、彼は疲れたような声で言って、仕事机の上に袋を投げだし、さらに奥へ歩いていった。そして、寝室の前を通りかかった彼を見てびっくりしているレベーカに、「やあ」と声をかけた。金細工の仕事場で夢中になって働いているアウレリャノにも、「やあ」と挨拶した。しかし、誰とも話をしなかった。まっすぐに台所へ行き、世界の果てで始まった旅もついに終わったとでもいうように、そこで初めて立ち止まった。そして「やあ」と言った。ほんの一瞬だったが、ウルスラはぽかんとなった。じっとその目を見つめたと思うと、あっと叫び声をあげ、うれしさのあまり何やらわめき、泣きながらその首にとびついていった。それは、ホセ・アルカディオだった。ここを去ったときと同じ無一文で帰ってきたので、ウルスラは馬の借り賃の十二ペソを立て替えなければならなかった。彼は、船乗り仲間の隠語をまじえたスペイン語をしゃべった。どこをうろついていたのかと聞かれても、「あっちこっちさ」と答えるだけだった。与えられた部屋にハンモックを吊って、三日間も眠りつづけた。目をさますと、十六個の生卵を飲んでから、まっすぐにカタリノの店へ向かった。堂々とした体は女たちの激しい好奇心を呼びさました。音楽を注文し、自分の奢(おご)りだと言ってみんなに酒を振る舞った。一度に五人の男を相手に腕ずもうの賭けをした。腕がぴくりともしないのを見て、みんなは言った。「とても考えられん。すげえ力をしてやがる」。カタリノは腕ずもうなど信用できないと言って、カウンターを動かせるかどうか、十二ペソの賭けをいどんだ。ホセ・アルカディオはそれを引きずりだし、目よりも高く差しあげて通りへ放りだした。もとへ戻すのに十一人の手が必要だった。お祭りさわぎもたけなわになったとき、彼は数カ国語の文句が青や赤で刺青された、信じられないような逸物をカウンターにのせて一同に披露した。目を輝かせてまわりに集まった女たちに、誰でもいい、いちばんいい値をつけてくれ、と言った。ふところのいちばん暖かそうな女が、二十ペソなら出すわ、と言った。すると彼は、一枚十ペソのくじをみんなで引くことを提案した。いちばん客の多い女でさえひと晩で八ペソかせぐのがやっとだったので、法外な値段だったが、みんなは喜んで承諾した。それぞれの名前を十四枚の紙に書いて帽子に入れ、一枚ずつ引いた。あと二枚になり、どちらかに当たることがはっきりしたとき、ホセ・アルカディオはさらに提案した。「もう五ペソずつ出せよ。おれひとりで、ふたりのお相手を勧めるから」

　彼はこれを商売にし、国籍不明の水夫仲間に身を投じて、六十五回も世界を回ってきたのだった。その晩カタリノの店でいっしょに寝た女たちが彼をホールまで運んで裸にしてみると、額といわず背中といわず、首から足の先まで、刺青のない個所はまったくなかった。彼は家族のなかにとけ込めなかった。昼間は寝ていて、夜になると、いかがわしい店でみいりのいいくじ引きをやった。時おりウルスラに言われて食卓についたが、そのさいの彼は実に魅力にあふれていた。遠い国々で経験した冒険の話をするときが、とくにそうだった。日本海で遭難して、二週間も漂流したことがあった。日射病で倒れた仲間の死体をくらって飢えをしのいだが、塩気のあるその肉は、さらに塩水につかり日にあぶられるうちに、丸薬のような甘い味がした。太陽のぎらぎらと照りつける真昼のベンガル湾上で、彼の船が海竜と戦って仕留めると、その腹中から十字軍の戦士の甲冑（かっちゅう）と尾錠と武器が出てきた。またカリブ海では、死の風のために帆は裂け、舟虫にマストも食い荒らされて、グアドループ*への航路を見失って漂流を続ける海賊ヴィクトル・ユーグ*の幽霊船に出会った。食卓のウルスラは、せっかくホセ・アルカディオが手柄話や冒険談を書き送ったのに、一度も着いたことのない手紙をいま読んでいるように、涙をぽろぽろこぼした。「ここに、こんなにいい家があるのに」と言って泣いた。「食べ物だって、豚に食わせるほどあるのに！」そのくせ心の底では、昼飯に仔豚半分をたいらげ、放屁で花を枯らしてしまうこの大男が、かつてジプシーに連れ去られた少年だということを信じかねていた。家族のほかの者も同じだった。アマランタは、食卓の彼の下品なおくびにたいする嫌悪を隠さなかった。自分の出生にまつわる秘密を知らないアルカディオは、明らかにその愛情を得ようとして彼が発する質問にも、ろくすっぽ返事をしなかった。アウレリャノはひとつ部屋で暮らした昔に返ろうとして、いろいろやってみた。秘密をわかち合った少年時代をよみがえらせようと努めた。しかしホセ・アルカディオは、海の生活で記憶しておかねばならぬことがありすぎて、昔のことなど忘れていた。ただレベーカだけが、ひと目で彼のとりことなった。あの午後、寝室の前を通りかかったホセ・アルカディオを見た彼女は、火山の噴火のような息づかいが屋敷のどこにいても聞えるこの男にくらべれば、ピエトロ・クレスピなどはただのきざな優男にすぎないことを悟った。しきりに口実をもうけてまつわりついた。あるとき、ホセ・アルカディオが無遠慮な目つきで彼女の体を見てこう言った。「お前も、なかなかいい女になったな」。この言葉で、レベーカは自制心を失った。昔のように、ふたたび土や壁の石灰をむさぼった。しゃぶりすぎて、親指にまめができた。死んだ蛭のまじった緑色の胃液をもどした。明け方のホセ・アルカディオのご帰館で家鳴りがするのを聞くまで、悪寒にふるえ、気が変になるのを必死にこらえながら、まんじりともせず待った。ある日の午後、みんなが昼寝を始めたころに、ついに耐えきれなくなったレベーカは彼の寝室へ足を向けた。眠ってはいなかったが、彼は船のもやい綱で柱に吊ったハンモックに、パンツ一枚で横になっていた。刺青だらけの大きな裸に気圧されて、彼女は思わず引き返しそうになった。「ごめんなさい。いるとは思わなかったのよ」と言い訳しながら、みんなを起こさないように声を小さくしていた。「こっちへおいで」と、彼は言った。レベーカはその言葉に従った。お腹にしこりができたような気分で、冷たい汗を掻きながらハンモックのそばに立った。するとホセ・アルカディオは、最初はくるぶしのあたりへ、ついでふくらはぎへ、さらに太腿へと指を這わせていった。そしてささやいた。「ああ、かわいい。かわいいよ」。手加減をしているとはいえ嵐のような力で腰を持ちあげられた。あっという間に下をむき出しにされ、小鳥のように八つ裂きにされたとき、彼女はそのまま息絶えそうになるのを必死にこらえなければならなかった。この世に生を享けたことを神に感謝するのが精いっぱい、あとは耐えがたい苦痛のなかの想像を絶する愉悦に意識ももうろうとして、流れる血を吸取り紙のようにふくんだハンモックの、もうもうと湯気のたつ汗の沼でもがきつづけた。

三日後の五時のミサで、ふたりは結婚式を挙げた。その前日にホセ・アルカディオはピエトロ・クレスピのもとを訪ねた。ちょうど竪琴(たてごと)を教えていたところだったが、わきへ呼びもしないで言った。「レベーカは、おれと結婚することになったよ」。ピエトロ・クレスピは真っ青になった。生徒のひとりに竪琴を渡して、その日のレッスンを打ち切った。楽器やゼンマイ仕掛けのおもちゃでいっぱいの部屋でふたりきりになったとき、ピエトロ・クレスピが言った。

「きみの妹じゃないか」

「気にしないね」と、ホセ・アルカディオは答えた。

ピエトロ・クレスピはラヴェンダーの匂(にお)うハンカチで額の汗をふいてから、教えさとすように言った。

「自然の掟に反することだよ。それに、法律も禁じている」

その言い分よりも顔の青白さに我慢がならず、ホセ・アルカディオは言い放った。

「自然の掟なんかくそくらえさ。レベーカにあれこれ聞くのも大へんだろうと思って、これだけを言いにきたんだ」

しかし、さすがに乱暴な彼もピエトロ・クレスピの目に涙が浮かぶのを見て弱気になり、声の調子を変えて言った。

「そうだ。どうしても所帯を持ちたけりゃ、アマランタがいる」

日曜日の説教で、ホセ・アルカディオとレベーカは兄妹ではないことがニカノル神父の口から明らかにされた。こんな人をばかにした話はないと考えたウルスラは、絶対にふたりを許さなかった。教会から戻ってきた新婚のふたりに、二度とこの家の敷居はまたがせないと申し渡した。自分にとって、ふたりはもう死んだも同然だ、とも言った。仕方なく彼らは、墓地の真正面に小さな家を借りて、ホセ・アルカディオのハンモックひとつを持ってそこに落ち着いた。式を挙げたその晩に、レベーカが上履きに隠れていた蠍に足を嚙まれた。舌にしびれが来たが、それはしかし、ふたりのけたたましい初夜のさまたげにはならなかった。近所の連中は、ひと晩に八回、そして昼寝どきに三回も町じゅうの人間の夢をやぶるよがり声に度肝を抜かれて、この途方もない情熱が死人の眠りを掻き乱すことがないように祈った。

アウレリャノだけがふたりのことを心配した。家具をいくつか買い与え、お金を用立てた。そのうちにホセ・アルカディオも現実の生活を考えるようになり、借家の中庭に隣り合った持ち主のいない土地を耕作しはじめた。それに引きかえてアマランタは、夢にまでみた幸福が目の前にさし出されているにもかかわらず、レベーカにたいする怨みを捨てることができなかった。実は、どうしてこの恥をそそげばいいのか考えあぐねたウルスラが言いだしたことだが、気丈にも失意から立ちなおったピエトロ・クレスピは、あれからもずっと、火曜日ごとにここで昼食をよばれていた。この屋敷の者に敬意を表して、いまだに黒いリボンを帽子に巻いており、ウルスラへの愛情のしるしに、ポルトガルの鰯(いわし)やトルコ産の薔薇(ばら)のジャム、時によると美しいマンテラ*などの舶載の品物をみやげに持参した。アマランタもいそいそと、やさしく迎えた。彼の好きそうなものを察し、シャツの袖のほつれを取ってやり、誕生日にはイニシャルを縫い取りした一ダースのハンカチを贈った。火曜日の昼食のあと彼女が廊下で刺繍を始めると、彼はさも楽しげにそばを離れようとしなかった。ピエトロ・クレスピにとって、いつまでも子供だと思い、そのつもりで付き合ってきたこの娘は思いがけない発見だった。愛嬌に欠けるところがあったが、万事によく気がついて、心根もやさしかった。ある火曜日、遅かれ早かれそうなると誰しも思っていたことだが、ピエトロ・クレスピは結婚を申しこんだ。彼女は刺繍の手をやすめなかった。耳のほてりが消えるのを待って、大人らしい落ち着いた声で答えた。

「いいわよ、クレスピ。でも、この気持ちがはっきりしてからよ。あせると、ろくなことないわ」

ウルスラはとまどった。ピエトロ・クレスピを立派な男だとは思うものの、レベーカとの長い評判の婚約さわぎのあとなので、道徳的にみて彼のこのたびの決心が正しいことか、そうでないのか、判断に迷ったからだ。しかし、ほかに同じような疑問をいだく者がいないので、とやかく言っても始まらない事実として認めることにした。ただ、家にこもってばかりいるアウレリャノが、次のような謎めいたことをきっぱりした口調で言うので、ウルスラはますます頭が混乱した。

「結婚だなんて、今はそんな気楽なことを考えてる時じゃないと思うな」

何カ月かたって初めてウルスラも納得がいったが、この考えは、その折りのアウレリャノが結婚だけでなく戦争以外のあらゆる問題について口にしえた、ただひとつの真剣な意見だった。彼自身が、銃殺隊の前に立たされたときでさえ、一連の小さな、しかし取り返しのつかない偶然の出来事のせいでこうなったのだということを、十分に理解できなかったのではないか。レメディオスの死も彼が恐れていたような動揺をもたらさなかった。それはむしろ、女気なしで暮らしていたころに経験したものに似ている、孤独で、消極的な失意へと徐々に解消していく静かな怒りの感情だった。彼はふたたび仕事に没頭したが、舅を相手にドミノをする習慣は捨てなかった。喪に服してひっそりしている家のなかの夜の話し合いは、ふたりの友情をますます強めることになった。「再婚したらどうかね、アウレリト」と舅はよく勧めた。「わしにはまだ六人も娘がいる。よりどり見どりだよ」。選挙が間近に迫ったころのある日、国内の政情を気づかって留守がちだったドン・アポリナル・モスコテが旅行から帰ってきて、自由主義者たちはいよいよ戦争をおっぱじめる気らしい、という話をした。当時のアウレリャノは保守党と自由党の区別もろくにできなかったので、舅はおおよそのことを説明してやった。その話によれば、自由党はフリーメイソンの会員で、坊主を縛り首にし、民事婚と離婚の制度を取りいれ、庶子にも嫡出子と同一の権利を認め、中央政府からその権利を剥奪する連邦制に国を分断することを主張している、ならず者の集まりだった。それに引きかえ、神から直接その権威を授かった保守党は、公共の秩序と家庭道徳の保持のために努力している。それはまた、キリストの信仰と権威の原則の護持者であり、国が多くの自治体に分裂するのを容認していない、ということだった。人間的な感情から、アウレリャノは庶子の権利についての自由党の態度に好感をいだいたが、それにしても、手で触れられないもののために、なぜ戦争という極端な手段に訴えなければならないのか、その理由がよくのみ込めなかった。舅が選挙にそなえて、政治熱で沸きたっているわけでもないこの町へ、銃で武装し軍曹に指揮された六人の兵隊を送りこませたことを行きすぎだと思った。兵隊たちはただ町へ乗りこんだだけでなく、各家庭をまわって狩猟の道具や山刀、台所の庖丁まで没収し、そのあと初めて、保守党の候補者の名前が書かれた青い投票用紙と、自由党の候補者の名前が書かれた赤い投票用紙を、二十一歳以上の男子に配布した。選挙の前の晩にドン・アポリナル・モスコテはみずから告示を読みあげて、土曜日の真夜中から四十八時間、アルコール類の販売と、同じ家族の者でない三名以上の集会を禁止した。選挙は支障なくすすめられた。日曜日の午前八時から、兵隊たちに守られた木の投票箱が広場におかれた。アウレリャノもその目で確かめることができたが、投票は完全な自由のもとに行なわれた。二度投票する者が出ないように、彼は舅と並んで一日じゅう見張っていたのだ。午後四時になり、広場の太鼓の連打によって選挙の終了が告げられると、ドン・アポリナル・モスコテは投票箱にたすきに封をし、それに署名した。その晩、彼はアウレリャノを相手にドミノをしながら、封を切って票をかぞえるよう軍曹に命令した。赤票と青票がほぼ同数だった。ところが軍曹は赤票の十枚だけを残して、その差を青票で埋めた。それから投票箱を新しい紙であらためて封印し、翌日の早朝に州庁へ送った。「これじゃ、自由党は戦争を始めますよ」とアウレリャノが話しかけると、ドン・アポリナル・モスコテはドミノの札から目を離さずに言った。「用紙をすりかえたからだろうが、そんなことには絶対にならん。文句が出ないように赤いやつも少し残しておいた」。アウレリャノにも野党の不利がよくわかった。「ぼくが自由党だったら」と彼は言った。「この投票用紙のことだけでも、戦争をおっぱじめますよ」。舅は眼鏡ごしに彼を見ながら答えた。

「ばか言っちゃいけない、アウレリト。もしきみが自由党だったら、たとえ娘婿だろうと、こんな投票用紙のすりかえなんか見せるものかね」

実際に町の人びとを怒らせたのは、選挙の結果よりもむしろ、兵隊たちが得物を返さないことだった。一団の女がアウレリャノのところへ押しかけて、舅と話をつけて庖丁を返すようにしてもらいたい、と申し入れた。ドン・アポリナル・モスコテは絶対に他言しないようにと言って、没収された得物は、自由党が戦争をたくらんでいる証拠として、すでに外部へ持ちだされたことを教えてくれた。この臆面(おくめん)もない話にアウレリャノは驚いた。その場では何も言わなかったが、たまたまある晩、ヘリネルド・マルケスとマグニフィコ・ビズバルがほかの仲間と庖丁の話をしていて、アウレリャノに自由党か、それとも保守党かと尋ねたとき、彼はためらわずに答えた。

「どっちかをえらべと言われたら、自由党だろうな。保守党の連中はペテン師だ」

翌日、彼は友人たちのすすめで、悪くもないのに肝臓を診てもらうためにアリリオ・ノゲーラ医師を訪れた。この嘘(うそ)がどういう意味なのかも彼は知らなかった。アリリオ・ノゲーラ医師は数年前に、まったく味のない丸薬の箱と、誰にも意味のわからない〈釘をもって釘を抜く〉と書かれた医者の看板をさげて、マコンドにやって来た。実のところ、彼は仮面をかぶっていた。はやらない医者らしい人の好さそうな顔の背後に、足かせを着けたままの五年の歳月がくるぶしに残した傷を膝までの靴で隠した、ひとりのテロリストがひそんでいた。連邦主義者の最初の反乱で捕えられた彼は、この世でもっとも憎いと思っている僧服で変装して、まんまとキュラソー*への逃亡に成功した。長い亡命生活の果てに、カリブ海全域からの亡命者によってキュラソーにもたらされる刺激的なニュースに居ても立ってもいられなくなって、密輸業者のスクーナー船*に乗りこみ、上質の砂糖を固めただけの丸薬の瓶と、自分で偽造したライプチッヒ大学の卒業証書を持って、リオアチャに姿をあらわした。彼は失望のあまり泣いた。亡命者たちが爆発寸前の火薬庫だと評した連邦熱はとっくにさめて、選挙というあいまいな期待に解消してしまっていた。挫折感に苦しめられた類似療法*のにせ医者は、老境を迎えるのに格好な土地を求めて、マコンドに身を隠すことにした。広場の一方に面したところに借りた空瓶だらけの狭い部屋で、あらゆる手を尽くしたあげく、ただ気休めに砂糖入りの丸薬でも飲んでみようかという、回復の見込みのない病人たちを食いものにして何年かを送った。ドン・アポリナル・モスコテが飾りもののような存在であるうちは、彼の政治的煽動者の本能も眠っていた。過去の思い出や喘息とのたたかいのうちに時はすぎていった。ところが、間近に迫った選挙に口火を切られるかたちで、彼の政府転覆の野望がふたたび目ざめた。政治的知識に欠けた町の若い連中と接触をはかり、ひそかに煽動して回った。ドン・アポリナル・モスコテは若い連中の面白半分のいたずらだと言って片づけたが、投票箱からあらわれた多数の赤い投票用紙も、実は医者のさしがねだった。選挙なんて猿芝居だということを教えるために、弟子たちに投票を命じたのだ。「有効な手段はひとつしかない」と彼は言った。「そいつは暴力だ」。アウレリャノの友人の多くが保守体制の打破という考えに夢中になっていたが、町長との関係だけでなく、その孤独で逃避的な性格を考えて、アウレリャノを計画の仲間に誘おうとする者はひとりもなかった。彼が舅の指示どおりに青票を投じたこともわかっていた。そういうわけで、彼がその政治的感想を述べたのが単なる偶然なら、ありもしない病気の治療に医師を訪れる気になったのも、ただ、ふっと好奇心が動いただけのことだった。蜘蛛（くも）の巣にまでナフタリンの臭（にお）いのしみついた不潔な部屋で出会ったのは、息をするたびに肺がシュウシュウ音を立てるイグアナめいた、薄汚い男だった。医者は何も聞かずに彼を窓のそばへ連れていき、下の瞼（まぶた）を裏返しにしてしらべた。教えられていたとおり、アウレリャノは言った。「そこじゃありません」。指の先で肝臓のあたりを強く押えて、さらに言った。「ここですよ。痛くて眠れないんです」。するとノゲーラ医師は、日射しが強すぎると言って窓を閉め、保守党の連中を抹殺することがなぜ愛国的義務であるか、手短に説明した。数日のあいだ、アウレリャノはシャツのポケットにしのばせて小さな薬瓶を持ち歩いた。二時間ごとに取りだして手のひらに三粒の丸薬をのせ、一度に口のなかへほうり込んで、ゆっくり舌で溶かしていった。類似療法を信じていることをドン・アポリナル・モスコテに笑われたが、陰謀に加担する者たちからは仲間のひとりとして認められた。町の建設者の息子たちのほとんど全員が一味だった。しかし、そのうちの誰ひとりとして、自分たちのたくらんでいる行動が具体的にどういうものか知ってはいなかった。ところがアウレリャノは、医者から秘密を打ち明けられたその日に、陰謀の大略を知ってしまった。保守政権打倒の必要性を痛感するようになってはいたが、その計画にはおぞけをふるった。ノゲーラ医師は個人テロの信奉者だった。彼のやり方は要するに、個別的なテロを積みあげていき、巧みにそれを全土に及ぼし、家族ともども、とくに保守主義を芽のうちに摘み取るために子供をふくめて、政府関係者を粛清するというものだった。ドン・アポリナル・モスコテとその六人の娘も、もちろんリストのなかにはいっていた。

「先生は自由主義者でも何でもない」と、顔色も変えずにアウレリャノは言った。

「豚殺しよりひどいよ」

医師も同じように落ち着きはらって言った。「それじゃ、薬瓶を返してもらおうか。もう必要ないだろう」

それから半年ほどしてやっとアウレリャノは、あれは行動家としては落第だ、消極的で孤独癖が強すぎる、ああ感傷的では大物にはなれない、と医者が言ったことを知った。みんなは陰謀を密告されるのを恐れて、彼を軟禁しようとした。アウレリャノは彼らを安心させるために言った。ひとことも洩らしはしない、ただ、モスコテ家の者を皆殺しにしようとすれば、たとえそれが夜でも、自分が門のところに立っているだろう、と。固い決意のほどがうかがわれたので、計画は無限に延期されることになった。ウルスラがピエトロ・クレスピとアマランタの結婚について彼の意見を求めたのがその前後だったので、今はそんなことを考える時ではないという、あんな返事をしたのだ。一週間前から、アウレリャノは時代物のピストルをシャツの下にしのばせていた。友人たちの様子をうかがった。そして午後になると、ようやく家のなかをとのえ始めたホセ・アルカディオとレベーカのところへ寄ってコーヒーをよばれ、七時以後は舅とドミノをした。昼飯のときにはアルカディオと話し合ったが、すでに体格のいい若者に成長していたアルカディオは、切迫している戦争のうわさで日ましに興奮していった。やっと口のきけるようになった子供たちと、彼よりも年長の生徒たちがいっしょに通っている学校にも、アルカディオは自由の火をともした。ニカノル神父を銃殺し、教会を学校にかえ、自由恋愛を認めることなどについて語った。アウレリャノは鼻息の荒い彼を抑えようとした。慎重さと分別をすすめた。その冷静な判断や現実的な考え方には耳を貸そうとしないで、アルカディオはアウレリャノの優柔不断をみんなの前で批難した。アウレリャノは時機を待つことにした。とうとう十二月初旬のある日、ウルスラがうろたえながら仕事場に駆けこんできて、言った。

「戦争が始まったわよ!」

実際には、すでに三カ月前から始まり、全土に戒厳令が敷かれていた。勃発と同時にドン・アポリナル・モスコテひとりがそれを知ったが、町を急襲し占領する分隊が到着するまでは、妻にも教えなかった。夜の明けないうちに、兵隊たちは野砲二門を騾馬に引かせて静かに潜入し、学校に宿営した。午後六時以後の外出を禁止した。一軒一軒しらみつぶしに、前回以上に徹底した捜索を行なって、今回は鍬や鋤までさらっていった。ノゲーラ医師を引きずり出し、広場の木の根元に縛りつけて、裁判にもかけずに銃殺した。空中浮揚の術で軍を驚かせようとしたニカノル神父は、兵隊に銃の台尻で頭をぶち割られた。自由主義への熱狂は消えて沈黙の恐怖が生まれた。アウレリャノは相変わらず、蒼白の顔で、黙って舅のドミノの相手を務めていた。町長兼司令官という現在の肩書にもかかわらず、ドン・アポリナル・モスコテがまたもや飾りものに戻ったことを知った。ひとりの大尉がすべてを掌握し、治安維持の名目で特別の税金を取り立てた。狂犬に嚙まれたある女は、大尉に指揮された四人の兵隊によって無理やり家族のもとから引きずり出され、通りのど真ん中で銃でなぐり殺された。占領から二週間たったある日曜日、アウレリャノはヘリネルド・マルケスの家を訪れて、いつものようにのんびりした口調で、ブラックコーヒーを飲ませてくれ、と言った。台所でふたりきりになると、アウレリャノはそれまで聞いたことのない威厳にみちた声で言った。「みんなに準備させろ。戦争に出かけるんだ」。ヘリネルド・マルケスは耳を疑った。

「武器はどうする?」と聞いた。

「やつらのをいただくさ」とアウレリャノは答えた。

火曜日の真夜中、食卓のナイフと研ぎすました鉄片で武装し、アウレリャノに率いられた三十歳未満の二十一人の男は、作戦も何もなしで守備隊を不意打ちし、兵器を奪い、女を撲殺した大尉と四人の兵隊たちを中庭で銃殺した。

銃殺隊の銃声の聞えるなかで、アルカディオが町長兼司令官に任命された。反乱軍の家持ちの兵士たちはあわただしく妻に別れを告げ、後事を託した。最新の情報によればマナウレの近くにいる革命軍総司令官、ビクトリオ・メディーナ将軍の部隊に合流すべく、恐怖から解放された町の人びとの歓呼を浴びながら、夜明けに出発した。それに先立って、アウレリャノはドン・アポリナル・モスコテを衣裳だんすの奥から引っぱりだして言った。「心配いりませんよ、お義父さん。あなたと家族の安全は、新政府が名誉にかけて保障します」。ドン・アポリナル・モスコテは、長靴をはき銃をはすに背負ったこの反徒が、夜の九時までドミノをやった相手とわかるまでにかなり手間どった。

「アウレリト、ばかなまねはやめるんだ！」と叫んだ。

「ばかな、ってことはないでしょう」とアウレリャノは答えた。「戦争ですよ。二度とぼくを、アウレリトと呼ばないでください。今ではぼくは、アウレリャノ・ブエンディア大佐なんです」

アウレリャノ・ブエンディア大佐は三十二回も反乱を起こし、そのつど敗北した。十七人の女にそれぞれひとりずつ、計十七人の子供を産ませた――ただし、彼らは一夜のうちにつぎつぎに人手にかかって死に、いちばん長命の者でさえ三十五歳までしか生きられなかった。大佐はまた十四回の暗殺と七十三回の伏兵攻撃、一回の銃殺刑の難をまぬかれた。馬一頭を殺すのに十分なストリキニーネ入りのコーヒーを飲みながら、死ななかった。大統領から授与される勲功章も辞退した。最後には全土を支配する革命軍総司令官の地位につき、政府がもっとも恐れる人間となったが、そうなってからも写真だけは絶対に撮らせなかった。戦後に与えられることになった終身年金も断わって、マコンドの仕事場でこしらえた魚の金細工を売ってえた金で老後を送った。つねに部下の先頭に立って戦いながら、その体に残った傷は、ほぼ二十年にわたる内乱に終止符を打ったネールランディア協定*に署名したあとで、大佐自身が自分に負わせたものだけだった。胸にピストルの弾丸をぶち込んだが、急所をはずれて背中へ抜けたのだ。これだけのことをやってあとに残ったものは、大佐の名前がついたマコンドの一本の通りにすぎなかった。しかし、老衰で亡くなる二、三年前に自分から告白したとおり、ビクトリオ・メディーナ将軍の部隊に合流すべく二十一人の部下をひき連れて町を去ったときの大佐は、それさえ期待していなかった。

「マコンドはお前にまかせる」。出発に先立って大佐がアルカディオに言ったのは、ただこれだけだった。「このすばらしい町を、おれたちが戻ってくるまでに、もっと立派にしといてくれ」

この忠告にアルカディオはひどく勝手な解釈を加えた。メルキアデスの蔵書の一冊の挿画から思いついて元帥の袖章と肩章のついた軍服を作らせ、銃殺された大尉のもので金モールの飾り紐のついたサーベルを腰にさげた。町の入口に砲二門をすえ、彼の煽動的な演説を聞いてのぼせあがった旧生徒らに兵隊服を着せた。外部の者に難攻不落の印象を与えるために、武装した彼らに通りを徘徊させた。これはすこぶる危険な策だった。政府軍も十カ月ほどは攻撃を手びかえていたが、いったん開始したさいには、半時間たらずで抵抗を終わらせる大部隊を殺到させたからだ。指揮を執りはじめた当日から、アルカディオは布告好きなところを示した。その場の思いつきを命令し処置させるために、一日に四回も布告を出した。十八歳以上の男子を対象に徴兵制を敷いた。午後六時を回っても通りをうろついている家畜は徴発するというお触れを出し、成年男子には強制的に赤い腕章をつけさせた。従わなければ銃殺だとおどしてニカノル神父を司祭館に押しこめ、自由党の勝利を祝うためでなければ、ミサを行ない鐘を鳴らすことを禁止した。甘く見られるといけないというので、かかしを標的に銃殺隊の射撃訓練をやらせた。最初は誰も本気にしなかった。たかが学校の生徒じゃないか、大人のまねをして楽しんでいるんだ、そう思った。ところがある晩、アルカディオがカタリノの店にはいって行くと、楽団のトランペット吹きがファンファーレで迎えた。お客はどっと笑ったが、アルカディオは当局者を侮辱したかどでその男を銃殺にした。これに抗議した連中は学校の一室の足かせにくくりつけ、パンと水しか与えなかった。「人殺し！」彼が勝手なことをするたびにウルスラは食ってかかった。「アウレリャノが知ったら、お前こそ銃殺だよ。そうなれば、いちばん喜ぶのは、このわたしだってことを忘れないでおくれ」。しかし、何を言っても効き目はなかった。アルカディオは必要以上にきびしく振る舞って、ついにはマコンドでもっとも残忍な支配者になった。「天下が変わって苦しむのはやつらだ」と、あるときドン・アポリナル・モスコテが言った。「自由党の楽園なんて、こんなものさ」。やがてそれはアルカディオの知るところとなった。彼はパトロールの先頭に立ってその家を襲い、家具をめちゃめちゃにし、娘たちを鞭で打ち、ドン・アポリナル・モスコテを引っ立てた。ウルスラが恥ずかしさのあまり声をあげ、コールタールをしませた鞭を激しく振りまわしながら兵営に駆けこんでいくと、アルカディオ自身が撃ての命令を銃殺隊にくだそうとしているところだった。

「よくまあこんなことが！　この父無し子！」とウルスラは叫んだ。

アルカディオに身がまえるひまを与えないで最初の一撃をお見舞いした。「やれるものならやってごらん、この人殺し！」彼女は叫びつづけた。「ろくでなし！　殺すんだったら、わたしもやっとくれ。そうすれば、お前みたいな化けものを育てて恥ずかしがることも、こうやって泣くこともなくなるから」。手加減せずに鞭を振りおろしながら中庭の奥まで追いつめると、アルカディオは蝸牛のように体を丸くしてその場にうずくまった。ドン・アポリナル・モスコテは、それまで射撃訓練の弾丸をくらってぼろぼろになったかかしが立っていた棒に縛られて、気を失っていた。銃殺隊の少年たちは、いずれはウルスラが自分たちにも襲いかかるだろうと思って、ちりぢりに逃げてしまった。ところが、ウルスラは見向きもしなかった。裂けた軍服を引きずり、苦痛と怒りで泣きわめいているアルカディオをうっちゃらかし、ドン・アポリナル・モスコテの縄をほどいて家へ連れ帰った。兵営を出ていくさいに、足かせにつながれた囚人たちを釈放した。

　このときから、彼女が町の支配者になった。日曜日のミサを復活し、赤い腕章の着用をやめさせ、気むずかしい布告を廃止した。しかし、気丈そうに見えていても、彼女は心中ひそかに身の不運を嘆きつづけていた。淋(さび)しさに耐えきれなくなると、慰めにはならないと知りながら、栗(くり)の木のかげに見捨てられている夫のもとを訪ねた。「どう、近ごろのこのありさま？」棕櫚(しゅろ)の小屋を今にも押しつぶしそうな六月の雨が降りつづくなかで、彼女は話しかけた。「屋敷のなかはがらんどうよ。子供たちはどっかへ行って、初めと同じように、わたしたちふたりきりになったみたい」。ホセ・アルカディオ・ブエンディアは無意識の淵(ふち)の底に沈んだまま、彼女のくりごとには知らん顔をしていた。頭がおかしくなり始めたころは、それでも下手なラテン語で、どうしてもという毎日の用事を伝えたものだった。アマランタが食事を運んでいくと、つかの間だが正気に戻って、つらいと思うことを訴え、吸い玉*や芥子泥(からしでい)*の治療をおとなしく受けた。ところが、ウルスラが泣きごとを言いにそばへ寄るころには、身のまわりの現実とのつながりを完全に失っていた。彼女は腰掛けにすわらせて体を洗ってやりながら、家族の消息を話してきかせた。「アウレリャノは戦争に出かけたのよ。もう四カ月になるかしら。それっきり便りはないけど」。石鹸をつけたへちまで背中をこすりながら、言った。「ホセ・アルカディオが戻ってきたわ、一人前になって。あんたより背が高いんじゃないかしら。体じゅうに刺青なんかして。あれじゃ、この家の名を汚すために帰ってきたようなものよ」。ところが悪い便りを聞かせると、夫が悲しそうな顔をすることにウルスラは気づいた。そこで、いっそ嘘をつくことにした。「わたしの言ったこと、気にしないでね」。シャベルですくって捨てるために夫の糞に灰をふりかけながら話しかけた。「ホセ・アルカディオとレベーカが結婚したのよ。とっても幸福に暮らしているわ」。あまり本気になって相手をだまそうとしたために、しまいには彼女自身がその嘘で慰められるようになった。彼女は言った。「アルカディオはまじめな子よ。とても勇敢で、軍服とサーベルをつけたところなんか、ほんとに惚れぼれするわ」。しょせんは死人に話しかけるようなものだった。ホセ・アルカディオ・ブエンディアがいっさい悩みを感じない境地に達していたからだ。それでも彼女はやめなかった。彼がひどくおとなしく、何ごとにも関心を示さないので、縄をといてやることにした。ところが、彼は腰掛けから立とうともしなかった。目に見える縄よりもっと強い力で栗の幹に縛られているから縄など不要だというような顔で、相変わらず雨風に身をさらし続けた。長い冬が始まろうとする八月の中旬に、ウルスラはやっと真実らしい便りを伝えることができた。

「ねえ、いいことばっかり続くわよ」と話しかけた。「アマランタとあの自動ピアノのイタリア人が、近いうちに結婚することになったわ」

事実、アマランタとピエトロ・クレスピは、こんどはもう監視などいらないと考えるウルスラの信頼につつまれながら、たがいの気持ちを深めあっていた。それはいわば、かわたれどきの婚約、だった。夕方になるとイタリア人は襟に山梔子（くちなし）の花を挿してあらわれ、アマランタのためにペトラルカのソネットを訳して聞かせた。薄荷（はっか）と薔薇の匂いがむんむんする廊下にふたり並んで、戦争のごたごたや悪いニュースもどこ吹く風、蚊に追われて広間へ引っこまなければならなくなるまで、彼は本を読みふけり、彼女はレースを編みつづけた。アマランタの感じやすい心、控えめのようで相手をすっぽりつつみ込む愛情は、恋人のまわりに目に見えない蜘蛛の糸を張りめぐらした。八時に辞去しようとすると、彼は文字どおり、指輪のない青白い手でその糸を払いのけなければならなかった。ピエトロ・クレスピがイタリアから受け取る絵はがきで、ふたりはきれいなアルバムをこしらえていた。矢でつらぬかれた心臓と鳩（はと）がくわえた金色の帯のカットがはいった、人気（ひとけ）のない公園で寄り添っている恋人たちの絵。

「フィレンツェのこの公園には行ったことがある」。絵はがきをめくりながら、ピエトロ・クレスピが言った。「手を伸ばすと、鳩がおりてきて餌を食べるんだよ」。ヴェネチアの水彩画を前にしていると、時には懐かしさのあまり、むっとするほどのあたりの花の香りが運河の底のへどろや腐った貝の臭いに変わってしまうこともあった。アマランタは溜め息をつき、笑った。華やかな過去をしのばせるのは廃墟の猫だけという古い都があり、子供じみた言葉をしゃべる美しい男女が住んでいる、第二の母国をあれこれ夢想した。愛を求めて海をわたり、レベーカの激しい愛撫のなかで欲情と混同したりしたあげく、ようやくピエトロ・クレスピもそれを見いだしたのだ。幸福は商売の繁昌をもたらした。そのころ、彼の店はほとんど町のブロックひとつを占めるようになっていた。そこには、いっせいにチャイムを鳴らして時を告げるフィレンツェの鐘楼の模型、ソレント*製のオルゴール、蓋をあけると五音符の曲をかなでる中国産のコンパクト、そのほか想像し工夫できるかぎりの楽器やゼンマイ仕掛けの品物がそろっていて、人びとの空想を掻きたてた。弟のブルーノ・クレスピが店のほうを取りしきっていた。彼だけでは音楽教室の世話をするのが精いっぱいだったからだ。彼のおかげで、目がちらちらするほどの品物で飾り立てられたトルコ人街は、アルカディオの独断的な行動や遠い戦争の悪夢を忘れさせてくれる、妙なる楽の音をたたえた淵になっていた。ウルスラが日曜日のミサの再開を命じたとき、ピエトロ・クレスピはドイツ製のオルガンを教会に寄贈し、子供たちを集めて聖歌隊をつくり、グレゴリオ聖歌を用意して、ニカノル神父の寡黙な儀式に華やかさを添えてやった。誰もがアマランタは幸福な妻になれるだろうと思っていた。無理はしないで自然な心の動きにまかせているうちに、ふたりの気持ちは、あとは結婚式の日取りを決めるだけというところまで深まった。別にこれといった障害もなさそうだった。何度も日延べをしてレベーカの運命をねじ曲げる結果になったことをひそかに悔んでいたので、ウルスラはこれ以上、悔いを重ねるようなことはすまいと心に決めていた。レメディオスの死をいたむ喪のきびしさも、戦いの日々の苦しみやアウレリャノの不在、アルカディオの乱暴な振る舞いやホセ・アルカディオとレベーカの勘当などの出来事で、いつとはなしにゆるめられていた。挙式の日もそう遠くはないと考えたピエトロ・クレスピは、今では自分の子供のような気がする、アウレリャノ・ホセを長男として引き取ってもよい、と申し出た。どう考えても、アマランタが何のさわりもない幸福に近づきつつあることは確かだった。ところがレベーカとは逆で、彼女は少しもあせらなかった。卓布に色あざやかな模様を入れ、みごとな紐を編み、クロス・ステッチで孔雀を刺繡していくあの根気のよさで、彼女はピエトロ・クレスピがこれ以上は我慢できないと言いだすのを待った。その時は八月のうっとうしい長雨とともに訪れた。ピエトロ・クレスピは彼女の膝から刺繍の籠を取りあげ、その手を強くにぎりしめて言った。「これ以上待たされるのは嫌だ。来月、結婚しよう」。氷のような手でさわられてもアマランタは震えはしなかった。すばしこい動物のように自分の手を引っこめて、ふたたび刺繍を始めた。

「ばかなこと考えないで、クレスピ」と、微笑さえ浮かべて答えた。「死んでもあなたと結婚なんかしないわよ」

ピエトロ・クレスピは逆上した。絶望のあまり両手をもみしぼり、恥も外聞もなく泣いて訴えたが、彼女の心を動かすことはできなかった。「時間のむだよ」。アマランタが言ったのはこれだけだった。「ほんとうに愛しているのだったら、二度とこの家には来ないでちょうだい」。ウルスラは恥ずかしさでどうにかなりそうだった。ピエトロ・クレスピはひたすら哀願した。信じられないほど卑屈な態度を示した。それで彼の気がすむのならどんなことでもするつもりのウルスラの膝にすがって、一日じゅう泣いていた。雨だというのに夜、せめてアマランタの寝室の明かりでも見ようと、絹のこうもり傘をさして屋敷のまわりをうろついている彼の姿が見られた。彼は精いっぱいのおめかしをした。悩める皇帝を思わせる堂々とした頭部には、ある奇妙な威厳さえそなわった。例の廊下での刺繡に出かけていくアマランタの友だちにつきまとって、彼女を説得してくれるように頼んだ。商売のことなど忘れてしまった。一日じゅう店の奥にこもって、封も切らずに突き返されることがわかっているのに、ばかばかしい文句をつらねた手紙を書き、押し花や剝製の蝶を添えてアマランタのもとへ届けさせた。一人きりになって、何時間も竪琴を弾いていた。ある晩、彼は歌をうたった。マコンドの人びとは、この世のものとは思えない竪琴の調べと、これほどの熱い思いのこめられたものがほかにあるとは思えない歌声に心を洗われ、恍惚となって目をさました。そのときピエトロ・クレスピは、町のすべての窓に灯がともるのを見た。ただ、アマランタの部屋の窓をのぞいて。十一月二日の万霊節*の日に弟が店をあけてみると、ランプが全部つけっ放しになっており、オルゴールの蓋がいずれもあいていて、すべての時計が同じ時間をさして動いているのが目にはいった。そしてこのでたらめな合奏のなかで、ピエトロ・クレスピがかみそりで手首を切り、安息香入りの金だらいに両手を突っこんで、奥のデスクにうつぶせになっているのを見つけた。

ウルスラはわが家で彼の通夜をいとなむことにした。ニカノル神父は葬儀にも埋葬にも反対だった。その神父に向かってウルスラは言った。「神父さんやわたしがどう思おうと、あの男は聖人みたいな人間でした。神父さんには悪いけど、メルキアデスの墓のそばに埋めさせてもらいますよ」。町じゅうの人間のあと押しもあり、盛大な葬儀をいとなんで埋葬した。アマランタは寝室から一歩も外へ出なかった。ベッドにすわって、ウルスラの泣き声、家に出入りする大勢の人間の足音や話し声、泣き女のわめき、そしてそのあとの、踏みにじられた花の香りにみちた深い静寂に聞き耳をたてていた。当分のあいだ、彼女は夕方になると、ピエトロ・クレスピのラヴェンダーの匂いにつきまとわれたが、必死に耐えて、どうにか頭だけは変にならずにすんだ。ウルスラは彼女を見かぎった。ある日の午後、アマランタが台所へ行って、燃えているかまどの火に片手を突っこみ、あまりの苦しさに、もはや苦痛どころか焼けただれた自分の肉の耐えがたい臭気しか感じなくなったときでさえ、ウルスラは哀れみの目で見ようとはしなかった。それは、心の悔いをいやすための荒療治だった。数日のあいだ、彼女は卵の白身のボウルに手を入れたまま屋敷のなかをうろうろしていた。やけどがなおると同時に、卵の白身のおかげで彼女の心の傷も癒えたように思われた。悲劇が外部に残していった跡は、彼女がやけどの手に巻いて死ぬまでほどこうとしなかった、黒いガーゼの繃帯にかぎられた。

　アルカディオは珍しく寛大なところを見せ、布告を出してピエトロ・クレスピを町葬にすると言った。これをウルスラは、迷える仔羊の帰宅と解釈した。しかし、それは思い違いだった。軍服を着はじめたころではなく、そのはるか以前から、アルカディオは彼女のものではなくなっていたのだ。レベーカの場合もそうだが、彼女としては何のわけへだてもなく、わが子同様に彼を育ててきたつもりだった。ところがアルカディオは、不眠症の流行したころやウルスラが金もうけに夢中になっていた時期、ホセ・アルカディオ・ブエンディアの様子が変になりはじめたころやアウレリャノが自分の世界にこもってしまった時期、さらにアマランタとレベーカのあいだに激しい敵意が燃えさかっていた月日などを、子供ながらも淋しく、おどおどしながら生きてきたのだった。アウレリャノにしても、彼に読み書きを教えてくれはしたが、何の血のつながりもない人間のように、心のなかではほかのことを考えていた。服だって、そろそろ捨てようかというころになってから、ビシタシオンにちぢめてもらえと言ってゆずってくれた。アルカディオは、大きすぎるだぶだぶの靴やつぎはぎのズボン、女のような尻をいつも苦にしていなければならなかった。いちばん心が通じあうのは、その言葉で話のできるビシタシオンとカタウレだった。ほんとうに彼のことを心にかけてくれたのはメルキアデスだけで、理解できない本を読んで聞かせ、銀板写真術について教えてくれた。メルキアデスが死んだとき、心のなかでどれほど彼が泣いたか、また、むだなことだが書付けを懸命にしらべて、メルキアデスを生き返らせようとどれほど努力したか、そのことを考えた者はひとりもいなかった。みんなが彼の言うことを聞き尊敬してくれる学校。ついで、断固とした布告ときらびやかな軍服で象徴される権力。長いあいだの惨めな思いから彼を救ってくれたのはこのふたつだった。ある晩カタリノの店で、ひとりの男がこんなことを言った。

「あんたは、あんまり苗字に似つかわしくないな」。みんなの予想を裏切って、アルカディオはその男を銃殺にはしなかった。

「うれしいことを言ってくれるね」と言った。「実は、おれはブエンディア家の人間じゃないんだ」

　彼の出生の秘密を知っている連中は返事を聞いて、彼もそれを心得ているのだと思った。ところが実際には、何も知ってはいなかった。いつか銀板写真術の実験室で彼の血を沸きたたせたことがあるが、実の母のピラル・テルネラの姿は、まずホセ・アルカディオの場合、つぎにアウレリャノの場合がそうだったが、彼の脳裏に強く焼きついて離れなくなっていた。かつての魅力的な体つきや華やいだ笑い声は失っていたけれども、煙のようなその匂いを追っていくと、かならずそこに彼女がいた。戦争が始まる少し前のことだった。お昼ごろ、いつもより遅れて彼女が下の子供を迎えに学校へ行くと、昼寝の場所で、のちに足かせのおかれることになる部屋のなかで、アルカディオが彼女を待っていた。子供が中庭で遊んでいるあいだ、彼はピラル・テルネラがかならずここを通ることを知っていて、不安に震えながらハンモックの上で待っていたのだ。アルカディオは彼女の手首をつかんでハンモックに引き入れようとした。「だめ、だめよ」。ぞっとしてピラル・テルネラは叫んだ。「ほんとはわたしも、あんたの好きなようにしてあげたいのよ。でもね、だめなの。神様に誓ってもいいわ」。アルカディオは父親ゆずりの怪力で彼女の腰をかかえた。肌に触れたとたんに、まわりの世界が消えていくのを感じた。「お上品ぶらなくてもいいじゃないか」と言った。「みんな知ってるんだ、お前が誰とでも寝るってことは」。ピラル・テルネラは自分の惨めな運命がつくづくいやになったが、それをこらえて小声でささやいた。

「これじゃ子供たちに見つかるわ。今夜、戸をあけておいてよ」

その晩、アルカディオはハンモックに寝て、おこりにかかったように震えながら彼女を待った。いつまでたっても明けない夜のにぎやかな虫の声と、容赦なく時を告げる石千鳥の声を聞きながら眠らずに待っていた。そのうちに、だまされたのだという確信がだんだん強くなった。あせりが腹立ちに変わったころ、ふいに戸があいた。それから何カ月かたって銃殺隊の前に立つはめになったとき、アルカディオは、教室のなかをうろうろする足音や腰掛けにつまずく物音、それから最後に、部屋の暗闇(くらやみ)のなかでも感じられる濃い人影や自分のものではない心臓の鼓動を伝える空気の震えなどを思いだしたにちがいない。手を伸ばすと、一本の指にふたつも指輪をはめて、暗闇で溺れかけている別の手に出会った。翅脈のように走る血管と、わが身の不幸をかこつ脈搏に触れた。死神によって生命線が親指のつけ根で断たれている、湿った手のひらを感じた。そのときになって彼は、それが待っていた女ではないことに気づいた。煙くさい体臭のかわりに花の香料入りの髪油の匂いがし、男のように小さな乳首をのせた胸がゆたかに盛りあがり、胡桃のように硬くまろやかなセックスがあって、うぶでやさしい心のときめきが感じられた。女はまだ処女で、とても本名とは思えないサンタ・ソフィア・デ・ラ・ピエダという名前だった。ピラル・テルネラは全財産の半分に相当する五十ペソを彼女に与えて、自分にかわってこうしてくれと頼んだのだ。両親の小さな食べ物屋を手伝っているのを何度も見かけたことがあるが、アルカディオはとくに彼女に目をつけたことはなかった。奇妙なことに、必要なとき以外はそこにいるのかいないのか、わからないような女だったからだ。しかしその日から、彼は仔猫のように体を丸くして、彼女のわき腹のぬくもりを求めた。彼女は、ピラル・テルネラから貯金のさらに半分を与えられた両親の許可をえて、昼寝の時間になると学校へやって来た。後日、政府軍の兵隊からそこを追い出されたとき、ふたりは奥の缶入りバターと玉蜀黍の袋のかげで愛し合っていたのだった。アルカディオが町長兼司令官に任命されたころには、彼らのあいだにはひとりの娘が生れていた。

　身内の者でこの事情を知っているのは、血のつながりよりも同じ罪の意識で結ばれて、当時アルカディオが深く付き合っていたホセ・アルカディオとレベーカのふたりだけだった。ホセ・アルカディオはおとなしく結婚のくびきにつながれていた。レベーカの勝気とその下腹の貪欲さ、飽くことを知らぬ野心などに異常な精力をしぼり取られて、女好きな怠け者だった彼が、ずうたいの大きい牛か馬のような存在になっていた。家のなかはいつも掃除整頓がゆきとどいていた。毎朝、レベーカは窓をいっぱいに開けた。すると墓地の風が窓から中庭へと吹き抜けて、死体の硝石のおかげで壁はいっそう白さをまし、家具のやにも消えた。土にたいする食欲や両親の遺骨のコトコトという音、それに、ピエトロ・クレスピの優柔不断を前にした血の煮えくりかえるようないらだちは、記憶の屋根裏に押しこめられていた。戦争の不安など少しも感じないで、一日じゅう窓のそばで刺繍に精を出した。そして食器棚の陶器の壺ががたがた言いはじめると、薄汚れた猟犬や、ゲートルに拍車をつけ二連発の猟銃をかかえた大男があらわれないうちに、ぱっと立って食べ物を温めにかかった。大男は時には鹿を肩にかついで来ることもあったが、たいていは兎か鴨をからげたものをさげて帰ってきた。町を支配しはじめたころのことだが、ある日の午後、アルカディオが突然訪ねてきた。家を出てからずっと会っていなかったが、アルカディオがあまりやさしく親しげな素振りを見せるので、いっしょにシチューを食べるよう誘った。

コーヒーが出されるころになって、やっとアルカディオは訪問の理由を明らかにした。彼はホセ・アルカディオにたいする一通の告発状を受け取っていた。それによると、ホセ・アルカディオは最初はわが家の中庭だけを耕していたが、やがて牛を使って柵（さく）や小屋をひき倒しながら隣りの地所へはいり込み、ついに近所のよく肥えた土地をすべて強引に自分のものにしてしまった、ということだった。さらに彼は、食指が動かないので土地を強奪しなかった百姓には税金を割り当てて、土曜日ごとに猟犬を引きつれ、二連発の猟銃をさげて取り立てに回っている、ということだった。彼はその事実を否定しなかった。召し上げた土地は、町の建設のころにホセ・アルカディオ・ブエンディアによって分配されたものだから、当然その権利がある。実際には家族ぜんたいのものである財産を勝手に処分したことからも証明できるが、当時から父は乱心の気味があった、とホセ・アルカディオは主張した。これは不必要な反論だった。アルカディオはその点をとやかく言いに来たわけではなかったからだ。彼はただ、地方政府に税金取立ての権利を移譲するという条件さえ認めるならば、ホセ・アルカディオが他人から召し上げた土地の権利を合法化できるように、登記所をもうけてもよい、という提案をしに来ただけだった。二人は手を打った。数年後にアウレリャノ・ブエンディア大佐が土地権利書をしらべてみると、墓地をふくめて、中庭のある丘から地平線まで、見渡すことのできる土地のすべてが兄の名義になっていること、また支配者の地位にあった十一カ月のあいだに、アルカディオが税金だけでなく、ホセ・アルカディオの地所に死人を埋葬する料金として町の人びとから取り立てたものまで着服していたことが判明した。

ウルスラがこの周知の事実を聞いたのは数カ月たってからだった。彼女をこれ以上悲しませてはというので、みんなが隠そうとしたためだ。彼女も不審をいだきはじめてはいた。瓢簞(ひょうたん)から作ったシロップを小さじで流しこんでやりながら、彼女は自慢そうに夫に知らせた。「アルカディオが家を建ててるわよ」。しかし、そう言った口の下から思わず溜め息をついていた。「なんだか、嫌な予感がするんだけど……」。やがて、アルカディオが家を建て終わっただけでなく、ウィーン製の家具を注文したという事実を聞いて、彼女は、アルカディオが公金に手をつけているのではないかという疑いが当たっていたことを知った。「お前は、ブエンディア家の恥だよ!」ある日曜日のミサのあと、新築の家で部下の将校たちとトランプをしているのを見かけて、ウルスラは大きな声で言った。しかし、アルカディオは知らん顔をしていた。ウルスラはそのとき初めて、彼には六カ月になる娘がいること、また、正式に結婚しないで同棲しているサンタ・ソフィア・デ・ラ・ピエダが二度めの妊娠中であることを知った。居所ははっきりしなかったが、ともかくアウレリャノ・ブエンディア大佐にこの事情を知らせるために手紙を書こうと思った。ところが、その前後につぎつぎに起こった事件のためにそれが果せなかっただけでなく、そういう考えをいだいたことさえ悔む結果になった。それまでは漠然とした遠い出来事を示す単なる言葉でしかなかった戦争が、劇的な現実として具体的なかたちを取りはじめたのだ。二月の末に、白髪あたまのひとりの老婆が、ほうきを積んだ驢馬の背にまたがってマコンドにやって来た。とくに危険な人間とも思えなかったので、警備に当たっていたパトロールは、低地の村々からよくやって来る物売りだろうくらいの軽い気持ちで、何も問いたださずに町へ入れた。老婆はまっすぐ兵営に向かった。昔は教室だったが、当時は後衛部隊の宿営地のようなものになっていて、巻いたり金輪から吊されたりしているハンモックがあり、マットが片隅にうずたかく積まれ、小銃やカービン銃や猟銃までが床に散乱している部屋で、アルカディオは老婆を迎えた。老婆は軍隊式に直立不動の姿勢をとってから身分を明かした。

「わたしは、グレゴリオ・スティーヴンソン大佐だ」

彼がもたらしたのは悪い知らせだった。彼の話によると、残り少ない自由党の抵抗の拠点がつぎつぎに潰滅しつつあるという。そのそばを離れたときもリオアチャ方面で撤退作戦中だったアウレリャノ・ブエンディア大佐から、彼はアルカディオと連絡する任務を与えられたのだ。自由党の者の生命財産を絶対に保障するということだけを条件に、抵抗することなく陣地を明け渡せ。これが命令だった。避難民の老婆と間違えてもおかしくないこの奇妙な密使を、アルカディオは哀れむような目で見つめながら言った。

「書類を持ってるだろうな」

「とんでもない」と密使は答えた。「そんなものを持ってるはずがない。今のような状況で、危険なものを身につけてるわけにはいかんよ。わかりきった話だ」

しゃべりながら彼は金細工の魚をコルセットの奥から取りだして、テーブルの上においた。そして、「これを見れば十分だろう」と言った。アルカディオは、それが実際にアウレリャノ・ブエンディア大佐の魚細工のひとつであることを確認した。しかし、戦争前に誰かが買うか盗むかしたことも考えられるので、通行許可証の役には立たなかった。密使は身分を証明するために軍の機密まで洩らした。密命を帯びてキュラソーへ向かう途中であり、そこでカリブ海全域からの亡命者を駆りあつめ、今年の暮れに本土上陸を敢行するのに十分な武器弾薬を調達する予定である、と打ち明けた。この計画の成功を信ずればこそ、アウレリャノ・ブエンディア大佐は差しあたり無益な犠牲者を出すことに賛成できないのだ。しかし、アルカディオは頑固だった。身元を確認するあいだ密使を監禁させると同時に、陣地を死守する覚悟をきめた。

その時は間もなくやって来た。自由党の敗北のニュースはますます具体的なものになった。季節にしては早すぎる雨が降りはじめた三月のある朝、それまでの数週間の張りつめた静寂が、突然、けたたましいラッパの音で破られ、そのあとの大砲の一発で教会の塔がくずれ落ちた。実際、アルカディオの抵抗の意志は狂気にひとしかった。各自がせいぜい二十発の弾丸しか与えられていない、装備の不十分な部下が五十人ほどいるだけだった。しかし、彼の雄弁な演説を聞いて高揚した旧生徒たちは、大義のために一命をなげうつ覚悟を固めていた。軍靴の音やつじつまの合わない命令、大地をゆるがす砲声やうろたえ気味な銃声、それに無意味なラッパの音などが入り乱れるなかで、自称スティーヴンソン大佐はやっとアルカディオと話をする機会を捉えて言った。「こんな女のなりをして、足かせつけたまま死ぬような恥ずかしい目に遭わせないでもらいたい。どうせ死ぬんだったら、戦って死にたい」。この説得は効き目があった。アルカディオは小銃と二十発の弾丸を彼に渡すよう命令し、五人の部下をつけて兵営の守備に当たらせた。そして自分は幕僚を引きつれて最前線に向かった。しかし、低地へ通じる道まで行くこともできなかった。バリケードはとっくに突破され、守備兵たちは身を隠すところもない通りの真ん中で戦っていた。最初は与えられた小銃で戦ったが、その弾丸が尽きると敵の小銃にピストルで立ち向かい、最後には肉弾戦になった。敗北がもはや時間の問題になったころには、丸太ん棒や庖丁をかまえて通りへ飛び出していく女たちさえいた。この混乱のなかでアルカディオは、ホセ・アルカディオ・ブエンディアの二梃の旧式なピストルを手に持ち、寝巻姿で彼を捜しているアマランタに出会った。彼は戦闘中に武器を失った将校のひとりに自分の小銃をゆずり、家へつれ帰るためにアマランタを引っぱって近くの路地へ逃げこんだ。隣家の壁に穴をあけた鉄砲玉の雨にも動ぜず、ウルスラは戸口に立って待っていた。雨はおさまりつつあったが、通りの地面は溶けた石鹼のようにすべりやすく軟らかだったし、暗すぎてあたりの物がよく見えなかった。アルカディオはウルスラにアマランタをあずけて、角からろくに狙いもつけずに撃ってくるふたりの兵隊に立ち向かおうとした。ところが、何年も衣裳だんすにしまい込まれていた旧式なピストルは弾丸が出なかった。ウルスラは自分の体でかばうようにして、アルカディオを屋敷へ引きずり込もうとした。

「お願いだから、来ておくれ」と叫ぶように言った。「こんなばかげたことは、もうたくさん！」

兵隊たちはそのふたりに銃口を向けた。そして、そのうちのひとりが言った。

「その男のそばを離れるんだ！　どうなっても責任は持てないぞ」

アルカディオはウルスラを家のほうへ突きとばして、敵に投降した。間もなく銃声はやみ、鐘が鳴りだした。三十分たらずで抵抗は排除された。アルカディオの部下で、この敵襲から生き残ることのできた者はひとりもなかったが、しかし彼らは戦死する前に三百人の敵兵を倒していた。最後の戦場となったのは兵営だった。攻撃を受ける前に自称グレゴリオ・スティーヴンソン大佐は囚人たちを釈放し、外に出て戦うよう部下に命令した。彼があまりにも敏捷（びんしょう）に動きまわり、実に正確な狙いをつけてあちこちの窓から二十発の弾丸を撃ちまくったので、兵営の防備がいかにも堅いという印象をいだいた攻撃側は、砲撃を加えていっきにそこを吹き飛ばした。作戦を指揮していた大尉は、崩れた建物のなかにほかに人影がなく、つけ根からもげた腕に弾丸の尽きた銃をにぎって倒れているパンツ姿の男がひとりだけなのを見て驚いた。その男は、女のように豊かな髪をうしろでぐるぐる巻きにして櫛（くし）でとめ、金の魚の飾りのついたスカプラリオを首にかけていた。顔を照らして見るために靴の先で死体をひっくり返した大尉は、あっけにとられて叫んだ。「ヒャー！」その声につられて寄ってきたほかの将校に、大尉は説明した。

「見ろ、こいつを！　こんなところに来てたんだ。これが、あのグレゴリオ・スティーヴンソンだよ」

東の空の白むころ、アルカディオは略式の軍事裁判にかけられたあと、墓地の塀の前で処刑された。死を迎えるまでの二時間のあいだに、どういうわけか、幼いころから苦しめられてきた恐怖がすっかり消えていた。彼はついさっきまでの勇敢さを誇る様子もなく、無表情に、際限なく読みあげられる罪状を聞いた。今ごろは栗の木の下でホセ・アルカディオ・ブエンディアとコーヒーを飲んでいるにちがいない、ウルスラのことが頭に浮かんだ。まだ名前のない八カ月の娘と、この八月に生まれる予定の赤ん坊のことを思った。前の晩、土曜日の昼飯のことを考えて一頭の鹿を塩漬にしておいてきてやったサンタ・ソフィア・デ・ラ・ピエダを思い浮かべ、肩に流れるような髪や、付け睫毛（まつげ）としか見えないものを懐かしんだ。感情をぬきにして家族の者のことを考え、冷静に自分の一生を振り返ってみて初めて彼は、これまで憎んできた人間を実際には深く愛していることを悟った。アルカディオは気づかなかったが、軍事裁判の判士長は二時間にも及ぶ長広舌のしめくくりに移っていた。「かりに、以上のような明白なる罪状が十分でないとしても」と判士長は言った。「被告が部下を無益の死に至らしめた無責任きわまる、犯罪にもひとしい無謀は、被告に首罪を宣告するに足ると思うものである」。今は瓦礫と化したが、彼が初めて権力の確かさを知った学校。その奥の、愛の不安を身をもって経験した教室から二、三メートル離れたところに立ちながら、アルカディオは死の手続きの愚劣さを痛感していた。実際、彼にとって死はどうでもよいことであり、生が問題だった。したがって、死刑が宣告されたときに彼がいだいた感情も、実は恐怖ではなくて未練だった。言い残すことはないかと聞かれても黙っていたが、やがてすずやかな声で言った。

「妻に伝えてください。娘には、ウルスラという名前をつけるように」。そこでいったん言葉を切って、念を押した。「祖母にちなんで、ウルスラにするように。それからもうひとつ。生まれる子供が男だったら、ホセ・アルカディオとつけるように言ってください。ただし、伯父じゃなくて、祖父の名前をもらうことにして」

高い塀の下に連れていかれる前に、ニカノル神父からぜひ付添いをという申し出があった。「懺悔することなんか全然ありませんよ」とアルカディオは答え、一杯のブラックコーヒーを飲んでから銃殺隊の命令に従った。略式の死刑執行がお得意の指揮官は、いささか出来すぎの気味があるが、ロケ・カルニセロ*という名前の大尉だった。墓場に向かう途中、休みなく降る小雨のなかで、アルカディオは水曜日を迎えた地平線が明るむのを見た。生への未練は朝靄とともに消え、それにかわって強い好奇心が生まれた。壁を背にして立つよう命令されたとき、初めてアルカディオは、濡れ髪にピンクの花模様の服を着たレベーカが窓を開けようとしているのに気づいた。彼は何とかして、自分だということをわからせようとした。ほんとうに偶然だった。レベーカの目が塀に向けられた。驚きのあまり彼女はその場に立ちすくんでしまった。アルカディオに向かって別れの手を振るのがやっとだった。アルカディオも同じようにそれにこたえた。その瞬間、硝煙でくすぶった銃口がぴたりと彼に狙いを定めた。メルキアデスの際限のないくりごとが一語一語、彼の耳によみがえった。まだ生娘だったサンタ・ソフィア・デ・ラ・ピエダが教室のなかをうろうろしている足音を思いだした。死体となったレメディオスの鼻の穴で強く関心を引いたあの氷のような硬さを、自分の鼻の先にも感じた。「しまった!」今ごろになって彼は思いついた。「女が生まれたら、レメディオスとつけるように言っておくんだった」。そして身を裂かれるような激しさで、一生苦しめられ通しだった恐怖をふたたび感じた。大尉が、撃てという命令を下した。アルカディオには胸を突きだし、顔をあげる余裕もなかった。どこから洩れるのか、焼けるように熱い液体が太腿を伝って落ちた。

「腰抜けめ！」と彼は叫んだ。「自由党、万歳！」

戦闘は五月に終わった。政府が正式にそのことを宣言し、反乱の指導者は厳罰に処するという高びしゃな布告を出す二週間ほど前、先住民の祈禱師に変装したアウレリャノ・ブエンディア大佐は、西の国境を目前にしながら敵の手に落ちた。ともに戦った二十一人の部下のうち十四人が戦死し、六人が負傷して、最後の敗北のさいにつき従っていたのはヘリネルド・マルケス大佐ひとりだった。逮捕の知らせは異例の布告によってマコンドに伝えられた。「あの子は生きてるのよ」と、ウルスラは夫に報告した。「こうなったら神さまにお祈りするほかないわ、あの子の敵が寛大な処置ですませてくれるように」。三日ほど泣き暮らしたあとのある日の午後、菓子を作るつもりで台所でミルクを掻き立てていると、息子の声が耳元ではっきり聞えた。彼女は「アウレリャノだわ！」と叫んで、夫に知らせるために栗の木のほうへ駆けだした。

「ほんとに不思議ね。でも確かに、あの子は生きてるのよ。もうすぐ会えるんだわ」。間違いなくその日が来ると信じた彼女は床をみがかせ、家具を並べかえた。一週間後に、出どこもわからないし布告によって裏書きもされなかったが、予感の当たっていることを証明するうわさが流れた。それによると、アウレリャノ・ブエンディア大佐には死刑の宣告がくだされ、その執行は町の者のみせしめにマコンドで行なわれる、ということだった。ある月曜日の午前十時二十分にアマランタがアウレリャノ・ホセの着替えを手伝っていると、遠くで騒がしい人声とラッパの音がして、その直後にウルスラが叫び声をあげながら部屋へ駆けこんできた。「あの子が来るわよ！」兵隊たちが通りにあふれた群集を懸命に銃の台尻で押し返そうとしていた。ウルスラとアマランタが人混みを掻きわけて通りの角まで走っていくと、大佐の姿が目にはいった。まるで物乞いだった。服は破れ、髪と髭はもじゃもじゃ、おまけに裸足だった。焼けるような地面の熱さも苦にならないのか、後ろ手に縛られたまま騎馬の将校の前を歩かされていた。彼と並んで、これもまた薄汚れ、ぼろぼろの服を着たヘリネルド・マルケス大佐が引っ立てられていた。彼らは打ちしおれてはいなかった。それよりも、兵隊たちに向かってあらゆる種類の悪口を浴びせる群集に驚いている様子だった。

「わたしはここだよ！」騒々しいわめき声のなかからそう叫んだウルスラは、取り押えようとする兵隊の顔に平手打ちをくわせた。将校の馬が棒立ちになった。これを見たアウレリャノ・ブエンディア大佐は体を震わせて立ちどまった。差しのべられた母の手をかわし、きびしい表情でその目をのぞき込みながら言った。

「家へ帰んなさい、ママ。許可をもらって、営倉へ面会に来るといい」

彼はウルスラの二、三歩うしろでためらっているアマランタを見て、微笑しながら尋ねた。「どうしたんだ、その手は？」アマランタは黒い繃帯をした手をあげて「やけどよ」と言い、馬にはねられないようにウルスラをわきへ引っぱった。軍隊は発砲した。特別の護衛をつけ、急いで捕虜たちを兵営へ連れ去った。

日が暮れるころ、ウルスラは兵営にアウレリャノ・ブエンディア大佐を訪ねた。ドン・アポリナル・モスコテを通じて面会の許可をえようとしたが、軍隊の絶対的な権力を前にして、彼は完全に無力な存在と化していた。ニカノル神父は肝臓を痛めて熱を出し、床についていた。死刑の宣告を受けたわけではないヘリネルド・マルケス大佐の両親も面会をこころみたが、銃の台尻で追いはらわれた。あいだに立って口をきいてくれる者はいないし、このままでは夜明けには息子は銃殺されると思いこんだウルスラは、差入れの包みをこしらえて、一人で兵営へ出かけていった。

「アウレリャノ・ブエンディア大佐の母親です」と名のった。

兵隊たちがその前に立ちふさがった。「どんなことをしてでも、なかへ入れてもらいますよ」とウルスラは言った。「撃てと言われているんだったら、さっさとやったら！」兵隊たちのひとりを突きのけて、昔は教室だった部屋へ踏みこんでいくと、裸の兵隊たちがかたまって銃の手入れをしていた。赤ら顔にぶあついレンズの眼鏡をかけ、いかにも堅苦しい感じのする戦闘服の将校が歩哨(ほしょう)たちにさがっているように合図した。

「アウレリャノ・ブエンディア大佐の母親です」と、ウルスラは同じことをくり返した。

「つまり〈アウレリャノ・ブエンディア氏〉の母親だね」。愛想のよい微笑を浮かべて将校が言った。

その気取ったしゃべり方に山岳部の若い連中のもの憂(う)い調子を感じながら、ウルスラはさからわずに答えた。

「あの子に会わせてさえもらえれば、どちらでもかまわないわ、そんなこと」

上層部からの命令で死刑囚には面会は許されていなかったが、将校は全責任を負って、とくに十五分間の面会を許可した。ウルスラは包みをあけて、なかの洗いたての着替えや、息子が結婚式の折りにはいたブーツや、その帰郷を予感した日から作っておいたミルク入りの菓子などを見せた。アウレリャノ・ブエンディア大佐は、例の足かせの部屋の粗末なベッドに両腕を大きくひろげて横になっていた。腋の下のリンパ腺が腫れあがっているためだった。かみそりを使うことを許されていたが、先のはね上がった濃い口髭で突きでた頰骨がいっそう目立った。町を出たときよりも血色が悪く、背ももっと伸びて、これまでになく孤独な感じがすることにウルスラは気づいた。ピエトロ・クレスピの自殺、アルカディオの専横とその銃殺、栗の木の下のホセ・アルカディオ・ブエンディアの泰然自若ぶりなど、わが家で起こったことにも詳しかった。生娘のまま寡婦となったアマランタがアウレリャノ・ホセの養育に一生をささげるつもりでいること、この子供がなかなか利発なところを見せはじめ、口がきけるようになると同時に読み書きを覚えたことなども、ちゃんと知っていた。ウルスラは部屋にはいったとたんに、わが子の成長ぶりや自信にみちた態度、その全身から発散するまばゆいほどの威厳に気おくれを感じた。彼が何でも知っていることにも驚かされた。「ぼくに先のことがわかるってことは、ママも知ってるじゃないか」と、彼は茶化すような口調で言った。が、すぐに真顔になって続けた。「今朝だって、ここへ連行されて来たとき、これはみんな、とっくの昔に経験したことのような気がしたんだ」。事実、まわりで群集がわめき立てていたときも、彼だけは一年で町がすっかり疲弊してしまったことに驚きながら、物思いにふけっていたのだ。アーモンドの葉が裂けていた。青かった家々も、いったん赤ペンキで、そしてその後ふたたび青で塗りなおされて、今では何とも言いようのない色になっていた。

「何をぼんやりしてるの」。ウルスラはほっと溜め息をついた。「時間がどんどんたってしまうわ」

「そうだね」とうなずいて、アウレリャノは答えた。「でも、まだそれほどじゃないよ」

こうして、長いあいだ待ちこがれていた、そして両名ともに聞きたいことを準備し、答えさえも予想していた面会は、ふだんのありふれた会話に戻っていった。歩哨が面会時間の終わりを告げたとき、アウレリャノは寝台のマットの下から汗で濡れたひと束の紙を取りだした。それは、自分で書いた詩だった。レメディオスをしのんで書き、町を去るとき肌身につけていったものと、その後の短い戦闘のあいまに作ったものとが含まれていた。「約束してください、誰にも読ませないって」と彼は言った。「今晩にでも、かまどの焚(た)きつけにしてください」。ウルスラはそれを約束し、別れのキスをするために立ちあがった。そして、ささやいた。

「ピストルを持ってきてるのよ」

アウレリャノ・ブエンディア大佐は歩哨が見ていないことを確かめてから、声を落として答えた。「役には立たないけど。でも、出がけに調べられるといけないから、ここへおいて行くといい」。ウルスラが胸元からピストルを取りだして渡すと、彼は寝台のマットの下にすべり込ませた。「まだ行かないでください」。最後に、彼は語気を強めて冷静に言った。「ひとに頼んだり這いつくばったりするようなまねはいけませんよ。とっくの昔に、ぼくは銃殺されたんだと思ってください」。ウルスラは唇を噛んで涙をこらえた。

「リンパ腺には、熱い石を当てるといいのよ」。そう言ってくるりと後ろを向き、部屋から出ていった。扉が閉るまで、アウレリャノ・ブエンディア大佐はその場に立ちつくしたまま感慨にふけっていた。それから両腕をひろげて、ふたたび横になった。思春期を迎えて自分の予言の能力に気づいたころから、死というものは明確な、見誤りようのない、そして打ち消すことのできないある徴候とともに訪れると考えていた。ところが、死が数時間後に迫っているというのに、何のきざしも見えなかった。あるとき非常に美しいひとりの女がトゥクリンカの彼の宿舎にやって来て、歩哨に面会の許可を求めたことがあった。歩哨は女をなかへ入れた。その言葉を借りれば、血筋をよくするために娘を名のある軍人の寝室へ送りこもうとする、一部の母親たちの異常な行動を知っていたからだ。その晩のアウレリャノ・ブエンディア大佐は、雨中で道に迷った男をうたった詩を書き終えようとしているところだったが、そこへ娘がはいって来た。詩をしまっておくことにしている鍵(かぎ)つきの引き出しへ紙片を投げ込むために、彼は娘に背を向けた。その瞬間、ある気配を感じた。振り向きもしないで、引き出しのピストルをつかんで言った。

「撃ってはいけない！」

撃鉄を起こして振り返ると、娘は自分のピストルの銃口を下に向けて、茫然(ぼうぜん)と立っていた。彼は十一回の待伏せのうち四回を、同じようにしてかわしたのだ。ところが親友のマグニフィコ・ビズバル大佐は、ある晩、ついに逮捕しそこなったがマナウレの革命軍の兵営にもぐり込んだ何者かのために、めった突きにされて死んだ。ひと汗かいて熱を引かせたいというので、彼が自分のベッドを貸したあとのことだった。同じ部屋の二、三メートル離れたハンモックに寝ていながら、彼はまったく気がつかなかった。これらの予感を理論づけてみようとする彼の努力もむだだった。それらは絶対的で瞬間的な、しかし捉えどころのない一種の確信のかたちを取り、驚くほど鮮明に、突如としてひらめくのだった。場合によってはきわめて自然に生まれるので、現実化して初めて例の予感であることを知るほどだった。時にはまた、はっきりしたものでありながら何も起こらなかった。ありきたりの迷信じみたものでしかない場合もしばしばだった。しかし、死刑の宣告を受け、言い残すことはないかと聞かれたときの彼は、次のような答えを思いつかせた予感の意味を苦もなく了解することができた。彼は言った。

「判決の執行はマコンドでやってもらいたい」

判士長は腹を立てて言った。

「うまいことを言って。時間かせぎか、ブエンディア？」

「守ろうと守るまいとそっちの勝手だが」と大佐は答えた。「しかし、これがわたしの遺言だ」

実はこれ以後、彼は予感に見放されていた。ウルスラが営倉に訪ねてきた日、彼はしばらく考えて、今回は死の予感があるはずはない、それはいわば奇禍ではなくて、死刑執行者の意志ひとつにかかっている事柄だから、という結論に達した。腫れたリンパ腺の痛みに悩まされて、その夜は一睡もできなかった。夜明け近くなって、廊下に足音が聞こえた。「いよいよおいでなすったぞ」とつぶやきながら、何とはなしに、折りから暗い夜明けの栗の木のかげで彼のことを考えていた、ホセ・アルカディオ・ブエンディアを思った。恐怖も未練も感じなかったが、ただこの不自然な死のために、いろいろと仕残したことが片づけられなくなると思い、無性に腹が立った。扉があいて、歩哨がコーヒーを持ってはいって来た。翌日の同じ時刻にも、彼は相変わらず腋の下の猛烈な痛みに苦しんでいて、まったく同じことが起こった。木曜日には、ミルク入りの菓子を数人の歩哨に分けてやってから、清潔だがいくぶん窮屈な下着をつけ、エナメルのブーツをはいた。ところが金曜日になっても、彼はまだ銃殺されていなかった。

実をいうと、敵方には判決を執行する勇気がなかった。民衆の反抗を経験した軍人たちは、アウレリャノ・ブエンディア大佐の銃殺はマコンドだけでなく、周辺の低地に重大な政治的結果をもたらすと信じて、州都の当局者にことを諮ったのだ。その返事がまだ届かない土曜日の夜、ロケ・カルニセロ大尉はほかの将校を語らってカタリノの店に出かけた。たったひとりの女が、それもなかば脅迫されたかたちで、彼をしぶしぶ部屋へ案内した。「死ぬときまってる男と、誰も寝たがらないわよ」と女は打ち明けた。「どんな具合にやるかはわからないわ。でも、もっぱらのうわさよ。アウレリャノ・ブエンディア大佐を銃殺した将校と部下の兵隊たちはみんな、逃げかくれしても、遅かれ早かれ、かならず殺されるだろうって」。ロケ・カルニセロ大尉はほかの将校たちにもこの話を伝えた。彼らは上司とこのことを論じ合った。日曜日には、誰かがはっきり口に出したわけでもないし、何らかの軍隊の動きによって当時の張りつめた平静さが掻き乱されたわけでもないが、町じゅうの者が、将校たちがあらゆる口実をもうけて、死刑執行の責任を回避しようとしている事実を知った。月曜日の郵便で正式の命令書が届いた。二十四時間内に処刑をとり行なうべし、という内容だった。その晩、将校たちは各自の名前を書いた紙きれを軍帽に放りこんで、くじを引いた。不運なロケ・カルニセロ大尉がそれを引きあてた。「まったく、おれってついてない」と、彼はひどく情けなさそうな声で言った。「生まれてから死ぬまで、ろくなことはない」。午前五時になったとき、彼はこれもくじ引きで銃殺隊の兵隊をえらび出して中庭に整列させ、囚人を起こしながらそれとなくわかるように言った。

「出かけるぞ、ブエンディア。そろそろ時間だ」

「なるほど、そうか」と大佐は言った。「リンパ腺が破れた夢を、ちょうど見ていたところだ」

　アウレリャノが銃殺されることを知った日から、レベーカ・ブエンディアは朝の三時に起きて、すわっているベッドも揺れるほどのホセ・アルカディオのいびきを聞きながら、暗い寝室の細目にあけた窓から墓地の塀をうかがっていた。ピエトロ・クレスピの手紙を待った昔と変わらない辛抱づよさで、まる一週間もそうしていた。「ここでは銃殺はしないよ」と、ホセ・アルカディオは言った。「誰が銃殺隊のなかにいたかわからないように、兵営で、真夜中に銃殺するにきまってる。それから、その場に埋めてしまうのさ」。それでもレベーカは待ちつづけた。「あんなばかな連中だもの。きっと、ここでやるわよ」。そのことを確信するあまり、戸をあけて別れの手を振る自分の姿が目に浮かんだ。ホセ・アルカディオはしつこく言った。「連れてくるとしても表は通らないな。町の連中が何をやらかすかわからないんだ。びくびくものの兵隊が六人きりじゃ心もとない」。夫のすじの通った言葉を無視して、レベーカは窓のそばを離れなかった。

「今にわかるわよ。それくらいばかな連中だってことが」と言った。

火曜日の朝の五時、ホセ・アルカディオがコーヒーを飲みおわり、犬を外に放してやったとき、レベーカが窓をぱたんと閉めて、体がずり落ちそうになるのを防ぐようにベッドの枕(まくら)もとにしがみついた。そして、「来たわ」と小さな声で言った。「ほんとに立派だわ」。ホセ・アルカディオが窓からのぞくと、若いとき自分のものだったズボンをはいて、夜明けの肌寒さに震えているアウレリャノの姿が目に映った。すでに塀を背にして立っており、腋の下の燃えるような腫物のために腕がおろせないので、両手を腰にあてがっていた。「くそっ、いまいましい！」アウレリャノ・ブエンディア大佐はつぶやいた。「こんな女の腐ったような六人ぽっちの兵隊にむざむざやられるなんて、まったくいまいましい！」熱っぽく同じことをくり返すので、ロケ・カルニセロ大尉は、てっきりお祈りでもしているのだと信じて心を動かされた。銃殺隊に銃口を向けられたとき、その腹立ちは、ねばねばした苦い味のするある物質に変わっていた。そのために大佐は舌がしびれ、目を閉じずにはいられなかった。するとアルミ箔（はく）のような朝日の輝きは消えて、大佐の目に、半ズボンをはきカラーにリボンを結んだ、ほんとに小さかったころの自分の姿がよみがえった。手を引いてテントのなかへはいって行く、あるよく晴れた日の午後の父親の姿が浮かんだ。氷がちらついた。その瞬間、叫び声が聞えた。大佐はそれを、銃殺隊に対する最後の号令だと思った。背筋の冷たくなるのを感じながらも好奇心で目をあけた。白熱して飛んでくる弾丸を予期するその目に映ったのは、両手を高くあげたロケ・カルニセロ大尉と、いつでも撃てるように恐ろしい愛用の猟銃をかまえて、通りを横切ってくるホセ・アルカディオの姿だった。

「撃つのは待ってくれ！」と、大尉はホセ・アルカディオに言った。「あんたが来てくれたのは、まさに天の助けだ」

その場で新しい戦争が始まった。ロケ・カルニセロ大尉とその六人の部下は、リオアチャで死刑を宣告された革命派のビクトリオ・メディーナ将軍を救うために、アウレリャノ・ブエンディア大佐とともに逃亡した。一行は、その昔ホセ・アルカディオ・ブエンディアがたどってマコンドを建設した道をなぞりながら山越えをし、時間をかせぐつもりだった。しかし一週間もしないうちに、それは不可能だと悟った。そのために一行は、手持ちの弾薬は銃殺隊のそれだけという状態で、山あいの危険な道を進まなければならなかった。町の近くに野営して、金細工の魚を身につけたそのうちの一人が、まだ日のあるうちに変装してそこへ出かけてゆき、潜伏している自由党の者と接触をはかった。この連中は、翌日狩りに出て、そのまま帰らなかった。一行がある横山のかげからリオアチャをのぞんだとき、すでにビクトリオ・メディーナ将軍は銃殺されていた。アウレリャノ・ブエンディア大佐の部下の男たちは彼をカリブ海沿岸の革命勢力の指導者に推し、将軍の地位につけようとした。彼はその任務は受け入れたが、昇進は断わった。そして、保守党の政権が倒れないうちはそれを受けないことを、心に誓った。三カ月後には千人以上の部下が集まったが、敵に殲滅(せんめつ)されて、かろうじて生き残った者が東部の国境へ逃れた。後日、消息がわかったときは、すでに彼らはアンティール諸島*をへてラ・ベラ岬*に上陸したあとだった。また、喜びにあふれた電文で全国に伝えられた政府の発表によると、アウレリャノ・ブエンディア大佐は戦闘中に死亡したということだった。ところが二日後には、上述の電信にきびすを接するように多数の電報が舞いこんで、南方の平野部であらたな反乱が始まったことを知らせた。その結果、アウレリャノ・ブエンディア大佐の神出鬼没の行動にかんする伝説が生まれた。ビリャヌエバ*における勝利、グアカマヤルでの敗北、モティロン族の嗜肉癖（しにくへき）の犠牲、低地のある集落での死亡、ウルミタにおける再度の蜂起（ほうき）など、時を同じくしながら矛盾するニュースが流れた。折りから議会への参加を条件に取引き中だった自由党の領袖（りょうしゅう）たちは、大佐を指して党とは何のかかわりもない山師だときめつけた。政府は彼を山賊の一味と同列に扱って、その首に五千ペソの賞金を懸けた。十六回の敗北を喫したのち、アウレリャノ・ブエンディア大佐は十分な武装をした二千人の先住民を引きつれてグアヒラを出発し、消灯中の守備隊を襲ってリオアチャを放棄させた。大佐はそこに総司令部をおき、政府に全面的な戦いをいどんだ。ところが政府から受け取った最初の通告は、その軍を東部の国境まで撤収させなければ、四十八時間後にはヘリネルド・マルケス大佐を銃殺に処するという威嚇（いかく）だった。そのころ幕僚長を務めていたロケ・カルニセロ大佐が考えあぐねた様子で電報を手渡すと、アウレリャノ・ブエンディア大佐はそれを読み、思いもよらぬはずんだ声で叫んだ。

「すばらしいじゃないか！　マコンドでも電報が打てるようになったんだ」

返事は言わなくてもわかっていた。三カ月以内に、マコンドに総司令部を移すつもりである。その時点でヘリネルド・マルケス大佐が生きていなかったら、捕虜にしている将校たちを将軍あたりから始めて、裁判という手続きを踏まずにすべて射殺し、この戦いが終わるまで、引き続いて同様の処置をとることを部下に命令する、というのが返事だった。三カ月後にアウレリャノ・ブエンディア大佐がマコンドに勝利の凱旋を飾ったとき、低地への途中で最初に彼を抱きしめたのは、ヘリネルド・マルケス大佐だった。

屋敷のなかは子供であふれていた。ウルスラがサンタ・ソフィア・デ・ラ・ピエダを、その長女や、アルカディオの銃殺後五カ月めに生まれたふたごといっしょに引き取っていたからだ。故人の遺志を無視して、ウルスラは女の子に、レメディオスという名前をつけた。「アルカディオも、きっとそのつもりだったのよ」と主張した。「ウルスラという名前をつけるのはやめましょう。この名前を持った者は苦労ばかりするわ」。ふたごにはそれぞれホセ・アルカディオ・セグンド、アウレリャノ・セグンドという名前が与えられた。この子たちの面倒はアマランタがみることになった。彼女は広間に小さな木製のベンチを並べ、近所のほかの子供たちも集めて幼稚園を開いた。アウレリャノ・ブエンディア大佐の帰還のさいには、けたたましい爆竹や鐘の音とともに、子供たちの合唱がその無事安着を祝った。祖父に似て背のすらりとしたアウレリャノ・ホセも、革命軍の将校服を着て、軍隊式の敬礼で迎えた。

しかし、良いことずくめではなかった。アウレリャノ・ブエンディア大佐の逃亡から一年たったころ、ホセ・アルカディオとレベーカはアルカディオの建てた家へ引越しをした。大佐の銃殺を妨害したのは彼らだということを知る者はなかった。広場に面した最良の場所を占め、駒鳥の巣が三つほどかけられたアーモンドの木蔭にあって、客を迎えるための広い玄関と明りとりの四つの窓があいているその新築の家で、彼らは快適な暮らしをした。いまだに独身のモスコテ家の四人姉妹をまじえて、レベーカの古い友人たちは数年前から絶えていたベゴニアの鉢の並んだ廊下の刺繍の集まりを再開した。ホセ・アルカディオは保守党の政府によるその権利の承認を得て、強奪した土地を今も自由にしていた。午後になるときまって、猟犬を引きつれ、二連発の猟銃をかかえながら、束ねた兎を馬の鞍に吊るして戻ってくる姿が見られた。嵐になりそうな九月のある日の午後、彼はふだんより早目に帰宅した。食堂のレベーカに声をかけ、中庭に犬をつないだ。あとで塩漬にするために兎を台所に吊してから、寝室へ着替えにはいって行った。後日のレベーカの話では、夫が寝室へはいって行ったとき彼女も浴室にこもったので、何も気づかなかったという。信じられない話だったが、ほかに真相を知るすべはなかったし、レベーカが自分に幸せをもたらした男を殺す動機も考えられなかった。マコンドで真実がついに明らかにされなかった不思議な出来事は、恐らくこれくらいのものだろう。ホセ・アルカディオが寝室のドアを閉めたとたんに、家じゅうに響きわたるピストルの音がした。ひと筋の血の流れがドアの下から洩れ、広間を横切り、通りへ出た。でこぼこの歩道をまっすぐに進み、階段を上り下りし、手すりを這(は)いあがった。トルコ人街を通りぬけ、角で右に、さらに左に曲り、ブエンディア家の正面で直角に向きを変えた。閉っていた扉の下をくぐり、敷物を汚さないように壁ぎわに沿って客間を横切り、さらにひとつの広間を渡った。大きな曲線を描いて食堂のテーブルを避け、ベゴニアの鉢の並んだ廊下を進んだ。アウレリャノ・ホセに算術を教えていたアマランタの椅子(いす)の下をこっそり通りすぎて、穀物部屋へしのび込み、ウルスラがパンを作るために三十六個の卵を割ろうとしていた台所にあらわれた。

「あらぁ大へん！」とウルスラは叫んだ。

血の糸を逆にたどり、そのもとを訪ねて穀物部屋を横切った。アウレリャノ・ホセが歌うように節をつけて、三タス三ハ六、六タス三ハ九、とやっている、ベゴニアの鉢の並んだ廊下をわたり、食堂と広間を越えて、表通りをまっすぐ進んでいった。やがて右に曲り、さらにそのあと左へそれてトルコ人街へ出た。彼女は、パン焼き用のエプロンをつけ、家にいるときのスリッパをはいたままであることも忘れていた。広場へ出て、今まで一度も足をふみ入れたことのない一軒の家の戸をくぐり、寝室のドアをあけると、息苦しいほどの火薬の臭いが鼻をつき、床の、ほどいたばかりのゲートルの上につっ伏しているホセ・アルカディオの姿が目に映った。すでに流れは止まっていたが、血の糸はその右の耳に始まっていることがわかった。体のどこにも傷口は見当たらなかったし、凶器を突きとめることもできなかった。また、鼻を刺すような火薬の臭いを死体から消すことも不可能だった。最初、石鹸とへちまで三回ほど洗った。そのあと塩と酢で、さらに灰とレモンで死体をこすってみた。最後に、灰汁のはいった桶に死体をつけて、六時間ほどそのまま放置した。こすりすぎたために、刺青のアラベスクも色があせかけていた。それではというので、胡椒やクミンや*月桂樹の葉で味つけしながら、まる一日とろ火で煮立ててみようとしたときには、すでに死体は腐爛しはじめていて、埋葬を急がなければならなかった。内部を鉄板で補強し、鋼鉄のボルトで締めるようにした、長さ二メートル三十センチ、幅一メートル十センチの特製の棺桶に厳重におさめて埋葬したが、それでもまだ、葬列の通りすぎた跡には例の臭気が感じられた。肝臓が太鼓のように腫れあがっていたニカノル神父は、べッドの上でその冥福を祈った。それから数カ月かけて、墓の周囲に何重にも塀をきずき、あいだに灰を固めたものやおが屑、生石灰などを投げこんだが、長い年月がたってバナナ会社の技師たちがコンクリートで墓をすっぽりおおうまでは、墓地には火薬の臭いがただよっていた。死体が運びだされるやいなや、レベーカは家の戸をすべて閉ざし、地上のいかなる誘惑も破ることのできない無関心の厚い殻をかぶって、生き埋めさながらの生活にはいった。〈さまよえるユダヤ人〉が町を通りかかり、小鳥たちが窓の金網を破って寝室で息絶えるほどの暑さをもたらしたころ、ただ一度だけ、もうかなり年を取った彼女がくすんだ銀色の靴をはき、小さな花で飾られた帽子をかぶって表へ出てきたことがあった。生きている彼女の姿を最後に見かけた者は、その家に押し入ろうとして一発で撃ち殺された泥棒だった。それ以来、召使いであり親しい友でもあるアルヘニダをのぞいては、彼女と接触した人間は一人もなかった。あるとき、彼女がいとこだと考えている司教宛にちょくちょく手紙を書いているということがわかったが、返事を受け取ったという話はついぞ聞かれなかった。やがて町の人びとは彼女を忘れてしまった。

勝利の凱旋を飾ることにはなったが、アウレリャノ・ブエンディア大佐はそんな表面的なことでいい気になる男ではなかった。政府側の部隊はろくに抵抗もしないで陣地を放棄し、それは自由党に味方する人びとに、たやすく捨てさせるわけにいかない勝利の幻想をいだかせる結果になったが、革命軍の者たちは、とりわけアウレリャノ・ブエンディア大佐は、真相をはっきりつかんでいた。その当時、大佐は五千人以上の部下を指揮し、沿岸地方のふたつの州を勢力下においていたが、実は、その状態は海岸に追いつめられているのにひとしいことを知っていた。また、大へん複雑な政治的状況のなかに首を突っこんでいることも心得ていた。たとえば、大佐が政府軍の砲撃で崩れた教会の塔の修復を命じたとき、病床のニカノル神父は、「こんなばかげたことがあるかね。キリストの教えを護る立場にある者が教会を破壊し、フリーメイソンの連中が修復を命令するなんて」と言ったものだ。大佐は気持をまぎらわすために電報局に何時間もすわり込んで、他の陣地の指揮官たちと話し合ったが、戦闘は膠着状態にあるという確信をますます強めながらそこを出ることになった。自由党の勝利が伝えられるたびに喜びにあふれた布告が出されたけれども、大佐自身はそれが持つほんとうの意味を地図の上で確かめ、自派の軍隊が密林深くわけ入って、マラリアや蚊に苦しめられ、現実の要求するそれとは逆の方向に進みつつあることを知っていた。「われわれは時間をむだにしている」と、大佐は将校たちを前にして不満を口にした。「党の腰抜けどもが卑屈な態度で議席をえようと運動しているようでは、われわれのやってることは時間のむだだ」。寝つかれない夜など、大佐はかつて死刑を宣告された部屋に吊ったハンモックにあおむけになって、黒ずくめの弁護士たちを思い描いた。大統領官邸を辞去して夜明けの冷気のなかへ出てゆき、耳までコートの襟を立て、両手をこすり合せ、何ごとかをささやきながら早朝の薄暗いカフェに身をひそめて、イエスと言ったときの、あるいはノーと言ったときの大統領の真意はどうであったかについて思案し、さらに、まったく逆だと思われることを口にしながら大統領が腹のなかで考えていることまで推しはかろうとする、あの弁護士たちの姿を。大佐は、三十五度の暑さのなかで蚊を追いはらいながら、部下にたいして海に身を投ずるように命令せざるをえない、恐ろしい朝が刻々と迫りつつあるのを感じた。

何となく心の落ち着かないある晩、ピラル・テルネラが兵隊たちを相手に中庭で歌っているのを見て、大佐はトランプ占いをやってくれと頼んだ。「口に気をつけなきゃだめよ」。トランプを三回もばらまいたり掻き集めたりしたあとでピラル・テルネラが教えてくれたのは、ただそれだけだった。「どういう意味かってことは、わたしにもわからないけど、はっきりここに出てるわ。口に気をつけろって」。それから二日後、誰かが従卒に一杯のブラックコーヒーを渡した。従卒はほかの従卒に、この従卒がまた別の従卒に、という具合に手から手へと渡されながら、コーヒーはやがてアウレリャノ・ブエンディア大佐の執務室へ届けられた。コーヒーを頼んだおぼえはなかったが、目の前にあるので、つい大佐は飲んでしまった。それには、馬一頭を殺すにたるストリキニーネが放りこまれていた。わが家に運びこまれたときには、すでに全身が弓なりに硬直して、舌を噛んでいた。その彼をウルスラが死から救った。吐剤で胃を洗ってから、温かい毛布ですっぽり包み、二日のあいだ卵の白身を与えた。おかげで、毒にやられた彼の体も平熱に戻った。四日めには危険な状態を脱した。ウルスラや将校たちに言われて、いやいやながらさらに一週間、大佐はベッドに寝ていた。そのとき初めて、自作の詩が焼き捨てられていないことを知った。「あわてることはないと思ったのよ」とウルスラは言い訳した。「あの晩、いざかまどに火をつけようとして、わたしは自分に言ったの。遺体が来てからでも遅くないって」。靄につつまれたような回復期のなかで、レメディオスの残した埃だらけの人形に囲まれながら自作の詩を読むことによって、アウレリャノ・ブエンディア大佐はそれまでに経験したさまざまな決定的な瞬間を思い起こすことができた。ふたたび詩作が始まった。未来のない戦いのあわただしさを忘れ、何時間もかけて、死の淵をさまよった経験を韻文につづった。そういうときにはかえって頭が冴えて、戦いの成りゆきをあらゆる角度から検討することができた。ある晩、ヘリネルド・マルケス大佐に尋ねた。

「ひとつ教えてくれ。何のためにきみは戦っているのかね？」

「何のためってことはないだろう」とヘリネルド・マルケス大佐は答えた。「もちろん、偉大な自由党のためさ」

「幸福だよ、きみは。それがわかっているんだから。今のぼくは、自尊心のために戦っている、としか言いようがないんだ」

「そんなことでは困るなあ」とヘリネルド・マルケス大佐は言った。

その当惑ぶりがおかしくて、アウレリャノ・ブエンディア大佐は続けた。「それはそうだ。しかしこのほうが、まだましなんじゃないか、何のために戦っているのかわからないよりは」。相手の目を見つめながら、微笑をふくんでつけ加えた。

「あるいはきみのように、誰にとっても何の意味もないもののために戦うよりは」

大佐はこの自尊心のせいで、自派の指導者たちが山賊呼ばわりしたあの言葉を公式に撤回しないかぎり、内陸部の武装集団と接触する気になれなかったのだ。しかし、そういうけちな気持ちを捨てれば、立ちどころに戦争の悪循環は絶たれることも心得ていた。回復を待ちながら大佐は熟慮を重ねた。そしてウルスラを説いて、土に埋められた遺産の残りと多額の貯金をはたかせ、ヘリネルド・マルケス大佐をマコンドの町長兼司令官に任命してから、内陸部の反乱グループと接触すべく町を去った。

ヘリネルド・マルケス大佐は、アウレリャノ・ブエンディア大佐がもっとも信頼する男であっただけでなく、ウルスラからも家族同様の扱いを受けていた。弱々しそうで、内気で、育ちの良い男だったが、それでもやはり政治よりは戦争むきの人間だった。政治上の助言者たちによって、彼はたちまち小むずかしい理論の迷路に誘いこまれてしまった。しかし、金細工の魚をこしらえながら老後を送るつもりでアウレリャノ・ブエンディア大佐が考えていた、田園的な平和をマコンドにもたらすことには成功した。両親の家で寝起きしていたが、週に二度か三度は、ウルスラのところで昼食をよばれた。アウレリャノ・ホセに銃の操作を教え、まだその年でもないのに軍隊教育をほどこし、もちろんウルスラの許可をえた上のことだが、一人前の人間に仕立てるためと称して、何カ月もの兵営生活を経験させた。ずいぶん昔、まだほんの子供だったころに、ヘリネルド・マルケスはアマランタに恋心を打ち明けたことがあった。ところが当時の彼女は、片思いとは言いながらピエトロ・クレスピに夢中だったので、笑って取り合わなかった。ヘリネルド・マルケスは辛抱づよく待った。営倉に入れられていたころのある日、彼はアマランタへ手紙を書いて、一ダースの麻のハンカチに父の頭文字を刺繡してくれるように頼み、それに代金を添えた。一週間後に、アマランタは縫い取りした一ダースのハンカチをお金といっしょに営倉の彼のもとに持参し、ふたりきりで何時間も昔話をした。「ここを出られたら、きみと結婚するよ」と、別れぎわにヘリネルド・マルケスが言った。アマランタは笑って聞き流したが、子供たちに読み方を教えているあいだも彼のことを考えつづけ、ピエトロ・クレスピにいだいた若いころの情熱を、彼のためによみがえらせようとした。捕虜たちの面会日である土曜日には、彼女はヘリネルド・マルケスの両親の家に立ち寄って、連れだって営倉へ出かけた。そうした土曜日のことだが、あるときウルスラは台所に立っている彼女の様子を見て、驚いた。彼女は、出来上がりの良いのをえらび、このためにとくに刺繡をほどこしたナプキンにつつむ気で、かまどからビスケットの出てくるのを待っていたのだ。

「あの男と結婚したら？」とウルスラは言った。「あんないい人間はほかにいないよ」

アマランタはそれが気にさわったような素振りで答えた。

「追っかけ回さなきゃならないほど男に飢えてはいないわ。いずれヘリネルドは銃殺されるのよ。それが気の毒だから、ビスケットを持っていってやるんだわ」

彼女は何の気なしにそう言ったが、実は政府が、もし反乱軍がリオアチャを明け渡さなければ、ヘリネルド・マルケス大佐を銃殺に処するという脅迫的な声明を出したのは、そのころのことだった。面会は差し止められた。アマランタは、自分の不注意な言葉がふたたび死を招く結果になったと思ったのだろう、レメディオスが死んだときと同じ罪の意識に苦しみながら、部屋にこもって泣いた。母親はなぐさめた。アウレリャノ・ブエンディア大佐がかならず手を打って銃殺をやめさせるだろうと言い、戦争が終わったら自分が何とかして、ヘリネルド・マルケスの気持ちをこちらへ向けさせてみせるから、と約束した。その約束は予想よりも早く果たされた。ヘリネルド・マルケスがふたたび町長兼司令官の要職について家を訪ねてきたとき、ウルスラはまるでわが子のように迎えて、それ以上は考えられないほどの歓待ぶりで引きとめ、もう一度アマランタと結婚する気になってほしいと、心から頼んだ。この嘆願は効き目があったように見えた。昼飯をよばれに来た日には、ヘリネルド・マルケスはベゴニアの鉢の並んだ廊下で、アマランタとチェッカーをして午後をすごすようになったからだ。ウルスラはふたりのところへせっせとミルクコーヒーやビスケットを運び、邪魔にならないように子供たちの面倒をみた。実際にアマランタは、忘れられて灰になった若いころの情熱を自分の心に呼び戻そうと懸命になっていた。自分でもどうにもならないほどの切なさで、昼食をともにする日を、チェッカーをたたかわす午後を待った。かすかに震える指で駒を動かす聞きなれた名前のこの軍人のそばにいると、あっという間に時間がたった。ところがある日、ヘリネルド・マルケスがあらためて結婚の申し入れをすると、彼女はそれを拒否して言った。
「わたし結婚しないわ、誰とも。とくに、あなたとはそうよ。あなたがほんとに愛してるのはアウレリャノだわ。あの人と結婚するわけにいかないので、それで、わたしと結婚する気になったのよ」

ヘリネルド・マルケス大佐は実に辛抱づよい男だった。「あきらめないよ、ぼくは。そのうちきっと、うんと言わせてみせる」と言った。その後も出入りは続いた。アマランタは寝室に閉じこもり、声をしぼって泣きながら、最近の戦況をウルスラに話してやっている求婚者の声を聞くまいとして、耳の穴に指を差しこんでいた。顔を見たくてたまらないくせに、必死にこらえて男の前には姿をあらわさなかった。

アウレリャノ・ブエンディア大佐もそのころには、二週間ごとにマコンドへ詳しい情報を送る余裕ができていた。しかし、ウルスラ宛に手紙が来たのはただ一度、彼が町を去って八カ月ほどたったころのことだった。特別の使者によって一通の封書が届けられたが、それには、大佐のみごとな筆蹟(ひっせき)で次のように書かれた一枚の紙がはいっていた。〈間もなく死ぬはずですから、パパの面倒をよくみてください〉。ウルスラはびっくりした。「あのアウレリャノが言うんだから、間違いないわ」と言い、助けを呼んでホセ・アルカディオ・ブエンディアを寝室へ運ばせた。ところが、前のような重さではなかった。栗の木のかげに長くいるうちに思いどおりに体重をふやす能力を身につけていて、七人がかりでも持ちあげられないので、ベッドまで引きずっていかなければならなかった。雨風に打たれた巨体の老人がそこで呼吸を始めたとたんに、生えたての茸（きのこ）や棒ぐいのかび、長い月日のあいだにしみ込んだ戸外の生活の臭いが寝室にみちあふれた。翌朝になってみると、ベッドにその姿がなかった。屋敷じゅうの部屋を捜したあと、ウルスラが栗の木の下へ行ってみると、そこへ戻っていた。仕方なくベッドに縛りつけることにした。力は昔と変わらなかったが、ホセ・アルカディオ・ブエンディアにはさからう気力がなかった。彼にとっては、すべてがどうでもよくなっていた。栗の木のところへ戻ったのも彼自身の意志ではなくて、身についた習慣のせいだった。ウルスラが自分で世話をした。食事を与え、アウレリャノの便りを伝えた。ところが実際には、かなり前から、彼が何でも話し合えるのはプルデンシオ・アギラルだけになっていた。死を間近にしたはなはだしい老衰のために、彼の体はほとんどだめになっていた。プルデンシオ・アギラルが日に二度もやって来て、いろいろと話し合った。軍鶏（しゃも）のことも話題になった。そのころの二人にとってはどうでもよい勝負のためではなく、死んだあとの退屈な日曜日に少しは気晴らしになるだろうというので、みごとな軍鶏の飼育場を建てることを約束しあった。体をふき、食事を与え、戦争のおかげで大佐になったアウレリャノという、見も知らぬ男の便りを運んでくるのも、彼にとってはプルデンシオ・アギラルだった。ひとりきりのときはホセ・アルカディオ・ブエンディアは無限につづく部屋を空想して楽しんだ。自分がベッドから起きあがり、ドアをあけて、頭のところが鉄でできている同じベッドと同じ籐の揺り椅子がおかれ、同じロス・レメディオスの聖母像が奥の壁にかかっている、別の似たような部屋へはいって行く夢をみた。その部屋から別のまったく同じような部屋へ移り、そのドアをあけて、さらにまったく同じような部屋へ、そこからまたまったく同じような部屋へ、という具合で、これが際限もなく続くのだ。両側に鏡の並んだ廊下を進むように、部屋から部屋へと歩きまわって楽しんでいると、やがてプルデンシオ・アギラルに肩をたたかれた。そこで彼は目をさましながら、それまでとは逆の方向へ進んで、つまり部屋から部屋へあと戻りして、現実の部屋でプルデンシオ・アギラルに出会った。ところが、ベッドへ運ばれてから二週間たったある晩、プルデンシオ・アギラルが真ん中あたりの部屋でその肩に触れると、彼は現実の部屋と取りちがえてそこに腰をすえてしまった。翌朝、ウルスラが彼のところへ食事を運んでいたときである。ひとりの男が廊下をこちらへやって来るのが見えた。小柄だががっしりした体つきで、黒い服を着て、同じように黒い大きな帽子を、どことなく淋しげな目が隠れるほど深くかぶっていた。ウルスラはつぶやいた。「ああ驚いた！　てっきりメルキアデスだと思ったわ」。その男は、ビシタシオンの弟で、不眠症を恐れてここを逃げ出したまま、それっきり音信の絶えていたカタウレだった。ビシタシオンに戻ってきた理由を聞かれて、彼はその種族の重々しい言葉でこう答えた。

「王様の埋葬に立ち会うためだよ」

そこで一同はホセ・アルカディオ・ブエンディアの部屋へはいって行き、力いっぱい体をゆさぶったり、耳元でどなったり、鼻の穴の前に鏡をおいたりしたが、彼を目覚めさせることはできなかった。少したって、大工が棺桶を作るためにサイズをはかっていると、小さな黄色い花が雨のように空から降ってくるのが窓ごしに見えた。それは、静かな嵐が襲ったように一晩じゅう町に降りそそいで、家々の屋根をおおい、戸をあかなくし、外で寝ていた家畜を窒息させた。あまりにも多くの花が空から降ったために、朝になってみると、表通りは織り目のつんだベッドカバーを敷きつめたようになっていて、葬式の行列を通すためにシャベルやレーキ*で掻き捨てなければならなかった。

籐の揺り椅子にすわり、しかけた刺繍を膝(ひざ)にのせたアマランタは、生まれて初めて髭(ひげ)を剃(そ)るために顎(あご)にシャボンを塗り、革の鞭(むち)でかみそりを研いでいるアウレリャノ・ホセをながめていた。にきびから血が吹きでた。ブロンドの口髭の形をととのえようとして、上唇を切った。少しも変わりばえがしなかったが、その熱心な様子を見ているうちに、アマランタは急に年を取ったような気分に襲われ、話しかけた。

「あんたって、同じ年ごろのアウレリャノにそっくりね。もう一人前だわ」

実は、とっくの昔に一人前になっていたのだ。ピラル・テルネラのもとから引き取って育てはじめた日からの習慣で相変わらずそれが続いていたが、まだほんの子供だと思って、アマランタがその目の前で裸になっていたかなり以前から、彼はすでに一人前の男だった。初めてその裸を見たとき彼が気を惹(ひ)かれたのは、ただ胸の深いくぼみにすぎなかった。当時はまだ本当に無邪気だったので、それはどうしたの、と聞いた。すると、アマランタは指先で胸元を深くえぐるようなしぐさをして、こう答えた。「何度も何度も、こんな具合に肉を切り取られちゃったのよ」。しかし、それから月日がたって、彼女がピエトロ・クレスピの自殺のショックから立ちなおり、ふたたびいっしょに風呂にはいるようになったころには、もはやアウレリャノ・ホセは、胸のくぼみだけに気を取られてはいなかった。紫色の乳首をのせてみごとに盛り上がっているものをながめて、かつて経験したことのない戦慄が身うちを走るのを感じた。なおも仔細に裸を見つめ、下腹の不思議なものの存在に気づいた。それを見ていると、冷たい水を浴びるときの彼女のように、全身に鳥肌がたった。彼には幼いころから、明け方には自分のハンモックを捨てて、アマランタの寝床にもぐり込む癖があった。その肌に触れていると、暗闇への恐怖が消えるのだった。しかし裸を意識したその日から、彼をけしかけて彼女の蚊帳にもぐり込んでいかせるものは、もはや暗闇への恐怖ではなくなり、朝のアマランタの温かい息遣いにつつまれていたいという欲望に変わった。彼女がヘリネルド・マルケス大佐の申し込みを断わったころのある朝、アウレリャノ・ホセは息苦しさを覚えて目をさました。もぞもぞする温かい蛆虫のようなアマランタの指が、自分の下腹部を探っているのを知った。眠っているふりを続けながら、もっと楽にできるように姿勢を変えてやると、黒い繃帯を巻いていないほうの手が、まるで目に見えない軟体動物のように、彼の欲望の茂りあう水草にもぐり込んできた。二人とも知っている、そしてそれぞれが相手も気づいていると心得たこの出来事を、たがいに知らないふりをよそおいながら、その夜から、二人は断つことのできない同じひとつの罪の意識で結ばれることになった。アウレリャノ・ホセは、広間の時計の十二時のワルツを聞くまでは眠れなかった。肌にようやく衰えの見えはじめたオールドミスも、孤独をまぎらわすためのその場かぎりの手段だとは思わず、自分の手で育てたあの夢遊病者が蚊帳にすべり込んでこないうちは、かたときも心が落ち着かなかった。そのころの二人は、裸でいっしょに寝て、燃えるような愛撫を交わしていただけではなかった。屋敷のなかのあらゆる場所で相手の姿を追いもとめ、おさまるときのない興奮状態に駆られて、しょっちゅう寝室に閉じこもった。そして、あやうくウルスラに現場を押えられそうになった。ある日の午後、穀物部屋でキスをしようとしているところへ、彼女がはいって来たのだ。「そんなに叔母さんが好きなのかい?」と、何も知らないウルスラは聞いた。アウレリャノ・ホセはうなずいた。するとウルスラは、「それはそうだろうね」とだけ言って、パンを焼くための粉をはかり終えると、そのまま台所へ戻っていった。だが、この出来事でアマランタは悪い夢からさめた。深入りしすぎたことに、また子供相手の罪のないキス遊びではなくて、うらわびしい、危険な、先のない情熱に溺れようとしていることに気づいて、ひとおもいにその関係を絶った。折りから例の軍事教練も仕上げの段階にはいろうとしていたアウレリャノ・ホセは、やむなく現実を受け入れて、兵営で寝起きすることにした。土曜日ごとに、兵隊たちと連れだってカタリノの店に出かけた。突然に襲った孤独を、早すぎる青年期の悩みを、萎えた花のような匂いのする女たちによって慰めた。暗がりで女たちを理想化した。懸命に空想を掻きたてて、アマランタに変身させた。

間もなく、つじつまの合わない戦争のニュースがつぎつぎに伝えられるようになった。政府までが反乱の激化を認めているにもかかわらず、マコンドの将校たちのもとには、遠からず和平交渉が始まるだろうという秘密の情報が送られてきた。四月の上旬のことだった。ヘリネルド・マルケス大佐の前に密使があらわれて、党の領袖たちが奥地の反乱軍の指導者らと折衝を始めたというのは事実である、と伝えた。さらに密使は、自由党に三つの閣僚の席をゆずる、少数ながら議会に代表を送ることを認める、武器を捨てて投降する反乱軍兵士には恩赦を与える、などを交換条件に停戦協定を結ぼうとしているのも事実である、と言った。密使はまた、停戦協定の条件に不満なアウレリャノ・ブエンディア大佐の極秘の命令をたずさえていた。ヘリネルド・マルケス大佐はもっとも優秀な部下五人をえらび、彼らとともに国外脱出にそなえよ、というのがそれだった。命令は秘密裡に実行された。協定が発表になる一週間前、つじつまの合わないうわさが乱れとぶなかで、アウレリャノ・ブエンディア大佐はロケ・カルニセロ大佐をふくむ十人の腹心の将校を連れて、真夜中すぎにひそかにマコンドに到着し、守備隊を解散させ、武器を埋め、書類を焼いた。そして夜明けには、ヘリネルド・マルケス大佐とその配下の五人の将校を連れて町を去った。あまりにも迅速かつ隠密な行動だったので、ウルスラがそれを知ったのは、出発の直前のことだった。何者かが彼女の寝室の窓をこつこつとたたいて、小声で言ったのだ。「アウレリャノ・ブエンディア大佐に会いたかったら、今すぐ戸口に出てください」。ウルスラがベッドからとび起きて、寝巻のまま戸口に立つと、土煙りのなかを馬を飛ばして、ひそかに町を去っていく人影がちらと目にはいった。そして、翌朝になって初めて、アウレリャノ・ホセが父親に同行したことがわかった。

政府と野党の共同声明が戦闘の停止を報じた十日後に、早くも西部国境におけるアウレリャノ・ブエンディア大佐の最初の武装蜂起のニュースが伝わった。小人数で装備もわるい彼の部隊は、一週間たらずで潰滅した。しかし彼は、自由党と保守党が和解の成立を民衆に信じ込ませようとやっきになっているのを無視して、その一年のうちにさらに七回の蜂起をこころみた。ある晩、彼は一隻のスクーナー船からリオアチャに砲撃を加えた。守備隊は報復措置として、民衆のあいだに広く名前の知られた十四人の自由主義者をたたき起こし、銃殺した。彼は、国境の税関のひとつを二週間以上にわたって占領し、そこから全面的な戦いを国民に訴えた。さらにまた、首都の近郊で戦闘をいどむために、人跡未踏の土地を五千キロ以上も強行突破するという途方もない長征をこころみて、三カ月も密林をさまよった。マコンドから二十キロたらずの地点にまで迫りながら、政府軍のパトロールに追われて、かつて父親がスペインの帆船を発見した魔の土地に近い山中深く、身を隠さなければならないはめに落ちいったこともあった。

そのころビシタシオンが死んだ。不眠症を恐れるあまり王位をあきらめたおかげで、安らかな死を迎えることができたのだが、実は遺言があって、二十年余も貯めつづけた給金がある、ベッドの下から掘りだして、戦争の資金としてアウレリャノ・ブエンディア大佐のもとに届けてもらいたい、と言いのこしていた。しかし、ウルスラはお金を掘りだそうとはしなかった。この前後に、アウレリャノ・ブエンディア大佐は州都近郊の上陸作戦中に死亡したというニュースが流れたからだ。それ以後絶えて消息が聞かれなかったので、二年たらずのうちにすでに四度にのぼっていたが、このたびの公式発表は、ほぼ半年のあいだ確かなものと信じられた。だが、ウルスラとアマランタが従前のものに加えて、さらにあらたな喪に服しはじめたとき、突然、奇妙なうわさが流れだした。アウレリャノ・ブエンディア大佐は生きている、しかし少なくとも表面的には、これまでのように自国の政府相手に戦うことはあきらめて、カリブ海沿岸の他の国々で勝利をおさめつつある連邦主義の戦闘に参加している、というのだ。その名前がころころ変わり、ますます祖国から離れていった。後日わかったことだが、そのころ彼が考えていたのは、中央アメリカの連邦勢力を糾合して、アラスカからパタゴニアにいたる地域の保守政権を一掃することだった。彼が町を出てから数年後に、初めてウルスラのもとに手紙が届けられた。くしゃくしゃになり文字も薄れた手紙は、何人もの手をへてサンチャゴ・デ・クバ*から来たものだった。

「あの子はもう、わたしたちのものじゃないわ」。手紙を読み終えたウルスラは言った。「この調子だと、クリスマスごろにはどこに行ってるか、見当もつかないわよ」

彼女が最初にその手紙を見せ、そう話しかけた相手は、戦争の終わった日からマコンドの町長となった保守党のホセ・ラケル・モンカダ将軍だった。「このアウレリャノという人が保守党でないのは、残念です」と将軍は言った。保守党の大多数の官吏と同じように、ホセ・ラケル・モンカダも党を守るために戦闘に参加し、軍事的才能には欠けていたが、戦場で将軍の地位にまで昇進したのだ。しかし、党の連中の多くがそうだが、彼は反軍的な思想の持ち主でもあった。彼は軍人というものを、主義主張を持たず、策略好きで野心的、ことごとに文官と対立して混乱を大きくするだけのろくでなしだと思っていた。頭が切れて愛想がよく、血の気が多くて健啖家で、大の闘鶏ファンである彼は、かつてはアウレリャノ・ブエンディア大佐のもっとも恐るべき敵だったこともあった。職業軍人たちの頭を押えて、沿岸の広大な地域を支配下においていた。一度、戦略上の考慮からアウレリャノ・ブエンディア大佐の部隊に陣地を明け渡さなければならなかったとき、将軍は大佐に二通の手紙を残していったことがある。そのうちの一通はきわめて長文のものだが、そのなかで将軍は、戦争を人間的なものにするために手を結びたいという申し入れをしていた。もう一通は自由党が支配する地域に住む妻にあてたもので、宛先まで届けてもらいたいという依頼が添えられていた。このときから、戦闘がもっとも熾烈な時期でさえ、ふたりの指揮官は停戦の取り決めを行なって捕虜を交換した。何となくお祭り気分のただようこの戦闘のあいまに、モンカダ将軍はアウレリャノ・ブエンディア大佐にチェスを伝授した。二人は肝胆相照らす仲となった。両派に属する大衆を動員して、職業軍人や政治屋の勢力を一掃し、それぞれの主張の長所を取り入れた人道主義的な政府を樹立することまで考えた。戦争が終わったとき、アウレリャノ・ブエンディア大佐が絶えまない反乱という険しい道をえらんだのにたいして、モンカダ将軍はマコンドの町長に任命された。彼は平服を着用し、兵隊のかわりに丸腰の警官を配置した。恩赦の法律をきびしく守らせ、戦死した数名の自由党の者の家族に援助の手を差しのべた。マコンドを市に昇格させることに成功し、当然のことだがその初代市長となった。そして、戦争を過去の愚かしい悪夢と思わせるような、相互の信頼にみちた雰囲気を徐々に作りあげていった。肝臓性の熱のために病み衰えていたニカノル神父は、第一回の連邦主義者の戦いに加わったことがある老兵で、みんなに〈石あたま(エル・カチョロ)〉と呼ばれているコロネル神父と交替させられた。アンパロ・モスコテと結婚して、繁昌(はんじょう)するいっぽうの楽器と玩具(おもちゃ)の店の主人におさまっていたブルーノ・クレスピは、芝居小屋を建ててスペインの劇団を呼んだ。それは野外のだだっぴろい小屋だった。木製のベンチが並び、ギリシアの仮面を縫い取りしたビロードの緞帳(どんちょう)が垂れていた。獅子(しし)の頭をかたどったもので、その大きな口から切符が手渡される売場が三つもあった。学校の建物が修理されたのもそのころのことだ。低地のほうから赴任してきた年配の教師で、メルチョル・エスカロナという者がその責任者となった。彼は、怠け癖のある生徒たちは小石だらけの中庭を膝小僧で歩かせ、言葉遣いのわるい生徒たちの口に辛い唐辛子(とうがらし)を押しこんで、父兄らに大いに喜ばれた。サンタ・ソフィア・デ・ラ・ピエダが産んだふたごの兄弟で、わがままなアウレリャノ・セグンドとホセ・アルカディオ・セグンドのふたりも最初の生徒として、それぞれの黒板、チョーク、名前を刻んだアルミのコップなどを持って教室に送りこまれた。母親の清楚(せいそ)な美貌(びぼう)を受けついだレメディオスは、小町娘のレメディオス、という名で知られるようになっていた。ウルスラは、年を取り、喪がつづき、心配ごとが重なっているにもかかわらず、少しも老いぼれなかった。サンタ・ソフィア・デ・ラ・ピエダの手を借りながらではあったが、ふたたび菓子屋の商売に精出して、息子が戦争につぎ込んだお金を二、三年のうちに取り戻しただけでなく、寝室に埋めた容器を元どおりにいっぱいにした。「わたしが生きてるうちは」と、彼女はよく言った。「この変人ぞろいの屋敷にもお金だけは不足しないよ」。こういう事情であったとき、ニカラグアの連邦軍を脱走してドイツ船に乗り組んだアウレリャノ・ホセが、馬のようにたくましい体と、インディオに見まちがえるほど黒く日焼けした髭もじゃの顔で、アマランタとの結婚をひそかに決意しながら台所に姿をあらわした。

彼が屋敷のなかへはいって来るのを見て、アマランタは相手が何も言わないうちに、即座にその帰宅の理由を察した。食卓についても、ふたりはたがいの顔を見なかった。

ところが、それから二週間たったある日、彼はウルスラがその場にいるのを無視して、アマランタの目をのぞき込みながら言った。「いつも、叔母さんのこと考えていたよ」。アマランタは彼を避けた。うっかりして二人っきりにならないように気を遣った。小町娘のレメディオスをそばから離さなかった。ある日、いつまでその黒い繃帯を手に巻いているつもりか、とアウレリャノ・ホセに言われて、彼女は真っ赤になると同時に腹を立てた。その質問を、自分がまだ生娘であることへのあてこすりと解したのだ。甥が帰宅したその日から寝室に掛け金をおろすことにしていたが、幾晩たっても隣りの部屋からは静かな寝息が聞えるだけなので、その用心も忘れてしまった。ところが、帰宅から二カ月たったある朝、彼女は寝室にしのび込んでくる彼に気づいた。前もって考えていたようにその場から逃げたり、大声を立てたりはしなかった。それどころか、うっとりするような心地よさに全身をひたされていった。子供のころと同じように、昔どおりに、彼が蚊帳のなかにすべり込んでくるのを感じた。彼が身に一糸もまとっていないのに気づいて、冷たい汗が流れ、歯がカチカチと鳴るのをどうすることもできなかった。「あっちへ行ってよ」。切ないほどの好奇心を感じながらも、彼女はささやいた。「自分の部屋へ戻って、ね。さもないと、大きな声を出すわよ」。しかし、このときのアウレリャノ・ホセは、もはや暗闇におびえる子供ではなく、屈強な若者だった。どうすべきかを心得ていた。その夜から、ふたたび二人のあいだで、夜明けまで続くが結着のつかない静かなあらそいが始まった。「わたしは叔母よ」と、疲れ果てた声でアマランタはささやいた。「母親と言ってもいいくらいだわ。いいえ、年だけじゃないの。乳こそ飲ませなかったけど、あんたを育てたのはわたしよ」。アウレリャノ・ホセは夜が明けきると同時に引き揚げていったが、彼女が掛け金をおろさないことを知っていい気になり、翌日にはふたたび戻ってきた。これまでも、彼は絶えずアマランタを追い求めてきたのだ。占領した町や村の暗闇で、そしてとくに暗い寝室のなかで、彼女のおもかげを思い浮かべた。負傷兵の繃帯にこびりついた血の臭いに、死の危険にたいする一瞬の恐怖のうちに、つまり四六時中、いたるところに彼女の存在をまざまざと感じたのだった。彼女のもとを去ったのも、ただ遠く離れるというだけでなく、戦友たちが無謀とさえ呼んだ勇猛さを発揮することで、その思い出を消し去るためだった。ところが、ごみ捨て場のような戦場に彼女のおもかげを捨てようとすればするほど、戦いそのものがアマランタに似ていった。そのためである、国外に去り、自らの死によって彼女の命をも絶とうとしたのは。ところがある日、彼は仲間の口から昔話として、いとこでもある伯母と結婚し、自分の息子がすなわち祖父ということになった男のことを聞かされた。

「おい、叔母と結婚してもいいのか？」と、びっくりして彼は尋ねた。すると、兵隊のひとりが答えた。

「いいどころじゃない。おれたちが坊主（ぼうず）と戦ってるのは、自分のおふくろとだって結婚できるようにするためさ」

彼が脱走をはかったのは、二週間後のことだった。目の前のアマランタは思い出のなかのそれよりも容色に衰えが目立ち、もっと淋しげでつつましやかだった。事実、すでに女盛りをすぎていたが、しかし寝室の闇のなかではいっそう熱っぽく、抵抗の激しさになおさら挑発的なものが感じられた。「あんたはけだものよ」と、猟犬に攻め立てられながらアマランタは言った。「可哀（かわい）そうな叔母に、こんなことをしていいわけがないわ。法王様の特別のお許しがあれば別だけど」。アウレリャノ・ホセは誓った、ローマにだって行くさ。彼女が許してくれるのなら、ヨーロッパじゅうを膝をついて歩いてもいい、法王の履物にだって接吻（せっぷん）してみせる、と答えた。

「それだけじゃないわ」とアマランタはさらに言った。「豚のしっぽがある子供が生れるかもしれないのよ」

何と言われても、アウレリャノ・ホセは聞き入れなかった。

「かまうもんか、アルマジロが生まれたって」

ある朝、抑えに抑えてきた男性的能力の耐えがたい苦痛に負けた彼は、カタリノの店に出かけた。胸のたるんだ、情は深いが安っぽい女を相手にして、当分のあいだ苦しめられることがないように下腹を軽くした。そして彼は、アマランタを無視するという手を使うことにした。手回し式のミシンを実に器用にあやつって廊下で縫い物をしている彼女が目にはいっても、言葉をかけなかった。アマランタはむしろ、重荷から解放されたような気分になった。彼女自身にもその理由がわからなかったが、ふたたびヘリネルド・マルケス大佐のことを考えるようになり、チェッカーを楽しんだ午後をなつかしく思いだした。彼と共寝がしたいとさえ思った。相手を無視するというお芝居をそれ以上つづけられなくなったアウレリャノ・ホセが、どれほど大きく後退する結果になったかを考えずに、ある晩ふたたびアマランタの部屋を訪れると、彼女は疑う余地のない断固とした態度ではねつけ、それっきり寝室の掛け金をおろしてしまった。

アウレリャノ・ホセの帰宅から二、三カ月たったころのこと、ジャスミンの匂いをぷんぷんさせた肉付きのいい女が、五歳くらいの男の子の手を引いて屋敷にあらわれた。そして、これは間違いなくアウレリャノ・ブエンディア大佐の子供である、ウルスラの手で洗礼を施してもらうために連れてきた、と言った。まだ名前もないその子の血筋を疑う者はなかった。手を引かれて氷を見にいったころの大佐に生き写しだったのだ。生まれたときすでに目があいていて、大人のように利巧そうな目つきで回りの者をながめていた、今でもまばたきしないでじっと物を見つめていることがあって、気味が悪いくらいだ、と女は語った。「まあ、そっくりだわ！」とウルスラは言った。「もっとも、あの子の場合は、じっと見つめるだけで椅子がひっくり返ったけど」。子供にはアウレリャノという名前がつけられたが、認知のすむ前に父方の姓を名のることは法律で許されていなかったので、苗字は母親のそれをついだ。モンカダ将軍が教父の役をつとめた。自分に育てさせてくれ、とアマランタが言ったが、母親は反対した。

　当時のウルスラは、血統のよい雄鶏のそばに雌鶏を放すように、軍人たちの寝所に娘を送りこむ習慣のあることを聞いていなかったが、その一年のあいだに、いやが応でも知るはめになった。アウレリャノ・ブエンディア大佐の子供だという者がさらに九人も、洗礼のために屋敷に連れてこられたからだ。いちばん年長の子は、父親の家系には見られない緑色の目をした、色の浅黒い、風変りな子供で、年はすでに十歳を越えていた。いろんな年齢の、さまざまな肌の色をした子供が連れこまれたが、いずれも男の子で、父親との血のつながりを証明する淋しげな翳があった。ふたりだけがほかの子供と違っていた。年のわりに大柄なそのうちのひとりは、触れるものはなんでも破壊する力をその手に秘めているらしく、花瓶といくつかの瀬戸ものを粉々にした。もうひとりは母親ゆずりの青い目をしており、女の子のように髪を長く伸ばし、カールさせていた。まるでわが家のように、ひどく心やすげにはいって来て、まっすぐにウルスラの寝室の箱のところへ行き、ねだった。「ぼく、ゼンマイの踊り子人形が欲しいんだ」。ウルスラはたまげた。箱をあけて、メルキアデスがまだ生きていたころの埃だらけのがらくたを掻きまわすと、いつかピエトロ・クレスピが持参したものので、それ以後、誰も思いださなかったゼンマイ仕掛けの踊り子人形が、一足のストッキングでくるんでしまってあるのが見つかったのだ。十二年たらずの歳月に、大佐が戦場のいたるところで産ませた子供には、すべてアウレリャノという名前と母親の苗字がつけられた。その数は十七名にのぼった。最初はウルスラも子供たちにお金を与え、アマランタはその子たちを引き取って育てたいと申し出た。ところがしまいには、ただ贈物をし、教母の役をつとめるだけになった。「洗礼させてやれば、それでわたしたちのすることはおしまい」。母親の名前と住所、それに子供たちの生まれた場所と日付を手帳に控えながら、ウルスラは言った。「アウレリャノに始末をつけさせるのよ。帰ってから、あの子が、どうするかきめるでしょ」。あるとき昼飯をいっしょに食べながら、モンカダ将軍にこの当惑すべき子孫繁栄ぶりを話し、アウレリャノ・ブエンディア大佐が戻ってきて、子供たちみんなを屋敷に呼び集めるときが早く来ればいい、という希望を述べた。するとモンカダ将軍は、次のような謎めいたことを言った。

「心配することはありませんよ、お母さん。考えておられるよりももっと早く、帰ってくるんじゃありませんか」

知っていながらその場でモンカダ将軍が口外しなかったのは、これまでなされたものより長期にわたる、激烈で血なまぐさい反乱の陣頭に立つべく、すでに大佐がこの方面に向かっているという事実だった。

最初の戦争の二、三カ月前と同じように、状況はふたたび緊迫した。市長自身が音頭をとって盛んにした闘鶏も中止になった。守備隊の指揮官であるアキレス・リカルド大尉が事実上、市の実権をにぎった。自由党の連中は、挑発的だといって大尉を批難した。「近いうちに大へんなことが起こるわ」と、ウルスラはアウレリャノ・ホセに言った。「夕方の六時になったら、絶対に、外には出ないようにしておくれ」。しかし、それはむだな頼みだった。昔のホセ・アルカディオと同じで、アウレリャノ・ホセの心はとっくに彼女から離れていた。わが家に帰ってなに不自由なく暮せるようになったため、伯父ホセ・アルカディオのかつての女狂いと怠け癖が彼にもとり憑いたかのようだった。アマランタへの情熱は跡かたもなく消えていた。気ままな毎日を送った。玉突きをし、淋しさをその時どきの女でまぎらわし、ウルスラがそこらの隙間に隠しておいたお金をさらっていった。しまいには、着替えのためにしか家へ寄りつかなくなった。「男の子ってみんな同じね」とウルスラはこぼした。「初めは行儀が良くって、言うことをよく聞いて、まじめだけれど、髭がはえる年ごろになると、たちまち悪いことを始めるんだから」。自分の生まれを最後まで知らなかったアルカディオとちがい、彼は、昼寝はここですればと言ってハンモックを吊ってくれたピラル・テルネラが、産みの母であることを心得ていた。ふたりは親子というより、むしろ孤独を慰めあう友だった。ピラル・テルネラはわずかな希望さえ捨てていた。その笑い声はオルガンそっくりの太い調子をおび、乳房はたまさかの愛撫にも疲れて張りを失い、下腹や太腿は多くの男に身をゆだねた女が当然たどる運命のいけにえとなっていた。しかし、その心は悲しむこともなく老いの日々を迎えようとしていた。でっぷり太った口の悪い彼女が、不幸な女を気取り、むなしいトランプ占いの夢をすっぱりあきらめて、他人の色事に慰めを見いだすようになっていた。アウレリャノ・ホセが昼寝に使っているその家は、近所の娘たちのあわただしい逢引きの場所になっていた。

「部屋を借りるわよ、ピラル」。娘たちはなかへはいってからそう言った。「いいわよ」とピラルも答えた。そして、その場にほかの人間が居合せると、言い訳するようにつけ加えた。

「わたしは幸せなの。みんながベッドで楽しんでると思うだけで」

彼女は絶対にお金を受け取らなかった。また、けっして断わらなかった。女盛りがすぎたというのに彼女を求め、お金にも恋にも縁はないが、時たま喜びを味わわせてくれる男たちを拒まなかったように。五人の娘たちもその熱い血を受けついで、早くから波瀾の多い人生へと乗りだしていた。やっと育ったふたりの男の子のうち、ひとりはアウレリャノ・ブエンディア大佐の部隊に加わって戦死し、もうひとりは、十四歳のときに低地のある村で鶏を籠ごと盗もうとして、負傷して逮捕された。彼女にとってアウレリャノ・ホセは、ある意味で、トランプの洋杯のキングが五十年も予言しつづけた、あの背が高くて肌の浅黒い男だった。そして、トランプの送ってよこしたすべての男と同じように、彼女のもとに来たときには、すでに死の刻印を押されていた。

「今晩は外出しちゃだめよ」と彼女は言った。「ここで寝てちょうだい。あんたの部屋へ入れてくれって、カルメリタ・モンティエルがうるさく言ってるのよ」

この頼みに隠された深い意味を察することができずに、アウレリャノ・ホセは、こう答えた。

「十二時ごろに帰ってくるから、待ってるように言っといてよ」

彼は芝居小屋へ出かけた。スペインの劇団が『ソロの短剣』を上演する予定だった。それは実際にはソリーリャ*の『ゴート族の短剣』という芝居だが、自由党の連中が保守党の者たちを指して〈ゴート野郎*〉と呼んでいるので、アキレス・リカルド大尉が外題(げだい)を変えるよう命令したのだ。入口で切符を渡すだんになって、アウレリャノ・ホセは、銃を持った二人の兵隊を従えたアキレス・リカルド大尉が客の身体検査をしているのに気づいた。「よしたほうがいいぞ、大尉」とアウレリャノ・ホセは警告した。「今まで、この体にさわったやつはいないんだ」。大尉は力ずくで身体検査をしようとした。アウレリャノ・ホセは丸腰なのに駆けだした。兵隊たちは、撃てという大尉の命令に従わなかった。そのうちの一人が言った。「あいつは、ブエンディアの一族ですよ」。怒り心頭に発した大尉はその兵隊の手から銃を奪いとり、通りの真ん中へ飛びだして、狙(ねら)いをさだめた。

「くそっ！」大尉は余裕たっぷりなところを見せて叫んだ。「こいつが、アウレリャノ・ブエンディア大佐だったらなあ！」

二十歳の乙女のカルメリタ・モンティエルがオレンジの花の香水をまき終わり、ローズマリーの葉をピラル・テルネラのベッドの上にばらまいていたときだった、銃声が響いたのは。アウレリャノ・ホセは彼女をとおして、アマランタに拒まれた幸福を知り、七人の子持ちとなり、その腕に抱かれて大往生をとげるはずだったが、トランプの読み違いで飛びだした銃弾はその背中からはいって、胸を砕いてしまったのだ。その晩やはり死ぬ運命にあったアキレス・リカルド大尉は、実際に、アウレリャノ・ホセより四時間早く息を引き取った。あの銃声が響くのとほとんど同時に、どこから飛びだしたのかはついにわからなかったが、いっぺんに二発の弾丸をくらってその場に倒れ、大勢の人間の叫び声があたりの闇をゆさぶったのだ。

「自由党万歳！　アウレリャノ・ブエンディア大佐万歳！」

アウレリャノ・ホセの体から血が流れつくし、カルメリタ・モンティエルが自分の未来を占うトランプは空白だと知った十二時には、すでに四百人以上の男たちが小屋の前に列をなし、そこに放りっぱなしにされたアキレス・リカルド大尉の死体に、めいめいのピストルの弾丸をぶち込んでいた。蜂（はち）の巣のようになり、スープに浸ったパンのように崩れる死体を手押し車で運ぶために、パトロールが出動しなければならなかった。

正規軍の無法に腹を立てたホセ・ラケル・モンカダ将軍は政治力にものを言わせてふたたび軍服を着用し、マコンドの市長兼司令官の職務についた。しかし彼は、その宥和的な施策によって、避けがたい事態の招来を避けられるとは思っていなかった。九月になってから、さまざまな矛盾するニュースが伝えられた。政府は全土を制圧していると公表していたが、自由党の者は内陸部における武装蜂起について秘密の情報をえていた。政府は内乱状態にあることを認めなかったが、やがて布告を通して、アウレリャノ・ブエンディア大佐にたいする欠席裁判は継続され、死刑が宣告されたと発表した。逮捕した守備隊でただちに判決を執行するようにという指令が出された。「あの子は帰国してるんだわ！」と、ウルスラはモンカダ将軍の前で大喜びしながら言った。しかし、将軍もその真偽を知らなかった。

実をいうと、アウレリャノ・ブエンディア大佐はすでに一カ月以上も前に故国の土を踏んでいた。それに先立ってさまざまな風評が乱れとび、遠く隔たった土地に同時に出没すると考えられる状態だったので、彼が沿岸のふたつの州を手中におさめたという政府側の発表があるまでは、モンカダ将軍もその帰国を信じなかったのだ。「おめでとう、お母さん」。電報を見せながら、将軍はウルスラに言った。「間もなくここへ戻ってきますよ」。そのとき初めて、ウルスラは心配になった。そして尋ねた。「で、あなたはどうなさるの？」その問いは、モンカダ将軍がこれまで何度も自分自身に投げかけてきたものだった。

「大佐と同じですよ」と彼は答えた。「自分の義務を果たすだけです」

十月一日の早朝、アウレリャノ・ブエンディア大佐は装備の十分な千名の部下を率いてマコンドを攻撃した。守備隊は陣地を死守するよう命令されていた。正午ごろ、モンカダ将軍がウルスラと昼食を共にしていると、反乱軍の放った一発の砲弾が市街全体をゆさぶり、市の財務局の正面の壁を吹き飛ばした。「こちらと同じように装備は十分らしい」と、モンカダ将軍は溜め息をついて言った。「しかも、戦意はわれわれ以上だ」。午後二時に、大地をゆるがす両軍の砲声を聞きながら、将軍はウルスラに別れを告げた。負けいくさだと確信した将軍は言った。

「今晩じゅうに、ここへアウレリャノが帰ってくるようなことにはさせないつもりですが、かりにそうなったら、わたしからよろしくと伝えてください。もう二度と会うことはないでしょうから」

将軍はその晩、戦争を人間的なものにするという共通の目的をあらためて思い起こし、両派の軍人の腐敗と政治家の野心にたいして決定的な勝利をおさめることを希望した、アウレリャノ・ブエンディア大佐宛の長文の手紙を書いたあと、マコンドを脱出しようとして、不運にも敵の手に落ちた。アウレリャノ・ブエンディア大佐は翌日、革命軍の軍事法廷によって運命が決するまで将軍が軟禁されることになったウルスラの屋敷で、彼と昼食を共にした。食事はなごやかな雰囲気につつまれていた。しかしウルスラは、敵味方のふたりが戦争のことなど忘れて昔話に花を咲かせているのを聞きながら、わが子を闖入者だと思ういやな気持ちを抑えることができなかった。彼女がそんな風に思いだしたのは、大佐が兵隊たちを連れてどやどやとはいって来て、危険がないとわかるまで寝室をひっ掻き回すのを見たときからだった。アウレリャノ・ブエンディア大佐はそれを認めただけではない。徹底的に行なえと命令し、護衛の者たちが屋敷の周囲に歩哨を立ておわるまで、誰にも、ウルスラにさえ、三メートル以内に近づくことを許さなかった。大佐は記章ひとつない普通の木綿の軍服を着て、泥と血がこびりついた拍車付きの深い長靴をはいていた。ベルトにつけた自動ピストルのケースの留め金をはずしていて、そこから離れようとしない手に、視線と同じ警戒心と強い緊張が読みとれた。今では両側が大きく後退した額が、こんがり焼いたようないい色をしていた。カリブ海の潮風でひび割れて、顔面は金属のような硬さを帯びていた。その非情さと無関係ではなかったが、彼は気力で老いの迫るのを防いでいたのだ。町を去ったときより背が高く、血色が悪くて骨ばって見え、とかく懐古的になる気持ちを抑えようとしているのが感じられた。「どうだろう、この子は」と、ウルスラはあきれ果ててつぶやいた。「今ならどんなことだってやりかねないわ」。事実、その通りだった。ウルスラのために持参したアステカ族*のヴェール、昼食のさいの思い出話、みんなに話して聞かせたおもしろい話。そんなところに、昔の彼がちらと姿をのぞかせただけだった。共同墓地に戦死者を埋葬させたあと、軍事裁判を急ぐようロケ・カルニセロ大佐に命令すると、彼自身は、復活していた保守政権下の体制を根こそぎにする徹底的な改革という、骨の折れる仕事に取りかかった。「党の政治家たちの先をこす必要がある」と、政治顧問たちに言った。「彼らが現実に目を向けたときには、すべてが終わっているというわけだ」。百年前にさかのぼって土地の所有権を再検討することにした直後に、兄ホセ・アルカディオの合法化された権利侵害を知った。彼は、台帳からその記録をあっさり抹消した。ただ儀礼的に、一時間ほど仕事の手を休めて、決定を伝えるためにレベーカのもとを訪れた。

　かつては彼の苦しい恋の聞き手だった、また、その辛抱づよさによって彼の命を救ってくれたこともある、薄暗い屋敷のなかの孤独な寡婦(かふ)は、まるで過去の亡霊のように見えた。灰となった心を袖(そで)の長い黒地の服につつんだ彼女は、戦争のこともほとんど知らなかった。アウレリャノ・ブエンディア大佐は、彼女の骨から発する燐火(りんか)が皮膚を透してほの見えるような、また、彼女がいまだにかすかな火薬の臭いのする空気がよどみ、鬼火がふわふわ飛んでいるなかで暮しているような印象をいだいた。彼はまず、きびしい喪をやわらげ、家のなかに風をとおし、ホセ・アルカディオの死にたいする世間の罪を許すよう忠告した。しかし、すでにレベーカはそうしたむなしい事柄を超越していた。土の味わいに、香水の匂うピエトロ・クレスピの手紙に、夫との嵐のようなベッドの上の秘事に求めてえられなかった彼女は、執拗な想起によって思い出のひとつひとつが形をなし、閉め切られた部屋を人影のようにさまよう屋敷のなかに、心のやすらぎを見いだしていた。籐の揺り椅子にもたれて、彼こそ過去の亡霊だと言わんばかりの目つきでアウレリャノ・ブエンディア大佐をながめていたレベーカは、ホセ・アルカディオが横領した土地は正当な所有者に返還されるという知らせを聞いても、顔色ひとつ変えなかった。

「あんたの好きなようにしてちょうだい、アウレリャノ」と、彼女は溜め息をついて言った。「前から思ってたのよ。今はっきりわかったけど、あんたってほんとに変わり者なのね」

土地権利書の調査が片づくと同時に、ヘリネルド・マルケス大佐が指揮する略式裁判も終わった。それは、革命軍によって捕虜となった正規軍の将校はすべて銃殺刑に処する、という結論を出していた。締めくくりの軍事法廷はホセ・ラケル・モンカダ将軍のものだった。ウルスラが取りなした。「このマコンドでいちばん立派な支配者だったわ、あの人は」と、アウレリャノ・ブエンディア大佐に言った。「あんたがいちばんよく知ってるはずよ。わざわざわたしの口から言うまでもないけど、それは心のやさしい人で、わたしたちをとっても愛してるのよ」。アウレリャノ・ブエンディア大佐は咎めるような目で彼女を見ながら、答えた。

「裁判のことまで口出しする権限はないんですよ。言いたいことがあったら、軍事法廷へ出て、そこで言ってください」

ウルスラはその言葉に従っただけでなく、マコンドに住む革命軍の将校の母親たち全員を連れて法廷に乗りこんだ。あの大胆不敵な山越えに加わった数名の者をふくめて、市の建設者らの老いた妻は一人ひとり立って、モンカダ将軍を口をきわめて褒めそやした。ウルスラが一同の最後に立った。彼女の憂いをふくんだ気品、その名前にそなわった重み、その説得的な証言のもつ迫力などで、裁判の公平も一瞬ぐらついた。「あんたたちは大まじめで、こんな恐ろしい遊びをやっているのね。ま、それもいいでしょ。義務を果しているつもりなんだから」と、彼女は法廷の全員を前にして言った。「でも忘れちゃいけませんよ。生きてるうちは、わたしたちはいつまでも母親だってことを。革命家だか何だか知らないけど、少しでも親をないがしろにするようなことがあれば、そのズボンをさげて、お尻をぶつ権利があたしたちにあるってこともね」。この言葉が兵営となった教室にまだ鳴りひびいているあいだに、判士たちは協議のために退廷した。真夜中に、ホセ・ラケル・モンカダ将軍は死刑の判決を受けた。ウルスラの激しい叱責にもかかわらず、アウレリャノ・ブエンディア大佐は刑の変更を認めなかった。夜明けが近づいたころ、彼は例の足かせの部屋にいる被告を訪ねた。「これだけは覚えておいてくれ」と言った。「あんたを銃殺するのは、わたしじゃない、革命なんだ」

彼がはいって来るのを見てもベッドから立ちあがろうとしないで、モンカダ将軍はそれに答えた。

「よしてくれ、そんな話は！」

町へ帰ってからこのときまで、アウレリャノ・ブエンディア大佐は将軍とふたりきりでゆっくり会ったことがなかった。将軍がひどく年を取ったこと、その手が震えていること、型どおりに従容として死を迎えようとしていることに驚くと同時に、そのような憐憫に心を動かされた自分に深い軽蔑をおぼえた。

「わたしよりよく心得ていると思うが」と彼は言った。「戦争裁判なんてみんな猿芝居さ。それに今回の戦争では、どんなことがあってもわが軍が勝利をおさめるはずだ。ほんとうのところ、あんたはほかの連中の罪をつぐなわされるわけだよ。しかし、わたしの立場だったら、あんたも同じことをやるんじゃないかな」

モンカダ将軍は起きあがって、シャツの裾（すそ）でべっこうの分厚い眼鏡をふき、次のように言った。「恐らくね。しかし、わたしが気にしているのは、銃殺されるかどうかということじゃない。結局のところ、われわれのような人間にとっては、銃殺は自然死と変わらないんだから」。将軍は眼鏡をベッドにおき、時計を鎖からはずした。「ただ気にかかるのは、軍人たちを憎みすぎたために、彼らをあまり激しく攻撃したために、そして彼らのことを考えすぎたために、連中とまったく同じ人間になってしまったことなんだ。これほどの自己犠牲に値する理想なんて、この世にないと思うんだがね」。将軍は結婚指輪とロス・レメディオスの聖母像のメダルをはずして、眼鏡や時計のそばに並べた。

「この調子でいくと」と、将軍はつけ加えた。「あんたは、わが国の歴史はじまって以来の横暴かつ残忍な独裁者になるだけじゃない。あんたの良心の呵責（かしゃく）を少しでも軽くしてやろうとしている母親のウルスラだって、銃殺しかねないぞ」

アウレリャノ・ブエンディア大佐は眉（まゆ）ひとすじ動かさなかった。するとモンカダ将軍は眼鏡とメダル、時計と指輪を大佐に渡してから、声の調子を変えて言った。

「ここへ来てもらったのは、あんたを責めるためじゃなかった。実は、ここにある品物を妻に届けてもらいたいと思ってね」

アウレリャノ・ブエンディア大佐はそれらをポケットにしまった。

「今でもマナウレに?」

「そう、マナウレにいる」とモンカダ将軍はうなずいた。「いつかあんたに手紙を届けてもらった、あの教会のうしろの家だ」

「確かに引き受けたよ、ホセ・ラケル」と、アウレリャノ・ブエンディア大佐は答えた。

青い霧の流れる外に出ると、昔のあの朝のように顔が濡(ぬ)れた。それで初めて、墓地の塀のそばではなく、中庭で処刑を執行するように命令した理由を悟った。入口のところに整列していた銃殺隊が彼を迎えてうやうやしく捧(ささ)げ銃(つつ)をした。

「もういい、連れていけ」と、彼は命令した。

戦いのむなしさを最初に意識したのは、ヘリネルド・マルケス大佐だった。マコンドの市長兼司令官として、週に二回はアウレリャノ・ブエンディア大佐と電信で話し合った。最初のうちはこの連絡によって具体的な戦闘のすすめ方が決定され、その状況はきわめて明確だったので、自分がいかなる局面に立たされているかをいつでも知ることができたし、将来を見きわめることも可能だった。もっとも近しい友人にさえ内心をのぞかせはしなかったが、それでもまだ、当時のアウレリャノ・ブエンディア大佐には親近感を抱かせる何かが残っていて、たとえ電線の向こうではあっても、すぐに彼だということがわかった。連絡が予定の時間をはるかに上回って、家の話になることもしばしばだった。ところが戦争が激化し拡大するにつれて、少しずつではあったが、その姿が非現実の世界へと薄れていった。彼の声を伝えるトンツー、トンツーがしだいにかすかな、あいまいなものになった。つながり組み合わさって言葉をなすことがあっても、その全体の意味は着実に失われていった。そのときからヘリネルド・マルケス大佐は、あの世の見知らぬ男と交信しているような当惑を覚えながら、相手の言うことをただ黙って聞くことにした。

「リョウカイ・アウレリャノ」と、彼は通信の最後にいつも打電した。「ジユウトウ・バンザイ！」

やがてヘリネルド・マルケス大佐は、戦争との接触をまったく失ってしまった。かつては現実の行動であり、青春時代のあらがいがたい情熱であったものが、今では単なる遠い風の便りに、空虚なものに変わっていた。アマランタの裁縫室が唯一の逃げ場となった。午後になると彼はそこを訪れた。小町娘のレメディオスが動かす手回し式のミシンで、泡のように盛りあがった更紗にひだを取っていく手をながめて心を慰めた。ふたりは、たがいがそこにいることで満足して、ひとことも口をきかずに何時間もじっとしていた。しかしアマランタが、彼の愛の火を絶やさずにいることだけでひそかな喜びを感じているのに、彼はあの謎めいた心に隠されているものを計りかねていた。彼の帰還の知らせが伝わったとき、彼女は切ないほどの待ち遠しさを感じた。ところが、アウレリャノ・ブエンディア大佐のにぎやかな護衛にまじって屋敷のなかへはいって来る彼を見、苛酷な国外の生活にやつれ、身をかまわないために年より老け、汗と埃で汚れ、何やらけもの臭くて、醜くて、左腕を繃帯で吊っているのに気づいたとたん、激しい失望に襲われた。「あらいやだ。わたしの待ってたのはこんな人じゃないわ」と思った。ところが翌日、彼は顔をきれいに剃り、口髭にラヴェンダーの香水をふりかけ、血だらけの繃帯をはずした小ざっぱりしたなりで、ふたたび彼女のもとを訪ねてきた。そして、みやげだと言って、螺鈿をちりばめた革装丁の祈禱書を差しだした。

「男のひとって変ね」。ほかに言いようがないので彼女はつぶやいた。「お坊さんを相手に戦ってるくせに、祈禱書をおみやげにくれるんですもの」

その日から、戦争がもっとも重大な局面にあるときでさえ、ヘリネルド・マルケス大佐は毎日のように彼女のもとを訪れた。小町娘のレメディオスがいないときは、ミシンのハンドルを回してやることもしばしばだった。アマランタは、要職にありながら広間に武器をおいて丸腰で裁縫室にはいって来るこの男の、粘りづよさや忠実さ、従順さなどにあきれた。そのくせ、彼が四年のあいだ恋心を訴えつづけても、その心を傷つけないように——愛するには至らなかったが、やはり彼なしでは生きていけなかった——巧みに求愛を退けた。何ごとにも興味を感じないらしいので、みんなから鈍いのではないかと疑われていたが、小町娘のレメディオスもこの献身ぶりに気づかないはずがなく、ヘリネルド・マルケス大佐に何かと肩入れをした。アマランタは、自分に育てられてようやく思春期を迎えつつあるこの女の子が、すでにマコンド一の美女になっていることに不意に気づいた。かつてレベーカにいだいたあの嫉妬が心によみがえるのを意識したアマランタは、その死を願うはめにならないよう神に祈りながら、レメディオスを裁縫室から遠ざけた。ヘリネルド・マルケス大佐が戦争をいとわしく思うようになったのは、実はこのころのことだった。アマランタのためなら青春を犠牲にしてえた栄誉さえ捨てる覚悟で掻きくどき、心に秘めてきた深い愛を訴えた。しかし、くどき落とすことはできなかった。八月のある日の午後、自分にとっても耐えがたい重荷となったかたくなな心を持てあましながら、アマランタは執拗な求婚者に次のような決定的な返事をしたのだ。

「わたしのことは、これっきり忘れてちょうだい。ふたりとも、こんなことをしている年じゃないわ」

そのあと、彼女はひとり寝室にこもり、死が訪れるまで続くにちがいないわびしい日々を思って泣いた。

その日の午後、ヘリネルド・マルケス大佐はアウレリャノ・ブエンディア大佐からの電信を受けた。それは、膠着(こうちゃく)状態にある戦況に何らかの新しい局面を開くわけでもない、ありきたりの連絡だった。それが終わって、人影のない表通りやアーモンドの葉にたまった雨水を眺めているうちに、ヘリネルド・マルケス大佐は深い孤独感に襲われた。

「アウレリャノ」と、彼はやるせない気持を送信機に託した。「マコンド・イマ・アメ」

電線を長い沈黙が流れた。そして不意に、電信機がアウレリャノ・ブエンディア大佐の送る非情な記号ではねあがった。

「バカ・イウナ・ヘリネルド」と信号は伝えた。「ハチガツ・アメ・アタリマエ」

長いこと会っていないので、ヘリネルド・マルケス大佐はその返事の突っかかるような調子にどぎまぎさせられた。しかし二カ月後に、アウレリャノ・ブエンディア大佐がマコンドに帰ってきたとき、困惑は驚きに変った。ウルスラでさえその変わりようにびっくりした。大へんな暑さだというのに毛布にくるまって、護衛も連れずにこっそり帰ってきて、いっしょに着いた三人の情婦を一軒の家に住まわせ、そこに吊らせたハンモックに横になって一日の大半をすごした。きまりきった作戦の報告にかぎられていたが、電信もろくに読まなかった。あるときヘリネルド・マルケス大佐が、国際紛争にエスカレートする危険のある国境地帯からの撤退について指示を仰ぐと、彼はいたけだかに言った。

「つまらんことで時間を取らないでくれ！　好きなようにやればいい」

それは恐らく、戦いがもっとも重大な局面にあるときだった。当初は革命を支持していた自由党の地主たちが、土地所有権の調査を妨害する目的で保守党の地主らとひそかに手を結んだのだ。亡命先から資金を提供していた政治家たちはアウレリャノ・ブエンディア大佐の過激な決定の撤回を声明したが、こうして顔をつぶされる結果になっても、彼は気にする様子がなかった。五巻以上になる自作の詩も読み返されることなく、忘れられたようにトランクの底にしまい込まれていた。夜や昼寝の時間になると、情婦たちのひとりをハンモックに呼んで欲望をみたし、そのあとすぐ、気にかかることなどこれっぽちもないというように、ぐっすり眠ってしまった。少なくともそのころ、不安に絶えず心を脅(おび)やかされていることを知っていたのは、本人だけだった。そもそも、帰還の華々しさやかずかずの大勝利に酔いしれていたときに、すでに彼は栄光の足下に口をあけた奈落(ならく)をのぞいたのだ。彼は、すぐれた軍略の師であるマールバラ公爵(こうしゃく)*――その革の衣裳(いしょう)や虎(とら)の爪(つめ)は大人を恐れさせ、子供たちを驚かした――を右手にはべらせて喜んだ。誰にも、ウルスラにさえ、三メートル以内に近づくことを許さなかったのは、その前後のことである。行くさきざきで幕僚にチョークで描かせ、そこへは自分しかはいることを許さない輪の真ん中に立って、簡潔だが反抗の余地のない命令によって万事を思いどおりに処理していった。モンカダ将軍の銃殺以後、初めてマナウレに滞在したとき、彼は自分が手にかけた故人の遺志を急いで果たすことにした。ところが、未亡人は眼鏡やメダル、時計や指輪などは喜んで受け取ったが、彼を家のなかへ招き入れようとはしなかった。

「お入れすることはできませんわ、大佐」と、彼女は言った。「戦場ではともかく、ここではわたくしが主人ですから」

アウレリャノ・ブエンディア大佐は腹を立てた様子も見せなかったが、その身辺の警護にあたる連中が未亡人の家を略奪し焼き払ったことを知るまでは、心の波立ちをしずめることができなかった。「君はどうかしてるぞ、アウレリャノ」と、それを見てヘリネルド・マルケス大佐は言った。「性根まで腐ってるんじゃないのか?」この時期に、反乱軍のおもだった指揮官を集めた二度めの会議がひらかれた。理想主義者、野心家、山師、社会に不満を抱いている者、ありふれた犯罪者。そこにはあらゆる連中がいた。公金費消のとがで裁判にかけられるのを避けるために反乱に加わった、保守党の元官吏までまじっていた。大半が戦いの意義さえ知らなかった。意見の相違から今にも内輪もめを起しそうなそれらの雑多な人間の集まりのなかで、テオフィロ・バルガス将軍という謎めいた実力者がとくに目立っていた。将軍は粗暴で学問もないが、奸智にたけ、部下たちの狂信的な支持をえている救世主気取りの、生粋のインディオだった。アウレリャノ・ブエンディア大佐が会議の開催をはかったのは、政治屋たちの策謀を封じるために、反乱軍の指揮権を統一するという意図によるものだったが、テオフィロ・バルガス将軍はいち早くそれを読んで、もっとも有能な指揮官たちの協力的な関係を二、三時間でめちゃめちゃにし、総司令官の地位についた。「やつに油断するな」。アウレリャノ・ブエンディア大佐は部下の将校たちに警告した。「われわれにとっては、陸軍大臣よりも、やっこさんのほうが危険だ」。すると、平生から臆病なことで知られている、まだ若いひとりの大尉が、おそるおそる人差し指を立ててこう言った。

「簡単なことじゃありませんか、大佐。殺ってしまえばいいんです」

アウレリャノ・ブエンディア大佐はその提案の冷酷さよりも、自分が思いつくのとほとんど同時に、それが持ちだされたことにむしろ驚きながら言った。

「そんな命令が出せると思うのか？」

事実、彼はそのような命令は出さなかった。ところがそれから二週間後に、テオフイロ・バルガス将軍は待伏せに遭って蛮刀でめった斬(ぎ)りにされ、アウレリャノ・ブエンディア大佐が全軍の指揮を執ることになった。その地位が反乱軍のすべての指揮官によって認められた日の夜更(よふ)けに、彼は突然目をさまして、毛布を持ってくるように大声で命令した。それ以後、身うちを駆けめぐり、日中でさえ襲う悪寒(おかん)のために十分な睡眠の取れない日が何カ月もつづいて、やがて持病のようになった。権力の陶酔もようやく薄れ、時おり不安が心をよぎった。悪寒から逃れたい一心で、テオフィロ・バルガス将軍の暗殺を提案した若い将校を銃殺させた。彼の命令は、その口から発せられる前に、いやそれどころか、彼がそれを思いつく前に実行に移され、考えもしなかった重大な結果をもたらした。絶大な権力にともなう孤独のなかで、彼は進むべき道を見失いはじめていた。占領した町々で歓呼して迎えるが、恐らく敵にも同じことをするにちがいない民衆にうとましさを感じた。そっくりな目で彼を見つめ、そっくりな声でしゃべり、声をかけると同じようななれなれしさで話しかけてきて、息子だと名のりをあげる大勢の若者に、いたるところで出くわした。彼は、自分の種があちこちに飛び芽を吹いているような気がして、かえって激しい孤独に落ちいった。部下の将校たちまでが嘘(うそ)をつくように感じた。マールバラ公爵ともあらそった。そのころの彼はよく口にした。「死こそ最良の友、さ」。不安に疲れてしまっていた。いつも同じところに立っているような、堂々めぐりの戦いに飽いていた。だんだん年を取り、衰えが目立っていく。戦う理由も、手段も、それが終わる時期も、ますますわからなくなる。チョークの輪の外には、かならず誰かがいた。それは、お金に困っている者だったり、百日咳(ひゃくにちぜき)の子供をかかえた親だったりした。また、いまいましい戦争にあきあきして永遠の眠りにつきたいと思いながら、最後の気力をふりしぼって気をつけの姿勢をとり、「異状ありません、大佐殿」と報告する兵隊でもあった。異状がないということ。何も起こらないということ。これが、この際限のない戦いのもっとも恐ろしい点だった。予感にも見放された孤独な彼は、死ぬまでつきまとわれそうな悪寒から逃れるために、マコンドに、さまざまな遠い思い出のなかに、最後の隠れ家を求めたのだった。はなはだしい無力感に取り憑かれていた彼は、重大な岐路に立っている戦いの今後を論ずるために派遣されてきた党の使節団の到着を聞いても、目をさましているのかいないのか、ハンモックの上で寝返りを打って、ただ、こう言った。

「女たちのところへ、連れていけ」

十一月のきびしい暑さにもかかわらず、六人の弁護士たちは辛抱づよくフロックコートとシルクハットで身を固めていた。彼らはウルスラの屋敷に宿泊した。昼間はほとんど寝室にこもりきりで何ごとかを密談し、夜になると護衛をつけてもらい、アコーデオンの楽団を呼んでカタリノの店を借り切った。

「そっとしておけ」とアウレリャノ・ブエンディア大佐は命令した。「やつらの考えてることは、こちらにはちゃんとわかっている」。十二月の初旬のことだった。のびのびになっていて、多くの者が果てしない議論になると予想していた会談は、わずか一時間たらずで片づいた。

さすがのアウレリャノ・ブエンディア大佐もこのときだけは、暑苦しい客間の白い布をかぶった自動ピアノの近くに、幕僚がチョークで描いた輪のなかにすわらなかった。政治顧問たちに囲まれるように椅子に腰かけ、毛布に身をくるんで、使節らの手短な提案を黙って聞いていた。彼らの要求の第一点は、自由党の地主たちの支持を取りつけるために、土地所有権の調査はあきらめる、ということだった。第二点として彼らは、カトリックの大衆の支援を得るために、僧職者の力を押えようとする戦いの中止を希望した。最後の要求は、今のままの家庭を守るために、庶子と嫡出子に平等の権利を認めよという主張を捨てる、ということだった。

「要するに、われわれの戦いの目的は」と、要求の読みあげが終わるのを待って、アウレリャノ・ブエンディア大佐は笑顔で言った。「ただ、政権を獲得することにあるわけだ」

「いや、これは単なる戦術の転換ですよ」と、使節のひとりが反論した。「今の段階で必要なことは、この戦いの民衆的基盤を拡大することではありませんか？　先のことはいずれ考えるとして……」

アウレリャノ・ブエンディア大佐の政治顧問のひとりが急いで口をはさんだ。

「こんな筋の通らない話はありません。かりにこの戦術転換が正しければ、保守政権も正しいということになります。そちらの言うように、これによって戦いの民衆的基盤を拡大できたとすれば、すでに現政権は広範な民衆の支持をえていることになります。つまり、われわれは二十年近くも、大衆の感情を無視して戦ってきたという結論になりますよ」

彼がなおも話を続けようとするのを、アウレリャノ・ブエンディア大佐は目顔で押えて言った。「今さら何を言ってもむだだ、ドクター。問題は、今後のわれわれの戦いの目的はただひとつ、政権獲得であるということだよ」。微笑したまま大佐は使節の差し出した書類を受け取って、署名のかまえを見せながら最後に言った。

「話はわかった。そちらの条件をのもう」

部下の者たちは驚いて顔を見合せた。

「こんなことを言うのはどうかと思うが、大佐」と、ヘリネルド・マルケス大佐がおだやかな口調で言った。「これは、完全な裏切り行為だ」

アウレリャノ・ブエンディア大佐はインクをふくませたペンを途中で止めて、いたけだかに言った。

「武器をこちらによこしたまえ」

ヘリネルド・マルケス大佐は起ちあがって、武器を机にのせた。

「兵営に行きたまえ」と、さらにアウレリャノ・ブエンディア大佐は言った。「きみの処置は、いずれ革命軍の軍事法廷がきめる」

そのあと宣言書に署名をし、使節らに手渡しながら言った。

「さあ受け取ってくれ。あとはまかせる」

二日後にヘリネルド・マルケス大佐は反逆罪で告発され、死刑の宣告を受けた。いつものハンモックに寝ころがったアウレリャノ・ブエンディア大佐は、寛大な処置を求める声に耳を貸そうとしなかった。死刑執行の前夜、ウルスラは誰も入れるなという命令を無視して、寝室の彼のもとを訪れた。黒い服で身をつつんだ彼女は、異様なほど厳粛なおももちで、三分間の面会のあいだ腰をおろさなかった。「お前が、ヘリネルドを銃殺するつもりだってことはわかってるよ」と、落ち着いた声で言った。「わたしに、それを止める力のないってことも知ってるわ。でも、忘れないでおくれ。

もしあの男が死ぬようなことがあったら、いいかい、亡くなったふた親のお骨やホセ・アルカディオ・ブエンディアの名前にかけて誓ってもいい、神様に誓ってもいい、お前がどこに逃げ隠れしようとかならず捜し出して、この手でその首を絞めてやるからね」。返事を待たずに部屋を出ていきながら、さらに言った。

「生まれたときのお前に豚のしっぽがあったら、きっと同じことをしたはずだよ」

果てしなく長いその夜、ヘリネルド・マルケス大佐がアマランタの裁縫室ですごしたもの憂い日々の思い出にふけっているころ、アウレリャノ・ブエンディア大佐もまた自分をかこむ孤独の殻を破ろうとして、何時間もそれに爪を立てていた。父親のお供をして氷というものを見たあの遠い日の午後から、彼が自分を幸福だと思ったのは、金の小魚の細工をしているうちに時間がどんどん過ぎていった、あの仕事場にいるときだけだった。それ以後、三十二回の反乱を指揮しなければならなかった。死との盟約をいっさい破棄して、栄光とやらのごみ捨て場をまるで豚のようにころげ回ってきた。四十年近い歳月がたってやっと、素朴な生活の良さというものを思い知らされている。

明け方近く、死刑執行も一時間後に迫ったころ、眠られぬ苦しい一夜のあとの疲れ切った体で、彼は足かせの部屋にあらわれた。「くだらん猿芝居はもう終わりだ」と、ヘリネルド・マルケス大佐に話しかけた。「蚊にやられてくたばらないうちに、ここを出よう」。そんな相手の態度にたいする軽蔑を隠そうともしないで、ヘリネルド・マルケス大佐は答えた。

「お断わりだな、アウレリャノ。堕落したきみを見るくらいなら、死んだほうがましだ」

「絶対にそんなことにはならない」と、アウレリャノ・ブエンディア大佐は言った。「さあ靴をはいて、いまいましいこの戦争の片をつける手伝いをしてくれ」

戦争を始めるのは簡単だが、それを終わらせるのは容易でないということを知らずに、彼はそう言ったのだ。政府側から反乱軍に有利な和平の条件を提示させるのにおよそ一年、同志にこれを受けいれるほうがよいと納得させるのにさらに一年の時日が必要だった。彼は自軍の将校たちの反乱を鎮圧するために、思いもよらぬ残酷な方法を用いた。将校たちが勝利の安売りに強く反対するので、最後の手段として、敵の力を借りて彼らを平定したのだ。

当時ほど彼がすぐれた軍事的才能を発揮したことはなかった。抽象的な理想や、政治家たちのその場の思いつきでころりとひっくり返される方針のためではなく、今や自分自身の解放のために戦っているのだという確信は、彼の熱意をあおった。かつて勝利のために戦ったのと同じ信念や忠実さで、ひたすら敗北の戦いに従事していたヘリネルド・マルケス大佐がその無謀をいさめると、彼は微笑しながら言った。「心配することはない。われわれが考えているほど、死ぬってことは簡単じゃないんだ」。彼の場合、それは当たっていた。死期も遠くないという確信によって、かえって彼は、戦場の危険も受けつけない奇妙な免疫性、期限付きの不死身の力を獲得し、結局、勝利よりもはるかに困難で、はるかに血なまぐさく高価な敗北を達成したのだった。

　戦争中のおよそ二十年間に、アウレリャノ・ブエンディア大佐は何度もわが家に帰ったが、その帰宅ぶりのあわただしさや、どこにでもついて回る大勢の兵隊や、身辺にただよっていてウルスラさえ気にせずにはいられなかった伝説的な雰囲気のために、しまいには赤の他人のような存在になっていた。最後にマコンドに帰って、三人の情婦のために一軒の家を借りたときも、たまたま食事の招待に応じるひまがあったからだが、二度か三度しかわが家へ足をふみ入れなかった。小町娘のレメディオスやふたごの兄弟は戦争中に生まれたので、ほとんど彼を知らなかった。アマランタも、自分と他人のあいだに三メートルの距離をおかせる神話的な軍人のイメージと、少年時代を金細工の魚をこしらえて過ごしていた兄のそれを、どうにも一致させることができなかった。しかし、近く停戦になるといううわさが伝わり、ふたたび人間的な存在に戻った彼がようやく肉親のもとへ帰ろうとしているとわかったとき、長いあいだ眠っていた家族の愛情は、かつてない強さでよみがえった。

「久しぶりで」とウルスラは言った。「この家にも男手ができるわけだね」

兄は永久に自分たちの手の届かないところへ行ってしまったのではないか、最初にそう思ったのはアマランタだった。停戦の一週間ほど前、兄が護衛も連れずに屋敷のなかへはいって来て、先に乗りこんだふたりの裸足（はだし）の従卒に、昔の仰々しい行李（こうり）の唯一のなごりである詩稿入りのトランクと、騾馬（らば）用の馬具を廊下におかせた日のことだが、たまたま裁縫室の前を通りかかったのを見て、アマランタは声をかけた。ところが、アウレリャノ・ブエンディア大佐には、彼女が誰なのか見当もつかないらしかった。

「わたしよ、アマランタよ」。彼女はその帰宅を喜びながら、うきうきした声でそう言い、黒い繃帯をした手をその目の前に突きつけた。「これを見て」

アウレリャノ・ブエンディア大佐は、死刑を宣告されてマコンドに帰ったあの遠い日の朝、繃帯をした彼女を初めて見たときと同じ微笑を浮かべて言った。

「まったく、月日のたつのは早いものだなあ！」

正規軍を頼んで屋敷の警備に当たらせなければならなかった。彼は、高値で売りつけるためにわざわざ戦争を激化させたという批難を受け、唾(つば)を吐きかけられんばかりの状態で、追われるように帰り着いたのだった。熱と悪寒による震えが止まらず、またもや腋(わき)の下のリンパ腺(せん)が腫(は)れあがっていた。半年前、停戦のうわさを耳にしたときに、ウルスラは彼が新婚の夜を過ごした部屋の戸や窓をあけて掃除をし、四隅で没薬(もつやく)をたいた。彼が戻ってくるとしたら、それは、かびの吹いたレメディオスの人形に囲まれて、のんびりと余生を送るためだと考えたからである。ところが実際には、彼はこの二年のうちにすでに人生の終わりの日々を、老後のそれさえ生き尽くしていた。ウルスラがとくに念入りに整理しておいた金細工の仕事場の前を通りかかっても、南京錠(ナンキンじょう)に差しこまれたままの鍵(かぎ)に気づかなかった。たとえ非常に長い留守のあとでも、鮮明な思い出をとどめている人間ならば、これは大へんなことになったと思うはずだが、時の流れがこの屋敷に残していった痛ましい小さな破壊の跡も目にはいらなかった。石灰のはげ落ちた壁、隅々にかかっている汚れた綿のような蜘蛛(くも)の巣、梁(はり)を縦横にはしる白蟻(しろあり)のくい荒らした跡、正面の石段にはえている苔(こけ)などを見ても悲しまなかった。昔を思い起こさせるように足もとに仕掛けられた、どの罠(わな)にも落ちなかった。晴れ間の見えるのを待つつもりか、毛布にくるまり長靴をはいたままの格好で廊下にすわり込んで、ベゴニアの上に落ちる雨を一日じゅうながめていた。ウルスラはそれを見て、息子がこの屋敷にいるのもそう長くはないと感じた。「戦争でないとすると、きっと死ぬんだわ」。この予測があまりにも明確だし説得的だったので、彼女はてっきり虫の知らせだと思った。

その日の夕食のさいに、アウレリャノ・セグンドと思われるほうが右手でパンをちぎり、左手でスープを飲むと、そのふたごの兄弟で、ホセ・アルカディオ・セグンドと思われるほうが左手でパンをちぎり、右手でスープを飲んだ。ふたりの動作は、兄弟が向かい合ってすわっているのではなくて、鏡のいたずらと思わせるほど息が合っていた。兄弟はたがいに瓜ふたつだと知ったときに思いついたこの芸当を、初めて見る男のために演じたのだ。ところが、アウレリャノ・ブエンディア大佐はそれに気づかなかった。あらゆることに関心を失っているらしく、寝室へ行く小町娘のレメディオスが裸で前を通りかかっても、見ようとしなかった。そんな放心状態から彼を引きずり出せるのは、ウルスラくらいのものだった。

「また出かけるのはいいけど」と、食事の途中で彼女は話しかけた。「せめて、今晩のわたしたちは忘れないでおくれ」

そう言われてアウレリャノ・ブエンディア大佐は、とくに驚きもしなかったが、自分の惨めさを理解しているのは、母親のウルスラだけだということを知った。そして、この長い年月一度もなかったことだが、彼女の顔をしげしげとながめた。皺がより、歯が欠け、髪の色つやも失せて、視線に力がなかった。煮立ったシチュー鍋がテーブルから落ちかかっているのを教えたあの午後の、記憶しているもっとも古い姿と今のそれを比べて、彼女がすっかりやつれてしまったことに気づいた。五十年以上にもなる日々の生活がその肌に残していったひっ掻き傷や、みみず脹れや、鞍傷や、腫物や、癒えた傷跡などが一瞬のうちに目にはいったが、同時に彼は、その無残な姿が自分の心に憐憫の情さえ呼び起こさないことを知った。最後の力をふりしぼって、恩愛の情の腐れていった場所を心のうちに探ったが、突きとめられなかった。少なくとも昔は、何かの拍子でウルスラの体臭を自分の肌にも感じると、漠然とした恥ずかしさを覚えたものだった。自分のものの考え方に、ウルスラのそれがまじっていると感じたことも一再ではなかった。ところが、戦争によってすべてが消えてしまっていた。今では妻のレメディオスでさえ、自分の娘だと言ってもおかしくない年ごろの女という、ぼんやりしたイメージしか残していなかった。愛の砂漠で知り、彼の種を沿岸の地方一帯にまき散らした無数の女の痕跡は、彼の感情のどこにも見当たらなかった。女たちの多くは真っ暗な部屋にはいって来て、夜の明けないうちに出てゆき、その翌朝、かすかな疲労感を体に残していくだけだった。時の流れと戦乱に耐えて今も生きている思い出はただひとつ、ともに子供だったころの兄ホセ・アルカディオへの愛だが、しかしそれも、愛情というよりは共犯者の意識に近かった。

「悪いけど、ママ」と、ウルスラの頼みを聞いて、彼はすまなそうな顔で言った。「この戦争で何もかも忘れてしまって」

それから数日のあいだ、彼はこの世に残した足跡のすべてを消す仕事にかかりきった。金細工の仕事場を片づけて身の回りの品だけを残し、従卒たちに服を与え、プルデンシオ・アギラルを殺した槍(やり)を始末した父親と同じように、罪ほろぼしのつもりで武器を中庭に埋めた。ただ、ピストル一梃(ちょう)と一発の弾丸だけはとっておいた。ウルスラは口出ししなかった。ただ一度、彼が常夜灯に照らされて今も広間におかれているレメディオスの写真を破り捨てようとしたとき、それを止めて言った。「その写真は、ずいぶん前から、お前ひとりのものじゃなくなってるんだよ。この家の大事な品物なんだから」。停戦の前夜、さきざき彼を思いださせるものが屋敷に何ひとつ見当たらなくなったとき、彼は詩稿のはいったトランクを、サンタ・ソフィア・デ・ラ・ピエダが折りからかまどに火を入れようとしていたパン焼き場へ運んだ。「これで火をつけるといい」。黄ばんだ紙のひと巻をまず渡しながら言った。「とても古いものだから、よく燃えるはずだ」

もの静かで思いやりがあって、息子たちにさえ逆らわないサンタ・ソフィア・デ・ラ・ピエダだったが、とっさに、これはいけないことだと感じて言った。

「大事な書付けなんでしょ？」

「なあに」と大佐は答えた。「ほんの気なぐさみに書いたもんだよ」

「だったら、ご自分で燃やしてくださいな」と、彼女は言った。

彼はその言葉に従っただけでなく、鉈でトランクを裂き、こっぱを火に投げ入れた。数時間前に、彼のもとをピラル・テルネラが訪れていた。何年も会わないうちに、彼女がすっかり年を取り太ったことや、華やいだ笑い声の失われたことにびっくりしたが、しかし同時に、彼女がトランプ占いの読みをいっそう深めていることにも驚いた。「ねえ、口に気をつけなきゃだめよ」と彼女に言われて、栄光の極みにあったころに同じことを言われたはずだが、あれは自分の運命をぴたりと言い当てたものではなかったかと、心に尋ねてみた。しばらくして、主治医を呼んでリンパ腺の剔出手術をさせてから、大佐はさりげなく心臓の位置を聞いた。医師は聴診して、そのあと赤チンをふくませた綿で胸に丸いしるしをつけた。

停戦の始まった火曜日は、朝から暑くて雨だった。アウレリャノ・ブエンディア大佐は五時前に台所にあらわれて、いつものように砂糖なしのコーヒーを飲んだ。「お前が生れたのも、こんな日だったよ」と、ウルスラが話しかけた。「お前が目をあけているもので、みんなびっくりしてね」。彼は聞いてはいなかった。夜明けの静けさを破る兵隊のあわただしい動きや、ラッパの音や、号令などに気を取られていたのだ。長い戦場暮らしでそんなものには慣れているはずなのに、初めて裸の女を前にした若いころのように、けさは膝(ひざ)ががくがくし、鳥肌が立った。思いがけず懐古的な気分になった彼は、あの女と結婚していたら、恐らく戦争も名誉もかかわりのない人間、名もない職人、幸せそのものの男になっていただろうと、漠然と思った。予期しなかったことだが、年がいもなく震えてしまったことで朝の食事がまずかった。午前七時にヘリネルド・マルケス大佐が大勢の反乱軍の将校を連れて迎えにいくと、彼はふだんより口数が少なく、何やら考えこんで、わびしそうに見えた。ウルスラがその肩に新しい毛布を掛けてやり、「政府の連中がどう思うかしら?」と言った。「この格好じゃ、毛布を買う金もないんで降伏したと思うにちがいないよ」。しかし、彼はそれを断わった。戸口まで出て、雨がまだ降っているのを見て初めて、ホセ・アルカディオ・ブエンディアのものだった古い中折れをかぶるのを認めた。これを見て、

「約束できるね、アウレリャノ?」と、ウルスラは言った。「向こうで何かおもしろくないことがあったら、母親のわたしを思いだすんだよ」

彼はかすかな微笑でそれにこたえ、誓いのしるしに指をひろげた手をあげると、ひとことも口をきかずに屋敷を出て、町はずれまで追ってきそうな群集の叫びや、悪口や、ののしり声のなかへ乗りこんでいった。ウルスラは、一生はずさないつもりで扉にかんぬきを下ろした。「ここでこのまま、わたしたちは死んで腐っていくのよ」。彼女はつぶやいた。「男のいないこの家で、灰に帰っていくんだわ。でも、この町のろくでなしたちに、涙だけは絶対に見せないから」。息子をしのぶよすがを求めて、午前中はずっと家探しをしていたが、何も見つからなかった。

調印は、マコンドから二十キロほど離れていて、後日そこを中心にネールランディアの町が建てられることになる、大きなパンヤ*の木の下で行なわれた。政府と両派の代表、それに丸腰の反乱軍の委員たちの接待に、雨に驚いて舞いあがった鳩(はと)のような、大勢のにぎやかな見習尼僧(にそう)が駆りだされていた。アウレリャノ・ブエンディア大佐は泥だらけの騾馬にまたがって到着した。髭も剃っていなかった。夢の破れたことよりもリンパ腺の痛みを苦にしていた。名誉そのものや、名誉への未練を超越し、いっさいの希望を捨てていたためだ。彼の指示どおり、音楽や花火、祝賀の鐘や万歳その他、本来悲しむべきこの停戦の性格をねじ曲げるような行事は何ひとつ許されなかった。残っていれば彼のたった一枚の写真になるはずだったが、それを撮った街頭写真師は、現像もしないうちに無理やり乾板をこわされた。

調印式は署名に必要な時間だけで終わった。サーカス用のつぎはぎのテントの中央にすえられ、代表らの腰かけている粗末なテーブルを取り巻いて、最後までアウレリャノ・ブエンディア大佐に忠実な将校たちが立っていた。署名に移る前に、大統領の特使が降伏文書を読みあげようとすると、アウレリャノ・ブエンディア大佐は反対した。「形式的なことで時間をむだにするのはやめよう」。そう言って、文書も読まずに署名しようとした。すると、テントのなかの眠くなるような静けさを破って、将校たちのひとりが言った。

「大佐、お願いです。最初に署名するのはやめてください」

アウレリャノ・ブエンディア大佐はその願いをいれた。紙の上をはしるペンの音で署名のひとつひとつが読み取れそうな静寂のなかで書類がテーブルをぐるっとひと回りしても、いちばん上の一カ所だけは空白のままだった。大佐がそこを埋めようとすると、部下のもうひとりの将校が言った。

「大佐、まだ考える時間がありますよ」

眉ひとつ動かさずに、アウレリャノ・ブエンディア大佐は一枚めの文書に署名した。ところが、最後の一枚に署名し終わらないうちに、二個の行李を積んだ騾馬を引っぱって、反乱軍側のひとりの大佐がテントの入口に姿をあらわした。ひどく若いのに、くそまじめで辛抱づよそうなその男は、マコンド地区担当の革命軍の経理将校だった。停戦協定の調印に間に合うように、腹をへらした騾馬を引きずりながら、苦しい六日間の旅をしてやっとたどり着いたのだ。彼は、見ているほうがいらいらするような悠長さで縄をほどき、行李をあけて、七十二本の金塊を一本一本、テーブルの上に並べていった。こんな大金のあることを記憶している者はいなかった。上層部が完全に割れて、革命がボスたちの血なまぐさい私闘と化していたこの一年間の混乱のなかでは、責任の所在を明確にすることは不可能だった。革命軍のものである金は、延棒に鋳なおしてから素焼きの覆いをかぶせて、誰の手も届かないところに隠されたのだ。アウレリャノ・ブエンディア大佐はその七十二本の金塊を降伏の引き渡し物品に加え、スピーチ抜きで式を終わらせた。やせた若い経理将校は、糖蜜の色をしたおだやかな目で彼の顔を見つめたまま、その前を動こうとしなかった。

「まだ何かあるのか？」とアウレリャノ・ブエンディア大佐は聞いた。

若い大佐はひるまずに答えた。

「受領証です」

アウレリャノ・ブエンディア大佐は自分で書いて渡した。そのあと、見習尼僧が配ったレモネードを飲み、ビスケット一枚を食べると、休息のことを考えてとくに用意された野戦用のテントへさがった。そこでシャツを脱ぎ、ベッドに腰かけて、午後三時十五分きっかり、主治医が胸に描いた赤チンの丸に狙(ねら)いをつけて、ピストルを発射した。ちょうどその時刻のマコンドで、かまどの鍋の牛乳がいっこうに沸かないのに不審をいだいたウルスラが蓋(ふた)を持ちあげると、なかが蛆虫(うじむし)でいっぱいになっていた。

「殺されたんだわ、アウレリャノが!」と彼女は叫んだ。

淋(さび)しさに耐えきれなくなったときの癖で中庭へ目をやると、死んだ日よりもっと老けたホセ・アルカディオ・ブエンディアが、雨にずぶ濡れになった哀れな姿で立っていた。「あの子は闇討(やみう)ちされたのよ」。まるで見てきたようにウルスラは言った。「やさしく目をふさいでやる者もいないんだわ」。涙でかすんだ目に、日暮れの空を流れ星のように飛んでいく明るいオレンジ色の丸いものが映った。彼女はそれを、死を告げる合図だと思った。栗(くり)の木の下で、夫の膝にすがって泣いていると、血のりでごわごわになった毛布にくるまれ、かっと両目を見ひらいたアウレリャノ・ブエンディアがかつぎ込まれた。

生命にとくに危険はなかった。医者が赤チンにひたした紐(ひも)を胸から差しこんで背中から抜きだすことができたほど、弾丸はみごとに貫通していた。「これは、わたしの傑作だよ」と、満足げな顔で医者は話しかけた。「急所に当たらないで弾丸が抜けられるのは、ここぐらいのものだな」。アウレリャノ・ブエンディア大佐は、彼の魂が安らかな永遠の眠りにつけるように熱心に讃美歌(さんびか)をうたっている、慈悲ぶかい見習尼僧に取り囲まれた自分に気づいて、ピラル・テルネラの予言を茶化すためにも、予定どおり口のなかへ銃口を向けるべきだったと悔んだ。

「その力が残っていたら」と医者に言った。「裁判にかけずに、あんたを銃殺させるところだ。命の恩人なんてもんじゃない。おかげで赤恥かいてしまった」

死にそこなったことでかえって、彼は二、三時間で昔の声望を回復した。壁が金塊で積まれた部屋と引きかえに、やつは革命を売った。そんな嘘っぱちをでっち上げた張本人たちが、この自殺未遂をまさに恥を知るものの行為だと言って、彼を殉教者に祭りあげた。さらに後日、彼が大統領の与えるという勲功章を固辞したときには、仇敵(きゅうてき)と目されていた連中までがその部屋を訪れて、停戦協定を無視し、あらたな反乱を起こすようにけしかけた。謝罪の意をこめた贈物が屋敷じゅうにあふれた。大勢の昔の戦友たちの支持に今さらのように感動したアウレリャノ・ブエンディア大佐は、彼らの希望どおりに行動する気のないことを明言はしなかった。それどころか、あるときは、新しい反乱を起こすことに大いに気のありそうな態度さえ示したので、ただきっかけを待っているのだと、ヘリネルド・マルケス大佐などは思った。実際にそのきっかけは、自由党たると保守党たるとを問わず旧軍人にたいする年金は、特別の委員会によって個別に検討され、議会によって年金法が承認されないうちは支給しない、と大統領が言明したときに与えられた。「こんな無茶な話があるか！」とアウレリャノ・ブエンディア大佐はどなった。「郵便為替を待ってるあいだに連中は年を取り、死んでしまう」。療養のためにウルスラが買ってくれた揺り椅子から初めて立ちあがって、寝室のなかを熊のように歩きまわりながら、彼は大統領宛の強硬な申し入れを口述した。公表されはしなかったがその電報で、彼はネールランディア協定のこの最初の違反を痛烈に批難し、年金支給の問題が二週間以内に解決されない場合は、激しい戦いを政府にいどむことになるだろうと威嚇した。きわめて正当な要求なので、保守党の旧軍人の支持も得られるはずだと期待した。ところが、政府側の唯一の回答は、保護の名目で玄関前に配置されていた警備兵の増員と、いっさいの面会の禁止という措置だった。他の危険人物にも全国で同様の処置が取られた。その処置はきわめて適切に、また徹底的かつ有効に行なわれたために、停戦から二カ月後、アウレリャノ・ブエンディア大佐の体が完全に回復したころには、もっとも有力な同志たちは、死ぬか、国外追放になるか、政府の内部に取りこまれるかしていた。

アウレリャノ・ブエンディア大佐は十二月になって初めて部屋から外に出た。廊下の様子を見ただけで、戦争など二度とごめんだという気になった。年に似合わない元気さで、ウルスラは屋敷のなかにかつての生気をよみがえらせていた。息子がここに居つくとわかったとき、彼女は言った。「まあ見ておいで。よそでは見られないくらい、この変人ぞろいの屋敷を、立派な、誰でも気楽に訪ねてこれる家にしてみせるから」。彼女は壁を洗わせ、ペンキを塗りなおさせ、家具を取り替えた。庭をもとのようにし、新しい花の種をまいた。まぶしい夏の光線が寝室まで届くように、窓や戸をあけ放った。いくつも重なった喪を打ち切ることにして、彼女自身もそれまでの地味な服を明るいものと替えた。自動ピアノの音楽がふたたび屋敷のなかに陽気な音を響かせた。それを聞いたアマランタは、ピエトロ・クレスピのことを、淡い山梔子の花やラヴェンダーの香りを思いだし、時の流れによって洗われたとはいうものの、かすかな無念さが萎えた心の奥で花ひらくのを感じた。ある日の午後、広間の片づけをするつもりで、ウルスラは屋敷の警備に当たっている兵隊たちに手伝いを頼んだ。若い隊長はそれを許可した。少しずつ、ウルスラは彼らに新しい仕事を振り当てていった。彼らを食事に呼び、服や靴をあたえ、読み書きを教えた。政府が監視を中止したとき、彼らのうちのひとりはそのまま残って、長く召使いとして仕えた。また、警備隊の若い隊長は小町娘のレメディオスにすげなくされて頭がおかしくなり、元日の朝の窓の外で、恋に殉じた冷たいむくろとなって発見された。

アウレリャノ・セグンドは長い月日をへた臨終の床で、初めての子を見に寝室へはいっていった、あの雨の降る六月の午後を思い出したにちがいない。弱々しくて泣き虫で、ブエンディア家の者らしいところのおよそない赤ん坊だったが、名前だけは二度まで考えることなく即座にきまった。

「ホセ・アルカディオ、でいいじゃないか」と、彼は言った。

前の年に迎えた美しい妻のフェルナンダ・デル＝カルピオも賛成した。ところがウルスラは、漠然としたものながら不安を隠すことができなかった。長い一家の歴史で似たような名前が執拗にくり返されてきたという事実から、彼女はこれだけは確実だと思われる結論を得ていたのだ。アウレリャノを名のる者は内向的だが頭がいい。一方、ホセ・アルカディオを名のる者は衝動的で度胸はいいが、悲劇の影がつきまとう。

どちらとも言えないのは、ホセ・アルカディオ・セグンドとアウレリャノ・セグンドのふたりの場合に限られていた。幼いころから実によく似ていて、茶目っけが多いので、サンタ・ソフィア・デ・ラ・ピエダにも見分けがつかなかった。洗礼の日に、アマランタがめいめいの名前を彫った腕輪をはめ、それぞれのイニシャルのはいった色のちがう服を着せてやった。ところが、学校に通いはじめたとたんに、ふたりは服と腕輪の取り替えっこをしたり、たがいに相手の名前を名のったりした。それまでホセ・アルカディオ・セグンドを緑色のシャツで見分けていた先生のメルチョル・エスカロナは、その子がアウレリャノ・セグンドの腕輪をしているのを見、もうひとりのほうが白いシャツを着てホセ・アルカディオ・セグンドの名前のはいった腕輪をしているにもかかわらず、自分の名前はアウレリャノ・セグンドだと言うのを聞いて、かんかんになった。そのときから、どっちがどっちなのかはっきりしなくなった。ウルスラなどは、ふたりが大きくなってそれぞれの人生を歩みだしてからも、彼ら自身が人騒がせなややこしいゲームの途中で間違いを犯し、永久に入れ替ったのではないかと疑った。思春期を迎えるまでの彼らは、ぴたりと調子の合ったふたつの機械だった。同じ時刻に目をさまし、同じ時間に便所に行きたくなり、同じ病気にかかり、同じ夢さえみた。ただ人をまどわすためにふたりが動作を合わせていると思いこんでいた家の者は、ある日サンタ・ソフィア・デ・ラ・ピエダがひとりにレモネードのはいったコップを与えると、口をつけるかつけないかにもうひとりが、それ砂糖がはいってないよ、と言ったという話を聞くまで、その事実を知らなかった。実際に砂糖を忘れていたので、サンタ・ソフィア・デ・ラ・ピエダはこの話をウルスラにした。すると彼女は驚いた素振りも見せずに、こう答えた。「この家の人間はみんなそうなのよ。生まれつきおかしいんだわ」。時がこの混乱にけりをつけた。人騒がせなゲームのなかでアウレリャノ・セグンドに落ち着いたほうが祖父によく似た巨漢に、そしてホセ・アルカディオ・セグンドに落ち着いたほうは大佐そっくりのやせぎすな男に成長し、たがいに似ているところは、一家の者がみなそうだが、どことなく淋しげな感じだけになったのだ。恐らくウルスラは、この背丈や名前や性格の交錯を目にして、彼らは子供のときから、カードを切るようにまぜ合わされたと考えたのだろう。

決定的な違いが出てきたのは戦争中のことだった。銃殺が見たいから連れていけ、とホセ・アルカディオ・セグンドがヘリネルド・マルケス大佐にせがんだのだ。ウルスラの反対にもかかわらず、願いは聞きとどけられた。それに引きかえてアウレリャノ・セグンドは、処刑を見にいくと聞いただけで震えだした。そして家に残った。十二になったとき、彼はウルスラに、いつも閉め切ったあの部屋には何があるのか、と尋ねた。「紙っきれよ」と彼女は答えた。「メルキアデスの本や、この男が死ぬ前に書き残していった変なものがあるわ」。この返事で気がすむどころか、彼はますます好奇心をそそられた。あまりうるさく言い、そこにある物を絶対に壊したりしないから、と熱心に約束するので、ウルスラは鍵を渡した。メルキアデスの遺骸が運びだされ、かんぬきが下ろされてから、その部屋をのぞいた者は一人もなくて、かんぬきの金具も錆びついていた。ところが、アウレリャノ・セグンドが窓をあけると、毎日そこを照らしていたような親しげな光線が部屋いっぱいに射しこんで、塵や蜘蛛の巣が少しも見当たらないばかりか、部屋じゅうがきれいに、それこそ埋葬の日よりもきれいに掃ききよめられていた。壺のなかのインクも干上がっていなかったし、金属類の光沢が酸化して褪せていることもなかった。ホセ・アルカディオ・ブエンディアが水銀をくゆらした窯の火さえ消えてはいなかった。棚の上には、なめした人間の皮膚のようにごわごわした、薄い色の材料で装丁された本が並んでおり、手書きの草稿も無事だった。長いあいだ閉め切られていたはずなのに、屋敷のなかのどこよりも空気はすがすがしかった。何もかもが真新しい感じで、それから数週間後に、ウルスラが床洗いをするつもりでバケツとほうきを持って部屋へはいったが、何もすることがなかった。アウレリャノ・セグンドが一冊の本を読みふけっていた。表紙がなく題名もどこにも見当たらなかったが、少年は、テーブルにすわってピンで刺した米粒しか口にしないという女の話や、網のおもりにする鉛の玉を近所の者から借りて、あとでお礼に魚をやったところが、その胃袋にダイヤモンドがはいっていたという漁師の話や、何でも望みをかなえてくれるランプや、空飛ぶ魔法の絨毯などに夢中になっていた。そしてびっくりしたような表情で、これはみんな、ほんとにあった話なの、とウルスラに質問した。彼女は、その通りよ、昔ジプシーたちが、このマコンドに魔法のランプや、空飛ぶ絨毯を持ちこんだことがあるわ、と答えた。

「この世の終わりが」と、溜め息をついて言った。「だんだん近づいているんだよ。ああいうものは、もう二度と見られないね」

ページが欠けているので物語の多くが尻切れとんぼだったが、ともかくその本を読み切ってしまうと、アウレリャノ・セグンドは手書きの草稿の解読に取りかかった。しかし、それは不可能だった。針金に吊るした洗濯もののような文字が書きつらねられていた。文字よりも音符を書き込んだもののように見えた。燃えるように暑いある日の正午ごろのことだった。草稿を調べていた彼は、部屋にいるのが自分だけではないような気がした。窓の照り返しのなかに、両手を膝にのせたメルキアデスがいた。四十を越えてはいなかった。子供のころのアウレリャノやホセ・アルカディオが見たとおり、流行おくれのチョッキと鴉(からす)の羽のような帽子を身につけていた。青白い額から暑さで溶けた髪の脂(あぶら)がしたたっていた。アウレリャノ・セグンドは、彼だということがすぐにわかった。あの世襲財産的な思い出は代々ひき継がれて、祖父の脳裏から伝わっていたのだ。

「やあ」と、アウレリャノ・セグンドは言った。

「やあ」と、メルキアデスも応(こた)えた。

その日から何年も、二人は毎日のように顔を合わせた。メルキアデスはこの世界について語り、年期のはいった知恵を授けようとしたが、手書きの草稿の解読は断わった。「百年たたないうちは、誰もその意味を知るわけにはいかんのだ」と言い訳した。アウレリャノ・セグンドはこの秘密の会合をひた隠しにした。ただ一度だけ、この自分だけの世界が崩れるのではないかと思った。メルキアデスが部屋にいるときに、ウルスラがはいって来たのだ。幸い、彼女にはその姿が見えなかった。

「誰と話していたんだい？」と聞かれて、アウレリャノ・セグンドは答えた。

「いいや、誰とも」

「お前のひいじいさんもそうだったよ」と、ウルスラは言った。「同じように、独りごとばかり言ってたね」

一方、ホセ・アルカディオ・セグンドは銃殺を見たいという夢をすでにかなえられていた。同時に飛びだした六個の銃弾の青白い閃光や、山々に突きあたり谺となって砕ける轟音や、銃殺された男の悲しげな微笑と途方に暮れたような目などを、彼は生涯忘れることができなかったはずだ。男は、シャツが血でひたされていくあいだも立っていた。柱に縛られた縄がほどかれ、石灰の詰まった棺におさめられてもまだ微笑していた。「生きてるんだ！」と彼は思った。「生埋めにされるんだ！」強烈な印象を受けた彼は、それ以後、処刑そのものではなく、銃殺した男を生埋めにするというこの恐ろしいやり方がいやで、軍事教練や戦争を極度に憎むようになった。いつからともなく彼は塔の鐘を鳴らし、〈石あたま〉のあとを襲ったアントニオ・イサベル神父のミサを手伝い、司祭館の中庭で軍鶏の世話をするようになった。それを知ったヘリネルド・マルケス大佐は、自由党の者が嫌っている仕事を身につけようとしているというので、彼をきびしく叱った。すると彼は言った。「どうやらぼくは、根っから保守的な人間らしいんですよ」。宿命のように本気でそう思いこんでいたのだ。ヘリネルド・マルケス大佐は驚いて、この話をウルスラにした。

「いい話だわ」と、彼女はむしろ喜んだ。「ほんとにお坊さんになってくれるといいわ。そうすれば、やっとこの屋敷にも神様をお迎えできるわけよ」

間もなく、アントニオ・イサベル神父が最初の聖体拝領を受けるための準備をホセ・アルカディオ・セグンドにさせていることがわかった。神父は軍鶏の首を撫でつけながら、公教要理を教えた。卵を抱かせるために雌鶏を巣につけてやりながら、なぜ神が天地創造の二日めに、ひなが卵のなかでかえるようにしたいと思いつかれたかを、簡単な例をあげて説明した。司祭が耄碌の気配を見せはじめたのは実はこのころからで、さらに何年かたったある折りに、神への反逆で勝ちをしめたのはどうやら悪魔のほうらしい、軽率な人間たちの目をくらますために正体を隠して、やつが天上の玉座についているのだ、といったことさえ口にした。師匠の大胆さにあおられて、ホセ・アルカディオ・セグンドは二、三カ月のうちに、悪魔もまごつかせるほど神学論争の術にたけ、闘鶏場のかけひきに通じるようになった。アマランタは彼のために、カラーやネクタイをつけて麻の服をこしらえてやった。また一足の白靴を買いあたえ、蠟燭のリボンに金文字で名前を入れてやった。最初の聖体拝領の二日前の晩に、アントニオ・イサベル神父は罪業百科と呼ぶべきものの助けを借りて告解を聴くために、彼といっしょに聖具室にこもった。リストが長すぎたために、ふだん六時に寝ることにしている老司祭は、それが終わらないうちに肘掛け椅子で眠ってしまった。ホセ・アルカディオ・セグンドにとって、この審問はひとつの天啓となった。女と悪いことをした覚えはないか、と神父に聞かれても驚かずに、正直にないと答えたが、動物と変なことをしたことは、という質問にはどぎまぎした。五月の最初の金曜日に、彼は激しい好奇心に憑かれたまま聖体拝領をすませた。そのあとで、塔に住みついていて、うわさでは蝙蝠を食べて生きているという病身の聖具番、ペトロニオに質問をしてみた。するとペトロニオは答えた。「驢馬で用をすませる、堕落したキリスト教徒がいるのさ」。ホセ・アルカディオ・セグンドが強い好奇心を示し、いろいろと質問をするので、ペトロニオもうんざりして告白した。

「火曜日の夜、実はわしも出かけるんだ。誰にも言わないと約束ができれば、こんどの火曜日に連れてってやろう」

次の火曜日、実際にペトロニオは、それまで何に使うのか誰にもわからなかった木の腰掛けをかかえて塔から降りてきた。そして、ホセ・アルカディオ・セグンドを近くの畑まで連れだした。少年はこの夜這いがすっかり気に入ってしまい、カタリノの店に姿をあらわすまでにはかなり時間がかかった。彼はすでに一人前の闘鶏師になっていた。「よそへ持ってっておくれ、そんなものは」。彼がみごとな軍鶏を抱いてはいって来るのを初めて見たとき、ウルスラは言った。「軍鶏のせいで、この家には悲しいことがいろいろあったのよ。今さらそんなものを持ちこまれるのは、ごめんだね」。

ホセ・アルカディオ・セグンドはさからわずに軍鶏を運びだしたが、彼を手近に引きつけておきたいために入用なものは何でもそろえてくれる、祖母のピラル・テルネラのもとで飼いつづけた。間もなく彼は、アントニオ・イサベル神父に仕込まれたみごとな腕を闘鶏場で発揮しはじめた。飼育している軍鶏の数をふやすだけではなく、男の楽しみを味わうのに十分な金を自由にできるようになった。そのころ、ウルスラはそういう彼を弟と比較してみて、子供時代には同一人としか見えなかったふたごの兄弟が、今のように似ても似つかないふたりになったことが、どうにも腑に落ちなかった。しかし、この当惑も長くは続かなかった。それから間もなく、アウレリャノ・セグンドが怠け癖と放蕩の徴候を示しはじめたからだ。メルキアデスの部屋に閉じこもっているうちは、若いころのアウレリャノ・ブエンディア大佐と同じように、瞑想癖の強い人間だった。ところが、ネールランディア協定の結ばれる少し前に、ある偶然の出来事が彼をその瞑想から引きずりだして、世間の風に当てることになった。アコーデオンのくじ引きの番号札を売り歩いていた若い女が、彼になれなれしく声をかけたのだ。兄と間違えられることがよくあるので、アウレリャノ・セグンドはとくに驚きもしなかった。ところが人違いだとも言えないうちに、女は涙声で彼を掻きくどき、自分の部屋へ連れこんだ。女はこの初めての出会いから彼にすっかり惚れこんで、アコーデオンが当たるように、くじに細工までした。二週間たったときアウレリャノ・セグンドは、女が同じ人間だと思って自分や兄とかわりばんこに寝ていることに気づいたが、事をはっきりさせるどころか、その状態を出来るだけ長引かせようと努めた。彼はそれっきりメルキアデスの部屋には戻らなかった。ウルスラの苦情もどこ吹く風、午後になると中庭に腰をすえて、聞きおぼえでアコーデオンの練習をした。そのころウルスラは喪中を理由に、その屋敷で音楽を聞くことを禁じていた。それだけではない、フランシスコ・エル・オンブレのあとを継いだ浮浪人たちだけが持つ楽器だというわけで、彼女は、アコーデオンを内心軽蔑(けいべつ)していた。ところが、アウレリャノ・セグンドはいつの間にかアコーデオンの名手になってしまった。結婚して子供が生まれてもそれは変わらず、マコンドでもっとも評判の高い男の一人にかぞえられるようになった。

　二カ月近く、彼は兄と女をわけ合っていた。兄を見張っていて、その先回りをした。ホセ・アルカディオ・セグンドが今晩はもやいの愛人のところへ行かないと知ると、出かけていって女と寝た。ある朝、彼は病気にかかっていることに気づいた。それから二日後に、兄が浴室の梁にしがみついて、汗びっしょりになり、ポロポロ涙をこぼしているのを見て、彼にも事情がのみ込めた。文字どおりその言葉を借りると、たちの悪い病気をしょい込んできた、というので、女に締め出しをくったことを兄は告白した。また、ピラル・テルネラがどんな治療を加えようとしたかを話してくれた。アウレリャノ・セグンドは人に隠れて過マンガン酸入りのお湯で洗滌（せんじょう）し、利尿剤を服用した。ひそかな苦しみを三カ月も味わったすえ、二人はそれぞれ病気をなおすことができた。ホセ・アルカディオ・セグンドは二度と女のもとを訪れようとしなかった。アウレリャノ・セグンドは兄の許しを得て、女を自分だけのものにした。

　女の名前はペトラ・コテスと言った。くじ売りを仕事にしている内縁の夫と戦時中にマコンドへ来て、この男が死んでからその商売をひき継いだ。いつも身ぎれいにしている若い混血の娘で、アーモンドを思わせる黄色い目が豹（ひょう）のようなきつい感じを顔に与えていたが、心根はやさしくて、色の道にかけては海千山千の女だった。ウルスラは、ホセ・アルカディオ・セグンドが闘鶏に血道をあげ、アウレリャノ・セグンドが色女の家のにぎやかなパーティでアコーデオンを弾いていると知って、気が変になりそうなほどうろたえた。一族の者の良いところはともかく、悪いところがすべて、このふたりに集まったとしか言いようがなかった。誰にも二度とアウレリャノやホセ・アルカディオという名前はつけまいと、ウルスラが心にきめたのは実はこのときだった。しかし、いざアウレリャノ・セグンドに長男が生まれてみると、彼にさからうだけの勇気はなかった。

「いいだろ」と、ウルスラは言った。「でも、ひとつだけ条件があるわ。育てるのはわたしにまかせておくれ」

すでに百歳を越え、そこひのために失明の一歩手前だというのに、彼女の精力や誠実さや冷静な判断力は昔のままだった。ウルスラの考えでは一家の没落の原因となった四つの災厄である、戦争と闘鶏、性悪な女と途方もない事業にはいっさい縁のない人間、一族の名誉を挽回(ばんかい)してくれるはずの有徳の人間を育てられる者は、彼女をおいてなかった。「この子をかならずお坊さんにしてみせるわ」と、彼女は厳粛なおももちで誓った。「長生きすれば、法王様になった姿が拝めるかもね」。それを聞いて、寝室にいた連中だけではない、押しかけていたアウレリャノ・セグンドの騒々しい悪友たちをふくめて、家じゅうの者が笑いころげた。シャンペンが抜かれた。その景気のよい音とともに、不吉な思い出の屋根裏に押しこめられていた戦争が、一瞬みんなの脳裏をよぎりはしたが。

「法王様のご健康をお祈りして！」と、アウレリャノ・セグンドが乾杯の音頭(おんど)をとった。客もそれに声を合わせて乾杯した。そのあと、家の主人がアコーデオンを弾き、花火が打ちあげられた。また、町の人びとにもこの喜びごとを伝えるために、太鼓が打ち鳴らされた。明け方近く、シャンペンでずぶずぶになった客たちは六頭の牝牛を料理して、街頭で大勢の者に振る舞った。誰も驚かなかった。アウレリャノ・セグンドが一家の采配を振るようになってから、法王様のご誕生というような当然の理由がなくても、こうしたお祭り騒ぎは日常茶飯のことになっていたのだ。とくに一生懸命に働いたわけでもなく、ただ運が良かったからだが、嘘のように家畜がふえていくおかげで、彼は数年たらずのうちに、低地で一、二をあらそう大金持ちになっていた。その牝馬は三つ児を、雌鶏は日に二度も卵を産んだ。豚もまたとめどなく太っていくので、魔法ならばともかく、この異常な繁殖ぶりの理由を納得できた者は一人もなかった。「少しは倹約したら？」と、ウルスラは無分別な曾孫にすすめた。「こんな幸運が一生つづくわけじゃないんだよ」。しかし、アウレリャノ・セグンドは上の空だった。友だちにたらふく飲ませるためにシャンペンを抜けば抜くほど、家畜はむやみやたらと仔を産み、彼もまた、この幸運は自分がどうこうしたからではなくて、自然を刺激するほどの力をその色事に秘めている、情婦のペトラ・コテスのおかげだということを、いっそう痛感させられるのだった。自分の果報の源はそこにあると信じている彼は、ペトラ・コテスをけっして家畜のそばから離れさせず、結婚して子供が生まれてからも、フェルナンダの同意を得てそのそばで暮した。祖父たちと同じように体のがっしりした大男だが、同時に彼らとはちがって陽気で、誰にも好かれるアウレリャノ・セグンド自身は、家畜の世話をする必要はほとんどなかった。ペトラ・コテスを飼育場まで連れだして、そこらを馬でひと回りさせれば、もうそれだけで、彼の焼印の押されたすべての動物が、手のほどこしようのない疫病にかかったように繁殖していくのだった。

長い一生のあいだにふたりの身に起こったすべてのめでたい出来事と同じように、この途方もない幸運も実は偶然から生まれた。戦争の終わるころまで、ペトラ・コテスは例のくじの上がりで細々と暮らしていたし、アウレリャノ・セグンドは時々ウルスラの貯金箱からお金を持ちだしてやりくりしていた。二人ともいい気なもので、毎晩のように――それが良くないとされている日でさえ――いっしょに寝て、夜の明けるまでベッドの上でいちゃつくことしか考えなかった。「お前がこうなったのも、みんなあの女のせいだよ」。まるで夢遊病者のような姿で帰ってくる曾孫を見るたびに、ウルスラは大きな声で叱った。「今はうつつを抜かしているけど、そのうちきっと、がま蛙(がえる)がそのお腹(なか)に巣くって、七転八倒するようなことになるから」。自分がのけ者にされたことにも容易に気づかなかったホセ・アルカディオ・セグンドは、弟の執心ぶりがいっこうに納得できなかった。彼の記憶では、ペトラ・コテスはそこらにざらにいる女で、ベッドでもどちらかというとおとなしく、色事にはおよそ向いていないはずだった。ところが、そのころのアウレリャノ・セグンドはウルスラの哀願や兄のひやかしなどどこ吹く風、ペトラ・コテスのために一軒の家をかまえ、彼女の上になり下になり、ひと夜淫楽（いんらく）のかぎりを尽くしてともに死を迎えることができるように、何かうまい仕事を見つけなければと、そのことばかりを考えていた。静かな老年の楽しみにようやく心を引かれるようになったアウレリャノ・ブエンディア大佐がふたたび仕事場の戸を開いたとき、アウレリャノ・セグンドは魚の金細工を仕事にするのも悪くないと思った。大佐が諦念（ていねん）から生まれた驚くべき辛抱づよさで手を加えると、金属の硬い薄片がしだいに金色のうろこに姿を変えていく。彼は、暑い小さな部屋のなかで、何時間もその仕事ぶりをながめていた。だが、ひどく骨の折れる仕事のような感じはするし、ペトラ・コテスのおもかげは執拗に呼びかけるしするので、三週間後には仕事場から姿を消した。兎（うさぎ）のくじ引きをやってみたら、とペトラ・コテスが思いついたのはそのころのことである。兎がものすごい早さで繁殖し一人前になっていくので、くじの番号札を売るのが間に合わなかった。初めのうち、アウレリャノ・セグンドはこの驚くべき繁殖ぶりを知らなかった。ところが、町の誰もが兎のくじ引きの話など聞きたがらなくなったころのある晩、中庭の壁のあたりでうるさい物音がすることに気づいた。「びっくりすることないわ」と、ペトラ・コテスが言った。「兎たちよ」。その兎たちの騒ぎが耳について、ふたりはそれっきり眠れなかった。夜明けにアウレリャノ・セグンドが戸をあけると、朝日に青く染まった兎が中庭を埋めつくしていた。ペトラ・コテスは彼をからかわずにはいられなくて、笑いを噛み殺しながら言った。

「これはみんな、ゆうべ生まれたのよ」

「こいつはすごい！」と彼は応じた。「ひとつ、牝牛で試してみたらどうだい？」

ペトラ・コテスは数日後に、兎のかわりに一頭の牝牛を入れて中庭をさっぱりさせた。二カ月後に牝牛は三つ児を産んだ。これがそもそもの始まりだった。一夜にしてアウレリャノ・セグンドは広い土地とたくさんの家畜の持ち主になり、今にもはちきれそうな牛小屋や豚小屋をひろげるのに忙殺された。とてつもない景気の良さに笑いが止まらなかった。心がうきうきして、何かとっぴなことをやらずにはいられなかった。よく大きな声で言った。「さあ牛さん、そこをどいてくれ。人生は短いんだ」。ウルスラは、彼が面倒なことに首を突っこんでいるのではないか、盗みでも働いているのではあるまいか、家畜泥棒になりさがったのではないか、などと心配して、シャンペンを抜き、ただその泡を頭から浴びてうれしがっている彼を見かけるたびに、そのむだ遣いを大いに責めた。それにうんざりしたのだろう、アウレリャノ・セグンドはある朝、いかにも上機嫌な顔で金箱と糊のはいったブリキ缶、それにブラシを持ってあらわれ、フランシスコ・エル・オンブレが作った古い歌を精いっぱい大きな声でうたいながら、上から下まで、屋敷の内や外に一ペソの紙幣をぺたぺたと貼っていった。自動ピアノが持ちこまれたころから白く塗られていた古い屋敷は、回教寺院のような奇妙な姿になった。家族の者が騒ぎたて、ウルスラが憤慨し、この空前の浪費を見るために通りにあふれた町の者が大喜びしているなかで、アウレリャノ・セグンドは浴室や寝室をふくめて屋敷の正面から勝手口まで紙幣を貼りつくすと、余ったものを中庭へまきちらして、それからやっと口を開いて、こう言った。

「さてと。これで、ぼくの前でお金の話をする者はいないだろう！」

事実、そのとおりになった。ウルスラは高い石灰の壁にはりついた紙幣をはがし、屋敷を白く塗りなおさせた。「ああ神様」と祈った。「あの世でこのむだ遣いのつぐないをさせられては困ります。どうぞ、昔この町を建てた時分のように、わたしたちを貧乏にしてくださいまし」。彼女の祈りは裏目に出た。紙幣をはがしていた人足たちのひとりがうっかりして、戦争末期に何者かがこの家に残していった聖ヨセフの大きな石膏像につまずき、中空の像は床に倒れて砕けたのだ。それには金貨がいっぱい詰まっていた。この等身大の像を持ちこんだのが何者か、記憶している人間はいなかった。「確か、三人づれの男よ」とアマランタが教えた。「雨がやむまでここへ入れてくれって頼んだのよ。じゃまにならないように、その隅にでもおきなさいって言うと、とても大事そうにそこへおいたわ。それっきり取りにこないんだもの。あのときからずっと、そこにあったのね」ウルスラはこの年月、聖者のかわりに二百キロ近くの金貨を拝んでいるとは露知らず、灯明をあげ、その前にひざまずいていたのだ。遅まきながら無意識のうちに異教を奉じていたと知って、ウルスラは大いに嘆いた。みごとな金貨の山につばを吐きかけた。三枚のズックの袋に詰め、いずれ三人の見知らぬ男が取りに戻ってくると考えて、秘密の場所に埋めた。老いぼれて体が不自由になってからも、そのころよく立ち寄った大勢の旅行者の話に口をはさみ、戦争中に、雨がやむまでおかせてくれと言って、聖ヨセフの石膏像を残していった覚えはないか、と尋ねていた。

ウルスラはひどく当惑したが、当時はそれらはきわめてありふれた出来事だった。マコンドは奇蹟（きせき）のような好景気に見舞われていたのだ。建設者たちの葦（あし）と泥づくりの家は、木製のブラインドやセメントの床など、午後二時の息詰まるような暑さを多少しのぎやすくするものをそなえた、煉瓦（れんが）の建物でとっくにおき換えられていた。ホセ・アルカディオ・ブエンディアの知っている古い村をしのばせるものは、きびしい環境によく耐えてきた埃だらけのアーモンドの木立ちと、澄んだ流れの走る川くらいのものだった。しかし、その川の先史時代の石ころも、船のかよえる水路を開くために川底のじゃまものを取りのぞこうとして、ホセ・アルカディオ・セグンドが夢中でふるう玄翁によって打ち砕かれていた。それは、かつて彼の曾祖父が抱いたものに比べられるような途方もない夢だった。というのは、岩だらけの河床や流れのあちこちに見られる多くの障害のために、マコンドから海まで下ることは不可能だったからである。ところが、ホセ・アルカディオ・セグンドは予想もしなかった大胆さで計画を推しすすめた。そのときまでの彼は、想像力のゆたかなところなど見せたことがなかった。ペトラ・コテスとのあやふやな関係をのぞくと、ほかに女を知らなかった。ウルスラまでが彼のことを、一家の歴史のなかでもっとも気力に欠けた人間、闘鶏師としてもうだつの上がらない男だと考えていた。そういう彼に、海から十二キロのところに乗りあげていて、戦争中に黒焦げになった肋材をこの目で見たという、スペインの帆船の話をしたのはアウレリャノ・ブエンディア大佐だった。長いあいだ人びとが単なる絵そらごとと思っていたその話を聞いて、ホセ・アルカディオ・セグンドは頭にひらめくものがあった。いちばん高値をつけた者に軍鶏を売り、人足をやとい、道具を買いこんだ上で、石を砕き、運河を掘り、隠れた岩をのぞき、滝までならしてしまうという難事業に取りかかった。「こういうことには、わたしは慣れてるんだよ!」とウルスラは叫んだ。「時間がひと回りして、始めに戻ったような気がするよ」。川に船を浮かべることができるとわかると、ホセ・アルカディオ・セグンドは計画の一部始終を弟に話して、事業に必要な資金を出してもらった。長いあいだ町から姿を消していた。船を買うという計画は弟の金を持ち逃げするための口実にすぎない。そんなうわさが立っていたころのことだ。一隻(せき)の奇妙な船が町へ近づきつつあるという知らせがはいった。ホセ・アルカディオ・セグンドの大事業のことなど忘れかけていたマコンドの住民たちが川へ駆けつけると、とうてい信じられないことだったが、この町に停泊した最初で最後の船が目にはいった。それは、岸に沿って歩く二十人の男が太いロープで曳(ひ)く筏(いかだ)にすぎなかった。そのへさきに立って、喜びに目を輝かせたホセ・アルカディオ・セグンドがお金のかかる筏の操作を指揮していた。きびしい日射しをよけるために派手なパラソルをさした、美しいご婦人たちがいっしょだった。女たちはきれいな絹のショールを羽織り、顔に色あざやかな化粧をほどこし、髪に天然の花を挿していた。蛇模様の金の腕輪をつけ、歯にダイヤをちりばめていた。ホセ・アルカディオ・セグンドがマコンドまでさかのぼらせることのできたのはこの筏だけ、それも一回きりだったが、しかし彼はけっして事業の失敗を認めなかった。それどころか、その行為を強固な意志の勝利だと自画自賛した。そして、弟と一銭一厘の狂いなくお金の精算をすませると、すぐさま軍鶏の世話で明け暮れる昔の生活に戻っていった。この不運な壮挙が残した唯一の収穫は、フランスの娼婦たちがもたらした新風だった。女たちのすばらしい手練手管は、それまでの色事のあり方を一変させた。また、女たちの社会の福利にたいする考え方は、古風なカタリノの店を廃業に追いやり、その通りを日本ふうの提灯や昔なつかしい手回しオルガンの見られる市に変えた。女たちはみずから音頭をとって血なまぐさいカーニバルを催し、三日のあいだマコンドをらんちき騒ぎに巻きこんだ。あとあとまで尾を引くその結果はただひとつ、そこでアウレリャノ・セグンドがフェルナンダ・デル＝カルピオと知り合ったことだった。

　そのカーニバルの女王には、小町娘のレメディオスがえらばれた。怖いような曾孫の美貌をつねづね心配していたウルスラに、それを止める力はなかった。その時まで、アマランタと連れ立ってミサに行くときはともかく、彼女をひとりで外に出したことはなかった。ミサに行くときも、黒いマンテラでかならず顔を隠させた。僧侶に変装してカタリノの店で罰当たりなミサをあげるような、およそ信心には縁遠い男たちまでが、信じがたいほどの美貌のうわさが低地じゅうに伝わり、驚くべき熱狂を呼びさましている小町娘のレメディオスの顔をひと目みたいという、それだけの理由で教会へ足を運んだ。その願いがかなうまでにはずいぶん時間がかかったが、しかしこの機会を与えられないほうが彼らは幸せであったかもしれない。その大半がそれ以後、二度とやすらかな夢を結べなくなったからだ。それができた男――彼はよそ者だった――も心の平安を失って、汚辱と悲惨の泥沼にはまり、数年後のある晩、レールの上で寝ているところを汽車にのしかかられてバラバラになった。緑色のコールテンの服と刺繡入りのチョッキを着て教会にあらわれた姿を見たときから、彼が小町娘のレメディオスの妖しい魅力に惹かれて、遠方から、ひょっとすると外国の遠い町から来たことを疑う者はなかった。男前で、きりっとしていて、もの静かで、威厳があって、彼に比べると、ピエトロ・クレスピもほんの小僧っ子としか思えなかった。大勢の女がくやしまぎれに口をゆがめて、いっそマンテラでもかぶればいいのに、と陰口したほどである。彼は、マコンドの人間とはいっさい付き合わなかった。日曜の朝早く、おとぎ話の王子様のように銀のあぶみとビロードのしりがいをつけた馬に乗ってあらわれ、ミサが終わると町を去っていった。

その姿があまりにも魅力的だったので、人びとは教会で初めて彼を見た瞬間から、彼と小町娘のレメディオスのあいだにはすでに密約が存在し、静かだが張りつめた戦いが、恋だけでなく死で終わる宿命的な果し合いが、始まっているのだと信じた。六度めの日曜日、男は黄色い薔薇を持ってあらわれた。いつものようにその場にひざまずいてミサを聞き、それが終わったところで小町娘のレメディオスの前に進みでて、その一輪の薔薇をささげた。彼女は心待ちしていたように、平然として贈物を受け、ちらと顔を見せて感謝の微笑を返した。これだけのことだった。しかし、男にとっても、また不運というか幸運というか、たまたま居合せた男たちのすべてにとっても、それは忘れがたい一瞬となった。

その日から、男は小町娘のレメディオスの窓の下に楽隊を送って演奏させ、時には夜明けまで続けさせた。アウレリャノ・セグンドだけが心から同情し、辛抱づよい男に、いい加減にあきらめるようすすめた。「いくらやっても時間のむだですよ」と、ある晩、彼は言った。「この家の女ときたら、騾馬よりも頑固なんだから」。男と親しくなり、シャンペンを浴びるほど飲ませ、この家族の女たちの心は石みたいに冷たいことを納得させようと努めたが、男は引き下がらなかった。音楽のうるさい夜がきりもなく続くのに腹を立てたアウレリャノ・ブエンディア大佐は、ピストルの弾丸で心の悩みを始末してやる、とおどした。何ものも男を思いとどまらせることはできなかったが、情けないことに、やがて男の意気込みそのものが衰えを見せはじめた。一分

の隙もないほど身だしなみの良かった男が、薄汚い、ぼろを着た姿を見せるようになった。実際にはその生まれた土地さえ知らないくせに、男は遠い故国に地位も財産も捨ててきたのだ、と世間はうわさした。男は、何かというと面倒を起こすけんか早い地回りに変わり、自分の汚物にまみれてカタリノの店で朝を迎えるようになった。その最大の悲劇は、かりに国王のように着飾って教会にあらわれても、小町娘のレメディオスに見向きもされないことだった。彼女は意地の悪さなど少しも見せず、むしろ男の大げさな振る舞いを興がりながら黄色い薔薇を受け取って、相手の顔がよく見えるようにマンテラを持ちあげたが、自分の顔を男の目にさらすことはしなかったのだ。

実際に、小町娘のレメディオスはこの世の存在ではなかった。思春期を迎えてかなり日がたってからも、サンタ・ソフィア・デ・ラ・ピエダは彼女を風呂に入れ、服を着せてやらなければならなかった。何でも出来るようになってからも、自分の糞のついた棒で壁に動物の絵を描かないよう見張らなければならなかった。二十歳になっても読み書きができず、食卓でもナイフやフォークを使わなかった。裸で屋敷のなかを歩きまわった。あらゆる窮屈なしきたりに、生まれつき馴染めなかったのだ。警備隊の若い隊長から恋心を打ち明けられたときも、あんな不まじめなのはいやだという、それだけの理由ではねつけた。「あの人って、ほんとにばかよ」と、彼女はアマラン

タに言った。「わたしのために死ぬような苦しい思いをしている、ですって。まるで、わたしが腸閉塞みたい」

実際に隊長が死体となって窓の外に発見されたとき、小町娘のレメディオスは自分の第一印象は間違っていなかったとでもいうように、こう言った。

「ほらね、あの男はほんとにばかだったのよ」

そういうときの彼女は、冴えた鋭い頭の働きによっていっさいの形式的なものを超え、物事の本質を見抜くことができるのだと思われた。少なくともアウレリャノ・ブエンディア大佐の意見はそうだった。彼に言わせると、小町娘のレメディオスはみんなの考えているような鈍い人間ではなくて、まったく逆の存在だった。「二十年も戦場で戦ってきた人間のようだ、この子は」と、大佐はよく言った。一方ウルスラは、たぐいまれな純潔な心の持ち主を授かったことを神に感謝したが、しかし同時に、その美貌に不安を感じていた。それが矛盾をはらんだ美徳のように、天真さのなかに仕掛けられた罠のように思えたからだ。そのためウルスラは、小町娘のレメディオスがすでに母親の胎内にいたときから、いかなる悪にも染まる心配のない人間であることも知らずに、彼女を世間から遠ざけ、すべての地上の誘惑から守ってやろうとしたのだ。彼女がカーニバルのばか騒ぎで女王にえらばれるとは考えもしなかった。ところ

がアウレリャノ・セグンドは、自分も虎に扮装するという思いつきに夢中だったので、アントニオ・イサベル神父を屋敷まで呼んで、カーニバルはウルスラの言うような異教の祭典ではなく、カトリックの伝統的な行事のひとつであることを納得させようとした。しぶしぶではあったが、それでようやく得心して、ウルスラは女王の戴冠式に同意を与えた。

レメディオス・ブエンディアが祭りの女王にきまったというニュースは、数時間のうちに低地の向こうまでひろまった。彼女の美貌がうわさになっていない遠い地域にまで伝わって、その苗字を政府転覆の陰謀のシンボルだと考えている連中の不安を呼びさました。これは、まったく根拠のない不安だった。当時、毒にも薬にもならない人間がいたとすれば、それはほかでもない、老年を迎えてすべてに幻滅したアウレリャノ・ブエンディア大佐だった。彼は、しだいに国内の実情にうとくなっていった。仕事場にこもりっきりの彼と外の世界をつなぐ唯一のきずなは、魚の金細工のあきないだけだった。和平の結ばれた当初、自宅の監視についていた元兵士のひとりが低地の町々にそれを売りにいき、代金といっしょにニュースをたずさえて戻ってきた。彼は伝えた。保守党の政府は自由党の者の支持をえて、歴代の大統領が百年間は権力の座についていたことになるよう、暦の改革をはかっている。ついに教皇庁とのあいだで政教条約が成立し、ダイヤモンドや宝冠と純金の聖座とともに枢機卿(すうきけい)がローマから訪れた。自由党出身の大臣たちは、枢機卿の指輪に接吻(せっぷん)するためにひざまずく自分たちの写真を撮らせた。あるスペインの劇団が首都に滞在中、そのコーラスガールの花形が覆面の男たちによって楽屋から誘拐され、翌日の日曜日、大統領の夏の別荘でストリップをやらされた。そんな話をする彼に大佐は言った。「政治むきのことはやめてくれ。わしらの商売は、魚の細工物を売ることなんだ」。仕事場のおかげでお金がたまる一方なので、大佐は国内の政情について全然知りたがらなくなった。そんなうわさを聞いてウルスラは吹きだした。その実際的なセンスでは、大佐の商売は理解に苦しむしろものだった。大佐は魚の細工物を売って金貨を手に入れるのはいいが、すぐにまたその金貨を魚の細工物に変え、これがきりもなく続く。したがって、売れれば売れるだけ仕事にはげみ、うんざりする堂々めぐりをくり返さなければならない。事実、大佐の関心は商売よりも仕事じたいにあった。うろこを重ね合わせ、小さなルビーの目をはめ込み、えらを延ばし、ひれを取りつけるには大へんな精神の集中が必要なので、幻滅的な戦争の回顧にふけっているひまはなかった。微妙な手仕事に強い注意力を要求されたために、間もなく大佐は長い戦争中よりももっとふけ、姿勢が前かがみになり、こまかい物を見るせいで目を悪くした。そのかわり、ひたすら仕事に打ちこんでいるおかげで、心の平安を得ることができた。大佐が戦争と関係のある問題に最後にかかわったのは、約束ばかりでいっこうに実現しない終身年金を承認させるため、両派の旧兵士らがそろって大佐の援助を求めてきたときである。「その件は、あきらめたらどうかな」と大佐は答えた。「みんなも知っているように、わしが年金を断わったのも、じりじりしながら死ぬまで待たされるのがいやだからだ」。初めのうちは、夕方になるときまってヘリネルド・マルケス大佐が訪ねてきて、ふたりで表に面したドアのそばに腰かけて思い出話にふけっていた。しかしアマランタが、頭が禿げたために年よりふけた感じのする、このやつれた男を見るたびによみがえる思い出に耐えられなくて、相手のいやがる意地の悪いことをさかんに言うので、やがて、よほどの用事がなければ訪ねてこなくなり、最後には中風で倒れて姿を見せなくなった。ろくに口をきかず、もの静かで、屋敷に活気をもたらす新しい出来事があっても関心を示さないアウレリャノ・ブエンディア大佐は、穏やかな老年の秘訣は孤独と結んだ名誉の講和にしかないと思っているらしかった。大佐は、浅い眠りのあと五時に目をさまして、台所でいつもの苦いコーヒーを飲み、一日じゅう仕事場にこもった。そして午後の四時が来ると、花壇の燃えるような薔薇にも、その時刻の明るい日射しにも、静かなアマランタ——そのわびしい心は、日暮れどきのあたりにはっきり聞こえる、圧力鍋のような音を立てていた——にも、ろくすっぽ目をくれないで、腰掛けを引きずって廊下をわたり、蚊に追われるまで通りに面したドアのそばにすわっていた。あるとき、誰かが大佐の孤独を破るように、通りがかりに声をかけた。

「大佐、お元気ですか？」

「いやあ」と大佐は答えた。「自分の葬式が通るのを待っているだけさ」

そういうわけで、小町娘のレメディオスが女王にえらばれて大佐の名前がふたたび世間に出たために生じた不安は、根拠のないものだった。しかし、そう思わない連中が大勢いた。身に迫った悲劇を知るよしもない町の人びとは、けたたましい陽気な叫び声をあげながら広場になだれ込んでいった。カーニバルの熱狂も絶頂にさしかかり、虎に扮装するという夢がやっとかなえられたアウレリャノ・セグンドが、どなりすぎて声をからしながらも幸せいっぱい、大へんな雑踏のなかを泳ぎまわっていた、まさにそのときである。想像を絶する美女を金色の輿に乗せて運ぶ大勢の仮装行列が、低地のほうの道からあらわれた。一瞬だったが、温和なマコンドの住民たちは仮面をはずして、スパンコールやクレープペーパーで仕立てられた女王ではなく、本物の威厳をそなえていると思われる、エメラルドの王冠と白貂の毛皮のマントを身につけた目もくらむような美女の顔を拝もうとした。こいつは挑発だな、と思った勘のいい人間がいなかったわけではない。ところが、すぐさま困惑から立ちなおったアウレリャノ・セグンドは、新来の男たちを賓客として迎え、機転を働かせて小町娘のレメディオスと押しかけた女王とを同じ壇上にすわらせた。ベドウィン族*に仮装したよそ者たちも真夜中までらんちき騒ぎの仲間に加わり、豪勢な花火を打ちあげ、あのジプシーの巧みな芸をしのばせるアクロバットの妙技を披露して、いっそうのにぎわいを添えた。突然、この騒ぎにつられたように、何者かが微妙な緊張を破って叫んだ。

「自由党万歳！　アウレリャノ・ブエンディア大佐万歳！」

銃声で華やかな花火の音は掻き消された。恐怖の叫びで音楽も押し殺された。歓喜はたちまちパニックに一変した。何年かたったあとも町の人びとは、押しかけの女王の近衛隊(このえたい)は、豪奢(ごうしゃ)な外套(がいとう)の下に官給の小銃をしのばせた正規軍の兵士である、と信じていた。政府はとくに声明を出してこの批難に反駁(はんばく)し、流血事件については徹底的な調査を行なうと約束した。しかし、真相はついに明らかにされなかった。いかなる挑発行為もないのに、近衛隊は指揮官の命令で戦闘隊形をとり、群集に容赦ない銃撃を加えた、と長く世間は信じていた。あたりが静寂に返ったときには、町にはたったひとりの偽者(にせもの)のベドウィン族の姿もなく、死者と負傷者をあわせて、九人の道化師と四人の女の相手役(コロンビーナ)、十七人のトランプの王様とひとりの悪魔、三人の楽師とふたりのフランスの武将、それに三人の日本の皇后が広場に横たわっていた。パニックのなかで、ホセ・アルカディオ・セグンドは小町娘のレメディオスを無事救いだすことができた。アウレリャノ・セグンドは、衣裳は裂け白貂のマントは血で染まった押しかけ組の女王をわが家まで抱いて帰った。女王の名前はフェルナンダ・デル＝カルピオと言った。彼女は全国の五千の美人のなかからもっとも美しい女性としてえらばれ、マダガスカルの女王にするという約束でマコンドへ連れてこられたのだ。自分の娘のように、ウルスラが面倒をみた。町の人びとは彼女の無実を疑わなかった。むしろその天真さに同情した。虐殺から半年たって負傷者の傷もいえ、共同墓地の花も枯れつくしたころ、アウレリャノ・セグンドは彼女が父親と暮らしている遠い町まで訪ねていき、マコンドで結婚式を挙げた。にぎやかな祝いは二十日間も続いた。

新婚二カ月で、ふたりはあやうく離婚するところだった。アウレリャノ・セグンドがペトラ・コテスのご機嫌を取りむすぶために、マダガスカルの女王に扮した写真を撮らせたのだ。これを知ると、フェルナンダは嫁入りのときに持参した荷物をまとめて、ひとことの挨拶(あいさつ)もしないでマコンドを去った。低地への道の途中で、やっとアウレリャノ・セグンドは追いついた。さんざん頭をさげ、二度としないと約束してわが家へ連れ帰り、情婦とは手を切った。

自分の力を知っているペトラ・コテスはうろたえなかった。彼を一人前にしたのは彼女なのだ。まだほんとに子供で、頭のなかは奇妙な空想でいっぱい、およそ世間にうとい彼をメルキアデスの部屋から引きずり出して、外の風に当ててやった。生まれつき引っ込み思案で愛想がなく、とかくひとりで考えこんでいる彼を、正反対の性格の人間に、生きいきした、屈託のない、明けっぴろげな人間に仕立てあげた。生きる喜びや、湯水のように金を使って遊ぶ楽しみを教え、ついに彼を、内も外も、娘のころから思い描いていた理想の男性に変えた。したがって彼の結婚も、息子の場合と同じで、遅かれ早かれこうなると覚悟していたことだった。ところが彼には、あらかじめ彼女に話をするだけの度胸もなかった。彼の取った態度はまことに幼稚なものだった。ペトラ・コテスのほうから別れ話を持ちださせようとして、わざとらしくすねたり、ありもしないことで怨(うら)んだりした。ある日、アウレリャノ・セグンドが根も葉もないことで責めると、ペトラ・コテスは巧みに鋒(ほこさき)をかわして、ずばりと言った。

「つまり、あの女王様といっしょになりたいってことね」

アウレリャノ・セグンドは顔を赤くしながら、それでも怒った振りをして、自分の気持ちがわかっていない、侮辱するにもほどがある、とか何とか言って、それっきり寄りつかなくなった。ペトラ・コテスは、英気を養う猛獣のような、堂々とした落ち着きを一瞬も失わなかった。結婚式の音楽や花火やばか騒ぎを、アウレリャノ・セグンドのいつもの悪ふざけがまた始まったと聞き流した。不運に同情する者がいると、逆に相手をなだめるように笑顔で答えた。「心配しないで。女王様だろうと何だろうと、こちらの好きなように動かしてみせるから」。去っていった男の写真の前に立てろと言って、近所の女がひと組の蠟燭を持参すると、彼女は謎(なぞ)めいた自信にあふれる声で応じた。
「あの男をここへ呼べる蠟燭は、一本しかないわ。それだけはいつも、ちゃんととぼしてるの」

予想どおり、ハネムーンが終わると同時に、アウレリャノ・セグンドはふたたび彼女の前にあらわれた。いつもの悪友と街頭写真師を引きつれ、フェルナンダがカーニバルで着た服や、血だらけの白貂のマントを持参していた。その日の午後のばか騒ぎの最中に、彼はペトラ・コテスに女王の服を着せて、マダガスカルの専制君主としての彼女に終生かわらぬ忠誠を誓い、焼きましの写真を友人たちにくばった。彼女は、この悪ふざけに喜んで手を貸しただけではなかった。自分が怖くて、こんなとっぴょうしもない仲直りの手を考えたのだと思い、ひそかに同情さえした。夜の七時に、女王に扮したまま彼をベッドに迎えた。彼の結婚から二カ月しかたっていなかったが即座に、夫婦生活がうまくいってないことを見抜いた。してやったりとほくそ笑んだ。ところが彼は二日後に、姿を見せないばかりか、あいだに人を立てて別れ話を持ちだしてきた。これは予想以上に辛抱がいる、あの男は世間体をはばかって本心を抑える気らしい、と彼女は思った。しかし、動じなかった。今回も先方の言うなりに事を運ばせたので、彼女にたいする世間の同情はますます深まった。アウレリャノ・セグンドをしのぶ品としては、棺桶にはいるときはこれをはくつもりだ、とつねづね言っていた、一足のエナメル靴しか残されなかった。彼女はそれを布でくるんでトランクの底にしまい、あせらずに、じっくりと機会を待つ決心を固めた。

「そのうち、きっとここへ戻ってくるわ」とつぶやいた。「この靴をはくときかもしれないけど」

予想したほど待つことはなかった。実をいうと、アウレリャノ・セグンドは早くも婚礼の晩に、エナメルの靴をはかねばならない日を待たずに、ふたたびペトラ・コテスのもとへ戻ることになるだろうと悟ったのである。フェルナンダははずみでこの世に迷いこんできた人間だった。生まれ育ったのは、海から千キロも奥地にはいって、何となく気味のわるい夜など、石だたみの路地を駆けぬけていく副王*の馬車の音がいまだに聞えそうな、陰気くさい町だった。午後六時になると、三十二カ所の鐘楼で死者の冥福を祈る鐘の音が鳴り響いた。墓石を敷きつめたような広い屋敷には、ほとんど日が射さなかった。中庭の糸杉や、寝室の壁掛けや、チュベローズ*の植込みの水がしたたるアーチで、風も死んでしまった。フェルナンダは年ごろになるまで、どういうつもりか長い年月、昼寝を断った人間が近くの家で弾くピアノのレッスンのもの悲しい音以外は、いっさい世間とかかわりを持たなかった。窓ガラスごしの埃っぽい光線に血の気のない黄色い顔を浮かびあがらせている病気の母の部屋で、正確な、執拗な、冷たいその音を聞きながら、彼女は、自分があくせくと葬儀用の棕櫚の環を編んでいるうちは、あの音楽も続くにちがいないと思った。母親は五時になると高くなる熱で汗を掻きながら、羽振りのよかった昔の思い出話をした。まだ小さな子供だったころ、フェルナンダはある月夜の晩に、白衣をまとった美しい女が庭を横切って礼拝堂へ歩いていくのを見かけた。ちらと見た姿でとくに気になったのは、まるで二十年後の自分を見るように、実によく自分に似ていることだった。「あなたのひいおばあ様よ、女王だった」と、咳のおさまった隙に母親が言った。「チュベローズを一本切ろうとして、悪い空気にあたって亡くなられたの」。何年かたって、曾祖母に生写しだと自分でもはっきり意識しだしたころ、フェルナンダは、小さいときに亡霊を見たのは事実だろうか、という疑問を口にした。すると、母親はその疑り深さを責めるように、こう言った。

「わたしたちには大へんなお金と力があるのよ。いつかはきっと、あなたも女王になれるわ」

麻のテーブルクロスと銀の食器をのせた長い食卓についていても、水で溶いた一杯のチヨコレートとケーキを口にするだけの毎日だったが、彼女は母親のことばを信じた。父親のドン・フェルナンドは嫁入り道具を買うにも屋敷を抵当に入れなければならない始末なのに、彼女は結婚式の当日まで、言い伝えの王国を夢みていた。これは、無知のせいでも虚栄のせいでもなかった。そんな風にしつけられたのだ。物心がついてから、家紋の刻まれた金のおまるで用を足した記憶しかなかった。十二のときに初めて馬車で外出し、わずかに二丁場ほど走ったところで修道院に連れこまれた。同級生の女の子たちは、彼女だけがひとり離れてひどく背の高い椅子(いす)にすわらされ、休み時間にも仲間に加わらないことに驚いた。「あの人は特別ですよ」と、尼僧(にそう)たちは教えた。「いずれ女王になられる方ですからね」。同級生はそれを信じた。すでにそのころから、彼女はたぐいまれな美貌と気品と慎み深さによって貴婦人の風格をそなえていたからだ。八年の歳月が流れて、ラテン語で詩をつくり、クラビコード*を弾き、貴族と鷹(たか)狩りの話をし、大司教と護教論をたたかわし、外国の君主と国事について語り、教皇と神について論じることができるようになったとき、彼女は両親のもとに帰って、葬儀用の棕櫚編みを始めた。屋敷のなかはがらんどうになっていた。彼女の教育費をまかなうために家財をつぎつぎに売らなければならなかったので、どうしても欠かせない道具や枝付き燭台(しょくだい)や銀の食器しか残っていなかった。母親はすでに例の五時熱で亡くなっていた。硬いカラーの黒い服を着て、胸に時計の金鎖をのぞかせた父親のドン・フェルナンドは、月曜日ごとに家の入費にといって銀貨一枚を彼女に与え、前の週に仕上がった葬儀用の棕櫚の環をかかえて出ていった。一日の大半を書斎にこもってすごし、時たま外出しても六時前にはかならず帰宅して、彼女といっしょにロザリオの祈りを唱えた。彼女は誰とも親しくしなかった。全国を流血の惨事に巻きこんでいる戦争の話もその耳には届かなかった。午後の三時には相変わらずピアノのレッスンが聞こえた。その彼女が、ようやく女王の夢を捨てはじめたころのことである。表の戸をたたくあわただしいノッカーの音が二回した。彼女が戸をあけると、頬に傷跡があり、盛装して胸に金の勲章を光らせた、態度のいかにも堅苦しい軍人が立っていた。軍人は父親と書斎にこもった。二時間後に父親が裁縫室の彼女のところへ来て、言った。「さあ支度をしなさい。長旅をしなきゃいかん」。こうして彼女はマコンドへ連れてこられたのだ。長いあいだ両親がかばってくれた人の世の重荷が、残酷にもわずか一日のうちに、どっとその肩にのしかかった。彼女はわが家に帰り着くなり部屋にこもって泣きつづけ、あの思いもよらぬ辱しめによって負わされた痛手を懸命に癒してやろうとする、ドン・フェルナンドの説得や嘆願にも耳を貸さなかった。死ぬまでこの部屋を出ないと誓ったあとだった、アウレリャノ・セグンドが訪ねてきたのは。

それは、予想もしないことだった。何が何やらわからなくなるほどの腹立ちと耐えきれない恥ずかしさのなかでも、身元だけは悟られまいと、彼には嘘をついてきたからだ。アウレリャノ・セグンドが彼女を捜しに出たときの手がかりは、聞きまちがえようのない高地なまりと、葬儀用の棕櫚編みをしているという、このふたつだけだった。彼は執念ぶかく彼女を追った。マコンドを建設すべく山中を強行突破したホセ・アルカディオ・ブエンディアの、あの恐るべき不敵さ。アウレリャノ・ブエンディアが無益な戦いをくり返しいどんだ、あのやみくもな自尊心。ウルスラが一族の生存をはかってきた、あのとてつもない粘りづよさ。同じように、アウレリャノ・セグンドはかたときも気落ちすることなく彼女を捜し歩いた。葬儀用の棕櫚はどこで売っているか、と尋ねると、いちばん上等な品をえらばせようとして、みんなは何軒も引きまわした。この世でいちばん美しい娘はどこにいる、と聞くと、母親たちはそろって自分の娘のところへ案内した。霧につつまれた小道や忘却の約束された時間、失望の迷路を彼はさまよった。心に思うことが谺（こだま）でくり返され、願いが予兆の蜃気楼（しんきろう）を呼ぶ黄ひといろの荒野を横切った。思わしい結果もえられぬまま数週間がすぎたころ、彼はすべての鐘が死者のために打ち鳴らされている見知らぬ町に着いた。見たこともなければ話を聞いたこともなかったが、骨の塩分でおかされた塀や、ぼろぼろになった材木に茸（きのこ）が生えている傷(いた)んだバルコニーや、〈葬儀用ノシュロ有リマス〉という、雨で消えかかったみすぼらしい貼り紙がすぐに目についた。そのときからフェルナンダが修道院長に守られてわが家を出た寒さのきびしい朝までの短い日数のうちに、尼僧たちは花嫁衣裳を縫いあげ、枝付き燭台や銀の食器や金のおまる、それに、二百年もかかって行きつくところまで来た一家の没落のなかで生きのびた、無数の役に立たないがらくたを六個のトランクにおさめなければならなかった。ドン・フェルナンドは、いっしょに来るようにという勧めを断わり、仕事を片づけしだい、あとから行く、と約束した。そして、娘に別れの祝福を与えたときからふたたび書斎にこもって、陰気くさいカットと一族の紋章のはいった便箋(びんせん)で、彼女宛(あて)に手紙を書きだした。それは、フェルナンダとその父親がたがいに持った最初の人間的な触れ合いだった。彼女にとって、結婚はほんとうの意味の誕生日だった。アウレリャノ・セグンドにとっては、同時に、幸福の始まりでもあり終わりでもあった。

　フェルナンダは、その宗教上の監督者が男女の交わりを断つべき日を紫色のインクで書きこんでくれた、小さな金の鍵(かぎ)付きの美しい暦を持参していた。聖週間、日曜日、守るべき聖日、第一金曜日、静修、ミサ、それに月々のさわりをのぞくと、彼女の実質的な暦は、からみ合った紫色の十字のしるしのなかに残された、わずか四十二日の日数しかなかった。アウレリャノ・セグンドは、時間さえかければこの難敵のさかもぎも倒れるだろうと信じて、予定よりも婚礼の祝いを引きのばした。屋敷のなかが動きがつかなくなるのを恐れてブランディやシャンペンの空瓶をごみ捨て場へ運ぶのに疲れながらも、花火や音楽や畜殺が続いているあいだ、新郎新婦が別々の時間に離れた部屋で眠ることに不審をいだいたウルスラは、かつての自分を思いだして、遅かれ早かれ町のわらいものになり悲劇の種となる貞操帯を、フェルナンダもまた身につけているのではないかと疑った。ところがフェルナンダに話を聞いてみると、二週間たちさえすれば夫と同衾するつもりである、ということだった。事実、その期限がすぎると、彼女は罪滅ぼしを心がけるいけにえのような、あきらめきった表情で寝室のドアを開いた。アウレリャノ・セグンドの目に、おびえた小動物のつぶらな瞳でこちらをうかがい、赤みがかった褐色の長い髪を枕の上にひろげている天下一の美女が映った。うっとりとながめていたために、彼はしばらくして初めて、フェルナンダがくるぶしに達するほど長く、手首まで袖があり、お腹のあたりにきれいに縁取りした大きな丸い穴のある、真っ白な寝巻を着ていることに気づいた。アウレリャノ・セグンドは思わず吹きだした。

「こんなすけべえったらしいものを見たのは、初めてだ」。屋敷じゅうに響きわたるような声で笑った。「慈善婦人会の女と結婚したようなもんだな、まったく!」

ひと月たっても妻がその寝巻を脱ごうとしないので、彼は出かけていって、女王に扮したペトラ・コテスの写真を撮らせたのだ。その後、家へ連れ戻されたフェルナンダは、熱っぽい仲直りの最中にうるさく言われてやっと彼の意に従ったが、しかし三十二の鐘楼がある町へ彼女を求めていったとき夢みたような心の安らぎを与えはしなかった。アウレリャノ・セグンドが彼女の肌に感じたのは、深い悲しみにすぎなかった。最初の子供が生まれる少し前のある晩、フェルナンダは夫がひそかにペトラ・コテスのベッドへ舞い戻っていることに気づいた。

「実はそうなんだ」と、彼もその事実を認めた。そして、いかにも弱ったという表情で言った。「家畜に仔を産ませるには、これより手がないんだよ」

この奇妙なやり口を納得するにはさらに多少の時間が必要だったが、やがて非の打ちどころのない証拠を見せられてそれを認めるとフェルナンダは、ただ、情婦のベッドの上で急死するようなまねはしないという約束を夫から取りつけた。こうして三人は、たがいに迷惑にならないように暮らしていった。アウレリャノ・セグンドは二人の女に、まめに、やさしく仕えた。ペトラ・コテスはよりが戻ったことを自慢して歩いた。そして、フェルナンダはその事実を知らない振りをよそおった。

ところが、この取り決めのあとも、フェルナンダは家族のなかに溶けこもうとしなかった。夫をベッドに迎えた朝、起きるとかならず身につけていて、近所の陰口のもとになっているウールの首掛けを取るように、ウルスラがうるさく言ったが聞かなかった。浴室か夜間用の便器を使うように、そして金のおまるはアウレリャノ・ブエンディア大佐に売って、小さな魚の細工物に変えてもらえと勧めたがだめだった。アマランタは訛（なま）りのひどい彼女のしゃべり方や、何を指すのにもお上品ぶった言葉を使うその癖を嫌って、彼女の前ではいつもちんぷんかんな口のきき方をした。

「ごのびどば」と言った。「しふんのぐぞてもいやかるんしゃないの？」

ある日、フェルナンダがこの悪ふざけに腹を立て、それはどういう意味かと尋ねると、アマランタはずばり答えた。

「つまりね、あんたにかかったら、井戸もおいどもいっしょくたにされちゃうってこと」

その日から二人は口をきかなくなった。どうしてもというときには、メモを渡すか、第三者を介して意志を通じた。家族全員の敵意を買っていることが明らかなのに、フェルナンダは自分の先祖から伝わったしきたりを強引に持ちこもうとした。台所で各自が好きなときに食事をする習慣をやめさせ、麻の卓布や燭台や銀の食器のそろった食堂の大きなテーブルで、決められた時間に食事をするように仕向けた。ウルスラが日常生活のもっとも単純な行為だと前々から考えていたものが、仰々しい、もったいぶった行事となった。誰よりも強く反撥したのが口数の少ないホセ・アルカディオ・セグンドだったが、しかしその習慣は、夕食の前のお祈りという決まりとともにやがて根づいて、近所の者の注意を大いに引く結果となり、たちまち、ブエンディア家の連中は食卓についてもよその人間とすることがちがう、食事をしているのか大ミサをあげているのかわからない、といううわさが広まった。言い伝えよりはむしろ思いつきに近いウルスラの迷信までが、両親からひき継いで、その場その場に応じてきちんと整理のついているフェルナンダの迷信と衝突した。それでもウルスラがしゃんとしているうちは、古い習慣のいくつかが生きのびていて、その気まぐれが一家の生活に名残りをとどめていたが、やがて彼女が失明し、寄る年波で片隅にひっ込んでしまうと、ここへ来た日からフェルナンダが締めつけはじめた窮屈な輪がついに完全に閉じて、彼女が一家の采配を振ることになった。ウルスラの意志でサンタ・ソフィア・デ・ラ・ピエダが続けてきたお菓子と動物の飴細工の商売も、品が良くないとフェルナンダが言いだして、間もなくやめさせられた。朝起きてから夜寝るまで、いっぱいに開け放たれていた屋敷の戸や窓は、寝室が暑くなりすぎるという口実で昼寝のさいに閉められ、最後には、開いていることがなくなった。町が建設されたころから鴨居にぶら下がっていたアロエの枝とパンのかわりに、キリストの聖心をおさめる壁龕がもうけられた。アウレリャノ・ブエンディア大佐もこの変化に気づき、放っておけば先々どうなるかを察して文句を言った。「この家もだんだん上品になっていくじゃないか。これが続くようだと、最後にもう一度、保守政権と一戦まじえることになるかもしれん。が、差しあたり、わが家の王様にちゃんとしてもらうことだな」。フェルナンダは大佐と顔を合わせるのを巧みに避けた。大佐の奔放不羈や、いっさいの社会的な慣習にたいする反抗を、心中ひそかに苦々しく思っていたのだ。大佐が五時にするコーヒーや、仕事場の乱雑さや、糸のほつれた毛布や、夕方になると表の入口にすわり込む癖などが気に入らなかった。しかし、家族という一個の機械のなかの、このたるんだ部品の存在を黙認しないわけにはいかなかった。老齢と幻滅のせいで今でこそおとなしい動物のようにしているが、老大佐がいったん年寄りの頑固さを発揮したら、この屋敷を土台ごと引き倒しかねないことを知っていたからだ。夫が長男に曾祖父の名前をつけると決めたときには、この屋敷へ来てまだ一年だったので、彼女も反対する勇気がなかった。しかし、長女が生まれたときには、自分の母親の名前をもらってレナータにしたいという意向を、誰はばからず口にした。実はウルスラは、レメディオスという名前をつけようと思っていた。険悪な口あらそいが続いたあと、アウレリャノ・セグンドが笑いながら仲裁役を買って出て、女の子には、レナータ・レメディオスという名前がつけられることになったが、フェルナンダはあくまでも、ただレナータと呼び、一方、夫の家族と町じゅうの者は、レメディオスの愛称である、メメという名でその子を呼んだ。

最初のうちこそフェルナンダは実家の自慢話をしなかったが、やがて父親のことを理想的な人間として語るようになった。食卓で父親を持ちあげ、いっさいの虚栄を捨てて聖者の域に近づきつつある特別な人間であると言った。アウレリャノ・セグンドも舅についてのこの手放しの礼賛にはあきれて、妻の耳にはいらないところで、ちょくちょく悪口を言った。家族のほかの者もこれにならった。一家の平和をひどく心にかけ、家族のあいだの軋轢をひそかに苦にしていたウルスラでさえも、あるとき、玄孫が法王様になるのは間違いない、何しろ「聖者の孫で、女王と家畜泥棒の子」だから、と言った。この微笑のかげに隠れた陰謀にもかかわらず、子供たちは祖父のことを、伝説的な人物と考えるようになった。その人は、手紙に宗教的な詩を書き写して送ってきた。またクリスマスには、表の入口からもはいりきらない贈物の箱を届けてくれた。これは実は、領主としてのかつての莫大な財産のわずかな残りものだった。

その贈物によって、ガラスの目玉がまるで生きているような感じで気味の悪い、また、美しく縫い取りした羅紗(ラシャ)の着衣はマコンドの住人が誰ひとり身につけたこともないほど豪奢な、等身大の聖像を安置する祭壇が子供たちの寝室にもうけられた。あの古くて寒い屋敷の陰気くさい豪華さが、徐々に、明るいブエンディア家の屋敷に運びこまれていった。「一族の墓を、そっくりそのまま送りつけられたようなもんだな」と、あるときアウレリャノ・セグンドは言った。「これで、柳に墓石が来れば言うことなしだ」。遊びに役立つものが箱で届けられたことは一度もなかったが、それでも子供たちは十二月の来るのを待ちこがれた。いずれにせよ、古色蒼然(こしょくそうぜん)とした、そしてつねに予想を裏切る贈物によって、屋敷に変化がもたらされたからだ。十回めのクリスマスを迎えて、幼いホセ・アルカディオが神学校へ出かける用意をしていたときである。しっかりと釘(くぎ)づけされ、タールで防水して、いつものゴチック文字でフェルナンダ・デル＝カルピオ＝デ＝ブエンディア様と宛名の書かれた大きな箱が、例年よりも早目に祖父のもとから送られてきた。彼女が寝室で手紙を読んでいる隙に、子供たちは急いで箱をあけた。いつものようにアウレリャノ・セグンドの助けを借りながら、タールの封をこそげ落し、蓋(ふた)の釘を抜き、おが屑(くず)を取りのぞくと、銅のボルトで締めた鉛の櫃(ひつ)がなかからあらわれた。アウレリャノ・セグンドがもどかしげな子供たちの目の前で八個のボルトを抜いた。あっと叫び、子供たちをわきへ突きとばすのがやっとだった。鉛の蓋をあけたとたんに、破れた皮膚から悪臭が立ちのぼり、生きた真珠のように泡をふくスープのなかでゆだっている、黒ずくめの、十字架を胸にのせたドン・フェルナンドの姿が目にはいったのだ。

女の子が生まれて間もなく、あらためてネールランディア停戦協定の締結を記念するために、アウレリャノ・ブエンディア大佐の表彰式をとり行なうという、思いがけない政府の発表があった。従来のやり口とあまりにも一致しない決定だったので、大佐は激しく反撥し、表彰を拒否した。「国典、なんて聞くのは初めてだ」と大佐は言った。「どういう意味かよくわからんが、どうせ悪ふざけにきまっている」。金細工の狭い仕事場は使節たちであふれた。年を取り、前よりもっとしかつめらしい顔になっていたが、かつて鴉（からす）のように大佐の身辺をとび回った黒ずくめの弁護士たちがふたたびあらわれた。かつて戦争を泥沼に引きずり込むためにここを訪れたときと同じように、ぞろぞろあらわれて讃辞（さんじ）を述べる彼らの声を聞いて、大佐は皮肉な思いに耐えきれずに、このままそっとしておいてくれ、と強い口調で言った。そっちの言うような、国家の元勲でも何でもない、思い出ひとつ持たない一介の職人で、魚の細工物を売って貧しくひっそり暮らしながら、ここで朽ち果てるのが唯一の望みだ、と言い張った。

大佐をもっとも怒らせたのは、大統領がわざわざマコンドの式典に列席して、大佐に勲功章を授けるつもりでいるという話だった。アウレリャノ・ブエンディア大佐は、一言一句の間違いなく、次のような返事を大統領に伝えさせた。その政権の横暴と時代に逆行する政策というよりは、誰のじゃまにもならない老人にたいするこの無礼へのみせしめに、いささか遅きに失した感があるが、大統領に一発ぶち込むことのできる機会を今から心待ちにしていると。この激越な脅迫に驚いた大統領は、いざという段になって旅行を中止し、特使を派遣して勲章を届けさせた。ヘリネルド・マルケス大佐は各方面から圧力をかけられ、元戦友を説得すべく中風で寝ていたベッドから起き上がった。アウレリャノ・ブエンディア大佐は、四人の男にかつがれた揺り椅子が目の前にあらわれ、青年時代から勝利と敗北をわけ合ってきた友がその上にすわっているのを見て、てっきり、自分も同じ気持ちであることを伝えるために、無理をして出てきたのだと思った。しかし、その訪問の真意を知ると、追い立てるように仕事場から運びださせて、言った。

「気のつくのが遅かった。いっそ、あのとき銃殺させたほうが良かった」

というわけで、祝典には家族はひとりも出席しなかった。それがカーニバルと重なったのはほんとに偶然だったが、しかしこの符合もまた、悪ふざけのえげつなさを際立たせるために政府がはかったことだという思い込みを、アウレリャノ・ブエンディア大佐の頭から払うことは誰にもできなかった。わびしい仕事場からも、軍楽隊の演奏や、祝砲や、テデウム*の鐘の音や、通りに大佐の名前をつけるさいに屋敷の前で行なわれた演説の文句などが聞こえた。怒りと甚だしい無力感で大佐の目は濡れていった。敗北以後はじめて、保守政権を根絶やしにする凄絶な戦いを始めようにも、もはや若いときの気力が残っていないことを嘆いた。式典のざわめきがまだ消えないうちに、ウルスラが仕事場の戸をたたいた。

「じゃまをしないで」と彼は言った。「忙しいんだから」

「あけておくれ」。ふだんの声でウルスラはしつこく言った。「あのお祭り騒ぎとは何の関係もないことなんだから」

アウレリャノ・ブエンディア大佐が掛け金をはずすと、いろんな格好をした十七人の男が戸口に立っていた。あらゆるタイプと肌色の者がいたが、しかしいずれも、どこの土地にいてもそれとすぐわかる、ある淋しげな翳があった。彼らはすべて大佐の息子だった。別にしめし合せたわけではなく、たがいの顔を見たこともなかったが、祝典のうわさにつられて沿岸部の遠く離れた土地から集まったのだ。みんなが誇らしげに、アウレリャノという名前と母親の姓を名のっていた。ウルスラは喜び、フェルナンダはあきれたが、彼らが屋敷に滞在した三日間は、まるで戦争のような騒ぎだった。アマランタは、ウルスラがみんなの名前や、誕生日や、洗礼の日付を書きとめておいた帳簿を、古い書類のあいだから探してきて、それぞれの余白に現在の住所を書き加えた。このリストを見れば、多年にわたる戦争の推移をたどることができそうだった。またそれによって、現実ばなれした反乱に参加するため二十一人の部下を引きつれてマコンドを出発した払暁から、最後に血のりでごわごわになった毛布にくるまって帰宅するまでの、大佐の夜の旅路を再構成できそうに思われた。アウレリャノ・セグンドは、祝典で水を差されたカーニバルの埋め合せをするつもりだろう、この機を逃さず、シャンペンとアコーデオンのにぎやかなばか騒ぎでいとこたちを歓待した。連中は食器の半分ほどを割り、毛布で胴上げするために牛を追っかけ回して薔薇の植え込みをめちゃめちゃにし、雌鶏をピストルで撃ち殺した。アマランタにピエトロ・クレスピの悲しいワルツを踊らせ、いやがる小町娘のレメディオスに男物のズボンをはかせて棒のぼりをやらせた。また、脂を塗りたくった豚を食堂に追いこんでフェルナンダに尻もちをつかせた。しかし、誰ひとりこの災難をこぼす者はいなかった。地震で揺れるような健康な明るさが屋敷じゅうにあふれたからだ。最初は怪しむような目で彼らを迎え、何名かの者については血のつながりさえ疑ったアウレリャノ・ブエンディア大佐も、やがてその放埓(ほうらつ)ぶりがすっかり気に入り、彼らが立ち去るにあたって、めいめいに金細工の魚を贈った。愛想のないホセ・アルカディオ・セグンドまでが一日、彼らのために闘鶏の集まりを開いた。しかし、これはあやうく悲劇で終るところだった。アウレリャノを名のる彼らのうちの何人かが闘鶏のことにくわしくて、ひと目でアントニオ・イサベル神父直伝のいかさまを見抜いたからだ。アウレリャノ・セグンドは、この途方もない身内がいてくれれば、先々いくらでもばか騒ぎができると考えて、みんなここに残っていっしょに仕事をしないか、と誘った。それに応じたのは、祖父の激しい気性と探究心を受けついだ混血の大男、アウレリャノ・トリステひとりだった。すでに広く世間を渡り歩いた経験があり、どこに腰をすえようと彼にとっては同じことだったのだ。ほかの連中は、いずれもまだ独身のくせに、自分たちの運命はすでに決まっていると思いこんでいた。みんな腕のよい職人で、それぞれ一戸をかまえたおだやかな人間ばかりだった。灰の水曜日*、彼らがふたたび沿岸の一帯にちりぢりに帰っていく前に、アマランタは無理やり晴着を着せて、教会へ連れていった。敬虔(けいけん)な気持ちからというよりふざけ半分に、彼らがあとについて聖体拝領席まで行くと、そこで待っていたアントニオ・イサベル神父が額に灰で十字のしるしを描いてくれた。帰宅してから、いちばん年下の男が額の汚れを洗い落そうとすると、消えないことがわかった。兄たちのそれも同じだった。みんなは水とシャボンで、また土とたわしで、最後には軽石と灰汁で試してみたが、十字のしるしは消せなかった。ところがアマランタや、同じようにミサに出かけたほかの人間のものは簡単に消せた。「このほうがいいわ」と、彼らを送りだしながらウルスラは言った。「これからは、お前たちを見間違える者はいないよ」。彼らは楽隊を先頭に、花火を鳴らしながらどやどやと出ていき、ブエンディア一族はこれから先何百年も続くのに十分な種を持っているという印象を、町の人びとの心に残した。やはり額に灰の十字架のあるアウレリャノ・トリステは、ホセ・アルカディオ・ブエンディアが発明熱に取り憑かれていたころ夢みた製氷工場を、町はずれに建てた。

町へ来てから数カ月たち、人びとに名前を知られ尊敬もされるようになったころのことである。アウレリャノ・トリステが母親と独身の妹――これは大佐の子ではなかった――を引き取るために家を探していると、広場の角に捨てられたように、崩れかけた一軒の屋敷が立っているのが目にとまった。そこらにいた男に、持ち主の名前を聞くと、今では無住である、昔は、壁の石灰と土を口にする身寄りのない後家さんが住んでいた、晩年にこの人を表で見かけたのは二回、確か、小さな造花のついた帽子をかぶり、くすんだシルバーカラーの靴をはいて、司教宛の手紙を出しに広場を渡って郵便局へ行くときだった、という返事がかえってきた。同居人は、犬や猫、そのほか屋敷にはいり込んだ動物をすべて殺して死骸を通りの真ん中に投げ捨て、腐臭で町の者を困らせては喜んでいる、むごい召使いだけだという話も聞かされた。最後の一匹の肉も骨もない皮だけが日光でからからに乾いてしまってからずいぶん月日がたつので、世間の人びとは、屋敷の女主人と召使いは戦争が終わる前に死んだものと思っていた。また、屋敷が倒れずに残っているのは、ここ数年、きびしい冬にも激しい風にも見舞われたことがないからだと考えていた。錆でぼろぼろになった蝶番、からみ合った蜘蛛の巣でかろうじて支えられている扉、湿気で貼りついてしまった窓、雑草や野生の草花でできた裂け目に蜥蜴その他、あらゆる種類の虫けらが巣食っている床などから見て、少なくともこの五十年は、そこに人が住んでいたことはないと考えてよかった。衝動的なアウレリャノ・トリステが行動に移るには、それほど多くの証拠はいらなかった。正面のドアを肩で押すと、虫の食った木の枠は音もなく崩れて、白蟻の巣のごみと土が静かにもうもうと立ちのぼった。アウレリャノ・トリステは入口に立って埃の消えるのを待った。やがて広間の中央に、いまだに前世紀の名残りの衣裳をつけた、やせた女がいるのが目に映った。禿げあがった頭にわずかに残っている髪の毛。希望の最後の星はとっくに消えたが、まだ美しさをとどめている大きな目。

索漠とした孤独な生活のためにひび割れた顔の皮膚。亡者のような姿にぞっとして、アウレリャノ・トリステは、女が古ぼけたピストルの筒先を自分に向けていることに気がつかなかった。

「どうもすみません」と、小さな声で言った。

女はがらくただらけの広間の真ん中を動かないで、額に灰の刺青がある、たくましい大男を穴のあくほど見つめた。やがて、もやのような埃をすかして、過去のもやにつつまれ、二連発の猟銃をななめに背負い、束ねた兎を手にした男の姿が浮かび上がった。

「ひどいわ」と、女は低く叫んだ。「今ごろになって、こんなものを思い出させるなんて！」

「実は、家を借りたいんですよ」とアウレリャノ・トリステが言った。

すると女はピストルの銃口を上げて、灰の十字にぴたりと狙いをさだめ、有無を言わさぬ断固とした態度で撃鉄を起こしながら、言った。

「さあ、とっとと出ておゆき！」

その日の夕食のさいに、アウレリャノ・トリステはこの出来事を家族に話した。ウルスラは悲嘆のあまり泣いた。「まだ生きていたんだね！」時の流れや、戦争騒ぎや、数えきれないほどの日々の不幸な出来事のために、レベーカのことなど忘れていたのだ。レベーカがまだ生きていて、蛆虫(うじむし)のスープのなかで身を腐らせつつあることを一瞬も忘れたことがないのは、執念ぶかい年取ったアマランタひとりだった。彼女は、心臓の凍りつくような冷たさにおびえて目をさます夜明けの独り寝のベッドで、レベーカのことを思った。しぼんだ胸やげっそりした下腹にシャボンを塗りつけながら、真っ白なペチコートや老いを隠す木綿のコルセットをつけながら、恐るべき贖罪(しょくざい)のしるしである手の黒い繃帯(ほうたい)を取りかえながら、レベーカのことを考えた。アマランタはしょっちゅう、四六時中、寝ても覚めても、お上品なことをしているときも浅ましいことをしているときも、レベーカのことを忘れなかった。孤独によって思い出はえり分けられ、生がその心にうずたかく積みあげた懐(なつ)かしいものは、じゃまなごみとして焼き捨てられていたからだ。別の種類の思い出、つらく悲しい思い出が純化され、拡大され、永遠の命を与えられていたからだ。アマランタを通じて、小町娘のレメディオスもレベーカの存在を知っていた。崩れかけた屋敷の前を通りかかるたびに、アマランタは不愉快だった出来事や恥ずべきうわさの話をして聞かせ、しだいに薄れる怨みを姪(めい)とわかち合うことによって、死後も生き延びさせようとはかったのだ。しかし、レメディオスがあらゆる種類の激しい感情、とくに他人のそれを受けつけなかったので、アマランタはその目的を達することができなかった。ところが、ウルスラの心はアマランタの心とは逆の方向に動いて、思い出のレベーカからは不純なもののすべてが消えていた。両親の遺骨がはいった袋を持って屋敷へ連れてこられた哀れな子供の姿は、彼女が一家の人間であり続けるわけにいかなくなったあの恥ずべき事件よりも、強く脳裏に焼きついていたのだ。アウレリャノ・セグンドが言いだして、彼女をここへ連れてきて養ってやろうということになったが、しかしこの善意も、長いあいだ苦悩と悲惨に耐えて、やっと孤独に慰めを見いだすようになった、今さらそれを捨てて当てにならぬ他人の慈悲にすがり、老いの日々を掻き乱されるのはごめんだという、レベーカの頑固な反対で実を結ばなかった。

二月になり、いまだに灰の十字のしるしを残しているアウレリャノ・ブエンディア大佐の十六人の息子がふたたび集まってきたとき、アウレリャノ・トリステがばか騒ぎのまっ最中にレベーカの話をした。彼らはたったの半日で、屋敷の外まわりを元のとおりにした。戸や窓をとり替え、正面を明るい色で塗りなおし、壁につっかい棒をし、床に新しいセメントを流しこんだ。しかし、屋敷のなかまで手をつける許しはついにえられなかった。レベーカは、戸口に立って外を見ようともしなかった。彼女はあわただしい修理が終わるのを待って、入費をこまかく計算し、今もそばに付き添っている年取った召使いのアルヘニダをやって、この前の戦争のあと引き揚げられたのにレベーカはまだ使えると思っている、ひとつかみのお金を届けさせた。それを見たみんなは、彼女がいかに世間のことに疎くなっているかを知り、彼女に息をする力が残っているかぎりは、かたくなな幽閉から引きずりだすことはとうてい無理だと悟った。

アウレリャノ・ブエンディア大佐の息子たちがマコンドを二度めに訪れたとき、そのなかのアウレリャノ・センテノという者がそこにとどまって、アウレリャノ・トリステの仕事を手伝うことになった。彼は洗礼のためにこの家に連れてこられた最初の子供たちの一人で、ウルスラとアマランタは彼のことをよく覚えていた。手にした壊れやすい品物を二、三時間ですべて粉々にしてしまったからだ。時とともに幼いころのすさまじい成長は止まって、今では、あばた面の中肉中背の男にすぎなかったが、その手の恐るべき破壊力は昔と変わらなかった。皿の割り方があまりひどいので――さわりもしないのに割れることもあった――フェルナンダは、高価な陶器を一枚残らずやられないうちに、白鑞の食器をとくに彼のために買うことにしたが、この丈夫な金属製の食器でさえまたたく間に、欠けたり、よじれたりしてしまった。しかし、自分も持てあまし気味のこの手のつけられない腕力はともかく、彼には即座に人から信頼をえる誠意と、めざましい仕事の才能がそなわっていた。氷の生産を短時日のうちに大きく飛躍させたので、近在の狭い市場では不足になり、アウレリャノ・トリステは、低地のほかの町へも取引きをひろげることを考えなければならなかった。そこで彼は、事業の近代化のためばかりでなく、町を外部の世界と結ぶための決定的な手段を取る決心をした。

「何がなんでも鉄道を引かなきゃいかん」と、彼は言った。

マコンドの人びとがその言葉を聞いたのは、これが最初だった。アウレリャノ・トリステが机の上で描いてみせた図面――それは、ホセ・アルカディオ・ブエンディアが太陽戦争の計画書に添えた図解を思いださせた――を前にしてウルスラは、時間というものはぐるぐる回っているという、ふだんの印象をいっそう強めた。しかし祖父とはちがって、アウレリャノ・トリステは寝食を忘れたり、急に不機嫌になって人を困らせたりすることはなかった。それどころか、とてつもない計画を明日にも可能なことのように考えて、費用や工期について合理的な計算をし、あせることなく着実に、その実現をはかった。曾祖父（そうそふ）やアウレリャノ・ブエンディア大佐に似ていたり似ていなかったり、こりることを知らないアウレリャノ・セグンドは、ばかげた兄の船会社の場合と同じ気軽さで、鉄道を引くための資金を出してやった。アウレリャノ・トリステは暦と相談して、雨期の終わるころに帰ってこられるように、次の水曜日に出発した。そして、それっきり消息が絶えた。一方、工場からあがる大きな利益に気をよくしたアウレリャノ・センテノは、水のかわりに果汁を使った氷の製造の実験に取りかかり、知らず識らずのうちに、シャーベット製造の基本を身につけた。これによって彼は、何の便りもないまま雨期が終わり夏がすぎて、それでも兄が帰ってきそうにないので、すっかり自分のものになった気のする会社の生産の多角化を考えはじめた。ところが、ふたたびめぐって来た冬の初めのこと、日盛りに川で洗濯をしていたひとりの女が、何事かと思うような金切り声をあげながら町の真ん中の通りを駆けてきた。「来るよ、あっちよ！」と言うのがやっとだった。「かまどみたいに、おっかないのが、町を、引きずるみたいに……」

　そしてその瞬間、すさまじい反響をともなった笛のような音と、異様なあえぎが町全体をゆさぶった。実はすでに数週間前から、枕木やレールを敷いている大勢の作業員たちの姿が見かけられたが、注意をはらう者がいなかったのだ。昔ほどの評判はない笛やタンバリンを打ち鳴らして舞い戻り、エルサレンの薬師の神はんが盛りはったいう、どことのう胡散くさい痩せ薬のありがたい効能をわめき立てるジプシーたちの、新しいいかさまであると思ったからだ。ところが、笛のような音や荒い鼻息の騒々しさがおさまったとき、住民のみんなが表へとび出してみると、機関車の上で手を振っているアウレリャノ・トリステの姿が見えた。そして、予定より八カ月も遅れてやっとこの町へ到着した花いっぱいの汽車が、夢中になっている連中の目にとび込んだ。多くの不安や安堵(あんど)を、喜びごとや不幸を、変化や災厄や昔を懐かしむ気分などをマコンドに運びこむことになる、無心の、黄色い汽車が。

マコンドの人びとは、すばらしい新発明の品々のあまりの数の多さに目移りして、どれから驚けばいいのかとまどった。夜を徹して青白い電球をながめたが、それに電力を供給している機械――アウレリャノ・トリステが二度めの汽車の旅で運んできたもの――のうるさい音に慣れるには時間と辛抱がやはり必要だった。また、獅子(しし)の口をまねた切符売り場がある小屋で、裕福な商人のドン・ブルーノ・クレスピが映写させるなまなましい映像は、みんなの憤激を買った。ある活動写真で死んで埋葬され、その不幸に同情して涙を流してやった人物が、次の活動写真でアラビア人に姿を変えて生き返ったからだ。二センタボのお金を払い、主人公らの運命に一喜一憂していた観客は、このとんでもないインチキを腹にすえかねて、椅子席をめちゃめちゃにした。市長はドン・ブルーノ・クレスピに頼まれて告示を出し、活動写真は観客が騒ぎたてるまでもない幻覚のからくりである、と釈明した。多くの者がこれを読んでがっかりした。またまたジプシーはだしの大仕掛けないかさまに引っかけられたと信じて、活動写真を見にいくのをふっつりやめた。架空の人間の見せかけの不幸に流す涙などあるものか、自分たちの苦労だけでたくさんだ。彼らはそう思ったのだ。これに類したことが、古めかしい手回しオルガンのかわりに娼婦らが持ちこんだもので、一時は楽隊の利益にも深刻な影響を及ぼした円筒式蓄音機についても生じた。最初は、好奇心につられて禁断の町に足を向ける客の数が何倍にもふえ、もの珍しい蓄音機とやらを近くで見たい一心で、田舎女に身をやつして出かけた良家の婦女もいるといううわささえ立った。ところが、そばに寄ってよく見ると、みんなの思っていたような、そして娼婦らの言うような魔法の粉ひき器ではなくて、心をゆさぶる、人間味ゆたかで身近な真実にあふれた楽隊とは比べものにならない、インチキな道具であることがすぐにわかった。失望があまりにも大きかったために、蓄音機が普及して各戸に一台はかならず見られるころになっても、人びとはそれを、大人の娯楽のための道具というよりは、子供が分解して遊ぶのに手ごろなしろものだと考えた。それに引きかえて、やはりハンドルがついているので旧式の蓄音機だとみんなは思ったが、町のある男が、鉄道の駅に電話が引かれたという恐るべき事実をその目で確かめてきたときには、およそ疑りぶかい連中でさえ動揺を隠せなかった。人間にどれほどの驚嘆の能力があるかを神が試そうと思い立たれ、熱狂と幻滅、疑惑と啓示のあいだの絶えまない動揺のなかにマコンドの住民をおきたもうたとしか思えなかった。こうしてついに、現実の境界が果たしてどこにあるのか、誰にも定かではなくなった。複雑にからみ合ったこの真実と虚妄には、栗(くり)の木のかげのホセ・アルカディオ・ブエンディアの亡霊さえいらだって、真っ昼間から屋敷のなかをうろつき回った。そして、鉄道が本式に開通して、水曜日の十一時に正確に列車が到着しはじめ、机や電話や出札口のある木造の粗末な駅舎が建てられたころから、ごく普通の人間らしく振る舞っているが、実際にはサーカスの芸人としか思えない男女が、マコンドの通りで見かけられるようになった。さんざんだまされてジプシーにこりた町では、ホイッスルつきのケトルと、七日めに魂の救済がえられるという養生法を同じような臆面(おくめん)のなさで売ってまわる、この、いわば行商の軽業師たちがうまい汁を吸えそうな見込みはなかった。ところが、彼らは根負けした連中や、うかつな客を相手に莫大な利益をあげていった。そしてある水曜日、乗馬ズボンにスパッツ、キルクのヘルメットに鉄ぶちの眼鏡、トパーズ色の目とやせた鶏のような皮膚、そんな風采のいかさま師たちにまじって、ずんぐりした愛想のよいミスター・ハーバートという者がマコンドへやって来て、屋敷で昼食をとった。

バナナの最初のひと房をひとりで食べきってしまわないうちは、食卓の誰もが彼を気にしなかった。ハコブのホテルで部屋がないと言われて、たどたどしいスペイン語で抗議していた彼を、アウレリャノ・セグンドが偶然見かけて、大勢のよそ者によくするように、わが家に連れてきたのだった。ミスター・ハーバートは繋留気球を商売にしていて、これを持ってすでに世界の半分を旅し、大いに利益をあげていた。しかしマコンドでは、たったひとりの人間さえ空高く運びあげられなかった。ジプシーの空飛ぶ絨毯をすでに知っているので、人びとはこの発明を時代遅れのしろものと思ったのだ。そこで彼は、次の列車でこの町を去る予定を立てていた。昼食のさい食堂に吊るされる虎斑入りのバナナの房が食卓へ運ばれたとき、彼は最初、気のなさそうな様子で一本をもぎとった。しかし、話をしながら食べつづけ、食欲旺盛な人間の喜びよりは学者のような熱心さで、よく嚙んで味わい、ひと房を食べきると、もうひと房をと頼んだ。そして、いつも肌身はなさず持っている道具箱から、レンズ類のはいった小さなケースを取りだした。特別なメスで切りきざみ、調剤用の天秤で重さをはかり、武器商人が用いるゲージで幅を測定するなど、さながらダイヤモンドの買い手のようなばか丁寧さで、一本のバナナを綿密に調べあげた。そのあとさらに、箱からいくつも道具を取りだして、気温と湿度と光線の強さをはかった。そのものものしい動作が気になって、誰も落ち着いて食事ができなかった。ミスター・ハーバートが何か言うだろうと期待したが、その意図をうかがわせるようなことは、ひとことも彼の口から洩れなかった。

それからの数日、網と虫籠をかかえて、町はずれで蝶を追っかけ回している彼の姿が見られた。そして水曜日に、土木技師や農業技師、水文学者や地形学者、それに測量技師などの一団が到着し、ミスター・ハーバートが蝶を追っていた場所を数週間にわたって調査した。さらにジャック・ブラウン氏が、黄色い列車の最後尾に連結された、銀の内装、豪華なビロードの座席、青いガラスの屋根、という特別車で町へ乗りこんできた。同じようにこの特別車で、昔アウレリャノ・ブエンディア大佐を追いまわした黒ずくめのしかつめらしい弁護士たちが、ブラウン氏のまわりをひらひら舞いながら戻ってきた。これを見た町の人びとは、この農業技師や水文学者、地形学者や測量技師は、繋留気球と色とりどりの蝶をかかえたミスター・ハーバートや、霊柩車に乗り獰猛なドイツ犬を引きつれたブラウン氏と同様に、戦争とかかわりがあるにちがいないと考えた。しかし、この推測も長くは続かなかった。マコンドの疑りぶかい住民たちが、いったい何が始まるのだとあわてて出したころには、すでに町は、座席やデッキだけでなく客車の屋根の上にまで乗って、各地から汽車で押しかけた連中が住みついた、トタン屋根の木造家屋が立ちならぶキャンプに変わっていた。さらにその後に、モスリン*の服にヴェール付きの大きな帽子といういでたちの、もの憂げな細君たちを連れてやって来たよそ者は、鉄道線路の向こう側に、椰子の木で縁取られた通りが走る別の町を建てた。そこには、窓に金網が張られ、テラスに白いテーブルがおかれ、天井から扇風機がぶら下がり、孔雀や鶉の姿が見られる広くて青々とした芝生のある家が並んでいた。その区域はまるで巨大な鶏舎のように電流の通った金網で囲まれていて、夏場の涼しい朝などは、焼け焦げた燕で金網が真っ黒になった。何がめあてなのか、果たしてただの慈善好きな連中にすぎないのか、それもまだわからぬうちに、彼らは昔のジプシーたちよりもはるかに人騒がせな、しかもより永続的で理解を超えた大きな混乱をもたらしていた。かつては神だけに許されていたさまざまな手段を有する彼らは、雨の降り方を変え、収穫の周期を早め、白い石や冷たい流れといっしょに川を、前にあった場所から町の反対側の墓地のうしろに移した。死体から発散する火薬の臭いが水を汚染しないように、彼らがみすぼらしいホセ・アルカディオの墓の上にコンクリートのトーチカを築いたのも、そのころのことだった。彼らはまた、妻子を連れずに町へやって来る外国人たちのことを考えて、情の深いフランスの娼婦らが住んでいる通りを、前よりもっと広い町に変えて、よく晴れたある水曜日、大勢の風変わりな娼婦を運んできた。このあでやかな女たちは古今の恋の手くだに通じており、起たない者に刺激を与え、尻込みする者に活を入れ、欲望の強い連中を堪能させ、回数の少ない連中を励まし、度のすぎる者をこらしめ、独りですませる者を改めさせる、あらゆる種類の塗り薬や器具を用意していた。トルコ人街も、色どりのけばけばしい昔の市場にとってかわった、電気の明るい輸入品専門の店でにぎわいをまし、土曜の晩には、大勢の山師たちであふれ返った。連中は賭博のテーブルや、射的や、占いが、とくに夢占いが行われている路地や、揚げ物と飲み物のテーブルなどに押しかけて、時には幸せな酔っぱらいの場合もあるが、たいていは鉄砲玉やげんこが飛びかい刃物や酒瓶が振りまわされるけんかのそば杖をくった弥次馬の死体と並んで、床のあちこちにぶっ倒れて日曜の朝を迎えた。めったやたらに人が集まったために、初めのころは、じゃまっけな家具やトランク、誰の許可も得ないでそこらの空地に家を建てようとする連中の右往左往、アーモンドの木立ちにハンモックを吊って、昼間から人目もはばからず蚊帳のなかで愛し合ったりする恋人たちの騒ぎなどで、通りも歩けないほどだった。ただ一カ所、アンティール諸島から来たおとなしい黒人が住みついた場所だけが静かだった。彼らは町はずれの通りに、杭にのせた木造の家を建てて、日暮れになると戸口に腰をおろし、わけのわからぬ言葉でもの悲しい讃美歌をうたった。わずかな日数のうちに多くの変化が生じたために、ミスター・ハーバートの来訪から八カ月たつころには、古くからのマコンドの住民は、ここが自分たちの町だとは思えなくなっていた。

「アメリカ人にバナナをすすめたばっかりに」と、当時アウレリャノ・ブエンディア大佐はよく言った。「えらいことになった、まったく！」

ところが、アウレリャノ・セグンドはこのよそ者たちの殺到がうれしくて仕方がなかった。屋敷のなかはたちまち、見たこともない客や、手のつけられない騒々しく下品な連中であふれ、そのために中庭に寝室を建てまし、食堂をひろげ、古い食卓を十六人用のものと取りかえ、新しい食器やナイフ、フォークなどをそろえる必要が生じたが、それでもまだ、昼食の順番をあらかじめ決めておかねばならなかった。フェルナンダは自分の気持ちを殺して、廊下を泥だらけにし、庭で小便をたれ、あたりかまわず昼寝のござをひろげ、感じやすい淑女や気取った紳士らのいる前で乱暴な口をきく、たちの悪い客たちを王様のようにもてなさなければならなかった。アマランタはこのげすな連中の闖入（ちんにゅう）に驚いて、昔のように台所で食事をすることにした。アウレリャノ・ブエンディア大佐は、わざわざ仕事場に挨拶（あいさつ）にくる連中も、ほんとうは好意や尊敬の念からではなく、いわば歴史的遺産を、博物館入りの化石を見たいという好奇心からそうするだけだと知って、掛け金をおろし、表に面した戸口にすわる姿もめったに見かけなくなった。これとは対照的にウルスラは、足を引きずり、壁を伝って歩かなければならぬ年になっていながら、列車の到着時刻が近づくたびに子供のようにはしゃいだ。「肉と魚を用意しなきゃだめよ」と、サンタ・ソフィア・デ・ラ・ピエダの落ち着いた指図のもとで、時間に間に合わせようと大汗かいている四人の料理女に命令した。「何でも用意しておくことだよ」と、さらに言った。「よそ者は、何を食べたがるかわからないんだから」。列車は暑さがいちばんきびしい時刻に到着した。昼飯どきには家全体が市場のような騒ぎで震動し、誰が主人役かさえ知らない汗みずくの客が、テーブルのいちばん良い席を取ろうとしてなだれ込んできた。そして料理女たちは、大きなスープや肉料理の鍋、野菜を盛った瓢簞の器や米料理の桶などをかかえて、たがいにぶつかり合いながら右往左往し、何樽分ものレモネードをきりもなくスプーンでついで回った。混み方があまりひどいのでフェルナンダはいらいらし、二度も飲み食いする連中が大勢いるのではないかと疑った。どさくさまぎれに客から勘定を請求されて、八百屋のかみさんではないが、口汚くわめきたくなることも一度や二度ではなかった。ミスター・ハーバートの出現からすでに一年余の月日がたっていたが、アメリカ人たちが考えているのは、かつてホセ・アルカディオ・ブエンディアの一行が偉大な文明の利器をはこぶ道を求めて越えたあの魔の土地で、バナナを栽培するつもりであることしかわかっていなかった。額に灰の十字がある、アウレリャノ・ブエンディア大佐の別のふたりの息子が、この噴火さながらの騒ぎにつられて町へやって来て、みんなの気持を代弁すると思われる次のような言葉で、その気になった理由を語った。

「みんなが来るから、ぼくらも来たんですよ」

小町娘のレメディオスだけがこのバナナ熱にかからなかった。いつまでも楽しい少女時代にとどまっていて、形式ばったことにますます無関心になっていった。悪意や猜疑心などからもいっそう縁遠くなり、自分だけの素朴な世界の喜びに浸っていた。なぜ女たちが面倒なコルセットやペチコートを身につけるのか、彼女は理解できなかった。すっぽり頭からかぶるだけですむ長い麻の服を自分で縫って、それ一枚で押しとおした。まるで裸でいるような感じを与えたが、しかし彼女に言わせると、家にいるときのいちばん見苦しくない服装がこれだった。ふくらはぎに達する流れるような髪を切って、飾りぐしでまげを結うか、色リボンでお下げに編むかするようにとうるさく言われると、あっさり丸坊主になり、かつらを作って聖者像にそなえた。彼女のこの素朴な生活にたいする本能的な嗜好についてだが、驚いたことに、ひたすら快適さを求めて流行から遠ざかり、自然にまかせて世間のきまりを無視すればするだけ、信じがたいほどの美貌(びぼう)はますます見る者をまどわし、いっそう男たちを挑発する結果になった。アウレリャノ・ブエンディア大佐の息子たちが初めてマコンドを訪ねてきたとき、ウルスラは、彼らにも曾孫(ひまご)と同じ血が流れていることに思い当たり、忘れていた恐怖のせいで身震いした。「気をつけるんだよ」と、ウルスラはレメディオスに忠告した。「あの子たちの誰とでもいい、変なことになると、豚のしっぽのある子供が生まれるんだからね」。しかし、レメディオスはこの忠告もどこ吹く風、男の服装をして、砂の上をころげ回って棒のぼりに興じ、見るに耐えない光景に心をかき乱された十七人のいとこのあいだに、あやうく悲劇を巻き起こすところだった。そのため、彼らは町に来ても屋敷に寝泊りしなかった。そこに住みついた四人も、ウルスラのはからいでよそに部屋を借りた。しかし、小町娘のレメディオスがこの用心を知ったら、お腹(なか)をかかえて笑ったにちがいない。この地上にとどまっていた最後の瞬間まで、男心を狂わす女という、自分ではどうにもならない宿命が毎日のように悲劇を呼び起こしていたとは、露知らなかったからだ。ウルスラの言いつけにそむいて食堂に姿をあらわすたびに、よそ者たちのあいだに、彼女はいらだたしい不安を呼びさました。粗末な寝巻の下には何も着ていないことがあまりにも明らかだった。誰もが、その形のよい丸坊主の頭はまさに挑戦であると、また、暑さしのぎに太腿が見えるほど大胆に裾をまくったり、手を使って食事したあと気持ちよさそうに指をしゃぶったりするのは、罪深い挑発でなくて何だ、と思ったからである。家族の者は知らなかったが、よそ者たちは、小町娘のレメディオスの体から頭がクラクラするほど強烈な匂いが発散すること、そして、彼女が前を通りすぎて数時間たってからもまだそれが感じられることに気づいた。色恋の苦しみを十分に味わい世間ずれした男たちでさえ、小町娘のレメディオスの体臭がいだかせるような不安は一度も経験したことがない、と断言してはばからなかった。ベゴニアの置かれた廊下だろうと客間だろうと、屋敷のなかのどの場所でも、彼女がいた正確な位置を、また、そこを離れてから経過した時間を、ぴたりと当てることができた。それは実にはっきりした、取りちがえようのない痕跡だったが、昔から日常生活のさまざまな匂いとまざり合っていたために、家の者には嗅ぎわけられなかったのだ。しかし、よそ者たちは即座にその匂いを突きとめることができた。したがって彼らだけが、守備隊の若い隊長がこがれ死にし、遠い土地からやって来た紳士が絶望の淵に落ちたことを理解しえた。自分が動きまわるところで生まれる不安な空気や、通りすがりに引き起こす耐えがたい心の悩みに気づかない小町娘のレメディオスは、悪意など少しも見せずに男たちに応対したが、その無邪気な愛想のよさがかえって彼らの心を掻き乱すことになった。ウルスラにうるさく言われて、よそ者たちの目に触れないように、アマランタと台所で食事をすることになったときも、彼女はむしろ喜んだ。これでやっと、あらゆる決まりから解放されると思ったからだ。実をいうと、場所がどこであろうと、決められた時間にではなく好きなときに食事ができれば、それでよかったのだ。明け方の三時に昼飯を食べて、昼間はずっと寝ていることもしばしばだった。この時間のでたらめな生活は、ある偶然の出来事によって正常に戻るまで、何カ月も続いた。あれよりはまだましな状態のときでさえ、彼女は朝の十一時に起きて、一糸もまとわぬ裸で二時間も浴室に閉じこもり、蠍を退治しながら、いつまでも尾をひく眠気が消えるのを待った。そしてそのあと、瓢箪で汲んで水槽の水を浴びた。あまりにも長い時間のかかる、あまりにも念入りな、そしてあまりにも儀式めいたものの多い行為なので、彼女をよく知らない人間は、当然といえば当然だが、彼女が自分の裸を夢中になってながめているのだと思ったにちがいない。しかし彼女の場合、この孤独な儀式は官能的なものをまったく欠いていた。それはただ、お腹をすかせるための暇つぶしにすぎなかった。ある日、彼女が水を浴びようとしていると、ひとりのよそ者が屋根のかわらを引きはがした。そして、彼女の裸を見たとたんに、そのあまりの見事さに息をのんだ。彼女も割れたかわらの向こうの切なげなふたつの目に気づいて驚いたが、別に恥ずかしそうな素振りは見せなかった。

「気をつけて!」彼女は叫んだ。「落ちるわよ」

「ただ、あなたに会いたくて……」と、よそ者はささやくような声で言った。

「あら、そうなの」と、彼女は答えた。「でも、ほんとに気をつけてね。そこのかわらは傷(いた)んでるのよ」

よそ者の顔は痛ましいほどの驚きをたたえ、蜃気楼(しんきろう)にも似たこの光景を消滅させないために、本能的な衝動とひそかに戦っているように思われた。小町娘のレメディオスは、てっきりかわらが割れるのを心配しているのだと思い、男をいつまでも危険な目に遭わせないために、ふだんより急いで入浴をすませることにした。水槽の水を浴びながら話しかけて、屋根がこんな有様で困っている、きっと、雨で腐った木の葉っぱが積もって、それで浴室に蠍がうようよしているのだろう、と言った。よそ者はこのおしゃべりを、内心のうれしさを隠すためのものだと勘違いして、彼女がシャボンを使いはじめたとたんに、もうひと押しという気持ちになり、声を殺して言った。

「シャボンをつけさせてくれないかな?」

「気持ちはありがたいけど」と、彼女は答えた。「でも、この両手でたくさんだわ」

「せめて、背中だけでも……」と、よそ者は訴えた。

「そんな必要ないわ。背中にシャボンをつける人なんて見たことないわよ」

そのあと、彼女が体を拭いているあいだ、よそ者は目に涙をいっぱい浮かべて、結婚してくれと哀願した。それにたいして彼女は、女が風呂にはいるのを一時間も、昼飯さえ忘れて見ているような、そんなばかな人と結婚する気にはなれない、と本気で答えた。やがて、彼女が長い服を着おわったとき、男は、世間のみんなが疑っていたとおり、実際に彼女が下には何もつけないことを知って激しいショックを受け、この秘密が永遠に消えない熱い烙印のように肌に焼きつくのを感じた。男はさらに二枚のかわらをはいで、浴室へ降りようとした。

「とっても高いのよ」と、彼女はびっくりして警告した。「死んじゃうわ！」

傷んでいたかわらがすさまじい音を立てて割れた。男はアッとひと声、恐怖の叫びをあげただけでセメントの床に落ち、首の骨を折って即死した。食堂でこの騒ぎを聞きつけ、あわてて死体を運ぶ手伝いをしたよそ者たちは、その肌に小町娘のレメディオスの息苦しいほどの匂いを嗅ぎとった。それはよほど深くしみ込んでいるらしく、折れた首の傷から血のかわりに、この妖しい匂いにみちた琥珀色の油のようなものが流れ出たほどだった。人びとはこれを見て、小町娘のレメディオスの体臭は、死んで骨が土に返ってからも、男を苦しめるのだということを思い知った。しかし、その彼らもこの恐ろしい出来事を、小町娘のレメディオスのために死んだほかのふたりと結びつけて考えることはしなかった。よそ者やマコンドの古くからの住民が、レメディオス・ブエンディアが発散させるのは愛の香りではなく死の匂いだといううわさを信じるようになるには、さらにひとりの犠牲者が必要だった。そのことがはっきりする機会は数カ月後に訪れた。ある日の午後、小町娘のレメディオスが数人の友だちを語らって、新しい農場を見に出かけたのだ。実は、両側にバナナの木が立ちならぶ、じめじめした際限のない遊歩道をぶらぶらするのが、そのころのマコンドの住民の楽しみのひとつになっていた。その場所の静けさは、どこかよそから運ばれてきて、まだ使い込まれておらず、そのためだろう、声の通りがよくなかった。五十センチも離れると、もう相手の言うことがわからなかった。そのくせ、農場の向こうはしで、はっきりと聞きわけられることがちょくちょくあった。これはマコンドの若い娘たちにとって、笑いころげたりびっくりしたり、怖がってみたりふざけてみたり、もの珍しい遊びのいい口実になった。日が暮れてから、彼女らは散歩のことを、まるで夢のなかの出来事のように話題にした。この静かな場所の評判があんまり高いので、さすがのウルスラも、小町娘のレメディオスだけに楽しい思いをさせないでいるわけにいかず、ある日の午後、帽子をかぶり適当な服を着ることを条件に、そこへ出かけるのを許した。娘たちの一行が農場へはいったとたんに、あたりに死の臭いがただよい始めた。木々のあいだで仕事をしていた男たちは奇妙な恍惚感に取り憑かれ、目に見えない危険が身に迫っていることに気づいた。そして、大勢の者がこらえきれずに泣きだした。小町娘のレメディオスとおびえた連れの女の子たちは、一団の恐ろしい男にあやうく襲われそうになり、やっとの思いで近くの一軒家に難を避けた。彼女らは間もなく、特別な一族のしるしか不死身の証拠のように敬意をいだかせる、あの灰の十字を帯びたブエンディア家の四人によって救いだされた。小町娘のレメディオスは誰にも話さなかったが、実は、一団の男たちのひとりがどさくさまぎれに、まるで断崖絶壁にしがみついた鷲の爪のような手を、まんまと彼女の下腹に差し入れることに成功していた。彼女は一瞬、目まいに似たものを感じながら男の顔をまともに見た。悲哀の燠のようなその切ない目は、彼女の心に強く焼きついた。その晩、男はトルコ人街で自分の大胆さを吹聴し、幸運を自慢して歩いたのはいいが、それから数分後には、一頭の馬に胸を蹴やぶられ、大勢のよそ者たちが見ている通りの真ん中で、口から血を吐きながら息絶えるはめになった。

小町娘のレメディオスには死を呼ぶ力があるという臆測は、すでにそのころには、四つの事件によって単なる臆測の域を超えるものになっていた。口の軽い何人かの男は、ああいういい女と一夜がすごせるものなら、命を失っても惜しくない、などとほざいたが、しかし実際に、その機会をえようとする者はなかった。恐らく、彼女の心をえるだけでなく、それにともなう危険をも避けるためには、愛というきわめて素朴な感情があれば十分だったのだが、そこまで考えた者はひとりもいなかった。ウルスラはあれっきり彼女の面倒をみようとはしなかった。ずっと昔、世間なみの女にしてやろうという気をまだ失っていなかったころは、簡単な家事に関心を持たせようと骨折った。「どう思ってるか知らないけど、男ってうるさいもんだよ」と、ウルスラは謎めかして言った。「料理をしたり、掃除したり、つまらんことで苦労したり、お前の思ってることのほかに、いろいろとあるんだから」。実のところ、ウルスラは自分をだましだまし、家庭の幸福をえられるように彼女を懸命にしつけていたのだ。いったん情欲がみたされれば、彼女の並はずれた自堕落さを、たとえ一日でも我慢できる男がこの世にいるはずはないと確信していたからだ。新しいホセ・アルカディオの誕生と、彼を法王に育てあげようという不屈の意志のせいで、やがてウルスラは曾孫にいっさい気を遣わなくなった。そのうち奇蹟が起こるだろう、何でもある今の世の中だから、この娘をしょい込む気のいい男がいるかも、そう考えて、成りゆきにまかせることにしたのだ。アマランタはアマランタで、かなり前から、彼女を役に立つ人間に仕立てあげる試みをいっさい放棄していた。すでに忘れかけている裁縫室の午後以来――そのころだって、姪はせいぜいミシンのハンドルを回すぐらいの才覚しかなかった――アマランタは、この娘は知恵が足りないのだという簡単な結論をくだしていた。「あんたは、くじの景品にでもしなければ、とてもだめね」。男たちに何か言われても全然感じない彼女にあきれて、アマランタはよくそう言った。その後のことだが、ウルスラにしつこくすすめられて、小町娘のレメディオスがマンテラで顔を隠してミサに行くことになったとき、アマランタは、この用心深さはかえって男の心をそそり、たちまち、彼女の弱みを辛抱づよく探るもの好きがあらわれるに相違ないと思った。しかし、あらゆる点から見て申し分のない求婚者を冷たくはねつけるばかな行動を見て、望みを捨てた。フェルナンダにいたっては、彼女を理解しようともしなかった。あの血なまぐさいカーニバルで女王のなりをした小町娘のレメディオスを見たときは、ほんとにすばらしい娘だと思った。しかし、彼女が指を使って食事をするのを見、まるっきり子供みたいな受け答えしかできないのを知って、一家の持てあます白痴だけが、どうして生き延びるのだろうと、ひそかに嘆いた。そしてアウレリャノ・ブエンディア大佐だが、彼は、小町娘のレメディオスこそこれまで会ったいちばん頭のよい人間である、いつもみんなを適当にからかっているのを見ればわかる、と今なお信じて、人前でもくり返していたが、しかし彼女の行動にはいっさい口出しをしなかった。こうして小町娘のレメディオスは、十字架を背に負うこともない孤独の砂漠をさまよい、おだやかな睡眠と、きりのない沐浴と、時間のでたらめな食事と、思い出を知らない長くて深い沈黙のなかで、一人前の女に育っていった。やがて迎えた三月のある日の午後、紐に吊るしたシーツを庭先でたたむために、フェルナンダは屋敷の女たちに手助けを頼んだ。仕事にかかるかかからないかにアマランタが、小町娘のレメディオスの顔が透きとおって見えるほど異様に青白いことに気づいて、

「どこか具合でも悪いの?」と尋ねた。

するとシーツの向こうはじを持った小町娘のレメディオスは、相手を哀れむような微笑を浮かべて答えた。

「いいえ、その反対よ。こんなに気分がいいのは初めて」

彼女がそう言ったとたんに、フェルナンダは、光をはらんだ弱々しい風がその手からシーツを奪って、いっぱいにひろげるのを見た。自分のペチコートのレース飾りが妖しく震えるのを感じたアマランタが、よろけまいとして懸命にシーツにしがみついた瞬間である。小町娘のレメディオスの体がふわりと宙に浮いた。ほとんど視力を失

っていたが、ウルスラひとりが落ち着いていて、この防ぎようのない風の本性を見きわめ、シーツを光の手にゆだねた。目まぐるしくはばたくシーツにつつまれながら、別れの手を振っている小町娘のレメディオスの姿が見えた。彼女はシーツに抱かれて舞いあがり、黄金虫やダリヤの花のただよう風を見捨て、午後の四時も終わろうとする風のなかを抜けて、もっとも高く飛ぶことのできる記憶の鳥でさえ追っていけないはるかな高みへ、永遠に姿を消した。

もちろんよそ者たちは、ついに小町娘のレメディオスも女王蜂としての逃れがたい運命の犠牲になった、昇天の話はでたらめで、身内の者が体面をつくろうためのものだ、と考えた。フェルナンダは激しい羨望に悩まされたが、しぶしぶこの奇跡を認め、当分のあいだ、シーツだけは返してくださるようにと、神様にお願いをしていた。多くの者が奇跡を信じて、蠟燭をともし、九日間の祈りまでささげた。アウレリャノを名のる者の残酷な虐殺事件が生じ、驚愕がパニックに一変することがなかったら、しばらくはこの話で持ちきりだったにちがいない。実は、虫の知らせとまでは言えないが、アウレリャノ・ブエンディア大佐は息子たちの悲劇的な最期をうすうす予感していた。例の騒ぎにまぎれてやって来たアウレリャノ・セラドルとアウレリャノ・アルカヤのふたりがこのままマコンドに残りたいと言ったとき、父親である大佐は止めようとした。一夜のうちに危険な場所に変わったこの町で、彼らが何をするつもりか理解できなかったからだ。ところが、アウレリャノ・センテノとアウレリャノ・トリステはアウレリャノ・セグンドの同意を得て、二人に仕事を与えた。アウレリャノ・ブエンディア大佐はそれでもまだ、漠然とながら気になることがあって、その取り決めに賛意を示さなかった。マコンドに姿をあらわした最初の自動車——犬もたまげるほどの吠え声を立てる警笛をそなえた、オレンジ色のコンヴァーティブル——に乗ったブラウン氏を見かけたときから、老兵は町の人びとの卑屈な騒ぎっぷりに腹を立てると同時に、妻子を捨て、銃を肩に戦場に赴いたころとは、人間の質が変わったことに気づいた。ネールランディア協定からこの方、地方のおえら方はいずれも、マコンドのおとなしくて疲れきったような保守党の連中からえらばれた、無能な市長や飾りものの判事だった。「まったく、今の政府はなっとらん」。警棒をさげた裸足の警官を見かけるたびに、アウレリャノ・ブエンディア大佐は嘆いた。「あれほど何度も戦って、結局、どうなった？　家を青く塗れなくなっただけだ」。しかし、バナナ会社が進出してくると、市の役人たちは威張りくさったよそ者と交替させられた。ブラウン氏はこの連中を、文字どおりそのことばによると、地位にふさわしいまともな生活を楽しみ、暑さと蚊、それに町の数えきれない不便に悩まされないように、例の電気のかよった鶏舎に住まわせた。従来の警官にかわって、蛮刀をさげた殺し屋ふうの男たちが配置された。仕事場にこもったアウレリャノ・ブエンディア大佐は、こうした変化について思いめぐらし、孤独と沈黙のこの長い年月で初めて、とことん戦わなかったのはやはり間違いだったと悟り、大いに悔んだ。そのころのことだ。世間に忘れられたマグニフィコ・ビズバル大佐の弟が七つになる孫を連れて、広場の屋台へ冷たいものを買いに出かけた。ところが子供がうっかりしてひとりの巡査部長に突きあたり、制服を飲み物でよごした。すると、乱暴な男は蛮刀で子供をめった斬(ぎ)りにし、止めようとした祖父の首を一刀のもとにはねた。町じゅうの人間が、一団の男たちの手でわが家へ運ばれていく首なし死体と、ひとりの女が髪をつかんで引きずっていく首と、子供のばらばらの死体が放りこまれている血まみれの袋を目撃した。

アウレリャノ・ブエンディア大佐にとって、この事件は贖罪(しょくざい)の終わりを意味した。狂犬に嚙みつかれたというだけの理由で殴殺(おうさつ)された女の死体を前にした、あの若いころの怒りが突然よみがえるのを感じた。屋敷の前に集まった弥次馬たちを見て、自分自身への深い軽蔑(けいべつ)の念によってもとに返ったしわがれ声で、もはや胸にしまっておけない憎悪(ぞうお)をぶちまけた。

「近いうちに」と大佐は叫んだ。「息子たちに銃を持たせて、この、いまいましいよそ者たちを皆殺しにしてやる！」

その週のうちに、沿岸部の各地で、大佐の十七人の息子たちは灰の十字の真ん中をねらう目に見えない犯人によって、兎のように狩り立てられた。アウレリャノ・トリステは、夜の七時に母親の家を出ようとして、暗闇から飛びだした弾丸で額を撃ち抜かれた。アウレリャノ・センテノは、いつも工場で吊って寝ているハンモックの上で、氷用の手鉤を柄のところまで眉間に打ち込まれるという無残な姿で見つかった。アウレリャノ・セラドルは、恋人を活動写真に連れていったあと親の家まで送り、明るいトルコ人街を抜けて帰宅する途中、群集にまぎれていた何者かによってピストルで撃たれ、煮立った脂の鍋のなかにくずおれた。そしてその二、三分後に、やはり何者かがアウレリャノ・アルカヤが女といっしょにいる部屋の戸をたたいて叫んだ。「急いで来てくれ。あんたの兄弟が殺されてるぞ！」そばにいた女があとで語ったところによれば、アウレリャノ・アルカヤがベッドからはね起き、ドアをあけたとたん、待っていたようにモーゼル拳銃が火を吐いて顔を吹き飛ばした。この虐殺の夜、屋敷の者たちが四つの遺体の通夜の準備をしているあいだに、フェルナンダはアウレリャノ・セグンドの姿を求めて狂ったように町を歩きまわったが、当の本人は、大佐と同じ名前の者はすべて虐殺の指令にふくまれていると信じたペトラ・コテスによって無事、衣裳（いしょう）だんすにかくまわれていた。彼女は四日たって、沿岸部の各地から送られてくる電報を通して、目に見えない敵の怨（うら）みは灰の十字のしるしがある兄弟だけに向けられているとわかるまで、彼を外に出さなかった。アマランタは、甥（おい）たちにかんする事柄を書きとめておいた帳簿を探しだしてきて、電報が来るたびに名前に線を引いていった。最後に、いちばん年上の甥の名前だけが残った。彼女は、皮膚の浅黒さと対照的な緑色の大きな目をした彼をよく覚えていた。アウレリャノ・アマドルという名前で、大工を仕事にし、幾重にもつらなる山の奥の村に住んでいた。二週間たっても彼の死亡電報が来ないのを見て、アウレリャノ・セグンドは警告のために使いをやった。危険が迫っているのを知らないのでは、と思ったからだ。使いの者は、アウレリャノ・アマドルは無事だという知らせを持って帰ってきた。虐殺の行なわれた晩、ふたりの男がその家までやって来て、彼をねらってめいめいのピストルをぶっ放したが、灰の十字に命中させることはできなかった。隙（すき）をみてアウレリャノ・アマドルは中庭の塀をおどり越え、材木の取引きをしていたインディオに助けられながら、隅から隅まで心得ている山の迷路に姿を消した。それ以後、彼の消息はふっつり絶えた。

　アウレリャノ・ブエンディア大佐にとって、それは暗い日々の連続だった。大統領は弔電を打ってよこし、死者たちの冥福（めいふく）を祈ると同時に、徹底的な調査を約束した。

大統領の命令によって市長が葬儀に列席し、四個の花環を棺にそなえようとしたが、大佐はそれを通りに並べた。埋葬がすんでから、大佐は激しい言辞をつらねた大統領宛の電報を書き、自分で持っていったが電信係は打電をこばんだ。大佐はただごとではない攻撃的な文句をつけ加え、封筒に入れて投函した。何度もあった親しい戦友たちの死の場合とは異なって、大佐が感じたものは悲しみではなくて、やり場のない怒りであり、体の萎えていくような無力感であった。敵によってすぐに見分けられるように、落ちない灰の十字で息子たちに目じるしをつけたと言って、アントニオ・イサベル神父の加担を批難さえした。老いぼれた司祭は、すでに頭のはたらきが鈍り、説教壇でとてつもない解義を試みて信徒たちに不安を抱かせていたが、ある日の午後、水曜日の灰を用意した鉢を持って屋敷にあらわれ、水で洗い落せることを証明するために、家族の全員に塗りつけようとした。しかし、あの不幸な出来事による恐怖が深く心にしみ込んでいたために、フェルナンダでさえこの実験を断わり、それ以後、灰の水曜日にひざまずいて聖体を拝受するブエンディア家の者を絶えて見かけなくなった。

アウレリャノ・ブエンディア大佐は長いあいだ心の平静を取り戻せなかった。金細工の魚をつくる仕事もやめ、ろくに食べ物を口にしなかった。毛布を引きずり、腹立たしげに何事かをつぶやきながら、夢遊病者のように屋敷のなかをさまよった。三カ月たったころには、髪は白くなり、昔はつやのよかった髭は血の気のない唇の上にたれていた。そのかわり目が、誕生に立ち会った人びとを驚かし、見つめるだけで椅子をひっくり返したふたつの燠に戻った。大佐はつのる苦悩のなかで、若い自分を危難の道を越えた栄光の荒地へと導いた予感をよみがえらせようとしたが、だめだった。大佐は途方に暮れ、何ひとつ、誰ひとり、これっぽちの愛情も呼びさまさない他人の家に迷いこんだような気分に落ちいった。戦争前のおもかげを求めてメルキアデスの部屋をもう一度のぞいたが、そこに見たのは、屑やごみ、長年のあいだに積み重なった山のようながらくたでしかなかった。誰ももう読もうとしない本の表紙や湿気で傷んだ古い羊皮紙には青かびが吹き、屋敷のなかでいちばん明るくきれいだった空気にも、腐敗した思い出の耐えがたい臭気がただよっていた。大佐はある朝、ウルスラが栗の木のかげで亡夫の膝にすがって泣いているところに出くわした。実は、屋敷の住人たちのなかでただひとり、アウレリャノ・ブエンディア大佐だけは、半世紀もの屋外の暮らしに耐えた、たくましい老人の姿を見ることができずにいた。

「お父さんに挨拶したら？」とウルスラが言った。大佐はほんの一瞬、栗の木のかげに立ち止まったが、こんどもまた、その空虚な場所に少しの愛着も感じないことを知った。

「何か言ってますか?」と大佐は聞いた。

「とっても悲しんでるわ」と、ウルスラがそれに答えた。「あんたが死ぬと思ってるのよ」

「伝えてください」と、微笑しながら大佐は言った。「人間は、死すべきときに死なず、ただ、その時機が来たら死ぬんだとね」

亡父の予感は心に残っていた自尊心の燠を掻きたてた。大佐はそれを、突然によみがえった力と取りちがえた。そのため大佐は、聖ヨセフの石膏像のなかから発見された金貨は中庭のどこにあるのか、その場所を教えてくれ、とウルスラを責めた。「絶対に教えないよ」。かつて心に誓ったことを思いだしながら、彼女はきっぱりと答え、さらにことばをついだ。「そのうちかならず、この大金の持ち主があらわれるわ。それを掘りだせるのは、その人間だけよ」。あれほど金ばなれのよい男が、なぜこんなにお金を欲しがるのか、誰にもその理由がわからなかった。それも、急場に必要なわずかなお金ではなく、その額を聞いただけでアウレリャノ・セグンドが唖然としたほどの莫大な額をである。大佐が援助を求めて訪れた昔の同志たちは、会うのを避けるために物陰にかくれた。そのころ、大佐がこんなことを言うのがみんなの耳にはいった。「自由党の連中は五時のミサに、保守党の連中は八時のミサに。今じゃ、やつらの違うところはそれだけさ」。そう言いながらも、大佐は熱心に説いてまわった。自尊心さえ捨てて頼み歩いた。こまめに、こっそり、うんざりするほどしつこく、あらゆる場所に姿をあらわし、ここで少し、あそこで少しという具合にして、八カ月のあいだに、ウルスラが埋め隠しているものを上まわる多額の金を集めた。それを見届けてから、大佐は全面的な戦争を始めるのを助けてもらうつもりで、病床のヘリネルド・マルケス大佐のもとを訪れた。

事実、ある時期のヘリネルド・マルケス大佐は、たとえ籐(とう)の揺り椅子に中風ですわったきりであっても、かびの吹いた反乱の糸を操ることのできそうな唯一(ゆいいつ)の人間だった。ネールランディア協定から以後、アウレリャノ・ブエンディア大佐が世間を捨てて小魚の金細工に励んでいるあいだも、彼は敗北の日まで忠実だった反乱軍の将校たちと接触を続けていた。連中といっしょに、日ごとの屈辱、嘆願、陳情書、そして「あす来い」「もうじきだ」「目下、慎重に検討中だ」という文句で明け暮れる、惨(みじ)めな戦いに従事していた。それは、終身年金を給付する義務を負いながらいっこうに履行しない、お上にたいする勝味のない戦いだった。もうひとつの戦い、二十年にもわたったあの戦いも、この果てしのない事務の渋滞という腐蝕性(ふしょくせい)の戦いほどの打撃を彼らに加えはしなかった。ヘリネルド・マルケス大佐自身も三回の暗殺をまぬかれ、五度の負傷に屈せず、数かぎりない戦闘のなかで身を全うしてきたはずだが、この恐るべき持久戦には精根つきて、借家のチカチカする電灯の光の下でアマランタを思うという、老いの悲惨な敗北の淵に沈んでいった。消息のわかっている生き残りの老兵たちも、自分の肖像入りのボタンを贈って襟につけさせたり、血と硝煙で汚れた軍旗を返還して棺桶をおおわせたりする、有名でもない大統領と並んでさもしげな顔をさらす写真となって、新聞の紙面をにぎわした。ほかの誇り高い連中にしても、飢えに苦しみ、怒りを抑え、いまいましい栄光のなかで老残の身を腐らせ、世間の慈悲の暗がりでひたすら一通の手紙を待っていた。というわけで、アウレリャノ・ブエンディア大佐が誘って、外国からの侵入者に支持された腐敗とスキャンダルの政権を根こそぎにする反乱を起こしたい、と言ったとき、ヘリネルド・マルケス大佐は身内の震えるような哀れみを感じ、思わず吐息をついて言った。

「ああ、アウレリャノ！　年を取ったと聞いていたが、見かけよりよほどぼけてるんだな、あんたは！」

　ここ数年のごたごた続きで、ウルスラはホセ・アルカディオの教皇修行に手を貸している暇がろくになかったが、少年はぼつぼつ神学校へすすむ準備を急がねばならない時機に来ていた。フェルナンダの厳格なしつけとアマランタの悲嘆の板ばさみの状態にある妹のメメも、ほとんど同じころに、後に彼女をクラビコードの名手に仕立てあげる、尼僧たちの学校へ移る年齢に達していた。実はウルスラは、無気力な教皇見習いの性根をきたえてきた自分のやり方の効果について、大いに疑問を感じはじめていた。だが、その責めを足元のよろけがちな老齢や、物の輪郭もろくに見分けられない目の曇りではなく、自分にも見きわめられなくて漠然と、徐々にすすむ時の堕落のせいにした。「近ごろの一年一年は、昔とはまるでちがうね」。日常の現実がその手をすり抜けていくのを感じながら、彼女はよくそう言った。その考えでは、以前は子供たちの成長もひどくのんびりしていた。それを確かめるには、たとえば、長男のホセ・アルカディオがジプシーについて出奔するまでに要した歳月や、その彼が体じゅうに蛇模様を彫りつけ、天文学者みたいな口をききながら戻ってくる前にあった出来事や、アマランタとアルカディオがインディオのことばを忘れてスペイン語を覚えるまでに起こった事件などを思いだせば十分だった。栗の木のかげの哀れなホセ・アルカディオ・ブエンディアが耐えねばならなかった雨風や夜露、また、長い戦乱でさんざんつらい思いをしたあと、まだ五十にもならないアウレリャノ・ブエンディア大佐が瀕死の状態でかつぎ込まれるまでに、涙ながらに夫を見送らねばならなかったことを思えば十分だった。昔は、一日じゅう動物の飴細工に精出してもまだ、子供らの面倒をみ、その白目をのぞいて蓖麻子油を飲ませる必要があるかどうか調べる余裕があった。しかし今では、これといった仕事がなくて、朝から晩までホセ・アルカディオを腰に抱いてお守りをしているだけなのに、性悪な時間のせいで物事が片づかなかった。実をいうと、数を忘れるくらい年を取っているくせに、ウルスラはいまだに老いぼれる気配を見せず、じゃま者扱いされながらあちこち顔をのぞかせ、何かと口出ししていた。そしてよそ者たちを見かけるたびに、戦争中のことだが、晴れるまでおかしてくれといって、聖ヨセフの石膏像をこの屋敷に残していった覚えはないか、という質問をしつこくくり返した。彼女の目がいつごろから悪くなりだしたのか、誰も知らなかった。晩年になりベッドから起きられなくなったときでさえ、いよいよ老衰かと思ったが、目が見えないことに気づいた者はなかった。だがウルスラ自身は、ホセ・アルカディオの誕生前から意識していた。最初は一時的な視力の衰えだと思い、鶏(とり)がらのスープをこっそり飲んだり蜂蜜(はちみつ)を目にさしたりしていたが、間もなく、闇の世界に沈んでいくのを止める手だてはないと納得した。しまいには、電灯がどんなものかさえ見当のつかない体になった。初めて電灯がついたときも、明るさを感じるのがやっとだった。ウルスラはこの事実を誰にも打ち明けなかった。役立たずの体になったことを大っぴらにするようなものだからだ。そして根気よく、黙って、そこらの物と物との距離や、他人の声をおぼえ込もうとした。白内障による目のくもりで物を見ることができなくなったら、記憶にかわりをさせるつもりだった。やがて、臭いが予想外に役立つことを知った。それは、闇のなかでは物のかさや色よりもはるかに判然とし、彼女を惨めなあきらめの境地から救ってくれた。彼女は暗い部屋でも針に糸を通したり、ボタン穴をかがったり、ミルクが煮立ちはじめるころあいを知ることができた。ひとつひとつの物のありかがはっきりとわかるので、ウルスラ自身が失明していることをちょくちょく忘れた。あるとき、フェルナンダが結婚指輪がないと言いだして大騒ぎになったことがあるが、子供たちの寝室の棚の上のそれを見つけてやったのもウルスラだった。これは、ほかの者がただ漫然と屋敷のなかを歩きまわっているのにたいして、彼女は不意打ちをくわないように全神経を集中してみんなの様子をうかがい、間もなく、家族のひとりびとりがそれとは知らずに毎日、同じところを通り、同じ動作をくり返し、さらに同じ時刻に同じことをしゃべるのに気づいていたおかげだった。そういう小さな習慣からそれたときに初めて、みんなは何かを紛失するのだ。そんなわけでウルスラは、指輪が見当たらないとフェルナンダが大騒ぎしているのを聞いたとき、その日の彼女の行動でいつもと変わっていたのは、メメが前の晩に南京虫（ナンキンむし）を見たというので、子供たちのマットを日に干したことであるのを思いだした。子供たちも掃除を手伝っていたから、フェルナンダはたった一カ所、彼らの手の届かない棚の上に指輪をのせたはずだ、とウルスラは考えた。ところが本人のフェルナンダは、探し物にてこずるのはふだんの習慣にこだわるためだと思わないで、いつも歩きまわっている場所だけをがさごそやっていたのだ。

屋敷のなかのこまごました変化を心得ておくのは根のいる仕事だが、ホセ・アルカディオの養育をまかされていることがウルスラの助けになった。アマランタが寝室の聖者像の着せ替えをやっていると知ると、色の違いを教える振りをしながら子供に尋ねた。

「さあ言ってごらん。大天使の聖ラファエル様*は、どんな色のものを着ておいでだね？」

こんな具合に、目で見られないものは子供から教えてもらうことで、ウルスラは、彼が神学校へ行かないうちに、聖者の衣裳の色目をその織りで見分けられるようになった。しかし、たまには予想しないことが起こった。ある日、ウルスラはベゴニアの廊下で刺繍(ししゅう)をしていたアマランタに蹴つまずいた。

「いやねえ」と、アマランタは文句を言った。「気をつけて歩いてよ」

「お前だよ」と、ウルスラはやり返した。「すわっちゃいけない場所にすわってるのは」

彼女は本気だった。しかしその日から、誰もまだ気づいていないことを心得るようになった。それは、一年を通じて太陽の位置がごくわずかずつ移動し、廊下にすわる者たちが無意識のうちに、少しずつ場所を変えねばならないという事実だった。そのときからウルスラは、アマランタのすわっている正確な場所を知るには、日付を思い出しさえすればよかった。手の震えがだんだん人目につき、重い足に悩まされるようになっていたが、小柄な体であちこち、実にこまめに動きまわった。ひとりでこの家を背負っていたころとほとんど変らぬくらいまめだった。老年のかたくなな孤独のなかでかえって、屋敷のなかのどんな些細な出来事も見逃さないほど頭が冴えていたので、忙しすぎて突きとめられなかった真実を初めてはっきりと知ることができた。ホセ・アルカディオを神学校に送りだす準備が進められだしたころには、ウルスラはマコンド建設以後の一家の歴史をつぶさにかえりみて、子供たちについていだいていたそれまでの考えを完全に改めていた。まず彼女が気づいたのは、アウレリャノ・ブエンディア大佐が家族への愛情を失ったのは、以前はそう思っていたが、けっして激しい戦乱のためではない、大佐はいまだかつて人を愛したことがないのだ、妻のレメディオスやその人生をよぎっていった無数の一夜妻を、まして子供たちを愛してはいなかった、という事実である。戦いに明け暮れていたのも、世間が考えるように理想のためではなかった。これも世間はそう信じているが、戦いに倦んで目前の勝利を捨てたわけではなくて、ただひとつの理由、つまり業にも似た自尊心に駆られて勝敗をあらそっただけなのだと、ウルスラは想像した。そして、そのためなら命を投げだしてもよいと思っている息子が、およそ愛には縁のない人間だという結論に達した。まだ息子がお腹にいたころのある晩、その泣き声を聞いたことがある。実にはっきりした声だったので、そばにいたホセ・アルカディア・ブエンディアも目をさまし、こいつはきっと腹話術師になる、と言って大いに喜んだ。ほかの者は、なるとしたら占い師だろう、と予言した。それにたいして彼女は、このくぐもったうなり声は恐ろしい豚のしっぽがはえる最初の徴候だと信じて身震いし、どうぞ死産にしてください、と神に祈った。しかし、年取ってかえって頭がすっきりしたおかげで――彼女はよくそのことを口にした――母親の胎内の子供が発する泣き声は、けっして腹話術や占いの才能のあることを証明するものではなく、愛の能力の欠如の明白なしるしであると悟った。しかし、わが子にたいする評価のこの低下はかえって彼女の心に、当然といえば当然だが、深い同情をふいに目ざめさせることになった。一方、あれやこれや考えたあげく、その心の冷たさにあきれ、その激しい苦しみようが彼女にとっても苦の種だったアマランタが、実はこの世でもっとも心根のやさしい女であることを悟った。ピエトロ・クレスピへのむごい仕打ちも、みんなの考えるように、怨みを晴らすためではなかった。生涯にわたってヘリネルド・マルケス大佐に真綿で首を締められるような苦しみを味わわせたのも、これまたみんなの考えるように、アマランタ自身の悩みからにじみ出た苦汁のせいではなかった。いずれも底知れぬ愛情と自分ではどうにもならぬ恐れの葛藤の結果であり、アマランタがおのれの悩める心にいだきつづけた理屈ぬきの恐怖が最後には勝ちを占めたということだった。はっきりそう悟って、ウルスラは彼女を深く哀れんだ。そしてそのころから、ウルスラは今さらのような悔いと突然めざめた敬意によって深められた昔どおりの愛情をこめて、レベーカの名前やその思い出を口にするようになった。自分の乳を一度も飲んだことがなく、地面の土と壁の石灰をむさぼっていたレベーカ。自分の血が流れてなくて、お骨がいまだに墓の下でガタガタ鳴っている見知らぬ者たちの血を引いたレベーカ。気短で、途方もない下腹をしているレベーカだけが、自分が息子や孫たちに望んだ奔放で大胆な心の持ち主であることを知ったからだ。

「レベーカ」と、壁を伝って歩きながらウルスラはつぶやいた。「お前には悪いことをしたよ、ほんとに！」

　家の者は単純に、ウルスラは頭の具合がおかしくなったと思った。大天使ガブリエル*のように右手をあげて歩きだしてからは、とくにそうだった。しかしフェルナンダは、彼女のこの奇行の闇にすべてを見通す太陽が輝いていることを認めた。前の年にかかった家の入費を、ウルスラがためらうことなく答えたからだ。ある日、台所でスープを掻き回していた母親が、人に聞かれているとも知らずに、だしぬけに、最初ここへ来たジプシーから買ったもので、ホセ・アルカディオが六十五回の世界一周に旅立つ前に見えなくなった、玉蜀黍（とうもろこし）用の臼（うす）はまだピラル・テルネラの家にある、とつぶやくのを聞いて、アマランタも同じ考えをいだいた。やはり百歳に手のとどく年になり、昔その笑い声で鳩をおびやかしたように、子供たちをたまげさせるほどの巨体になっていながら、丈夫で身のこなしも軽いピラル・テルネラは、ウルスラに図星をさされても驚かなかった。老年の頭の冴えがトランプ占いよりも適中度が高いことを経験で知りはじめたからだ。

　それはともかく、ホセ・アルカディオの気持を固めさせるのに十分な時間がないことに気づいて、ウルスラは動顛した。勘に頼ったほうがよく見えるはずのものを肉眼で見ようとして、いろいろと間違いをおかした。ある朝など、花の香水と勘違いして、インク壺の中身を子供の頭に振りかけてしまった。頑固に何にでも割りこもうとしていろいろと失策を演じた。急に気分がムシャクシャすることがあり、蜘蛛の巣のようにようやくからみ始めた闇を払いのけようと懸命になった。そして思いついたのが、自分のぶざまさを老齢と闇の初手の勝利とは考えないで、時間のへまのせいにすることだった。彼女の考えでは、神様が月日について、一ヤール*の木綿をはかるさいのトルコ人と同じごまかしをやらなかった昔は、万事が今とちがっていた。きょう日は子供の成長が早いだけでなく、人の気持ちの動きまでがちがう。小町娘のレメディオスは文字どおり霊肉ともに昇天したというのに、分別のないフェルナンダはいまだにあちこちで、シーツを持っていかれたとこぼしている。アウレリャノを名のっていた者のなきがらが墓の奥で冷えきってから間もないのに、アウレリャノ・セグンドはふたたび屋敷の灯をあかあかとともし、大勢の酔っぱらいを連れこんで、アコーデオンを弾かせたり、浴びるようにシャンペンを飲ませたりしている。死んだのは人間ではなくて、犬であるといわんばかりだ。ずいぶん苦労をし、飴細工の動物を売って支えてきたこのお化け屋敷の運命は、堕落のごみ捨て場になり下がることだろうか。ホセ・アルカディオのトランクの仕度をしながらこんなことを考えて、ウルスラは、いっそこのまま墓にはいって土をかぶったほうがよくはないか、と自分に問いかけ、さらに、これほどの悲しみや苦しみをなめさせるとは、まさか人間が鉄でできていると本気で信じているのではあるまいと、恐れげもなく神に迫りたい気持ちにもなった。こうした疑問をくり返しながら混乱した頭のなかをひっ搔き回しているうちに、彼女はよそ者をまねて思いっきりはめをはずし、一瞬でもいい、最後の反抗をこころみたいという激しい欲望に取り憑かれた。あきらめなどというものは捨てて、そこらじゅうに糞をたれ、この忍従の百年のあいだ喉の奥に押しこんできた無数の下品な言葉をその胸の底から引きずり上げたいという、実はこれまで何度もそう思いながら、そのたびに抑えてきた反抗だが。

「ちくしょう！」思わず大きな声が出ていた。

トランクに服を詰めかけていたアマランタはびっくりし、蠍にでも刺されたのだと思って聞いた。

「どこ？」

「どこって、何が？」

「蠍よ！」アマランタははっきり言った。

するど、ウルスラは自分の胸を指さして答えた。

「それなら、ここだよ」

ある木曜日の午後二時に、ホセ・アルカディオは神学校へ発った。気のないぶすっとした顔で、教えられたとおり涙ひとつ見せずに、銅ボタン付きのビロードの服を着込み、首に糊のきいたネクタイを結んで暑さにうだっていた少年。見送りのさいに想像したその姿を、ウルスラはいつまでも忘れなかったにちがいない。ウルスラが屋敷のなかであとを追えるように振りかけてやった花の香水の強烈な匂いを、少年は食堂いっぱいにあふれさせた。送別の昼食会が続いているあいだ、家族の者は落ち着かない気分を隠すためにさも楽しげに振る舞い、アントニオ・イサベル神父の思いつきめいた言葉に大げさにうなずいた。しかし、角の金具は銀、裏打ちはビロードというトランクが運びだされるときのみんなの表情は、まるっきり棺桶（かんおけ）を屋敷から送りだすときのそれだった。ただひとり、アウレリャノ・ブエンディア大佐だけが見送りに加わらなかった。

「何が法王様だ！　ばかばかしい！」と、大佐はつぶやいた。

三カ月後に、アウレリャノ・セグンドとフェルナンダの二人はメメを学校に連れてゆき、持ち帰ったクラビコードを自動ピアノがもとあった場所においた。そしてその前後から、アマランタは自分の経かたびらを織りはじめた。バナナ熱はとっくに冷めていた。古くからのマコンドの住民は新しく来た連中によって隅に押しやられ、昔どおりの心もとない暮らしに懸命にしがみついていたが、しかし一方で、海上の遭難を無事のがれて来たような気持ちでほっとしていた。これまでどおり、屋敷には昼食の客が呼びこまれていた。実は、数年たってバナナ会社がこの土地を離れるまでは、昔のしきたりは復活しなかったのだ。しかし、従来の客のもてなし方に重大な変化が生じていた。そのころには、フェルナンダが一家の采配（さいはい）を振るようになっていたからだ。ウルスラは闇の世界に押しやられ、アマランタは経かたびらを織るのに夢中だったために、かつての女王見習いは思いどおりに客をえらび、両親に仕込まれた厳格な作法を強制することができた。屋敷は彼女のきびしさのおかげで、あぶく銭を湯水のように使うよそ者の俗っぽさにゆさぶられる町に唯一残された、古いしきたりを死守する角面堡（かくめんほう）となった。はっきり言って、彼女にとって立派な人間とは、バナナ会社にかかわりのない連中のことだった。義兄のホセ・アルカディオ・セグンドまでが、当初の騒ぎに巻きこまれてみごとな軍鶏（しゃも）をせりで売り払い、バナナ会社の監督に雇われたというので、この細心な差別の対象となった。

「一歩もこの屋敷に入れないわ」と、フェルナンダは言った。「外国人と付き合ってるうちはだめよ」

わが家の暮らしが窮屈なので、アウレリャノ・セグンドはペトラ・コテスのそばがますます居心地がよくなった。まず、妻の負担を軽くするという口実で、どんちゃん騒ぎの場所をそこに変えた。次に、家畜の仔（こ）の産み方が悪くなったと言って、小屋を移した。最後に、情婦の家のほうが暑さがしのぎやすいと言って、取引に使っていた小さな事務所を移転させた。夫にこそ先立たれていないが自分はやもめも同然の身だとフェルナンダが気づいたときには、すでに手遅れで、状態をもとに返すことは不可能だった。アウレリャノ・セグンドはわが家ではほとんど食事をしなかった。妻のもとに帰って寝るといった、その後もうわべを取りつくろうために続けている習慣だけでは、人目をごまかすのは無理だった。あるとき、彼はうっかりしてペトラ・コテスのベッドで朝を迎えた。予想に反して、フェルナンダは責めたり怨みっぽいことを言ったりしなかった。しかしその日のうちに、彼の服をおさめた二個のトランクを情婦の家へ送った。道楽者の夫も恥ずかしさに耐えきれず、首うなだれて巣へ戻ってくるだろうと思い、わざと人目につくように真っ昼間、通りの真ん中を行けという指図まででして届けさせた。しかし、この思いきった行動も、フェルナンダが夫の性格をよく知らないということ、さらに、両親のそばとはまったく異質の社会にいることを少しも理解していないという事実を、あらためて証明しただけで終わった。トランクが運ばれていくのを見た者はみな、内情を知らないわけではなかったので、早晩こうなるはずだったと思い、アウレリャノ・セグンドは与えられた自由を祝って三日間もばか騒ぎをやらかしたからだ。さらに妻にとって不利だったのは、彼女がようやく迎えた女盛りを、引きずるように長い陰気な服や、時代遅れのメダルや、場ちがいな頭の高さで台なしにしているのと対照的に、情婦はけばけばしい絹の服をまとい、復権の喜びに目を輝かせて、第二の青春を楽しんでいるかに見えたことだった。アウレリャノ・セグンドは、若いころと同じように彼女に夢中になった。ペトラ・コテスが、彼だからというのではなく、ふたごの兄と混同していたために彼を愛していた、そして同時に両名のベッドの相手を務めながら、神様のおかげで幸運にも、まるでふたりの人間のように色事の使い分けができる男を与えられたと思いこんでいた、あの昔に返ったようだった。よみがえった情熱は激しく、彼らはいざ食事というだんになってたがいの目をのぞき、何も言わずに皿を置いてその場を離れ、寝室で空腹と秘めごとに息絶える思いをしたことも一再ではなかった。こっそり娼婦（しょうふ）らのもとに通って見てきたものから思いついて、アウレリャノ・セグンドは豪華な天蓋（てんがい）付きのベッドをペトラ・コテスに買い与えた。窓にビロードのカーテンを取りつけ、寝室の天井や壁に大きな水晶の鏡を張った。当時くらい彼がにぎやかに騒ぎ、惜しげもなく金を使ったことはなかった。毎日十一時に着く汽車で、かぞえきれないシャンペンとブランディの箱を取り寄せた。駅から帰る途中でその気になると、出会った者を、この国の人間だろうが外国人だろうが、友人だろうが知らない人間だろうが、いっさいおかまいなくダンスパーティに誘った。付き合いの悪いブラウン氏までが、自分の国の言葉しかしゃべれないくせに、アウレリャノ・セグンドの巧みな誘いにのって何度もペトラ・コテスの家でへべれけになり、どこにでもついてくる獰猛（どうもう）なドイツ犬に、アコーデオンの伴奏で自分が歌うおぼつかないテキサス・ソングに合わせて、ダンスを踊らせたりした。

「牛よ、もうやめろ！」パーティの気分が最高に盛りあがったとき、アウレリャノ・

セグンドは叫んだ。「もうやめてくれ、人から好かれ、人生は短いんだ！」

当時ほど彼の顔色がすぐれ、家畜がとめどなく仔を産んだことはなかった。果てしなく続くばか騒ぎのなかでたくさんの牛や豚や鶏が殺されたために、中庭の地面はあふれた血で黒ずみ、ぬかるみとなった。そこには絶えず骨や臓物や残飯が捨てられて、禿鷹（はげたか）が客の目をつっ突かないように四六時中、ダイナマイトの筒に火を点（つ）けなければならなかった。アウレリャノ・セグンドは、世界一周から戻ってきたころのホセ・アルカディオにも比べられる食欲のために肥満し、顔は紫色を帯びていた。まるっきり亀（かめ）の子だった。度をすぎた大食や、金遣いの荒っぽさや、例のない歓待ぶりの評判は低地の向こうまで広まり、沿岸地方の音に聞えた美食家たちを引き寄せた。ペトラ・コテスの家で催される途方もない食べくらべに参加するために、信じられないほどの大食漢が各地から訪れた。アウレリャノ・セグンドは常勝を誇ったが、不運にもある土曜日、〈象おんな（ラ・エレファンタ）〉のあだ名で全国に名を知られたトーテム的存在で、カミーラ・サガストゥメという者がそこにあらわれた。食べくらべは火曜の朝まで続いた。一日めにタピオカ、山の芋、焼きバナナといっしょに一箱半のシャンペンを片づけたが、アウレリャノ・セグンドはまだ自分の勝ちを疑わなかった。落ち着いた相手の女に比べて、彼はいっそう熱がはいっており、精気にあふれていた。女には明らかにこの道のくろうとめいたところがあり、屋敷に押しかけた雑多な見物人の興をそいだ。アウレリャノ・セグンドが勝ちをあせってがつがつ食べるのにたいして、〈象おんな〉は外科医のような手つきで肉を切りわけ、あわてず急がず、楽しんでいる素振りさえ見せて口に運んだ。たくましい大女だが、巨体に似合わず女らしいやさしさがあって、美しい顔や、手入れのよいほっそりした指や、ひどく魅力的な人柄をしているので、彼女が屋敷にはいってくるのを見たとき、アウレリャノ・セグンドは、手合せは食卓でなくベッドで願いたいものだと、小声でつぶやいた。やがて、彼女が上品な作法を少しも崩さずに仔牛の腰肉を平らげるのを見て、この優雅で魅力的で食欲さかんな長鼻類こそ理想の女性であると、まじめな顔で言った。彼は間違っていなかった。不作法だという、以前聞いた〈象おんな〉の評判は根も葉もないものだった。世間のうわさのように、牛を頭からばりばりやる女でも、ギリシアのサーカス団の髭おんなでもなく、れっきとした声楽専門の学校の校長であった。彼女が食べる楽しみを覚えたのは、世間なみの母親として、無理に食欲を掻きたてたりせず、心の平静を保つことで子供たちにたくさん食べさせる手はないものかと思い、その方法を探っていたころのことである。実地に示された彼女の理論の基礎にあるのは、心に一点のやましさもない人間は、疲れてこれ以上は、という状態になるまで休みなく物を食べることができる、という考え方だった。したがって、放埓な大食漢の評判が全国に伝わっている男と勝負をあらそうために学校や家庭を一時はなれたのも、勝負そのものではなく道徳的な動機からだった。ひと目見たとたんに、アウレリャノ・セグンドが負けるとすれば、胃袋ではなく性格のせいだと直感した。最初の夜が終わっても〈象おんな〉が平然としているのに、アウレリャノ・セグンドはしゃべったり笑ったりしすぎて、しだいに消耗していった。ふたりは四時間ほど眠った。目をさますと、それぞれ五十個分のオレンジジュースと八リットルのコーヒー、それに三十個の生卵を飲んだ。長時間眠らずに、二頭の豚とひと房のバナナ、四箱のシャンペンを片づけたあと迎えた二日めの朝、〈象おんな〉は、アウレリャノ・セグンドも無意識ながら同じ食べ方を——きわめて無責任な、ばかげた道筋をへてではあるが——発見したのではないかと疑った。とすると、予想以上に手ごわい相手だった。しかし、ペトラ・コテスが焼いた二羽の七面鳥を食卓へ運んだときには、すでにアウレリャノ・セグンドは鬱血の一歩手前まで来ていた。

「もうだめなら、およしなさい」と〈象おんな〉は言った。「勝負はあいこということにしましょう」

相手の死を招きかねない結果になったことを悔やみ、自分もこれ以上は食べられないと悟ったので、彼女は本気でそう言った。ところが、アウレリャノ・セグンドはその言葉をあらたな挑戦だと受けとめ、とてつもない能力をはるかに超えて、七面鳥を喉の奥につめ込んだ。意識がなくなった。骨の皿につっ伏して、犬のように口から泡を吹き、断末魔のうなり声をあげた。真っ暗な闇のなかで、高い塔の上から底知れぬ崖の下へと投げだされるのを感じ、正気が戻った一瞬に、この落下の果てには死が待っていることを知った。

「フェルナンダのところへ頼む」と言うのがやっとだった。

屋敷まで運んだ友人たちは、これで彼も、情婦のベッドでは死なないという妻への約束を果たせたと思った。彼が棺桶のなかではきたいと言っていたエナメル靴をみがき終わったペトラ・コテスが、誰かに持たせてやろうとしていたときである。アウレリャノ・セグンドが危地を脱したという知らせが届いた。実際に、彼は一週間たらずで回復し、それから二週間後には、今までにも前例のないらんちき騒ぎで奇跡的な生還を祝った。その後も依然としてペトラ・コテスの家に住んだが、毎日のようにフェルナンダのもとを訪れ、時には家族と食事を共にした。立場が入れかわって、まるで情婦の夫になり、妻の愛人になったような感じだった。

おかげでフェルナンダは骨休みができた。ひとりっきりの退屈な時間をわずかに慰めてくれるものは、昼寝の時刻のクラビコードの練習と、子供たちの手紙だった。二週間ごとに出すくわしい返事には、しかし、一行もほんとうのことは書かなかった。心の悩みを隠そうとした。ベゴニアに日が降りそそぎ、午後二時には息苦しいほど暑く、表からにぎやかな物音がしきりに聞こえるが、にもかかわらず、両親の住んでいたあの植民地風の邸宅にしだいに似てくる屋敷のうらわびしさを、子供たちには悟らせまいとした。フェルナンダは、三人の生霊と、クラビコードを聞きながら探るような目で広間の暗がりにすわり込んでいることのあるホセ・アルカディオ・ブエンディアの死霊のあいだを、独りさまよっていた。アウレリャノ・ブエンディア大佐は影のような存在になっていた。ヘリネルド・マルケス大佐に勝ち目のない戦いをすすめるために外出したのを最後に、栗の木のかげで立小便をするとき以外はほとんど仕事場を離れなかった。三週間ごとに床屋を迎えるだけだった。ウルスラが日に一度運んでくれるものを、文句も言わずに食べた。以前と同じように熱心に魚の金細工に励んでいたが、世間の者が買うのは、飾り物としてではなく、歴史的な遺物としてであることを知ってから、売るのをやめた。婚礼の日から寝室に飾られていたレメディオスの人形は、中庭に積んで燃やしてしまっていた。注意深いウルスラは息子のすることに気づいたが、止めることはできなかった。

「お前の心は、まるで石だね」。彼女がそう言うと、息子は答えた。
「心なんて関係ないよ。部屋が紙魚(しみ)だらけでね」

アマランタは経かたびらを織りつづけた。フェルナンダには理由がわからなかったが、彼女は時どきメメに手紙を書き、贈物さえしているくせに、ホセ・アルカディオのことはこれっぽちも口にしなかった。「絶対にわけは教えないわ」。フェルナンダがウルスラをとおして理由を聞くと、アマランタはそう答えた。永遠に解けない謎(なぞ)として、その返事はフェルナンダの心に残った。のっぽで、いかり肩で、気位が高く、いつもレースのペチコートをたくさん重ね、年齢といまわしい思い出にもかかわらず気品を失っていないアマランタは、その額に童貞の灰の十字をいただいているように思われた。実際に、彼女はそれを手に持っていた。眠るときも解かず、自分で洗いアイロンを掛ける黒い繃帯(ほうたい)でにぎっていた。経かたびらに縫い取りしているうちに時はすぎていった。孤独に打ちかつためではなく、まったく逆に、孤独を保ちつづけるために、昼間のうち縫い取りして、夜になってからその糸を抜くのではないかと思われた。

わびしい年月、フェルナンダがいちばん心配したのは、最初の休暇をすごすために帰ってきたメメが、屋敷にアウレリャノ・セグンドの姿がないことに気づきはしないかということだった。メメが帰宅したとき、その両親はしめし合せて、アウレリャノ・セグンドがこれまで通りのおとなしい夫であると信じ込ませただけでなく、屋敷の陰気臭さを娘に気づかせまいとした。毎年二カ月のあいだ、アウレリャノ・セグンドは模範的な夫の役を演じ、陽気で活潑(かっぱつ)な生徒のクラビコードでますます楽しさをます、アイスクリームとクッキーのパーティを開いた。そのころから、メメが母親の性格をほとんど受け継いでいないことがはっきりし始めた。ピエトロ・クレスピに寄せるひそかな愛がついにその心をねじ曲げてしまうまで、悲しみというものを知らず、踊るような足取りでにぎやかに屋敷のなかを駆けまわっていた、十二歳の、十四歳のアマランタにそっくりだった。だがアマランタとは、また、みんなとはちがって、メメにはまだ一族にとって宿命的な孤独はきざしていなかった。午後二時に広間に残って、怠ることなく決められたとおりにクラビコードの練習をしているときでさえ、この世に満足しきっているように見えた。屋敷の暮らしが気に入って、帰宅した折りの若い者たちのばか騒ぎを一年じゅう空想しているふしがあり、父親の派手好みや度をすぎた客好きがまんざらでもなさそうだった。このろくでもない遺伝が初めて明らかになったのは、三度めの休暇のときである。メメが自分から言いだして、一週間ほど屋敷へ来るようにすすめ、前もって知らせもよこさずに、四人の尼僧と六十八人の級友を連れて戻ってきたのだ。

「なんて無茶な子だろう！」フェルナンダは嘆いた。「父親にそっくりだわ」

青い制服と男のような編上げ靴を身につけた少女たちに一日じゅう屋敷のなかをうろうろされないために、近所からベッドやハンモックを借り、食卓では九交替制をしき、入浴時間をきめ、四十脚の腰掛けを掻き集めなければならなかった。招待は失敗だった。にぎやかな生徒たちは、朝食を食べたと思うと昼食の、それがすむと晩飯の列につかなければならず、一週間いて結局、農園の散歩しかできなかったからだ。日が暮れて、尼僧たちがそれ以上体を動かしたり、指図をしたりすることができないくらいへたばっても、疲れを知らない娘たちはまだ中庭を騒ぎまわって、退屈な校歌などを歌っていた。ある日、ウルスラは娘たちに踏みつぶされそうになった。じゃまになるだけなのに、手伝うと言って聞かなかったためだ。また別の日には、アウレリャノ・ブエンディア大佐が中庭にいる生徒にかまわず栗の木のかげで小便をしたというので、尼僧たちが大騒ぎをした。アマランタもあやうくパニックを引き起こしかけた。彼女がスープに塩を入れているときに尼僧のひとりがはいって来て、何の気なしに、手につまんだその白い粉は、と聞くと、アマランタがこう答えたからだ。

「砒素ですよ」

着いたその晩も、生徒たちは寝る前にトイレに行こうとして右往左往し、午前一時になってもまだ最後の連中がそこから出たり入ったりした。それで考えて、フェルナンダは七十二個のおまるを買いこんだが、それはただ、夜の大問題を朝の大問題に変えただけだった。各自のおまるをかかえた女の子たちが、洗う順番を待つために、朝からトイレの前に長い列をつくったからである。何人かが熱を出し、蚊にひどくやられた者も出たが、大多数の生徒はいろいろと不便な目に遭いながら元気そのもので、暑さのきびしい昼寝の時刻にも庭を駆けずり回っていた。やっと生徒たちが立ち去ったときには、花は折れ、家具は傷つき、壁は絵や文字で一面に汚れていた。しかし、客がいなくなったことでほっとして、フェルナンダはとやかく言わなかった。借りもののベッドや腰掛けを返し、七十二個のおまるをメルキアデスの部屋にしまった。かつては一家の生活の精神的な中心だったが、今は締め切られているその部屋はそれ以後、おまるの部屋、と呼ばれるようになった。アウレリャノ・ブエンディア大佐にとって、それはまさにぴったりの名前だった。家族のほかの者が、メルキアデスの部屋だけは塵(ちり)も積もらないし傷(いた)みもしない、と言って驚いているのに、大佐はそこをごみ捨て場と見なしていたからだ。いずれにせよ、どちらの見方が正しいかは大佐にはどうでもよいことだった。その部屋の運命を知ったのも、おまるをしまうためにフェルナンダがうろうろして、まる一日、仕事をじゃましたからにほかならなかった。

その前後から、ふたたびホセ・アルカディオ・セグンドが姿を見せだした。誰にも声をかけずに廊下を通りすぎ、仕事場に閉じこもって大佐と話をした。その姿を見ることはできなかったが、ウルスラは監督用の長靴の音に耳をすまし、彼の心がすっかり家族の者から離れていることを知って驚いた。小さいころ巧みに入れ替えごっこを演じていた、ふたごの弟からさえそうだった。ふたりに共通するものは、今では何ひとつなかった。直線的で、きまじめで、いつも何事かを考えこんでいた。サラセン人めいたわびしさが感じられ、秋の色をした顔は暗い光を放っていた。彼のほうが母親のサンタ・ソフィア・デ・ラ・ピエダに似ていた。家族の者を話題にするさいに彼のことを忘れがちなので、ウルスラはそのことで自分を責めていたが、ふたたび彼が戻ってきたのを知り、大佐が仕事中でも仕事場に入れていると気づいたとき、彼女はもう一度むかしの古い記憶をたどってみて、彼こそアウレリャノを名のるべき男だ、少年時代のある時期にふたごの弟と入れ替ったのだという、これまでの確信をいっそう深めた。彼がどういう生活をしているのか、誰もくわしいことは知らなかった。あるとき、彼にはきまった住居がなく、ピラル・テルネラの家で軍鶏を飼い、時どきそこで寝ることもあるが、夜はおおむね娼婦の部屋ですごしていることがわかった。なんの愛着も野心もなく、ウルスラ系の迷い星のひとつとして宇宙を漂流していたのだ。

実をいうと、ホセ・アルカディオ・セグンドが家族の一員でなくなったのは――これからだって、恐らく、自分で家を持つことはないだろう――ヘリネルド・マルケス大佐に連れられて兵営へゆき、銃殺を見ただけではなく、処刑される男の悲しげな、同時にひとを小ばかにしたような微笑が目に焼きついた、あの遠い夜明けから以後のことだった。これは、彼のもっとも古い記憶であるばかりか、少年時代の唯一の記憶だった。時代遅れのチョッキと鴉(からす)めいたつば広の帽子を身につけて、まぶしい窓の前で不思議な話をしてくれた老人、という別の記憶がいつごろのものなのか、彼にもわからなかった。それはあやふやな、教訓や郷愁には無縁な記憶だった。ところが、実際に彼の一生の方向をきめた死刑囚の思い出は、時の流れに打ち寄せられるように、年を重ねるにつれてより鮮明なものになった。ウルスラはホセ・アルカディオ・セグンドを使って、アウレリャノ・ブエンディア大佐にこもりっきりの生活をやめさせようとした。「小屋へ行くようにすすめておくれ」と彼女は言った。「活動写真なんて嫌いだろうけど、きれいな空気を吸うことはできるから」。しかし、ウルスラはそう言ったあとすぐに、どうせ大佐も同じだろうが、彼がひとの頼みなど聞くような人間ではないこと、人の情けなど受けつけない硬い殻をかぶっていることに気づいた。長時間、二人きりで仕事場にこもって何を話しているのか、彼女だけでなく誰にもわからなかったが、一家の人間で気が合うのはこの二人だけだ、とウルスラは思った。

ホセ・アルカディオ・セグンドにも、こもりっきりのアウレリャノ・ブエンディア大佐を仕事場から外へ連れだす力はなかっただろう。例の生徒たちの闖入はその忍耐の限度を超えていた。格好の餌であるレメディオスの人形を焼き捨てたにもかかわらず、新婚当時からの寝室に紙魚がふえてかなわないと言って、大佐は仕事場にハンモックを吊り、やがて、用をたしに中庭へ出ていくとき以外はそこを離れなくなった。ウルスラは大佐と世間話をすることもできなかった。彼女は知っていたが、大佐は食事の皿に目もくれなかった。細工がすまないうちは仕事台のはじに置きっぱなしにして、スープに皮が浮こうが肉が冷めようが、気にしなかった。ヘリネルド・マルケス大佐に年寄りの冷や水めいた戦争を持ちかけて断わられてからというもの、ますます頑固になった。かんぬきを下ろして自分の殻に閉じこもり、家族の者に死人扱いされるようになった。それ以後、絶えて人間らしい振る舞いは見られず、そのまま十月十一日を迎えて、大佐はサーカスの行列を見に表の戸口まで出た。アウレリャノ・ブエンディア大佐にとって、この日もここ数年の毎日と同じで、とくに変わった一日でも何でもなかった。塀の外のひき蛙や虫の騒々しい声が耳について、大佐は明け方の五時に目をさました。土曜からずっと小雨が降りつづいていたが、これを確かめるには、庭の木の葉っぱの立てるかすかな音を聞くまでもなかった。骨にしみる寒さでそれとわかったからだ。大佐はいつものように毛布にくるまり、およそ流行遅れのしろものなので大佐自身が〈ゴート族の下ばき〉と呼んでいたが、着心地がいいのでいまだに使っている粗い木綿の長いパンツをはいていた。その上に幅の狭いズボンを重ねたが、入浴する気だったので、前のボタンをはめもしなければ、ふだん着用する金ボタンをワイシャツの襟につけもしなかった。そのあと、毛布を頭巾のようにすっぽりかぶり、垂れぎみの髭をなでてから、小便をしに中庭へ出た。日が昇るまでにはかなり間があったので、ホセ・アルカディオ・ブエンディアは雨水で腐った椰子ぶきの小屋のかげでまだ眠っていた。これまでと同じように、大佐にはその姿が見えなかった。また、温かい小便のしぶきをまともに靴に受けて目をさました父親の亡霊の、わけのわからぬ文句も耳にはいらなかった。寒さや湿っぽさよりも重苦しい十月の霧が気になって、大佐は入浴をあとまわしにした。仕事場に戻っていく途中でサンタ・ソフィア・デ・ラ・ピエダが焚きつけたかまどの火の匂いに気づき、台所に寄って、砂糖を入れずに部屋へ持ち帰るために、コーヒーが沸くのを待った。毎朝のことだが、サンタ・ソフィア・デ・ラ・ピエダに曜日を聞かれて、大佐は、十月十一日火曜日と答えた。そのときだけではない、生きているあいだ一度も、確かにそこにいるという感じを他人に与えたことのない、もの静かな、明るい金色の炎に照らされた女をながめているうちに、大佐は不意に、戦争中のある年の十月十一日、いっしょに寝た女が間違いなく死んでいるような気がして、はっと目がさめたことがあるのを思いだした。実際に女は死んでいたが、その日付を今も忘れていないのは、一時間ほど前に、女がやはり曜日を尋ねたからだった。しかし、せっかく思いだしながら、大佐はこのときも、予知の能力を完全に失ったという事実を意識しなかった。コーヒーの沸くのを待ちながら、大佐はおよそくだらないノスタルジーの罠に落ちることなく、ただの好奇心から、暗闇のなかをおぼつかない足取りでハンモックに近づいて来たので、生きているときの顔を見ていない女のことを考えつづけた。しかし、同じようなかたちで彼のもとを訪れた女は大勢いるが、体を合わせたとたんに涙を流さんばかりに狂喜し、息を引きとる一時間ほど前に、死ぬまで忘れないと誓ったのは、あの女ひとりであることを思いだしはしなかった。それっきりその女のことも、ほかの女のことも忘れて、湯気の立ったカップを持って仕事場に帰り、ブリキ缶にしまっている金の小魚の細工物の数をかぞえるために明かりをつけた。全部で十七個あった。売らないときめてからも、大佐は日に二個の細工物をこしらえていた。そして二十五個になると、ふたたび坩堝で溶かして、あらためて細工にかかった。大佐は午前中、何も考えずに、夢中になって仕事をした。十時ごろから雨が激しくなり、何者かが仕事場の前を通りすぎながら、屋敷が水びたしにならないよう戸を閉めろ、と叫んだ声も耳にはいらなかった。ウルスラが昼食を持ってはいって来て明かりを消すまで、自分のことさえ忘れていた。

「ひどい雨だよ！」とウルスラが話しかけると、大佐は答えた。

「十月だから」

そう言いながらも、その日の一個めの小魚から視線をあげなかった。目にルビーをはめ込んでいたのだ。それを終えて、ほかの細工といっしょにブリキ缶におさめてから、やっと大佐はスープを飲みはじめた。そのあと、玉葱と煮た肉や、白い米料理や、輪切りにして揚げたバナナを、時間をたっぷりかけて食べた。どんなときでも大佐の食欲には変わりはなかった。昼食の終わるころには、全身にけだるさを覚えた。科学的根拠のある一種の迷信から、大佐は消化のための二時間が経過しないうちは、仕事も、読書も、入浴も、色事もしなかった。それは深く根をおろした信念のようなもので、戦争中でさえ、兵隊たちを鬱血の危険にさらさないために作戦を延期したことが何度かあった。そういうわけで、大佐はハンモックを吊って横になり、ナイフで耳垢を掻きだしながら、間もなく眠ってしまった。白壁のあき家へはいっていきながら、そこへ足をふみ入れた最初の人間であることにおびえ、悩んでいる夢をみた。また夢のなかで、前の晩も同じ夢をみたこと、ここ数年、何回となく同じ夢をみたことを思いだしたが、くり返しみるこの夢はまさに夢のなかでしか思いだしえない性質のものだったので、目がさめたらその映像は記憶から消えているだろうと思った。事実、それから間もなく床屋が仕事場のドアをたたいたとき、アウレリャノ・ブエンディア大佐は、思わずうたた寝をしてしまい、夢などみているひまもなかったような気分で目をさました。

「今日はやめておこう」と、大佐は言った。「金曜日に来てくれ」

白いもののまじった三日分の無精ひげが伸びていたが、金曜日には散髪をするはずだし、そのときついでにやってもらえるので、髭をそるまでもないと考えた。したくもない昼寝のあとのべたべたした汗で、腋（わき）の下のリンパ腺炎（せんえん）の傷跡がよけい気になった。雨はあがったが、太陽はまだ出ていなかった。大きな音をさせてげっぷをしたとたんに、大佐の口いっぱいにスープの酸（す）い味が戻ってきた。それは、毛布をはおって便所へ行けという胃の命令のようなものだった。習慣によって仕事に戻る時間だと知るまで、大佐は必要以上に長いあいだ、発酵（はっこう）した木製の肥だめから立ちのぼる強烈な臭（にお）いの上にかがみ込んでいた。そこでじっとしているうちに、今日は火曜日だということ、またバナナ会社の農場の給料支払い日なので、ホセ・アルカディオ・セグンドが仕事場に姿を見せなかったのだということを、もういちど思いだした。最近数年間のすべての思い出と同じように、その思い出はいつとはなしに、戦争当時のことを大佐の心に思い浮かばせた。あるときヘリネルド・マルケス大佐が額に白い星のある馬を手に入れてやると約束してくれたが、それっきりになっていることを思いだした。そのあと、心はさまざまな出来事へと移っていったが、これらを想起はしても判断を下すことはしなかった。ほかのことは考えられないので、避けられない追憶によって感情を傷つけられるのを避けるために、冷静に考えごとをするすべを身につけていたのだ。仕事場に帰ってから空気がさらっとし始めているのに気づいて、ちょうどいい、今のうちに入浴を、と考えたが、アマランタに先を越されてしまった。仕方なく、大佐はその日の二個めの小魚の細工に取りかかった。尾びれをくっつけていると、帆船のように光をきしませながら激しく日が射(さ)した。三日間の雨で洗われた大気は羽蟻(はあり)であふれた。大佐は小便がたまっていることに気づいたが、魚細工が終わるまで待つことにした。四時十分に中庭へ出ようとすると、遠いラッパの音や、ドラムの響きや、子供たちのうれしそうな声が聞えた。青春時代がすぎてから初めて、大佐はすすんで郷愁が仕掛けた罠にその足をのせ、父親のお供でジプシーのところへ氷を見にいった、あのすばらしい午後を懐(なつ)かしんだ。このとき、サンタ・ソフィア・デ・ラ・ピエダが台所の仕事をおっぽりだして、戸口に向かって走りながら叫んだ。

「サーカスだわ！」

栗の木のほうへ行くのをやめ、アウレリャノ・ブエンディア大佐も表へ出て、行列を見ている弥次馬の群れに加わった。象の首にまたがった金色の衣裳の女が目についた。悲しげな駱駝が見えた。オランダ娘のなりをして、スプーンで鍋をたたいて拍子を取っている熊を見た。行列のいちばん後ろで軽業をやっている道化が目にはいったが、何もかも通りすぎて、明るい日射しのなかの街路と、羽蟻だらけの空気と、崖下をのぞいているように心細げな弥次馬の四、五人だけが残ったとき、大佐はふたたびおのれの惨めな孤独と顔をつき合せることになった。サーカスのことを考えながら大佐は栗の木のところへ行った。そして小便をしながら、なおもサーカスのことを考えようとしたが、もはやその記憶の痕跡すらなかった。ひよこのように首うなだれ、額を栗の木の幹にあずけて、大佐はぴくりともしなくなった。家族がそのことを知ったのは翌日だった。朝の十一時に、サンタ・ソフィア・デ・ラ・ピエダがごみ捨てに中庭へ出て、禿鷹がさかんに舞い下りてくるのに気づいたのだ。

メメの最後の休暇は、アウレリャノ・ブエンディア大佐の死による喪と偶然かさなった。屋敷の戸は閉め切られ、パーティどころの騒ぎではなかった。みんなが小声で話をし、黙って食卓につき、一日に三度はロザリオの祈りを唱えた。暑い日盛りのクラビコードの練習の音さえ陰気な感じを与えた。大佐にひそかな敵意をいだいていたにもかかわらず、フェルナンダは故人となった敵をたたえる政府の丁重な態度に動かされて、みんなにきびしく喪を守らせた。娘の休暇が終わるまで、例のごとくアウレリャノ・セグンドは屋敷で寝起きしたが、フェルナンダは正妻の権利を回復するために何か手を打った形跡があった。その翌年、メメは生まれたばかりの赤ん坊と対面することになったからだ。母親の意向を無視して、赤ん坊はアマランタ・ウルスラと名づけられた。

やがてメメは勉学を終えた。一人前のクラビコード奏者であるむねを証明する免状が本物だということは、卒業を祝うと同時に喪の終わりを告げるために催されたパーティの席上で、十七世紀の民謡ふうの曲を実に巧みに演奏したことで示された。客たちはその達者な腕前よりも、奇妙な矛盾に驚かされた。移り気で子供っぽいところさえある彼女の性格は、まじめなことにはおよそ不向きだと思われたが、いったんクラビコードの前にすわると、人が変わって、考えもしなかった分別ありげな、おとなびた娘に見えたからだ。彼女はそういう人間だった。実をいうと、とくにこれをしたいという気はなかったが、母親の不興を買わないために、きちんと練習を積むことで良い成績をあげたのだ。ほかのことを習わせても、結果は同じだったろう。幼いころから、フェルナンダのきびしさや、他人の思惑を無視してことを運ぶそのやり口に悩まされてきたので、頑固な母親との衝突さえ避けられるのなら、クラビコードの練習よりもっとつらい犠牲も喜んで払っただろう。卒業式の席上での感想は、素直にというより面倒はごめんだという気持ちで受け入れた義務から、ゴチック文字や大きな飾り文字をつらねた一枚の羊皮紙のおかげでやっと解放される、ということだった。いかにしつこいフェルナンダでも、今日からはもう、尼僧(にそう)たちさえ博物館入りのしろものと思っている楽器のことでとやかくは言うまい、と信じたのだ。初めの数年は、自分の計算違いだったと思わされた。わが家の客間ばかりでなく、マコンドで催された慈善のための夜会や、学校の行事や、国の祝日などで、町のあらかたの人間に眠い思いをさせたあとも、娘のみごとな腕前がわかりそうな者が新しく町を訪れるたびに、フェルナンダが屋敷へ招待したからだ。メメがクラビコードの蓋を閉めて、そこらの衣裳だんすに鍵をおき忘れても、いつ、誰がなくした、とうるさくフェルナンダが詮索しなくなるのには、アマランタが死んでしばらく喪に服するために、ふたたび一家が屋敷にこもる日まで待たなければならなかった。メメは、練習に打ちこんだのと同じ辛抱づよさで公開の演奏を行なった。それは、いわば自由の代償だった。その従順さに満足し、みんなを感心させる腕を自慢にしていたフェルナンダは、メメが大勢の友だちを呼んだり、午後を農園ですごしたり、アウレリャノ・セグンドや信頼のおける婦人たちと映画——アントニオ・イサベル神父が説教壇で認めたものに限られていたが——に出かけたりしても、反対はしなかった。ところで、その種の気晴らしを通して、メメのほんとうの好みが明らかになった。彼女が楽しさを感じるのは、およそ自堕落で騒々しいパーティや恋人の品定めだった。また、何時間も友だちと一室にこもることで、そこで彼女はタバコを吸うことを覚え、男の話にふけった。あるときは、みんなで三本のラム酒を回し飲みし、あげく裸になって、体のあちこちを測ったり比べたりしたこともあった。メメは、甘草の根を嚙みながらわが家にたどり着き、幸い様子のおかしいことを悟られずに、フェルナンダとアマランタのふたりが口をきかずに食事しているテーブルに着いた、あの晩のことを絶対に忘れなかったはずだ。実は、ある友だちの寝室で二時間近くも、涙が出るほど笑ったり恐ろしさに泣いたりという狂態を演じ、騒ぎがおさまるころには、学校を逃げだし、クラビコードなんてまっぴらよ、浣腸にでも使えば、とか何とか、これに類することを母親に言うこともできそうな、奇妙なくらい大胆な気持ちになっていた。テーブルの上座にすわって、起死回生の霊薬のように胃のなかに落ちていくチキンスープを飲みはじめたとき、フェルナンダとアマランタが批難がましい現実の暈につつまれていることに気づいた。ふたりの気取りや、無気力さや、華やかな暮らしへの夢などを笑いたくなるのを懸命にこらえた。すでに二度めの休暇の折りに、父親がわが家にいるのはうわべを取りつくろうためであることに気づいていた。フェルナンダのことはもとよりよく心得ているし、その後に手を打ってペトラ・コテスを知るに及んで、父親がこうなるのも無理はないと思うようになっていた。いっそこの父親の情婦の子だったら、とさえ思っていた。アルコールで鈍った頭のなかでメメは、もしこの瞬間に自分が心に思っていることを口にしたらふたりは仰天するだろうと考えて、すっかりうれしくなった。隠しているつもりだが、意地の悪い内心の喜びが大きすぎたので、フェルナンダが気づいて尋ねた。

「どうかしたの？」

「いいえ」と、メメは答えた。「今わかったのよ。わたし、ふたりをとっても愛してるんだわ」

明らかにその言葉にこめられている憎しみに、アマランタは慄然とした。ところが、フェルナンダのほうはすっかり感激して、その日の真夜中に、頭が割れるように痛いといって目をさましたメメが、胃液を吐いたりもどしたりし始めたときには、ほんとうに半狂乱のようになった。ひと瓶の蓖麻子油を飲ませ、お腹にパップを当て、頭に氷嚢をのせた。二時間以上も診察に時間をかけたあげく、女によくある体の変調だというあいまいしごくな診断を下した、新米の風変わりなフランス人の医者に言われたとおり、五日間の外出禁止と食餌療法を厳重に守らせた。あの意気込みも消え、惨めに気落ちしたメメは、黙って耐えるよりほかなかった。完全に目が見えなくなっていたが、まだ小まめで頭もぼけていないウルスラだけが、勘で正しい見立てをした。

「わたしに言わせれば、これは酔っぱらいの症状だよ」と彼女はつぶやいた。しかし、すぐにそうした考えを頭から払いのけただけでなく、自分の軽率さを責めた。アウレリャノ・セグンドはメメが意気消沈しているのを見て気がとがめ、これからはもっとよく面倒をみよう、と心に誓った。そしてその結果、父娘のあいだに愉快な友だち付合いが始まることになった。おかげで父親はばか騒ぎのむなしさから当分のあいだ救われ、一方、娘はフェルナンダの監督下から逃れて、もはや避けがたいとさえ思われた家庭の危機を招かずにすんだ。そのころのアウレリャノ・セグンドはメメと付き合うためならどんな約束でもあとに延ばし、映画やサーカスのお供をした。暇な時間もその大半をメメのために使った。自分で靴紐が結べないほどのぶざまな肥満と、満たされることのない食欲のために、最近のアウレリャノ・セグンドはしだいに気難しい人間に変わりつつあったが、娘の発見でかつての陽気さを取り戻した。娘といっしょにいるのが楽しくて、少しずつ放蕩から遠のいていった。メメは娘盛りを迎えつつあった。昔のアマランタと同じで、どう見ても美人とは言えないが、そのかわり、感じがよくて率直で、初対面から人に好かれた。ひどく新しがりやで、これはフェルナンダの昔ふうの地味好みや隠しおおせない吝嗇には馴染まなかったが、アウレリャノ・セグンドは逆で、わが意をえたようにメメを焚きつけた。彼が言いだして、子供のころから使っており、聖像の恐ろしげな目が今なお幼時の不安をいだかせる寝室からメメを連れだし、別に一室を用意して、豪勢なベッドと大きな化粧台とビロードのカーテンを備えさせた。自分では気づかなかったが、それはペトラ・コテスの部屋の二番煎じだった。ポケットから勝手にお金を持っていくので、いくら小遣いを与えているのか、自分でもわからぬくらいメメには気前がよく、バナナ会社の売店に変わった化粧道具が着くたびに教えてやった。メメの部屋は爪磨き用の軽石や髪を巻くクリップ、歯ブラシや目をとろんとさせる目薬その他、実に多くのもの珍しい化粧品と美容の道具であふれ、フェルナンダなどはその寝室へはいっていくたびに驚いて、娘の化粧台は娼婦のものと変わらないのではないか、と思った。しかし、そのころのフェルナンダは、気まぐれで病身な幼いアマランタ・ウルスラの世話と、会うことのない医者相手の胸のわくわくする手紙のやりとりに忙殺されていた。したがって、娘とその父親の共謀に気づいても、アウレリャノ・セグンドから、絶対にメメをペトラ・コテスのもとへは連れていかないという約束を取りつけることしかしなかった。しかし、それは無意味な警告だった。情婦は愛人とその娘の仲むつまじさに腹を立て、娘のことなどいっさい知りたがらなかったからだ。メメがその気になれば、フェルナンダさえできなかったこと、死ぬまで変わらないと思っている愛を奪うこともやりかねないと本能的に感じて、ペトラ・コテスは今まで知らなかった不安に苦しめられた。アウレリャノ・セグンドは初めて情婦の難しい顔や棘のある揶揄に悩まされ、せっかく持ちこんだトランクが妻のもとへ送り返されるのではないか、と本気で心配した。しかし、そうはならなかった。ペトラ・コテスは、愛人がどういうたちの人間か十分に心得ていた。やり直しをしたり模様変えをしたり、そんなことでごたごたするくらいアウレリャノ・セグンドが嫌うことはないと知っていたので、送りつけられた場所から、トランクをよそへ移そうという気にはならなかった。というわけで、ペトラ・コテスはトランクをそのままにして、娘では張り合えない唯一の武器に磨きをかけることで、男の心を引き戻そうと懸命になった。実は、これも不必要な努力だった。メメには父親のことにくちばしを入れる気は毛頭なかったからだ。かりにそうしたとしても、情婦の味方に立つことは間違いなかった。それに、他人の世話を焼いているひまなどなかった。尼僧たちに教えられたとおり、自分で寝室の掃除をし、ベッドをととのえた。朝のうちは、廊下で刺繍をしたり、アマランタの古い手回しミシンで縫い物をしたり、着る物のことで忙しかった。ほかの者が昼寝を楽しんでいるあいだも、二時間ほどクラビコードの練習をした。毎日のようにこの犠牲を払うことで、フェルナンダを安心させられると知っていたからだ。同じ理由で、しだいに依頼の数はへっていたが、教会のバザーや学校のパーティでの演奏を続けていた。夕方になると身づくろいをした。あっさりした服を着、硬い革の編上げ靴をはいて友だちの家へ出かけ——父親を相手に何かすることがなければだが——夕食の時間までそこにいた。そしてその時刻になると、きまってアウレリャノ・セグンドが迎えにきて、映画へ誘った。

メメの女友だちのなかに、電流の走っている鶏舎の囲みを破ってマコンドの娘たちと友情を結んだ、三人のアメリカ人の少女がいた。そのうちのひとりがパトリシア・ブラウンだった。アウレリャノ・セグンドの歓待に感謝して、ブラウン氏はメメにその家を開放し、アメリカ人たちが土地の人間と付き合うのはその日だけに限られていたが、土曜日のダンスパーティに招待した。これを知ったフェルナンダは、アマランタ・ウルスラや、会うことのない医者のこともしばらく忘れて、芝居がかった口調でメメに言った。「お墓のなかの大佐がこれを知ったら、どう思うか、お前、ようく考えておくれ」。もちろん、ウルスラの後押しを期待していたのだ。ところがみんなの予想に反して、目の不自由な老婆は、物事のけじめさえきちんとしていてプロテスタントに改宗したりしなければ、メメがパーティに出かけ、同年配のアメリカ人の娘たちと付き合ってもかまわない、という意見だった。メメは高祖母の言いたいことをよく理解し、ダンスパーティの翌日には、ふだんより早く起きてミサに出かけた。フェルナンダの反対も、アメリカ人たちがクラビコードの演奏を聞きたがっているという話を、メメが伝えた日までだった。楽器はふたたび屋敷を出て、ブラウン氏のところへ運ばれた。そこで若い演奏家はかつてない心のこもった称賛と熱烈な祝福を受けた。その日から、彼女はダンスに招かれるだけでなく、日曜ごとにプールでの水泳に、また週に一度は昼食会に誘われた。メメはプロの選手のように巧みに泳ぎ、テニスをし、パイナップルの輪切りにヴァージニア産のハムをはさんで食べることを覚えた。ダンスや水泳やテニスに興じているうちに、たちまち英語が達者になった。アウレリャノ・セグンドは娘のこの上達ぶりにすっかり喜んで、たくさんの色刷りがはいった英語版の百科事典六巻を、あるセールスマンから買った。メメはひまがあると事典を読んだ。これまで恋人のうわさや友だち相手の密室の実験に向けていた関心を読書が奪うかたちになったが、しかしそれは、とくに勉強したいという気を起こしたからではなくて、世間の誰もが知っていることを話題にするのがいやになったためだった。酒に酔ったことも、今では子供っぽい冒険としか思えなかったが、あまりおかしかったのでアウレリャノ・セグンドにその話をすると、彼は本人以上におもしろがって笑いころげ、彼女が打ち明け話をしたときの口癖で、「お母さんに教えてやりたいね」と言った。初めての恋人ができても同じように隠しだてしないよう約束させられていたので、メメが、両親のもとで休暇をすごしに来た赤毛のアメリカ青年が好きになったと話したときも、アウレリャノ・セグンドは「そいつはすごい。お母さんに教えてやりたいね」と笑って言った。しかしメメは、その青年はすでに帰国し、それ以後、なんの音沙汰もないことを忘れずにつけ加えた。彼女の思慮深さのおかげで一家の平和は保たれた。そこでアウレリャノ・セグンドはペトラ・コテスのほうにより多くの時間をさくようになった。肉体的にも精神的にも、以前のようなばか騒ぎをする力はなかったが、機会さえあればそれをやらかし、今ではいくつかのキイは靴紐で縛られているアコーデオンを持ちだした。屋敷では、アマランタがいつ終わるともなく経かたびらを織りつづけていた。ウルスラはますます衰えて暗闇の奥へ引きずり込まれ、その目に映るのは、栗の木のかげのホセ・アルカディオ・ブエンディアの姿だけになっていた。フェルナンダの権力は不動のものになった。このころには、息子のホセ・アルカディオ宛に毎月だす手紙に一行の嘘も書かなかったが、ただひとつ、彼女の大腸に小さな腫瘍ができているると診断し、テレパシーによる手術の準備をすすめている、顔も知らない医者との通信はひた隠しにしていた。

こうして、傷みかけたブエンディア家の屋敷でも、当分のあいだ、ありきたりの平和と幸福が続くかと思われたが、アマランタの急死とともに、またもやごたごたが始まった。それは思いがけない出来事だった。アマランタは年を取り、みんなとは疎遠になっていたが、まだ気持ちはしゃんとしていて、体も相変わらず丈夫だった。ただ、ヘリネルド・マルケス大佐の申し込みをきっぱりと断わり、部屋にこもって泣いたあの午後から、彼女が心のなかでいったい何を考えているのか、それを知る者はなかった。部屋を出たとき、涙は涸れつくしていた。小町娘のレメディオスが昇天したときも、アウレリャノを名のる者の虐殺があったときも、また栗の木のかげで死体が発見されたときちらと見せただけだが、この世でもっとも愛した人間であるアウレリャノ・ブエンディア大佐の死にさいしても、涙ひとつこぼさなかった。死体を起こす手伝いもした。軍装を着けさせ、かみそりをあて、髪をくしけずり、栄誉に包まれていたころの大佐自身もやらなかったほど丁寧に、髭に油を塗った。だが、それが愛情の行為であると思った者はなかった。アマランタと死の儀式との親密な関係に慣れきっていたからだ。フェルナンダはあきれていたが、彼女はカトリック教と生とのかかわりを理解できず、もっぱら死とのかかわりに目を向けていた。カトリック教も宗教ではなく、葬儀の手順でしかなかった。アマランタは茂りあう思い出にからみつかれて、ややこしい教義などは理解できなかったのだ。生なましい昔の思い出をそっくり抱いて老年を迎えていた。ピエトロ・クレスピのワルツを聞くと、時の流れも後悔もなんの役にも立たなかったのか、若いころと同じように泣きたい気持ちに襲われた。湿気で傷みだしたという口実で彼女自身がごみ捨て場へ送った自動ピアノのテープが、今なお頭のなかで回転し、ハンマーを打ちつづけていた。甥のアウレリャノ・ホセ相手の泥沼のような情熱に思い出をうずめ、ヘリネルド・マルケス大佐の静かな男らしい庇護の手にすがろうとしたこともあった。しかし、神学校に送りだす三年ほど前の幼いホセ・アルカディオを風呂に入れながら、祖母と孫というよりは女と男にふさわしい手つきで愛撫を交わすという、年老いてからのあの絶望的な行為によってもその思い出を消すことはできなかった。人の話では、そうした行為はもっぱら娼婦のすることであり、十二か十四の彼女自身が、ダンス用のズボンをはき、魔法の棒でメトロノームに合わせて拍子をとるピエトロ・クレスピを見たとき、彼を相手に、してみたいと思ったことでもあった。時にはああした惨めな行為に出たことを嘆き、時には腹立たしさのあまり指を針で刺したが、しかし何よりも悲しく、腹立たしく、つらかったのは、匂いのきつい蛆のわいたグアバの実のような恋心を、死ぬまで引きずっていくことだった。アウレリャノ・ブエンディア大佐が戦争を忘れられなかったように、アマランタはしょっちゅうレベーカを思った。しかし、兄がその記憶の滅菌消毒に成功したのにたいして、彼女はただ煮えたぎらせただけで終わった。この長い年月、彼女が神に祈ったのはただひとつ、レベーカより早く死ぬはめにならないように、ということだった。その家の前を通って、傷み方がますますひどくなるのを見るたびに、神が願いを聞きいれたのだと考えて、ひそかな喜びを味わった。ある日の午後、廊下で縫い物をしていて、レベーカの死が伝えられるときも、自分はこの場所に、この姿勢で、この日の光を浴びてすわっているだろうという、確信めいたものをいだいた。手紙でも待つように、彼女はそこにすわって知らせを待ちわびた。ある時期は、ぼんやりしていると待つ間がいっそう長くつらいものに感じられるので、ボタンの付け替えをくり返していた。そのアマランタがレベーカのためにみごとな経かたびらを織っていることに気づいた者は、屋敷のなかにひとりもいなかった。日がたってアウレリャノ・トリステが、深い皺がより頭に黄がかったわずかな毛を残すだけの、亡霊のような姿になったレベーカを見たという話をしたときも、アマランタは驚かなかった。聞かされたその姿が、彼女自身がずいぶん前から想像していたものに寸分たがわなかったからだ。その折りが来たら、レベーカの死体を元どおりにしてやろう、パラフィンで顔のくずれを隠し、聖像の髪でかつらをこしらえてやろうと、彼女は心にきめていた。麻の経かたびらを着せ、紫色のひだ飾りのあるビロードを裏に張った棺桶におさめて、目もあやな遺骸に仕立て、盛大な葬式を営んで蛆虫のもとに送りこむつもりだった。精いっぱいの憎しみをこめて計画を立てたので、愛のためであっても同じようにしたかもしれないと考えると体が震えた。しかし、そんなことで困惑はしなかった。

その後も綿密に、こまかい点まで気をくばって計画を練っていき、ついに死の儀式の本職に、名人になった。この恐ろしい計画のなかで彼女がただひとつ思い及ばなかったことがある。それは、神にいくら願ったところで、自分がレベーカより早く死ぬかもしれないということだった。事実、その通りになった。しかし、臨終の床でもアマランタは失望はしなかった。逆に、すべての苦しみからこれで解放されると思った。すでに数年前に、死神がその目の前に姿を見せていたからだ。死神に会ったのは、メメが学校へ移ってまだ間もない、ある暑さのきびしい午後だった。廊下の彼女のわきで縫い物をしていたのだ。すぐに、それとわかった。死神には少しも恐ろしいところはなかった。青い服を着、髪を長く伸ばした、どことなく古風な感じのする女で、台所仕事を手伝ってくれたころのピラル・テルネラに似たところさえあった。フェルナンダが何度かその場に来合わせたことがあるが、その目には映らなかった。しかし、きわめて現実的な、人間的な存在で、針に糸を通してくれとアマランタに頼んだこともあった。死神は彼女に、いつ死ぬかとか、その時機がレベーカより早いかどうか、という点については何も教えなかった。そのかわり、こんどの四月六日から自分の経かたびらを織りはじめるように、と命じた。彼女の好きなように手のこんだ美しいものを、ただしレベーカのものを手がけたときと同じまっすぐな気持ちで織りあげるようにと言い、それを仕上げた日の暮れ方に、なんの苦痛も恐怖も悲哀も感じないで息を引き取るだろう、と告げた。できるだけ時をかせぐために、彼女は極上の麻糸を取り寄せて、自分で布を織った。実に丁寧に仕事をしたので、これだけで四年もかかった。そのあと、彼女は縫い取りを始めた。逃れられない日限が近づくにつれて、レベーカの死後まで仕事を引き延ばすことは奇跡でもないかぎり無理だと悟ったが、しかし仕事に打ちこんでいたおかげで、失敗してもともとという気持ちのゆとりをえた。アウレリャノ・ブエンディア大佐が飽きもせずに金の小魚の細工をくり返していたわけが、やっとのみ込めた。外の世界は皮膚の表面で終わり、内面はいっさいの悩みから解放された。もっと早く、何年も前に悟りを開いていたら、と彼女は悔んだ。そのころだったら、記憶をきよめ、新しい光のもとでこの世を見なおし、夕暮れのピエトロ・クレスピのラヴェンダーの香りを身震いせずに思いだし、さらに憎悪や愛からではなく孤独から生まれた、はかりしれない憐憫によって、レベーカを悲惨な泥沼から救えたにちがいなかった。あの晩のメメの言葉にこめられた憎しみに気づき、自分に向けられていると知っても動揺しなかったのは、娘時代の自分がそうだったが、無垢なように見えても実はすでに深い憎悪で毒されている別の若さのなかに、まざまざと自分を感じたからである。しかし、このころの彼女は自分の運命については深いあきらめの境地に達していたので、もはや取り返しはつかないと知っても心を乱されはしなかった。彼女のたったひとつの願いは経かたびらを仕上げることだった。最初のころのように不必要に念を入れて引き延ばしたりせず、仕事を急いだ。一週間前に、二月四日の晩には最後のひと針を刺すことになると見当をつけ、理由は言わずに、その翌日に予定されたクラビコードの演奏会をくり上げるようメメにすすめたが、聞き入れてもらえなかった。そこでアマランタは、何とか四十八時間ずらそうと手を尽くした。二月四日の晩、嵐（あらし）で発電所が故障したときには、てっきり死神が願いを聞き届けてくれたと思った。しかし翌日の午前八時に、今までどの女も仕上げたことのないみごとな縫い取りに最後のひと針を刺し終えると、今日の夕方、わたしは死ぬから、と淡々とした口調で告げた。家族の者だけでなく、町じゅうの人間にも伝えさせた。惨めな一生も、世間の人びとへの最後の奉仕でつぐなえると平生から信じ、死者のもとへ手紙を届けるのに自分より適当な者はいないと思ったからだ。

アマランタ・ブエンディアが冥界（めいかい）への郵便物を持って日暮れに旅立つという知らせは、昼前にはマコンド一帯に広まり、やがて午後の三時には、広間におかれた箱が手紙でいっぱいになった。書くのがおっくうな者は口でことづてを託し、アマランタは相手の名前と命日を手帳に書きとめた。「心配しないで」と、発信人たちを安心させるように言った。「向こうへ着きしだい訪ねていって、ことづてしてあげるわよ」。これはまるっきりお芝居だった。アマランタは冷静で、これっぽちも悲しんでいる様子を見せなかった。責任が果たせて、少しばかり元気を取り戻したとさえ思われた。まっすぐな背筋も、ほっそりした姿も、以前と変わりがなかった。硬い頬骨や欠けた何本かの歯さえなければ、実際の年よりずっと若く見えたかもしれない。彼女はタール塗りの箱に手紙を詰めさせ、湿気から出来るだけ守るためにはどういう具合に墓におさめればいいかという、その方法まで指示した。すでに朝のうちに指物師を呼んで、服の注文でもするように、広間に立って棺桶用の寸法を取らせていた。いよいよという時になってもひどく元気なので、フェルナンダなどは、みんなからかわれているのだと思った。これまでの経験で、ブエンディア家の者は病気でなくても死ぬことを心得ているウルスラは、アマランタが死を予感していることを疑わなかったが、それはそれとして、手紙を運び、一刻も早く届けさせようとあせる興奮した発信人らによって、彼女が生き埋めにされはしないかと心配した。そこで、声をからして押しかけた連中を外へ追いだそうとしたが、目的を達したころにはすでに午後四時が来ていた。その時刻には、アマランタは貧しい者たちへの持ち物の分配を終えて、いかめしい白木の棺桶の上に、死ぬさいに身につける着替えとコールテンの粗末なスリッパだけを残していた。アウレリャノ・ブエンディア大佐が死んだとき、ふだん仕事場ではいていた上履きしかなくて、新しいのを買いに走らなければならなかったことを思いだして、手回しよくそうしておいたのだ。五時少し前に演奏会のためにメメを迎えにきたアウレリャノ・セグンドは、葬式の準備がすっかりでき上がっているのにびっくりした。その時間には、元気なのは冷静なアマランタひとりになっていて、余裕しゃくしゃく、足のたこなどを削っていた。アウレリャノ・セグンドとメメは冗談半分に彼女と別れの言葉をかわし、次の土曜日に復活を祝ってパーティを開く約束をした。アマランタ・ブエンディアが死者宛の手紙を受け付けているといううわさにつられて、聖体を持ったアントニオ・イサベル神父が五時に訪れたが、それを受ける者が浴室から出てくるまで十五分以上も待たされた。上等な木綿の寝巻をまとい、背中に髪をたらしてあらわれた彼女を見て、老いぼれた司祭はてっきりかつがれたと思い、伴僧を帰してしまった。しかし、この機会を利用して、二十年近くも怠っているアマランタに告解をさせようとした。ところがアマランタは、心にやましいことは少しもないので神の助けはいらぬ、と答えただけだった。フェルナンダはあきれた。相手に聞こえるのもかまわず大きな声で、いったいどんな罪を犯したのだろう、告解の恥ずかしさよりも不信心な死をえらぶなんて、と言った。聞きとがめてアマランタは横になり、ウルスラにみんなの前で、自分が処女であることを証明させた。
「思い違いはしないでちょうだい」と、フェルナンダに聞かせるつもりで叫んだ。「アマランタ・ブエンディアは、生まれたときのままの体で死んでいくのよ」

彼女はそのまま起たなかった。本物の病人のようにクッションにもたれて、長い髪を編み、棺桶にはいるときそうするよう死神に言われたとおり、耳の後ろでまとめた。そのあとウルスラに鏡を持ってこさせ、四十年以上もその機会がなかったが、老齢と苦悩にやつれた自分の顔をそこに見て、ひそかに思い描いていた姿にあまりにも似ていることに驚いた。寝室の静けさで、ウルスラは外が暗くなり始めたことを知った。

「フェルナンダに、さようならをお言い」と拝むように言った。「仲のよい一生の付き合いより、たとえつかの間でも、死ぬ前の仲直りのほうが値打ちがあるんだよ」

「今さらむだだわ」。アマランタはそう答えた。

急造のステージに灯がともされてプログラムの第二部に移ったとき、メメも彼女のことを思わずにはいられなかった。曲目の途中で耳打ちする者があり、演奏は中止になった。アウレリャノ・セグンドが屋敷に帰り、大勢の人間を掻き分けて奥へはいると、手に黒い繃帯を巻き、美しい経かたびらに身をつつんだ、醜く、血の気のない、年老いた生娘のなきがらが目に映った。それは、広間の郵便物の箱のそばに安置されていた。

アマランタの死後九日めから、ウルスラは寝たきりになった。サンタ・ソフィア・デ・ラ・ピエダが面倒をみた。食事や、体を拭くための紅の木の花の水を寝室まで運び、マコンドの町の出来事をちくいち教えた。アウレリャノ・セグンドも足しげくかよって来て、服などをおいていった。ウルスラが毎日の生活に欠かせない品といっしょにベッドのわきに並べたので、またたく間に、手の届くところに一個の世界ができ上がった。彼女は自分に生き写しの幼いアマランタ・ウルスラにひどく気に入られ、字の読み方を教えさせられた。頭はぼけていないし、器用に自分の用は足しするので、みんなは、百歳という年齢の重荷のせいで自然に体が弱っただけなのだと思った。目の悪いことはわかっていたが、まったく見えないことに気づいた者はなかった。そのころのウルスラには屋敷のなかの様子をうかがっている時間がたっぷりあり、心もしごく平静だった。したがって、口に出さないメメの悩みをいち早く知ったのは彼女だった。

「こっちへおいで」と彼女は声をかけた。「今ならふたりっきりだよ。この老いぼればあさんに、何があったか言ってごらん」

メメはちらと笑顔を見せただけで話を避けた。ウルスラもこれ以上のことは言わなかったが、メメがそれっきり姿を見せないので、やはり何かあるのだと思った。いつもより早く身仕度をすませ、外出の時間が来るまで少しも落ち着かず、隣り合わせの寝室のベッドでひと晩じゅう輾転反側し、あたりを飛びまわる一匹の蛾に悩まされていることを、ウルスラは知っていた。あるとき、これからアウレリャノ・セグンドに会いにいく、と言っているメメの声を聞いたが、そのあと夫が娘を迎えにきても何の疑いも抱かないフェルナンダの勘の悪さには、ウルスラはほとほとあきれた。メメが何やら隠しごとをし、危ないことにかかわりを持ち、不安を懸命に抑えようとしていることは誰の目にも明らかだったが、彼女が映画館で男とキスしているのを見てフェルナンダが大騒ぎをしたのは、かなり日がたったころのことだった。

メメ自身が冷静さを失っていたので、密告の罪をウルスラになすりつけた。実際には、自分で自分を密告したようなものだった。ずいぶん前から、どんなにぼんやりした人間でも気づくほどの大量の証拠をそこらにばらまいていたのだ。フェルナンダが容易に気づかなかったのは、彼女もまた、いまだ見ぬ医者とのひそかな関係に心を奪われていたからだ。とは言うものの、やがて彼女も、娘のいわくありげな沈黙や、とっぴょうしもない動作や、むらの多い気分や、矛盾した言動などに目を止めるようになった。そしてこっそりと、だが厳重に娘を見張ることにした。いつもの友だちと連れだって外出するのを許し、土曜日のパーティの着付けの手伝いをして、娘を警戒させるような突っこんだことは尋ねなかった。メメの言うこととすることに食いちがいがあるという点についてはすでに多くの証拠を持っていたが、決定的な機会が来るのを待ち、疑惑を悟られるようなことはしなかった。ある晩、メメが父親と映画に行くと言った。ところが、それから間もなくフェルナンダの耳に、ペトラ・コテスの家の方角からばか騒ぎの花火と、聞きおぼえのあるアウレリャノ・セグンドのアコーデオンの音が聞こえてきた。フェルナンダは着替えをし、映画館へ行った。薄暗い座席にすわっている娘の姿が見えた。予感の適中でかえって気が転倒し、娘がキスしている相手の顔が目にはいらなかったが、観客の耳の痛くなるような叫び声とばか笑いのなかで、その震えがちな声だけは辛うじて聞き取ることができた。「悪かったな」。その声を聞きながら、彼女はひとことも口をきかずにメメを映画館から連れだし、わざわざ恥ずかしい思いをさせるためににぎわうトルコ人街を引き回してから、寝室に閉じこめた。

翌日の午後六時に、フェルナンダは自分を訪ねてきた男の声を聞いた。若くて、青白くて、彼女がジプシーを見ていればそれほど驚かなかっただろうが、黒くて陰気な目をしていた。また、彼女ほど堅苦しくない女だったら娘の気持ちがわからぬでもない、夢みているような感じがあった。くたびれた麻の服を着、亜鉛のように白いものを幾重にもかさねて必死に身を守っている靴をはき、ついこのあいだの土曜日に買ったカンカン帽を手に持っていた。後にも先にも、これほどおどおどしたことはなかったが、しかし彼には、卑屈にならないだけの自尊心と慎みがあり、激しい労働で荒れた手とささくれた爪だけはどうしようもないが、生まれながらの気品さえそなわっていた。しかし、フェルナンダはひと目見ただけで、これは職工にちがいないと、ピンと来た。これでもいっちょうらの服を着ているのだということ、また、まさかワイシャツの下がかぶれてはいまいが、バナナ会社の人間であることに気づいた。口をきくことさえ許さなかった。屋敷じゅうが黄色い蛾であふれたのですぐに閉めなければならなかったが、ドアの奥に入れようともしなかった。

「帰ってちょうだい」と言った。「まともな家に来る用事なんかないでしょ!」

男の名はマウリシオ・バビロニアといった。マコンドで生まれ育って、見習工としてバナナ会社の工場で働いていた。メメが彼と知り合ったのは、たまたまある日の午後、パトリシア・ブラウンと連れだって、農場をドライブするために自動車のある場所へ行ったときだった。運転手が病気だというので彼に運転を頼み、メメはやっと、ハンドルのそばにすわって運転の仕方をよく見たいという、かねてからの願いをかなえられた。本職の運転手とはちがって、マウリシオ・バビロニアは実際に運転して見せてくれた。それはメメがブラウン家に出入りしはじめたころのことだが、当時はまだ、女が車を運転するのははしたないこととされていた。そのため、彼女は理論的な知識をえることだけで満足し、その後の数カ月はマウリシオ・バビロニアと会わなかった。あとになって思いだしたことだが、メメはドライブが続いているあいだ、無骨な手はともかく、彼の男らしいハンサムな顔に気を取られていた。そのくせ、あとでパトリシア・ブラウンには、あの、高慢ちきで自信たっぷりな態度は鼻持ちならない、と言った。父親に連れられて映画に出かけた最初の土曜日、麻の服に着替えて少し離れたところにすわっているマウリシオ・バビロニアにふたたび会った。彼女の姿を見るためよりもむしろ、自分が見ていることをこちらに悟らせようとして、彼が映画そっちのけで振り返ってばかりいることにメメは気づいた。彼の品のない振る舞いに腹が立った。やがてマウリシオ・バビロニアが近くに寄ってきて、アウレリャノ・セグンドに挨拶した。メメはそれで初めて、ふたりが顔見知りであることを知った。彼はアウレリャノ・トリステのお粗末な発電所で働いたことがあったのだ。彼女の父親にたいして、まるで上役にたいするような態度をとった。これを見て、彼の高慢さにいだいていた腹立たしさが薄れた。ふたりっきりで会ったことはなく、挨拶以外の口をきいたこともないのに、ある晩、メメは溺(おぼ)れかけているところを彼に助けられた夢をみて、感謝の気持ちよりも激しい怒りをおぼえた。望んでいる絶好の機会を与えたようなものだった。ところが、マウリシオ・バビロニアだけではない、彼女に気のありそうなどの男性にも、メメはまったく逆のことを願っていたのだ。そういうわけで、夢のさめたあとも、彼を避けるどころか、どうしても会わずにはいられないと思ったほど猛烈に腹が立った。一週間のあいだに、この気持ちはますますつのった。土曜には耐えきれないほどのものになり、映画館でマウリシオ・バビロニアに声をかけられたときには、胸が激しく動悸(どうき)を打っていることを悟られないよう、必死の努力をしなければならなかった。喜びと怒りのいりまじった複雑な気持ちでかあっとなりながら、初めて彼に手を差しのべたが、マウリシオ・バビロニアもそのときは、それを握りしめただけだった。メメは自分のとっさの行為を悔んだが、しかしその後悔の念は、男の手が同じように汗ばみ、氷のように冷たいことを知ったとたんに、ある残酷な喜びに変わった。彼女はその晩、願いのかなう見込みのないことをマウリシオ・バビロニアに伝えないうちは、一瞬も気がやすまらないだろうと悟った。そして、そのことばかり考えているうちに一週間がすぎた。パトリシア・ブラウンに自動車のところへ連れていかせようとして、いろいろ手を尽くしたがむだだった。最後に、折りからマコンドで休暇をすごしに来ていた赤毛のアメリカ青年を利用することを思いつき、新型の自動車が見たいという口実で工場まで連れていかせた。男に会った瞬間に、メメは本心をいつわる気がなくなった。マウリシオ・バビロニアとふたりっきりになりたくてうずうずしている自分を意識した。しかし、自分がここへ来るのを見たとたんに相手にその気持ちを悟られたと思うと、やはり腹が立った。

「新しい型を見にきたのよ」と、メメは言った。すると、彼は答えた。

「うまい口実だなあ」

メメは、彼もまたおのれの驕慢(きょうまん)さの炎に焼かれ身もだえしていることを見抜いて、何とかぎゃふんと言わせてやろうと思った。しかし、彼はその余裕を与えずに、大きな声で言った。「おどおどすることはないよ。女が男のためにやきもきするのは、何もきみが初めてじゃない」。彼女はすっかり気落ちして、新型の自動車も見ないで工場を出た。ひと晩まんじりともせず、腹立たしさのあまり泣いた。実は少々気になりだしていた赤毛のアメリカ青年も、洟(はな)たれ小僧としか思えなくなった。そのころから、マウリシオ・バビロニアがあらわれる前には、かならず黄色い蛾が出ることに気づいた。以前にも、とくに工作場で、蛾を見かけたことがあり、ペンキの臭いに引かれて集まるのだと思った。映画館の暗がりで頭の上を飛んでいるのを感じたこともあった。

しかし、群集のなかから彼女だけが見分けることのできる亡霊のように、マウリシオ・バビロニアがつけ回しはじめたとき、これは彼と関係があるのだと悟った。マウリシオ・バビロニアは演奏会の聴衆のなかや、映画館や、大ミサなどにいつも姿を見せていたが、蛾が教えてくれるので、彼を探すのにキョロキョロする必要はなかった。あるとき、アウレリャノ・セグンドが息苦しいほどあたりを飛びまわる蛾にいらだっているのを見て、とっさに、約束どおり秘密を打ち明けようかと思ったが、この時ばかりは、いつものように笑って、「お母さんに教えてやりたいね」とは言わないだろうと直感してやめた。ある朝、薔薇(ばら)の剪定(せんてい)をしていたフェルナンダはおびえたような叫び声をあげ、メメをその場から離れさせた。そこは、かつて小町娘のレメディオスが昇天した場所だった。ほんの一瞬だが、にわかに聞こえた羽音に驚いて、あの奇跡が娘の身に再現するのではないかと思ったのだ。それは蛾のものだった。突然、光のなかから生まれたような蛾を見て、メメはどきりとした。その瞬間である。マウリシオ・バビロニアが、パトリシア・ブラウンからの贈物だという包みを持ってはいって来た。メメは頬のあかからむのをこらえ、動揺を押しかくして自然な笑顔さえ浮かべながら、手が土で汚れているから手すりの上においてくれ、と言った。実は二、三カ月後に、一度会ったことさえ思いださずに追い返すことになる相手だが、フェルナンダがただひとつ気になったのは、男のどす黒い肌の色だった。

「妙な男ね」とフェルナンダは言った。「あの顔色じゃ、長生きしないわよ」

メメは、母親はあの蛾におびえたのだと思った。それは、五つの箱が重ねられた中国ふうのおもちゃだったが、いちばん最後の箱のなかに、金釘流（かなくぎりゅう）の字で「エイガカンデ　ドヨウビアイタイ」と書かれた紙がはいっていた。メメは今さらのように、この箱がフェルナンダの好奇心を呼びそうな場所にあれほど長い時間あったことに慄然とし、マウリシオ・バビロニアの大胆さに心をくすぐられたが同時に、自分がデートに応じると思う相手の無邪気さに驚いた。このときからメメには、土曜日の夜はアウレリャノ・セグンドに用事のあることがわかっていた。しかし、一週間じりじりしていた彼女は、当日の土曜日になってから父親を説き伏せて、映画館に彼女ひとりを残して、はねたころ迎えにくるようにしてもらった。電気のついているうち、一匹の蛾が頭の上を舞っていた。これがそもそもの始まりだった。電気の消えたとたんに、マウリシオ・バビロニアがすり寄ってきた。メメは泥沼でもがいているような不安に襲われ、夢のなかで起こったとおり、暗くてよく見えないが、モーターオイルの臭（にお）いをぷんぷんさせている相手によって救いだされるのを、ひたすら待った。

「もし来なかったら」と相手は言った。「二度とぼくには会えなかったはずだよ」

メメは手の重みを膝に感じ、その瞬間にふたりが孤独の彼岸へと達したことを知った。

「わたし嫌いよ」と、彼女は微笑しながら答えた。「あなたっていつも、言わなくていいことを言うんですもの」

彼女は男に夢中になった。睡眠や食事を忘れ、孤独に深ぶかと身をうずめて、父親さえじゃまだと思うようになった。フェルナンダの目をごまかすために手の込んだ嘘っぱちの用事をこしらえ、友だちを避けた。しょっちゅう、あらゆる場所でマウリシオ・バビロニアに会っていたくて、約束を無視した。最初のうちは彼の乱暴なところが気になった。工作場の背後の人気のない牧草地で初めてふたりきりになったときも、容赦なく手荒に扱われ、ぐったりしてしまった。これも愛情の表現だと気づくまでにはしばらく時間がかかったが、そのときから、彼女はすっかり心の平静を失い、彼なしでは生きられなくなった。灰汁で洗い落としたあとの、頭がくらくらする油の臭いに浸っていたいという、激しい欲望でどうかなりそうだった。とは言うもののアマランタの死の直前には、狂気のなかで一瞬われに返り、不安な将来を思って身震いした。そのころのことである。トランプ占いの上手な女がいることを人づてに聞き、ひそかに訪ねていった。その女というのは、実はピラル・テルネラだった。彼女はメメがはいってくるのを見たとたんに、訪ねてきた理由を見抜いた。「まあおすわり」と声をかけた。「ブエンディア一家の者の明日を占うのに、トランプなんかいらないよ」。そのときに限らなかったが、メメはこの百歳を越える占い師が自分の曾祖母に当たることを知らなかった。恋の悩みはベッドで消すしかないと、あからさまに言われたあとでは、なおさらそれを信じなかっただろう。マウリシオ・バビロニアも同じことを言ったが、メメはやはり信じなかった。職工ふぜいのいい加減な出まかせだと、心の底で思ったからだ。当時の彼女は、ある形の愛情は別の形の愛情を失わせることになる、いったん情欲がみたされれば振り向きもしなくなるのが男の本性だから、と考えていた。ピラル・テルネラはこの誤った考えを捨てさせたばかりか、彼女自身がメメの祖父に当たるアルカディオを、さらにその後、アウレリャノ・ホセを身ごもった、古い天蓋付きのベッドを使えとすすめた。さらに、芥子泥の蒸気で望ましくない妊娠を避ける方法や、困ったことになったとき〈心の痛み〉までいっしょに流してくれる飲み物の調合を教えた。メメはこの訪問によって、酒で酔いつぶれたあの午後と同じような勇気をえた。ところが、アマランタの死のために、決心を実行に移すのを延ばさなければならなかった。九日間の通夜のあいだ、家に押しかけた大勢の人間にまぎれ込んだマウリシオ・バビロニアのそばを、メメはかたときも離れなかった。やがて長い喪と有無を言わさぬ閉居が始まり、ふたりはしばらく離ればなれになった。毎日のように激しい不安や耐えがたい焦り、押し殺した欲望に苦しめられたメメは、外出できるようになったその日に、まっすぐピラル・テルネラの家へ出かけていった。抵抗もせず、慎みを忘れ、めんどうな手続き抜きで、マウリシオ・バビロニアに身をまかせた。その一事にあふれんばかりの才能とあまりにみごとな勘の良さを示したので、彼よりもっと疑り深い男だったら、これらを経験の深さと取り違えたかもしれなかった。ただ厳格な母親のそばから解放してやるつもりで娘のアリバイをこしらえていた、何も知らないアウレリャノ・セグンドの共謀に助けられて、ふたりは三カ月ものあいだ週に二度ほど愛し合った。

フェルナンダがふたりを映画館で見つけた夜は、さすがにアウレリャノ・セグンドも気がとがめ、自分にだったら何でも打ち明けるだろうと信じて、フェルナンダに閉じこめられた寝室のメメを訪れた。ところが、メメは頑として応じなかった。落ち着きはらっていて、その孤独から一歩も外へ出ようとしないので、アウレリャノ・セグンドは、もはやふたりのあいだには何のつながりもなく、あの友情や共謀も昔の夢でしかないと思い知らされた。昔の主人の権威にものを言わせて手を引かせることができるだろうと信じて、マウリシオ・バビロニアと話をしようと考えたが、これは女が片をつけることだとペトラ・コテスに言われて、どうすればいいのか途方に暮れ、軟禁されているうちに娘の悩みが消えるかもしれないと、ただそれを当てにすることになった。

メメは、悲しんでいる様子は毛ほども見せなかった。それどころか、隣りの寝室のウルスラは、彼女の静かな寝息や落ち着いた仕事ぶり、規則正しい食事や健康そのものの消化ぶりなどを感じさせられた。ただひとつウルスラが不審に思ったのは、罰を受けて二カ月ほどたったころのことだが、メメがみんなのように朝ではなく、夜の七時に風呂にはいるということだった。蠍に気をつけるよう注意しようと思ったこともあるが、メメが密告のぬしはウルスラであると信じて避けてばかりいるので、年寄りのいらぬ差し出口はひかえることにした。日暮れになると、黄色い蛾が屋敷にはいり込んできた。毎晩、メメが浴室から出てくるころには、フェルナンダは必死になって殺虫剤で蛾を退治して回った。「大へんだわ」とフェルナンダはつぶやいた。「昔から聞かされてるのよ、夜の蛾は不吉だって」。ある晩、メメがまだ浴室にいるあいだに、たまたまフェルナンダがその寝室にはいっていくと、息もできないほどの無数の蛾が舞っていた。追い払おうとしてそこらの布をつかんだが、芥子泥が床にころがっているのが目にはいり、これと娘の夜間の入浴とを考えあわせて、心臓が凍りつくような恐怖をおぼえた。こんどは、最初のときのようにしばらく様子を見ることなどしなかった。さっそく翌日、彼女と同じで高地から赴任してきた新しい市長を昼食に招待して、鶏が盗まれているらしいので、夜間、裏庭に見張りを立ててもらいたい、と頼んだ。その晩のことである。この数カ月、ほとんど毎晩のことになっていたが、メメが蠍と蛾に囲まれ、裸で、男恋しさに震えながら待ちこがれている、浴室へしのび込むために屋根がわらを引きはがしているところを、マウリシオ・バビロニアは警官たちに撃たれた。背骨にくい込んだ弾丸のために、一生ベッドを離れられない体になった。呻（うめ）き声ひとつ立てず、不平ひとつ言わず、ただの一度も不貞を働かず、かたときも離れない思い出と黄色い蛾に悩まされ、世間から鶏泥棒とつまはじきされながら、年取ってわびしく死んでいった。

マコンドに致命的な打撃を与える事件がつぎつぎに起こりはじめたころ、メメ・ブエンディアの子供が屋敷に運びこまれた。世の中が騒然としていて、他人の内々のことにかまっていられる状態ではなかったので、幸いフェルナンダは子供を世間の目にさらさずにすんだ。実はその子を引き取ったのも、どうにも放っておけない事情のなかで連れてこられたためだった。よっぽど浴槽に沈めてしまおうと思ったが、さすがに、いざというだんになるとおじけづき、いやいやながら一生、厄介ものをしょい込むはめになった。彼女は赤ん坊を、アウレリャノ・ブエンディア大佐の昔の仕事場に押しこめた。サンタ・ソフィア・デ・ラ・ピエダには、籠(かご)で流されているのを見つけたと信じさせた。ウルスラにいたっては、死ぬまでその素姓を知らされなかった。フェルナンダが子供に食事をさせていたとき、のこのこはいり込んだ幼いアマランタ・

ウルスラも、川に籠が浮いていたという作り話を信じさせられた。悲しむべきメメの一件のばかげた処理の仕方で妻を見かぎっていたアウレリャノ・セグンドだが、その彼が孫のいることを知ったのは、子供が屋敷に連れてこられてから三年もたってからだった。フェルナンダが気を許した隙（すき）に逃げだして、ほんの一瞬、裸で廊下に立っているのを見かけたのだ。髪はくしゃくしゃ、七面鳥の垂れた顎（あご）の肉にそっくりなおちんちん、どう考えても人間というよりは、そこらの百科事典で見かける食人種に似ていた。

これほどむごい目に遭おうとは、フェルナンダも予想していなかった。永久にわが家から放逐したと思っていたものが、こんな情けない子供の姿を借りて舞い戻ったのだ。実は彼女は、背骨を砕かれたマウリシオ・バビロニアが運びだされると同時に、この不祥事をもみ消すための計画を綿密にねり上げた。そして翌日、夫にもはからずに自分の荷物をまとめ、娘に入り用だと思われる三枚の着替えをスーツケースに詰めると、汽車の出る半時間ほど前に初めてその寝室をのぞき、こう言った。

「出かけるわよ、レナータ」

ひとことの説明もしなかった。メメも期待しなかったし望みもしなかった。行く先さえ教えてもらえなかったが、かりに屠場であると言われても、驚かなかったにちがいない。裏庭の銃声と、その瞬間のマウリシオ・バビロニアの悲痛な叫びを聞いたときから、二度と、この世を去るまで口をきかなかったのだ。寝室を出るよう母親に言われて、髪を撫でつけることも、顔を洗うこともしなかった。相変わらずつけ回す黄色い蛾さえ目にはいらないのか、夢遊病者のように汽車に乗った。わざと石のように黙りこんでいるのか、それとも、あの悲しい出来事のショックで言葉を失ったのか、そのいずれとも判断しかねたが、フェルナンダはとくに詮索をしなかった。メメは、例の魔の土地を通過したことさえ気づかなかった。線路に沿って果てしなくひろがる暗いバナナ農場も目に映らなかった。アメリカ人たちの白ペンキの家。暑さで白っぽく乾いた庭。ショートパンツに青い縞のシャツという格好で、ポーチでトランプに興じている女たち。そうしたものにも目をくれなかった。バナナをうずたかく積んで埃っぽい道を進んでいく牛車を見ようとしなかった。澄んだ流れで川鱒のようにはね回り、そのみごとな胸を見せつけて乗客に切ない思いをさせる娘たち。マウリシオ・バビロニアの黄色い蛾が舞っている、ごてごてした貧相な労務者用の住宅。そのポーチで便器にうずくまっている青白いやせた子供たち。通過する列車に向かって口汚くわめく腹の大きな女たち。そんなものも目に映らなかった。帰省の折りにはお祭りに思えたはずだが、この一瞬のうちに過ぎていく情景でさえ、メメの気持ちを取り直させることはなかった。彼女は、農場のむし暑さが去っても、窓の外をのぞこうとしなかった。やがて列車は、いまだにスペインの帆船の黒く焼けただれた肋材がころがっている一面の雛罌粟の野原を過ぎて、おおよそ百年前、ホセ・アルカディオ・ブエンディアの夢が無残に砕けた、あの澄んださわやかな風が吹き、波のさわぐ濁った海の見える土地へ出た。

夕方の五時に、列車は低地の終点に着いた。メメはフェルナンダのあとについて下車した。息をはずませている馬に引かれた大きな蝙蝠のような馬車に乗って、荒れ果てた町を通り抜けた。割れ目から白い塩が吹いている長い通りには、娘のころのフェルナンダが昼寝のさいに聞いたものとまったく変わらない、ピアノのレッスンの音が響いていた。やがてふたりは、木製の外輪がにぎやかな音を立て、錆びた鉄板が炉の口のように赤く見える川船に乗りこんだ。メメはさっそく船室に閉じこもった。フェルナンダが一日に二度、食事をベッドまで運んだが、そのつど手つかずの皿を持ち帰らねばならなかった。絶食して死のう、そんなふうにメメが思いつめていたわけではない。ただ、食べ物の匂いを嗅いだだけで胸が悪くなり、胃が水さえ受けつけなかったのだ。芥子泥の蒸気も効き目がなく妊娠していることに、そのときの彼女は気づいていなかった。フェルナンダもまた、ほぼ一年たって子供が屋敷へ連れてこられるまで、そんなこととは疑ってもみなかった。暑苦しい船室で、鉄板の壁の震動と、船の外輪でひっ掻き回された泥の耐えがたい臭気で頭が変になり、メメは日付さえ忘れた。長い日数がたったころのある日、黄色い蛾の最後の一匹が扇風機の羽根に当たってばらばらになった。それを見た彼女は、間違いなくマウリシオ・バビロニアは死んだと思った。しかし、気を落としたりはしなかった。絶世の美女を訪ねるさいにアウレリャノ・セグンドが迷いこんだ、あの日射しの強い高地を騾馬の背でゆられていく旅の途中でも、インディオが開いた道をたどって山越えするときも、また、石だたみの狭い通りに三十二カ所の教会の弔いの鐘の音が鳴りわたる、陰気くさい町にはいったときも、男のことを思いつづけていた。その夜は、フェルナンダが雑草のはびこった部屋に敷き並べた板の上に横になり、窓からはずして来たのはいいが、寝返りを打つたびに裂けていくカーテンの切れっぱしにくるまって、人の住んでいない植民地ふうの屋敷で寝た。メメは眠れずに悶々としている闇のなかで、遠い昔のクリスマス・イヴに鉛の棺桶で運びこまれた黒ずくめの紳士が目の前をよぎるのを見て、自分たちがどこにいるのかを悟った。翌朝、ミサをすませてから、フェルナンダはある陰気な建物までメメを連れていった。王妃としての教育を受けたという修道院の思い出ばなしは母親からよく聞かされていたので、メメは即座に、そこがどこなのかを察した。フェルナンダがすぐわきの部屋で誰かと話をしているあいだ、メメは寒さに震えながら――黒い花模様の地のあらい麻の服と、高地のきびしい寒気で硬くなった編上げ靴をはいたままだった――植民地時代の大司教らの大きな肖像画が高低に壁に並んでいる広間で、おとなしく待っていた。広間の中央につっ立って、ステンドグラスから落ちる黄色っぽい光線の下でマウリシオ・バビロニアのことを考えていると、着替え三枚がはいったスーツケースを提げた美人の見習尼僧(にそう)が、執務室から出てきた。そしてメメのそばまで来ると、立ち止まらずに手を差しのべて言った。

「さあいらっしゃい、レナータ」

メメはその手をにぎり、言われるままにあとについて行った。見習尼僧に足を合わせようとしている姿を最後にちらとフェルナンダに見せて、鉄格子(てつごうし)の奥に消えた。そうなってもまだ、メメの心はマウリシオ・バビロニアの上に、オイルくさい体臭や、その身辺から離れない蛾の上にあった。遠い先のことだが、さまざまな変名を使ったあげく、クラコウ*の暗い病院の片隅で、ひとことも口をきかずに老衰で息を引き取ることになるあの秋の朝まで、彼女は一日も欠かさず彼のことを思いつづけたにちがいない。

フェルナンダは、武装警官に守られた汽車で帰宅した。車中でも、乗客の緊張した表情や、沿線の町々のあわただしい軍隊の動きや、間違いなく大へんなことが起こりそうな気配が気になったが、マコンドに帰り着いて、ホセ・アルカディオ・セグンドがバナナ会社の労務者を煽動(せんどう)してストを計画していると聞いて初めて、事情がのみ込めた。「とうとう来るところまで来てしまったわ。この家からアナキストが出るなんて！」とフェルナンダはつぶやいた。それから二週間後にストが始まったが、懸念(けねん)していたような大事には至らなかった。日曜日までバナナの採取や積出しに駆りだされるのはごめんだ。これが労務者たちの主張だったが、きわめて正当な要求であり、神の教えにもかなっていることなので、アントニオ・イサベル神父までが支持した。これと、その後の何カ月かにわたって起こった一連のストライキの成功のおかげである。それまでぱっとせず、娼婦を呼びこんだだけで、ほかには何の役にも立たない男と言われていたホセ・アルカディオ・セグンドの名前が一躍あがった。的はずれな回船業を始めるために軍鶏(しゃも)を売り払ったときのように、あっさりバナナ会社の監督の仕事をやめて、労務者たちの味方になったのだ。たちまち彼は、国内の治安を乱そうとする国際的陰謀の手先と呼ばれた。一週間ほど不吉なうわさが流れたころのある晩、秘密の会合から出てきたところを正体不明の男にねらわれた。ピストルで四発ほど撃たれたが、奇跡的にかわすことができた。何カ月も張りつめた毎日が続いた。闇の奥にひっ込んでいたウルスラもそれに気づいて、息子のアウレリャノが反乱指嗾のための丸薬をポケットに忍ばせていた、不安な日々がよみがえったような思いをした。この前例があることを教えるためにホセ・アルカディオ・セグンドと話をしたいと思ったが、アウレリャノ・セグンドに聞いても、暗殺事件の夜から、その居所はさっぱりつかめないということだった。

「アウレリャノのときと同じだよ」と、ウルスラは大きな声で言った。「堂々めぐりをしているようなもんだね」

　フェルナンダだけが、当時の世間の不穏な動きにも超然としていた。同意をえないでメメの後始末をしたことで夫と激しく言いあらそった日から、外の世界との接触をまったく失っていた。その必要があれば警察の手を借りてでも娘を救いだそう、アウレリャノ・セグンドはそこまで肚を決めたが、フェルナンダはその鼻先に、メメが自分から進んで修道院にはいったことを証明する書面を突きつけた。事実は、すでに鉄格子が下りてから、そこへ連れこまれたときと同じ無頓着さで、メメは署名したのだった。マウリシオ・バビロニアが鶏を盗みに中庭にはいり込んだという話と同様、アウレリャノ・セグンドは本心ではその証拠とやらを信じなかったが、ともかくこのふたつの理由で事がすんだ気になり、安心してペトラ・コテスのもとに帰って、またもやにぎやかなばか騒ぎや途方もない食べくらべにふけり始めた。フェルナンダは騒然たる町の様子やウルスラの恐ろしい予言を無視して、かねてからの計画を実行することにした。近く僧職につくはずの息子のホセ・アルカディオに宛てて長い手紙を書き、妹のレナータが黄熱病で神に召されたと知らせた。そして、アマランタ・ウルスラの世話をいっさいサンタ・ソフィア・デ・ラ・ピエダにまかせ、メメの不幸な出来事からとだえがちだった遠方の医者との手紙のやりとりを、きちょうめんに再開した。まず手初めに、前からののびのびになっていたテレパシーによる手術の日取りを決めようとした。しかし、目に見えぬ遠方の医者は、マコンドで騒ぎが続いているうちはまずくはないか、という返事をよこした。世間のことにうとく、気のあせっているフェルナンダはさらに一通の手紙を書いて、それほどの騒ぎはどこにも見られない、すべては、かつて闘鶏や船に夢中になったように、今は労働組合のことで駆けずり回っている義兄の気まぐれのせいである、と説明した。まだその話し合いがついていない、ある暑さのきびしい水曜日のことだった。籠を持ったひとりの年配の尼僧が屋敷を訪ねてきた。戸口に出たサンタ・ソフィア・デ・ラ・ピエダは、てっきりただの届け物だと思い、美しいレースの布をかぶせた籠を受け取ろうとした。ところが尼僧は、フェルナンダ・デル＝カルピオ＝デ＝ブエンディア様にじかに、人目につかないようお渡しせよと指図されている、と言って、断わった。メメの子供がはいっていたのだ。そして、それには昔のフェルナンダの聴聞僧(ちょうもんそう)の手紙が添えられていて、子供が生まれたのは実は二カ月前のことである、母親が口を開いて意見を言おうとしないので、勝手だが祖父にちなんでアウレリャノと名付けさせてもらった、と書かれていた。フェルナンダは内心、この運命の皮肉ないたずらにかっとなったが、尼僧の前ではそれをおくびにも出さなかった。

「籠に入れられて川に浮いていた、ということにでもしましょう」と、微笑さえふくんで言った。

「そんな話、信じるでしょうか?」尼僧がそう言うと、フェルナンダは答えた。

「聖書を信じるくらいですもの。わたしの話だって信じるはずだわ」

帰りの汽車を待つあいだに、尼僧は屋敷でお昼をよばれた。くれぐれも粗相のないようにと言われてきたとおり、あれっきり赤ん坊のことを口にしなかったが、しかしフェルナンダは、彼女を一家の恥の好ましからざる生き証人だと考えて、凶報をもたらす使者を縛り首にしたという、あの中世のしきたりが廃(すた)れたことを嘆いた。それで仕方なく、尼僧が去りしだい子供を浴槽に沈めようと決心したのだが、さすがにそんな非道なことはできなくて、厄介ものが消える日を辛抱づよく待つことになった。

幼いアウレリャノが初めての誕生日を迎えたころ、何の前触れもなく、市内の緊張がいっきに高まった。それまで地下にもぐっていたホセ・アルカディオ・セグンドその他の組合指導者たちが、ある週末、突然あらわれて、バナナ栽培地域の町々でデモを煽動して回ったのだ。当局はその場は、デモを整然と行なうよう規制しただけだった。ところが月曜日の夜が来ると、指導者らをめいめいの家から引きずり出して、重さ五キロの足かせをはめ、徒歩で州刑務所へ連行した。そのなかにホセ・アルカディオ・セグンドもいたが、ほかに、同志アルテミオ・クルス*の英雄的な行為をその目で見たというメキシコ革命軍の大佐で、折りからマコンドに亡命中のロレンソ・ガビランという男がまじっていた。ところが、拘留中(こうりゅうちゅう)の食費をどちらが負担するかということで政府とバナナ会社の意見が対立し、三カ月後には彼らは釈放になった。今回のデモ騒ぎを呼んだ労務者らの不満は、不衛生な住居と、いい加減な医療と、不当な労働条件から生まれたものだった。また彼らは、会社は現金を支払わず、社内の売店でヴァージニア産のハムを買うためにしか使えない金券を支給している、と批難していた。ホセ・アルカディオ・セグンドが拘留されたのも、金券制度はバナナ専用船を効率よく動かそうとする会社の策略である、売店用の商品を積まなければ、ニューオーリンズからバナナ積出し港まで空荷で戻らなければならないだろう、と真相をあばいたためだ。その他、批難の対象とされたのは以下のような周知の事実であった。会社の嘱託医らは患者をろくに診察せず、看護婦に命じて診察室の前に一列に並ばせ、マラリアだろうが淋病（りんびょう）だろうが、あるいは便秘だろうが、硫酸銅*まがいの色をした錠剤を与えている。とにかくあらゆる病気にこの治療法を用いるので、子供などは何度でも列について、飲まずに持ち帰った錠剤をビンゴゲームの数取りに使っているほどである。会社の労務者は薄汚い宿舎にすし詰めにされている。また、会社の技師たちはまともなトイレを造らず、クリスマス前後に五十人に一台のわりで移動式トイレをキャンプへ持ちこみ、長期間使用するにはどうすればいいか、その方法を教えている始末である。こうした批難を手ぎわよくもみ消すのに、昔はアウレリャノ・ブエンディア大佐にうるさくつきまとったが、今ではバナナ会社の鼻息をうかがっている老いぼれ弁護士らがひと役買った。この連中は労務者たちが全員一致でしたためた要求書も、長いあいだ、その内容をバナナ会社に伝えなかった。そしてそれを知ったとたんに、ブラウン氏は豪華なガラス張りの客車を仕立てさせ、会社の主だった者たちとともにマコンドから姿を消した。ところが次の土曜日に、そのうちのひとりが娼家（しょうか）で見つかった。労務者たちは、罠（わな）にかけることを進んで引き受けた女と裸で寝ていた彼に、無理やり要求書にサインさせた。ところが哀れな弁護士たちは法廷で、この男は会社とは何の関係もないと証言し、その言葉を疑わせないために彼を詐欺犯として告訴し、逮捕させた。その後しばらくして、ブラウン氏自身がお忍びで三等車に乗っているところを捕まり、さらにもう一通の要求書にサインさせられた。ところが彼は翌日、髪を黒く染め、なめらかなスペイン語をしゃべりながら判事のもとに出頭した。そして例の弁護士らが、これはアラバマ州プラットヴィル出身の会社代表者、ジャック・ブラウン氏ではない、マコンド生まれでダゴベルト・フォンセカという名前の、毒にも薬にもならない薬種屋である、と証言した。これを見た労務者らがさらに新しい手を打とうとすると、いち早く弁護士らは、領事や外務大臣の確認を取りつけた上で、ブラウン氏は去る六月九日、シカゴで消防車に轢殺されたという内容の死亡証明書を街頭に貼りださせた。労務者らはこの強引さにあきれ、マコンドのおえら方を当てにするのをやめて、上級の裁判所に訴えて出た。だが、そこでも法律の奇術師らは、この要求にはまったく根拠がない、過去と現在、いや未来にわたって、会社には常雇いの労務者なるものは存在せず、臨時に、季節ごとに雇傭する者がいるだけである、と証言した。その結果、ヴァージニア産のハムや霊験あらたかな錠剤、それにクリスマス汲み取りのトイレなどの件はその事実なしと認定され、裁判所の決定にもとづいて、常雇いの労務者のいないことを証明する、しかつめらしい文言をつらねた公示が出された。

大規模なストが始まった。農場の作業は中断され、バナナが株のまま腐っていった。百二十両連結の列車があちこちの支線で立ち往生した。ひまを持てあます労務者らが町々にあふれた。トルコ人街では土曜日のようなにぎわいが続き、ハコブのホテルの玉突き場は、客を入れ替えて二十四時間営業を行なった。治安確保のため軍隊が出動するという知らせがはいったのは、たまたまホセ・アルカディオ・セグンドがそこにいたときである。御幣をかつぐ男ではなかったが、彼はその知らせを、ヘリネルド・マルケス大佐に許されて銃殺を見にいったあの遠い朝から待っている、死の先触れだと思った。しかし、この不吉な予感にうろたえはしなかった。やりかけのゲームをそのまま続け、キャノン*を物にした。そしてその直後に、打ち鳴らされる太鼓や、けたたましいラッパや、右往左往する群集のわめき声を聞いた。玉突きだけではなく、あの処刑の朝からひとり自分を相手に続けてきた勝負のけりが、ようやくついたことを知った。通りをのぞくと、三個連隊の兵隊たちが太鼓の音に歩調を合わせて、大地をゆるがしながら行進してくるのが目に映った。多頭のドラゴンの鼻あらしのようなその勢いで、白昼の街に悪臭がみちあふれた。連中は小柄だががっしりしていて、動作が荒っぽかった。馬のような汗をかき、太陽にあぶられた屍肉(しにく)の臭いを体から発散させていた。また、いかにも高地の人間らしく口数が少なくて、頑固で、ふてぶてしかった。目の前を通りすぎるのに一時間以上もかかったのに、数個分隊の者が入れかわり立ちかわり出てくるような印象を与えた。みんなが兄弟のようによく似ていて、めいめいが背嚢や水筒の重み、剣付き鉄砲をかまえている恥ずかしさ、盲目的な服従や名誉心の軟性下疳的な苦痛などに、同じような粘りづよさで耐えていたからである。ウルスラは闇のなかのベッドから軍靴の音を聞いて、合わせた手を高だかと差しあげた。ほんの一瞬だがサンタ・ソフィア・デ・ラ・ピエダも、アイロンを当てたばかりのレースの卓布の上にかがみ込むようにして現実の世界をのぞき、折りからハコブのホテルの入口で最後尾の兵隊たちが通りすぎるのを平然とながめていた、息子のホセ・アルカディオ・セグンドの身に思いをはせた。

　軍隊は戒厳令を敷いて争議の調停を行なう権限を与えられていたが、実際には、仲裁の試みはいっさいなされなかった。マコンド市内に展開を終わると同時に、兵隊たちは銃をおき、バナナを摘んで列車にのせ、出発させた。そのときまで辛抱していた労務者はサボタージュにはいり、仕事用の山刀だけを武器に、森に姿をひそめた。農場や売店を焼き打ちした。機関銃の威力をかさに運行しはじめた列車を妨害する目的で、レールを破壊し、電信電話用のケーブルを切断した。用水は血で赤く染まった。電気の通った鶏舎で生きのびていたブラウン氏は、家族その他の同国人といっしょに外へ連れだされ、軍隊の保護下にある安全な地域に移された。かつて例をみない血なまぐさい内乱が今にも勃発すると思われたとき、当局は労務者たちにたいして、マコンドに集まるよう呼びかけた。その内容は、次の金曜日に州の軍政司令官が当地を訪れて、争議の調停を行なうというものだった。

ホセ・アルカディオ・セグンドも、金曜日の早朝から駅に集まった群集にまじっていた。彼はあらかじめ組合指導者らの会合に出席して、ガビラン大佐とともに群集にまぎれていて、状況に応じてこの群集を動かすという任務をさずけられていた。軍隊が広場のまわりに機関銃をすえ、電流で囲まれたバナナ会社の構内は大砲で守られていると知ったときから、塩辛くてねばねばしたものが上顎にへばりついたように、気分が悪かった。正午ごろには、労務者に女子供をまじえた三千人を超える群集が、いっこうに到着する気配のない列車を待ちながら、駅前の広場からあふれて、ずらり並んだ機関銃でふさがれた周囲の通りで押し合いへし合いしていた。ただの出迎えではなくて、お祭りのような騒ぎだった。トルコ人街の揚げ物や冷たい飲み物などの屋台まで移動してきて、人びとは時間待ちの退屈さや強い日射しに陽気に耐えていた。三時ちょっと前に、当局が仕立てた列車は明日まで到着しないだろう、といううわさが流れた。疲れた群集の口から失望の吐息が洩れた。ひとりの中尉が、群集に向けて四つの機関銃座がすえられた駅舎の屋根に上がり、ラッパの合図で静粛を命じた。ホセ・アルカディオ・セグンドのわきに、四つと七つぐらいの年ごろのふたりの子供を連れた、ひどく太った裸足（はだし）の女が立っていた。女は下の子を抱きあげてから、相手がホセ・アルカディオ・セグンドであるとは知らずに、話がよく聞えるように、もう一人の子供を持ちあげてやってくれと頼んだ。ホセ・アルカディオ・セグンドは子供を肩車にのせてやった。信じる者はなかったが、子供はそれから長い歳月がたったころも、州管轄（かんかつ）の軍政司令官の政令第四号をメガホンで読みあげる中尉を見たことを語りぐさにしたものだ。政令には、カルロス・コルテス＝バルガス将軍とその副官エンリケ・ガルシア＝イサーサ少佐のサインがあり、八十語をついやした三カ条のなかで、スト参加者たちを不逞（ふてい）の徒ときめつけ、場合によっては射殺する権限を軍隊に与えていた。

政令を読みあげたあと、耳の痛くなる抗議の口笛が聞こえるなかで、ひとりの大尉が駅舎の屋上の中尉と交替し、メガホンをにぎって、話がしたいという合図をした。群集はふたたび静かになった。

「諸君」と、大尉は疲れたような、間のびした低い声で言った。「五分間の猶予（ゆうよ）を与える。この場を立ち去れ！」

激しい口笛やわめき声で、その五分間の始まりを告げるラッパの音も掻き消された。誰ひとりその場を動こうとしなかった。

「五分間たった」と、同じような声で大尉が言った。「もう一分待つ。それでも立ち去らなければ発砲する」

氷のように冷たい汗を掻きながら、ホセ・アルカディオ・セグンドは肩の子供を下におろして女に渡した。「あいつら、ほんとに撃つ気だわ」と、女が小声で言った。ホセ・アルカディオ・セグンドが口を開くひまもなかった。その女の言葉にこたえて、間髪いれずにガビラン大佐のつぶれたような叫び声が耳にはいったからだ。緊張と底知れぬ静寂に酔い、死に取り憑かれたこの群集を動かしうるものは何もないことを確信しながら、ホセ・アルカディオ・セグンドは前にいる連中の頭ごしに身を乗りだして、生まれて初めて大きな声で叫んだ。

「腰抜けめ！　一分たっても、おれたちはここを動かないぞ！」

この叫びに続いて起こったことは、恐怖よりもむしろ一種の幻覚に彼を陥れた。大尉の命令で、十四カ所の機関銃座がいっせいに火を吐いた。だが、すべてが見せかけとしか思えなかった。カタカタカタという せわしない銃声が響き、白熱した薬莢が飛ぶのは見えるけれども、石と化して瞬間的に不死身になったのか、密集した群集のあいだにはかすかな身動きも感じられず、また声ひとつ、吐息ひとつ洩れなかったので、機関銃にはおもちゃの火薬玉がこめられているとしか思えなかった。突然、駅の向こうはじで、不吉な悲鳴が呪縛を破った。「おかあさん！」激震、もうもうと吹きあがる噴煙、天変地異にともなう轟音、それらを思わせるものが、すさまじい膨脹力とともに群集のまっただ中で爆発した。ホセ・アルカディオ・セグンドは子供を抱きあげるのがやっとだった。母親はもうひとりの子供を連れて、恐怖に駆られて散っていく群集にのみ込まれた。

　長い歳月がたってからも、その子供がよく話していたとおり――もっとも近所の連中は、じいさん頭がおかしいんだ、くらいにしか思わなかった――ホセ・アルカディオ・セグンドは彼を頭上に高だかと差しあげて、宙を行くように、恐怖に憑かれた群集に押し流されるように、すぐわきの通りまで運ばれていった。子供はその絶好の位置から、狂奔する群集の先頭が角に達したとたんに、ずらり並んだ機関銃が火を吐くのを見届けた。数名の者が同時に叫んだ。

「伏せろ！　地面に伏せるんだ！」

　最前列にいた者は機関銃弾になぎ倒されて、すでにその叫びどおりになっていた。生き延びた連中は地面に伏せるかわりに、必死に広場へ戻ろうとした。激しい恐怖のドラゴンの尾にはねられてひと塊の波となった彼らは、やはり機関銃の音が絶えまなく続いている反対側の通りにひそんだ、別のドラゴンの尾ではじかれてきた逆方向の波と合流した。完全に包囲されていた。群集は大きな渦を描いてぐるぐる回ったが、その渦が中心に向けてしだいに小さくなっていった。飽くことを知らない、律義な鋏めいた機関銃弾によって、玉葱の皮でもむくように、縁からきれいに刈りこまれていったからだ。子供は、どういうわけか暴走をまぬかれた場所に、胸を抱くようにしてひとりの女がひざまずいているのを見た。その子供を下におろした瞬間である。ホセ・アルカディオ・セグンドは顔じゅう血だらけになって、その場にくずおれた。巨大な人の波が、空地を、ひざまずいている女を、乾期の高い空から落ちる光線を、ウルスラ・イグアランがさんざん動物の飴細工を売って歩いたいまわしい世界を、すべてを、ひと呑みにした。

意識を取り戻したとき、ホセ・アルカディオ・セグンドは闇のなかにあおむけになっていた。静かに走る長い列車に乗せられていることを知った。また、乾いた血のりで髪がこわばり、節ぶしが痛むことに気づいた。耐えきれないほど眠かった。恐怖を忘れて何時間か寝るつもりで、痛みの少ないほうへ体の向きを変えたとき、初めて彼は死体の上に横になっていることに気づいた。中央の通路はともかく、貨車には空いている場所はなかった。まわりの死体が秋口の石膏のように冷たく、乾いた泡のようにぶよぶよしているところを見ると、虐殺からすでに数時間は経過しているはずだった。死体を貨車にのせた連中は余裕たっぷり、バナナの房を運ぶときと同じやり方でそれを積み上げていた。悪夢のような情景から逃れるために、ホセ・アルカディオ・セグンドは列車の進行方向に沿って、貨車から貨車へと這っていった。眠っている町や村を通過するさいに板の隙間から洩れる光線で、検査にはねられたバナナと同じように海に投げこまれるはずの男や女、それに子供たちの死体が目にはいった。知った顔は、広場で冷たいものを売っていた女と、混乱のなかを掻き分けていくために使った、モレリア*産の銀のバックル付きのバンドをいまだに手に巻いているガビラン大佐の二人きりだった。一両目の貨車にたどり着いたとき、ホセ・アルカディオ・セグンドは闇に向かって飛び、列車が通りすぎるまで溝に伏せていた。こんなに長い列車にお目にかかるのは、これが初めてだった。二百両に近い貨車から編成されており、前後に一台ずつ、さらに真ん中にも一台、機関車が連結されていた。明かりはひとつもついていなかった。赤と緑の標識灯までが消されていて、夜間用のスピードで、音を忍ばせながら走っていた。貨車の屋根の上に、機関銃をかまえた兵隊たちの黒い影が見えた。

真夜中を過ぎたころから、どしゃぶりの雨になった。飛び降りた場所は見当がつかなかったが、列車と逆の方向に歩いていけばマコンドにたどり着けることはわかっていた。ずぶ濡れになり、激しい頭痛に悩まされながら三時間以上も歩いただろうか、朝の光に浮かび上がるように数軒の人家が目についた。コーヒーの匂いにつられて一軒の家の台所へはいっていくと、子供を抱いた女がかまどの上にかがみ込んでいた。「おはよう」と、彼は絶えだえに言った。「ホセ・アルカディオ・セグンド、という者だ」

生きていることを自分で確かめるように、彼は一字一字はっきりと名前のぜんぶを言った。それでよかったのだ。げっそりやせて影が薄く、頭も服も血だらけ、死神に取り憑かれたような姿が戸口に立っているのを見て、女はてっきり幽霊だと思ったからである。女は、彼を知っていた。かまどで服を乾かすあいだかぶっているようにと言って、一枚の毛布を持ってきてくれた。かすり傷だが、その傷口を洗うお湯を沸かし、頭に巻く繃帯がわりに汚れていないおむつを出してきた。そのあと、ブエンディア家の者の好みは聞いていたので、砂糖なしのコーヒーを一杯いれてから、服を火のそばにひろげた。

ホセ・アルカディオ・セグンドはコーヒーを飲み終わって、ようやく口を開いた。

「三千人はいたはずだ」と小さな声で言った。

「何のことです？」

「いや死人の話さ」と、彼は説明した。「きっと、みんな駅にいた連中なんだ」

女は哀れむような目で彼を見つめた。「この土地では、死人なんか出ていませんよ。あなたの大叔父さんの大佐が活躍されていたころはともかく、あれから、マコンドはほんとに静かなもんですよ」。わが家にたどり着くまでに立ち寄った三軒の台所で、ホセ・アルカディオ・セグンドは同じことを聞かされた。「死人なんて出ていませんよ」。駅前の広場を通りかかっても、揚げ物屋のテーブルが積みあげられているだけで、そこにもまた虐殺の痕跡(こんせき)は何ひとつなかった。小やみなく雨の降る通りには人影がなく、家々の戸は閉め切られて、ひっそりと静まり返っていた。人のいることを告げるものは、そのとき鳴りはじめたミサの鐘くらいのものだった。彼はガビラン大佐の家の戸をノックした。何度も見たことのある腹の大きな女が、鼻先で戸をピシャリと閉めた。「あの人は出ていきましたよ」。おびえた声で女は言った。「国へ帰るんですって」。金網張りの鶏舎の正面の入口はふだんと同じように、レインコートと防水帽を身につけ、石のように雨に打たれているふたりの警官によって守られていた。町はずれの狭い通りで、アンティール諸島から来た黒人たちが土曜日の讃美歌(さんびか)を合唱していた。ホセ・アルカディオ・セグンドは中庭の塀を乗り越えて、勝手口から屋敷のなかへはいっていった。サンタ・ソフィア・デ・ラ・ピエダは別に声をあげもしなかった。「フェルナンダに見つからないようにね」と言った。「さっき起きようとしてたわよ」。しめし合せてでもいたように、彼女は息子を〈おまるの部屋〉に連れてゆき、メルキアデスのがたがたのベッドを用意してやった。そして午後の二時ごろ、フェルナンダが昼寝をしている隙に、窓から食事を差し入れた。

実は、アウレリャノ・セグンドが雨に降られて屋敷に泊りこんでいたが、午後の三時になっても晴れる様子がなかった。サンタ・ソフィア・デ・ラ・ピエダから耳打ちされて、彼はメルキアデスの部屋にいる兄を訪れた。虐殺の話や、死人を満載して海へ向かった不気味な列車のことなどを、彼もまた信じなかった。すでに前の晩に、政府の特別の告示を読んでいたのだ。それによれば、労務者らは駅前を退去せよという命令に服従して、おとなしくわが家へ帰ったということだった。さらに告示は、組合の指導者らは愛国心を発揮して、医療の改善、各戸にトイレを設けること、というこの二点にまで要求を引き下げたと公表していた。さらにその後の発表で、労務者らの同意を取りつけた軍関係者が急ぎそのことをブラウン氏に伝えると、彼は新しい条件を受け入れただけでなく、争議の解決を祝う三日間のパーティの費用負担を申し出たことが明らかにされた。ただ、軍関係者が協定調印の日取りをいつにするかと聞くと、彼はいなずまの走る空を窓ガラスごしにのぞいて、何とも頼りない調子で言った。

「ま、晴れてからでいいだろう。雨が降ってるあいだは、業務はいっさい停止だ」

折りから乾期で、三カ月も前から雨がなかったのだが、ブラウン氏がその決定を口にしたとたんに、バナナ栽培地区の全域にわたって沛然と雨が降りはじめた。マコンドへ帰る途中のホセ・アルカディオ・セグンドを襲ったのは、実はこれだった。一週間後も雨は降りつづいていた。死者は出なかった。労務者は満足して家族のもとへ引き揚げた。バナナ会社は雨のあいだは活動を停止する。この公式発表は、利用できるあらゆる情報手段を通して、政府によってくり返しくり返し全国に流され、ついに一般に信じられるようになった。長雨による災害が生じた場合に講ずるべき緊急の措置を考慮して戒厳令はそのままになっていたが、軍隊はキャンプに戻っていた。兵隊たちは、昼間は膝までズボンをまくり上げて、川になった通りで子供相手に遭難ごっこに興じた。ところが、夜になり消灯時間が来ると、兵隊たちは銃で民家の戸をたたき壊し、ベッドから容疑者を引きずり出して連行した。そして、それっきり家へ帰さなかった。政令第四号にもとづいて、不良、殺人犯、放火犯、暴徒らの捜索と逮捕が続いているのだと思われた。しかし軍当局は、消息を聞きに司令室へ押しかけた犠牲者の身内にさえ、その事実を否定した。「きっと、夢か何かだろう」と、将校たちは言い張った。「マコンドでは何事も起こらなかった。現在そうだし、将来もそうだろう。まったく平和そのものだ、この町は」。こうして組合の指導者らは完全に抹殺された。

ホセ・アルカディオ・セグンドだけが生き延びた。ところが二月のある晩、間違いなく銃の台尻でドアをたたいていると思われる音がした。屋敷を出るために雨の上がるのを待っていたアウレリャノ・セグンドがドアをあけると、将校に率いられた六人の兵隊が立っていた。雨に濡れた兵隊たちは、無言で屋敷じゅうの部屋や衣裳だんすを調べた。広間はもちろん、穀物部屋も見逃さなかった。ウルスラは部屋の明かりがともされたので目をさまし、捜索の続いているあいだ息を詰め、組んだ手をそちらに向けて兵隊たちの動きを追っていた。サンタ・ソフィア・デ・ラ・ピエダが隙を見て、メルキアデスの部屋で眠っているホセ・アルカディオ・セグンドに急を知らせたが、今となってはとうてい逃げおおせられないと、彼はあっさり観念した。そして、サンタ・ソフィア・デ・ラ・ピエダが部屋のドアを閉めて出ていくのを見届けてから、シャツと靴を身につけ、ベッドに腰かけて連中の来るのを待った。連中は金細工の仕事場をひっ掻き回している最中だった。将校は南京錠をはずさせ、懐中電灯をすばやく動かして、仕事台や酸類のフラスコが並んだガラス戸棚、それに持ち主がおきっ放しにしたままの器具などを見た。誰も部屋を使っていないことがわかったはずなのに、将校はずるがしこく、細工をやるのはお前か、とアウレリャノ・セグンドに聞いた。アウレリャノ・ブエンディア大佐の仕事場だったと答えると、「ああ、なるほど」と将校はうなずき、明かりをつけさせて、徹底的に捜索するよう命令した。溶かさずにフラスコの後ろのブリキ缶に隠されていた十八個の金細工の魚は、兵隊たちの目を逃れられなかった。将校は仕事台に並べさせて、ひとつひとつ丹念に調べた。それから、いやにやさしい声で言った。「どうだろう。ひとつもらってもいいかね？　昔はこれも、政府転覆の符丁だったが、今じゃただの記念品てところだ」。少年と言ってもいいような若い将校で、少しもものおじしなかった。それまで気がつかずにいたが、なかなか感じのよい相手なので、アウレリャノ・セグンドは喜んで贈った。将校は子供のように目を輝かせてシャツのポケットにしまい、残りをブリキ缶に入れてもとの場所に戻した。

「すばらしい記念になる」と言った。「アウレリャノ・ブエンディア大佐は、この国の偉人の一人なんだから」

しかし、彼が人間的な一面を見せたのはつかの間で、そのために職務を怠ることはなかった。サンタ・ソフィア・デ・ラ・ピエダが一縷の望みにすがるように、ふたたび錠を下ろしたメルキアデスの部屋の前に立っていた。「ここは、長いこと誰も使ってないんですよ」と彼女は言った。将校は強引にそこをあけさせ、懐中電灯で掃くように部屋ぜんたいを照らした。光線がホセ・アルカディオ・セグンドの顔をかすめたとき、アウレリャノ・セグンドとサンタ・ソフィア・デ・ラ・ピエダの両名は、そのアラビア人めいた目をはっきりと見て、これで心配ごとがひとつ消える、あとにまた控えているが、こいつはもうあきらめるより手がない、と観念した。ところが、将校はなおもそのまま懐中電灯で部屋のなかを調べつづけ、いくつもの衣裳だんすに押しこまれた七十二個のおまるに出くわすまでは、とくに変わった表情を見せなかった。ホセ・アルカディオ・セグンドはひどくまじめな思いつめた顔で、いつでも出かけられるように、ベッドの端にすわっていた。彼の背中には、綴じ糸のほつれた書物をのせた棚や、巻物になった羊皮紙や、きれいに片付いた仕事机や、真新しいインクのはいった壺などがあった。アウレリャノ・ブエンディア大佐だけは感じることができなかったが、幼いころのアウレリャノ・セグンドがそこで経験したとおり、空気はきれいで、明るくて、塵も見当たらず、傷んでいる個所もなかった。しかし、将校はおまるにしか関心を示さなかった。

「この家は、いったい何人家族だね？」と聞いた。

「五人ですよ」

納得がいかない様子だった。将校の視線は、アウレリャノ・セグンドとサンタ・ソフィア・デ・ラ・ピエダの目には依然としてホセ・アルカディオ・セグンドの姿が見えている位置にそそがれていた。こっちを向いているくせに自分の姿が見えていないことに、ホセ・アルカディオ・セグンドも気づいた。兵隊たちに言っていることを聞いてアウレリャノ・セグンドは、この若い軍人の目はアウレリャノ・ブエンディア大佐の目と同じ節穴であることを知った。

「ほんとうに、この部屋には長いこと人が住んでいないらしい」と、将校は兵隊たちに言っていた。「蛇がいるかもしれんぞ、気をつけろ」

ドアが閉められたとき、ホセ・アルカディオ・セグンドははっきりと、これで自分の戦いは終わった、と思った。何年か前、アウレリャノ・ブエンディア大佐が戦場の楽しさについて語り、自分の経験した例を数かぎりなく挙げて実証しようとしたことがあった。彼はそれを信じた。ところがその晩、兵隊たちの見えない目で見つめられながら、最近の数カ月の緊張や刑務所の惨(みじ)めな暮らし、駅前での混乱や死体をのせた列車のことなどを思い返しているうちに、ホセ・アルカディオ・セグンドは、アウレリャノ・ブエンディア大佐は道化か阿呆(あほう)か、そのどちらかでしかなかったという結論に達した。戦争がどういうものかを説明するのに、なぜあれほどの言葉をついやす必要があったのか、理解に苦しんだ。恐怖、この一語で足りるはずだった。ところが、不思議な光線や雨の音、目には見えない存在だという意識などに守られながら、メルキアデスのこの部屋にじっとしていると、これまで一度も経験したことのない心の安らぎを感じた。ただひとつ、今もまだ気にかかるのは、生き埋めにされないかということだった。毎日そこへ食事を運んでくるサンタ・ソフィア・デ・ラ・ピエダにその話をすると、精いっぱい長生きをして、ちゃんと死んでから埋葬されるのを見届けてやるよ、と約束してくれた。それですっかり不安の消えたホセ・アルカディオ・セグンドは、メルキアデスの残した羊皮紙を何度となく読み返しはじめた。訳がわからないだけに、かえっておもしろかった。二カ月後には静寂の新しいあり方になっていたが、雨の音に慣れた彼の孤独を乱すものはただひとつ、サンタ・ソフィア・デ・ラ・ピエダの部屋への出入りだけになった。そこで彼女に頼んで、食事は窓のところにおかせ、ドアに南京錠をかけてもらった。兵隊たちにその姿が見えなかったことを知って、そこにかくまっておいても不都合はないと思いだしたフェルナンダをふくめて、家族のほかの者は彼のことなど忘れてしまった。その幽閉生活も半年を迎えたころ、兵隊たちがマコンドを去ったのを見て、アウレリャノ・セグンドは晴れ間を待つまでの話し相手にと思い、南京錠をはずした。ドアを開けたとたんに、床にずらりと並び、いずれも二度、三度と使われた形跡のある、おまるの耐えがたい悪臭が鼻を打った。頭の禿げあがったホセ・アルカディオ・セグンドは、胸の悪くなる臭いで汚れた空気を気にする様子もなく、理解できない羊皮紙を飽きもせずに読み返していた。おだやかな光が彼をつつんでいた。ドアが開いたのに気づいて、彼はわずかに視線を上げた。弟はその目を見ただけで、彼が曾祖父と同じ運命をたどったことを知った。

「三千人以上はいたぞ」。ホセ・アルカディオ・セグンドは、これしか言わなかった。

「絶対に間違いない。駅にいた連中はみんな殺られたんだ！」

四年十一カ月と二日、雨は降りつづいた。小雨がぱらつく程度のときもあり、そのつどみんなは着飾って、やみあがりの病人のような顔で晴れ間を祝ったが、しかし間もなく、いったんやんでも、それはあとで雨がいっそう激しく降りだす前触れと思うようになった。樽の底が抜けたようなどしゃ降りが始まり、北から襲うハリケーンで家々の屋根は崩れおち、壁は傾いた。わずかに残っていた農場のバナナの株も根こそぎにされた。ウルスラはつい昔のことを思いだしたが、不眠症がはやったころと同じように、みんなはこの災厄のなかで無聊から逃れる方法をいろいろと編みだした。アウレリャノ・セグンドも、怠惰に溺れまいとして手を尽くしたこの連中のひとりだった。ブラウン氏が嵐を呼んだ夜は、たまたま用事があってわが家へ帰っていた。フェルナンダが気をきかして、衣裳だんすの底の骨が折れた傘を渡そうとすると、彼は言った。「そんなものはいらん。雨が上がるまでここにいるから」。絶対に守らねばならぬ約束ではなかったが、あやうくその通りになるところだった。ペトラ・コテスの家に着替えをおいてきているので、彼は三日ごとに身につけたものを脱ぎ、洗濯が終わるまでパンツ一枚でじっとしていた。そして退屈しのぎに、屋敷のあちこち傷んでいる個所の修理に精出した。蝶番の具合をなおし、錠前に油を差した。ノッカーのねじを締め、掛け金を調べた。何カ月ものあいだ、ホセ・アルカディオ・ブエンディアの生きていたころジプシーが忘れていったと思われる道具箱をかかえて、うろうろしている彼の姿が見られたが、しかし何となく運動のつもりでやっているのか、冬場の暇つぶしにすぎないのか、それともきびしく自分に課した節制のためなのか、その点ははっきりしなかった。いずれにせよ、突き出ていた腹が革袋のように少しずつしぼんでゆき、亀の子にそっくりな福々しい顔の赤味が薄らいで、垂れていた顎の肉も目立たなくなり、ついには体ぜんたいの厚皮類めいた感じが消えて、ふたたび自分で靴紐が結べるまでになった。掛け金を取りつけたり時計を分解したりしている夫を見たフェルナンダは、アウレリャノ・ブエンディア大佐の魚の金細工、アマランタのボタン付けと死装束、ホセ・アルカディオ・セグンドの羊皮紙、ウルスラの思い出ばなしなどと同じで、夫もまた、一度すませたものをまた最初からやりなおす、あの悪い癖に染まったのではないかと心配した。だが、それは見当ちがいだった。困ったことに雨のおかげで何もかもが狂ってしまったのだ。水気などあるはずのない機械までが、三日ごとに油をくれないと歯車のあいだから黴を吹いた。金銀糸が錆びつき、濡れた衣類にサフラン色*の苔がはえた。魚がドアから奥へはいり込んであちこちの部屋を泳ぎまわり、窓から外へ抜けられるくらい、空気は水をふくんでいた。ある朝、そのまま意識を失いそうな気分になり、ウルスラは目をさました。輿に乗せてでもいい、ともかくアントニオ・イサベル神父のところへ連れていけ、と彼女が言いだしたときである。その背中にびっしり蛭が貼りついているのをサンタ・ソフィア・デ・ラ・ピエダが見つけた。血を吸い尽くされてはというので、燃えさしの薪で虫けらを一匹ずつ引きはがした。床を乾燥させ、ベッドの脚を床から離し、ふたたび靴で歩きまわれるようにするために、溝を掘って屋敷の水はけを良くし、ひき蛙や蝸牛を追いださなければならなかった。手の離せないこまごました用事がありすぎて、アウレリャノ・セグンドはようやく老境を迎えつつあることに気づいていなかった。ところがある日の午後、揺り椅子にすわって早ばやと暮れていく空をながめていた彼は、ペトラ・コテスの顔を思い浮かべても、身内におののきひとつ感じない自分を知った。しっとりとした中年の美しさを保っているものの、いかにも味けないフェルナンダの愛のふところに戻るのも悪くないとさえ思った。しかし、これも雨のせいだろう、今では不意に欲情することがなく、気抜けしたような食欲不振に落ちいっていた。雨が降りだしてから間もなく一年になるが、ひまつぶしに、これが昔だったら何をしたか、あれこれ想像してみた。バナナ会社がはやらせる前に、いち早くトタン板をマコンドに持ちこんだ連中のひとりではあったが、それはただ、そのトタン板でペトラ・コテスの寝室の屋根をふかせ、心に深くしみいる――あのころはそうだった――雨の音を聞いて楽しむためだった。だが、そうした青春時代の途方もない放埒の思い出も、もはや彼の心を動かすことはなかった。最後のらんちき騒ぎで許されただけの道楽をし尽くして、そのかわり、あれこれ思いだしても悲哀や悔いを感じないですむという、けっこうな代償をえていたのだ。長雨のおかげで、腰をすえてじっくりものを考える時間が持てるようになったと思われた。また、ペンキや油差しをかかえてうろうろしているうちに、手をつけられたはずなのに実際にはそうしなかった役に立つ仕事を、あれもこれもやっておけばよかったと、今さらのように悔んでいると思われた。だが、どちらも当たっていなかった。彼が家にこもって仕事をする気になったのは、熟慮と反省の結果ではなかった。はるかな昔、メルキアデスの部屋で空飛ぶ魔法の絨毯や、水夫ごと船をのみ込んでしまう鯨などの不思議な物語を読みふけっていたころにきざしたもので、それがたまたま、乾し草用のフォークに似た雨でほじくり出されたのだ。フェルナンダが気を許した隙にアウレリャノ少年が廊下にとび出し、祖父である彼がその出生の秘密を知ったのもこの前後のことである。散髪をしてやり、ちゃんと服を着せ、ひと見知りする癖を直してやった。すると立ちどころに、高い頬骨といい、きょとんとした目付きといい、わびしげな翳といい、まぎれもなくアウレリャノ・ブエンディアを名のるのにふさわしい人間であることがわかった。フェルナンダは肩から荷が下りたような気分だった。ずいぶん前から自分の高慢さに気づいていたのだが、考えれば考えるほどどの策もばかげたものに思えて、改めることができずにいたのだ。アウレリャノ・セグンドが事実をありのままに——むしろ孫のできたことを喜んで——受け入れると知っていれば、ひとり考えこんだり、一日のばしにしたりするまでもなく、一年は早く、悩みから逃れることができたはずである。すでに歯の生えかわっていたアマランタ・ウルスラにとってこの甥は、手に負えないが長雨の退屈しのぎに格好なおもちゃとなった。昔のメメの寝室におき忘れられたまま、誰も手を触れようとしない英語版の百科事典のことを思いだしたアウレリャノ・セグンドは、ふたりの子供にまず挿画を、とくに動物のそれを見せてやった。しばらくしてから、遠い国々の地図や有名な人物の写真なども見せてやった。ところが、英語はさっぱりだし、誰でも知っているはずの都市や名士の見分けもろくにつかないので、勝手に名前や逸話をでっち上げて、それで子供たちの飽くことのない好奇心を満足させる始末だった。

雨が上がりしだい夫は情婦のもとへ帰るのだと、フェルナンダは本気で思っていた。雨が降りだした最初の二、三カ月は、夫が寝室へやって来て、恥ずかしい話だが、アマランタ・ウルスラの出産以後、ある種の仲直りもできない体になっていることを見抜かれはしないかと心配した。ひんぱんな事故のために途絶えがちだったが、彼女が顔も知らない医者との文通に夢中になったのも、実はそれが原因だった。暴風雨で列車の脱線事故が相ついでいるとわかった当初のことである。医者から連絡があって、出した手紙が途中で紛失していることを知った。さらに日がたって、未知の相手との接触が完全に断たれてしまったときなど、彼女はまじめに、あの血なまぐさいカーニバルで夫が着けた虎の仮面をかぶり、偽名を使って、バナナ会社の医師たちの診察を受けようかとさえ思った。ところが、屋敷へよく立ち寄って大雨のいやなニュースを伝える大勢のひとりに聞いたところでは、会社は診療所を取りこわして、雨の降らない土地へ移そうとしているという話だった。それで一縷の望みも消えた。彼女はあきらめて、雨が上がり、郵便が正常に届くようになる日を待つことに決めた。そしてそれまで、驢馬向きの草だけで食事をすませる変わり者で、マコンドにはひとりしかいないフランス人の医者に診てもらうのが死んでもいやなので、その時々に思いついた手当てで苦痛を抑えようとした。何かいい療法を心得ているかもしれないと思い、ウルスラに近づいたこともあった。ところが、恥ずかしい思いをしたくないので持って回った口をきき、〈まえ〉を〈あと〉と、〈うむ〉を〈だす〉と、〈たれる〉を〈だれる〉と言い替えたりするので、当然のことだがウルスラは、悪いのは子宮ではなく腸だと勘違いして、ひと袋の下剤を飲むようにすすめた。病的な羞恥心の持ち主でなければ恥ずかしくも何ともないこの病気や、手紙の紛失という問題がなかったならば、フェルナンダは雨など気にしなかっただろう。考えてみればその一生は、小止みない雨の一日と言ってもよいものだったから。彼女は一日のスケジュールを変えたり、しきたりをないがしろにすることを許さなかった。食事をする者が足を濡らさないように、食卓が煉瓦の上におかれ、椅子が板にのせられていたころでさえ、麻のテーブルクロスや中国産の陶器を使い、夕食の折りには燭台に灯をともさせていた。どんな天災に見舞われようと、そのために習慣を崩すわけにいかないと思いこんでいたのだ。家族の者もあれっきり外をのぞこうとしなかった。万事が思いどおりになるのだったら、フェルナンダは雨が降りだしたころではなく、もっと早くからそうさせていたにちがいない。戸というものは閉めるために造られているので、表で何があったか知りたがるのは娼婦ふぜいのすることだと、本気で考えていたからだ。そのくせ、ヘリネルド・マルケス大佐の葬式が通ると聞いて、まっさきに外をのぞいたのは彼女だった。もっとも、細目にあいた窓から見た情景にひどいショックを受けて、それからしばらく、自分の心の弱さを責めてはいたが。

　これほどわびしい葬列は考えられなかった。棺桶は牛車にのせられ、その上にバナナの葉っぱの屋根が差しかけられていたが、雨の勢いが激しくて通りは文字どおり泥沼の状態だったので、車輪はひと回りごとに動きがつかなくなり、屋根は今にも崩れそうに傾いた。落ちてくる陰気な雨のために棺桶をおおった軍旗がぐしょぐしょになっていたが、実はその旗というのが血と硝煙で汚れきって、いかなる老兵もおぞけをふるいそうなしろものだった。さらに棺桶には、銅線と絹糸の下げ緒がついたサーベルがのせられていた。これは、ヘリネルド・マルケス大佐が丸腰でアマランタの裁縫室へはいっていくために、広間の帽子掛けに吊るしたあのサーベルだった。車のあとから、何人かは裸足の者もまじっていたが、そろって膝までズボンをまくり上げたネールランディア協定当時の生き残りが、片手に牛馬を追うのに使う棒をにぎり、もう一方の手に雨で色のさめた造花の花環をささげて、ぬかるみのなかを進んだ。いまだにアウレリャノ・ブエンディア大佐の名前が残っている通りに亡霊のようにあらわれた彼らは、通りすがりにその屋敷をちらとながめ、広場の角を曲って消えたが、そこで車が動かなくなり、助けを求めて引きずりださなければならなかった。ウルスラはサンタ・ソフィア・デ・ラ・ピエダに頼んで戸口まで出ていた。ひどく熱心に葬列の動きを追うので、てっきり見えているのだと誰もが思った。お告げの天使のように高くあげた手が車の揺れをなぞっているので、なおさらそう思えた。

「さようなら、ヘリネルド！」と、ウルスラは叫んだ。「うちの者によろしく言っておくれ。雨が上がったら、会えるからってね」

アウレリャノ・セグンドが手を貸してベッドへ連れ戻した。そして、いつものようにあけすけに、あの別れの言葉の意味を尋ねた。すると彼女は答えて、

「言ったとおりさ。雨が上がりしだい死のう。わたしは毎日、そのことばかり考えているんだよ」

通りの様子を見て、アウレリャノ・セグンドは驚いた。遅まきながら家畜が気になって、防水布を頭からかぶり、ペトラ・コテスの家へ出かけた。見ると、彼女は中庭の腰まである水につかって、馬の死体をどかそうとしている最中だった。アウレリャノ・セグンドがかんぬきを持ちだしてきて手を貸すと、ふくれ上がった大きな死骸はくるりと一回転して、泥水に押し流されていった。雨が降りはじめた日から、ペト

ラ・コテスは家畜の死骸を中庭からどける仕事ばかりしていたのだ。最初の二、三週間、アウレリャノ・セグンドのもとへ使いをやって、早急に手を打ってくれと頼んだが、彼からはただ、何もあわてることはない、それほどのことはあるまい、雨が上がってから何とかしよう、という返事しかかえって来なかった。牧場が水びたしになり、家畜は食べるもののない高い土地へ逃げて、豹に襲われたり病気で倒れたりしていると言ってやったが、アウレリャノ・セグンドは「どうにもしようがあるまい。晴れたらまた生まれるさ」と答えてきた。見ている前で家畜がばたばたと死んでいき、ペトラ・コテスひとりでは、そこらにころがった死体を片づけることもできなかった。昔はマコンド一をうたわれた身上が大雨でだめにされ、悪臭しか残らなくなっていくのを、手をつかねて見ているだけだった。アウレリャノ・セグンドが様子を見にいく気になったときには、あの馬の死骸と、崩れた小屋のがらくたの中の瘦せこけた騾馬しかいなかった。ペトラ・コテスは彼の姿を認めても、別に驚きもしなかった。また、喜びも怨みもしなかった。かすかに皮肉な笑いを浮かべて、こう言っただけだった。

「ほんとに、いいときに来てくれたわ！」

彼女は骨と皮になり、すっかり年を取っていた。肉食獣めいた鋭い目が、雨を見すぎてもの悲しい穏やかなものに変わっていた。アウレリャノ・セグンドは三月の上も彼女の家に留まった。しかしこれは、わが家よりも居心地が良かったからではなく、もう一度あの防水布をかぶる決心をするのに、それだけの時間を要したまでのことだった。もう一軒の家で口にしたのと同じことを彼は言った。「何もあわてることはない。何時間かすれば、きっと晴れる」。一週間たつうちに、彼は時間と長雨でやつれた情婦の様子にも慣れて、徐々に、昔と同じ目で彼女を眺めるようになった。その羽目をはずした騒ぎ方や、その愛撫が動物たちのあいだで呼んだめざましい繁殖ぶりを思いだした。二週めを迎えたある晩、なかば欲も手伝って、相手をゆさぶり愛撫を迫った。ところが、ペトラ・コテスはそれにこたえず、眠そうな声で言った。「静かにしてよ。こんなことをしてる時じゃないわ」。アウレリャノ・セグンドは天井の鏡に映った自分の姿を眺めた。弱りきった糸で一列につないだ糸巻のようなペトラ・コテスの背骨が目にはいった。彼女の言うとおりだと思った。時節がどうのこうのではなくて、確かに彼ら自身が、もはやそんなことをしている年ではなくなっていた。

アウレリャノ・セグンドはトランクを提げてわが家へ帰った。ウルスラだけではない、マコンドの住民のすべてが、雨が上がるのを待って死ぬつもりなのだと彼は思った。通りすがりに、ぼんやりした目付きで腕組みをし、広間にすわり込んでいる彼らの姿が目についた。雨を眺めているよりほかにすることがなく、時間を年月日や時刻に分けるのも無意味なので、それが丸ごと、ゆっくりと過ぎていくのを実感しているのにちがいなかった。子供たちに大喜びで迎えられたアウレリャノ・セグンドは、あの喘息(ぜんそく)やみのアコーデオンをふたたび弾いて聞かせた。ところが、子供たちは音楽よりも百科事典のほうに関心を示した。そこでもう一度メメの寝室に集まることになったが、アウレリャノ・セグンドの想像力は、飛行船も雲間にねぐらを求める空飛ぶ象に変えずにはいなかった。あるとき、異様な服装をしているが何となく見覚えのある騎馬の男の挿画にでくわした。よく調べた上で、アウレリャノ・ブエンディア大佐の写真に相違ないということになり、フェルナンダに見せると、彼女はその騎馬の男――実は、ダッタン人*の戦士だった――が大佐と似ているだけでなく、家族の全員にそっくりだと認めた。こんな具合に、ロードス島の巨像*と蛇使いに囲まれて毎日が過ぎていったが、やがてアウレリャノ・セグンドは妻の口から、穀物部屋にはもはや六キロの塩漬肉とひと袋の米しか残っていないことを教えられた。

「どうしろというんだ?」と聞いた。するとフェルナンダは言った。

「わたしは知らないわ。男の仕事ですもの」

「なるほど。晴れたら何とかしよう」と、アウレリャノ・セグンドは答えた。

昼食は薄っぺらな肉と少々の米で我慢しなければならなくなっても、彼はやはり家事よりも百科事典に夢中になっていた。「これじゃ何もできやしない」と言った。「この雨だって、そういつまでも降っちゃいないだろう」。穀物部屋の差し迫った問題の解決を一日のばしにしているうちに、フェルナンダの怒りはつのり、ふと洩らす不平や、ほんの時たま口にするだけの悪態が、抑えがたい奔流となってほとばしる日がついにやって来た。ある朝、ギターの低く単調な音のように始まった悪態は、時間がたつにつれて調子が高くなり、いっそう豊かでみごとなものに変化していった。アウレリャノ・セグンドは、翌朝の食事がすむまでその繰りごとを意識しなかった。このとき初めて、今では雨の音より大きく、とめどないものになった、わずらわしい声に気づいて驚いた。フェルナンダが屋敷のなかをあちこちしながら忿懣（ふんまん）をぶちまけていた。王妃としての教育を受けたのだ、それがどうだろう、変人ぞろいの屋敷で女中奉公をさせられて！　夫はなまけ者で、女好きな道楽者ときている、大の字にひっくり返って、棚からぼた餅（もち）をねらっているだけだ、ところがこちらは、今にも崩れそうな家を支えるのに、それこそ骨身を削るような思いをしている！　朝起きてから夜寝るまで、仕事が山のようにあって、いろいろ不自由な思いをしたり、手を加えたりしなければならない、ベッドに上がるころには、ガラスの粉がはいったように目がチカチカする、それなのに、フェルナンダ、お早う、昨夜はよく眠れたか、と声をかけてくれる者もいない、お義理にでも、きょうは顔色が悪いが、どうかしたのか、とか、あるいは起きぬけに、目の下のくまはどうした、とか、聞こうともしない、もっとも、家族のほかの者から、そういう言葉をかけてもらおうと思ってはいない、せいぜい鍋（なべ）つかみのぼろか壁の妙な落書き、自分をじゃまものとしか思っていない連中だから、やれ聖女ぶってる、やれ猫をかぶっている、やれ腹黒い女だ、あっちこっちで、悪口を言っているらしい、死んだアマランタなどは大きな声で、直腸と四季斎日をごっちゃにする女だ、と言ったことがある、何という言い草だろう！　すべて神様の思召（おぼしめ）しだと思って耐えてきたが、しかしどうにも我慢できないことがある、あの、ろくでなしのホセ・アルカディオ・セグンドが、一家の破滅は、威張りくさった、たちの悪い、労務者を殺すために政府が送りこんだ連中と同じ山の女を、この屋敷に引き入れたからだ、と言ったことである、アルバ公爵（こうしゃく）の養女である自分、大統領夫人だって恐れをなすほど身分の高い女、イベリア半島から伝わった十一の苗字（みょうじ）を使うことを許された貴族の娘をつかまえて、あの男はそう言ったのだ！　卑（いや）しい人間ばかりそろったこの町では、自分くらいのものではないか、十六個の食器を前にして、顔色ひとつ変えないのは、ところが、よそに女を囲っている夫は、いつか腹をかかえて笑いながら、百足（むかで）じゃあるまいし、こんな山のようなスプーンや、フォークや、ナイフが扱えるものか、と言った、いつ、どちら側から、どのグラスで、白ワインと赤ワインを出せばいいのか、目をつむっていても決められるのは自分だけだ、死んだアマランタは、ほんとに物を知らない田舎者で、白ワインは昼、赤ワインは夜出すものだと思いこんでいた、自慢するわけではないが、純金のおまるで用を足したことのあるのは、この辺の土地では自分くらいのものだろう、ところが、死んだアウレリャノ・ブエンディア大佐はフリーメイソンの意地の悪さ、ずうずうしさで、いったい何様のつもりだ、アストロメリア*の匂いがしやすまいし、ただの糞をひるだけじゃないのか、とこんなことを！　わが子のレナータ——うっかりして寝室の大便を見られたのはまずかった——がまたそれにこたえて、おまるが金ピカで紋章入りなのは間違いないが、なかにはいってたのはただのうんこ、山の者のものなので、ほかの人間のよりもっと臭いうんこだった、と言った、わが子でさえこれだ、家族のほかの者には何の期待も抱いていないが、それでも夫からは、もう少し大事にされてもいいのではないか、善かれ悪しかれ、秘蹟によって結ばれた配偶者なのだから、自分をこんなにした、まさに張本人ではないか、気なぐさみに葬儀用の棕櫚を編むだけで、なに不自由なく暮らしていた父の屋敷から、その意志で自分を連れだしたのだから、責任はあげて彼にある、教父はわざわざ、封蠟に指輪を押した署名入りの手紙をよこして、この教子の指はクラビコードを弾くのがせいぜいで、雑事をさせるには向いていない、と言ったではないか、それなのに、忠告や注意もいろいろと聞かされたはずなのに、無分別な夫は自分を屋敷から引きずりだして、暑くて息ができない、鍋底のようなこの地獄へ連れてきた、そうしておいて、自分がまだ聖霊降臨節*の断食も終えないうちに、あの尻の落ち着かないトランクと、やくざなアコーデオンを提げて家を出て、性悪女とおもしろおかしく暮らしはじめた、あの尻を見ただけで、変なことを言うようだが、牝馬そっくりの尻を振って歩くあの姿を見ただけで、あれが自分とはまったく逆の人間だということがわかる、宮殿にいようと豚小屋にいようと、食卓だろうとベッドの上だろうと、こちらはどこまでも淑女、生れながらの淑女だ、神をうやまい、その掟とご意志に背いたことはない、もちろん、あの女のような軽業めいた妙なことはできない、娼婦と同じで、向こうはどんなことでもするらしいが、いや、よく考えれば、娼婦よりもたちが悪いのではないか、少なくとも彼女たちは正直に、戸口に赤い灯を出している、同じいやらしいことをさせようとしても、それは無理というものだ、何しろこちらは、ドニャ・レナータ・アルゴテとドン・フェルナンド・デル＝カルピオのたったひとりの愛娘なのだから、とりわけ、このドン・フェルナンドは善良敬虔な聖墓騎士団のひとりで、神の特別のおはからいによって、墓にはいってからも、肌は花嫁衣裳の繻子のようにすべすべ、目はエメラルドのように澄んで生き生きとし、少しも変わることがなかった。

「そいつは嘘だ」と、アウレリャノ・セグンドが口をはさんだ。「ここへ運びこまれたときには、もう臭っていたぞ」

一日じゅう辛抱づよく聞いていて、やっと失言を聞きとがめることができたのだ。フェルナンダは無視したが、しかし声が小さくなった。夕食のころには、いらだたしい繰りごとは雨の音を圧倒した。アウレリャノ・セグンドはろくに食事もしないで、終始うなだれていた。そして早ばやと寝室に引きこもった。翌朝の食卓にあらわれたフェルナンダの体は震えていた。恐らく、よく眠れなかったのだろう。腹にたまっていたことも洗いざらいしゃべったような感じだった。ところが、半熟の卵でももらえないか、という夫の言葉を聞くやいなや、先週から卵は切れていると答えるだけでは足りず、この家の男たちを痛罵しはじめた。ぼんやり手をこまぬいているくせに、食卓に山海の珍味を並べろと、よく言えたものだ！　アウレリャノ・セグンドは例によって、百科事典をのぞくために子供たちを連れて食卓を離れたが、フェルナンダはメメの寝室を片づけるふりをしながら、夫に聞こえるような声で、よほどずうずうしくなければ、何も知らない子供をつかまえて、アウレリャノ・ブエンディア大佐の写真が百科事典にのってるなんて言えない、とつぶやいた。午後になって子供たちが昼寝をしているあいだ、アウレリャノ・セグンドは廊下に腰を下ろしていたが、フェルナンダはそこまで追ってきて、まわりをうろうろしながら、虻(あぶ)の羽音のように小うるさい声で挑発し、苦しめた。石を食べるより仕方がなくなっているのに、どうだろう、夫はペルシアのスルタンのようにすわり込んで、雨を眺めているんだから、どうせ、その程度の人間なのだ、ただめし食いで、能なしで、ふとん綿よりたよりない、女を食いものにしてる、間抜けで、鯨の話を聞かされても泰然自若としていた、あのヨナ*の妻のような女と結婚したと思っているのだろう。アウレリャノ・セグンドは二時間以上も、顔色ひとつ変えず、耳なしのように聞き流していたが、午後もだいぶ遅くなったころ、頭がガンガンする大太鼓のような声についに耐えきれなくなって、彼女をさえぎった。

「頼むから、静かにしてくれ」

ところが逆に、フェルナンダはいっそう声を大きくして言った。「何も、わたしがそうすることはないわ。聞きたくなければ、あっちへ行けばいいのよ」。それを聞いてアウレリャノ・セグンドはかっとなった。背伸びでもするようにゆっくりと立ち上がり、内心の怒りを抑えてベゴニアや羊歯(しだ)や蘭(らん)の鉢をつかみ、ひとつずつ床に投げていった。フェルナンダは愕然(がくぜん)とした。それまで、繰りごとに隠れた恐ろしい力を意識していなかったのだ。しかし、もはや手遅れだった。奔流のようにほとばしる怒りにまかせて、アウレリャノ・セグンドは戸棚のガラスを割り、あわてることなく一枚ずつ瀬戸物を取りだして、床にたたきつけてこなごなにした。屋敷じゅうに紙幣をべたべた貼ったときと同じようにゆっくりと、落ち着いて手ぎわよく、ボヘミアン・グラスや手描きの花瓶、薔薇があふれた舟に乙女をあしらった額や金メッキの枠の鏡をつぎつぎに割っていった。広間から穀物部屋まで、壊れやすいものをすべて手にかけ、最後に台所の水がめを中庭の真ん中に投げつけた。それは鈍い音を立てて砕けた。そのあとアウレリャノ・セグンドは手を洗い、防水布をかぶって出ていった。そして真夜中近くなってから、乾し肉を少々と数袋の米、虫のついた玉蜀黍ややせたバナナの房などをかかえて戻ってきた。おかげで、このときから食べ物に不自由しなくなった。

アマランタ・ウルスラとアウレリャノ少年にとって、この長雨はのちのちまでも楽しい思い出として残るはずで、ふたりはきびしいフェルナンダの目をかすめては、中庭のぬかるみではね回ったり、蜥蜴を捕えて腹を裂いたりしていた。また、サンタ・ソフィア・デ・ラ・ピエダの油断を見すまして、蝶の羽の鱗粉をスープに投げこんで喜んでいた。ウルスラもふたりの格好のおもちゃにされた。古びた大きな人形ではないけれど、色とりどりの布を着せられ、煤と紅の木の染料を塗りたくった顔であちらこちら引きまわされた。一度などは、ひき蛙と同じように剪定鋏で目玉をえぐられそうになった。彼女のぼけ方が何よりもふたりを喜ばせた。雨が降りだして三年めを迎え、さすがに彼女の頭にも何かが起こったらしい。現実の感覚をしだいに失って、遠い過去の経験を現在のそれと混同するようになっていた。百年前から墓の下にいる曾祖母のペトロニラ・イグアランを思いだして、三日もさめざめと泣いていたことさえあった。何でもかでも取り違えるようになり、アウレリャノ少年を、ジプシーたちに氷見物に連れだされたころの大佐だと、また当時神学校にいたホセ・アルカディオを、ジプシーたちと家出した長男だと思いこんだ。いろいろと家族の話を聞かされた子供たちは、とっくに死んでいるだけでなく、それぞれ別の時代に生きていた人間たちが彼女を訪ねてきたように仕組むことを覚えた。灰だらけの髪、赤いハンカチの下に隠れた顔。そんな姿でベッドの上にすわらされたウルスラは、子供たちがまるで実際に会ったことがあるように、その特徴を細大もらさず教えてくれる親戚縁者の亡霊に囲まれて大いに喜んだ。ウルスラはご先祖を相手に、自分が生まれる前の出来事について話をした。いろいろな便りを聞いて楽しみ、相手よりははるかに遅れて死んだ者をしのんでともに泣いた。間もなく子供たちは気づいたが、ウルスラはこの亡霊たちが訪ねてくるときまって、戦争中に、雨が上がるまでおかしてくれと言って、等身大の聖ヨセフの石膏像を持ちこんだ者がいるが、いったい何者だろう、と聞いた。おかげでアウレリャノ・セグンドは、ウルスラだけが埋めた場所を知っている大金のことを思いだした。しかし、思いついた狡猾な質問や策略もまったく効果がなかった。迷路めいた錯乱状態にありながら、その秘密を守るのに十分な正気は残していて、間違いなく埋蔵金の持ち主であることを証明できる者にだけ明かすつもりだと思われた。実に抜け目がなくて手きびしく、あるときアウレリャノ・セグンドが遊び仲間のひとりをそそのかして、大金の持ち主で通そうとしたことがあるが、巧妙な罠が仕掛けられたこまかな質問攻めに遭って、まんまと失敗した。

ウルスラが墓の下まで秘密を持ちこむにちがいないと信じたアウレリャノ・セグンドは、中庭と奥庭に水はけの溝を掘るという口実で人足たちを雇い、みずから鉄の棒やあらゆる種類の金属探知器を使って地面の下を探った。三カ月のあいだ徹底的に調べたが、金らしいものはついに見つからなかった。そこで、穴掘り人足よりはトランプのほうが頼りになるかもしれないと思い、ピラル・テルネラのもとを訪ねていくと、彼女はのっけに、ウルスラ自身がトランプを切らなければ何をやってもむだだ、と言った。そのかわり、財宝の存在ははっきりと認め、もっとくわしく、ウルスラのベッドを中心にして半径百二十二メートルの円のなかに、銅線で口を締めた三個のズックの袋にはいった、七千二百十四枚の金貨が埋められていると教えてくれた。しかし同時に、この雨がやんでカンカン照りの六月が三年ほど続き、ぬかるみが完全に干上るまでは、それは見つからないだろう、とも言った。いやに盛りだくさんだが、つかみどころのない話が口寄せのでまかせにそっくりだと思ったアウレリャノ・セグンドは、折りから八月で、予言の条件を満たすには最低三年は待たねばならないはずなのに、あくまで計画を推しすすめた。まず驚かされたのは――同時にそれは、彼の頭をいっそう混乱させた――ウルスラのベッドから奥庭の塀までの距離が、正確に百二十二メートルあるという事実だった。彼が測量を始めるのを見たフェルナンダは、ふたごの兄の二の舞いで、彼も頭がおかしくなったのではないかと心配した。何組もの人足たちに、さらに一メートル深く溝を掘るよう命令している声を聞いたときには、いっそう始末が悪いとさえ思った。文明の利器をはこぶ道を求めたときの曾祖父に比べられるような探険熱にうかされたアウレリャノ・セグンドは、わずかに残った脂肪のたるみを失って、やせた体つきといい、ぼんやりと考えこんでいる様子といい、昔のようにふたごの兄にそっくりになった。もはや子供たちの面倒を見ようとしなかった。頭のてっぺんから足の爪先（つまさき）まで、泥にまみれた体で好きなときに食事をした。台所の片隅で食べている最中に、サンタ・ソフィア・デ・ラ・ピエダに何か聞かれることがあったが、ろくすっぽ返事もしなかった。そんなことは有りえないと思っていたのだが、彼が仕事に夢中になっているのを見たフェルナンダは、その無謀さを勤勉と、その欲心を献身と、その頑固を忍耐強さと取りちがえて、彼の怠惰をあんなに責めるのではなかったと、しみじみ後悔した。しかし、そのころのアウレリャノ・セグンドは、同情まじりの和解など受けつける状態ではなかった。中庭や奥庭を調べ終わると、枯れ枝や朽ちた花でおおわれた泥んこに首までつかり、土をはね飛ばしながら花壇を掘り返した。あげく屋敷の東側の廊下の土台をえぐりすぎたのだろう、ある晩、すさまじい家鳴り地響きがして、てっきり大洪水が押し寄せたと思った家族の者は、仰天して目をさました。見ると、三つの部屋が今にも崩れそうな状態で、廊下からフェルナンダの居室のあたりまで、背筋の寒くなる深い亀裂（きれつ）が生じていた。それでもアウレリャノ・セグンドは宝探しをあきらめなかった。もはや望みは絶え、意味があるとすればあのトランプの予言だけという状態になっても、崩れかけた土台を修理し、亀裂を漆喰で埋めた上で、西側の発掘を続けた。翌年の六月の二週めになってもまだそこにいたが、そのころから雨脚が衰え、雲がだんだん高くなって、今にも雨が上がりそうな気配が見えた。事実、雨は上がった。ある金曜日の午後二時、煉瓦の粉のように赤くざらざらした、しかも水のようにさわやかな太陽が、あっけらかんと照りだしたのだ。

こうして十年間の旱魃が始まった。

マコンドは廃墟も同然の姿になっていた。泥沼のような通りに、壊れた家具や、赤い菖蒲の花に隠れた動物の死骸や、来たときと同じようにあわただしくマコンドを去った、よそ者が残した品物がごろごろしていた。バナナ熱にうかされたころ建てられた急造の小屋は、とっくにもぬけの殻になっていた。バナナ会社は施設を撤去し、金網で囲まれた町の跡には瓦礫しか残されなかった。木造の家屋や、午後になると静かにトランプ遊びが行なわれていた涼しいテラスも、やがて地上からマコンドを消すことになる不吉な風の先触れと思われるものによって吹き飛ばされていた。この貪欲な風が残していった人間の痕跡はただひとつ、パンジーに埋もれた自動車に残るパトリシア・ブラウンの手袋だった。町の建設当時にホセ・アルカディオ・ブエンディアが探険し、その後バナナの農場が栄えた魔の土地は、腐った株だけが残る湿地と化して、それから数年のあいだ、はるかな地平線に泡だつ、静かな海が見えていたほどだった。最初の日曜日、乾いた下着をつけて町の様子を見に出かけたアウレリャノ・セグンドは、ひどく惨めな気持ちになった。大変災を生き延びた連中が、バナナ会社の出現によってゆさぶられる前からマコンドに住んでいた人びとが、通りの真ん中にすわり込んで、久方ぶりの日射しを楽しんでいた。長雨が押しつけた水藻の緑とかび臭さを皮膺にとどめていたが、しかし生まれた町がふたたび自分たちのものになったことを、心から喜んでいるように思われた。トルコ人街も元どおりになっていた。がらくたと金剛鸚哥を交換して歩いていたスリッパと耳輪のトルコ人らが、古くからの放浪の習慣を捨てるのに格好な場所を見いだしたころの通りに戻っていた。雨が終わったあと、市場の品物はぼろぼろになり、店先にひろげた布地も黴を吹いていた。カウンターは白蟻に食い荒らされ、壁は湿気で傷んでいた。しかし、三代めのアラビア人たちは父や祖父らと同じ場所に、同じような姿で腰を下ろしていた。時の流れや災害もどこ吹く風、口数少なく悠然とかまえていた。不眠症やアウレリャノ・ブエンディア大佐の三十二度の戦いが過ぎたころと同じように、生きているのか死んでいるのか、どちらかわからなかった。賭博場のテーブルや揚げ物の屋台、射的場や夢占いその他が行なわれていた路地のがらくたを前にしながら、彼らがあまりにも悠然としているので、アウレリャノ・セグンドは持ち前のぶしつけさで、どういう不思議な手だてを使って風雨をしのいできたのか、どうやって溺死をまぬかれたのか、と聞いた。するとどの男も、どの家の者も、ずるそうな笑顔と夢みているような視線を彼に向けて、別に示し合せたわけではないだろうが、いちようにこう答えた。

「泳いでだよ」

この土地の人間でアラビア人的な心を持っているのは、どうやらペトラ・コテスひとりだった。家畜小屋は跡かたもなく雨で流されたが、住居のほうは何とか持ちこたえた。長雨も終わりに近づいた最後の年に、アウレリャノ・セグンドのもとへ使いをやって、こちらに戻ってくるよう催促すると、今のところ、いつになるかわからない、いずれにせよそのときは、金貨の箱をかついでいって寝室の床に石を敷きつめさせるから、という返事が来た。それを聞いた彼女は、この不運に耐えていく力を求めて心の底を探り、分別にも義にももとらぬ怒りをそこに見いだした。そしてこれを頼りに、情夫が湯水のごとく使い、洪水が根こぎにしていった財産を立てなおすことを誓った。この決意はきわめて堅く、アウレリャノ・セグンドが最後の伝言を受けてから八カ月後に戻ってみると、彼女は色青ざめ、髪はざんばら、目は落ちくぼみ、体じゅう疥癬（かいせん）だらけというていたらくだったが、それでもくじ引きの用意とやらで、懸命に紙っきれに数字を書きこんでいた。これにはアウレリャノ・セグンドも啞然（あぜん）としたが、しかし彼自身の様子がまた薄汚れて、しかもしかつめらしいので、ペトラ・コテスは、ふたたび会いに来てくれたのが情夫ではなくて、そのふたごの兄であると思ったほどだった。

「どうかしてるぞ」と、彼は言った。「まさか、骨を景品にするつもりじゃないだろうな」

するとと彼女が寝室へ行ってみるようにと言うので、アウレリャノ・セグンドがその言葉に従ってそこをのぞくと、一頭の騾馬が目に映った。主人同様に骨と皮だったが、しかし主人に劣らぬくらい元気できびきびしていた。ペトラ・コテスは自分の怒りを餌として与えてきたのだ。そして、草も、玉蜀黍も、木の根も、何もかも尽きてしまうと、自分の寝室へ引き入れて、木綿のシーツやペルシアの壁掛け、フラシ天のベッドカバーやビロードの窓掛け、豪奢なベッドの金の縫い取りをした天蓋や絹の房飾りなどを食べさせてきたのだった。

ウルスラは、雨が上がりしだい死ぬという約束を果たすのに、かなり苦労させられた。雨のうちは正気に返ることは滅多になかったが、八月を過ぎて吹きはじめた熱風で薔薇が枯れ、沼地が干上がり、マコンド一帯に焼けるような土埃（つちぼこり）が舞って、トタン屋根やアーモンドの老木にこびりつき始めたころからひんぱんになった。三年の上も子供たちにおもちゃにされていたことを知って情けなくなり、ウルスラは泣いた。絵の具だらけの顔を洗い、体のあちこちにぶら下げられたカラカラの蜥蜴やひき蛙、けばけばしい色の細いリボンや数珠（じゅず）、アラビアの古い首輪などをかなぐり捨てた。アマランタの死後はじめて、誰の助けも借りずにベッドから起き上がって、ふたたび家族の仲間入りをした。気力ひとつで、闇（やみ）のなかで方角を見さだめた。彼女がよろけるのを見、天使のようにいつも顔の高さに上げている腕をぶつけられた者も、体が不自由なのだとは思ったが、まさか失明しているとは考えもしなかった。彼女はその目で見るまでもなく、最初に家を建てたときから丹精こめて手入れをした花壇が雨で台なしになり、アウレリャノ・セグンドの発掘ですっかり荒れていることに気づいた。また、壁やセメントの床がひび割れ、家具にがたが来て艶がなくなり、戸がはずれかけ、彼女の若いころには考えられなかったことだが、家族の者があきらめと悲哀に取り憑かれていることを知った。使われていない寝室を手探りで見て回っていた彼女は、すさまじい音を立てて休まず材木に穴をあけている白蟻、衣裳だんすのなかで鋏を使っている紙魚、長雨の最中にどんどんふえて屋敷の土台を掘り崩しつつある大きな赤蟻に気づいた。ある日、彼女は聖者像のはいったトランクを開けたが、なかから飛びついてきたごきぶりを払うのに、サンタ・ソフィア・デ・ラ・ピエダの手を借りなければならなかった。ごきぶりは、衣裳をすっかり食い荒らしていた。「こんなだらしないことで、どうするの」と彼女は言った。「しまいには、わたしたちまで虫に食われちゃうよ」。そのときから、彼女は一瞬も休まなかった。あたりが暗いうちに起きて、手のすいている者は子供まで使った。まだ着られそうなわずかな服を日に当てた。殺虫剤の奇襲をかけて、ごきぶりを追い払った。戸や窓の白蟻が食い荒らした跡をこそげ落とし、巣の蟻を生石灰で窒息させた。昔に戻したいという熱意に駆られて、見捨てられていた部屋をのぞいて回った。ホセ・アルカディオ・ブエンディアが賢者の石を求めて正気を失った部屋から、がらくたや蜘蛛の巣をとり除かせ、兵隊たちにひっ搔き回された金細工の仕事場を片づけた。そして最後に、様子を見るからメルキアデスの部屋の鍵を出すように、と言った。完全に死んだとわかるまでは誰も入れるな、というホセ・アルカディオ・ブエンディアの遺志を忠実に守り、サンタ・ソフィア・デ・ラ・ピエダは口実をかまえてウルスラをそこへ近づけまいとした。しかし、どんなに奥まった、役に立たない屋敷の片隅も虫の好きにはさせないというウルスラの決意は固く、行く手をはばむ障害をすべて乗り越えずにはいなかった。三日もねばり抜いたあげく、部屋を開けさせることに成功した。悪臭をまともにくらって昏倒するのを避けるために柱にしがみついた彼女は、寄宿生たちが使った七十二個のおまるがそこにしまってあること、また、雨が降りだしたころのある晩、パトロールの兵隊たちが屋敷をくまなく捜索しながら、ホセ・アルカディオ・セグンドを見つけそこなったことなどを、即座に思いだした。

「しようのない子だね」と、彼の姿が見えているように、叫んだ。「一生懸命しつけてやったのに、こんな豚みたいな暮らしをして！」

ホセ・アルカディオ・セグンドは相変わらず羊皮紙を読みふけっていた。もつれた髪の下から、緑がかった歯くそが縞になった歯並びと、動きのない目だけがのぞいていた。曾祖母の声に気づいた彼はドアのほうを振り向き、笑顔を作りながら、無意識のうちに昔のウルスラの言葉をくり返した。

「仕方がないさ。時がたったんだもの」

つぶやくようなその声を聞いて、ウルスラは言った。「それもそうだけど。でも、そんなにたっちゃいないよ」

答えながら彼女は、死刑囚の独房にいたアウレリャノ・ブエンディア大佐と同じ返事をしていることに気づいた。たったいま口にしたとおり、時は少しも流れず、ただ堂々めぐりをしているだけであることをあらためて知り、身震いした。しかし、だからといって、あきらめはしなかった。まるで子供のようにホセ・アルカディオ・セグンドを叱り、風呂にはいって髭をあたり、屋敷の修理を手伝うようにうるさく言った。平穏な日々を与えてくれた部屋を出ると考えただけで、ホセ・アルカディオ・セグンドはパニックに落ちいった。何と言われようと外には出ない、夕方になると死体を積んでマコンドから海へ向かう二百両連結の列車を見るのはまっぴらだ、と叫んだ。「そら、駅にいた連中だよ。みんなで三千四百八名さ」。ウルスラはこれを聞いて初めて、彼が自分よりもはるかに暗く、曾祖父と同じように人を寄せつけぬ、孤独の闇の世界に生きていることを知った。そのまま部屋にいることを許したが、そのかわり、南京錠(ナンキンじょう)を掛けるのをやめさせた。毎日掃除をさせ、ひとつを残しておまるをごみ捨て場に追いやった。また、栗(くり)の木のかげで長い軟禁生活を送った曾祖父にならって、ホセ・アルカディオ・セグンドにはみっともなくない清潔な格好をするようにさせた。フェルナンダは最初、この大騒ぎは年で頭がおかしくなったせいだと思い、いらいらするのを必死にこらえていた。ところが、そのころローマにいたホセ・アルカディオから、修道院にはいる前に一度マコンドへ帰るという知らせが舞いこんだ。彼女はこの吉報に夢中になり、息子が屋敷に帰って悪い印象を持ってはというので、一日に四回も、花に水をやり始めた。また、同じことが刺激になって、遠方の医者との手紙のやりとりを急いだり、アウレリャノ・セグンドの手ですべて割られたことをウルスラに悟られないうちに、羊歯や蘭やベゴニアの鉢をあらためて廊下に並べたりした。そのあと銀の食器を売って、瀬戸物の皿や白鑞(しろめ)のボウルとスプーン、アルパカ地*のテーブルクロスなどを買いこみ、インド会社の陶器やボヘミアン・グラスになじんでいた戸棚を、貧弱ながらそれらの品物で飾った。ウルスラは、この状態をさらに推しすすめようとして叫んだ。「戸や窓を開けるのよ。さあ、肉や魚を料理して。亀(かめ)を買うんだったら大きいのをね。よそ者をどんどん呼んで、隅のござで寝たり、薔薇の木に小便をかけてもらったら。気の向いたときに何度でも食事させるのよ。げっぷをしたり、おしゃべりをしたり、そこらを泥靴で汚したり、好きなようにしてもらったらいい。屋敷が荒れるのを防ぐ手は、これしかないんだから」。しかし、それはしょせん、むなしい夢だった。彼女自身、もう一度あの動物の飴細工の奇跡を呼ぶには年を取りすぎていたし、血筋を引いてはいても、彼女の気丈さを受け継いでいる者はひとりもなかったからだ。フェルナンダの命令で、相かわらず屋敷は閉め切られたままの状態が続いた。

アウレリャノ・セグンドは、ふたたびトランクを提げてペトラ・コテスのもとに腰をすえていたが、家族を餓死から救うのにきゅうきゅうとしていた。騾馬のくじ引きでえたもので、ペトラ・コテスと彼はほかの動物たちを買い入れ、お粗末ながら富くじの商売を立てなおした。アウレリャノ・セグンドが一軒一軒たずね歩いて、買気をそそり、もっともらしく見せるために絵の具を使って自分で描いた券を売りさばいたが、どう見ても、多くの人間がお義理や同情で買っている事実に気づいているとは思えなかった。とは言うものの、この慈悲深い買手たちも、二十センタボのはした金で豚を、あるいは三十二センタボで若牛を手に入れる機会をむざむざ逃しはしなかった。あわよくばという期待をいだいて、火曜日の晩になるとペトラ・コテスの家の中庭に押しかけ、適当にえらばれた子供が袋から当たり番号をつかみ出す瞬間を待った。間もなく、それは毎週ひらかれる定期的な市になった。夕方ごろから揚げ物や飲み物の屋台が中庭にあらわれ、富くじに当たった連中の多くは、その場で動物を殺してみんなに振る舞った。ほかの者が音楽と酒を用意するという条件だったので、本人はその気がなかったが、アウレリャノ・セグンドは引っぱりだされてふたたびアコーデオンを弾くはめになり、ささやかな食べくらべの仲間入りをした。昔ほどではないがこのばか騒ぎのおかげで、アウレリャノ・セグンドは、いかに気力が衰えたかを、また、クンビアンバ踊り*の名手としての才能が、いかに涸渇（こかつ）したかを思い知らされた。彼はまったく別人のようになっていた。〈象おんな（ラ・エレファンタ）〉の挑戦を受けたころは百二十キロあった体重が七十八キロにへっていた。亀のようにぼってりして毒気のない顔がイグアナめいたご面相に変わり、いつも疲労に悩まされ、退屈をもてあましていた。ところがペトラ・コテスは、このころほど彼を好もしく思ったことはなかった。恐らく、彼にたいする同情や、貧乏することでかえってふたりのあいだに生まれた連帯感を、愛情と取りちがえていたのだろう。いずれにせよ、殺風景なベッドはもはや放恣（ほうし）な愛撫の場ではなく、秘密の隠れ家となった。何枚も合わさった鏡は富くじの動物を買うために処分し、みだらなダマスク織*やビロードは騾馬に食わせてさばさばしたふたりは、なかなか寝つかれない老夫婦のように夜遅くまで起きていて、昔は湯水のように使ったお金を、丹念に勘定したり片寄せたりしながら、無邪気な時間をすごした。お金を積んでは崩したり、こちらをへずってあちらへ移したり、そんなことをしているうちに時の声を聞くことがままあった。これは、フェルナンダを喜ばせるために。あれは、アマランタ・ウルスラの靴を買うために。これは、あの世間が物騒だったころから服を一着も買ったことのないサンタ・ソフィア・デ・ラ・ピエダのために。あれは、ウルスラが死んだとき棺桶をこしらえる用意に。これは、三月ごとにポンド*当たり一センタボも値上がりするコーヒー代に。これは、だんだん甘味が薄くなる砂糖代に。これは、長雨で濡れたままのたきぎのために。これは、富くじの紙と絵の具用に。余りは、富くじがあらかた売れたころに炭疽病らしきものにかかって死んだ——皮だけは幸い助けることができたが——四月生れの仔牛の代金支払いに。この惨めなミサの、そもそもの動機はきわめて純粋なものだった。ふたりはいつも、もっとも多額の金をフェルナンダに振り当てていた。しかもそれは、けっして後悔や憐憫からではなく、自分たちよりも彼女の幸福を本心から願ったからにほかならなかった。どちらも意識していなかったが、ふたりはフェルナンダを、欲しい欲しいと思いながら持てなかった娘のように考えていたのだ。あるときは、オランダ製のテーブルクロスを買ってやるために、三日もパン屑で辛抱した。しかし、いくらあくせく働いてお金を倹約してみても、またいろいろと工夫をしてみても、守護天使らはぐったり寝たきりで救いの手を差しのべてはくれず、彼らは食べるだけのものを稼ぎだすために、ただ忙しく、金をあっちへやったりこっちへやったりしていた。みいりが悪くて眠れない夜など、彼らはたがいに尋ねあった。動物たちが以前のようにめちゃくちゃに仔を産まなくなったが、いったい何があったのだろう。お金がはいったと思ったらすぐに出ていくが、これはどういうことだろう。つい最近までばか騒ぎで札束を燃やしていた連中が、雌鶏六羽があたる富くじ一枚に十二センタボ出すのを、まるで追剝ぎに遭ったように言うが、どういうわけだろう。口にこそ出さなかったがアウレリャノ・セグンドは、禍根は世間よりはむしろ、謎にみちたペトラ・コテスの心の奥深いところに潜んでおり、長雨のあいだに何かがそこで起こったために、動物が仔を産まなくなり、お金が貯まらなくなった、と思っていた。この謎が気になって彼女の感情に深入りした彼は、もともと欲得から始まったことだが、そこに愛情を見いだした。愛されたいと願っているうちに、彼のほうが彼女を愛する結果になったのだ。彼の愛情がつのるのを感じることで、ペトラ・コテスもまた彼をより深く愛しはじめた。秋の盛りを迎えた今になって、ふたたび若いころと同じように、貧乏は恋の奴隷にすぎないと信じた。そのころのふたりは、昔のとてつもないらんちき騒ぎや、けばけばしい豪勢さや、とどまるところを知らない交合などを思いだしてうんざりし、こうして孤独をわかち合う楽園を見いだすのに要した長い人生を思って、長嘆息した。不毛な共犯意識で結ばれた年月をへて激しく恋するに至った彼らは、ベッドの上と同じように食卓でも愛し合うという奇跡にめぐり合い、幸福に酔うあまり、よぼよぼに近い年になってもまだ、仔兎(こうさぎ)のようにじゃれたり、犬のようにからみ合ったりしていた。

富くじのほうは、依然としてはかばかしくなかった。最初、アウレリャノ・セグンドは週に三日は家畜売買に使った古い事務所に閉じこもり、富くじの券を一枚ずつ描いていった。賞品の動物しだいで、赤い牝牛や、緑色の仔豚や、青い雌鶏の群れをかなり巧みに描き、活字を上手にまねた字体で、ペトラ・コテスがこの商売にうってつけだと言いだした〈御神意くじ(プロビデンシア)〉という名称を書きこんだ。しかし、週に二千枚も描かされてさすがにうんざりし、やがて動物や名称や数字のゴム判をこしらえさせた。おかげで、仕事はいろんな色のスタンプ台でそれらを湿すだけになった。晩年には、数字を判じ物に変えることを思いついたが――みんなに賞品がゆき渡るように――やり方がひどく煩雑(はんざつ)であり、いろいろと疑惑もいだかせたので、一度きりでやめた。

今では、アウレリャノ・セグンドは富くじの評判を高めるのに忙しくて、子供たちをかまっている余裕がなかった。フェルナンダはアマランタ・ウルスラを生徒六名の私立学校に入れたが、アウレリャノの場合は、公立の学校に通うことさえ許さなかった。部屋を出るのを許しただけでも譲歩しすぎた、そう思っていたのである。おまけに当時の学校では、教会で結ばれた夫婦のあいだの嫡出の子しか入学させないきまりだった。ところが、アウレリャノが屋敷へ連れてこられたとき産着にピンで留められていた出生証明書には、はっきりと、捨て子と記載されていた。そういうわけで、彼は屋敷に閉じこめられて、サンタ・ソフィア・デ・ラ・ピエダの慈愛にみちた目差しに守られ、ウルスラの気まぐれにもてあそばれながら、この老婆らの話を通して屋敷のなかだけの狭い世界について学んでいった。彼はほっそりして背が高く、大人をいらいらさせるような好奇心の持ち主だった。しかし、同じ年ごろの大佐の探求心にみちた、そして時おり千里眼的なひらめきを見せた視線とはちがって、彼のそれはしょぼしょぼし、どことなくぼんやりしていた。アマランタ・ウルスラが学校に行っているあいだ、彼は庭で蚯蚓をほじくったり虫をいじめたりしていた。ところが、あるときウルスラの寝ござに投げ入れるために、蠍を箱に集めているところをフェルナンダに見とがめられ、昔のメメの寝室にまたもや閉じこめられて、何時間もひとりで百科事典の挿画をながめているはめになった。蕁麻の小枝で屋敷じゅうに水を振りまいていたある日の午後、ウルスラは寝室にいる彼を見て、すでに何度も顔を合わせているくせに、お前は誰だい、と尋ねた。

「アウレリャノ・ブエンディアだよ」と答えると、彼女は言った。

「そうかい。そろそろ金細工の仕事を覚えてもいいころだね」

またもや息子と彼をごっちゃにしたのだ。長雨のあとに訪れて時おりウルスラを正気に返した熱風もすでにやんで、彼女はその後、二度と正気に戻らなかった。寝室へはいっていくと、じゃまっけな張り骨入りのスカートと正式の訪問に用いるビーズの上衣を着たペトロニラ・イグアランや、不自由な体で揺り椅子にすわって孔雀の羽根で風を入れている祖母のトランキリナ・マリア・ミニアタ＝アラコケ＝ブエンディアや、副王領時代のにせの軍服をつけた曾祖父のアウレリャノ・アルカディオ・ブエンディアや、牝牛についた虫もちりちりに焼けて落ちるという呪文を編みだした父のアウレリャノ・イグアランや、信心深かった母や、豚のしっぽのあるいとこや、ホセ・アルカディオ・ブエンディアとその死んだ息子たちがちゃんとそこにいて、いずれもただの客ではなく、お通夜に集まったように椅子に腰をかけていた。彼女はつぎからつぎに糸口を探して、遠く離れた土地で起こった話や、月日に食い違いのある話をした。学校から戻ったアマランタ・ウルスラや百科事典に飽いたアウレリャノは、死者の世界に迷いこんで、ベッドに腰かけたまま何やらひとり言をいっている彼女をよく見かけた。「火事だよっ！」と、あるとき彼女が恐怖の叫びを上げたので、一瞬、屋敷じゅうが大混乱に落ちいったことがある。実はそれは、四年前に見た馬小屋の火事のつもりだった。現在と過去を完全に混同して、死ぬ前に二度か三度、正気に返った様子を見せたときも、果たしてげんに感じていることを口にしているのか、それとも思いだした昔の話をしているのか、誰にも見当がつかなかった。少しずつ体がちぢんで胎児に似ていった。生きながらミイラと化して、最後の数カ月には、寝巻にまぎれ込んだ乾し杏子（あんず）も同然の姿になった。上げっぱなしの腕などは、蜘蛛猿の脚としか思えなかった。何日もぴくりとしないことがあり、サンタ・ソフィア・デ・ラ・ピエダは、体をゆさぶって生きていることを確かめてから、膝（ひざ）にすわらせて、小さなスプーンで砂糖水をふくませてやったものだ。生まれたての老婆、という感じだった。アマランタ・ウルスラとアウレリャノは彼女を抱いて、寝室のなかをかつぎ回った。祭壇に寝かせて、幼な子イエスとおっつかっつの大きさしかないことを確かめた。ある日の午後などは、穀物部屋の戸棚に押しこめて、あやうく鼠（ねずみ）の餌食（えじき）にするところだった。復活祭の前の日曜日のこと、フェルナンダがミサに出かけたのを見すまして、子供たちは寝室へ押しかけ、首とくるぶしを持ってウルスラを抱きあげた。

「かわいそうな、おばあちゃん！」とアマランタ・ウルスラが言った。「年を取りすぎて死んだのね」

ウルスラはびっくりして叫んだ。

「生きてるよ！」

「ほらね」と、笑いを噛み殺しながらアマランタ・ウルスラが言った。「息もしてないわ」

「このとおり、口をきいてるよ！」と、ウルスラは叫んだ。

「話もしないや」と、アウレリャノが言った。「虫みたいに死んじゃったね」

こうなってはウルスラも悟らざるをえなかった。「おやおや」と小声でつぶやいた。「これが死というものかね」。彼女は早口で、だが心をこめて長いお祈りを始めた。それは二日以上も続いて、火曜日を迎えるころには、赤蟻に屋敷を食い倒されないように、レメディオスの写真の前にお灯明を絶やさないように、また、豚のしっぽのある子が生れるといけないから、同じブエンディア家の血筋の者を結婚させないように、という実際的な忠告と、神様への願いごととの入りまじったものに成りさがった。アウレリャノ・セグンドはこの錯乱状態を利用して、埋蔵金の隠し場所を言わせようとしたが、このたびもやはり、いくら頼んでもそのかいがなかった。「持ち主が現われたら」とウルスラは答えた。「その人に神様が教えて下さるはずだよ」。サンタ・ソフィア・デ・ラ・ピエダは、彼女の死期は遠くないと信じた。そのころ、自然のある変調に気づいたのだ。薔薇が藜(あかざ)のように匂った。エジプト豆の入った瓢箪(ひょうたん)が落ち、その一粒一粒が完全に幾何学的な模様を描いて、海星(ひとで)のかたちに床に並んだ。ある晩などは、オレンジ色に光る円盤が一列になって空を飛ぶのが見られた。

聖週間の木曜日の朝、ウルスラは息を引き取った。みんなに助けられながら最後に年を勘定したのは、まだバナナ会社が威勢のよかったころだが、そのときすでに、百十五歳から百二十二歳のあいだという結果が出ていた。彼女は、アウレリャノが運ばれてきた籠(かご)よりちょっぴり大きい棺桶(かんおけ)に入れて埋葬された。ごく小人数の者しか葬儀に参列しなかったが、それはひとつには、彼女を記憶している者が多くなかったこともあるが、当日の正午ごろの気温がひどく高くて、方角を見失った小鳥が散弾のように壁に体当たりしたり、窓の金網を破って寝室のなかで死んだりしたのが、もうひとつの理由だった。

最初は病気のせいだと思われた。家庭の主婦は、とくに午睡の時間がひどかったが、小鳥の死骸(しがい)を片づけるのに大わらわ、男たちはそれを車に山と積んで、川へ捨てにいく始末だった。復活祭の当日、百歳を超えたアントニオ・イサベル神父は説教壇で、小鳥の死は昨夜その目で見た〈さまよえるユダヤ人〉の良からぬ影響である、と断言した。神父はそれについて、牡山羊と異端の女が交わって生まれたいまわしいけものの姿をしており、その呼気は空気を灼熱させ、その訪れは新婦の懐妊を左右する、と述べた。この恐ろしい話に耳を傾けた者の数は多くはなかった。一般の人びとは、司祭は年のせいでぼけて、与太ばかり飛ばしていると思っていたからだ。ところが、みんなは水曜日の明け方、ある女の悲鳴で夢を破られた。ひづめの割れた二足獣の足跡を見たというのだ。確かにその通りだったので、わざわざ足跡を見にいった連中は、司祭がこうだと教えた恐ろしいけものがいることをもはや疑わず、しめし合せて各自の中庭に罠を仕掛けた。そして、そのおかげで狙ったものを捕獲することに成功した。ウルスラが死んで二週間たったころのことである。ペトラ・コテスとアウレリャノ・セグンドは、近所で聞こえる異様な仔牛の啼き声に驚いて目をさました。ふたりが起きてそこへ行ったときには、すでに一団の男たちが、枯れ葉で隠されていた穴の底の鋭い杭から、もはや声も立てなくなった怪物を引き上げている最中だった。それは、背丈は仔牛より大きいとは思えなかったが、一人前の牡牛ほどの重さがあって、傷口から緑色のどろりとした血が流れていた。全身剛毛でおおわれていて、小さな壁蝨がいっぱい寄生し、皮は小判鮫のうろこのように硬かった。しかし、司祭の説明とはまるで逆で、その人体に似ている部分は、人間というよりは病身な天使のそれを思わせた。手はすべすべしていてよく動き、目は大きくて愁いをふくみ、肩甲骨のあたりに、力強い翼が斧で切り落とされたような傷跡が見られたのだ。みんなに見せるために脚を縛って広場のアーモンドの木に吊るし、やがて腐りはじめると、薪を積んで焼いた。素姓があいまいなので、動物として川へ流したものか、それとも人間並みに埋葬したものか、どちらとも決めかねたためである。小鳥の死も実際にこの化物のせいかどうか、はっきりしなかったが、いずれにせよ、新婦らが予言された怪物を懐妊することもなかったし、暑さも衰えを見せなかった。

　年の暮れにレベーカが死んだ。忠実な召使いのアルヘニダがその筋に助けを求めて、主人が三日前からこもりきりの寝室のドアを破ってもらうと、しらくもで頭が禿げた主人は海老のように体を丸くし、親指を口にくわえて、わびしくベッドに横たわっていた。アウレリャノ・セグンドが埋葬の面倒をみた。そのあと、修理して屋敷を売ろうとしたが、荒れ方がひどくて、壁は塗り替えたと思うと剝げてしまい、いくら厚目に漆喰をかぶせても、雑草が床を割り、蔦が柱を腐らせる始末だった。

　これが大洪水後の状態だった。人びとの怠慢とは打ってかわって、忘却は貪欲だった。思い出を少しずつ、だが容赦なくむしばんでいった。そのころ、あらためてネールランディア協定を記念するとかで、大統領使節の一行がマコンドを訪れたが――アウレリャノ・ブエンディア大佐が何度も辞退した勲章を、今回は何としてでも渡すというのが目的だった――どこへ行けば大佐の血筋を引いている者に会えるか、それが聞ける人間を見つけるだけのことに、午後いっぱいをついやしたほどだった。純金の勲章にちがいないと信じて、アウレリャノ・セグンドは勲章を受ける気になったが、すでに使節らが授与式のための布告や演説の草稿を用意したころになって、そんな恥ずかしいことはやめてくれ、とペトラ・コテスに言われて思い止まった。同じようにそのころ、メルキアデスの知恵を受けついだ最後のジプシーたちが舞い戻ってきた。連中は町がすっかり疲弊し、住民が外部の世界からまったく孤立しているのを知ると、またもやあちこちの家に出入りして、バビロニアの学者の新発明に見せかけながら磁石を引きずって歩いたり、巨大なレンズで太陽光線を集めたりした。ところが、釜が落ち鍋がころがるのをぽかんと口を開けてながめている者や、ジプシー女が義歯をはめたりはずしたりするのを見物するために、五十センタボのお金を出すような連中が実際にいた。乗せる客もなくて閑散とした駅にほとんど停まらない黄色い列車。それが、ブラウン氏がガラスの屋根と豪華な安楽椅子の特別車を連結させたあの満員の列車や、通過に午後いっぱいかかった二百両連結のバナナ専用列車の、唯一の名残りだった。小鳥の大量死と〈さまよえるユダヤ人〉のはりつけについて報告を受けて調査に訪れた教会関係者は、アントニオ・イサベル神父が子供を相手に鬼ごっこをしているのを見て、神父の報告は老齢による幻覚の産物であると信じ、本人を養老院に放りこんだ。そして間もなく、アウグスト・アンヘルという別の神父を派遣してきた。現代の十字軍戦士と呼ぶべきこの神父は、頑固で、傍若無人で、向こう見ずな人柄だったが、町の人びとに惰眠をむさぼらせまいとして、一日に何度も自分で鐘を鳴らし、一軒一軒家を回って歩いた。眠っている者を起こしてミサに駆りだしたりさえした。しかし一年もしないうちに、この神父もまた、あたりに瀰漫した投げやりな雰囲気と、すべてを老朽化させ役に立たないものにしてしまう熱い塵や、昼食のミートボールのせいで日盛りに襲う睡魔などに屈服させられた。

ウルスラの死後、屋敷のなかはふたたび放ったらかしにされた。てきぱきしたアマランタ・ウルスラの強固な意志をもってしても、それを旧に戻すことはついにできないはずだ。長い年月がたって、地に足のついた、偏見のない、明るい近代的な女性に成長した彼女は、屋敷がこのまま荒れるのを避けるために戸や窓を開けさせたり、庭園を元どおりにしたり、真っ昼間から廊下を這っている赤蟻を退治したり、実こそ結ばなかったが、忘れられていた客にたいする歓待の精神をよみがえらせようとしたり、いろいろと手を尽くすのだが。ウルスラ以来百年におよぶ滔々たるこの流れは、フェルナンダの世捨て人的な感情によってせき止められてしまった。彼女は、熱風がやんでも戸を開けさせないばかりか、生き埋めも同然の暮らしをするようにという父の命に従って、窓を十字の板切れでふさがせた。高いものにつく遠方の医者との通信も結果的には失敗だった。何度も日延べがあったあと、彼女は約束の日時に寝室にこもり、白いシーツだけをまとって北枕で横になった。午前一時ごろ、氷のように冷たい液にひたしたハンカチが頭にかぶせられるのを感じた。目覚めたときには、すでに日がかんかんに照っていたが、見ると、鼠蹊部から胸部にかけてアーチのように大きな縫い目が走っていた。しかし、予定の安静日数も終わらぬうちに、当惑しきった遠方の医者たちの手紙が届けられた。手紙によると、六時間かけて精密検査を行なったが、彼女が何度もくわしく説明した徴候は、どこにも見当らないということだった。実のところ、物をはっきり言わない不都合な習慣が、この場合も混乱をひき起こしたのだ。テレパシーの得意な医者たちが発見したのは、ペッサリーの使用によって容易に矯正できる子宮の下垂にすぎなかった。落胆したフェルナンダはさらに詳しいことを聞こうとしたが、顔を知らない相手は彼女の手紙に二度とこたえなかった。聞いたことのない言葉に悩まされた彼女は、恥をしのんで、ペッサリーとは何かを聞く決心をした。

ところが、まったく知らなかったが、フランス人の医師は三カ月前に自宅の梁で首を吊って死に、町の人びとの反対にもかかわらず、アウレリャノ・ブエンディア大佐の昔の戦友の手で墓地に埋葬されたということだった。そこで仕方なく、彼女は息子のホセ・アルカディオに事情を打ち明けて、わざわざローマからペッサリーを送ってもらった。一枚の説明書がついていたが、彼女はその内容を暗記したあと、病気の性質を誰にも知られないように便所に捨てた。実は、この用心は不要だった。屋敷に住んでいる者でさえ、彼女のことはほとんど念頭になかったからだ。サンタ・ソフィア・デ・ラ・ピエダは孤独な老年を迎えて、みんなのわずかな食事を作ったり、ほとんど掛かりきりでホセ・アルカディオ・セグンドの世話をしたりしていた。小町娘のレメディオスの魅力をいくらか受け継いだアマランタ・ウルスラは、それまでウルスラを悩ますのについやしていた時間を学校の宿題に使い、頭の良さと勉強好きなところを示しはじめた。これを見て、アウレリャノ・セグンドの心にメメのときと同じ期待がよみがえった。バナナ会社が栄えたころに生まれたしきたりに従って、彼女をブリュッセルに遊学させる約束をし、この夢に駆られて、洪水で荒れ果てた土地をもとに返そうと懸命に努めた。そのころ、たまにわが家に帰ることがあったが、すべてアマランタ・ウルスラのためだった。時がたつにつれて、フェルナンダは彼にとって他人も同然の存在になり、アウレリャノ少年もまた、思春期が近づくとともに、無愛想で沈みがちな子になっていったからだ。アウレリャノ・セグンドは、年を取ればフェルナンダの心もやわらぎ、少年も町の生活に馴染むようになるだろう、誰もその素姓を疑ったりはしないはずだから、と思っていた。ところが、アウレリャノ自身が家にこもりっきりの生活や孤独を好み、表の戸口から始まる世界を知ろうという気をまるで起こさなかった。ウルスラがメルキアデスの部屋を開けさせたとき、彼はその近くをうろうろしたり、細目に開いたドアから奥をのぞいたりしていたが、やがて誰も知らないうちに、ホセ・アルカディオ・セグンドと強い愛情で結ばれるようになった。アウレリャノ・セグンドがこの友情に気づいたのは、それが生まれてかなり日がたち、少年が駅における虐殺事件のことを口走ったときだった。ある日、誰かが食卓で、バナナ会社に見捨てられてから町がすっかりさびれてしまった、とこぼした。すると、アウレリャノが大人のような分別くささと物言いで反駁した。世間一般の理解とはまったく逆で、バナナ会社が混乱させ、堕落させ、搾取するまでのマコンドは、正しい道をあゆむ栄えた町だった、また、会社の技師たちが労務者との約束を回避する目的で、あの洪水を呼んだ、というのが彼の意見だった。もったいない話だが、博士らに囲まれたイエスもかくやと思われるほどしっかりした話し方で、少年は詳細に、軍隊が駅に追いつめた三千人以上の労務者を射殺し、死体を二百両連結の列車にのせて海に捨てたいきさつを語った。大半の者と同じように、何事も起こらなかったという公式の発表を信じていたフェルナンダは、少年がアウレリャノ・ブエンディア大佐のアナキスト的な資質を受け継いでいるのでは、と考えてぞっとし、沈黙を命じた。彼女とはちがって、アウレリャノ・セグンドはふたごの兄の話を信じた。実のところ、みんなに狂人扱いされていたが、ホセ・アルカディオ・セグンドは当時の屋敷でもっとも正気な人間だった。彼はアウレリャノ少年に読み書きを教え、羊皮紙の研究の手ほどきをし、バナナ会社がマコンドにとって持った意味をこんこんと説明した。それはきわめて個人的な解釈だったので、何年もたってアウレリャノが世間へ出ていったとき、人びとは彼がでたらめをしゃべっているとしか思わなかった。歴史家たちが認めて教科書にのせている、実は誤った解釈と根本的に対立するものだったからだ。奥まっていて、そこまでは熱風も埃も暑さも及ばない狭い部屋で、ふたりは、彼らがまだ生まれていない遠い昔のことだが、つばが鴉（からす）の羽めいた帽子をかぶり、窓を背にしながら世界についてさまざまに語ったという老人の、いわば先祖伝来のまぼろしを思いだした。ふたりはまた、そこはつねに三月であり、月曜日であることを知った。そしてそれによって、ホセ・アルカディオ・ブエンディアは家族の者たちが言うほど狂ってはおらず、時間もまた事故で何かに当たって砕け、部屋のなかに永遠に破片を残していくことがあるという、この真実を見抜くだけの正気をそなえた、ただ一人の人間であることを悟った。さらに、ホセ・アルカディオ・セグンドは羊皮紙の神秘的な文字の分類にも成功していた。それは間違いなく、四十七文字から五十三文字のあいだの数のアルファベットを形づくっていて、ひとつひとつを見ると、小さな蜘蛛か壁蝨のように思われたが、メルキアデスのもとの筆跡では、針金に吊るした洗濯物のような感じを与えた。アウレリャノがこれによく似た表を英語の百科事典で見たというので、部屋へ持ってきてホセ・アルカディオ・セグンドのものと比べてみた。事実、二つはまったく同じものだった。

　パズルの富くじを思いついたころのことだが、アウレリャノ・セグンドは喉に何かがつかえているような感じがして目をさました。泣きたいのをこらえているときとそっくりだった。ペトラ・コテスは、不如意な生活から生じた体の変調のひとつだと思い、一年以上にわたって毎朝、上顎に蜂蜜を塗ってやったり、ラディッシュのシロップを飲ませたりした。喉の圧迫感がひどくて息をするのもつらくなったので、アウレリャノ・セグンドは、ピラル・テルネラなら効き目のある薬草を知っているだろうと思い、彼女のもとを訪れた。百歳になり、ささやかな秘密の娼家を取りしきっている気丈な祖母は、俗信めいた治療などてんから信用せず、事をトランプにはかった。ダイヤのクイーンの喉がスペードのジャックの剣で貫かれているのを見て、これは夫に家へ帰ってもらいたくて、フェルナンダが写真をピンで刺すという評判のわるい手を用いたのにちがいない、ただ、まじないによく通じていないために腫物をこしらえさせてしまった、と推測した。アウレリャノ・セグンドには結婚式の写真しかなく、それはそっくり家族のアルバムに残っているはずなので、妻の隙をうかがって屋敷じゅうを掻き回した。衣裳だんすの底にやっと見つけたと思ったら、これが何と、もとの小箱にはいった半ダースのペッサリーだった。この赤いゴムの輪をまじないの道具だと信じた彼は、ピラル・テルネラに見てもらうために、そのうちの一個をポケットに入れた。彼女にもそれが何かわからなかったが、ともかく怪しいというので、半ダースをぜんぶ持ってこさせて中庭で燃やした。想像だがフェルナンダの呪いを解くために、巣についた雌鶏に水をかけて栗の木のかげに生埋めにしろと言われて、アウレリャノ・セグンドは喜んでそれに従った。すると、掘り返した地面を枯れ葉で隠すか隠さないかに、息が楽になった。一方、フェルナンダはこの紛失をはるか遠方の医者の無言の批難であると解して、キャミソールの内側にポケットを縫いつけ、息子に送らせた新しいペッサリーをそこに隠した。

雌鶏を埋めてから半年ほどたったころの真夜中、アウレリャノ・セグンドは咳(せき)の発作に襲われ、蟹(かに)のはさみで喉の奥を締めつけられるような感じがして目をさました。彼は、怪しいペッサリーをいくつも焼き捨て、雌鶏を何羽もびしょびしょにしたが、死期は遠くないことを悟った。残念ながら、これは間違いなかった。ただし、誰にもその話をしなかった。アマランタ・ウルスラをブリュッセルにやる前に死ぬことになるのではないかと、そのことだけを恐れて、これまでになく商売に打ちこみ、週に一回ではなく三回も富くじを売りだした。早朝から町を駆けずり回った。辺鄙(へんぴ)な貧しい地区にまで姿を見せて、瀕死(ひんし)の病人にしか考えられない焦(あせ)りようで券をさばこうとした。「さあ〈御神意くじ〉だよ」と触れ歩いた。「こいつを逃しちゃいけない。百年に一度のチャンスだ」。明るく陽気で話好きな人間に見せようとして、涙ぐましいほどの努力をしていたが、血の気のない顔や汗を見れば、立っているのがやっとだということがわかった。時おり人目のない空地へはいってゆき、しばらくその場にすわり込んで、内部からやっとこで引き裂かれるような苦痛に耐えた。真夜中近くなってもまだ色街をうろうろし、電蓄のそばで泣いている娼婦らを慰めるように、幸運を説いた。「この番号は、四カ月前から出ていないんだ」と、券をちらつかせながら話しかけた。「むざむざ逃す手はない。みんなが思うほど人生は長くないんだ」。世間の者は彼にたいする尊敬の念を失い、わらいものにするようになった。死ぬ前の二、三カ月は、それまでのようにドン・アウレリャノとは言わず、本人を目の前にして〈御神意さま〉と呼ぶようになった。しだいに声がかすれ、調子はずれになった。しまいには、犬の低いうなり声に似たものに変わったが、そうなってもまだ、ペトラ・コテスの中庭で出される賞品への期待が薄らぐことのないように、懸命に努めるだけの気力は残していた。とは言うものの、しだいに声が出なくなり、早晩この苦痛に耐えきれなくなる時が来ると気づいた彼は、こんな豚や山羊のくじ引きくらいでは、とうてい娘をブリュッセルへはやれないと悟った。そこで思いついたのが、洪水で荒れてはいるが、元手さえあれば旧に復することができる土地のくじ引きという、途方もない手だった。実に素晴らしいアイデアだったので、市長までが肩入れし、告示を出してくれた。一枚百ペソの券を買うためにあちこちで講がつくられ、一週間たらずで売り切れた。くじ引きが行なわれた夜、賞品を手に入れた連中は、バナナ会社が景気のよかったころを思わせる、にぎやかなパーティを開いた。これが最後になったが、アウレリャノ・セグンドは忘れられていたフランシスコ・エル・オンブレの歌をアコーデオンで弾いた。しかし、歌うことはできなかった。

二カ月後に、アマランタ・ウルスラはブリュッセルに旅立った。アウレリャノ・セグンドは、番外の富くじでえた金ばかりでなく、それまでの数カ月間に倹約して貯めたものや、自動ピアノ、クラビコードその他、使いものにならないがらくたを売ったわずかの金まで渡した。計算によれば、これだけの資金があれば、帰りの運賃が問題であるが、勉学には十分なはずだった。フェルナンダは最後の最後まで、この旅行に反対した。ブリュッセルが堕落の都パリのすぐ近くだというので大騒ぎをしたが、アンヘル神父に頼んで、尼僧(にそう)が世話をするカトリックの娘だけの下宿宛(あて)に紹介状を書いてもらい、勉学が終わるまでそこにとどまるという約束をアマランタ・ウルスラにさせて、やっと落ち着いた。さらに司祭から、トレドへ向かうフランシスコ派の尼僧らの監視のもとで旅行し、その土地で、彼女をベルギーまで送り届けてくれる確かな人物を見つけるように取りはからってもらった。この手はずを整えるためにあわただしく手紙がやり取りされているあいだに、アウレリャノ・セグンドはペトラ・コテスに手伝わせて、アマランタ・ウルスラの荷物を用意した。ある晩、フェルナンダの嫁入り道具だったトランクのひとつに物を詰めたが、すべてがあまりにもきちんと整理されたために、女学生は、大西洋横断中に身につけるべきスーツと布のスリッパ、下船のさいに着る真鍮(しんちゅう)のボタンの青いコートやコードバン*の靴などを、即座に暗記することができた。彼女はまた、渡し板から上船するとき海に落ちないためには、どう歩けばよいか、とか、けっして尼僧らのそばを離れず、食事のとき以外は船室を出てはいけない、とか、男女を問わず見知らぬ相手から何か聞かれても、船では絶対に返事をしてはいけない、とか、そんなことを覚えさせられた。船酔いの薬がはいった瓶と、アンヘル神父自身の手で、嵐除け(あらしよ)の六つのお祈りを書いてもらったノートも携行した。フェルナンダは厚地の布で胴巻をこしらえて、夜寝るときもはずさないでいいように、ぴったり体に巻いておく方法を教えた。さらに、灰汁(あく)できれいに洗い、アルコールで消毒した金のおまるを持たせようとしたが、クラスの仲間にからかわれるのを恐れて、アマランタ・ウルスラは頑強に断わった。数カ月後の死の床でアウレリャノ・セグンドは思いだすはずだが、最後に見たアマランタ・ウルスラは、きりのないフェルナンダの忠告を聞くために、埃で汚れた二等車の窓を下ろそうとして懸命になっていた。結局、下りなかったが。彼女は、左肩に造花のパンジーをピンで留めた、ピンクの絹のスーツを着ていた。バックル付きのかかとの低いコードバンの靴をはき、つややかな靴下をガーターで腿(もも)のところに留めていた。小柄で、髪をおすべらかしにした彼女は、同じ年ごろのウルスラを思わせる生き生きとした目をしていた。泣きも笑いもしないその別れ方にも、似たような気丈な性格がよくあらわれていた。しだいにスピードを増していく客車に沿って歩きながら——ころばないようにフェルナンダに手を引かれていた――アウレリャノ・セグンドは、娘から投げキッスをされても手を振るのがやっとだった。夫婦は焼けつくような日射(ひざ)しを浴びて、しばらくその場に立ちつくしていた。婚礼の日以来、これが初めてだったが腕を組んで、汽車が地平線のかなたの黒い一点となるのをいつまでもながめていた。

ブリュッセルから最初の手紙が届けられる前の八月九日、メルキアデスの部屋でアウレリャノと話をしていたホセ・アルカディオ・セグンドが、何気なく言った。

「よく覚えておいてくれ。三千人以上の人間が海に捨てられたんだ」

そう言ったとたんに羊皮紙の上につっ伏して、目を開けたまま息絶えた。そして同じ時刻にフェルナンダのベッドの上で、彼のふたごの弟もまた、喉を食いあらす鉄の蟹ゆえの長い苦しみから解放された。彼はすっかり声がしわがれ、息をすることができず、骨と皮にやせ細りながらも、妻のかたわらで死ぬという約束を果たすために、尻(しり)の落ち着かないトランクときず物のアコーデオンを提げて、一週間前にわが家へ帰っていたのだ。ペトラ・コテスは衣類をまとめる彼の手伝いをし、一滴の涙もこぼさずに送りだしたが、棺桶のなかではきたいとかねがね言っていた、エナメル靴を持たせるのを忘れてしまった。そこで、彼が死んだと知ると、さっそく喪服に着替え、古新聞につつんだ靴を持ってフェルナンダのところへ行き、死者に会わせてくれと頼んだ。ところが、フェルナンダはなかへ入れようとしなかった。「わたしの身にもなってくださいな」と、ペトラ・コテスは訴えた。「こんな恥をかかされても黙っているのは、あの人を愛しているからですよ」

「恥ずかしいも何もあるもんですか、おめかけふぜいに！」と、フェルナンダは答えた。「どうせ大勢でしょうけど、ほかの男が死んだら、その靴をはかせてやるといいわ」

約束どおり、サンタ・ソフィア・デ・ラ・ピエダはホセ・アルカディオ・セグンドの首を庖丁で切り落とし、絶対に生埋めになる心配のないようにしてやった。遺体はそろいの棺桶におさめられたが、死んでそこへはいった彼らは、少年時代までそうであったように、ふたたび瓜ふたつの姿に戻った。アウレリャノ・セグンドの古い遊び仲間たちが棺桶の上に、〈牝牛よ、そこどけ、いのち短し〉という文句を書いた紫のリボンの花環をのせた。フェルナンダはこの不埒なしわざに腹を立て、花環をごみ溜めに捨てさせた。最後のごたごたのなかで、悲しみを酒でまぎらわしながらふたりの遺体を屋敷からかつぎ出した男たちは、どっちがどっちかわからなくなり、棺桶を間違った穴に埋めてしまった。

長いあいだ、アウレリャノはメルキアデスの部屋から一歩も外へ出なかった。ぼろぼろになった本の空想的な物語や足萎えハーマンの研究をまとめたもの、妖怪学にかんするメモや賢者の石の秘法、ノストラダムスの百年史やペストについての研究などをすべて暗記して、思春期に達するころには、自分の生きている時代のことには無知なくせに、中世人については基礎的な知識をそなえるようになっていた。サンタ・ソフィア・デ・ラ・ピエダがその部屋にはいっていくと、彼はいつも夢中で本を読んでいた。彼女は、夜明けに砂糖ぬきのコーヒー一杯を、お昼には輪切りにして揚げたバナナ——アウレリャノ・セグンドが死んでから、これがこの家の唯一の食べ物だった——を運んだ。何かと気を遣った。髪を切ってやったり、虱の卵を取ってやったり、そこらに忘れられているトランクの底に見つけた古着を、身に合うように仕立て直してやったりした。口ひげがはえ始めると、アウレリャノ・ブエンディア大佐が使ったかみそりや、シャボンの泡立て用の小さな瓢簞の器を出してやった。高い頰骨といい、真一文字に結んだいささか冷たい感じのする唇といい、彼は大佐にそっくりだった。アウレリャノ・ホセをふくめて、大佐の息子たちの誰ひとりとして、その点では彼に及ばなかった。部屋で勉強しているアウレリャノ・セグンドを見たときのウルスラと同じように、サンタ・ソフィア・デ・ラ・ピエダもまた、アウレリャノはよくひとり言をいう子だと思っていた。実は、彼はメルキアデスと話をしていたのだ。ふたごの兄弟が死んで間もない、ある日の暑さのきびしい正午ごろ、彼は鴉の羽めいた帽子をかぶった陰鬱(いんうつ)な表情の老人が、誕生のはるか以前から脳裏に刻まれた思い出が形をなしてあらわれたように、窓の照り返しをまともに受けて立っているのを見た。アウレリャノはすでに羊皮紙のアルファベットの分類を終わっていた。したがって、どんな種類の文字で書かれていると思うか、とメルキアデスに問われたときも、ためらわずに答えることができた。

「サンスクリットだよ」

メルキアデスは彼に打ち明けて、この部屋に来る回数はもはや限られている、しかし究極の死の牧場に心静かに赴くことができそうだ、羊皮紙が百年めを迎えて解読されるまでの年月に、アウレリャノにサンスクリット語を覚えてもらえそうだから、と言った。そして、川に通じているはずだが、バナナ会社が栄えていたころ夢占いその他が行なわれていた路地に、カタルニャ*生まれの学者が本屋を開いていて、そこへ行けば『サンスクリット語初歩』がある、急いで買わなければ、半年後には紙魚（しみ）にやられてしまうだろう、と教えた。サンタ・ソフィア・デ・ラ・ピエダは生まれて初めて感情を表に出した。二段めの棚の右端に、『解放されたイェルサレム』*とミルトンの詩集*にはさまれて一冊の本があるから、買ってきてくれ、と言われてびっくりしたのだ。字が読めないので聞いたことを丸暗記し、仕事場にあった十七個の金細工の魚のひとつをお金に換えた。兵隊たちに家探しされた夜、これをしまい込んだ場所を知っているのは、彼女とアウレリャノの二人きりだった。

　アウレリャノのサンスクリット語が上達するにつれて、メルキアデスの足がしだいに遠のき、真昼の明るい光のなかにかすんでいった。アウレリャノが最後に彼を感じたときには、ほとんど目に見えない影のような存在になっていたが、こうつぶやいた。「わしは熱病にかかって、シンガポールの砂州で死んだのだ」。とたんに部屋は、塵や暑さ、白蟻（しろあり）や赤蟻、紙魚などの害にさらされ始め、本や羊皮紙にひそんだ知恵もおがくず同然のものに変質しはじめた。

屋敷に食べ物が不足することはなかった。アウレリャノ・セグンドが死んだ次の日、罰当たりな文句を書いて花環をかつぎ込んだ例の友人たちの一人が、ご主人に借りがあるから払わしてもらう、とフェルナンダに申し出たのだ。そして、その日から水曜日ごとに、一週間はたっぷりある食べ物のはいった籠が使いの者によって届けられた。誰も知らなかったが、それらの食べ物の届け主は実はペトラ・コテスだった。施しを続けることで、自分を辱しめた相手を逆に辱しめてやろうという魂胆だったのだ。ところが本人の予想よりも早く、怨みは跡かたもなく消えた。しかしそうなっても、ペトラ・コテスは自尊心から、そして最後には憐憫から、食べ物を送りつづけた。富くじを売って歩く気力をなくし、世間もまた富くじへの関心を失ったころには、フェルナンダに食べさせるために自分は食事を抜くこともままあったが、彼女の葬列が通りすぎるのをこの目で見るまではというので、心に堅く誓った行為を中途でやめることはなかった。

　サンタ・ソフィア・デ・ラ・ピエダは屋敷の人数がへったおかげで、五十年以上も働きづめだったことを思えば当然許されてよい、休息の機会をえたように思われた。天使のような小町娘のレメディオスと妙に生まじめなホセ・アルカディオ・セグンドの産みの母である、このもの静かで、何を考えているか分らない女は、これまで一度も愚痴をこぼしたことがなかった。孤独と沈黙の一生を子供たちの養育にささげながら、ろくすっぽ、息子であり孫であることを思いだしてもらえなかった。彼女自身が曾祖母（そうそぼ）であることも知らないで、まるで腹を痛めたわが子のように、アウレリャノの面倒をみた。この屋敷でなければ考えられないことだが、彼女はいつも、夜になると騒ぎ立てる鼠たちの物音を聞きながら、穀物部屋の床にじかに敷いた寝ござの上で眠った。誰にも話さなかったけれども、ある晩、何者かが闇（やみ）のなかでこちらの様子をうかがっているような気がして目をさました。実は、一匹の蝮（まむし）が腹の上を這っていったのだ。ウルスラに話をすれば同じベッドに寝かせてもらえることはわかっていたが、忙しい菓子屋の商売や戦争騒ぎ、子供たちの世話などで他人のことを考えている余裕がなく、廊下で大きな声でも立てなければ、誰ひとり何事にも気づかないような時節だった。一度も会ったことはないが、ペトラ・コテスだけが彼女のことを忘れずにいて、富くじのお金で苦しいやりくりをしているころでさえ、外出用の上等の靴や服に困らないように気を遣ってくれた。この屋敷へ来たときのフェルナンダが彼女を長年奉公している召使いだと思ったのも当然だった。夫の母親であることを何度か聞かされたが、とても信じられない話なので、聞いたとたんに忘れてしまった。本人のサンタ・ソフィア・デ・ラ・ピエダはこの下積みの境遇をいっこうに気にする様子がなかった。それどころか、不平ひとつこぼさないで絶えず体を動かし、娘のころから住んでいる屋敷——とくにバナナ会社の景気のよいころには、家庭というよりは兵営の感じが強かった——をきれいに掃除したり整頓したりすることに喜びさえ感じているふしがあった。しかしウルスラの死と同時に、サンタ・ソフィア・デ・ラ・ピエダの人間わざとは思えない勤勉さや驚くべき仕事の能力も衰えを見せはじめた。年のせいで体力がなくなったというだけではなく、屋敷そのものが一夜のうちに老化の危機に落ちいったのだ。柔らかい苔が壁をおおった。中庭に土のむきだしになっている場所がなくなると、雑草は廊下のセメントの床を下から突き破り、ガラスのようにひび入らせた。そしてその隙間から、ウルスラが百年ほど前にメルキアデスの義歯のはいったコップで見た、小さな黄色い花が顔をのぞかせた。この自然の猛威を食い止める時間も手だてもないはずなのに、サンタ・ソフィア・デ・ラ・ピエダは一日じゅう寝室を回って歩いて、夜になればまた戻ってくるにちがいない蜥蜴を追った。彼女はある朝、赤蟻が下をえぐられた土台を見捨てて庭を横切り、ベゴニアが茶色に枯れている手すりを伝って屋敷の奥へ侵入していくのを見た。最初はほうきで、つぎに殺虫剤で、そして最後には石灰で退治しようとしたが、翌日になると赤蟻はふたたび同じ場所にあらわれ、何ものにも屈することなく執拗に這いまわった。フェルナンダは息子に手紙を書くのに夢中になっていて、もはや押しとどめることのできない勢いで進む破壊に気づかなかった。サンタ・ソフィア・デ・ラ・ピエダが一人で戦いつづけた。台所へはいって来ないように雑草と戦い、数時間もすればもとに戻ってしまうとわかっていながら、垂れ下がった蜘蛛の巣を壁から払い、白蟻を掻き落とした。しかしメルキアデスの部屋までが、日に三度もはたきを掛けたり掃いたりしているにもかかわらず、すぐに蜘蛛の巣と塵だらけになるのを知って、またいくら熱心に掃除をしても、かつてアウレリャノ・ブエンディア大佐と若い将校だけが予想した惨めさと瓦礫で脅やかされているのを見て、はっきりと敗北を悟った。彼女は着古した晴れ着と、ウルスラの古靴と、アマランタ・ウルスラにもらった木綿の靴下を身につけ、着替えを二、三枚いれた小さな包みをこしらえると、アウレリャノに向かって言った。

「降参よ。この屋敷は、とてもわたしの手には負えないわ」

アウレリャノがどこへ行くのかと尋ねると、まったく行くあてのなさそうな、あいまいな身振りをした。それでも、リオアチャに住んでいるいとこのそばで余生を送りたいと、多少はっきりしたことを言った。しかし、この話は本音ではなかった。両親が死んでからというもの、その町の誰とも接触がなく、手紙や贈物を受け取ったことがなかった。また、身寄りのいることを口にしたこともなかった。出ていくのはいいが、所持金はわずかに一ペソと二十四センタボだというので、アウレリャノは十四個の魚の金細工を与えた。彼は寝室の窓から、衣類の包みをかかえ、足を引きずりながら中庭を渡っていく腰の曲った彼女を見送った。外へ出てから、掛け金を下ろすためにドアの隙間に手を入れるのが見えた。それっきり彼女の消息は絶えてしまった。

　この家出を知ったフェルナンダは、まる一日ぶつぶつ言いながら、サンタ・ソフィア・デ・ラ・ピエダに何か持ち逃げされなかったか確かめるために、トランクや衣裳だんすや戸棚を掻き回した。生まれて初めてかまどを焚きつけようとして指にやけどをした。コーヒーの沸かし方までアウレリャノに教わらねばならなかった。そして間もなく、彼が台所の用事を引き受けるようになった。朝起きると食事ができていて、彼女は、アウレリャノが蓋をして火に掛けておいた食事を取りにいくとき以外は、もはや寝室を出ることもなくなった。それを食卓へ運んでゆき、亜麻布のテーブルクロスを使い、枝付き燭台に囲まれながら十五脚の空いた椅子の上座にすわって、ぽつねんと食事をした。こうなっても、フェルナンダとアウレリャノは孤独を慰め合おうとしなかった。それどころか、めいめいが好きなように暮らした。各自の部屋の掃除はしても、蜘蛛の巣が薔薇の植込みを雪のようにおおい、天井や壁を隠してしまうのを黙って見ていた。そのころから、フェルナンダは屋敷が化け物であふれているような印象をいだき始めた。物が、とくに毎日使っている物が、ひとりで動き回れるようになったとしか思えなかった。確かベッドにおいたはずの鋏を探すのに時間を取られ、あちこち掻き回したあげく、四日も足をふみ入れた覚えのない台所の棚の上で見つけた。食器を入れた引き出しからフォークが一本、急に消えたと思ったら、祭壇から六本、洗濯場から三本も出てきた。とくに机に向かって書きものをするとき、この物の勝手な移動には悩まされた。右においたはずのインク壺が左にあったり、吸取り紙がどこかへ消えたと思ったら、二日後に枕の下から出てきたりした。ホセ・アルカディオに書いた便箋がアマランタ・ウルスラ宛のそれとごっちゃになり、封筒に入れまちがいはないかと――事実、何度もそういうことがあった――いつもそのことが気になった。あるときはペンが見えなくなった。二週間後に郵便配達が返してくれたが、鞄の底にはいっているのを見つけて、持ち主を一軒一軒たずねて歩いたということだった。初めのうち彼女は、あれもこれもペッサリーの紛失と同じように、顔を知らない医者のしわざだと思い、手紙を書いて、そっとしておいてくれるように頼もうとさえしたが、用事があって途中でペンをおき、ふたたび部屋へ戻ってみると、書きかけの手紙が見当たらないだけでなく、それを書く目的さえ忘れてしまっていた。一時はアウレリャノが犯人だと考えたこともあった。彼を監視し、彼がその位置を変える現場を押えようとして、通りみちにいろいろと物を並べてみたが、間もなく、アウレリャノが部屋を出るのは台所か便所へ行くときだけであること、また、そんな悪ふざけをするような人間ではないことを知った。そういうわけで、しまいには化け物のいたずらだと信じるようになり、物をいちいち入り用の場所に固定することにした。鋏を長い紐でベッドの枕元に縛りつけた。ペン軸と吸取り紙は机の脚にくくりつけにし、いつも書きものをする天板の右端に、インク壺をゴム糊で貼りつけた。だが、問題はこれで片づきはしなかった。縫い物を始めて二、三時間もすると、お化けの手で短く切られたように、鋏の紐が布を裁つのに間に合わなくなったのだ。ペン軸の紐の場合も同じだった。自分の腕までがその調子で、書きものを始めてしばらくすると、インク壺に届かなくなった。だがブリュッセルのアマランタ・ウルスラも、ローマのホセ・アルカディオも、こうした小さな不運な出来事については何も知らなかった。フェルナンダはふたりに、幸せに暮らしているとしか書かなかったのだ。本人があらゆる責任から解放されたつもりでいるので、事実そのとおりではあったが。あらかじめ頭のなかですべてが解決されているので、こまごました日常の事柄に悩まされることのない両親の世界へ、ふたたび戻っていったような感じだった。とくにサンタ・ソフィア・デ・ラ・ピエダの失踪後のことだが、ふたりとのひんぱんな手紙のやりとりで、彼女は時間の感覚を失っていった。予定されている子供たちの帰宅の日を基準にして年月をかぞえるのにも、いつしか慣れていた。ところが、その子供たちが何度も日延べをするので、日付が混乱し、日限なども狂ってしまった。また同じような毎日が続くために、日のたつのが感じられなくなった。だが、彼女はいらだつどころか、この日延べを大いに喜んだ。僧籍にはいる日も近いという知らせがあってから何年もたって、さらにホセ・アルカディオが、高尚な神学を深く究めたあとは外交術の勉強をしたいと言いだしたときも、彼女は別にあせりを感じなかった。聖ペテロの座に通じる螺旋(らせん)階段はきわめて高く、多くの障害にみちていることを、彼女自身よく心得ていたからだ。それに引きかえて、たとえば息子が法王を見たというような、ほかの人間にはおよそどうでもよい知らせで昂奮(こうふん)した。アマランタ・ウルスラから、優秀な成績のおかげで父の考えてもいなかった特待生の扱いが受けられるようになったので、勉学の期間が予定よりも延びるだろう、と言ってきたときも同じような喜びを味わった。

サンタ・ソフィア・デ・ラ・ピエダに文法書を買ってきてもらってからすでに三年以上の月日が流れていたが、アウレリャノはやっと一枚分の翻訳を終えただけだった。むだな仕事ではなかったが、それでも、どこまで続くのか見当もつかない長い道のりの、わずかに一歩をふみ出したにすぎなかった。テキストが韻文の暗号になっていて、スペイン語に移しても、何を意味しているのかさっぱりだったからだ。アウレリャノには、それを解く鍵を見つけるだけの知識がなかった。しかしメルキアデスから、カタルニャ生れの学者の店に、羊皮紙の奥に隠れたものを知るのに必要な書物があると聞いていたので、これを買いにいく許可をもらうためにフェルナンダと話をする決心をした。とめどなくふえていくのでとっくに掃除をあきらめていたが、がらくたで埋まった部屋のなかで、頼みを聞いてもらうのにもっとも適当な方法を思いめぐらした。いろいろな状況を前もって設定し、いちばん格好な機会を考えたが、火から食事を下ろしているフェルナンダの姿を見ると——これが彼女に話しかける唯一の機会だというのに——せっかく苦心して考えた頼みごとが喉につかえて声にならなかった。彼女の行動をうかがうのは、これが初めてだった。寝室の彼女の足音が気になった。郵便配達から子供たちの手紙を受け取って、かわりに自分のものを渡すために戸口まで出る彼女の足音をじっと聞いていた。また夜遅くまで起きていて、紙の上をせわしなく走る硬いペンの音に耳を澄ませ、やがてスイッチの音と暗闇で祈る声を聞いた。それからやっと、翌日になれば待ちのぞんでいる機会がえられると信じながら眠った。許可が与えられないはずはないと思いこんだ彼は、ある朝、肩に届くほどの髪を切り、もじゃもじゃの無精ひげを剃った。誰のお下がりだかわからない細身のズボンと替え襟のワイシャツを着、フェルナンダが朝食に出てくるのを台所で待った。ところが目の前に出てきたのは、頭をそびやかした石のように重い足取りの、いつも見かける女ではなくて、黄色っぽい貂のマントと金色のボール紙の王冠を身につけ、ひそかに泣いたあとのもの憂さを感じさせる、この世の人とは思われぬほど美しい老女だった。実はフェルナンダは、アウレリャノ・セグンドのトランクの底に見つけたときから何度も、虫に食われた女王の衣裳を着ていたのだ。それが誰であろうと、鏡の前に立って女王然とした自分の姿に見惚れている彼女に出会った者は、気が触れたと思ったにちがいない。だが、そうではなかった。ただ、女王の衣裳を昔を思い返すよすがとしていただけだった。最初に着たとき、彼女は胸をキューッと締めつけられ、目に涙があふれるのをどうすることもできなかった。その瞬間に、彼女を女王に仕立てるべく屋敷を訪ねてきた軍人の、長靴のクリームの匂いをふたたび鼻先に感じて、失われた夢へのノスタルジーとともに心にパッと明るい光が射したのだ。すっかり年を取って体が衰え、人生の最良の時から遠く隔たったことをしみじみ感じ、最悪の時として思いだされるものにさえ懐かしさを覚えた。そしてそのとき初めて、風に運ばれる廊下の蘭やたそがれどきの薔薇の香りが、そしてよそ者たちの動物くささまでが、いかに必要なものであるかを悟った。狙いの確かな日々の現実の打撃によく耐えてきた、硬い灰のような彼女の心だったが、郷愁に取り憑かれた瞬間にもろくも崩れていった。寄る年波で衰えるにつれて、進んで悲しい気分にひたるようになった。孤独な生活のなかで人間味を帯びていったが、しかしある朝、台所にはいって、顔の青白いやせぎすの青年が目を輝かせて差しだしたコーヒーを受けたとたんに、その顔にさっと嘲りの色が浮かんだ。例の許可を与えなかったばかりか、その日から、未使用のペッサリーを隠しポケットに入れて、屋敷じゅうの鍵を持ち歩くようになった。それは不必要な用心だった。その気になれば、アウレリャノは見とがめられずに屋敷を抜けだすことも、またそこへ帰ることもできたからだ。しかし長い幽閉生活や、世間にたいする不安や、人の言うなりになる習慣などのために、せっかく心にひそんだ反抗の種子も干からびてしまっていた。彼はふたたび部屋に引きこもって羊皮紙に目を通し、夜遅くまで寝室のフェルナンダの忍び泣きの声を聞くという、これまでどおりの生活に戻った。ある朝、いつものようにかまどに火をおこそうとすると、前の日に彼女のために置いた食事が消えた灰の上に残っていることに気づいた。寝室をのぞいてみると、彼女は貂の毛皮のマントで体をおおい、大理石のような肌に包まれた実にあでやかな姿でベッドに横たわっていた。四カ月後にホセ・アルカディオが帰宅したときも、それは手つかずのままだった。

彼は母親に瓜ふたつだった。陰気な感じのする琥珀織の服と、カラーが丸くて硬いワイシャツを着、ネクタイのかわりに細い絹のリボンを結んで垂らしていた。顔色が悪くて生気がなく、びっくりしたような目と力ない唇をしていた。艶のある黒いなめらかな髪は、まっすぐな細い線によって真ん中から分けられ、聖者像のかつらにそっくりだった。パラフィンもどきの顔のひげの剃りあとの青さが、ある心の悩みを表わしているように思われた。手は血の気がなくて青い筋が浮き、指はまるで真田虫、その左の人差し指に、向日葵のように丸いオパールをはめた純金の指輪が光っていた。表のドアを開けてやったとき、アウレリャノは客が何者であるかを想像するまでもなく、大へんな遠方から旅してきたのだということに気づいたにちがいない。彼がなかへはいったとたんに屋敷は、子供のころ暗闇でも探り当てられるようにウルスラが頭から振りかけた、香水のいい匂いであふれた。はっきりどうこうは言えないが、長い留守のあとのホセ・アルカディオには依然として、ひどく陰鬱で孤独な、中年の子供といった感じがつきまとっていた。彼はまっすぐに母親の寝室へ足を運んだ。そこは、メルキアデスの処方に従って遺体を保存するために、アウレリャノが祖父の祖父に当たる人のものだった窯で四カ月も水銀をくゆらした場所だった。ホセ・アルカディオはひとことも質問を発しなかった。遺体の額にキスをし、まだ使われていないペッサリーがはいったポケットと衣裳だんすの鍵を取りだした。もの憂げな態度に似合わず、てきぱきと事を運んだ。衣裳だんすから紋章のついたダマスク細工の小さな箱を出して、白檀の匂うその底に、彼には隠しつづけたが、フェルナンダが無数の真実をぶちまけたぶ厚い手紙を見つけた。彼は立ったままむさぼるように、だが焦ることなく読んでいった。そして三ページめでいったん読むのをやめ、あらためてアウレリャノの顔をのぞいた。

「それじゃ」と、かみそりを思わせるような声で言った。「お前は父無し子か!」

「ぼくは、アウレリャノ・ブエンディアさ」

「自分の部屋へ行ってろ!」とホセ・アルカディオは命じた。

アウレリャノはその場を去って、わびしい葬儀の物音が耳にはいったときでさえ、好奇心に駆られて外へ出ることはしなかった。時おり台所から、切なげな息づかいで屋敷のなかを歩き回っているホセ・アルカディオの姿を見たり、真夜中すぎだというのに、荒れた寝室をのぞいて回っている足音を感じたりした。何カ月もその声を聞かなかったが、それはただ、ホセ・アルカディオが言葉を掛けてくれないだけではなく、彼自身にそうなることを避けたい気持ちがあり、さらに、羊皮紙以外のことを考える余裕がなかったからだった。フェルナンダが死んだとき、彼はふたつ残っている魚の金細工のひとつを取りだして、必要な本を買うためにカタルニャ生まれの学者の本屋へ行った。道中で見かけたものも、全然と言ってよいほど関心を惹かなかった。恐らく、比較する思い出を持たないためであったろう。また、閑散とした通りや荒れ果てた家々が、そこを見たくて仕方のなかったある時期に思い描いたものにそっくりであったためだろう。フェルナンダには許してもらえなかったが、彼はたった一度、それも最小限必要な時間だけ、唯一の目的のために外に出た。以前夢占いが行なわれていた路地と屋敷を隔てる十一丁場ほどをわきめもふらずに歩いて、身動きがつかないくらい狭くてごたごたした暗い店に、息を切らして駆けこんだ。そこは本屋というよりごみ溜めそっくりで、白蟻にやられた棚や、蜘蛛の巣だらけの片隅や、通路に当てられているはずの場所にまで、手垢のついた本が雑然と積まれていた。同じように反故が山になった大きな机に向かって、主人が飽きもせずに、バラバラになった雑記帳の紙に紫の風変わりな字体で何やら書いていた。みごとな白髪が鸚鵡の冠毛のように額に垂れ、細いが生き生きとした青い目は、万巻の書を読み尽くした人らしい穏やかさをたたえていた。パンツ一枚で汗みずくになった主人は、書きものをやめて客を見ようともしなかった。アウレリャノは欲しいと思っていた五冊の本を、ごった返した山のなかから難なく捜しだした。メルキアデスに教えられたとおりの場所にあったおかげである。彼は無言で、五冊の本と一緒に魚の金細工をカタルニャ生まれの学者に渡した。すると学者は貽貝のように目を細めて仔細にしらべ、「頭がどうかしているんじゃないのか」と、肩をすくめながら自分の言葉でつぶやき、五冊の本と魚の金細工をアウレリャノに返して、こんどはスペイン語で言った。

「ただでいい、持っていきなさい。この本を読んだ最後の人間は、恐らく、盲人イサーキウス二世*だろう。いったい、どうするつもりかね？」

　ホセ・アルカディオはメメの部屋を元どおりにし、ビロードのカーテンや副王領時代のベッドの天蓋の緞子を洗いと繕いに出した。ざらざらしたものが浴槽に黒く筋になってこびりついていたが、忘れられていた浴室をふたたび使いだした。着古した異国ふうの服やまがいものの香水、安物の宝石などから成りたっている彼の小さな世界は、それらのふたつの場所に限定された。屋敷うちのほかの場所で目ざわりなのはただひとつ、祭壇の聖者像だったが、ある日の午後、中庭の焚火でみんな灰にしてしまった。彼は、十一時を回らなければ起きなかった。金の竜の模様がはいったぼろぼろのローブを着、黄色い房飾りのついたスリッパをはいて浴室へ行き、その丁寧さと時間の長さから小町娘のレメディオスを思いださせる儀式をとり行なった。入浴の前にはかならず、三つの白い小瓶にはいった香料を浴槽に入れた。瓢簞の器を使って浴びずに、香りのよい水に飛びこんで、その冷たさとアマランタの思い出にうっとりしながら、二時間もあおむけに体を浮かせていた。帰宅して数日後に、町の気候では暑すぎる一枚きりの琥珀織の服を脱いで、ダンスのレッスンの折りにピエトロ・クレスピが着用したものにそっくりな細身のズボンをはき、生きた繭からつむいだもので、心臓のあたりにイニシャルを縫い取りした絹のシャツを着た。週に二度、そっくり脱いだものを浴槽で洗濯し、ほかに着るものがないので、それが乾くまでローブ一枚でじっとしていた。屋敷では食事をしなかった。午後の暑さもしのぎやすくなるころ表へ出て、夜遅く戻ってくると、猫のような息づかいで、アマランタを思いながら悩ましげに歩き回った。彼がこの屋敷について持っている思い出は、彼女と、明るい灯に照らされた聖者像の恐ろしげな視線のふたつだけだった。目くらむようなローマの八月、彼は寝ている最中に何度も目を開けて、レースのペチコートを身につけ手に繃帯を巻いたアマランタが、流浪のさなかの渇望によって理想化された姿で、斑入りの大理石の池から立ちあらわれるのを見た。戦場の血の池に沈めようとしたアウレリャノ・ホセとは異なり、淫欲の泥沼のなかでその姿を生きつづけさせようと努め、一方で、教皇の座をめざすという嘘で母をあざむき続けたのだった。彼もフェルナンダも、自分たちの手紙のやりとりが絵そらごとのそれだとは思いもしなかった。ホセ・アルカディオはローマに着くか着かぬかに神学校を去りながら、神学と教会法にまつわる夢だけは育てつづけた。母の奇妙な手紙にいつも書かれていたが、トラステヴェレ*の屋根裏でふたりの仲間と送っている貧乏と不潔な生活から救ってくれるにちがいない、莫大な遺産を失いたくなかったからだ。彼は死期の近いことを知って書いたフェルナンダの最後の手紙を受け取ると、見せかけの栄華の惨めな名残りをスーツケースに詰めて、屠場の牛よろしく肩を寄せ合った移民が冷たいマカロニや蛆のわいたチーズを食べている船倉にもぐり込み、大西洋を渡った。今さららしく数々の不幸を書きつらねたものにすぎなかったが、フェルナンダの遺書を読むまでもなく、がたぴしした家具や草ぼうぼうの廊下を見たとたんに、とうてい逃げおおせられない罠に落ちたこと、また、ダイヤの輝きや永遠のローマの春の風に二度とまみえることのできぬ身になったことを悟った。喘息の発作に苦しめられて寝つかれぬ夜は、ウルスラが年寄りらしい大げさな言葉でこの世の恐ろしさを教えてくれた暗い屋敷のなかを歩き回りながら、おのれの不幸の大きさをしみじみ思った。彼女は暗闇でも彼を見失わないように、日が暮れると屋敷を徘徊しはじめる死人に脅やかされることのない唯一の場所である寝室の片隅に、彼をすわらせたものだった。「悪いことをすれば」と、ウルスラはよく言った。「聖人様たちが、ちゃんと教えてくださるんだよ」。幼いころの恐怖の夜はこの一隅に限られていたが、彼は寝る時間が来るまでそこを動かず、腰掛けにすわったまま、告げ口好きな聖者らの鋭く冷たい視線のもとで恐ろしさのあまり汗を流していた。それは無用の責め苦だった。というのは、すでにそのころには、彼は周囲のすべてのものに恐怖を抱くようになり、いずれこの世で出会ういっさいのものにおびえる下地が十分にできていたからだ。血を濁らせる表通りの女たち、豚のしっぽのある子供を産む屋敷の女たち、死をもたらして生涯心を苦しめる闘鶏、触れるだけで二十年の戦争騒ぎを引き起こす鉄砲、幻滅と狂気を産むだけの見当はずれな冒険。要するに、その、いっさいのものというのは、神の限りない善意によって創造されながら、悪魔が堕落させてしまったそれだった。止めどなくめぐる悪夢にぐったりして目をさますと、窓の明るみや、浴槽でのアマランタの愛撫(あいぶ)や、絹のパフで股(また)のあいだにタルク*をはたいてもらうときの心地よさなどが、彼を恐怖から解放してくれた。うららかな庭の光線のもとでは、ウルスラまでが別人のようだった。恐ろしい話などはしないで、法王にふさわしい光り輝くばかりの笑みを浮べられるように、歯を炭の粉でこすったり、各地から訪れる巡礼が祝福を与える法王の手の美しさにうっとりするように、爪(つめ)を切って磨いたり、法王をまねて髪を分けたり、体や衣服が法王の香りをただよわせるように、香水を浴びせたりしてくれたからだった。彼はカステルガンドルフォ*の中庭で、バルコニーに立ち、巡礼の聴衆に向かって七つの言葉で同じ説教をくり返す法王の姿を拝んだが、真実彼の興味を呼んだのは、灰汁に漬けたようなその手の白さであり、夏の衣裳の目くらむような豪華さであり、かすかに匂うオーデコロンだった。

帰宅して一年ほどたったころには、銀の燭台も、実をいうと埋めこんだ紋章だけが金を少々ふくむだけのおまるも、食べるために売り払って、ホセ・アルカディオの楽しみは、町の子供を呼んで屋敷で遊ぶことに限られた。日盛りになると子供たちを連れてあらわれ、庭で縄とびをさせたり、廊下で歌をうたったり、広間の家具を使って軽業をやらせたりしながら、彼自身は子供たちのあいだを歩き回って、お行儀よくするようにうるさく言った。そのころには、例の細身のズボンも絹のシャツも着られなくなり、アラビア人の店で買った普通の服を身につけていたが、それでももの憂げな気品と法王めいた物腰は残していた。昔のメメの遊び仲間と同じように、子供たちは屋敷でわがもの顔に振る舞った。夜遅くまで、しゃべったり歌ったりする声やタップを踏む音がして、屋敷ぜんたいが風紀の乱れた寄宿舎になったかのようだった。メルキアデスの部屋にまでうるさく押しかけて来ないうちは、アウレリャノは彼らのことを気にかけなかった。ある朝、ふたりの子供がドアを押し開けたのは、いいが、仕事机に向かって羊皮紙を解読している不潔たらしい長髪の男を見て、まぼろしに出会ったように立ちすくんだ。奥へはいっていく勇気はなかったが、それでも、しばらく部屋のまわりをうろついていた。小声で話しながら隙間からのぞいたり、明かり取りから生き物を投げこんだりした。あるときなどは、外からドアと窓を釘付けにしたので、アウレリャノはこじ開けるのに半日汗を掻かせられた。いたずらをして叱られないのをいいことに、ある朝、四人の子供がアウレリャノが台所にいる隙をうかがって部屋へ闖入した。羊皮紙を破り捨てるつもりだった。ところが、黄ばんだ羊皮紙に手をかけたとたんに、ある力がやさしく彼らを床から持ち上げて、帰ってきたアウレリャノが羊皮紙を奪い返すまで、そのまま宙吊りにしていた。そのときから、彼らは二度とアウレリャノのじゃまをしなくなった。

すでに思春期を迎えようとしていながらいまだに短いズボンをはいていたが、年上の四人の子供がホセ・アルカディオの身の回りの世話をした。ほかの連中より早目にやって来て、午前中いっぱい使って、彼のひげを剃り、熱いタオルでマッサージをほどこし、手足の爪を切って磨き、香水を振りかけた。浴槽にまではいって、アマランタのことを考えながらあおむけに浮いている彼の頭から足の先まで、シャボンを塗りつけることもよくあった。そのあと体を拭いてやり、全身にタルクをはたいてから服を着せた。ちぢれたブロンドの髪と兎のように赤い目をした子供のひとりが屋敷に寝泊りした。ふたりを結ぶきずなはきわめて強く、ホセ・アルカディオが喘息で眠れぬ夜も子供はそばを離れず、ひとことも口をきかずに、真っ暗闇の屋敷のなかをいっしょに歩き回った。ある晩のことだ。ふたりはウルスラの寝室で、地底の太陽がガラス板に変えたように、亀裂（きれつ）のはいったセメントの床を透かして黄色い光が射していることに気づいた。電灯をつけるまでもなかった。ウルスラの寝台がおかれていて、光線がもっとも強く感じられる片隅のセメントのかけらをはがすと、アウレリャノ・セグンドが狂ったように掘りまくったが、ついに見つからなかった秘密の隠し場所があらわれた。そこに銅線で口をしばった三つの袋があり、闇のなかでも火のように輝いている七千二百十四枚の四十ペセータ*金貨がはいっていた。

　宝の発見がきっかけだった。貧乏暮らしのなかでも抱きつづけた夢であるはずだが、突然ころがり込んだ大金を持ってローマへ戻るかわりに、ホセ・アルカディオは屋敷を淪落（りんらく）のパラダイスに一変させた。寝室のカーテンと天蓋を新しいビロードと取り替え、浴室の床に石を敷きつめ、壁にタイルを貼らせた。食堂の戸棚は果物の砂糖漬やハムやピクルスであふれ、久しく使われなかった穀物部屋は、ホセ・アルカディオ自身が駅から引き取ってきた、ネーム入りの箱にはいったワインやリキュールを貯蔵するために、ふたたびドアを開かれた。ある晩、彼と四人の年長の子供たちはパーティを開き、明け方まで騒いだ。寝室から裸でとび出して、浴槽の水を抜き、シャンペンをみたしたのが午前六時だった。みんなでわっと飛びこんで、子供たちが香り高い泡のなかを、金色の空を飛ぶ小鳥のように泳ぎ回っているのをよそに、ホセ・アルカディオはあおむけに浮いたまま、大きく目を見開いてアマランタの思い出にひたっていた。妖しげな快楽の苦さを反芻しながら、じっと考えこんでいたが、子供たちはいち早く飽いて、どやどやと寝室へなだれ込み、ビロードのカーテンを裂いて体を拭いたり、大騒ぎをして水晶の鏡を割ったり、ざこ寝をしようとしてベッドの天蓋を壊したりした。ホセ・アルカディオが浴室から戻ってみると、連中は無残な姿になった寝室で、裸のまま丸くなって眠っていた。部屋を荒らされたことよりも、ばか騒ぎのあとのわびしさ、むなしさのなかで自分自身にいだいた嫌悪と憐憫にかっとなった彼は、苦行衣を始めとして、それに類する道具といっしょにトランクの底にしまっていた、教会の犬追い用の鞭を持ちだして、狂ったようにわめき、山犬の群れを追い立てるように容赦なくぶちのめしながら、子供たちを屋敷からたたき出した。くたくたに疲れて喘息の発作を起こし、それが数日続いたために、まるで重病人も同然の姿になった。息ができなくてもがき苦しんだあげく、ついに三日めの夜、彼はアウレリャノの部屋まで行き、近くの薬屋で粉末の吸入剤を買ってきてくれと頼んだ。こうしてアウレリャノは二度めの外出をすることになった。わずかに二丁場ほど行ったところで、ラテン語のラベルを貼った陶器の瓶が埃だらけのケースに並んだ、小さな一軒の薬屋にたどり着くと、ナイルの蛇のようにひっそりとした美しさを感じさせる娘が、ホセ・アルカディオが紙切れに書いたとおりの薬を出してくれた。これで二度めだが、街灯の黄色っぽい光にぼんやりと照らされた人気ない町を見ても、アウレリャノは最初のとき以上に好奇心をそそられはしなかった。ホセ・アルカディオがてっきり逃げられたと思いだしたころに、急いだために少しばかり息を切らし、こもりがちな生活と運動不足のために弱くなった足を引きずって、こちらへやって来るアウレリャノの姿が見えた。外の世界にたいするその無関心ぶりがあまりにも徹底しているので、それから二、三日してホセ・アルカディオは母との約束を破り、好きなときに外出していい、と申し渡した。

「表に出ても、何もすることないんだけどね」。これがアウレリャノの返事だった。

彼は相変わらず部屋にこもって羊皮紙に没頭し、少しずつ解きほぐしにかかったが、その意味を理解するには至らなかった。ホセ・アルカディオが彼の部屋まで、薄く切ったハムや、春の味わいを口中にのこす砂糖漬の花、また二度ほどは、上等のぶどう酒をコップで運んでいった。秘密めかした遊びくらいにしか考えず、羊皮紙には関心を示さなかったが、孤独な身内の男が持っている不思議な知恵や、何とも説明のつかない世間知には心を惹かれた。そのころやっと知ったのだが、相手は英語の文章を解し、羊皮紙研究のひまを盗んで、まさか小説でもあるまいに、六巻の百科事典を初めから最後まで読み上げていた。アウレリャノが長年暮らしたことがあるような口振りでローマの話をするのも、最初はそのせいだと思ったが、しかし間もなく、たとえば物価のような、百科事典にはない知識まで持っていることに気づいた。「何でもわかるんだよ」。どうやってその種の知識をえるのかと尋ねたとき、アウレリャノが口にした返事がこれだった。一方、アウレリャノは間近に見るホセ・アルカディオが、屋敷をさまよい歩いていたころ作り上げたイメージとまったくちがうことに驚いた。声を上げて笑ったり、時たま屋敷の昔の暮らしを懐かしんだり、メルキアデスの部屋の惨めな荒れ方を気にしたりすることもある相手だと知った。同じ血でつながったふたりの孤独な男のこの接近は、およそ友情からはほど遠いものだったが、彼らを引き離しも強く結びつけもする測りがたい孤独を耐えていくのには役立った。ホセ・アルカディオは気になる屋敷のなかの問題を片づけるのに、アウレリャノの知恵を借りることができた。アウレリャノもまた、廊下にすわって本を読み、相変わらずきちんきちんと届くアマランタ・ウルスラの手紙を自分で受け取り、その帰宅の日にホセ・アルカディオから追放された浴室を使えるようになった。

　ある暑苦しい朝のことだ。ふたりは、あわただしく表の戸をたたく音に驚いて目をさました。出てみると、その顔の大きな緑色の目が無気味な光をたたえ、額に灰の十字架がある陰気な老人が立っていた。ずたずたに裂けた服や破れ靴、荷物はそれだけらしいが肩に掛けた古びた雑嚢などからすると、物乞いとしか思えなかったが、しかし身のこなしには、見かけとはまったく裏腹な気品がそなわっていた。たとえ薄暗い広間のなかであっても、一瞥しただけで、彼を生き延びさせている秘密の力は、けっして自己保存の本能ではなくて、身に染みついた恐怖であることがわかったはずだ。それは実は、アウレリャノ・ブエンディア大佐の十七人の子供のうちひとりだけ生き残ったアウレリャノ・アマドルで、逃亡者としての長く危険な生活に疲れ、休息を求めてやって来たのだった。彼は名のりを上げて、賤民めいた惨めな思いにとらわれる夜など、この世に残された唯一の安全な隠れ家として思いだすことの多かったこの屋敷に、ぜひかくまってくれ、と哀願した。ところがホセ・アルカディオも、アウレリャノも、彼を記憶していなかった。ただの浮浪人だと思い、表へ突きだした。こうしてふたりは、ホセ・アルカディオが物心つく以前から始まっていた悲劇の結末を、戸口に立って見るはめになった。何年もアウレリャノ・アマドルをつけ回して、おおよそ世界の半ばを犬のように追ってきたふたりの警官が、反対側の歩道のアーモンドの木蔭（こかげ）からぬっとあらわれて、モーゼル拳銃（けんじゅう）を二発撃ち、灰の十字架を見事にぶち抜いたのだ。

実のところ、子供たちを屋敷から追放したあと、ホセ・アルカディオはひたすら、クリスマス前にナポリへ向けて出港する客船のニュースを待っていた。そのことをアウレリャノにも告げて、フェルナンダの死後、食べ物入りの籠（かご）がぱったり来なくなっていたので、自活していけるように店を持たせる計画まで立てていた。しかし、この最後の夢も実現には至らなかった。九月のある朝、台所でアウレリャノとコーヒーを飲んだあと、ホセ・アルカディオが日課の水浴を終えようとしていると、屋敷から放逐したはずの四人の子供が屋根の隙間（すきま）からしのび込んできたのだ。彼に身を守る余裕を与えず、服のまま浴槽におどり込んだ彼らは、髪をつかんで彼の頭を水中に沈めた。やがて断末魔のあぶくが水面から消え、静かになった青白い体が海豚（いるか）のように水の底に降りていった。子供たちはそれを見届けてから、自分たちとその犠牲者だけが隠し場所を知っている、三個の金貨の袋をさらっていった。あまりにも迅速で、組織だっていて、残忍な行動は軍隊の作戦を思わせた。アウレリャノは居室に引きこもっていて、この出来事にまったく気づかなかった。午後になってから、台所にその姿が見えないのに不審をいだき、屋敷じゅうホセ・アルカディオを捜し歩いていると、香りのよい浴槽の水面に浮かび、いまだにアマランタを思いつづけている、大きくふくれ上った死体を見つけた。アウレリャノはこのとき初めて、自分がどれほど深く彼を愛するようになっていたかを思い知った。

十二月の声を聞くと同時に、アマランタ・ウルスラが軽やかな風に吹かれ、夫の首に巻いた絹の紐の先をにぎって舞い戻ってきた。アイボリーカラーの服、膝まで届きそうな真珠のネックレス、エメラルドとトパーズの指輪、耳の後ろでまとめて燕の尾のようなブローチで留めた柔らかい髪。彼女はまったく予告なしに姿をあらわした。半年前に結婚したという相手の男は、船乗りめいた感じのする、ほっそりした中年のベルギー人だった。彼女は広間のドアを押し開けたとたん、長い留守のあいだに想像以上に屋敷が荒れていることを知った。

「あらあら」と、驚いたというよりは喜んでいるような声で叫んだ。「女手がないと、こうなのね！」

荷物は廊下だけではおさまらなかった。寄宿学校にはいるとき持たされたフェルナンダの古いトランクのほかに、二個の竪型(たてがた)のトランク、四個の大きなスーツケース、パラソル用の袋、八個の帽子箱、五十羽ほどのカナリアを入れたばかでかい鳥籠、分解してチェロのように持ち運びできる特別のケースにおさめた、夫の自転車などがあった。長旅のあとだというのに、彼女は一日も休もうとしなかった。夫が自動車運転用の道具といっしょに持ってきた、ぼろぼろの麻の作業服を借りて、さっそく屋敷の修繕に取りかかった。廊下を占領していた赤蟻を追いだし、薔薇の植込みを元どおりにした。藪(やぶ)を根こそぎにし、手すりの鉢にふたたび羊歯(しだ)やオレガノ*やベゴニアを植えた。大工や錠前職人や左官らの先頭に立って、床に走るひびを埋めさせ、戸や窓をきちんと枠にはめさせた。家具を新しいものと取り替え、壁の内と外を白く塗り直させて、帰宅から三カ月後には、自動ピアノが持ちこまれたころと同じように生きいきとした、にぎやかな雰囲気をよみがえらせた。いついかなる時でも彼女くらい上機嫌で、歌ったり踊ったりすることが好きで、古くなった品物や習慣を惜しげもなく捨ててしまう人間は、これまで屋敷にいなかったのではないか。彼女はほうきを振り回して、屋敷のあちこちに山のように溜(た)まっていた葬儀のなごりの品や、役に立たないがらくたや、まじないの道具などを片づけた。ただひとつ、ウルスラにたいする感謝の気持からだが、広間のレメディオスの写真には手をつけなかった。「ほんとに素敵だわ」

と、笑いころげながら大きな声で言った。「十四歳の、曾祖母(ひいおばあ)さんなのよ、これ！」左官たちのひとりが、この屋敷には幽霊が住みついている、追いだすには、やつらが埋めた財宝を掘りだしてやるよりほかに手がない、と耳打ちすると、彼女はケラケラ笑いながら、男のくせにそんな迷信にまどわされるなんて、と答えた。彼女は、実に現代的で自由な精神の持ち主だった。あまりにものびのびと開放的に振る舞うので、彼女を迎えたアウレリャノはすっかりどぎまぎしてしまった。「あらまあ！」。彼女は腕をひろげてうれしそうな声をあげた。「あのかわいらしい人食いが、こんなに大きくなって！」それに応(こた)える余裕を与えず、持参したポータブルプレイヤーにレコードをかけ、彼に流行のダンスを教えようとした。アウレリャノ・ブエンディア大佐からゆずられた薄汚いズボンを無理やりはき替えさせ、若者向きのワイシャツとツートンカラーの靴を与えた。メルキアデスの部屋に長時間こもっていると、表へ押しだした。

ウルスラ同様に小柄だが行動的で勝気、そして小町娘のレメディオスに劣らぬ美貌(びぼう)と魅力に恵まれた彼女は、流行を先取りする不思議な本能をそなえていた。最新の型紙を郵便で取り寄せても、それはただ、自分で創作してアマランタのお粗末な手回しミシンで縫い上げた服が、流行からずれていないことを確認する役にしか立たなかった。ヨーロッパで出版されるモードや美術やポピュラーミュージック関係のあらゆる雑誌を購読したが、これらをパラパラとめくっただけで、すべてが彼女の想像どおりに動いていることがわかった。ただどうにも理解できないのは、そうした精神の持ち主である女性が、地球上のどこへ行こうと安楽な暮らしができる財産があり、絹の紐につながれて言われるままにどこへでもついていくほど愛してくれている夫もありながら、暑さと埃に疲弊しつくした死の町へ舞い戻ってきたという事実だった。しかも、時がたつにつれて、そのままここに居つくつもりでいるらしいことが、いよいよはっきりした。立てる計画がいずれも遠い将来を見越したものだったし、何かを決めるようなことがあれば、それはすべて、マコンドでの気楽な暮らしと静かな老後の確保をめざしたものだった。カナリアの籠も、それらの計画がにわかに思いついたものではないことを証拠立てていた。母親があるときの手紙で、小鳥が死に絶えたことを伝えてきたのを思いだし、わざわざ旅行を数カ月も延期してアフォルトゥナダ諸島*に寄港する船を捜し、その地でマコンドの空に放つ良品種の二十五つがいのカナリアをえらび出した。数がふえるのを待って、アマランタ・ウルスラはつがいの小鳥をつぎつぎに放してやったが、この小鳥たちは自由の身になるやいなや町から逃げだしてしまった。ウルスラが最初の屋敷の修理のさいに造らせた鳥小屋に馴染(なじ)ませようとしたが、それも効果はなかった。アーモンドの木に灯心草で編んだ巣をかけてやったり、屋根に餌をまいたり、籠の鳥たちのにぎやかな声で逃亡をくい止めようとしたが、やはり効き目がなかった。小鳥たちはいったん高く舞い上がり、輪を描いて飛んでいたかと思うと、たちまちアフォルトゥナダ諸島への帰路を見つけて、そちらへ飛び去った。

帰宅して一年たっても友だちひとりできず、パーティひとつ開けないという状態なのに、アマランタ・ウルスラはこの不運の町を旧に復することができると信じて疑わなかった。夫のガストンはつとめて彼女に逆らわないようにした。汽車を降りたあの運命的な正午から、妻が帰郷を決意したのは蜃気楼めいたノスタルジーのせいであることに気づいていたが、そのうち幻滅するだろうと信じた彼は、自転車を組み立てようともせず、左官たちが払った蜘蛛の巣からキラキラ光る卵を見つけだすことに熱中し、爪で開いてなかから出てきた蜘蛛の子を何時間も拡大鏡でのぞいていた。しばらくして、アマランタ・ウルスラが退屈しのぎに、さらに屋敷の修理を続けるつもりだと知って初めて、前輪が後輪にくらべてひどく大きい、豪勢な自転車を組み立てる気になった。そして、近くで見かける珍しい昆虫を手当たりしだいに捕らえて標本にし、ほんとにやりたかったのは航空学だが、昆虫学をかなり専門的に勉強したことのあるリエージュ大学の恩師のもとへ、ママレードの空瓶に入れて送った。自転車を乗り回すさいには、軽業師のようなタイツや派手な靴下をはき、探偵めいた帽子をかぶったが、徒歩の場合にはぱりっとした麻服に白靴、絹の蝶ネクタイにカンカン帽といういでたちで、柳のステッキを手から放さなかった。青い瞳が船乗りらしい感じをいっそう強め、栗鼠の毛のようなチョビひげをはやしていた。妻よりは少なくとも十五歳は年上だったが、好みの若さや、妻を幸福にしなければというかたときも忘れない決意や、よき恋人としての資質などが年の違いを十分におぎなっていた。実際、首に絹の紐を巻いて曲乗り用の自転車に乗った、この何事にも慎重な四十男を見た者は、彼が年若い妻との奔放な愛に夢中になっているとは想像できなかったろう。なれそめのころからそうだが、ふたりはその気になると、どこであろうとその場で愛し合った。時がたつにつれて、また環境が異様さを増していくにつれて、情熱は深まり、豊かなものになった。ガストンは、汲み尽くせないほどの知識と想像力をそなえた、猛烈な恋人というだけではなかった。菫の咲く野原で愛し合いたいというだけの理由で、緊急着陸を敢行して危うく命を落しかけた、恐らく人類の歴史が始まって以来最初の人間だった。

彼らは結婚の三年前に知り合った。スポーツ用の複葉機に乗ってアマランタ・ウルスラの学校の上空を旋回していたガストンが、旗竿をよけようとして乱暴な操縦をしたために、キャンバスと薄いアルミのお粗末な機体が電線から逆さ吊りになったのだ。

そのときから彼は、脚に添え木が当てられているにもかかわらず、週末になるとアマランタ・ウルスラが住みついていた尼僧(にそう)経営の下宿――そこの規則はフェルナンダが希望したほど厳格ではなかった――まで出かけて彼女を誘い、スポーツクラブへ連れていった。ふたりは日曜日の平原をわたる高度五百メートルの風のなかで愛しはじめ、地上のものの姿が小さくなればなるだけ、たがいの心がかよい合うのを感じた。彼女はマコンドの話をして、世界じゅうでもっとも明るい光にあふれた、のどかな町だと言った。また、オレガノの匂う広い屋敷のことを口にして、忠実な夫や、ロドリゴにゴンサロ――絶対に、アウレリャノやホセ・アルカディオであってはならなかった――というふたりのいたずらな男の子や、ビルヒニア――これも絶対に、レメディオスであってはならなかった――という女の子と、年取るまで暮らすのが念願だと言った。望郷の念によって美化された町の思い出をあまりにもしつこく、あまりにも切なげに語るので、ガストンは、いっしょにマコンドへ行って暮らさなければ、とても結婚してくれないだろうと思った。その後の絹の紐の一件もそうだが、彼はあっさり同意した。折りを見て話せば消える、一時の気まぐれと信じたからだ。ところが、マコンドへ移って二年しても、アマランタ・ウルスラが着いたその日と同じように満足している様子なので、彼もようやく不安を感じはじめた。すでにそのころには、近辺の昆虫をすべて標本にしてしまい、土地の人間と同じようにスペイン語をしゃべれるようになり、郵送されてくる雑誌のクロスワードパズルをすべて解き終わっていた。気候を口実にして帰国を迫るわけにもいかなかった。生まれつき外地向きの肝臓をしているらしく、日盛りの暑さや、ぼうふらのわいた水で体を壊すこともなかったからだ。土地の食べ物がひどく口に合って、イグアナの卵を続けざまに八十二飲んだこともあった。それに引きかえてアマランタ・ウルスラは、氷詰めにした魚や貝、肉の缶詰や果物の砂糖漬などをわざわざ汽車で運ばせ、それしか口にしなかった。訪問する場所も相手もないのに、また、そのころには夫も彼女の短い服や小粋にかぶった帽子、七巻きはあるネックレスなどを喜ぶ気持ちがなくなっていたにもかかわらず、それまでどおりヨーロッパの流行の服装をし、型紙を郵便で取り寄せていた。彼女の生活の秘訣は、いつも忙しくしていることだった。フェルナンダが見たら、いったん作ったものをまた壊すという、あの父祖伝来のたちの悪い癖を思いだしそうなまめまめしさで、自分でこしらえた家のなかの用事をせっせと片づけて回り、きょうしたことにまずい点があれば、明くる日には手直しをした。そのころになっても陽気な性格は相変わらずで、新しいレコードが着くたびにガストンを広間に呼んで、学校仲間が図にして教えてくれたダンスを夜遅くまで踊ったが、最後はおおむね、ウィーン製の揺り椅子やむきだしの床の上での愛撫で終わった。欠けるところのない幸福感を味わうためには、これで子供さえいればよかったが、結婚して五年たつまでは子供を作らないという、夫との約束を破る気はさらさらなかった。

ガストンは暇つぶしの種に困って、メルキアデスの部屋にいる無愛想なアウレリャノのそばで午前中を過した。彼といっしょになって、故国の、人に知られぬ土地の思い出ばなしにふけった。ところが、長いあいだ住んだことがあるように、アウレリャノは何でも心得ていた。百科事典にもない知識をどうやってえたのか、とガストンが尋ねると、ホセ・アルカディオが聞かされたのと同じ答えが返ってきた。「何でもわかるんだよ」。アウレリャノはサンスクリット語のほかに英語やフランス語、それにラテン語やギリシア語を少しばかり勉強していた。そのころには、午後になるときまって外出した。アマランタ・ウルスラから一週間ごとに小遣いをもらっていたので、彼の居室は、カタルニャ生まれの学者の本屋の出店のようになっていた。彼は夜更け(よふ)まで熱心に本を読んだ。ただし、その読書についての話から推してガストンが考えたとおり、彼が本を買うのは知識を仕入れるためではなく、すでに持っている知識の正しさを確かめるためであって、彼がどの本よりも強い関心をいだいているのはやはり羊皮紙で、朝のいちばん快適な時間をその解読に当てていた。ガストンもその妻も、彼を一家の生活のなかに引き入れようとしたが、アウレリャノはほんとうの世捨て人で、彼をつつむ神秘の影は時とともに濃くなっていった。これだけはどうにもならず、彼と親しくなろうと手を尽くして失敗したガストンは、ひまつぶしに別の楽しみを探さなければならなかった。そのころである、ガストンが航空便を開設しようと思い立ったのは。

それは、決して新しい計画ではなかった。実をいうと、アマランタ・ウルスラを知ったころには、かなりのところまで推し進めていた。ただし、マコンドではなく、家族が椰子油（やしゆ）に投資しているベルギー領コンゴがその対象だった。彼自身の結婚や、妻の歓心を買うために数カ月マコンドで暮らそうという決意のせいで、計画を先へ延ばさなければならなかったのだ。しかし、アマランタ・ウルスラが生活改善の会らしきものをつくることに熱中し、帰国をほのめかしても笑って取り合わないのを見て、これは長期戦になると覚悟をきめた。先鞭（せんべん）をつけるのはアフリカでもカリブ海でも同じことだと考えて、久しく忘れていたブリュッセルの仲間とふたたび接触を開始し、その話が進められているあいだに、石ころだらけの原っぱ同然になっていたかつての魔の土地に飛行場をつくり、風向きや沿岸の地勢、もっとも適当だと思われる航路などの調査を行なった。ミスター・ハーバートにそっくりな勤勉さが、目的は航空路を開くことではなくバナナを植え付けることではないかという疑いを、町の人びとにいだかせているとは思いもしなかった。いずれにせよ、マコンドにはっきり腰を落ち着ける口実になり得るこの思いつきに夢中になって、州都まで何度も足をはこび、役人たちと会い、認可をえると同時に独占的な契約を結ぶことに成功した。そしてその間も、顔を知らない遠方の医者とフェルナンダの場合ではないが、ブリュッセルの仲間と絶えず連絡を取って説得し、ベテランのパイロットをつけて最初の飛行機を船便で送り、最寄りの港で組み立ててからマコンドまで飛ばす、というところまで漕ぎつけた。相手の再三再四にわたる約束を信じて、最初の気象観測や計算を行なってから一年後には、彼は飛行機があらわれるのを心待ちに、通りを歩きながら空を見上げ、風の音にも心をときめかす癖がついてしまった。

　アマランタ・ウルスラ自身は気づかなかったが、彼女の帰宅でアウレリャノの生活に大きな変化が生じた。ホセ・アルカディオの死後、彼はカタルニャ生れの学者の本屋の上得意になっていた。おまけに、手に入れた自由と思いどおりになる時間は、彼の心に町にたいする好奇心を目覚めさせた。そこを知っても、かくべつの驚きはなかったが。閑散とした埃っぽい通りをぶらぶらし、世間並みというよりは科学者めいた関心から、荒れた家の奥や錆びてぼろぼろになった窓の金網、死にかけている小鳥や思い出に押しひしがれた住民たちをながめた。今は無残な姿になっているが、昔のバナナ会社の住宅区域の栄華を頭のなかで復元しようとした。その干上がったプールは、腐った男物の靴や女物のスリッパで縁まで一杯だった。雑草が茂るにまかせた住居で、鉄の鎖で環につながれたままのドイツ犬の死骸が見つかった。一台の電話がうるさく鳴っていて、受話器を取り上げると、切なげなかぼそい女の声が聞こえた。英語だったが尋ねていることがわかったので、そのとおりだ、ストライキはとっくに終わって、三千人の死人が海へ投げ捨てられた、バナナ会社はここを引き払ってしまい、マコンドもだいぶ前から静かになった、と答えた。そんなふうに歩き回っているうちに、彼は色街にも足をふみ入れた。昔は景気づけに札束が燃やされたこともあるが、当時はほかのどこよりも陰気で惨めったらしい通りが続いていた。それでもまだ赤い灯がいくつかともされていて、傷んだ花環が並んだ殺風景なダンスホールの電蓄のそばで、たくましく太った後家や老いさらばえた娼婦、罪深い老婆らが客を待っていた。アウレリャノが出会った人間で、彼の家族を、いやそれどころか、アウレリャノ・ブエンディア大佐のことを記憶している者はひとりもなかった。例外は、アンティール諸島から来た黒人のうちでいちばん年取った男だった。白い髪のせいで写真のネガのような感じのする老人は、相かわらずポーチにすわって、日暮れになると暗い讃美歌をうたっていた。アウレリャノは二、三週間たらずで覚えたややこしいパピアメント語*で話の相手をした。たまには鶏の頭のスープをいっしょに飲んだ。これを作ってくれるのは老人の曾孫(ひまご)で、牝馬のようなお尻(しり)とみずみずしいメロンのような乳房をした、骨太の大柄な女だった。その形のよい丸い頭は、中世の戦士のかぶとを思わせる粗い髪の毛でおおわれていた。彼女はニグロマンタという名前だった。そのころのアウレリャノは、食器や燭台(しょくだい)やその他のがらくたを屋敷から持ちだして、それらを売ってえたお金で生活していた。お金がなくなると──そのほうが多かったが──市場の食べ物屋で捨てるしかない鶏の頭をもらって、ニグロマンタのところへ持ってゆき、すべりひゆ*を放りこみ、オレガノで匂いをつけたスープをこしらえさせた。ニグロマンタの曾祖父(そうそふ)が死ぬとアウレリャノの足も自然に遠のいたが、広場のアーモンドの暗い木蔭に行けば、山のけものの声のような口笛で、夜遅くまれにそこを通りかかる男たちの気を引こうとしているニグロマンタに会うことができた。アウレリャノは彼女につきまとい、鶏の頭のスープや、貧しいながらも味のよい料理の話をパピアメント語でした。彼がいては客が逃げてしまう、と言われなければ、いつまでもそれを続けていただろう。時には心が動くこともあったが、また、同じ思い出をわかち合う間柄なので、ニグロマンタも当然の成りゆきと思ったにちがいないのだが、彼女と寝ることはしなかった。そのため、帰宅したアマランタ・ウルスラに息ができないほど強く抱きしめられたとき、彼はまだ童貞だった。彼女を見るたびに――はやりのダンスを習わせられるときはなおのこと――トランプを教えるという口実でピラル・テルネラに穀物部屋へ連れ込まれた高祖父ではないけれど、骨がすかすかになるような心細さを味わった。苦しさを抑えるためにいっそう羊皮紙の解読に熱中し、夜になっても悩ましい匂いがつきまとう叔母の天真らんまんな愛撫を避けた。ところが避ければ避けるほど、時と所をかまわずよがる彼女の石がころがるような笑いや猫が喉(のど)を鳴らすような声、うれしそうな歌声などがますます聞きたくなるのだった。ある晩、尋常でない下腹をした夫妻は、彼のベッドから十メートルも離れていない仕事台のガラス戸棚を割ったあげく、流れでた塩酸のなかで愛し合った。アウレリャノは一睡もできなかったばかりか、翌日は熱まで出て、腹立たしさのあまり泣いた。夜になるのを待ちかねたように、アーモンドの木蔭に立ってニグロマンタを待った。氷のように冷たい不安に苦しめられた。アマランタ・ウルスラにせびった五十センタボのお金を手ににぎりしめていたが、せびった理由は、どうしても入用だったからではなく、彼女を事にまき込み、辱(はずか)しめ、春をひさぐも同然の立場におくためだった。ニグロマンタは、妖しげな燭台で照らされた自分の部屋へ彼を連れていった。よこしまな愛で汚れたシーツのかかった簡易ベッドに引っぱり込み、牝犬のようにたけだけしく、石のように硬くて冷たい体にものを言わせて、うぶな洟たれ小僧をあしらうようにあっさり片づけるつもりだった。ところが思いがけず、相手はれっきとした一人前の男で、その恐るべき力は地震のように激しく彼女の下腹をゆさぶった。

ふたりは恋仲になった。アウレリャノは午前中は羊皮紙の解読に熱中し、午睡の時間になると、ニグロマンタが待っている寝室へ出かけていった。彼女は、まず蚯蚓、それから蝸牛、そして最後に蟹のような身のこなしを伝授し、そのあとしぶしぶ、客の袖を引くために彼のそばを離れた。数週間たってから初めてアウレリャノも気づいたが、彼女はチェロの絃をより合せたようなベルトを腰に巻いていた。それは鋼鉄のように硬く、おまけにどこに端があるのかわからなかった。生まれたときからあって、彼女といっしょに伸びてきたためだ。ふたりは愛撫と愛撫のあいだに、頭がくらくらするほど暑いベッドに裸ですわり、錆びたトタン屋根の穴から昼間の星をながめながら食事をした。ニグロマンタが決まった男——ケラケラ笑いながら言ったその言葉によれば、正真正銘の間夫——を持ったのは、これが初めてだった。その彼女がかすかな夢さえいだきだしたころ、アウレリャノがアマランタ・ウルスラにたいする秘めた恋心を打ち明けて、かわりの者ではどうにもならない、経験でセックスの楽しさを知るにつれて、切なさがつのるだけだ、と言った。その後もニグロマンタは同じように喜んで彼を迎えたが、ただ、それからはお金をきちんと取るようになり、アウレリャノに持ち合せがないと貸しということで、数字ではなく線を、親指の爪でドアの内側に刻みつけた。日が暮れて彼女が客を引くために広場の暗がりに立つようになると、アウレリャノは他人の家のように廊下を素通りし、おおむねその時刻に夕食をとっているガストンやアマランタ・ウルスラにろくすっぽ声をかけずに部屋にこもった。しかし、暗い屋敷いっぱいにあふれる笑い声やささやき、前戯やけたたましい悶絶の声などで掻きたてられる欲望のために、読んだり書いたりはもちろん、考えごとすらできなかった。ガストンが飛行機の到着を待ちはじめる二年前の、これがアウレリャノの毎日だった。そうしたある日の午後、彼がカタルニャ生まれの学者の本屋へ出かけていくと、四人の口達者な若者が、中世に用いられたごきぶり退治法について盛んに議論を戦わせていた。ビード師*しか読んだことのない本にたいするアウレリャノの嗜好を心得ている本屋の老主人は、父親のような意地の悪さで議論に加わるようすすめた。すると彼は即座に、地上でもっとも古い羽のある昆虫、ごきぶりはすでに旧約聖書においてスリッパで手ひどい目に遭っている、しかし種としては、硼砂をまぶしたトマトの輪切りから砂糖入りの小麦粉にまで及ぶ、あらゆる退治法をしのぐことができる、と説明した。千六百三の数に達するその異種は、人間が遠く原始時代からあらゆる生物——人間それ自身を含めて——に加えてきた執拗かつ非情な迫害によく耐えてきた。その迫害ぶりのひどさは、生殖本能とは別に、人間にはより明確な、より強い、ごきぶり絶滅の本能が与えられていると思われるくらいである。ごきぶりが人類の残酷な手を逃れえたとすれば、それはひとえに、ごきぶりが闇に身をひそめたからである。人間に生まれつきそなわった闇への恐怖のおかげで、ごきぶりは不死身を誇っていられるのである。そのかわり、ごきぶりは昼間の明るい光に傷つきやすくなった。したがって、すでに中世においてそうであったように、現代においても、また未来においても、ごきぶり退治に有効な手段は、太陽のまぶしい光、これ以外にはない。

この博識をちりばめた宿命論が、あつい友情のいとぐちとなった。その日からアウレリャノは、夕方になると、最初でしかも最後の友人となったアルバロ、ヘルマン、アルフォンソ、ガブリエルという四人の論客と落ち合った。書物の世界に閉じこもっていた彼にとって、午後六時の本屋で始まり夜明けの私娼窟で終わるこのにぎやかな会合は、天啓のようなものだった。そのときまで考えたこともなかったが、あるばか騒ぎの夜にアルバロから、文学は人をからかうために作られた最良のおもちゃである、と教えられたのだ。アウレリャノはしばらく時がたってから初めて、この独断的な意見はカタルニャ生まれの学者をまねたものであることに気づいた。この男に言わせると、知識というものは、エジプト豆の新しい調理方法を思いつく役に立たなければ、一顧だに値しないのだった。

アウレリャノがごきぶりについて一席ぶった午後も、みんなは議論のあとで、娘たちが飢えのために春をひさぐ家——マコンドの場末の見せかけだけの女郎屋へ押しかけた。女主人は、ドアの開けたてをひどく気にするが、愛想のよい年増の女だった。張りついたようなその笑顔は、どうやら客たちの人のよい信じやすさが原因だった。彼らは想像のなかにしか存在しない店を、現実のものと考えていた。そこでは手で触れられる物までが非現実的だったからだ。家具は腰かけようとすると崩れてしまった。機械の部分がない電蓄のなかでは雌鶏が卵をあたためていた。庭園の花は紙だったし、暦はバナナ会社が来る数年前のものだった。額縁にはいった版画は、出版されたことのない雑誌から切り抜かれたものだった。女主人が客の来たことを知らせるとやって来るおどおどした娼婦でさえも、ただの空想の産物にすぎなかった。彼女らは声もかけずにあらわれた。花模様の服は五年ほど昔のもので、着たときと同じ無邪気さでそれを脱ぎ、絶頂に達するころに驚いたような声で、あら、天井が落ちそうだわ、などと叫んだ。そして花代の一ペソ五十センタボを受け取るとすぐ、女主人が売っているパンやひと切れのチーズを買うのに使った。そういうときの女主人はなおのこと愛想がよかった。彼女だけが、その食べ物もほんものではないと知っていたからだ。当時、メルキアデスの羊皮紙に始まりニグロマンタのベッドで終わる世界の住人だったアウレリャノは、ばかげているが内気な性格を治す方法をその架空の女郎屋で見いだした。最初は彼もとまどった。いちばんいい時に女主人が部屋へはいって来て、本人たちの内面的な魅力について止めどなくしゃべるからだった。しかし、日がたつにつれてその種の災難にも慣れ、ある晩などはいつもより羽目をはずして、控えの間で裸になり、途方もなくでかい逸物の上にビール瓶をのせて平衡を取りながら、家じゅうを走り回ったりした。彼のせいでとっぴなことがはやり出したが、女主人はいつものとおりにここにこしているだけで、文句も言わなければ、本気にもしなかった。存在しないことを証明するために、ヘルマンがその家に火をつけたときも、また、アルフォンソが鸚鵡の首をひねって、折りから鶏のシチューが煮え立ちはじめていた鍋に放りこんだときも、それは変わらなかった。

アウレリャノ自身は同じ愛情と連帯感で四人の仲間と結ばれていると感じ、彼らをまるでひとりのように考えていたが、実際には、ほかの者よりはガブリエルに近づいていた。その結びつきは、彼がたまたまアウレリャノ・ブエンディア大佐の話をし、ガブリエルだけがでたらめでないと信じた夜に生まれたものだった。実は、いつもは話に口を差しはさんだことのない女主人までが、女らしい熱の入れ方で、いつかアウレリャノ・ブエンディア大佐のうわさを聞いたことがあるが、あれは自由党の人間を殺す口実として政府がでっち上げた人物である、と言ったのだ。ところが、ガブリエルはアウレリャノ・ブエンディア大佐が実在の人物であることを疑わなかった。彼には曾祖父にあたるヘリネルド・マルケス大佐の戦友であり、無二の友であったからだ。この、人間の記憶の頼りなさは、労務者の虐殺（ぎゃくさつ）のことになるといっそうひどかった。アウレリャノがその点に触れると、女主人ばかりか、彼女よりもっと年上の数名の者までが、駅に追いつめられた労務者や死人を積んだ二百両連結の列車の話はでたらめだときめつけ、いずれにしても、裁判所の書類や小学校の教科書にはっきり書かれているとおりで、バナナ会社は存在しなかったと、執拗に言い張った。そういうわけでアウレリャノとガブリエルは、誰も信じない事実に根ざした、いわば共犯関係で結ばれていた。それらの事実はふたりの生活に大きく影響し、彼らは、すでに死滅して思い出だけが残された世界をあてもなく漂流することになった。ガブリエルは眠くなるとその場で寝てしまうたちだった。アウレリャノは何度も金細工の仕事場へ移してやったが、彼自身は、明け方近くまで寝室をうろうろする死人に悩まされて、まんじりともしない夜が続いた。やがて、ガブリエルの世話をニグロマンタにまかせた。ほかに客がいなければ、彼女は万人に開放された自分の部屋へ連れこんで、アウレリャノの借りをつけてもまだ余地が残されているドアの内側の狭い場所に、ガブリエルの勘定をやはり縦の線で刻みつけた。

　乱脈な生活にもかかわらず、五人の仲間はカタルニャ生まれの学者のすすめで、何かあとに残るようなことをやろうとした。学者は、古典文学の教師としてのかつての経験や倉庫の珍書の助けを借りて、誰ひとりとして小学校より上に進もうという気持ちも可能性も持たない町に住む彼らを、三十七番めの悲劇的な場面を求めて一夜を明かす程度にまで教育した。見いだした友情のとりことなり、フェルナンダの小心さによって禁じられていた世界の魅力に惹(ひ)かれたアウレリャノは、暗号化された韻文の予言らしいことが明らかになり出したところで、羊皮紙の研究を放棄していた。しかしその後、淫売屋(いんばいや)へ通うのをあきらめなくても十分いろんなことをする時間があると知って、意気をあらたにメルキアデスの部屋へ戻った。最後の鍵(かぎ)を見つけるまでは、かたときも怠るまいと決心したのだ。そのころである、ガストンが飛行機の到着を待つようになったのは。アマランタ・ウルスラは淋(さび)しさをまぎらわすために、ある朝、アウレリャノの部屋をのぞいた。

「どう元気、人食いさん?」と、彼女は言った。「また穴ぐらに戻ったのね」

自分でデザインした服と、やはり自分で細工した鰊(にしん)の骨の長いネックレスを身につけた彼女は、抵抗しがたい魅力をそなえていた。夫の忠実さを信じてもはや絹の紐(ひも)をはずし、どうやら帰宅以後はじめて、ひまな時間が持てるようになっていた。アウレリャノはその姿を見るまでもなく、彼女がそこへ来ていることを知った。骨の鳴るのがアウレリャノにも聞こえるくらい間近に、いかにもけだるげに仕事台に肘(ひじ)を突いて、興味ありげに羊皮紙をのぞいた。彼は胸のときめきを抑えるのに必死になった。どこかへ消えていきそうな声や、今にも絶えてしまいそうな命や、珊瑚虫(さんごちゅう)と化してしまいそうな記憶にしがみついた。サンスクリット語の抹香くさい運命や、紙の裏に書いたものが逆光線で読めるように未来が時間のなかに透けて見える科学的な可能性や、簡単に解けないように予言を符丁にする必要性や、ノストラダムスの『占星術百年』や、聖ミリャン*の予言したカンタブリア海の消滅などについて話した。そして話を続けながら、生まれたときから心の奥で眠っていた衝動に駆られたように、その手を彼女のそれの上に重ねた。いったん決心してこうすれば、不安は消えると思ったのだ。ところが彼女は、子供のころよく見せた無邪気なやさしさをこめてアウレリャノの人差し指をにぎり、彼が質問に答えているあいだ放さなかった。ふたりは、どのような意味でも何事も伝えない冷たい人差し指で結ばれ、そのままじっとしていた。やがて彼女のほうが一瞬の夢からさめ、額をポンと打って叫んだ。「いけない！　蟻(あり)だわ」。叫ぶと同時に写本のことを忘れ、踊るような足取りでドアまで行き、そこから投げキッスをアウレリャノに送った。ブリュッセルへ向けて旅立った午後、父親に別れの挨拶(あいさつ)をしたときと同じように。

「あとでまた聞かしてね」と、彼女は言った。「きょうは蟻の穴に石灰を詰める日だってことを、忘れてたのよ」

その後も彼女は、そちらに用事があるときに限られていたが、ときたま彼の部屋へ顔を出して、夫が空を見上げているあいだ、ほんのしばらく腰をすえていた。この変化を見て希望を持ちはじめたアウレリャノは、アマランタ・ウルスラが帰宅した直後の数カ月はともかく、絶えて久しくなかったことだが、ふたたび家で食事をするようになった。ガストンは喜んだ。一時間以上も続くことが多かったけれども、食後の雑談のさいに愚痴をこぼし、仲間たちにだまされた、と言った。飛行機の発送通知はあっても、肝心の船がいっこうに着かない、船会社のほうでは、カリブ海行きの船舶のリストにのっていないのだから着くはずがない、と頑強に言い張る、しかし、仲間たちは間違いなく発送したとゆずらず、あげく、ガストンの手紙の中身はでたらめではないのか、と暗にほのめかす始末である。いくら手紙をやり取りしてもおたがいの不信が深まるばかりなので、ガストンは手紙を書くのをやめることにした。そして事情を明らかにするために、急ぎブリュッセルへ飛んで、飛行機に乗って帰ってくるのはどうだろう、とほのめかした。しかしアマランタ・ウルスラが、たとえ夫を失うことになってもマコンドを絶対に動かないという、前々からの固い決意を口にしたとたんに、この計画は泡のように消えた。最初は、アウレリャノもみんなと同じように、ガストンという男は自転車を乗り回して喜んでいる阿呆だと思いこんで、多少の哀れみさえいだいていた。その後、あちこちの淫売屋で男というものの本性を深く知るようになると、ガストンの従順さのかげには途方もなく激しい情熱が隠されているのだと考えた。ところが、もっとよく彼を知り、彼のほんとうの性格はその当たりの柔らかさとは逆のものだと気づいたとき、意地が悪すぎるかもしれないが、飛行機を待っているというのも実はお芝居ではないかと疑った。そして考えた。ガストンは見かけほどばかではない、それどころか、実に意志の強固な、頭のきれる、辛抱づよい男なのだ、楽しさもいつまで続くものではなし、何でもはいはい言って、じっと辛抱していれば、妻のほうが折れるだろうと思っている、妻が自分で張った蜘蛛の巣にからめ取られ、やがて手にした夢にも飽きあきして、進んでヨーロッパへ帰る仕度をする日が来るのを待っているのだ。それまでのアウレリャノの同情は激しい憎悪に一変した。ガストンのやり口があまりにも悪どく、同時にまた、あまりにも巧妙に思われたので、アウレリャノは思いきってアマランタ・ウルスラに警告した。ところが、彼女は彼の疑り深さをわらうだけで、彼が胸に秘めた切ない恋心や不安や嫉妬などは、まったく察してくれなかった。アウレリャノが自分にたいして一族の愛情以外のものを抱いているとは、夢にも思わなかったのだ。ところがある日、彼女が桃の缶詰を開けようとして指にけがをすると、彼がすっ飛んできて、夢中になって、むさぼるように血を吸いだした。彼女は全身がそそけ立った。

「アウレリャノ」と、気もそぞろに、笑顔をつくって言った。「あんたみたいに性悪な人間は、立派な蝙蝠にはなれないわよ！」

それを聞いてアウレリャノは自制心を失った。傷ついた手のくぼみにやたらにキスをしながら、その心臓のもっとも奥まった個所を開いて、きりもなく長い裂けた臓物を、苦悩のなかで養ってきた寄生虫を引っぱりだしてみせた。真夜中に起きだして、わびしさと腹立たしさのあまり、彼女が浴室に干している下着に顔をうずめて泣くことがある、と話した。牝猫のような声を出してくれ、耳もとでガストン、ガストン、ガストンとささやいてくれと、うるさくニグロマンタに迫ることを語った。また、飢えのために春をひさぐ小娘たちの首のあたりに振りかけるため、いかに巧みに彼女の香水瓶を盗みだしたかを白状した。この熱っぽい告白に驚いたアマランタ・ウルスラは、その指を貝のように閉じていった。やがて、傷ついた手はいっさいの苦悩や憐憫から解き放たれて、エメラルドとトパーズ、それに石のように無感覚な骨のかたまりになった。

「あんたは、けだものよ！」唾を吐きかけんばかりの形相で、彼女は叫んだ。「わたしベルギーへ発つわ、船が見つかりしだい！」

　ある日のこと、アルバロがカタルニャ生まれの学者の本屋に飛びこんできて、大きな声で、動物園そっくりの淫売屋をたったいま見つけてきた、と叫んだ。そこは〈黄金童子〉という名前だが、だだっぴろい野天のサロンがあるきりで、二百羽をくだらない石千鳥が自由に飛び回っていて、耳を聾するような声で時を告げるというのだ。ダンスホールを取り巻くかたちの金網の裏庭では、アマゾン原産のカメリアの大木のあいだに、色とりどりの鷺、豚のように餌づけされた鰐、ガラガラを十二個も持った蛇、小さな人工の池にもぐって泳ぐ金色の甲羅の亀などが見られた。男色の気がありながら餌にありつくために牡の役を務めている、おとなしい大きな白犬がいた。空気は出来たてのように濃く、しかも澄んでいた。真っ赤な花と流行遅れのレコードのあいだに立って、ただぼんやりと客を待っている美しい混血の娘たちは、人間が地上の楽園におき忘れてきた恋の手管を心得ていた。例の仲間たちがこの夢の温室を訪れた最初の夜のことだ。籐の揺り椅子にすわって出入りを見張っていた、口数の少ない堂々とした老婆は、時の流れがその源に帰っていくような思いをさせられた。はいって来た五人の客のなかに、骨ばった顔色の冴えない男を見かけたのだ。ダッタン人のように頬骨が高く、この世の初めから未来永劫にわたる孤独が、あばたのように顔をおおっていた。

「あら、アウレリャノだわ！」と、彼女はつぶやいた。

ふたたびアウレリャノ・ブエンディア大佐を目の前にしているような、そんな気がしたのだ。内乱の起こるずっと前、ランプの光で見たときのように。あれは、栄光の孤独と失意の亡命をまだ経験していない遠い昔、大佐が寝室へやって来て、自分を抱けという、生まれて初めての命令をくだした夜明けのことである。老婆は、実はピラル・テルネラだった。数年前に百四十五歳に達したときから、彼女は年をかぞえるという、やくたいもないことはやめていた。そして、記憶の静止した周縁的な時間、啓示された確実な未来、トランプの仕掛けた罠や当てにならぬ予測におびやかされる未来をはるかに超えたところ、そこに生きつづけていた。

その夜からアウレリャノは、高祖母とは知らずにその愛情と理解ある同情のなかに身をひそめた。籐の揺り椅子に腰かけた彼女は昔を思いだして、一家の浮沈や、今はさびれたマコンドの昔の繁栄ぶりを話してくれた。一方、アルバロはけたたましい笑い声で鰐を驚かし、アルフォンソは、先週ここへ来た行儀のわるい四人の客が石千鳥に目玉をえぐられたという、残酷な作り話をみんなに聞かせていた。ガブリエルは、物思いにふけりがちな混血娘の部屋へしけ込んでいた。娘はお金は取らなかったが、そのかわり、密輪を商売にしている恋人宛(あて)の手紙を代筆してくれとせがんだ。その恋人は、国境の警備兵が下剤を飲ませて便器にすわらせたところ、ダイヤ入りの糞をしたために、オリノコ川の対岸の牢屋(ろうや)にぶち込まれているのだった。母性愛にあふれたおかみがいるこの正真正銘の淫売屋こそ、長い閉居のなかでアウレリャノが夢みてきた世界だった。ひどく居心地がよくて、申し分のない連れといっしょにいられるので、アウレリャノは別の隠れ家を捜そうとは思わなかった。それがあの午後、アマランタ・ウルスラによって夢を破られたのだ。何もかもぶちまけようと思った。胸を締めつけてくるものを誰かに取り除いてもらおうと思った。ところが実際には、ピラル・テルネラの膝にすがって、気がすむまで、さめざめと泣くことしかできなかった。彼女は髪をいじりながら彼が泣きやむのを待った。恋ゆえの涙だと打ち明けられたわけではないが、彼女は即座に、それが人間の歴史が始まったときからの最古の涙であることを見抜いた。

「おお、おお、かわいそうに」と慰めた。「さあ話してごらん。相手は誰だい？」

アウレリャノがその名前を口にすると、ピラル・テルネラは腹の底から笑った。かつてのあけすけな笑い声は、今では鳩の鳴き声に変わっていたが。ブエンディア家の者の心は、彼女にはお見通しだった。百年におよぶトランプ占いと人生経験のおかげで、この一家の歴史は止めようのない歯車であること、また、軸が容赦なく徐々に磨滅していくことがなければ、永遠に回転しつづける車輪であることを知っていた。

「心配しないでいいよ」とニコニコして言った。「今どこにいるか知らないけど、相手はちゃんと待ってるから」

午後の四時半、アマランタ・ウルスラは浴室を出た。アウレリャノは、浅いひだのあるバスローブを着て、ターバンのようにタオルを頭に巻いた彼女が部屋の前を通るのを見た。酔っているためによろめきながら、足音を忍ばせてあとを追い、彼女がローブの前をはだけた瞬間に夫妻の寝室へはいっていった。彼女は驚いて前を隠した。口をきかずに、ドアが細目に開いている隣りの部屋を指さした。そこでガストンが手紙を書きはじめていることを知っていた。

「あっちへ行って」。声に出さずに、彼女はそう言った。

アウレリャノはにやりとし、ベゴニアの鉢のように彼女を抱きあげ、ベッドにあおむけに放りだした。防ごうとする余裕を与えずに乱暴にバスローブをはぎ取った。別の部屋の暗闇で想像したとおりの肌の色や毛むら、隠れたほくろなどが見られる湯上がりあとの裸がさらけ出された。深淵をのぞくような思いだった。アマランタ・ウルスラは、すべすべして、しなやかで、匂うような体をくねらせながら、本気で、頭のよい女らしく巧妙に、身を守ろうとした。膝で相手のわき腹をけり、爪で顔をひっ掻いた。しかし彼女も彼も、開けた窓から四月の暮れなずむ空をながめる者と間違えられそうな、吐息ひとつ洩らさなかった。それはすさまじい戦い、死闘だったが、にもかかわらず、暴力的な荒々しさは感じさせなかった。回りくどい攻めと弱々しい逃げの手だけが使われていたからだ。動作がのんびりしていて、慎重で、重々しいので、そのひとつひとつのあいだにペチュニア*が花を開き、隣りの部屋のガストンが飛行家の夢を忘れるくらいの時間がはさまった。憎み合っていた恋人同士が、澄んだ池の底で仲直りをしているような具合だった。激しくしかも儀式めいたもみ合いのさなかに、アマランタ・ウルスラは思った。用心深く音を立てないのは、かえっておかしい、と。避けようとしている戦いの物音以上に、すぐそばにいる夫の不審を呼びさますことになりかねなかった。そこで彼女は、口をつぐんだまま笑った。戦いをやめたわけではなかったが、痛くないように軽く相手を嚙むだけにし、少しずつ体をくねらせるのをやめていった。やがてふたりは、同時に敵であり共犯者であることを意識した。もみ合いはありきたりの前戯に変わり、攻めは愛撫となった。急に、ふざけ半分に、相手をからかうように、アマランタ・ウルスラは防御の手をゆるめた。自分でしたことに驚いて体勢を立て直そうとしたときには、すでに手遅れだった。すさまじい震えが体の中心で起こり、身動きができなかった。彼女はただその場に投げだされたようになり、身を守ろうとする意志は、死のかなたで待ち受けるオレンジ色の笛の音と目に見えぬ風船が、いったい何であるかを知りたいという、あらがいがたい渇望によって突きくずされた。手探りでタオルをつかみ、身内を裂いて洩れようとする猫のような叫びを押し殺すために、口にくわえるのがやっとだった。

ある祭りの夜、ピラル・テルネラは籐の揺り椅子に腰かけ、楽園の入口を見張るような格好で息を引き取った。遺言どおり棺桶に入れずに椅子ごと埋葬したのはいいが、ダンスホールの真ん中に掘った大きな穴にロープで吊り降ろすのに、八人の男の手が必要だった。涙で青ざめた喪服の混血娘たちは、さっそくミサを営んだ。イヤリングやブローチや指輪をはずして穴に投げこみ、名前も命日も刻まない石で蓋をしてから、アマゾン原産のカメリアを山のように供えた。家畜を毒殺したあと、戸や窓を煉瓦と漆喰でふさいだ。聖像画や雑誌のグラビア、昔のかりそめの恋人たち――ダイヤの糞をしたり、食人種を逆に食らったり、遠い海でトランプの王様めいた暮らしをしている彼ら――の写真を裏にべたべた貼った木製のトランクを提げて、思い思いに去っていった。

すべては終わった。娼婦らの讃美歌とビーズに埋められたピラル・テルネラの墓のなかで、過去のがらくたは崩れていった。カタルニャ生まれの学者が、常春（とこはる）を恋うるあまり本屋の店を売り払って地中海の故郷の村へ帰ったあと、わずかに残っていたものも朽ちていった。ところで、彼の決心を予想しえた者はひとりもなかったのではないか。度重なる戦乱を逃れて彼がマコンドにやって来たのは、まさにバナナ会社が繁栄を誇っていたころだったが、暮らしを立てるために思いついたのが、せいぜい、古版本や数カ国語の原書などを扱う本屋を開くことだった。ときたま訪れる客たちも、真向かいの家で夢占いをしてもらう順番を待つあいだ、まるでごみ捨て場の本でもいじるように、こわごわページをめくるだけだった。彼はほとんどの時間を店の奥ですごし、紫のインクを使って、雑記帳を破いた紙にきれいな字で書き込みをしていたが、それが何であるかは誰にもわからなかった。アウレリャノが彼を知ったころには、何となくメルキアデスの羊皮紙を思わせるそれらの紙屑（かみくず）で、ふたつの箱があふれていた。そして、その日からマコンドを去っていくまでに、三つめの箱がいっぱいになったところを見ると、ここに滞在しているあいだ、ほかのことは何もしなかったと考えてよかった。彼がかかわりを持ったのは四人の友人だけで、独楽（こま）や凧（たこ）を本と交換してやったり、まだ小学生のころからセネカやオウィディウスを読ませたりした。いずれも同じ釜の飯を食った仲間だと言わんばかりに、古典作家をいやになれなれしく扱った。知らでものことを、いろいろと知っていた。たとえば、聖アウグスティヌスは毛のチヨッキを僧服の下に着込み、四年も脱がなかった、とか、心霊術師のアルナウ・デ・ビラノバ*は幼いころ蠍に噛まれて不能になった、とか。書かれた文字にたいする彼の執着には、いかめしい畏敬の念と、かみさん風情のぞんざいさが入りまじっていた。彼自身の原稿でさえこの二面性をまぬかれなかった。翻訳のためにカタルニャ語を習ったアルフォンソが、いつも新聞の切り抜きや風変わりな仕事のハンドブックが詰まったポケットに、くるくる巻いた原稿をねじ込んだのはいいが、ある晩、飢えのために春をひさぐ娘たちのところで、うっかりして紛失したことがあった。ところが老学者は、それを聞いても恐れていたように騒ぎ立てたりせず、かえって腹をかかえて笑いながら、それが文学というものの避けがたい宿命である、とのたまうただけだった。そのくせ故郷の村へ帰るさいには、いくら説得しても、どうしても三つの箱を持っていくと言ってきかなかった。貨物として送らせようとする車掌に向かって、カルタゴ*語で罵詈雑言を浴びせ、結局、客車に持ちこむことに成功した。「この世も終わりだよ。人間が一等車に乗り、書物が貨車にのせられるようになったら！」と、そのとき彼は言ったのだった。これがその最後の言葉となった。彼はそれまでに、旅行の最後の準備に追い立てられてひどく憂鬱な一週間を送っていた。出発の時が近づくにつれて不機嫌になり、気持がにぶっていった。フェルナンダを悩ました同じ化け物のしわざではないかと思うのだが、ここへおいたはずの物があっちのほうから出てきたりした。

「いまいましい」と、彼は呪った。「ロンドンの宗教会議で認められた教理の、二十七項などくそくらえだ！」

ヘルマンとアウレリャノが最後まで彼の面倒をみた。まるで子供のように手とり足とり、パスポートや出国関係の書類を安全ピンでポケットに留めてやった。マコンドを発ってからバルセロナに着くまでにしなければならぬことを、こまかく表にしてやった。ところが、それほどまでにしてやっても、所持金の半分がはいったズボンをうっかり捨ててしまった。旅行を明日にひかえた夜のこと、箱を釘付けにし、ここへ来たとき提げていたスーツケースに衣類を詰めたあとで、彼は細い目をいよいよ細くして、早ばやと引導でも渡すように、亡命生活の無聊を慰めてくれた本の山をさして友人らに言った。

「あいつは、きみらに残していこう！」

三カ月後に、二十九通の手紙と五十枚以上の写真――船旅のつれづれに撮りためたものにちがいなかった——がはいった大きな封筒が届いた。日付こそなかったが、手紙の書かれた順序ははっきりしていた。最初の何通かでは、平生(へいぜい)どおりの上機嫌さで旅行中のさまざまな出来事について述べていた。例の三つの箱を船室に持ちこませないので、事務長を海へ放りこみたくなった話や、ただの迷信からではなく、終わりというもののない数字に思われるので、十三という数がこわいと言った、つける薬のないばかなご婦人のことや、船の水にリエイダ*の湧(わ)き水で育った夜分の甜菜(てんさい)の味をきき分けたおかげで、賭(か)けに勝った最初の夕食の話などがそれだった。ところが日がたつにつれて、船内の生活にたいする興味は薄れてゆき、つい最近の、ごくつまらない出来事までが懐(なつ)かしく思われだした。船が遠ざかるにつれて憂鬱さがつのっていったのだ。しだいに深まる郷愁は写真にもあらわれていた。最初の何枚かでは、白波たつ十月のカリブ海の上でスポーツシャツを着込み、銀髪を風になぶられて、幸福そのものに見えた。最後の何枚かになると、黒っぽいオーバーと絹のマフラーを身にまとい、心ここにないといった淋しげな青い顔で、秋の海を夢遊病者のようにただようぼろ船のデッキに立っていた。彼への返事はヘルマンとアウレリャノが書いた。初めの何カ月かはさかんに手紙をやり取りし、マコンドにいたころよりももっと身近に、彼の存在を感じた。去っていったことにたいする怨(うら)みも薄らいだほどだった。最初のころの彼の手紙によれば、何も変わってはいなかった、生家には今でもピンク色の蝸牛がいて、村はずれの滝は夕方になると、相かわらずいい匂いがするということだった。それらの手紙はやはり、紫のインクで雑記帳の紙に書かれていて、一節がかならず各人宛の文面になっていた。しかし、本人は気づいていない様子だが、活気と刺激にみちていた手紙がしだいに幻滅の歌と化していった。冬の夜は、煖炉で煮立っているスープの音を聞きながら、あの店の奥の暖かさや、埃まみれのアーモンドを焦がす日射しや、日盛りにうとうとしながら聞く列車の汽笛などを懐かしんだ。マコンドにいたころ、冬の煖炉にかけられたスープや、コーヒー売りの呼び声や、すばやい春の雲雀を恋しく思ったように。鏡よろしく向き合った二種類の郷愁に取り憑かれた彼は、すばらしい非現実感を失って、ついにみんなに向かって、マコンドを見捨てるように、この世界と人間について彼自身が語ったことをすべて忘れるように、また、ホラティウス*に糞をひっかけるようにすすめた。どの土地に住もうと、過去はすべてまやかしであること、記憶には帰路がないこと、春は呼び戻すすべのないこと、恋はいかに激しく強くとも、しょせんつかの間のものであることなどを、絶対に忘れぬようにとすすめた。

まずアルバロが、マコンドを去るようにという忠告に従った。わが家の中庭に飼い、通りかかる者をどきりとさせた檻（おり）のなかのジャガーをふくめて、何もかも売り払い、終点のない列車用の万年周遊券を買った。途中の駅から送ってよこす絵はがきには、客車の窓からちらと見たものをおおぎょうに書きつらねていて、まるで無常を歌った長い詩篇をこまかく裂き、忘却の世界へ投げ入れているような感じがあった。ルイジアナの棉花畑（めんかばたけ）の夢みがちな黒人たち。ケンタッキーの緑の牧場の翼がある馬たち。アリゾナの無気味な夕日を浴びたギリシア人の恋人たち。ミシガン湖のほとりで水彩画を描いていたが、帰らざる汽車であるとは知るよしもなく、別れというより、また逢（あ）う明日への期待をこめて絵筆を振るった赤いセーターの娘。アルバロに続いて、アルフォンソとヘルマンが去っていった。月曜日には帰ると言って土曜に発ったが、それっきり消息が絶えた。カタルニャ生まれの学者が去って一年後には、マコンドにとどまっているのはガブリエルだけになっていた。彼はいまだにニグロマンタの移り気な慈悲にすがってぶらぶらし、特賞はパリ旅行というフランスの雑誌の懸賞にせっせと応募していた。実際にその雑誌を購読しているアウレリャノも、用紙に書きこむのを手伝わされた。屋敷の場合もあったが、たいていは、ガブリエルの秘密の恋人であるメルセデスが住むマコンドでただ一軒の薬屋の、ずらり並んだ瓶と鹿子草（かのこそう）の匂うなかでやらされた。それは、抹殺され尽くすことのない過去が残していった最後のもの、と言ってよかった。過去は無限に自己抹殺をはかり、内部から消耗しつづけて瞬間ごとに細りながらも、決して尽きるということがなかったからだ。町は完全にさびれて、ガブリエルが懸賞に当選し、二枚の着替えに一足の靴、それにラブレー全集を持ってパリへ発ったときも、汽車を停めて乗せてもらうのに、わざわざ機関士に合図しなければならぬほどだった。昔のトルコ人街も、そのころには客が絶えていた。何年も前に最後の綾織(あやおり)の布を売り切って、暗い陳列棚には頭の欠けたマネキンが残っているだけだというのに、アラビア人らは昔ながらの習慣に従って、あちこちの戸口に腰を下ろして、ひたすら死を待っていた。恐らく、胡瓜(きゅうり)のピクルスが匂う息苦しい夜など、アラバマ州プラットヴィルにいるパトリシア・ブラウンが孫たちを相手に思い出ばなしの種にしているにちがいないのだが、バナナ会社の住宅区域も雑草の茂りあう原っぱと化していた。アンヘル神父と交替した老齢の司祭——その名前を聞きだそうとする者も、もはや町には一人もいなかった——は、関節炎と懐疑ゆえの不眠症に苦しみながらハンモックにぐったりと横になって、すぐわきの礼拝堂の遺物を奪い合っている鼠(ねずみ)や蜥蜴(とかげ)に目もくれず、ひたすら神のご慈悲を待っていた。小鳥たちにも見捨てられ、埃と暑さがひどくて呼吸もままならぬマコンドだったが、孤独と愛を求めて、愛の孤独を求めて、赤蟻の立てるすさまじい音でろくに眠ることさえできない屋敷に閉じこもったアウレリャノとアマランタ・ウルスラだけが、幸せだった。この世でもっとも幸福な存在だった。

ガストンは、とっくにブリュッセルへ帰っていた。飛行機を待ち疲れた彼は、ある日、必要な身の回りの品と手紙のファイルを小さなスーツケースに詰めて出発した。彼よりも野心的な計画を州当局に申請したドイツ人飛行士のグループがあって、彼らに許可が下りないうちに飛行機を持ち帰るつもりだったのだ。初めてちぎりを結んだ午後から、アウレリャノとアマランタ・ウルスラはほんの時たま、隙をうかがって熱烈な抱擁をかわしていたが、この危険な忍び逢いは夫のふいの帰宅で中断されることが多かった。しかし、ふたりきりで屋敷に取り残されたとたんに、彼らは長いおあずけを食っていた情事に夢中になった。それは阿呆らしいとしか言いようのない常軌を逸した恋で、墓の下のフェルナンダの骨でさえ絶えず興奮状態におかれ、驚きのあまりガタガタ震動したほどだった。アマランタ・ウルスラのあたりかまわぬ叫びやよがり声が、午後二時の食堂のテーブルの上でも、明け方の二時の穀物部屋でも聞こえた。「ほんとに残念ね」と、彼女は笑いながら話しかけた。「こうなるまでに、ずいぶん遠回りをしたわ」。恋にうつけていても彼女は、蟻が庭を荒らし、太古以来の飢えを屋敷の材木でみたしているのを見逃さなかった。雑草がまたぞろ、溶岩のように廊下に押しだしていることも知っていたが、寝室へはいり込んでこないうちは始末しなかった。アウレリャノは羊皮紙を見向きもしなかった。屋敷から出ようとはせず、カタルニャ生まれの学者の手紙にもいい加減な返事を書いた。現実感覚や時間の観念、日常の習慣のリズムが失われていった。ふたりは裸になる手間さえ惜しんで、ふたたび窓や戸を閉め切ってしまい、小町娘のレメディオスがつねづね望んでいたとおりの姿で屋敷のなかを歩き回った。泥んこの中庭を素っ裸でころげ回った。ある日の午後など、浴槽のなかで愛し合っていてあやうく溺(おぼ)れそうになった。またたく間に、蟻よりもひどく屋敷を荒らしてしまった。広間の家具をめちゃめちゃにし、アウレリャノ・ブエンディア大佐の野営めいたわびしい色事に耐えたハンモックを狂ったような愛撫でずたずたにし、マットを破って中身を床にぶちまけ、舞い上がった綿で窒息しかけた。アウレリャノも相手に劣らぬ色事の猛者(もさ)だったが、とてつもない思いつきや豊かな感情によってこの荒れ果てた楽園を支配しているのは、やはりアマランタ・ウルスラだった。まるで、高祖母が動物の飴(あめ)細工に傾けた猛烈な精力を、色の道ひとすじに注いでいる感があった。さらに、彼女が悦(よろこ)びの声を上げ、自分の思いつきがおかしくて笑えば笑うほど、アウレリャノはぼんやりと黙っていることが多かった。彼の情熱は内にこもって、すべてを焼き尽くす体のものだったからだ。それはともかく、その道の極意をきわめた彼らは、絶頂に達して力尽きたその疲労を最大限に利用した。たがいの体をうっとりとながめながら、愛撫のあとのけだるさは欲情そのものよりも豊かな、未知の可能性を秘めていることを知った。彼が卵の白身でアマランタ・ウルスラの盛り上がった胸をこね回したり、ココ椰子の油を塗ってしなやかな腿やピンク色の腹をもんでやれば、彼女はアウレリャノの逸物を人形のようにもてあそび、眉墨でトルコ人めいた口ひげを、また口紅で道化のようなくまを描いたり、絹の蝶ネクタイや銀紙の小さな帽子で飾ったりした。ある晩、頭のてっぺんから足の爪先まで桃のジャムをなすりつけて、犬のように舐め合ったり、廊下の床の上で狂ったように愛撫をかわしたりしたのはいいが、二人を生きたままむさぼろうとする人食い蟻の大群に襲われて目をさました。

恋狂いのあいまにアマランタ・ウルスラはガストンへ返事を出した。二度と帰ってくることはないと思われるほど、彼は遠い土地で仕事に追われている様子だった。最初のころの一通の手紙によると、仲間たちが飛行機を送ったのは事実であるが、ブリュッセルの船会社が誤ってタンガニカ向けに積みだして、広い土地に散らばって暮らしているマコンド族に引き渡してしまった。この手違いのために大へんな面倒が生じ、飛行機を取り戻すだけで二年はかかりそうだという。そこでアマランタ・ウルスラは、彼がふいに帰宅する可能性はないという結論を出した。他方、アウレリャノはカタルニャ生まれの学者の手紙と、もの静かな薬剤師のメルセデスを通して受け取るガブリエルの消息以外に、外部の世界との接触をまったく持たなかった。当初は、それは現実的な接触だった。ガブリエルは帰りの運賃の払い戻しを受けてパリに腰をすえ、前の日の新聞や、ドーフィーヌ街の陰気なホテルのメイドが出してくれる空瓶などを売って暮らした。アウレリャノは、そうした彼を容易に想像することができた。きっと、モンパルナスが春の恋人たちであふれる季節にならなければ脱がない、ハイネックのセーターを着込んでいることだろう。昼間は寝ていて、夜になると、空腹をまぎらわせるために、いずれロカマドゥール*が息絶える場所となるはずだが、ゆだったカリフラワーの匂いのこもった部屋で書きものをしているのにちがいなかった。ところが、彼の消息もしだいにあやふやになり、学者の手紙もだんだん間遠で憂鬱なものに変わっていくので、アウレリャノは、アマランタ・ウルスラが夫のことを思う程度にしか、連中のことを考えなくなった。日常的でしかも永久的な唯一の現実が愛でしかない空虚な世界を、彼らはふたりしてさまようことになった。

この無意識の幸福にみちあふれた世界を襲う牛の暴走のように、あるとき突然、ガストンから帰宅の知らせが届いた。アウレリャノとアマランタ・ウルスラは大きく目を見張ったまま、めいめいの心のなかを探った。胸に手を当てて顔を見合わせ、今や一心同体、別れるくらいなら死んだほうがましだ、と思った。そこで、彼女は夫に宛てて、つじつまの合ったような合わないような手紙を書いた。彼への愛情と再会の願いをあらためて述べると同時に、こうなるべき運命であったと思うが、アウレリャノなしには生きていけない、と訴えたのだ。ふたりの予想を裏切って、ガストンから送られてきたのは、冷静な、父性愛にみちたと言ってもいいような返事だった。ただし、便箋(びんせん)二枚をついやして恋の移ろいやすさを教えさとし、さらにその末尾で、短かった結婚生活における彼と同様に、ふたりが幸福に暮らすことをちゃんと祈っていた。予想もしない出方だったので、アマランタ・ウルスラはかえって侮辱されたような感じをいだいた。自分を捨てる絶好の口実を夫に与えたような気がしたのだ。六カ月後に、レオポルドヴィル*――この土地で、やっと飛行機を受け取ることができた――のガストンからまた手紙があって、自転車を送ってくれ、マコンドにたくさんの物を残してきたが、あれだけはどうにも愛着を捨て切れない、と言ってきたときの彼女の腹立ちはいっそう大きかった。アウレリャノは、アマランタ・ウルスラのこの落胆ぶりにも辛抱づよく耐えた。万事が順調なときも逆境のさいも、良き夫であり得ることを懸命に示そうとしたのだ。ガストンが残していったお金が消えたあと襲ってきた生活の窮迫は、情熱ほどまぶしく強烈ではなかったが、淫欲の燃えさかっていたころと同じように愛し合い、幸福に暮らすのに役立つと思われる、友愛のきずなをふたりのあいだに産みだした。ピラル・テルネラが死んだとき、彼らは子供の誕生を待つ身になっていた。

妊娠中のけだるい体をおして、アマランタ・ウルスラは魚の骨のネックレスの商売を開こうとやっきになった。しかし、メルセデスが一ダースほど買ってくれただけで、ほかに買い手はつかなかった。アウレリャノは初めて思い知ったが、言葉の才能も、百科全書的な知識も、実際には見ていない出来事や遠い土地のことを詳細に記憶しているという不思議な能力も、まったく役に立たなかった。その当時であれば、マコンドに残ったわずかな住民が掻き集めることのできるお金に匹敵する価値を持つ、妻の本物の宝石類と同様に。彼らが生き延びているのは、まさに奇跡だった。アマランタ・ウルスラは陽気さを失わず、性愛上の工夫をこらす発明さも消えてはいなかったが、昼飯のあとは廊下にすわり込んで、眠らずにぼんやり考えこんでいる妙な午睡の習慣がついた。アウレリャノはそのそばにへばりついていた。日が暮れるまで黙って向き合い、たがいの瞳（ひとみ）の奥をのぞき込んでいた。以前、けたたましく愛し合ったころと同じ愛情をこめて、静かに愛撫をかわした。未来の不安は、ふたりの心を過去へ向けさせた。彼らは、沼のような中庭をしぶきを飛ばしてはね回ったり、蜥蜴を殺してウルスラの体にぶら下げたり、ふざけて生き埋めにしたりした、あの大洪水のころの失われた楽園に立ち返ったような気分になった。それらの回想によってはっきりしたことは、物心ついたころから、ふたりはいっしょにいさえすれば幸福であるという事実だった。過去に深く沈潜するうちにアマランタ・ウルスラは、金細工の仕事場にはいり込んだ彼女を見た母親が、アウレリャノは捨て子である、籠（かご）に入れられて川に浮いているのを見つけた、と話してくれた午後のことを思いだした。ふたりとも眉つばものだとは思ったが、それにかわる真実を教えてくれる資料もなかった。あらゆる可能性を検討したあげく、ただひとつ確実だと思われたのは、フェルナンダがアウレリャノの産みの母ではないということだった。アマランタ・ウルスラは、彼はペトラ・コテスの子ではないかと疑っていた。この女についてはいっさらしなうわさしか記憶になくて、そう考えただけで、胸が締めつけられるようないやな気分になった。

妻と姉弟の間柄ではないかという確信めいたものに苦しんだあげく、アウレリャノは屋敷を抜けだして司祭館を訪れ、しけて虫に食われた記録のなかに血筋を証明するものを捜した。やっと見つけることのできたもっとも古い洗礼証明書は、チョコレートのからくりを通して神の存在を実証しようとしていた当時のニカノル・レイナ神父によって、娘になってから洗礼を授けられたアマランタ・ブエンディアのものだった。例の十七人のアウレリャノ兄弟のひとりではないかとも想像した彼は、その出生にまつわる記録を求めて四冊の台帳をひっくり返したが、洗礼の日付がいずれも、彼の年齢と引きくらべて遠すぎた。不安におののきながら血筋の迷路をさまよっている彼を見て、ハンモックの上から様子をうかがっていた関節の悪い司祭は同情し、名前を尋ねた。

「アウレリャノ・ブエンディアです」と答えると、司祭はいかにも確信ありげに叫んだ。「それだったら、いくら探してもむだだ。ずいぶん昔、そういう名前の通りがあった。あのころの連中は、よく子供に通りの名前をつけたもんだ」

アウレリャノは怒りに身を震わせながら叫んだ。

「じゃ、神父さんも信じていないんだ！」

「何をだね？」

「アウレリャノ・ブエンディア大佐が三十二度も反乱を起こし、そのつど敗北を喫したことですよ」とアウレリャノは答えた。「軍隊が三千人の労務者を追いつめて、機関銃でなぎたおしたこと、それから、二百両編成の列車で死体を運び、海へ捨てたことですよ」

司祭は哀れむような目で彼をじっと見て、吐息とともにこう言った。

「お前とわしが、今こうして生きているだけで、十分だと思うがな」

この結果、アウレリャノとアマランタ・ウルスラは、籠でどうのこうのという話を認めることにした。事実として信じたからではなく、不安から救ってくれるからだった。妊娠から日がたつにつれて、彼らはますます風変わりな人間になっていった。風のひと吹きで崩れてしまいそうな荒れた屋敷にいっそう馴染んでいった。彼らの生きる場は最小限の空間に限られた。こもりっきりの愛の喜びを知ったかつてのフェルナンダの寝室から、廊下のとっつきまでがそれで、ここに腰をすえたアマランタ・ウルスラは赤ん坊のための産着や帽子を編み、アウレリャノはカタルニャ生まれの学者から時おり受け取る手紙への返事を書いた。屋敷のほかの部分は、執拗な破壊の手にゆだねられた。金細工の仕事場やメルキアデスの部屋、サンタ・ソフィア・デ・ラ・ピエダのつつましく静かな王国は、あえて踏みこもうとする者のない屋敷内の密林の奥に取り残されていった。貪欲な自然に囲まれながらも、アウレリャノとアマランタ・ウルスラはオレガノやベゴニアを育てつづけ、人類と蟻との長い戦いにそなえる最後の塹壕をきずくように、石灰を周囲にまいて自分たちの世界を守り抜こうとした。だらしなく伸びた髪、朝起きの顔に浮いた紫色の染み、脚のむくみ、鼬のように愛くるしかった体の線のくずれなどで、不運なカナリアの籠と捕われの夫を連れて帰宅したころの若々しさは、アマランタ・ウルスラのどこにも見られなくなった。しかし、才気は失われていなかった。「ほんとにいやね」と、笑いながら彼女はよく言った。「こんな、人食いみたいな暮らしをするなんて、夢にも思わなかったわよ」。外の世界と彼らを結ぶきずなは、妊娠六カ月めにぷっつり断たれた。カタルニャ生まれの学者のものとは思えぬ一通の手紙が届いたのだ。発信地はバルセロナだが、表書きがお役所ふうの書体で、しかもありふれた青インクで書かれていた。敵意をふくんだ手紙らしく、罪のない非個人的な外見をよそおっていた。アウレリャノは、開封しようとするアマランタ・ウルスラの手から手紙を奪って、叫んだ。

「やめてくれ。こいつの中身だけは知りたくない！」

予感したとおり、カタルニャ生まれの学者からの手紙はそれっきり絶えた。誰も読まない別人からの手紙は、いつかフェルナンダが結婚指輪をおき忘れた棚の上で紙魚(しみ)に食われ、うちに隠した凶報から発する劫火(ごうか)に焼かれていった。一方、孤独な恋人たちは、幻滅と忘却の砂漠へ押し流そうと無益な努力を重ねる、頑固で不運な最後の日々の流れに逆らいながら生きていた。この脅威を意識したアウレリャノとアマランタ・ウルスラは、奔放な交わりから生まれる子供を忠実な愛によって迎えるべく、たがいの手を取り合って最後の数カ月をすごした。夜、ベッドで抱き合った彼らは、地上の蟻の侵入にも、紙魚の立てるすさまじい音にも、また、隣室ではっきり音が聞こえるほど絶えまなくはびこっていく雑草にもおびえなかった。だが、死者たちの横行にはしばしば夢を破られた。一族の血を絶やすまいとして自然の掟と戦うウルスラ、偉大な文明の利器という夢を追いつづけるホセ・アルカディオ・ブエンディア、ひたすら神に祈るフェルナンダ、兵戦の夢と魚の金細工のなかで呆けていくアウレリャノ・ブエンディア大佐、ばか騒ぎのさなかの孤独に苦しむアウレリャノ・セグンド。彼らの声をまざまざと聞き、激しい執念は死よりも強いことを知った。現在、昆虫たちが人間から奪おうとしている惨めな楽園であるが、未来の別の種類の動物がそれを昆虫たちから奪ったそのあとも、亡霊となって愛しつづけるのだと確信することで、ふたりは幸福感を取り戻すことができた。

ある日曜日の午後六時に、アマランタ・ウルスラは産気づいた。貧ゆえに身を売る小娘たちの世話をしている愛想のよい産婆が、食堂のテーブルの上に彼女を寝かせ、腹にまたがって、馬を飛ばすように乱暴に体を動かした。やがて悲鳴がおさまり、大きな男の子の産声が聞こえた。涙を浮かべたアマランタ・ウルスラの目に、大柄なところは確かにブエンディア家の血を引いており、がっしりして気の強そうな点ではホセ・アルカディオを、大きくて利発そうな目をしている点ではアウレリャノを、名のるのにふさわしい子供の姿が映った。この百年、愛によって生を授かった者はこれが初めてなので、これこそ、あらためて家系を創始し、忌むべき悪徳と宿命的な孤独をはらう運命をになった子のように思えた。

「人食いそっくりね」と、彼女は言った。「名前は、ロドリゴにしましょう」

「いや、アウレリャノがいい」と夫は反対した。「三十二度の戦いに勝てるようにね」

へその緒を切ったあと、産婆はアウレリャノが差しだす明かりを頼りに、赤ん坊の体にべっとり付いている青いものを布で拭きとり始めた。うつぶせにした時である。彼らは初めて、赤ん坊にほかの人間にはないものがあることに気づいた。かがみ込んでよく調べると、何とそれは、豚のしっぽだった。

だが、彼らはあわてなかった。アウレリャノもアマランタ・ウルスラも一家にその先例のあることを知らず、ウルスラの恐ろしい警告を記憶していなかったのだ。産婆もまた、歯が抜けかわる年になれば、この無用の長物はひとりでに落ちるはずだと言って、ふたりを安心させた。そのことは、それっきり忘れられてしまった。アマランタ・ウルスラの出血がいっこうに止まらなかったのだ。蜘蛛の巣を貼ったり丸めた灰を当てたりしたが、噴水を両手で押えるようなものだった。最初のうちは、彼女もつとめて陽気に振る舞った。おびえているアウレリャノの手を取って、心配しないでくれ、自分のような女が、死にたくもないのに死ぬわけがない、と言い、産婆の乱暴な手当てをわらった。しかし、アウレリャノが希望に見捨てられるにつれて、光を奪われるように彼女の影も薄くなり、ついに昏睡状態に落ちていった。月曜日の朝、ひとりの女が呼ばれた。女はベッドのそばに立って、人にも動物にも間違いなく効き目があるという焼灼がわりの呪文をとなえたが、アマランタ・ウルスラの熱い血は、恋のたくらみ以外のものを受けつけなかった。絶望の二十四時間がすぎて午後を迎えたとき、みんなは彼女が死んだことを知った。流れる血が自然に止まり、横顔がほっそりしてきたのだ。顔のしみが消えて雪花石膏のような白さに戻り、笑顔がよみがえったのだ。

　アウレリャノはこのとき初めて、自分がどれほど友人たちを愛しているか、いかに彼らを必要としているかを悟った。彼らに今ここへ来てもらうためだったら、どんな代償を払ってもよい、そうも思った。彼は母親が用意した籠に子供を寝かせ、遺体の顔を毛布でおおってから、過去への狭い帰り道を求めて人気のない町をあてどなくさまよった。近ごろ訪れたことのない薬局のドアをたたいたが、そこに見たものは大工の仕事場だった。カンテラを提げて出てきた老婆は、すっかり取り乱した彼を哀れむように、ここは薬局だったことはない、ほっそりした首と眠たげな目をしたメルセデスという女など見たこともない、とくり返すだけだった。彼は、カタルニャ生まれの学者の本屋のドアに額を押しつけて泣いた。愛の呪縛を断ちたくないために泣くべきとき泣かなかった死を、遅まきながらこうして嘆いているのだと意識しながら。こぶしが血を吹くほどの勢いで〈黄金童子〉の漆喰の壁をたたき、ピラル・テルネラの名を呼んだ。祭りの夜など、石千鳥の群れる中庭から子供のようにうっとりとながめた覚えがあるはずだが、空を渡っていく明るいオレンジ色の円盤も今は目にはいらなかった。殺風景になった色町でただ一軒あいているサロンで、アコーデオンの楽隊がフランシスコ・エル・オンブレの秘密をついだ司教の甥っこ、ラファエル・エスカロナ作るところの歌を演奏していた。母親に向かって上げたために片腕がちりちりに焼けただれた亭主がアウレリャノを誘い、ブランディー一本をあけた。アウレリャノも一本をおごった。亭主は自分の片腕の不幸について語った。アウレリャノもまた、姉にぶつけたためにちりちりに焼けただれた、その心の不幸について語った。やがてふたりはそろって泣きだした。ほんの一瞬、アウレリャノは苦痛が消えるのを感じた。しかし、マコンドに最後の朝が訪れてふたたびひとりきりになると、広場の真ん中へおどり出て両腕をいっぱいにひろげ、世間の者がみな目をさましそうな、大きな声で叫んだ。

「友だちなんて、くそくらえだ！」

ニグロマンタがへどと涙にまみれた彼を助けて、自分の部屋に運んだ。体を拭いてやり、熱いスープを飲ませた。少しは気が晴れるだろうと思い、彼の借りになっている大枚の線香代を棒引きにしてやった。彼ひとりが涙にくれているのを見かねて、問わず語りに自分の悲しくわびしい思い出を話して聞かせた。明け方だった。しばらくうとうとしていたアウレリャノは頭痛で目がさめた。そして目を開けたとたんに、赤ん坊のことを思い出した。

その姿が籠になかった。最初の驚きに続いて、激しい喜びが彼を襲った。アマランタ・ウルスラが死からさめて、赤ん坊の面倒をみてくれている。とっさにそう思ったのだ。しかし、死体は小石を積んだように毛布の下にあった。帰宅のさいに寝室のドアが開いていたことを思いだして、アウレリャノはオレガノの朝の吐息がこもった廊下を渡り、分娩の後始末もすんでいない食堂をのぞいた。大きな鍋、血まみれのシーツ、灰を盛った鉢、テーブルの鋏とガーゼの横にひろげられたおむつの上の、赤ん坊のねじれたへその緒。夜のうちに産婆が戻ってきて、赤ん坊を連れていったのだろう、そう考えて少し安心した。くずおれるように揺り椅子に腰を下ろした。それは、屋敷が出来上がったばかりのころ、刺繍を教えるためにレベーカが使っていたものだった。また、アマランタがヘリネルド・マルケス大佐とチェッカーを楽しみ、アマランタ・ウルスラが産着を縫うためにすわったものでもあった。アウレリャノは正気に返ったその一瞬に、過去の圧倒的な重みに耐えていく力がもはや自分にはないことを悟った。自分と他人のノスタルジーの矢で深傷を負った彼は、枯れた薔薇になおも張りついている蜘蛛の巣のねばり強さや毒麦のしつこさ、明るい二月の朝の空気の辛抱づよさに驚嘆した。その時である。赤ん坊が目にはいった。ふくれ上がったまま干からびた皮袋のような死体が、石ころだらけの庭の小径を、懸命な蟻の大群によって運ばれていくところだった。アウレリャノは身じろぎもしなかった。それは、驚きのあまり体がすくんだというのではなかった。その素晴らしい一瞬に、メルキアデスの遺した最後の鍵が明らかになり、人間たちの時間と空間にぴたりとはめ込まれた羊皮紙の題辞が眼前に浮かんだからだった。〈この一族の最初の者は樹につながれ、最後の者は蟻のむさぼるところとなる〉

　このときほどアウレリャノがてきぱきと行動したことはなかった。死人たちやその死にたいする悲しみを忘れて、外からの誘惑にまどわされないように、ふたたび例のフェルナンダの板切れを戸や窓に十字に打ちつけた。メルキアデスの羊皮紙には自分の運命が書きしるされていることを知ったのだ。羊皮紙は手つかずのまま、有史以前からはびこる草木や、水蒸気の立ちのぼる水たまりや、人間たちが地上に残した跡をことごとく部屋から消し去った光る昆虫などのあいだに見つかったが、明るい場所まで持ちだすような余裕は彼にはなかった。その場で、立ったまま声に出して読みはじめた。少しもよどみがなかった。まるで、スペイン語で書かれているものを、真昼の目くらむ光線の下で読んでいるようだった。それはごく些細なことまでふくめて、百年前にメルキアデスによって編まれた一族の歴史だった。その母国語であるサンスクリット語によって記され、偶数行はアウグストゥス帝が私人として用いた暗号で、奇数行はスパルタの軍隊が用いた暗号で組まれていた。アマランタ・ウルスラへの恋に心を乱されだしたころのアウレリャノが、ぼんやりと理解しはじめながら最後まで解き切れなかったのは、メルキアデスが人間のありきたりの時間のなかに事実を配列しないで、百年にわたる日々の出来事を圧縮し、すべて一瞬のうちに閉じこめたためだった。この発見に有頂天になったアウレリャノは、メルキアデス自身がアルカディオに読んで聞かせたことのある教皇回状めいた詠誦――それは実は、アルカディオの銃殺を予言したものだった――を大声で、一字一句もおろそかにせず読んだ。文字どおり昇天することになる世界一の美女の誕生が、そこに予告されているのを見た。無能と移り気だけが理由ではなく、その試みが時機尚早であったために羊皮紙の解読を中途で放棄せざるをえなかった、今は亡きふたごの兄弟の生まれについて知った。ここまで読みすすんだとき、自分自身の出生の秘密が知りたくて辛抱できなくなったアウレリャノは、いっきに数ページをとばした。すると、過去のさまざまな声や昔のベゴニアのさざめき、激しい郷愁につながる幻滅の吐息などにみちた、生暖かい、かすかな風が吹き起こった。しかし、彼は気づかなかった。折りから彼は、自分の存在の最初のきざしを、結局は幸福になしえなかったが、ひとりの美しい娘を追って目くらむような荒野をさまよう好色な祖父のうちに認めたのだった。アウレリャノはそれをもう一度確かめた上で、隠された血筋をたどっていった。そして、ひとりの職工が反抗のために身をまかせる女を相手に欲望をみたした、ほの暗い浴室に群れる蠍と黄色い蛾のなかでの彼自身の受胎の瞬間に行きあたった。夢中になっていた彼は、二度めに吹き起こった風のすさまじい勢いで、かまちから戸や窓がさらわれ、東側の廊下の天井が落ち、土台が崩れたことにも気づかなかった。彼はそのとき初めて、アマランタ・ウルスラが姉ではなくて叔母であることを知った。また、フランシス・ドレイクがリオアチャを襲撃したのは、結局、いりくんだ血筋の迷路のなかでふたりがたがいを探りあて、家系を絶やす運命をになう怪物を産むためだったと悟った。マコンドはすでに、聖書にもあるが怒りくるう暴風のために土埃(つちぼこり)や瓦礫(がれき)がつむじを巻く、廃墟(はいきょ)と化していた。知り抜いている事実に時間をついやすのをやめて、アウレリャノは十一ページ分を飛ばし、げんに生きている瞬間の解読にかかった。羊皮紙の最後のページを解読しつつある自分を予想しながら、口がきける鏡をのぞいているように、刻々と謎(なぞ)を解いていった。予言の先回りをして、自分が死ぬ日とそのときの様子を調べるために、さらにページをとばした。しかし、最後の行に達するまでもなく、もはやこの部屋から出るときのないことを彼は知っていた。なぜならば、アウレリャノ・バビロニアが羊皮紙の解読を終えたまさにその瞬間に、この鏡の（すなわち蜃気楼(しんきろう)の）町は風によってなぎ倒され、人間の記憶から消えることは明らかだったからだ。また、百年の孤独を運命づけられた家系は二度と地上に出現する機会を持ちえないため、羊皮紙に記されている事柄のいっさいは、過去と未来を問わず、反復の可能性のないことが予想されたからである。

注解

二　**レアル**　十一―十九世紀のスペイン、中南米で広く用いられた銀貨。

三　**ヘルマン師**　ライヘナウのヘルマン。ドイツの歴史家（一〇一三―五四）。

一六　**ノストラダムス**　フランスの医師、占星術師（一五〇三―六六）。

一七　**昇汞**（しょうこう）　塩化第二水銀。白色、半透明の結晶で、猛毒があり、熱すると昇華する。防腐、消毒用。

一七　**辰砂**（しんしゃ）　水銀と硫黄の化合物で、朱紅色の鉱石。水銀製造や赤色絵の具の主要材料。

一七　**哲学者の卵**　錬金術の炉中で用いたガラス製のフラスコ。

一七　**ユダヤ婦人マリア**　実在した最古の錬金術師。

一七　**ゾシモス**　パノポリスのゾシモス。三世紀の錬金術師。

一七　**賢者の石**　卑金属を貴金属に変成する力をもつと信じられた霊石。

一八　**蓖麻子油**（ひましゆ）　ここでは、卵を蒸溜（じょうりゅう）して三番目に得られる黒みがかった黄緑色の液体のこと。

一八　**大根の油**　ここでは、卵を蒸溜して二番目に得られる薄い金色の液体のこと。

一九　**ナチアンツ**　古代小アジア、カッパドキア地方の町。

一九　**センタボ**　補助通貨単位。ペソの百分の一。

三　**ドレイク卿**（きょう）　イギリスの提督（一五四〇？―九六）。

二三　**リオアチャ**　コロンビアのラ・グアヒラ州の海港。

三〇　**テサロニカ**　ギリシアのマケドニア地方の都市。

三一　**メンフィス**　古代エジプトの都市。

三三　**アルメニア**　古代小アジアの一地方。

五〇　**グアバ**　熱帯アメリカ原産のフトモモ科の小高木。和名バンジロウ。卵形淡黄色の果実は生食し、ジャムなどに加工する。

六七　**王水**　濃塩酸三と濃硝酸一の混合物。金や白金など、普通の酸では溶けない貴金属を溶かす。

六九　**スカプラリオ**　祝福された二枚の布を、二本の紐（ひも）で肩から胸と背に吊（つる）すもの。

七一　**大黄（だいおう）**　中国北部原産の、タデ科の多年草。高さ一メートル余。黄色の地下茎は古来重要な漢方薬として、健胃剤、瀉下剤（しゃげざい）に用いる。

七九　**ディオス・エクシステ**　神は存（おわ）す、の意。

八四　**ローリー卿**　イギリスの航海者（一五五二？——一六一八）。

八四　**グアラポ酒**　砂糖黍（さとうきび）の汁をかもした酒。

九三　**ドリル**　綾織（あやおり）の厚地綿布で、主に作業着用。

九八　**紋織**　平織、斜文織、繻子織（しゅすおり）を組み合わせて文様を織り出したもの。

一〇五　**オーガンディ**　薄手の張りのある綿布。

一〇八　**マングローブ**　熱帯の海辺、河口の浅い水中に発達する森林群落。ヒルギ科の喬木（きょうぼく）を主とし、枝から多数の気根を水中に延ばす。

一六　**フンボルト**　ドイツの博物学者、地理学者（一七六九―一八五九）。

一八　**ママ・グランデ**　著者の短篇「ママ・グランデの葬儀」（一九六二）の主人公。

一二五　**バジェ・デ・ウパル**　コロンビアのセサル州の都市。

一三五　**聖ベロニカの布**　エルサレムの伝説上の聖女ベロニカが、十字架を負ってゴルゴタの丘に向かうキリストに同情し、その顔の汗をぬぐったところ、キリストの顔が写った、とされる布。

一三五　**チェッカー**　赤黒十二個ずつの駒を市松模様の盤上に並べ、相手の駒を取り合う卓上遊戯。

一三八　**リンネル**　亜麻糸で織った、薄く光沢のある布地。主に夏服に用いる。リネン。

一四三　**プリーツ**　婦人服のスカートなどにつける折襞。

一四六　**グアドループ**　アンティール諸島中の仏領の島。

一四六　**ヴィクトル・ユーグ**　キューバの作家カルペンティエル（一九〇四―八〇）の小説『光の世紀』（一九六二）の登場人物。

一五一　**マンテラ**　絹、レースで出来た大判の婦人用肩掛け。

一五六　**キュラソー**　カリブ海南部、ベネズエラ沖にあるオランダ領の島。

一五六　**スクーナー船**　通例二本マストの縦帆船。

一五六　**類似療法**　ドイツの医師ハーネマン（一七五五―一八四三）が創始した治療法。ある薬剤を健康人に投与した場合に現れる症状を調べておき、これと同じ症状を示す患者に、その薬を微量服用させる。同種療法。

一六四　**ネールランディア協定**　コロンビアではスペインからの独立（一八一九）後も保守派と自由

派が対立、ついに内戦（千日戦争）に至ったが、三年後の一九〇二年にアメリカ海軍の戦艦ウィスコンシンで結んだ休戦協定。

一六七　**吸い玉**　鐘状にしたガラスにゴム球をつけ、膿汁などを吸い出すのに用いる医療器具。

一六七　**芥子泥**（からしでい）　からしの粉末をぬるま湯で延ばしたもの。患部の皮膚に湿布し、血行促進に用いる。

一七〇　**ソレント**　イタリア南部、ナポリ湾に臨む港湾都市。

一七三　**万霊節**　キリスト教の死者記念日。

一八九　**ロケ・カルニセロ**　豚殺し、の意。

二〇四　**アンティール諸島**　ユカタン海峡からベネズエラ沖にかけ、弧を描いて大西洋とカリブ海とを仕切る形で連なる島々の総称。

二〇四　**ラ・ベラ岬**　コロンビアのグアヒラ半島先端にある岬。

二〇五　**ビリャヌエバ**　コロンビアのボリバル州の町。

二〇九　**クミン**　中央アジア、トルキスタン原産のセリ科植物。種子を、辛みと苦みがある香辛料として用いる。

二一一　**レーキ**　短い鉄の歯を櫛形（くしがた）に並べて柄をつけ、草かきや農地をならすのに用いる農具。熊手（くまで）。

二三九　**サンチャゴ・デ・クバ**　キューバ東部の海港。

二四三　**ソリーリャ**　ホセ。スペインの劇作家（一八一七―九三）。

二四三　**ゴート野郎**　民族大移動期、東ゲルマン系の一部族であったゴート族は、しばしば無学な無法者の別称とされる。

二四七　**アステカ族**　一五二一年にスペインのコルテスに滅ぼされるまで、メキシコ高原に帝国を築き、マヤを継承した高度な文明を保っていた部族。

二五八　**マールバラ公爵**（こうしゃく）　ジョン・チャーチル。英国の軍人（一六五〇―一七二二）。

二七六　**パンヤ**　東南アジア原産で、熱帯地方に分布する落葉高木。高さ約三十メートルにもなり、種子から綿毛を得る。

三一五　**ベドウィン族**　アラビア半島から北アフリカの砂漠地帯に暮らすアラブ系の遊牧民。

三二〇　**副王**　スペイン領アメリカにおける最高位の王室官吏。

三二〇　**チュベローズ**　月下香。ヒガンバナ科の多年草。高さ約八十センチ。夏の夜、白い花を咲かせ、強い芳香を放つ。

三二三　**クラビコード**　鍵（けん）を押すと金属片が弦を叩（たた）いて音を出す矩形（くけい）の鍵盤楽器。音は小さく、繊細。わずかな強弱変化と、ヴィブラートの表現が可能。十五―十八世紀にかけて広くヨーロッパで演奏された。

三二五　**テデウム**　カトリック教会で、朝の祈りの最後に歌われる、主を賛美する聖歌。

三二七　**灰の水曜日**　復活祭（イースター）四十六日前の水曜日。四旬節（しじゅんせつ）（キリストの荒野における四十日間の断食（だんじき）を想起するための期間）の始まる日。灰は、人間の肉体の脆（もろ）さを象徴する。

三五三　**モスリン**　もとはイラク北西部のモースルで製織された梳毛糸を使った織物だが、のち欧州で羊毛系を使ったものを指すようになった。日本ではメリンスとも。

三八一　**ラファエル**　聖書外典に見える大天使。キリスト教美術では、常に美貌（びぼう）の青年として表現される。

三八四 **ガブリエル**　聖母マリアに受胎を告知した大天使。

三八五 **ヤール**　布地の長さの単位で、ヤードのなまり。一ヤードは三フィートで、九一・四四センチ。

四五〇 **クラコウ**　ポーランド南部の町。クラクフ。

四五五 **アルテミオ・クルス**　メキシコの作家フエンテス（一九二八—二〇一二）の小説『アルテミオ・クルスの死』（一九六二）の主人公。

四五六 **硫酸銅**　銅を硫酸とともに熱して得る青色の結晶。硫酸第二銅。有毒。顔料などに使用。

四五八 **キャノン**　玉突き（ビリヤード）で、突き玉が続けて二つの的（まと）玉に当ること。

四六五 **モレリア**　メキシコのミチョアカン州の州都。

四七九 **サフラン色**　濃黄色。サフランの花の雌しべを集めて乾燥させた香辛料の色から。

四八八 **ダッタン人**　中世にアジア西部やヨーロッパ東部を侵略した蒙古（もうこ）族やトルコ族の遊牧民族の呼称。タタール人。

四八八 **ロードス島の巨像**　紀元前二八〇年頃、小アジア半島の南西端に位置するロードス島の海港入口に建てられたという、青銅製のアポロの巨像。世界七不思議の一つ。

四九一 **アストロメリア**　ヒガンバナ科の多年草。ブラジル原産の球根草。別名ユリズイセン。

四九二 **聖霊降臨節**　五旬節（ペンテコステス）。復活祭後の第七日曜日に当る祝日。使徒たちに聖霊が降臨したことを祝う。

四九四　**ヨナ**　旧約聖書に登場するヘブライの預言者。不信心のため船から海中に投じられ、大魚（鯨）に呑みこまれたが、三日後に無傷で吐き出されたとされる。

五〇九　**アルパカ地**　偶蹄目ラクダ科、ラマの一変種でペルー産の家畜アルパカの、黒または暗褐色の毛で作った織物。

五一一　**クンビアンバ踊り**　コロンビアのカリブ海に面した港サンタ・マルタ近郊の民俗舞曲。

五一一　**ダマスク織**　繻子地に模様を織り出した紋織物。シリアのダマスカスに発祥。

五一二　**ポンド**　一ポンドは、約〇・四五四キログラム。

五二三　**コードバン**　馬の尻、背からとった上質のなめし革。原産地スペインのコルドバに由来。

五二九　**カタルニャ**　スペイン北東部、ピレネー山脈と地中海に接する地方。独自の言語を有し、スペイン的なマドリード地方とは、しばしば対立。

五二九　**『解放されたイェルサレム』**　イタリアの詩人タッソー（一五四四―九五）の長篇叙事詩。一五七五年完成。

五二九　**ミルトンの詩集**　ミルトンはイギリスの詩人（一六〇八―七四）。一六六七年初版の大叙事詩『失楽園』のこと。

五三四　**イサーキウス二世**　東ローマ帝国の皇帝（一一五五？―一二〇四）。

五三六　**トラステヴェレ**　ローマ市内の下町。

五三七　**タルク**　化粧用の打ち粉。滑石（含水珪酸マグネシウムの鉱物）を粉末にしたもの。

五三七　**カステルガンドルフォ**　ローマ近郊の町。

五六〇　**ペセータ**　スペインの通貨単位。

五六八　**オレガノ**　シソ科の多年草。地中海沿岸原産。暗緑色の葉には樟脳(しょうのう)に似た芳香と胡椒(こしょう)のような辛味があり、香辛料とする。

五七〇　**アフォルトゥナダ諸島**　カナリア諸島の古名。

五七九　**パピアメント語**　キュラソー島で用いられるクレオール語。

五七九　**すべりひゆ**　スベリヒユ科の一年草。多肉質で無毛。若苗を食用とする。

五八二　**ビード師**　イギリスの僧侶(そうりょ)、歴史家（六七三？―七三五）。

五八八　**聖ミリャン**　スペインの詩人ベルセオ（一一八五？―一二六四？）作の聖徒伝中の人物。

五九六　**ペチュニア**　ナス科の一年草。ラプラタ川流域原産。和名ツクバネアサガオ。

六〇一　**アルナウ・デ・ビラノバ**　カタルニャの医学者、神学者、錬金術師（一二三五？―一三一三）。

六〇一　**カルタゴ**　アフリカ北岸、現在のチュニジア付近にフェニキア人が建てた古代の都市国家。紀元前一四六年、ローマ軍に滅ぼされた。

六〇三　**リェイダ**　カタルニャ地方の都市で、農業集散地。

六〇四　**ホラティウス**　古代ローマの抒情詩人(じょじょうしじん)（前六五―前八）。

六一〇　**ロカマドゥール**　アルゼンチンの作家コルタサル（一九一四―八四）の小説『石蹴り遊び(いしけりあそび)』（一九六三）中の人物。

六一一　**レオポルドヴィル**　ベルギー領時代のコンゴの首都。現在のキンシャサ。

訳者あとがき

本書はコロンビアの作家ガブリエル・ガルシア＝マルケスの長篇『百年の孤独』(Gabriel García Márquez: *Cien años de soledad*, 1967) の全訳である。底本にはSudamericana社の第七版を使用し、他にJonathan Cape社の英訳本を参考にした。

大戦後間もない一九四五年のガブリエラ・ミストラルはともかく、六七年にミゲル・アンヘル・アストゥリアス、七一年にパブロ・ネルーダ、とノーベル文学賞の受賞者が相ついだこの数年のあいだに、わが国でもラテンアメリカ文学の存在がようやく関心の対象となり始めた。関心は、少なくとも現在までのところでは、欧米で〈ブーム〉と呼ばれているその程度には高まっていないが、それでもアストゥリアス、ホルヘ・ルイス・ボルヘスらの主要作品の邦訳がいち早く終わっているだけでなく、彼らと同世代の作家を若干含むとはいえ大多数が一世代ほど若い気鋭の作家たち――アレーホ・カルペンティエル、フアン・ルルフォ、フリオ・コルタサル、カルロス・フエンテス――の作品が一、二の文芸誌の特集号で紹介されるという域には達している。

ガブリエル・ガルシア＝マルケスもそのひとりであって、「土曜日の次の日」という、実はこの長篇の内容と密接なかかわりを持った短篇がすでに翻訳されている（「すばる」四号、一九七一）。したがって彼の名前は、注意深い読者にとっては初見のものではないわけだが、しかしガルシア＝マルケスの世界を語るためには、ぜひこの『百年の孤独』が読まれなければならない。

植民地時代のある時期のコロンビアの古名はヌエバ・グラナダであった。その雅びな響きにふさわしいとでも言おうか、言葉ひとつを例にとってみても、広大なラテンアメリカでもっとも純正なスペイン語がそこに伝えられているくらいで、コロンビアは万事に保守的で、伝統にきわめて忠実な国柄である。独立を達成してからも三、四十年の遅れとともにひたすらヨーロッパの文芸思潮の動きをなぞるばかりで、これといった作品を生みえなかった十九世紀のラテンアメリカ文学のなかでコロンビアがそこに成したわずかな寄与にも、上述のような社会・文化の根強い伝統性が良かれ悪しかれのぞいているように思われる。今なお広く愛読されている模様だが、シャトーブリアン流に牧歌的な自然を背景とする悲恋を描いた、すでに七〇年代も近いころのホルヘ・イサアクスの小説『マリア』あたりがその好例だろう。ラテンアメリカ文学がフランスの高踏派や象徴主義に触発された世紀末の近代主義によっていわば最初の

〈アメリカ離れ〉を行なったあと、再びそこに回帰していく今世紀初めの三十年ほどのあいだに、『マリア』の場合のように理想化されたものではない、現実の、狂暴な大自然と対峙する人間の悲惨な闘いや、それ以上に酸鼻な人間同士の争いをテーマにした地方主義の小説が数多く書かれた一時期があって、コロンビアからも、アマゾンの密林におけるゴム園労働者の惨状を記録したホセ・エウスタシオ・リベーラの『大渦』が生まれ、この種の作品の代表的なもののひとつに数えられている。しかし正直なところ、その前後ろを囲んでいる風景はまことに荒寥たるもので、ガルシア＝マルケス自身の評言を借りれば、従来のコロンビア文学は、虫喰いだらけの古びた〈過去帳〉としか呼びようのないものだった。

『百年の孤独』もある意味では古めかしい体裁の作品である。新しい技法を目の色変えて追い、時代の先端的な衣装をまとうことにきゅうきゅうとして亜流たることも恥じない。広く寄せられている讃辞にともすれば掻き消されがちだが、そのような痛烈な批難の声を放つ評家も二、三にとどまらないラテンアメリカの現代小説の全般的な動向のなかで、ガルシア＝マルケスが採ったのはもっとも伝統的な、古典的な小説の手法であった。要約などは徒労としか思えない無数の挿話がからんでいるが、この小説は詰まるところ、村から市へとふくらんで、やがて蜃気楼のごとく消えるマコンドを主たる舞台に、苦難の旅の果てにその建設に当たったホセ・アルカディオ・ブエンディアとウルスラ・イグアラン夫妻に始まる一族の歴史を、いずれもガルガンチュワ的な奇矯な子女をめぐって起きる奇態な事件のすべてとともに、リニアーな時間の流れをほとんど踏みはずすことなく記述したものである。老婆が、長い生涯に見聞きしたことを、順を追って倦むことなく語るように。そこには物語の原型的なものこそあれ、少なくとも表面的には、作者の前衛的な手法への関心をうかがわせるものはない(事実は決してそうではないのだが)。しかも結末に至って初めて、この物語がすでに百年の昔、ジプシーの長老メルキアデスによってサンスクリット語で羊皮紙に記されていたことが明らかにされる。このような趣向は、往時の騎士道物語やそのパロディーにおいて常套的な、作者が古い文書を発見翻訳して読者に供するという、あれを容易に想起させる。事実、『アマディス・デ・ガウラ』や『ドン・キホーテ』をつねづね愛読しているというのが、ガルシア＝マルケスの告白である。伝えられるところでは、気難かしい批評家たちのあいだで好評を博しているだけでなく、これまで読書とはおよそ縁のなかった人びとにも熱狂的に迎えられているという、『百年の孤独』の驚くべき人気の秘密のひとつが、そのもっとも伝統的な小説形式にあることは間違いない。

人気のいまひとつの秘密は、「最初の者は樹につながれ、最後の者は蟻のむさぼるところとなる」ブエンディア家のいずれも孤独な面々の運命に、ラテンアメリカの読者が自分の、あるいは親しい者たちのそれをまざまざと読み取りうるということだろう。早くも十七歳のころにこのような物語を書くことを思いついたガルシア＝マルケスだが、その言によれば、そこに書かれていることで幼時の経験、見聞でないものは何ひとつないということである。生地はかつてバナナ農場の栄えた土地であり、祖父はわずか一度ながら実際に反乱に加わった経歴の持主である。祖母は幼い彼に、さまざまな奇怪な昔話を語ってくれた。そして……自伝的な要素を探ることが目的ではないからここまででやめるが、要するに、『百年の孤独』を手にしたラテンアメリカの人びとは、凹凸だらけの鏡面に映された己れの姿をそこに見て、その歪みを無邪気によろこび、あるいは自虐的に楽しんでいるのにちがいないのだ。人物の風貌や能力や行動がことごとく、作者の奔放自在な想像力によって誇張され、戯画化されているのは見たとおりで、ラテンアメリカ人ならぬ読者といえども、微笑、苦笑、哄笑、あらゆる種類の笑いを誘われざるをえない。しかし、ここで注目しなければならないのは、そのような戯画化やデフォルメを可能にして笑いを巻き起こす、作品中の現実的な要素と非現実的・空想的な要素とのかかわり方である。結論を先に言えば、前者と後者は何らの違和もなく共存しているのだ。その鍵は文体にある。例えば、謎の自殺を遂げたホセ・アルカディオの血が通りを越えてウルスラの部屋に達するという場面や、教会建立の資金集めにニカノル・レイナ神父が思いついたチョコレート飲用による空中浮揚の場面などに見られるが、ある種のヌーヴォー・ロマンのパロディーではないかと思われるような細緻な視覚的描写や正確な数学的記述がそれである。有りうべからざる異常な事件が、微細なディテールの執拗きわまる積み重ねによって、現実的・日常的な要素よりもはるかにリアルで、自明なものにすり替って、ふたつの要素のあいだには何らの違和もない。最初、幾つかのその種の出来事に立ち会っているうちに、やがて読者は、本来現実的なものにたいしてむしろ胡散臭さを感じるという仕儀にさえ立ち至るのだ。作者がこの小説を実際に書くまでについやした長い歳月や、その間に書いた数篇の作品はすべて、日常的なものと驚異とを同一の次元で渾融させ共生させるのに不可欠な、この見事な語り口に行きつくためのものであった。

ところで、〈母〉であるウルスラが物語の中途でわが子らの上に思いをはせて、しみじみ慨嘆しているとおり、個人の運命を中心に考えた場合のこの小説の主題は、愛の欠如、すなわち〈孤独〉である。常軌を逸した性行にもかかわらず奇妙な親近感を抱かせる「ウルスラ系の迷い星」のすべてに共通するのは、どのようにしてもぬぐい消しえない淋しげな翳であった。チョークで三メートルの円を描かせてそのなかに立ち、母親さえ近づけない大佐や、不毛の愛を経帷子に織りこんで従容と死を迎えるアマランタらの孤独は鬼気迫るものがある。百年後に「愛によって初めて生を授かった者」が出現した時にはすでに絶える運命にあるこの一族の孤独は、しかし彼らにとってのみ宿業であるのではない。ラテンアメリカの人間のすべてのそれでもある。そしてさらに、かつての新大陸そのものの〈孤絶〉の宿命と照応しているのだ。このことが明らかになるのは、書記＝予言者であるメルキアデスの羊皮紙が解読され、それを成しとげたアウレリャノ・バビロニアが自らの死で物語を終らせる時である。もともと人間のありきたりの時間のなかに組み入れられずに、瞬間のうちに圧縮されていたために解読不可能だった挿話のすべては、物語のリニアーな時間から解き放たれて、万事が堂々めぐりしているような、というウルスラの繰り言や、きりもなく鋳直される大佐の金細工や、織ってはほぐされるアマランタの経帷子や、アルカディオとアウレリャノという男子の、あるいはウルスラとアマランタという女子の名前の反復などが暗示している、円環的な時間のなかで神話としての新しい意味を開示するのだ。作者によれば物語の終わりは一九二八年というから、それと一八二八年にはさまれた百年は、前後に自在に伸びて数百年の年月をそのうちに取りこみ、マコンドもまたラテンアメリカ――ルネサンスの歴史的・文化的概念によれば〈大陸〉のヨーロッパから隔絶した〈島〉――の全体に押し広げられる。マコンドでの現実的および空想的な事件の一切は、ラテンアメリカで起きたことの歴史もしくは年代記であると同時に、そもそもヨーロッパにとってユートピアとして意識されたそこで起こりえたことの神話となる。スペインの帆船や古い甲冑の存在は航海と発見に沸き返った叙事詩的な時代を、マコンドの建設は栄光と悲惨を播きながら各地でくり広げられた植民の時代を暗示するだろう。進歩の使者メルキアデスのもたらした科学と新知識にたいするやみくもな熱狂は、より普遍的な寓意を切り捨てて言えば、もっぱら受身なラテンアメリカの文化受容の姿と見合っている。バナナ会社の進出と軍隊による労働者の虐殺は、アストゥリアスあたりが二、三の小説で克明に描いているとおりで、北方の巨人の経済侵略やそれと結託した国内勢力による苛酷な圧迫を鋭く指している。大佐の三十二度の反乱は独立以後の絶えまない左右抗争の歴史を諷している。五年近い大洪水と十年余の旱魃は、楽園から自らを追放した堕落の罪の浄化と来るべき新生を、そしてその希いの無惨な挫折を象徴するものだろう。『百年の孤独』は要するに、ラテンアメリカの創世記であり黙示録であるわけだが、そこに読み聞く声は、更に、人によって実にさまざまで有りうる。上述のように歴史や社会のレベルだけでなく、宗教、心理、文学等々の多くのレベルで、それぞれ興味のある読み解きかたが可能な書物である。たとえば、ラテンアメリカの二、三の現代小説の作中人物が登場するのは訳注で示したとおりだが、死者の徘徊やその生者との自由な交通は、メキシコの作家ルルフォの世界をただちに思い浮かばせる。レベーカの土や漆喰を口にする奇癖は、近代医学が婦人のある種の病気の典型的な症候であるとする指摘よりも、むしろ『ドン・キホーテ』中の挿話「無分別な物好き」の一節につながっているらしい。由緒ある聖墓騎士団の騎士の娘フェルナンダの長い名前には、スペインのバロック詩人ロペ＝デ＝ベガとゴンゴラのそれぞれの母方の苗字であるカルピオとアルゴテがはめ込まれていて、イベリアから伝えられたまま今なおラテンアメリカ社会に残留している古い文化的様態や生活感情を揶揄しているというぐあいだ。小説のなかでの「文学は人をからかうために作られた最良のおもちゃ」であるという、カタルニャ生まれの本屋の主人の言葉さえ気にしなければ、この種の詮索はきりがなく、『百年の孤独』を読む楽しさをいっそう深いものにしてくれるはずである。

　最後に、ガブリエル・ガルシア＝マルケスの経歴についてだが、一九二七年に大西洋岸のサンタ・マリア州の寒村、アラカタカに生まれている。事情で両親の顔も知らずに祖父母のもとで養われ、やがてボリバル州シパキラのハイスクールを経てボゴタ大学の法科に進んだ。勉学に身が入らず三年で中退、文芸特集号に応募して認められたのがきっかけで、五四年に自由派の新聞「エル・エスペクタドル」の記者となった。五五年にローマ駐在を命ぜられ、映画批評などを本国へ送るかたわら、実験映画センターで監督のコースに学んだ。これは、後にメキシコその他で映画製作に関係し、ヌーヴェル・ヴァーグ向きの脚本を書いて生計を立てるのに役立つ。九カ月後にパリに移ったが、間もなく、当時の独裁者ロハス＝ピニーリャの弾圧で「エル・エスペクタドル」紙が廃刊になったため、極度の窮乏に陥った。幸い第一作の『落葉（おちば）』（*La hojarasca*, 1955）が好評だったおかげで多額の負債を返済することができた。五八年に帰国して、四年余の長い春を過ごさせた許婚（いいなずけ）のメルセデスと結婚、やがてカラカスに居を移し、「モメントス」「クロモス」「エリーテ」等の雑誌に関係した。五九年のカストロの革命成立とともに、その機関「プレンサ・ラティーナ」の代表としてボゴタに帰り、フルシチョフが登場する歴史的な国連総会に派遣されたりするが、間もなく確執があって「プレンサ・ラティーナ」と絶縁した。以後、「小説家の任務は優れた作品を書くこと」と宣言して、可能なかぎり政治的なかかわりを持とうとしない。従来のラテンアメリカの作家がよくたどるコースだが、先ごろバルセロナの総領事に推された時もそれを拒否するというぐあいである。六一年にメキシコに移り、この年、『百年の孤独』と並んで重要な作品である『大佐に手紙は来ない』(*El coronel no tiene quien le escriba*)、さらに翌年、『悪い時』(*La mala hora*)と唯一(ゆいいつ)の短篇集『ママ・グランデの葬儀』(*Los funerales de la Mamá Grande*)——そのなかの一篇「この村に泥棒(どろぼう)はいない」は映画化されて、六五年のロカルノ映画祭に出品されている——を世に送った。現在は、かつてのパリではないが多くのラテンアメリカの作家が集まっているバルセロナに居住して、権力の座の孤独に悩む独裁者を主人公にした次作『族長の秋』(*El otoño del patriarca*)の執筆に精進している。

本書がこのような形を取りうるまでの二年余に、怠惰な訳者にたいして励ましと示唆(しさ)を惜しまれなかった方々は多いが、特に、翻訳の機会を作っていただいた増田義郎氏と新潮社編集部の塙陽子氏には深い感謝の意を表する。

(一九七二年四月)

改訳新装版のための訳者あとがき

三十年もの昔に、この本に添えた「あとがき」の内容と多少重複するところがあるので恐縮だけれども、二十世紀が後半にはいったころ正に爆発的に始まった〈ブーム〉を妬(ねた)む作家や批評家の一部が、聞きなりの悪い〈マフィア〉という言葉を使いだした。つまり、あの〈ブーム〉の中核をなす小説家たち——コルタサル、フエンテス、ガルシア＝マルケス、バルガス＝リョサ、その他——を一括して指してそう呼んだのだ。

しかし、明らかに貶価(へんか)的なこの用語でくくられた者たちの肝心の〈ブーム〉との関わり方は、実は、細かいことを言うようだがそれぞれ異なっている。一番分かり易(やす)いところで、たとえば、特にあの四名の〈ブーム〉への参入のしかたである。彼らの内でもっとも若いバルガス＝リョサは口火を切った『都会と犬ども』（六二）によって、彼より十歳近く年上のフエンテスは『アルテミオ・クルスの死』（六二）によって、そしてはるかに年長のコルタサルは『石蹴(いしけ)り遊び』（六三）によって、いち早く〈ブーム〉の前景へと躍り出ていた。すなわち、六〇年代の前半には自他ともに代表作のひとつと認めるものを発表して、その才能の豊かさを余すところなく示すと同時に、それ以後の華やかでしかも着実な活躍を読者らに期待させた。

それならば残るひとり、ガルシア＝マルケスの場合は果たしてどうであったか。いかなる形で〈ブーム〉の渦中に身を置くことになったのか。確かに彼も『大佐に手紙は来ない』や『ママ・グランデの葬儀』のような、フォークナー的な、あるいはカリブ海沿岸的な雰囲気のあふれた中短篇を世に送って、やはり才幹の並々ならぬことを認められていた。しかしはっきり言って、〈マフィア〉の上記の面々には、かなり大きく水を開けられていた。六〇年代の初期におけるガルシア＝マルケスの知名は、あくまでもローカルなものでしかなかった。

問題の〈ブーム〉を演出し支持したのが二、三の著名出版社であり、その積極的なコマーシャリズムであったことは、今となっては隠蔽するすべのない事実である。具体的に出版社の名を挙げれば、ひとつは、ブレーベ図書賞を有力な武器として抱えるバルセロナのセイクス＝バラル社であり、もうひとつは、ラテンアメリカ随一の文化都市ブエノスアイレスに本拠を構えるスダメリカナ社であった。これらふたつの、いわば〈ブーム〉の発射台のいずれかに乗ることが、コロンビアとかラテンアメリカとかといった枠を越えた、国際的な成功を収めるために絶対に必要なステップであった。

そしてガルシア＝マルケスは、そろそろ〈ブーム〉も頂点に差しかかる六〇年代の後半に至っても、あの台に片足も掛かっていなかったのだ。

九七年に発表されて大いに評判になったけれども、同郷の有能なジャーナリストのダッソ・サルディバルによる大部の評伝『ガルシア＝マルケス——種への旅』（アルファグアラ社）のなかの記述を信じるならば、ガルシア＝マルケスもそうした自分の立場を意識し、大きな不安と焦りを感じていたらしい。二年近くも外部との接触を全く絶って『百年の孤独』の執筆に専念するという、尋常でない行動もさることながら、その完成に至らない途中ですでに、それまでの作品の出版元であったモンテビデオの小出版社アルカ書店や、メキシコはベラクルスの大学出版局や、とりわけメキシコ・シティのエラ書店ではなく、上記のスダメリカナ社を相手に新作の出版交渉を開始したという、強引あるいは身勝手な態度が、当時の作者の心理状態を十分過ぎるくらいよく示している。

予測される当然の反応として、新作の刊行も自分のところからと期待していた、エラ書店——小さいながらもシグロ・ベインティウノ社やホアキン・モルティス社と拮抗して良書の数々を上梓していた——の経営者のひとりであるネウス・エスプレサテ女史は、ガルシア＝マルケスの突然の変節に大いに腹を立てた。彼女の夫で名の聞こえた批評家エマヌエル・カルバジョはかねてから、メキシコ国立自治大学の企画するレコード・コレクション「ラテンアメリカの生の声」に、執筆途中の『百年の孤独』の一部の朗読を収録すべく努力していたのだが、この好意的な人物のせっかくの執りなしも女史の怒りを鎮めることはできなかったようだ。

　ともあれ、十年来の付き合いである老練なエージェントのカルメン・バルセイス女史の奔走、〈ブーム〉のなかで一歩先んじていた親友フエンテスの熱心な推挽、スダメリカナ社の編集局長アントニオ・ロペス＝イァウザの問題の作品への激しい惚れ込み、そして何よりもガルシア＝マルケス自身の並でない執着の結果として、その当初からの目論見どおりに『百年の孤独』は、ボルヘスが後盾になっているスル社や、スペイン内戦を避けて進出してきたロサーダ社らと肩を並べる、大手出版社から陽の目を見ることになった。初版は八千部。悲観的な作者の予想を裏切って、二週間で完売となり、次々に版を重ねていった。また、メキシコ・シティから二万部、コロンビアのボゴタから一万部、そして……というぐあいに、各地から大量の注文が舞い込んできた。一九六七年六月から以後のことである。

　ガルシア＝マルケスはこの時点で初めて、名実ともに〈マフィア〉の一員となったのであり、私人としても作家としても順風満帆の行路をたどり始めた。経済的な窮迫からようやく脱して、と言うか、印税による収入のみで生活の可能な、ほとんど唯一のラテンアメリカ作家となりえた彼は、後顧の憂いなく創作に精進する。そしてその筆から多くの秀作――『予告された殺人の記録』（八一）、『コレラの時代の愛』（八五）、『迷宮の将軍』（八九）、その他――が生まれたが、なかでも注目に値するのは、やはり、政治小説の傑作『族長の秋』（七五）だろう。

パリでの優雅な休日を故国の叛乱で破られる強権的な政治家を主人公にしたカルペンティエルの『方法再説』や、隠秘主義者でしかも啓蒙家であるという不可解な僭主を取り上げたロア＝バストスの『至高の君主たる余は』などと、同時期に発表されたことで一層の関心の的となったけれども、『族長の秋』は独裁者小説のサブジャンルに所属している。従ってそれは、作者のガルシア＝マルケスがその風土と人間について知悉しているカリブ海の沿岸に位置する、架空の小国で絶大の権力を振るう専横な軍人政治家を主要人物としているが、しかしこの種の政治小説の亜種がとかく陥りがちな図式化とはおよそ無縁で、魔術的な蠱惑に満ちみちた妖異の作品である。リニアーではなくスパイラル状に流れる時間軸に沿って展開する奇怪な物語の主人公は、カルペンティエルやロア＝バストスの上記の長篇の場合とは異なって、ありきたりの等身大の人間ではない。『百年の孤独』に登場する多くの男女と同様に、いやそれら以上に、ほとんど人間的なスケールを超えた極限にまで誇大化されている。あるいは逆に、矮小化されている。その行動もまた一般の規矩を無視した、異常なものだ。街道の宿屋を稼ぎ場にした下等な娼婦の子として、寒冷で陰気な山岳部の集落に生を享け、軍隊にはいって初めて憧れの明るいカリブ海を見、イギリスやアメリカといった強力かつ無法な後盾をえて、いつとはなしに大統領に上りつめたものの、聖痕めいた睾丸ヘルニアの巨大さに比べられる貪婪なまでの権力欲とそれに見合う孤独に悩まされる、二百歳を超えた老人の生涯。それを複数の回顧的な独白によって死の瞬間から再構成した『族長の秋』は、想像を絶するグロテスクな挿話で埋め尽くされている。

ラテンアメリカの現代小説に関わるキーワードとしては、前記の〈ブーム〉や〈マフィア〉の他に〈魔術的リアリズム〉というのがある。ドイツの美術批評家フランツ・ローが二〇年代のポスト表現主義の新傾向を指すために創出し、思想家のオルテガ＝イ＝ガセーの主宰する「レビスタ・デ・オクシデンテ」誌が直ちにスペイン美術界に紹介したのだが、それから二十年余をへた四〇年代の後半、ベネズエラの小説家・批評家のアルトゥロ・ウスラル＝ピエトリによって、折りから台頭したラテンアメリカ小説の一部のやはり新傾向を指すのに使われた、この批評用語の内実については諸説がある。とりあえず、日常的な現実性と非日常的な幻想性の混和もしくは共存、という足して二で割る式の定義を採用するとして、この〈魔術的リアリズム〉の典型的な作品としての資格を『百年の孤独』と分かち合っているのが『族長の秋』なのである。

周知のとおり、ガルシア＝マルケスは八二年にノーベル文学賞を授かったが、その理由が他でもなく、今日ではラテンアメリカ小説の境域からはみ出して広く世界文学の不可欠の批評用語のひとつに成りおおせた、あの方法をみごとに駆使して、かつては新大陸と呼ばれた土地の自然と人間の特異なありようを十全のかたちで表現した『百年の孤独』、そして同じく『族長の秋』の両作品を生んだことにあったことは、恐らく間違いのないところだろう。

＊

今回は、スダメリカナ社刊行の第七版に加えて、スペイン語圏のいくつかの都市で発行された新版ものを参照したが、この行為はあくまでも部分的なものであったので特記はしない。それよりもこの際、読者に紹介しておくべき作者の言葉がある。スペインの批評家ミゲル・フェルナンデス＝ブラソの『G・G・M――無限の会話』（アスル社、一九六九年刊）の一節に引かれているもので、作者は次のように語っているのだ。

ぼくが驚くのは（中略）この本を出版したあと、ぼく自身が見つけた四十二の矛盾のどれひとつについても、また、イタリア語の翻訳者から教示されたが、誠実ではないだろうと思うので再版でも翻訳でも訂正しなかった、六つの重大な誤りについても、誰ひとり指摘する者がいなかったということだ。

実は、この日本語版の訳者（と担当の編集者）も明らかに誤りと思われる個所に早くから気付いていたのだが、作者の意志が引用のようなことなのでそれを尊重し、手を加えることは差し控えることにした。注意深い読者のために、この点を特にお断りしておきたい。

（一九九九年七月）

解説

筒井康隆

この解説は多くの読者がそうであるように本文を読む前に解説を読むといった人を対象とする、前宣伝に近いものであることをまずお断りしておく。また、昔読んだが詳細を忘れているという人のガイドも務めようと思っている。筒井康隆がなにか書いているぞと思って読んでくれる人がいればそれもまた嬉しいことだ。

新潮社からラテン・アメリカ文学の最初の一冊として出された本書を読んだ時の衝撃は忘れられない。「この手があったか」と驚く程度の生易しいものではない。文学への姿勢を根底から揺るがされたのだ。

マルケスに続く作家たちもそうなのだが、皆若いうちにフランスに行き、シュール・リアリズムの洗礼を受けている。そして自国に戻り、彼の場合はコロムビアだが、故郷に眼を向けて見れば何とそこはシュール・リアリズムそのものの世界なのだ。

小生、この作品を読んで感じたのは一種のやりきれなさだった。なんと四年と十一ヶ月と二日、雨が降り続けるのだ。着物に苔が生え、家に水が入り、朝目醒めると背中一面に蛭がくっついて血を吸っている。アウレリャノ・セグンドの妻フェルナンダは次第に怒りが募って夫や家族への不満や悪態を奔流のように吐き、それはある朝から始まって一日中続き、翌朝になってもまだ続いている。これが原稿用紙にして約十枚分、改行なしで続く。これにじっと耐えていた夫はついに爆発する。ゆっくりと立ちあがってから、まずはベゴニアや羊歯や蘭の鉢を一つずつ床へ投げつけ、瀬戸物を粉ごなに砕く。さらにボヘミアン・グラスや手描きの花瓶や金メッキの枠の鏡などを割り、広間から穀物部屋まで壊れやすいものをすべて手にかけ、最後に台所の水がめを中庭の真ん中に投げつけて砕くのだが、この描写が全て重層的なゴシック調で書かれているものだからやりきれなさが募り、しかも雨がやんだあとは旱魃が十年続くのである。ここまでくればやりきれなさの爆発だ。こうした不条理は文学的主題であり、文学として昇華されているからこそ一種の甘美さを伴っている。暴力的な甘美さである。

　あのう、お断りしておきますが引用している文章はすべて小生の文章として書いておりますので、原文通りではありません。原文はもっと執念深いのです。お覚悟を。

　こうした文章がマジック・リアリズムと呼ばれるようになったのは、日常の中へ極めて自然にシュール・リアリズムが混入しているからだ。こんなこともあり得るだろう、こんなことがあり得ても不思議ではないと思わせる魔術的手法はマジック・リアリズムと呼ぶより他ないのである。現実と超現実が居心地よく同居しているのだ。僻村の生活を読んでいる最中の読者に、当然そうであるかのように受け入れさせてしまうのだから凄い。日常的に出没する幽霊にも誰も驚かず、まるで生活の一部になっているかのようである。レメディオスという娘が突然昇天するが、死ぬのではなく本当に空中に飛び去ってしまうのだ。この作品の中に存在する美しさを象徴するかのような名場面だ。村はずれの家で自殺した息子の血がひと筋ドアの下から流れ出て通りを横切り道を伝って母親の家の台所にいる彼女に、彼の死を教えるためやってくる。登場人物中、主役級の女性二人は百五十歳まで生きる。

このようなことが、舞台となるマコンド村や主要な一族の家庭での、ほとんどひっきりなしの事件の描写の中でさりげなくひょいと挿入されるため、読者は小説世界内での現実的事件と超現実的事件の区別がつかなくなってしまう。この目くらましこそがマジック・リアリズムなのである。

結末に触れるが、これは別段ネタバラシでもなんでもない。全篇に比べれば当然の仕掛けである。つまりこの五代続いた一族の歴史が、最初の方で登場して以降しばしば幽霊となって現れていた人物の百年前の予言ですでに運命づけられていたことが読者にわかるのだ。タイトル通りなのである。

おれは当時自分で勝手に「虚構性」などという理屈をつけてはしゃいでいたものだが、その虚構性を自在に操り、復権のために偉大な貢献をしてくれたこのマルケスもまた、自らその「百年の孤独」の中で他のラテン・アメリカのコルタサル、カルペンティエールなどの作家たちの作品に出てくる人物の名を何度も出し、実在の人物として登場人物たちに噂(うわさ)させている。これは単にそれらの作家へのラヴコールではなく、「虚構性」に対する同志としての名乗りではあるまいか。そのくせバルガス＝リョサとは飛行機内で偶然出会って殴りあいの大喧嘩(おおげんか)をしているのだからわからないものだ。

少しは解説らしきことを書かねばならないのだが、彼の作品歴は混沌(こんとん)としている。友人が彼の原稿を見つけて出版社に持ち込んだり短篇やその短篇集の表題がごちゃごちゃだったりするので、これは翻訳者の鼓直さんや野谷文昭(のやふみあき)さんにお任せしたい。さらには日本での翻訳年月日が当然のことながらマルケスの著作年月日から離れてごちゃごちゃである。お手あげである。

マルケスに影響を受けている日本の作家は多い。大江健三郎もそうだ。彼の「同時代ゲーム」の冒頭、歯痛のくだりは明らかにマルケスの「悪い時」という作品の、歯痛に悩まされる町長の話からの影響が見て取れる。歯医者が嫌いで行かないでいるうち痛くて髭が剃れず、ついに左側に一週間分の髭が残り、ある日町長を見た神父は「声にならない悲鳴」をあげる。彼の片方の頬は「灰色の軟膏の沼の茂みといった感じ」になっている。「神父さん、わたしは自分に一発撃ちこもうとしているところですよ」町長は「両手で髪の毛を摑んで自分の体を何度も板壁に激しくぶつけ」る。どうです。「同時代ゲーム」の主人公が自分の痛む歯を岩の破片で切り裂いたりするところと似てはいませんか。だいたい「同時代ゲーム」全体がマジック・リアリズム志向だと言えるのであり、おれが彼のいちばん素晴らしい傑作だと主張するのはこれが理由であったかもしれない。当時の批評家がこの作品とマルケスとの関係を全く無視していたこともこれひとつの不思議と言えよう。古今東西の名作が発表当時面白おかしく揶揄されたことを思い出していただいてもよい。

井上ひさしも「吉里吉里人」において本書の影響甚だ大であったことを明かしている。おれなどは小説はもはや何をどう書いてもいいのだと思い込んでハラワタに結実してしまい「虚人たち」「虚航船団」などという無茶苦茶な長篇を書き、「同時代ゲーム」と「吉里吉里人」と「虚航船団」が三位一体をなしているなどとわけのわからないことを喚き散らしている。

池澤夏樹などは誰よりも詳細なブエンディア家の家系図や詳細を書いていて、この解説も本来なら彼が書くべきものであったろう。小生のこの解説も彼の著作から多くを学び、借用している。

さてそれではこの作品が発表された時の日本の文壇における反応はというと、それはもうひどいものだった。作家たち、特に老大家と言われる連中などは読みもせずに「ラテン・アメリカの土俗性が喜ばれるのは日本の後進性を示している」などと嘯いていたのだ。まず鳩尾に十七回突きを入れ、六十九回両ビンタを食わしてやりたいね。

マルケスも初期の短篇はまずまずまともであった。出世作とも言える「大佐に手紙は来ない」などはリアリズムで書かれている。退役した大佐のもとへ恩給が届かないのだ。次第に逼迫し、ついに食べものがなくなる。妻が大佐に言う。「私たち、明日から何を食べるの」大佐は言う。「糞でも食うさ」

我々日本には「糞食らえ」と言う罵言があるのでピンと来ないかもしれないが、これは文字通り「うんこを食べよう」という意味なのである。

その他思い出すことは、後期の傑作「エレンディラ」を蜷川幸雄が舞台化した時のことである。彼は舞台に登場するマルケスの役におれを指名してきたのだ。この時の台本が駄目だったのでおれはお断りした。上演されたが評判はどうだったのか。

ほんとうのことを言うと、実はおれのお気に入りは、マルケスが本書の八年後に書いた「族長の秋」なのである。文学的には本書の方が芸術性は高いのかも知れないが、その破茶滅茶度においてはこちらの方が上回っている。これは独裁者である孤独な大統領の一代記だ。カストロと親交のあったマルケスならではの真実に溢（あふ）れているが、内容は哄笑（こうしょう）と仰天に溢れていて、例えば大統領は窓から見える海を外債の利息としてアメリカに引き渡してしまう。まだ海があった頃にはその波が謁見（えっけん）の間になだれ込み、鮫（さめ）が狂ったように泳ぎ回った。過去、占領軍がこの国を去る時には緑豊かな牧場をそっくりひっぺがし、ぐるぐる巻きにして持ち去った。大統領は母親に水槽入りの生きた人魚、部屋の中を飛びまわりながら時を告げる等身大の天使などを贈る。男色を恥じて尻の穴にダイナマイトを突っこみはらわたを吹っ飛ばす将軍や母親に子供を産ませたことを自慢したり、火薬を混ぜたアルコールしか飲まない将軍も出てくる。ある横丁がとんでもないスラムで、迷い込んだ驢馬（ろば）は通りの一方の端からとことこ入って行ったものの、もう一方の端から出てくる時は骨と皮だけだ。大統領の愚行が噂され、それが歌になった時には、その歌を憶（おぼ）えて合唱しはじめたオウムを政府転覆のたくらみがあるとして杭（くい）に縛りつけて銃殺する。六歳になったばかりの息子に大統領が反動砲の撃ち方の教育をはじめたため、港の広場にテントを張っていたサーカスが吹っ飛んで投網(とあみ)にかかった象が引き揚げられたりもする。

この「族長の秋」をラテン・アメリカ文学全集の第一回配本として出した集英社がこれを地方の特異な文学として宣伝していたのには腹が立った。

本書「百年の孤独」を読まれたかたは引き続きこの「族長の秋」もお読みいただきたいものである。いや。読むべきである。読まねばならぬ。読みなさい。読め。

（二〇二四年二月、作家）

この作品は一九七二年五月新潮社より刊行された。一九九九年八月に改訳新装され、二〇〇六年十二月に「ガルシア＝マルケス全小説」の一冊として刊行された。文庫化にあたっては全集版を底本とし、明らかな誤記誤植と思われる箇所は直した。

本作品中には今日の観点からは明らかに差別的表現ともとれる箇所が散見されますが、作品の持つ文学性ならびに芸術性、また、歴史的背景に鑑み、原書に忠実な翻訳としたことをお断りいたします。（新潮文庫編集部）

ライマン・フランク・ボーム
畔柳和代訳

サンタクロース少年の冒険

一人の赤ん坊が、世界に夢を与える聖人に成長するまでの物語。『オズの魔法使い』の作者が子どもたちのために書いた贈り物。

H・P・ラヴクラフト
南條竹則編訳

インスマスの影
―クトゥルー神話傑作選―

頽廃した港町インスマスを訪れた私は魚類を思わせる人々の容貌の秘密を知る――。暗黒神話の開祖ラヴクラフトの傑作が全一冊に！

H・P・ラヴクラフト
南條竹則編訳

狂気の山脈にて
―クトゥルー神話傑作選―

古き墓所で、凍てつく南極大陸で、時空の狭間で、彼らが遭遇した恐るべきものとは。闇の巨匠ラヴクラフトの遺した傑作暗黒神話。

S・アンダーソン
上岡伸雄訳

ワインズバーグ、オハイオ

発展から取り残された街。地元紙の記者のもとに届く、住人たちの奇妙な噂。現代人の孤独をはじめて文学の主題とした画期的名作。

M・ブルガーコフ
増本浩子
V・グレチュコ訳

犬の心臓・運命の卵

人間の脳を移植された犬、巨大化したアナコンダの大群――科学的空想世界にソ連体制への痛烈な批判を込めて発禁となった問題作。

G・グリーン
上岡伸雄訳

情事の終り

「私」は妬心を秘め、別れた人妻サラを探偵に監視させる。自らを翻弄した女の謎に近づくため――。究極の愛と神の存在を問う傑作。

R・カーソン
上遠恵子訳

センス・オブ・ワンダー

地球の声に耳を澄まそう――。永遠の子どもたちに贈る名著。福岡伸一、若松英輔、大隅典子、角野栄子各氏の解説を収録した決定版。

B・ブライソン
楡井浩一訳

人類が知っていることすべての短い歴史（上・下）

科学は退屈じゃない！ 科学が大の苦手だったユーモア・コラムニストが徹底して調べて書いた極上サイエンス・エンターテイメント。

T・トウェイツ
村井理子訳

ゼロからトースターを作ってみた結果

トースターくらいなら原材料から自分で作れるんじゃね？ と思いたった著者の、汗と笑いの9ヶ月！（結末は真面目な文明論です）

T・トウェイツ
村井理子訳

人間をお休みしてヤギになってみた結果

よい子は真似しちゃダメぜったい！ イグノーベル賞を受賞した馬鹿野郎が体を張って実験した爆笑サイエンス・ドキュメント！

沢木耕太郎著

チェーン・スモーキング

古書店で、公衆電話で、深夜のタクシーで――同時代人の息遣いを伝えるエピソードの連鎖が、極上の短篇小説を思わせるエッセイ15篇。

沢木耕太郎著

バーボン・ストリート
講談社エッセイ賞受賞

ニュージャーナリズムの旗手が、バーボングラスを傾けながら贈るスポーツ、贅沢、賭け事、映画などについての珠玉のエッセイ15編。

百年(ひゃくねん)の孤独(こどく)

新潮文庫　カ－24－2

Published 2024 in Japan
by Shinchosha Company

令和六年七月一日発行
令和六年十一月十五日十二刷

訳者　鼓(つづみ)　直(ただし)
発行者　佐藤隆信
発行所　株式会社新潮社
郵便番号　一六二―八七一一
東京都新宿区矢来町七一
電話　編集部(〇三)三二六六―五四四〇
　　　読者係(〇三)三二六六―五一一一
https://www.shinchosha.co.jp
価格はカバーに表示してあります。
乱丁・落丁本は、ご面倒ですが小社読者係宛ご送付ください。送料小社負担にてお取替えいたします。

印刷・錦明印刷株式会社　製本・錦明印刷株式会社

ISBN978-4-10-205212-9　C0197

Shinchosha